T0032261

Penguin
Random House
Grupo Editorial

Primera edición: abril de 2023
Segunda reimpresión: noviembre de 2023

© 2023, Eva Muñoz
© 2022, Penguin Random House Grupo Editorial, S. A. U.
Travessera de Gràcia, 47-49. 08021 Barcelona
2023, Istockphoto, por los recursos gráficos de interior

Printed in Spain – Impreso en España

ISBN: 978-84-19169-93-8
Depósito legal: B-841-2023

Compuesto en Grafime Digital, S. L.
Impreso en Romanyà Valls, S. A.
Capellades (Barcelona)

GT 6993A

EVA MUÑOZ

LUJURIA

LIBRO 1

Advertencia:
este libro, por su contenido,
no está recomendado para menores de 21 años.

*Es como una tormenta
la cual arrasa con todos mis refugios.*

MAFIAS DE
ALTO PELIGRO

ARCHIVO: 1707

PIRÁMIDE DE

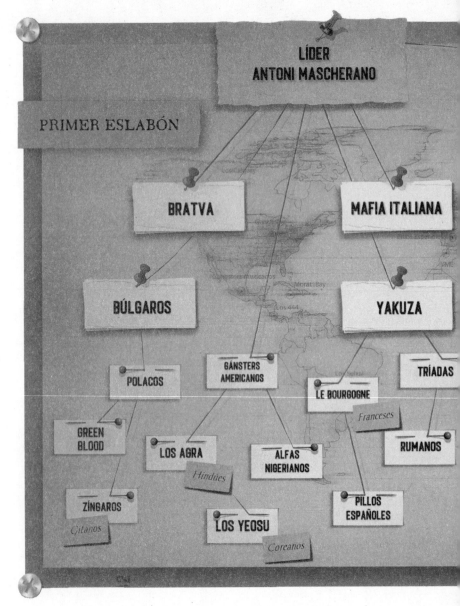

LÍDER
ANTONI MASCHERANO

PRIMER ESLABÓN

BRATVA

MAFIA ITALIANA

BÚLGAROS

YAKUZA

GÁNSTERS
AMERICANOS

TRÍADAS

POLACOS

LE BOURGOGNE

Franceses

GREEN
BLOOD

LOS AGRA

ALFAS
NIGERIANOS

RUMANOS

Hindúes

ZÍNGAROS

PILLOS
ESPAÑOLES

Gitanos

LOS YEOSU

Coreanos

LA MAFIA

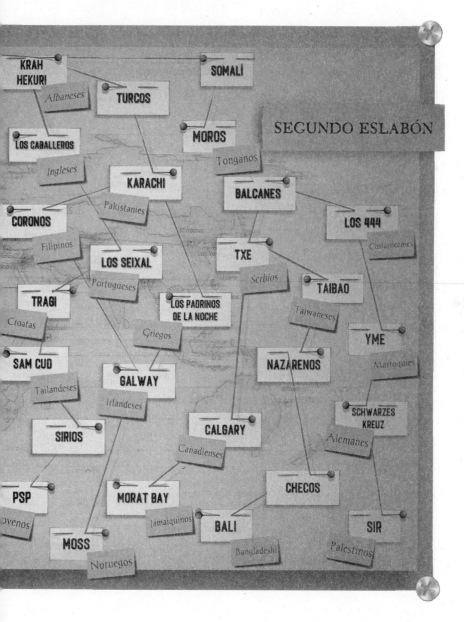

KRAH HEKURI

Albaneses

SOMALÍ

TURCOS

LOS CABALLEROS

MOROS

Ingleses

SECUNDO ESLABÓN

Tonganos

KARACHI

BALCANES

Pakistanies

CORONOS

LOS 444

Filipinos

Costarricenses

LOS SEIXAL

TXE

Serbios

TAIBAO

Portugueses

TRAGI

LOS PADRINOS DE LA NOCHE

Taiwaneses

Croatas

YME

Griegos

NAZARENOS

Marroquies

SAM CUD

Tailandeses

GALWAY

Irlandeses

SCHWARZES KREUZ

SIRIOS

CALGARY

Alemanes

Canadienses

PSP

MORAT BAY

CHECOS

ovenos

Jamaiquinos

BALI

SIR

MOSS

Noruegos

Bangladeshi

Palestinos

0

Philippe Mascherano

Enero del año 2020
(veintiséis meses después del exilio)
Washington

La lluvia cae en lo que camino rápido a través de la acera con las manos metidas en el largo gabán. El aguacero se intensifica y troto queriendo proteger el sobre que se encuentra en el bolsillo interno de mi abrigo.

Mis hombros se encorvan con la ráfaga de viento que me envuelve, mientras llego al edificio donde entro. Subo los escalones con prisa hasta llegar frente a la puerta, que abro y cierro con seguro, dejando que la calidez del espacio me envuelva. El sobre que traigo está intacto, rasgo el papel y saco los documentos que leo con atención.

Concentrado, grabo en mi cabeza las fechas importantes que se aproximan.

El periodo de mandato de Alex Morgan está a punto de culminar y este año se inicia la etapa electoral en donde se decide quién será el próximo ministro de la Fuerza Especial Militar del FBI, el ejército secreto más grande del mundo. El actual mandatario ya no puede ser reelecto, puesto que cumplió tres periodos de mandato consecutivos y tal cosa abre la puerta a nuevas opciones.

Según las normas de la entidad, hay que cumplir con una serie de requisitos para poder postularse, como tener más de veintiocho años, ser parte del alto mando del sector cuatro (departamento donde se encuentran los soldados de rangos más altos), contar con más de catorce misiones invictas, más de doce medallas y una gran capacidad de liderazgo.

Estas cualidades las suelen reunir generales destacados de cuarenta años en adelante, pero, por primera vez en la historia de la FEMF, hay tres coroneles que cuentan con los requisitos.

Sonrío al leer el nombre que anhelaba ver en la lista. Llevo años esperando esto, lo cual me confirma que los tiempos bajos de calma han llegado a su fin.

1

Amnesia

Christopher

Enero de 2020
Londres, Inglaterra

Admiro el cuerpo que se pasea sobre la cama coqueteando sin perderme de vista. Susurra mi nombre antes de gatear hasta mí; es morena, de ojos castaños y tiene una sonrisa cargada de ganas.

No me pierde de vista en lo que se acerca. La rubia que tengo al lado mordisquea el lóbulo de mi oreja recorriendo la V que se marca en mi cintura. Me acomodo en mi sitio y la castaña que espera a mi derecha me baja el bóxer, me toma la polla dura y se la ofrece a la que gatea.

Se miran con complicidad y la primera se ata el cabello y, a continuación, se apodera del glande, que chupa gustosa.

—¡Joder! —jadeo en medio del éxtasis.

Saborea mi polla con una destreza que me gusta mientras su compañera reparte besos por mi torso. El placer me acelera el pecho y dejo que procedan como quieran tocando, besando y lamiéndome.

Revolcarme con la que se me antoja es algo que me gusta y hago seguido.

Se ciernen sobre mí, deslizando el preservativo con el que recubren mi falo. La castaña toca a la morena, mientras que esta besa a la rubia. Tomo a la del medio y hago que se abra de piernas sobre mi cintura; ella jadea con la cercanía de mi miembro y la penetro, dejando que sus amigas se unan al momento, donde no tengo ni idea de cuál es la que me toca.

El nivel de alcohol en mi sistema es tal que solo me enfoco en mi placer carnal, metiendo la polla una y otra vez. No soy consciente de nada, lo único que tengo presente es que sudo mareado dentro de ella. La castaña se me pone en cuatro; dejo de lado a la rubia y voy por ella; la morena que me la chupó se ubica a mi espalda y me besa el cuello, en tanto jadeo con la caricia de su lengua.

Por un momento pierdo claridad —las luces no ayudan— y llega un punto donde ni siquiera sé a quién diablos estoy embistiendo; simplemente bombeo dentro de los culos que me ofrecen. Muevo mis caderas con un ritmo preciso, el cual me lleva al derrame, que llena el preservativo.

Las mujeres caen en la cama y tiran de mi mano queriendo que me acueste a su lado, pero no tengo tiempo para tonterías, así que busco el pantalón que está en el suelo, al igual que la camisa.

—¿Repetimos mañana? —preguntan besándome los hombros en lo que me pongo los zapatos.

—No.

Que esté ebrio y mareado no me convierte en un mentiroso y lo cierto es que dentro de unas horas no me acordaré de sus caras.

—Al menos, di que nos llamarás —se quejan.

—No tiene caso mentir —respondo mientras termino de ponerme los zapatos—. Confórmense con saber que me gustó.

—Estás cordialmente invitado al desfile de la próxima semana, sería lindo tenerte en primera fila.

—Terminarían distraídas con mi presencia, así que prefiero no ir.

Se ríen y me inclino a darles un beso simple a modo de despedida, de seguro seré el mejor polvo que tendrán en sus vidas.

—Adiós, guapo —me dice la morena.

—Suerte en París.

—Es Milán —me corrigen.

—Como sea. —Les guiño un ojo y acto seguido tomo la botella de licor, que me empino mientras abro la puerta.

Dos agentes esperan afuera. Son soldados asignados por el ministro, quien últimamente no me deja respirar. Los nombres no los tengo claros, solo sé que el vejete se llama Make Donovan; el otro no lo sé, apareció esta tarde y ni siquiera me tomé la molestia de preguntar quién diablos era. Me lo pusieron a modo de «prevención» en mi vida como civil.

—Mi coronel —me saludan por lo bajo—. ¿A casa?

—Supongo. —Me paso las manos por la cara cuando el mareo me lleva de un lado para otro.

Abordan el ascensor conmigo, bajamos a la primera planta y revisan el perímetro mientras avanzo.

—Atento a cualquier indicio de sospecha —le dice Donovan al nuevo que está entrenando—. Estando solo, siempre debes evaluar el perímetro.

El escolta asiente y abordo el auto. Unos creerán que me tienen en la mira por ser el hijo de Alex Morgan, pero lo cierto es que no, están detrás de mí porque soy uno de los coroneles más destacados del comando y, por ende, para ellos soy un martirio al que quieren quitarse de encima.

En el asiento trasero y con la cabeza contra el cuero, veo pasar las luces, me acabo la botella que traigo, y estoy tan cansado que solo quiero acostarme, cerrar los ojos y dormir, ya que llevo toda la noche bebiendo. Me quedo dormido en el coche. El escolta nuevo me ayuda a salir y es quien abre la puerta del penthouse, donde el perro se me viene encima, brincando y ladrando.

Mareado, busco la alcoba donde caigo de espaldas en mi cama. Zeus se me sube encima, lamiéndome la cara, y, adormilado, le acaricio la cabeza. Las luces me estorban y, hastiado, poso el brazo sobre los ojos.

—Señor, no olvide que debe estar en el comando mañana temprano —me recuerda.

Llevo meses en lo mismo: a duras penas tengo tiempo de respirar, ya que cuando no estoy en medio de enfrentamientos a mano armada, estoy en reuniones o en operativos de encubierto.

Mi contienda con Antoni no acaba; ninguno de los dos quiere caer. Ambos sabemos que uno descansará solo cuando el otro muera. Me coloco una almohada en la cara y dejo que mi cerebro se apague.

—Coronel. —Llaman a la puerta—. Coronel, ¿está despierto? Llegará tarde a la reunión.

La cabeza me pesa mil kilos y, para colmo, los nudillos chocando contra la madera se sienten como martillazos en el cráneo.

—¡Coronel! —Siguen golpeando—. Coronel, ¿está bien?

—¡Deja de tocar la maldita puerta! —trono desde la cama.

Tomo una ducha, me coloco la primera playera que encuentro y me meto el móvil en el bolsillo de la chaqueta antes de guardar el arma y la placa.

—Acaban de traer su nuevo auto —avisa Donovan.

—Es una nave… —habla el nuevo, quien se mueve incómodo cuando lo miro mal.

Se arregla el traje como si quisiera lucir presentable en lo que me acerco a él, preguntándome quién diablos le pidió opinión.

—Soy Tyler Cook, mi coronel. —Extiende la mano—. Hago parte de la alta guardia. Intentaron presentarnos ayer, pero estaba de afán y…

—¿Dónde está el auto? —Lo dejo con la mano estirada.

—Su nana lo llamó —me informa el otro—. Dijo que se quedará un par de semanas más con su hermana, la lesión que tiene en el pie todavía no mejora.

Sigo caminando, con el dolor de cabeza y la resaca que tengo, lo que haga Marie es lo que menos me interesa. Mi nuevo auto está sobre la acera y en la entrada del edificio me tomo un par de minutos para apreciarlo.

—Tal cual como lo pidió —habla el escolta a mi espalda—: McLaren MCL36, modelo 2020, blindado, con sistema automático, coraza antiexplosiva, equipo inteligente de defensa integrado con diseño exclusivo…

Le arrebato el control de mando, abro la puerta y me acomodo en el asiento del piloto. El motor ruge cuando presiono el botón y lo pongo en marcha, y atrae la atención de los transeúntes y conductores cuando acelero para salir de la calle.

Con la ventanilla medio abierta, salgo de la ciudad tomando el camino que me lleva al comando, paso por el protocolo de seguridad y me adentro en la central, donde estaciono en el sitio reservado.

—Pero qué cotizado anda, coronel. —Patrick sale de su auto—. Esta belleza no la vi en el catálogo de este año. ¿Cómo la conseguiste? —El capitán pasa las manos por el capó.

—Es exclusivo.

—Un lujo que solo Christopher Morgan puede darse… Espero que tengas la generosidad de compartirlo cuando se requiera.

—No. —Guardo el control pasándome la modestia por el culo—. Cómprate uno. Si no te alcanza el sueldo, dime y te regalo lo que falta, que a mí sí me sobra.

—Cuánta humildad —farfulla.

—¿Sabías que con el valor de esa cosa podrías acabar con la hambruna de centenares de personas? —Aparece Simon—. Es injusto gastar tanto dinero habiendo tanta escasez en el mundo.

—No le pongas atención —dice Patrick antes de bostezar—. Se ha vuelto extremista desde que embarazó a Luisa.

—Me preocupo por el futuro de nuestros hijos —replica en lo que atravesamos el estacionamiento.

—Pago mis impuestos, así que no jodas.

—Eres multimillonario. —Me entrega un folleto de no sé qué mierda de la ONU—. Estás en el deber de hacer más por tu planeta. —Arrojo el papel a la basura.

—¿Cómo está Luisa? —pregunta Patrick.

—Mal, creo que el embarazo no le está sentando muy bien, tuve que esconder las armas. Anda con un genio que da miedo.

—Es solo una de las tantas etapas del embarazo.

—¿En qué mes se le pasará?

—En el noveno.

Se detiene confundido.

—¿Bromeas? Falta mucho para eso.

—No quiero mentirte. —Patrick lo toma del brazo—. Todo el mundo te dice que es algo estupendo; sin embargo, no es así, suele ser una etapa cruel, llena de insultos, donde te cohíben del sexo y de poses extraordinarias.

—No te pueden prohibir eso —intervengo—. ¿De qué me sirve una esposa si no puedo follarla todos los días?

—Son esposas, no máquinas sexuales —replica Simon—. Cuando te casas, te acostumbras a que no vas a coger todas las noches. No puedes meterla cuando está cansada o tiene su periodo.

—Por eso es mejor tener varias y no establecerse con ninguna, imposible que se embaracen o les venga el periodo al mismo tiempo.

—Eres un idiota —repone—, por eso es que estás solo.

—Ajá.

Avanzo dejándolos atrás. Me cambio y me apresuro al sitio donde me esperan; los soldados que me topo se posan firme dedicándome un saludo militar. Subo a la quinta planta del edificio administrativo, busco la sala de juntas, abro la puerta y la mañana se me daña cuando veo a Bratt Lewis frente a la mesa.

No disimula el odio que me tiene y yo tampoco. Angela Klein también está presente junto con la tropa Élite. Parker toma asiento al igual que los demás, mientras que yo me ubico en mi sitio a la espera de lo que sea que quiera decir Gauna, quien sigue siendo el general del comando. Entra dejando que la perilla de la puerta choque contra la pared como si el umbral no fuera lo suficientemente amplio para pasar.

—¡Más de dos años en contienda con los Mascherano! —anuncia—. ¡Meses, semanas de enfrentamientos que han acaparado nuestro tiempo!

Enciende un holograma. Siempre he tenido la duda de por qué no puede hablar sin armar un escándalo.

—Hemos incautado negocios, bajamos la distribución de HACOC, hemos dado de baja a clínicas que cooperan proporcionándoles víctimas —informa—. Sin embargo, estos son golpes que los hacen tambalear, pero no los extinguen…

—Estarían extintos si dejáramos de entrar con ganas de apresar y entráramos con ganas de matar —declaro.

—¿Violando los derechos humanos, mi coronel? —se mete Bratt.

—¿Pedí tu opinión, pedazo de mierda? —Lo miro, y Gauna clava el puño en la mesa.

—¡No me interrumpan cuando hablo, que es muy importante lo que voy a informar! —vocifera—. ¡Estamos en serios problemas!

Se ubica frente al cabezal de la mesa, donde apoya las manos en la madera.

—Hemos estado tan absortos con los Mascherano que las otras mafias han estado haciendo fiesta. Hemos tenido los ojos en un solo objetivo y eso no ha hecho más que darles rienda suelta a otros —explica—. ¿A que no adivinan quién arrasó con un submarino de vigilancia en el oeste de Suecia?

Tira el fólder que le entrega la secretaria y me masajeo la sien, ya que presiento el nombre que va a soltar.

—¡La Bratva! —exclama—. No es todo: ¡la pirámide está trabajando en nuestras narices! —Se vuelve hacia la pantalla de la pared—. Y si esto los estresa, malditas sabandijas, esperen a oír lo que están haciendo, porque no están delinquiendo con cualquiera, ya que la Iglesia está de por medio.

Nadie pone buena cara a la hora de abrir los expedientes.

—Los malditos son astutos y lo que hacen es la respuesta a la pregunta: ¿por qué, por más que atacamos, no se debilitan? Es sencillo —continúa—: el tráfico ilícito en instituciones públicas, el cual los tiene pasando mercancía por medio de la Iglesia, puesto que la tomaron como fachada, mientras utilizan los orfanatos, los albergues y los sitios de ayuda como escudo.

Las imágenes del holograma cambian cuando la maniobra.

—Esto no es una nimiedad. Hay que ponerle atención a las armas. Un sacerdote envió fotos de uno de los contenedores que vio; también robó una y se la entregó a las autoridades. El comando estadounidense hizo una prueba para ver su alcance y le voló la cabeza a un maniquí con un solo disparo. ¡No lo perforó, le explotó la cabeza en mil pedazos! —explica—. ¡No hemos acabado con el HACOC y ahora está esto también!

La vista se me queda en el video de prueba del comando americano y el dolor de cabeza se me dispara. Hace rato que sé que nos volveríamos a ver y él lo sabe también.

—A todo esto, sumamos a los búlgaros, que están traficando mujeres: las disfrazan de novicias y de mujeres vulnerables para moverlas de un lado a otro —prosigue—. La Yakuza, exportando opio; los españoles, moviendo dinero; los franceses, metanfetaminas; el Green Blood, cocaína… Esto y miles de cosas más están sucediendo en nuestras malditas narices, porque uno de los puntos geográficos que más recibe y trafica mercancía está aquí, en Londres.

—Espere —interviene Patrick—. ¿Dijo Londres?

—Tal cual, capitán Linguini. Las autoridades están furiosas, ya que somos una de las centrales más importantes a nivel internacional y tenemos la ratonera en la cara. ¡Deberían cortarse las bolas, porque no las merecen!

Estrella una grapadora contra la pared y a mí me exaspera que esto salga a flote justo ahora.

—El centro religioso Our Lord es la clave —declara Gauna— y es donde nos vamos a infiltrar.

—No puedo infiltrarme con Antoni Mascherano y los cabecillas afuera —replico.

—Lástima que no sea una invitación formal, coronel —me regaña—. Es una orden, y ¿adivine quién es el nuevo padre Santiago?

Todos me miran y Patrick tose como si quisiera disimular la burla.

—¡Somos un ejército multifuncional! —grita—. Por enfocarnos en un solo asunto, ahora tenemos doble trabajo. No sé cómo, pero deben infiltrarse en el centro religioso y encargarse de los Mascherano, de la Bratva, de la pirámide y de todo lo que se presente. ¡El operativo empieza la próxima semana!

No hay cabida para la protesta, simplemente concluye designando las tareas que debe realizar cada tropa y explicando los pasos que se deben seguir.

—¡Vayan ideando qué hacer, trayendo ideas que vuelvan esto más fácil! —Señala la puerta echándonos—. ¡Y desde ya advierto que no quiero quejas ni modificaciones!

Soy el primero en salir. Ni creyente soy para que me pongan a hacer estas pendejadas, como si fuera a verse creíble. Me dejo caer en la silla y cierro los ojos cuando las molestias de mi resaca empeoran.

«El esfuerzo me dará la gloria». Me lleno de paciencia y prendo la pantalla de mi laptop, muevo los dedos sobre el teclado y repito el video enviado por el comando de Estados Unidos, un solo rostro se viene a mi cabeza y aprieto la mandíbula. «Hijo de puta».

Abro el fólder de la pirámide y doy un repaso visual de todos los clanes involucrados. Los nombro uno por uno en mi cabeza y mi vista se vuelve al recuadro de la mafia roja.

—Dile al comando estadounidense que me envíe la evidencia que tiene —le ordeno a Angela a través del teléfono que tomo—. La quiero aquí lo antes posible.

—Como ordene, mi coronel. —Cuelga.

Gauna entra a traer la información que falta y el día se me va analizando todo; lo que como a lo largo del día me lo suben al sitio donde yazco. Son cuarenta y dos clanes situados en distintos países; así como existen diversos tipos de ejércitos a lo largo del mundo, la mafia tiene distintos grupos criminales que operan a lo largo del planeta. Llevo años estudiando esta estructura, pero los constantes enfrentamientos con el italiano han acaparado casi todo mi maldito tiempo.

Continúo leyendo lo recapitulado, pasada la tarde, dejo de lado la información sobre los últimos clanes y me enfoco en la del sujeto que dio el aviso. Es un sacerdote que abandonó Londres a los doce años, ha estado como misionero en el culo del mundo y se supone que el perfil físico es parecido al mío: «Alto, de cabello negro y ojos claros…».

Paso las páginas buscando la preparación académica, pero suena un chillido afuera que me perfora el tímpano del oído. Trato de seguir con lo mío, sin embargo, el grito se repite armando una algarabía, empiezan a cantar una canción infantil y me asomo a ver quién es el que anda actuando como si estuviéramos en una guardería.

—Calma. —El escolta nuevo camina por los pasillos del comando con una niña en brazos—. Mamá ya viene…

—¿Qué se supone que haces?

—Se despertó la bebé de Laurens, mi coronel —me explica—. Se asustó al no ver a la mamá.

—¿Y dónde se supone que está, que no la veo trabajando?

—No sé, se fue hace unos minutos y dijo que no tardaría.

«Los años no le quitan lo inepta». La hija llora y patalea en los brazos de mi guardaespaldas.

—¡Tráela! —Me encamino por el pasillo—. Sé dónde está.

Bajo la escalera que me lleva a la sala de sargentos; el escolta se queda en el pasillo y no fallo en mi teoría, dado que la incompetente de mi secretaria está fuera de su puesto discutiendo con el mismo de siempre.

—No tengo dinero para pagar la guardería del comando, hoy no quisieron recibirla, ya que debo tres meses. —Laurens llora frente al escritorio de Trevor Scott.

—Dije que ahora no tengo dinero —replica el sargento—. Acabo de cambiar los vehículos, se remodeló la casa, aún estoy pagando mi boda con Irina y tengo la hipoteca encima.

—Pero yo ayudo a mis abuelos, pago dos mensualidades en el geriátrico y también ayudo a mis padres —replica ella—. Con lo que me dabas tú, cubría los gastos de la niña.

—Quejas, lamentos y exigencias. —El sargento respira hondo—. Desde ayer estamos con esto. Irina dio a luz hace cinco meses, entiende que ahora tengo muchas responsabilidades encima…

—Pero…

—Supongo que su absurda disputa es la que tiene a mi soldado de niñera —intervengo, y el sargento se levanta de inmediato, dedicándome un saludo militar.

—Lo siento, señor... Yo no tenía con quien... —balbucea Laurens.

—¡Cállate! —la regaño—. Y muévete a hacerte cargo de lo que te corresponde, que no quiero excusas que retrasen el trabajo.

Sale casi corriendo mientras que el sargento mantiene la mirada fija en el escritorio. Pena ajena es lo que dan ambos, y, por ello, me largo alcanzando a la secretaria, que toma a la hija, afanada.

—Te voy a dar dos opciones —le advierto—: o solucionas esto o te buscas otro trabajo.

Me encamino a la salida. El nuevo escolta le entrega las pertenencias antes de seguirme, pero la muy idiota las deja caer. Los llantos no se detienen, no es capaz de hacer más de dos cosas al mismo tiempo y mi dolor de cabeza, en vez de disminuir, va en aumento. «Lo mejor es que me vaya a mi alcoba». Los chillidos no cesan y...

—¡Acompáñala al auto para que se largue o estará toda la noche ahí! —le ordeno al nuevo.

Va a entorpecer el trabajo de los otros que están en el área.

—¡No tengo auto! —solloza enloquecida—. ¡No tengo auto, ni casa ni dónde pasar la noche!

Abraza a la hija.

—Soy un completo desastre.

—Tú lo has dicho.

Llamo al ascensor, la hija no se calla. Encima, el maldito aparato tarda y los chillidos siguen siendo una tortura para mi resaca.

Entro al ascensor cuando llega, la secretaria sigue en el mismo lugar y... no dejo que se sellen las láminas metálicas. No me agrada, pero, si soy coherente, la necesito en su puesto a primera hora. Además, no tengo tiempo de conseguir a otro que se adapte con todo lo que tengo encima, ya que el ponerse al día le tomaría semanas, que no harían más que retrasarme.

—Sube —le ordeno—. ¡Rápido, antes de que me arrepienta!

Corre arrastrando las pertenencias y la llevo a la torre de dormitorios, donde pido una habitación. Tengo varias advertencias que hacerle, así que subo con ella y deja las pertenencias en la cama cuando estamos adentro. Tiene un horrible vestido color mostaza, zapatos viejos y las hebras sueltas. Se agacha a recoger la muñeca que tiró la hija y no sé por qué pensaba que su culo era más feo.

—Te quedarás un mes —dispongo—. Hay trabajo que hacer y te necesito de lleno en todo.

—Lo quiero... —habla como si le estuviera preguntando— a Scott, por eso me cuesta hablarle con más carácter y eso hace que se aproveche de mí.

—¿Tu cerebro sirve?

—Sí, sirve —solloza—, pero dicho órgano deja de funcionar cuando amamos y usted lo sabe; engañó a su amigo cuando se enamoró de la teniente James…

—¿Quién diablos es la teniente James? —acorto el espacio entre ambos—. No conozco a ninguna teniente James.

—Sí, sabe quién es. No estaría mal que tratara de entender a otros, no todos somos como usted, que tiene miles a su alrededor; a mí nadie me mira, todos me evitan, no tengo vida social ni gente que se interese. —Se limpia los ojos—. Exige continuamente lo mejor de mí, pero nunca se ha detenido a pensar en cómo me siento.

Empieza a soltar un montón de palabrería sin sentido mientras llora. Intento dar las órdenes de lo que necesito, pero sigue sacando nombres a flote. Busco la manera de irme y se me atraviesa repitiendo lo mismo, así que acorto el espacio tomándola de la nuca y la traigo contra mis labios, acabando con los alegatos, y se queda muda cuando la suelto.

—No sé quién es la teniente James, me he revolcado con medio comando, recuerdo pocos nombres, así que déjate de estar mencionando cosas sin sentido. Déjate de excusas baratas, que lo que acabo de hacer yo lo puede hacer cualquiera —espeto—, por ende, no hay justificación para tu ineptitud.

Busco la salida mientras que ella se queda con la vista perdida en la nada.

—Ponte a trabajar, que en este nuevo periodo no te voy a tener paciencia, y a la próxima falla te vas.

Cierro la puerta y me limpio la boca con el dorso de la mano cuando salgo del edificio. Las tonterías que tengo que hacer para que la gente se calle, se centre y despierte. El teléfono me vibra en el bolsillo y contesto al ver el nombre de mi abogado.

—Christopher —habla al otro lado de la línea—, no sabes la excelente noticia que te tengo.

2

¿Amigo o enemigo?

Bratt

Repaso los archivos entregados por el general; todo lo relacionado con la mafia acapara tiempo, esfuerzo y atención, así que, con lupa, trato de absorber todos los detalles que se exponen.

—Buenos días, capitán —saluda Meredith en el umbral.

Trae una bebida en la mano y el cabello rojizo impecablemente recogido.

—Buenos días. —Cierro la carpeta y ella la puerta.

—Descremado, caliente y con dos de azúcar.

Se acerca rodeando el escritorio para entregarme la bebida, se inclina a besarme y dejo una mano sobre su nuca alargando el momento. Sale conmigo hace meses y ha sido una buena compañía en varios sentidos.

—¿Con qué papel te vas a infiltrar? —le pregunto.

—Como devota voluntaria, según Gauna —contesta—. Hay que confirmar un par de detalles.

Pasa las manos por mi cara, nos entendemos bien, creo que se debe al hecho de que lleva tiempo teniendo sentimientos hacia mí.

—Te noto algo preocupado.

—Estresado dirás, ahora tenemos más trabajo —me quejo—, más exigencias y más preocupaciones.

—Deja que te ayude.

Pone mi espalda contra la silla, mueve los labios a lo largo de mi cuello y despacio baja la pretina de mi pantalón, nuestros labios se tocan y separo mis piernas cuando se pone de rodillas frente a mi asiento. Las intenciones son claras y no me opongo.

Relajo mi cuerpo en la silla y dejo que saque el pene erecto, que estimula e intenta llevarse a la boca, pero…

—Capitán. —Abren la puerta.

Me impulso hacia delante dejando a Meredith entre la silla y la mesa. Es la secretaria del pasillo de capitanes.

—Ten la educación de golpear antes de entrar. —Trato de que no vea a la mujer que tengo abajo.

—Disculpe, capitán, pero es que el coronel...

Christopher la hace a un lado cuando entra.

—No necesito que me anuncien —espeta molesto.

La mujer se va y me trago la amargura que me provoca la presencia del hombre que tengo al frente.

—Mi abogado está en el psiquiátrico, lleva dos horas esperándote.

«Olvidé la cita pactada para hoy».

—Estoy ocupado —le muestro la carpeta sobre mi escritorio—, y, por muy coronel que seas, no tienes derecho a entrar así.

—No estoy preguntando si estás o no ocupado, te estoy ordenando que muevas el culo al lugar donde te esperan —dispone—. La mamada matutina déjala para otro día.

Le señalo la puerta para que se largue.

—Tienes media hora para estar allá, y si no vas, vengo y te llevo a las malas.

Se encamina al umbral y respiro hondo cuando está por irse, pero unos pasos antes de llegar al pasillo se vuelve hacia mí.

—Dile a tu soldado que busque un sitio mejor para esconderse, puedo ver sus botas desde aquí.

Estrella la puerta y le ofrezco la mano a Meredith ayudándola a levantarse.

—Me sancionará —se preocupa.

—No puede, hace lo mismo todos los días.

—Lo hará, le encanta provocarte.

No le tengo miedo, me acomodo el pantalón y recojo el móvil de la mesa.

—Capitán —vuelve la secretaria—, el coronel insiste en que debe ir...

—¡Dentro de un momento voy! —Me desespera.

Meredith me sonríe sin ganas cuando abandono mi oficina. Me cambio en mi alcoba, abordo el auto y salgo del comando rumbo al psiquiátrico, donde me están esperando. Sabrina lleva más de dos años internada por culpa del malnacido que tenía como marido, quien nunca ha sido capaz de mover un dedo por ella.

Mis poros arden envueltos en la rabia que me corroe. Todo ser humano tiene niveles de inquina y yo siento que en cualquier momento voy a llegar al límite, ya que, en ocasiones, me desconozco, no me siento como si fuera yo.

24

Mi relación con Christopher Morgan no ha mejorado, por el contrario, está igual o peor que antes.

Muchos dicen: «Déjalo pasar», «es tiempo pasado», «no vale la pena seguir», en vano, ya que nunca será un consuelo para mí porque, por su culpa, perdí lo que más quería.

Desmoronó mi presente, lastimó a mi familia y abandonó a mi hermana en un rincón oscuro. Me duele el pecho de solo recordar, de solo pensar en la mujer que era Sabrina Lewis: hermosa y talentosa, codiciada por hombres de la alta sociedad, provenientes de familias de buena estirpe; y ahora no es más que una persona perturbada. La enfermedad la tiene deprimida y con tendencias suicidas; estando internada intentó quitarse la vida en dos ocasiones y, por ello, está vigilada las veinticuatro horas del día por dos profesionales. Por el momento, no presenta mejoras.

Christopher lo sabe y nunca se ha molestado en venir a verla, pese a que constantemente pregunta por él y que, por años, yo fui su mejor amigo. Fui el colega al que traicionó y al que nunca se molestó en ofrecerle, aunque sea, una disculpa.

El juez falló a su favor y autorizó la anulación automática del matrimonio, ya que la demanda fue presentada mucho antes de que Sabrina se enfermara, al haber diferencias irreconciliables que desde hacía mucho tiempo no tenían solución. Mi madre se opuso, pero papá concuerda conmigo, ambos queremos quitarnos ese problema de encima.

Ahora el abogado del coronel nos exige que nos comprometamos a no perturbar su tranquilidad. No quiere peticiones futuras, demandas, o molestias, y son tan insensibles que una de las actas requiere la firma de Sabrina, y como ella no está bien, me corresponde firmar a mí, ya que soy su tutor legal y la persona que representa a los Lewis.

Estaciono frente al hospital psiquiátrico. El abogado de Christopher está en la entrada del lugar. Es el hombre más persistente que conozco, se la pasó día y noche en el tribunal, peleando por la demanda. Mi abogado está con él y ambos vienen a mi encuentro.

—Bratt —me saluda el abogado del coronel.

Tomo de mala gana la mano que me ofrece. Expuso todo lo que hizo Sabrina ante un juez, el rumor se esparció e hizo quedar mal a mi madre. Pasamos a uno de los jardines de visita y una enfermera trae a mi hermana acompañada de su terapeuta. Hay días que se ve bien, otros, mal, y hoy es uno de esos donde luce fatal, demacrada y con ojeras.

—Bratt —me llaman atrás y es mi madre—. ¿En verdad piensas firmar eso?

Mi día se vuelve peor cuando la veo y no está sola, su abogada está con ella.

—Hay que dejar esto atrás. —La tomo del brazo y la alejo, queriendo que Sabrina no note la discusión.

—¿Y que se salga con la suya? —se enoja—. No firmes nada, voy a poner una contrademanda.

—No vamos a perder más tiempo.

Me aparta para hablar con el abogado, Sabrina escucha la palabra divorcio y, confundida, comienza con las preguntas. Su abogada empieza a pelear con el representante de Christopher y este llama al de seguridad para que se las lleve a las dos.

—Ese malnacido siempre hará lo que quiera si no le pones un límite —asevera mi madre—. Si no me escuchas ahora, más adelante lo vas a lamentar.

El de seguridad le señala la salida y, más que la discusión, lo que me duele es tener que engañar a Sabrina. Me pregunta por él y debo mentirle diciendo que, a lo mejor, vendrá en uno de estos días a verla, trucos para que se calme, me escuche y haga lo que le digo.

Apresuro todo tratando de salir de esto lo más rápido posible, así que firmo donde tengo que firmar y le entrego los papeles al hombre que espera.

—Felicitaciones, espero que nunca más vuelva a hostigar a mi familia —le advierto.

Se va y me quedo un par de minutos con Sabrina, quien, cuando acaba la hora de visita, empieza a pedirme que me quede, que no la deje aquí, y eso es algo que siempre me estruja por dentro.

—Luego vendré. —Beso su coronilla—. Te lo prometo.

Se altera cuando se la llevan. Por más espacio que haya, me siento asfixiado y dicha sensación empeora cuando veo que mi madre sigue afuera esperando.

—Ahora es un hombre libre. —Me sigue hasta el auto—. Le has dado lo que tanto quería.

—Es lo mejor para nosotros, en especial para Sabrina.

Meredith aparece en la acera de enfrente y se acerca con cierta cautela.

—Buenas tardes —saluda—. ¿Cómo están?

—Mal —contesta mi madre sin mirarla—. Nunca voy a perdonarte esto, Bratt, nos dejaste en ridículo. Desconozco a mi hijo, no solo le das vía libre a ese patán, sino que también has gastado dinero buscando a la mujer que te engañó.

—No puedes divulgar esa información. —Alzo el índice en señal de advertencia—. La FEMF puede encarcelarte por eso.

—No me importa —me encara—. Se me hace una bajeza que sigas con eso.

—Creo que mejor espero en el café de la esquina. —Meredith se aleja.

—No es necesario, la conversación ya terminó. —Me acerco más a mi madre—. Como capitán de la FEMF, voy a olvidar lo que acabas de decir. Comprende que es algo que no puedes comentar bajo ninguna circunstancia.

Sacude la cabeza molesta, sabe que tengo razón.

—Vete a casa, luego iré a verte.

Me subo a mi auto, Meredith se acomoda en el asiento del copiloto y yo echo a andar queriendo olvidar la horrible mañana que tuve. Me centro en mi padre, quien cada vez que puede me pide paciencia, me recuerda mi amor al ejército para que no me olvide del porqué de seguir aquí.

—¿Es cierto? —pregunta Meredith cuando tomo la avenida—. ¿La estás buscando?

—La busqué durante un año, no la encontré, así que desistí de la idea.

El silencio se extiende por un par de minutos antes de soltar la siguiente pregunta.

—¿La quieres todavía?

—Siempre la voy a querer, lo que vivimos no es algo que se olvida de la noche a la mañana. —Aparta la cara y me pierdo entre las calles de la ciudad.

Christopher

El corcho de la botella sale disparado hacia el fondo del bar. La noticia que me dieron hace unas horas me tiene celebrando a manos llenas, ya que por fin me he librado de la demente de Sabrina.

—Pensé que nunca haríamos esto. —Patrick alza su copa para que la llene.

—Yo nunca pierdo —celebro—. Al fin me he librado de ese estorbo.

—Y de su madre. —Patrick me palmea el hombro.

—No me siento bien con esto. —Simon duda con el trago que le entrego—. Bratt también es mi amigo y su familia no la está pasando bien.

—Brinda y déjate de pendejadas, que ahora es el momento de Christopher. —Patrick lo obliga a beber.

Estamos en uno de los bares más exclusivos de la Quinta Avenida londinense. Recibí la noticia mientras estudiaba el perímetro del centro religioso, el cual, por más importante que sea, no iba a impedir que me tomara un trago por esto.

—¡Barra libre para todos, que yo invito! —grito, y los presentes alzan las copas.

—¡Tengo que grabar esto! —Patrick saca su móvil.

—Por quitarme ese maldito apellido de encima. —Alzo mi copa.

—¡Salud! —me sigue Patrick, obligando a Simon a que haga lo mismo.

Estrellan la puerta de la entrada y la madera causa un estruendo que llama la atención de todo el mundo cuando Bratt entra como un poseso, seguido de la cucaracha chupamedias con la que anda: Meredith Lyons. Me dejo caer en la silla esperando a que arme el espectáculo.

—¿Le dijiste dónde estábamos? —Le pregunta Patrick a Simon.

—Creo que una charla para limar asperezas es necesaria —responde. El imbécil que entró se viene contra mí y me arrebata la botella, que estrella contra la barra.

—Espero que tengas para comprarme otra. —Me levanto.

—¡Dejaste a mi hermana en un manicomio! —Me encuella—. ¡Y te atreves a celebrar esto como si fuera un evento social!

—No estoy para tus lloriqueos. —Lo empujo—. No es mi problema si está o no en un manicomio, lo único que me interesa es que me la quité de encima.

Me entierra un puñetazo en la cara y se viene sobre mí dando inicio a la pelea.

—Que nadie se meta, señores —le advierte Patrick a los del bar—. No acabarán hasta que no haya sangre.

Le lanzo un rodillazo, le encesto puños que esquiva y me devuelve. «Me tiene harto». Tomo mi arma en busca de acabar con esto, pero…

Derriban un ventanal y varios hombres con la cara tapada toman el sitio, soltando los disparos que mandan a todo el mundo al piso.

—¡¿Dónde está?! —gritan en medio del caos, y noto que es un Karachi—. ¿Dónde está el coronel Morgan?

Lanzan tiros al aire, desencadenando el pánico entre la gente, que no sabe adónde huir.

—¡Busquen a ese hijo de puta! —Levantan las mesas a patadas mientras recargo.

Uno señala a mi sitio, una oleada de hombres viene por mí y me muevo apuntando. Mi dedo queda sobre el gatillo, que aprieto, ejecutando los disparos certeros, en lo que Donovan se hace presente con varios soldados, que cruzan disparos con los que interrumpieron.

Tomo una mesa como escudo, pero la perforan. Mi cargador se va quedando sin nada e intento recargar, sin embargo, el de repuesto que tenía en el bolsillo ya no está. Intento ubicarlo y no me dan tiempo, dado que arrasan con la mesa que tenía como barrera. Cuatro sujetos me apuntan y, estando en el suelo, aniquilo a tres haciendo uso de las balas que me quedan hasta que el arma no da para más.

—Él dijo que vivo o muerto. —Me apunta el único que queda—. Saludos del líder de la mafia.

—Qué mal. —Bratt le entierra un tenedor en la garganta—. Tendrá que dar el saludo personalmente, porque el muerto ahora serás tú.

Lo tira al suelo y acaba con los sujetos que intentan acercarse por detrás, a la vez que desarmo a uno de los cadáveres que están en el piso y arremeto en contra de los que quedan e intentan huir en medio del intercambio de los disparos, que pierden intensidad con la llegada de la policía.

—Si vas a morir —me señala Bratt—, será en mis manos. No le voy a dar el gusto a otro.

Me levanto. Patrick está tendido inconsciente junto a la barra y Simon patea uno de los barriles perforados.

—Por este tipo de cosas es que pienso seriamente en retirarme. —Se toca el labio partido mientras le tomo los signos vitales a Patrick. «Está vivo».

La metida de Meredith Lyons se apresura al sitio de Bratt para revisar que esté bien; el sitio se llena de policías y un paramédico entra por Patrick, que no despierta ni cuando lo pateo.

—Reporte de la situación —le exijo a uno de los soldados.

—Hasta ahora, cuatro civiles muertos y quince heridos.

—Coronel, lo mejor es que se mueva al comando —sugiere Donovan, aunque lo ignoro—. Es necesario, que los médicos lo revisen. Tiene suerte de que estuviera cerca de aquí.

Ahora no voy a dar informes de nada. Patrick despierta antes de que lo suban a la ambulancia y busco el auto, lo abordo y arranco rumbo a mi casa, seguido del motorizado que me respalda.

—¿Está bien, señor? —pregunta el nuevo, que frena atrás y se baja de la motocicleta cuando llegamos.

«Bien». Hace mucho que no estoy bien. Busco el ascensor privado, coloco el código de mi piso y entro seguido del agente, que no se va. El teléfono me suena con una llamada de Alex, la cual rechazo; no obstante, él insiste y acabo por apagar el móvil y salir cuando las puertas se abren.

Las luces no se encienden y la migraña que surge amenaza con explotarme la cabeza. Estoy harto de que todo sea un jodido lío: entrar, salir, caminar, respirar… Todo.

Doy cuatro pasos adentro y…

Se me arrojan encima. El golpe me toma desprevenido, caigo al suelo y me inmovilizan rodeándome el cuello. Encienden la luz y quien me sujeta no abandona la tarea hasta que me lo quitan de encima llevándolo contra el piso.

—¡Quieta, perra! —exclama el nuevo.

—¡Que no se te ocurra disparar! —gritan desde la cocina.

—¡Hey, calma, soldado! —Reconozco la voz—. Es solo una sorpresa.

—¿Gema? —Me levanto y el penthouse se ilumina.

Tyler la tiene contra el piso y mueve el arma apuntándole a la extraña que sale de la cocina.

—¡La misma que canta y baila! —La hija de Marie se ríe en el piso—. Dile a tu escolta que me suelte, no puedo respirar.

—Suéltala —demando y este baja el arma arreglándose el traje—. ¿Cómo entraste aquí?

—Salúdame primero, ogro aburrido. —Se me viene encima cuando se levanta—. Mamá habló con Miranda y el ministro te estuvo llamando, pero no contestaste el móvil en toda la tarde. Te estoy esperando desde el mediodía.

Me abraza y se aleja mirándome de arriba abajo. Casi no la reconozco, ya no es la adolescente sin gracia y con ortodoncia que era antes. Está más morena, tiene el cabello lacio y se ve mucho más… atractiva.

—Ella es mi amiga Liz. —Señala a la mujer que espera con los brazos cruzados.

—Es más simpático de lo que creí.

—No estoy de genio para ligues —le aclaro.

—Descuide —se defiende—, me gustan las mujeres.

Miro a Gema, no me quiero imaginar la cara de Marie.

—A ella, no a mí. —Suelta una carcajada yéndose al minibar—. Soy fan número uno de los penes.

El escolta enarca las cejas y guarda el arma.

—Conmigo ya no tienes oportunidad, guapo —le advierte Gema con la botella levantada—. La perdiste cuando me atropellaste.

Me quito la chaqueta y me dejo caer en el sofá mientras ella sirve los tragos. Gema Lancaster es la hija de Marie Lancaster. Sara Hars, mi madre, le pidió a Alex que la incorporara a la Fuerza Especial Militar y este le hizo caso. A los dieciséis años la trasladaron al comando de Estados Unidos.

La extraña no tengo idea de quién diablos es. Le ordeno al escolta que se largue y recibo el trago que reparte la hija de Marie, mientras la amiga toma asiento frente a mí cuando ella se lo pide.

—Por usted —la extraña brinda sola— y su pija casa.

—¿Qué haces aquí? —le pregunto a Gema.

—¿No lo sabes? —Se acomoda a mi lado.

—Si lo supiera, no estaría preguntando.

—Me trasladaron. Soy la nueva teniente del capitán Robert Thompson.

No estuve en la reunión que organizó Gauna para eso, ya que estaba concentrado en trabajo de inteligencia.

—Me lo propusieron hace dos días con orden de urgencia —se emociona—, después de que el teniente Spark y su sargento fueran dados de baja. Obviamente, no lo dudé, pues vivir en Londres me permite pasar más tiempo con mi madre.

Observo a la mujer que la acompaña.

—Ella es Lizbeth Molina, sargento ascendido hace un año —explica—. Nos conocimos en un operativo que tuvimos en Barinas. La trasladaron conmigo, puesto que es muy buena en su labor.

Tomo dos tragos seguidos. No es que me moleste su presencia: de pequeña soportó que acaparara casi todo el tiempo de Marie.

—Estoy buscando un piso en la ciudad, así que por unos días me quedaré aquí, si no te molesta.

—Sí me molesta —contesto empinándome el trago y ella me pellizca las costillas.

—No has cambiado nada, mastodonte. —Suelta a reír—. Sabía que dirías eso, por suerte está el comando.

Insiste y da igual, no es que pase mucho tiempo aquí.

—Los dejo solos para que hablen. —La extraña se va. Respiro hondo y acabo con lo que queda en el vaso.

—¿Cómo está mi amor platónico? —pregunta.

—¿Sigues soñando con ser Gema Lewis? —Tuerzo los ojos—. Eres patética.

Se ríe apartándome el cabello de la frente.

—Ya no lo sueño como antes, pero me sigue pareciendo perfecto.

Recuesto la cabeza en el cuero del sofá.

—Mamá me contó lo que pasó entre los dos, me dolió saber que terminaron tan mal, ya que tenían una amistad muy bonita.

—Sí, qué mal —contesto con sarcasmo.

—Lo vi cuando estuvo en Alemania, hablaba muy bien de su novia, comentando lo hermosa que era —sigue, pese a que la ignoro—. Lástima que tuviera un final tan trágico. ¿La amabas?

Bostezo cerrando los ojos. Tengo sueño.

—Contéstame.

—¿Qué?

—¿Estuviste enamorado de Rachel James?

—No conozco a ninguna Rachel James.

—¡No te hagas el imbécil! —Toca y hace presión en el golpe que tengo en la frente.

—¡¿Te volviste loca?! —Le aparto la mano.

—Merezco saber qué hizo para volver loco a medio mundo —insiste—. Es una leyenda: le rompió el corazón a Bratt, sedujo al líder de la mafia y conquistó el corazón del coronel Christopher Morgan.

—Sí, claro. —No me trago la ironía.

—¿La querías o no? —vuelve a la carga.

Me levanto, me duele mucho la cabeza y mañana tengo que trabajar.

—Cuéntame los detalles. —Me arroja un cojín.

Me vuelvo hacia ella, que sigue en mi sofá.

—¿La amaste con locura?

—No tengo idea de qué hablas, ya que no sé quién es Rachel James, así que no pierdas el tiempo preguntando idioteces.

3

El apellido se respeta

Antoni Mascherano

Manarola (Italia)

No hay palabras que expliquen cómo me siento, acorralada sería el término correcto, puesto que me condenaste a tu presencia y ahora siento que mi vida no tiene sentido.

Duele ser señalada como la culpable después de haber estado sometida al yugo de tu droga, por si no lo sabes, el estar contigo puso en tela de juicio mi palabra. Por ello, la FEMF esperó mi mejoría y me condenó a veinte años de prisión por no ser una soldado transparente con el ejército. Ya no soy la teniente James, ahora soy una presidiaria adicta a la porquería que inyectaste en mi cuerpo.

Te escribo desde el muelle que está próximo a la torre de Santo Tomás. Puede que sean mis últimas horas, ya que la FEMF me está buscando porque me escapé.

Me asquea lo que me hiciste y amo lo que era, pero no puedo negar que ansío desesperadamente el HACOC en mis venas. Solo tengo dos opciones: tú o un calabozo lleno de oscuridad. No sé cuál de las dos es peor…, sin embargo, estoy decidida a tomar la primera, si me das la certeza de que mi familia estará fuera de esto.

Necesito la droga, tú me necesitas a mí y prefiero morir extasiada, en medio de alucinaciones, que acabar en un pozo frío siendo tratada como una criminal…

Mis párpados se cierran en la hoja que releo. «Sería mía», pero la mataron, acabaron con un ser mitológico de carne y hueso, que exudaba belleza.

—Señor —un antonegra se asoma en la puerta—, han traído lo que pidió.

Doblo el papel guardándolo en la mesa que hay al lado de mi cama y suelto el cárdigan del traje que luzco dejándolo de lado. Un grupo de mujeres entran mientras aflojo el nudo de mi corbata.

Todas responden al mismo perfil: esbeltas, de cabello negro y ojos celestes. Me levanto a evaluarlas viendo cómo me sonríen. Tratan de simpatizar cuando me paseo entre ellas tomando su cintura, acariciando su cara, queriendo saber si se asemejan a lo que necesito.

—Cortesía de Gregory Petrov —me informa el hombre que las trajo—. Las ha buscado como le apetecen.

Son veinte en total. Detallo a la primera y paso a la siguiente, que no me convence, así que sigo hasta el puesto de la última, que se muestra tímida. Cambia el peso de un pie a otro y mira a su compañera.

Tiene los ojos azules pálidos, no son como los que extraño, dado que el azul de Rachel James era único, extraordinario... Es algo que busco y busco, pero no lo hallo en mundanos comunes. Mi pene se alza ansioso por aquel azul, la mujer que detallo no lo tiene, pero tendrá que bastarme.

Sus nervios me gustan y, con la cabeza, le indico que se mueva a la cama.

—Espero que sea de su agrado, señor. —El proxeneta búlgaro se lleva a las mujeres que trajo mientras desnudo a la que elegí.

—¿Cómo te llamas?

—Gre...

—Error. —Saco la pistola y se aclara la garganta.

—Rachel.

Cierro los párpados pidiéndole que lo repita.

—¿Y qué haces? —indago y tarda en contestar—. Con este tipo de asunto carezco de paciencia.

—Hago parte de la Fuerza Especial Militar del FBI.

—Mejor.

La beso con premura deleitándome con el sabor aterciopelado de sus labios, los recuerdos surgen y, una vez desnuda, la llevo a la cama, donde deja que mis labios la recorran. Los pechos son voluminosos, las caderas generosas y se nota que está limpia. Paseo la nariz por sus hombros y palpo su humedad. Sigue algo asustada, «una lástima», porque eso no es un obstáculo para mí, que desabrocho el pantalón y me lo bajo.

El miedo la tiene quieta mostrándola como un nervioso saltamontes al cual le separo las piernas; mi capullo queda entre su entrepierna y punteo con mi miembro endurecido...

—Señor —interrumpe uno de los Halcones.

—*Fuori* —demando.

—Es importante.

—*Fuori* —reitero.

—Pero...

—Que te vayas.

—Isabel Rinaldi está aquí —me suelta.

Aparto las piernas de la mujer, que se cubre con las sábanas. «Isabel». Llevo dos años buscándola y la muy *cagna* ha sabido escabullirse.

—Que me espere en el comedor —indico—. Bajaré dentro de un momento.

Amo que las cosas vuelvan a mí por sí solas y más cuando las anhelo con todas las fuerzas de mi oscura alma. Me acicalo para ella eligiendo uno de mis mejores trajes. «La sorpresa lo amerita».

Ali Mahala se encarga de llevarse a la mujer que elegí (me ocuparé de ella más tarde), ahora me urge ver a la asesina que me espera afuera. Me aseguro de que el nudo de mi corbata esté impecable y bajo a su sitio, donde la encuentro al pie de la mesa del comedor.

—*Il mio bellissimo scudiero.* —Me acerco.

Baja la cara cuando paseo mis ojos por su cuerpo, no suelta palabra y soy yo quien toma la iniciativa.

—Qué forma tan simple de saludar a tu antiguo amante.

Le doy sendos besos en las mejillas y le muevo la silla para que se siente. Ella es consciente de que tiene asuntos pendientes conmigo, así que toma asiento. Luce más delgada que antes, los pómulos están mucho más visibles y no hace más que observar la comida que traen los del servicio, pero que no prueba.

—Sé que tus hombres me van a matar —habla.

—No —contesto dándole un sorbo a mi vino.

—Lo sé, Antoni.

—Come —le señalo— y luego hablaremos a solas, como tiene que ser.

Acabo con mi cena mientras que ella mantiene las manos sobre la mesa. Ya con el plato vacío, me pongo en pie y le señalo el camino a mi alcoba. Sus ojos viajan a Ali, que está en una de las esquinas, por lo que le pido al Halcón Negro que se retire.

—Anda, bella Isabel —le insisto, y suspira resignada antes de levantarse.

La guío a mi alcoba y le abro la puerta, siendo el caballero que toda dama se merece. El que esté a la defensiva está justificado, nació en la mafia y sabe cómo funcionan las cosas en este mundo.

—Vine a proponerte un trato.

—No sería un caballero si no escucho lo que tiene que decir una dama.

—Tu perdón a cambio de mi protección. Déjame volver y te juro que nadie te tocará, pero, a cambio de eso, quiero tu palabra —pide acortando el espacio entre ambos—. Ahora tengo un motivo para vivir.

Asiento como lo hubiese hecho mi sabio padre. Tengo una antigua vitrola, la cual pongo en función, dejando que me deleite con las exquisitas notas de la música clásica. Ella sigue a la espera de una respuesta y me acerco a acariciar sus hombros.

—No lo hagas —ruega, y acaricio su cabello—. Necesitas un respaldo, así que escucha lo que tengo que decir...

La traigo a mi boca estampando el beso seco que dejo sobre sus labios, las lágrimas se le salen y soy yo quien la desviste empujándola a la cama. Mi ropa queda fuera y me voy sobre ella, dándome un festín con su cuerpo. Avasallo su vagina, su cuello, su culo... haciendo que desate el chillido que emite cuando la follo sin venerarla, dado que la única mujer que querría venerar yace en un ataúd.

Es una buena amante y una bella *cagna*, eso fue lo que me hizo invitarla a mi cama. Era la ramera de mi padre, pero la diferencia entre él y yo es que a mí siempre me ha amado. Sabe moverse y dar placer siendo una buena puta.

Me susurra que me ama antes de besarme con pasión, sus palabras están cargadas de súplicas y no dudo de lo que me dice, sin embargo...

Es una lástima que nada de eso traiga de vuelta a mi amada, a mi ninfa de cabello color noche.

El apellido Mascherano está cargado de honor y hay cosas que hoy no quiero dejar pasar. De espaldas, gime con los ojos cerrados disfrutando del éxtasis que le brindo. La volteo y no dejo de moverme sobre ella, mientras saco el cuchillo que escondí antes de traerla, el mismo cuchillo que usó y dejó años atrás.

Jadea con los ojos cerrados, respiro hondo y empuño el mango que...

—Anto...

Clavo la hoja filosa en su costilla, no tengo la necesidad de mancharme las manos, pero es algo que, cuando la situación lo amerita, lo hago.

—Con este cuchillo la apuñalaste. —Lo muevo dentro de ella—. Como eres, me atrevería a jurar que te propusiste una muerte lenta...

—Lo hice porque te amo. —Intenta apartarme.

—Eso nunca ha tenido peso, bello demonio, porque el único amor que siempre anhelé es el de ella y el de mi hermana. El resto no han sido más que retales momentáneos en mi vida —confieso—. Así que ahora siéntelo, siente cómo se te clava, siente cómo tu pulmón se llena de sangre, dañándote por dentro...

Saco el cuchillo y lo entierro de nuevo, repitiendo la acción una y otra vez. Su cuerpo se arquea y me muevo dentro de ella, deleitándome con su pena, con su lamento, con su llanto y con sus gritos. La cama se llena de sangre y me hundo en lo más profundo de su canal sacando la hoja filosa que le entierro en el corazón.

—No soy objeto de burla. —Cierro los ojos—. Al mundo siempre tengo que enseñarle que el apellido Mascherano se respeta.

Abandona este mundo, a la vez que pego mis labios contra los suyos dándole el último beso y las últimas estocadas. Queda con los ojos abiertos y embisto hasta correrme en la cavidad que me dio placer durante años.

—Hasta nunca, Isabel.

4

Cicatrices

Rachel

Comunidad indígena Wayuu
(La Guajira, Colombia)

El viento árido bombea la delgada tela de la bata que me cubre, la brisa toma fuerza y elevo el mentón con los ojos cerrados disfrutando del momento. Es mediodía, el sol es una tortura, calienta la arena volviéndola un espectáculo de granitos brillantes.

El paisaje me recuerda a Arizona: el desierto, el calor, el suelo naranja. Me recuerda a mi familia y a las caminatas con Rick, Harry y mis hermanas en Phoenix. Me recuerda que no siempre fui un ser alejado y solitario.

Mi vista se pierde en la nada en lo que mi cerebro evoca mi infancia, los almuerzos familiares, las salidas y los abrazos matutinos. Los ojos me arden y me levanto sacudiendo la arena.

No todo ha sido malo y por ello estoy agradecida, el tiempo transforma, cura, repara, y no se saltó dicha regla conmigo, puesto que me dio madurez, fuerza y energía, la cual me ha cambiado de muchas maneras.

Era una soldado destacada que tuvo que partir a causa de un operativo que terminó en desastre. Fui drogada con HACOC, una droga altamente peligrosa con la cual luché durante un año, y que me hizo librar una batalla conmigo misma. Tenía dos opciones: hundirme o salir a flote. Elegí la segunda y heme aquí, tratando de borrar mi pasado y aferrándome a un incierto futuro.

El primer año no fue fácil: partir de Londres fue el paso más difícil; el segundo fue encerrarme en un instituto para adictos en Filipinas. La droga estaba viva en mi sistema y durante meses fui mi propia villana, lidiando con días en los que no supe quién era.

Me deprimí, frustré, lloré, sufrí y me negué a desfallecer.

Salté de instituto en instituto, puesto que, al estar en el programa de protección de testigos, la FEMF no podía establecerme en un solo punto, así que tuve que autorrecluirme en cuatro países diferentes.

Estuve en centros llenos de personas en mi misma situación. Filipinas y Bombay me dieron un apoyo moral que nunca olvidaré, me sacaron de las cenizas y me demostraron que con voluntad no hay imposibles.

Indonesia y Brasil me fortalecieron físicamente. Corrí, peleé, lloré y lo controlé: después de trece meses ya no era un caso perdido.

Me reté a mí misma en el segundo año, le di la cara al mundo convenciéndome de que podía, tuve la droga frente a frente y me di el lujo de decir: ya no me controlas. La ansiedad me jugó en contra en varias ocasiones, así como la tristeza; sin embargo, me mantuve de pie.

El enfrentamiento con la mafia italiana dejó cicatrices en mi piel. Dos marcas, dos tatuajes: uno en el muslo, donde me lastimé en medio de un intento de escape, y otro en las costillas. Dibujos sutiles y disimulados, vanidad para muchos, disfraces para mí.

Agradezco que los azotes de la espalda supieran sanar, no son más que leves líneas de las heridas que nunca olvidaré.

—¡Selene! —gritan—. ¡Selene!

Volteo al captar la horda de niños que corren a mi sitio, me rodean tomándome de la mano y me dejo llevar a la ranchería. Llegué hace dos meses al resguardo y es algo que he disfrutado. Están tocando las maracas y dejo que el ambiente me contagie. No soy la misma de antes, pero sigo siendo débil en ciertas cosas: los niños, el baile y la música.

Doy gracias al recibir el plato de comida que me brindan y ayudo en lo que puedo en la tarde y a la mañana siguiente, aprendiendo con los pequeños.

Estar aquí es algo que disfruto, el área urbana está lejos; los nativos tienen un gran vínculo con la naturaleza, les preocupa poco lo material.

—Mañana se harán alpargatas —me avisa una de las niñas—. Paso por ti temprano.

Es una pequeña que desde que llegué se volvió la compañera que está presente en casi todo lo que hago.

—¿Me quedo contigo?

—Si deseas… —contesto arreglando mi cama.

Entra, nos limpiamos los pies y nos acostamos. Me alegra que mañana ya tenga algo que hacer, aunque aquí siempre lo tengo: pescar, ayudar, caminar.

Tengo una vida tranquila, vacía, pero tranquila. En ocasiones la nostalgia llega; sin embargo, me consuelo con la idea de que esto fue por el bien de todos. A veces me imagino lo que hacen, tengo presentes las fechas especiales y me imagino celebrando con ellos.

En la mañana ayudo a organizar a los niños para la comida, ayudo con la limpieza y festejo en la celebración que se lleva a cabo en la noche. Me río con los que me rodean y, pasadas las nueve, me acuesto a dormir con la niña que suele acompañarme.

De mi padre aprendí a disfrutar de lo natural, de lo mesurado. El sueño tarda en tomarme y me paso la noche mirando al techo. La madrugada llega y, poco a poco, la música que suena a lo lejos va desapareciendo hasta que no queda nada. Intento acomodarme de medio lado, pero el sonido de las voces que capto afuera hacen que me siente en la orilla de la cama.

Entran al sitio donde duermo; es la madre de la niña, que se acerca a tomarla.

—Puedes dejarla —le digo.

—No quiero que se quede sola.

—¿Sola? —Me levanto y la sigo a la puerta, desde donde veo al hombre de pantalón y camisa con corbata que se acerca.

—Veinte minutos para partir —me avisa.

Me devuelvo a empacar. El traslado siempre es así, sin aviso previo y sin formalidades; ya estoy acostumbrada. Me cambio, me aseguro de tener todo lo que requiero y doy un par de vueltas adentro. Me hubiese gustado quedarme un par de meses más, pero oponerme a que me muevan va contra las normas del exilio.

—Que la suerte te sonría y la buena fortuna te acompañe —me dice la mujer que me recibió aquí, y doy gracias por la hospitalidad brindada.

Otro destino me espera y le echo un último vistazo al sitio en el que he estado más de dos meses. Levanto la mano en señal de despedida y abordo el vehículo que aguarda. El hombre me pide que deje el equipaje atrás y tome el que está debajo del asiento. Hay ropa de invierno y un boleto a la capital del país.

Bogotá D.C.

Estiro las piernas bajo el asiento cuando el autobús se detiene. El conductor avisa de que hemos llegado y me coloco la mochila en el hombro antes de bajar. El bullicio de la terminal me envuelve y alzo la capota de la sudadera antes de echar a andar. Siempre hay un mismo protocolo, el cual se debe seguir en área urbana: nada de trajes o accesorios ostentosos y nada de detenerse a mirar o quedarse mucho tiempo en un mismo punto.

Me espera una mujer alta de contextura gruesa y cabello negro recogido. El programa de protección de testigos suele usar entes de inteligencia policial para moverme.

La agente me saluda con simpleza y me guía al estacionamiento. Llevaba nueve meses en zona rural, en selvas, cabildos y comunidades que me han mantenido desconectada del mundo.

Por la ventanilla observo a los transeúntes que llenan las calles, el tráfico es pesado. Hay carteles, grafitis y establecimientos con nombres creativos, que sacan la sonrisa que florece en mis labios. Laila es de aquí y múltiples veces me habló de su ciudad, de su gente y del ambiente cargado de diversidad.

—Baja —ordena la mujer cuando el vehículo se detiene ante un hotel.

Abrazo la mochila y el olor a comida callejera llega a mis fosas nasales. La puerta del establecimiento adonde me guían tiene un enorme letrero que anuncia wifi gratis; un truco para atraer huéspedes que no aplica para mí, ya que no puedo tener contacto con ningún tipo de medio tecnológico que pueda dar con mi ubicación, como teléfonos, celulares, iPads, computadoras... A duras penas veo televisión cuando tengo la oportunidad.

—No desempaques —demanda la mujer cuando estamos en la alcoba.

—Bien. —Dejo lo que traigo—. ¿Cuánto tiempo estaré...?

La pregunta queda en el aire, puesto que se retira sin decir nada más. Creí que solo estaría un par de horas en la ciudad, he dicho que no me siento muy segura en este tipo de zona.

No vuelve en lo que queda de la tarde. Pido que me traigan la cena a la alcoba y, a la mañana siguiente, salgo a caminar cuando no aparece nadie. En una plaza me siento a echarle maíz a las palomas con una gorra puesta. Un sujeto se ofrece a tomarme una foto y sacudo la cabeza.

Está prohibido, así no me parezca a la Rachel de antes.

He hecho uso de todos los tonos de rubio. Cuando se agotaron, pasé a tener el cabello rojizo, luego castaño oscuro, castaño claro y ahora nuevamente rubio oscuro, variando entre las opciones. Los lentes de contacto son negros, una fórmula especial me permite dormir y bañarme con ellos; quitármelos es algo que también está vedado.

En el hotel no hay nadie cuando vuelvo, como tampoco hay mensajes ni paquetes por parte de nadie, así que quemo el tiempo con el televisor. No hallo nada bueno y me termino acostando temprano, pero no es mucho lo que reposo, puesto que, sin aviso previo, la misma mujer de ayer se adentra en mi alcoba con una llave.

—Cámbiate y recoge lo que tienes —dispone—. Sin demoras, te están esperando.

—¿Adónde me van a trasladar? —indago.

—Baja cuando estés lista —no dice más.

Hay un taxi en la entrada del hotel, el vehículo me espera con las puertas abiertas y el agente entra detrás de mí, sin mediar palabra. El hombre que conduce arranca y una hora después estoy en una pista de despegue, donde aguarda otro sujeto que me sube a la aeronave que ya está lista para despegar.

—Tiene prohibido hacerle preguntas al personal —demanda antes de mostrarme mi asiento.

—¿Adónde me trasladarán?

—Acate la orden y guarde silencio.

Se retira y no me gusta el aire de todo esto, los cambios nunca son con tanto misterio. Me dieron equipaje para la ciudad de Bogotá, pero no para mi próximo destino. Un nuevo agente llega y toma asiento en el puesto de al lado. La aeronave alza el vuelo y las horas del trayecto me dicen que el cambio es de país y no de ciudad.

«A lo mejor es un nuevo protocolo», trato de ser positiva, aunque me cueste, pese a que el silencio de la persona que tengo al lado me pone nerviosa. Rechazo los alimentos que me ofrecen. El hombre que está a mi lado no hace más que mirar el asiento que tiene al frente e intento dormir, pero la zozobra no me deja. Siento que no estaré tranquila hasta que sepa cuál será mi nuevo destino.

Las ventanillas están cerradas, el tiempo se me hace eterno y cuando el avión aterriza no sé si es una escala de rutina o mi destino definitivo.

—Arriba. —El agente me toma después de diez horas de vuelo.

Lo único que traigo son mis pertenencias, me lleva a la puerta de la aeronave que se abre y…

«Tiene que ser un error».

Retrocedo y me empujan adelante pidiéndome que avance. «Es un puto error». No puedo estar aquí.

—Andando. —El agente me obliga a bajar.

—¡No me toque! —le advierto.

Busco la manera de volver a la avioneta, pero me lo impiden.

—¡Tengo prohibido venir aquí! —Forcejeo.

«No puedo ni quiero estar aquí». El brazo me duele cuando me toma con más fuerza queriéndome llevar, no sé adónde, pero me niego.

—Suéltala —ordena una voz masculina a poca distancia.

Un rubio con porte de ejecutivo y acento irlandés se acerca respaldado por dos soldados.

—Teniente —me saluda cuando estamos frente a frente—, bienvenida a la central de París.

«Teniente… ¿Hace cuánto no me llaman así?». Los soldados se acercan a recoger la mochila que se me cayó en medio del forcejeo.

—¡Déjenla! —exclamo molesta—. No puedo estar aquí.

No puedo pisar los comandos de la FEMF y mucho menos territorio europeo.

—Calma —pide el irlandés—. Entiendo que esté confundida.

—Confundida le queda corto —replico bajando la voz.

No sé qué tanto sepa este hombre de mí.

—Permítame presentarme. —Extiende la mano—. Soy Wolfgang Cibulkova, el nuevo subdirector de Asuntos Internos.

Conozco el cargo y la rama, obvio que sabe todo sobre mí. Asuntos Internos siempre sabe de todos los soldados y trabaja de la mano con el programa de protección de testigos.

—Acompáñeme, por favor. —Se encamina a los edificios.

Se llevan mis pertenencias, pese a que me opongo. «Que sea de paso», ruego para mis adentros. «Debe ser eso», estoy exiliada, por ende, no me pueden retener por mucho tiempo en una ciudad como esta.

Clavo la vista enfrente ignorando el entorno militar: armas, gritos y soldados trotando. No quiero un *déjà vu* ni recuerdos de la profesión que tenía. Me llevan al edificio administrativo y me hacen subir a la oficina que se encuentra en la décima planta.

—Antes que nada —el irlandés me señala el asiento que está frente a su escritorio—, déjeme decirle que es un honor tenerla aquí. Usted no es una soldado cualquiera.

—No soy una soldado —replico.

—Entiendo su enojo. Supongo que tiene mil preguntas en la cabeza, lamentablemente no tengo respuesta para todas.

—¿Para qué me trajeron aquí? —suelto la primera.

—Será teniente en este comando.

—¿Bromea? —pregunto con sorna—. Estoy exiliada, no pueden tomar decisiones como esta.

—El exilio no se acabó, esté o no aquí, seguirá con las condiciones que pautó el día que partió. Solo que ahora tendrá un trabajo dentro de los muros de la central.

—¿Con qué fin? ¿Por cuánto tiempo?

—No me han dicho nada sobre el tiempo estipulado.

—Lo lamento, pero no quiero.

—Cuando firmó el exilio, se puso a merced del sistema, y este es libre de ubicarla donde crea conveniente —aclara—. No tiene por qué tener miedo, dado que todo está controlado.

«Controlado». Lo dudo, el traerme me pone en el ojo del huracán. Antoni Mascherano sigue libre, si vuelve a atraparme, habré perdido más que tiempo. Los sacrificios, la tristeza y el dolor de mis seres queridos habrán sido en vano.

—Cualquiera puede exponerme.

—No lo harán, seguirá bajo el nombre de Selene Kane —explica—. Su antigua identidad fue dada por muerta, es una soldado con muy buenas habilidades y, por ello, la entidad no quiere que siga dando vueltas por el mundo, como tampoco quiere desperdiciar sus dotes.

—¿No importa que esto pueda costarme la vida?

—Estará a salvo si cumple con lo que se le ordena —contesta—. La situación que nos preocupa es delicada, de lo contrario, no la hubiéramos traído.

—Quiero hablar con el ministro —exijo.

—No será posible, tenemos el mando total del programa de protección de testigos y, como sabe, Casos Internos se encarga de que todo marche como debe —manifiesta—. Está aquí por un motivo especial y no se irá hasta que la rama lo estipule.

Llama al uniformado que entra por mí.

—Escolta a la teniente Kane a la alcoba que se le asignó —dispone.

—No he acabado con las preguntas.

—Dije lo que tenía que decir, el resto es información confidencial.

El soldado me dedica un saludo militar y lo ignoro mientras me encamino a la puerta. Me sacan del edificio y me llevan a los dormitorios, donde me encuentro con Johana, la agente que se ha encargado de mis traslados desde que partí de Londres.

—¿Qué es esta payasada? —inquiero.

—Indagué y exigí explicaciones cuando me lo notificaron —me informa—, pero nadie da respuestas, ya que es una orden de arriba.

—Tienen que dármelas, estoy exiliada y en peligro.

—Las cosas no son iguales —me interrumpe—. Hay nuevos parámetros y reglas.

Muevo la cabeza en señal de negación, esto continúa sin gustarme y quiero que las cosas sigan siendo como antes.

—Te están devolviendo el cargo, he visto este tipo de exilio. No te devuelven la identidad, ni tu antigua vida, pero te dan la opción de idear un nuevo futuro.

—¿Futuro? —río—. Ni siquiera sé cuánto tiempo estaré aquí o qué diablos quieren de mí.

—No será por poco tiempo, quieren que ayudes con un tema de suma importancia, es lo poco que me comentaron.

—No me siento segura, si Antoni Mascherano me ve…

—Te entiendo, pero quiero que lo sopeses —insiste—. Llevas más de dos años siendo una viajera sin rumbo, ahora tienes la opción de establecerte y adoptar la identidad de Selene Kane. Lo más probable es que, después de acabar con lo exigido, te consigan un trabajo de civil fuera de la entidad.

No me genera confianza, los casos que describe son escasos y nunca anhelé ni me ilusioné con ser uno de los pocos.

—Las órdenes ya están y hay que acatarlas. Por mi parte, trataré de conseguir más información. —Con disimulo me entrega una tarjeta con su número—. Si ocurre algo de extrema gravedad, busca la manera de llamarme.

Un soldado se sitúa en la puerta y se marcha dejándome sola. Desde mi alcoba se ven las torres administrativas, por lo que cierro las cortinas antes de revisar el armario, que está lleno de uniformes de mi talla y también contiene un par de mudas de civil. Sobre la cama me dejaron tarjetas de crédito y una placa, que reparo.

Perdí la cuenta de las veces que extrañé esta vida, de las veces que tuve un teléfono en las manos dispuesta a llamar a mi familia, ya que las ganas de oírlos me consumían, anhelaba verlos a ellos y… al coronel. «Ya pasó», me digo en lo que me acuesto en la cama. Partir fue algo tan doloroso que mi pecho quema cada vez que lo recuerdo.

No abro las cortinas, simplemente me quedo contra la almohada, sopesando todas las preguntas que me surgen. Dos horas después, un soldado me avisa de que debo estar uniformada mañana temprano.

Casos Internos no es el tipo de rama que da el brazo a torcer. Hace unos años tomaron a Harry para una investigación y no lo dejaron en paz hasta que terminó.

La trompeta suena a las cinco de la mañana, no dormí más de tres horas y me levanto a bañarme. Quiero irme, pero algo me dice que no me dejarán ir, así que lo mejor es que trate de acabar rápido con lo que sea que quieran.

Me visto con uno de los uniformes del armario, ignorando las sensaciones que surgen al ser consciente de que nuevamente luzco como una soldado.

«Madrugo en vano», pienso, y me preparo para nada, porque nadie viene por mí en toda la mañana y no hago más que dar vueltas por la alcoba.

Al mediodía, la falta de alimentos hace que me duela la cabeza. Ayer no comí nada y el mareo me obliga a tomar una chaqueta y salir en busca de algo. No hago contacto visual con nadie en lo que camino en busca de los comedores. El sol brilla, las banderas ondean y mi piel se eriza, forzándome a apretar el paso.

El comedor está atestado de soldados, no hay mesas vacías y me acerco a la barra cuando veo que dejan un sitio vacante. El olor que emana de la cocina me sacude el estómago avivando el hambre que tengo.

—¿Qué le sirvo? —me pregunta uno de los auxiliares, y a continuación me hace un breve resumen de lo que hay.

Reparo en el soldado que come con ganas a mi izquierda.

—Lo mismo que él —pido, y el hombre levanta el pulgar sin apartar la vista del plato.

—Está bueno —dice.

—No lo dudo. —Tomo asiento en el banquillo.

Mi comida tarda en llegar, el ver tantos alimentos y tanta gente masticando me despierta más el hambre. El hombre que está a mi lado termina y me ofrece la mano a modo de saludo.

—Paul Alberts —se presenta.

—Selene Kane —contesto.

El ayudante de cocina me da un plato con comida y de inmediato tomo los cubiertos, se ve delicioso, me meto una cucharada de puré a la boca y… Jesús… Tenía años sin probar algo así. Sumerjo la cuchara en el plato ansiosa por el próximo bocado, pero de la nada me alejan la bandeja.

—No lo está comiendo como se debe —replica un sujeto con malla en la cabeza—. Pasé dos horas buscando el punto exacto de la salsa.

Alza el recipiente blanco que está sobre la barra.

—No es justo que no se tomen la molestia de probarla. —Pasea los ojos por el comedor y sacude la cabeza, decepcionado.

Noto las botas y los pantalones camuflados bajo el mandil. ¿Es un soldado? Esparce la salsa sobre mi comida y me la devuelve sin mirarme. El uniformado que tengo al lado se despide del arrebatacomida.

—Con o sin la salsa estaba bueno, así que no te lo tomes tan personal —le dice.

—Sí, como digas. —El soldado del mandil se pierde en la cocina, enojado.

Me tomo mi tiempo degustando los alimentos, en verdad está delicioso. El sitio se desocupa poco a poco y pido otro vaso de jugo, ya que hasta eso sabe bien. La barra queda vacía y el soldado del mandil vuelve a salir con un trapo, y se pone a limpiar la barra.

—Dime que no se enfrió —me pide en cuanto llega a mi sitio—. La grasa del pato se duerme y… Olvídalo.

Me surge la pregunta de por qué hace las tareas de auxiliar novato, si no tiene pinta de cadete presta servicio, es bastante mayor para eso. ¿Las normas cambiaron y ahora somos soldados multiservicio?

—¿El plato lo hiciste tú? —pregunto.

—Sí —contesta—. ¿Te gustó?

Sonríe, tiene ojos color miel, labios pequeños y cabello castaño. «Es muy apuesto». Aparto el pensamiento de mi cabeza cuando medio me acelera el pulso.

—Lo resumiré en que si tuvieras un restaurante sería tu comensal número uno. —Bajo del taburete.

—De uno a diez, ¿cuánto le das?

—Quince.

Vuelve a sonreír.

—A eso súmale que te doy buen puntaje, pese a que me quitaste el plato y lo desfilaste mientras me moría de hambre.

—Lo siento.

—Estaré ansiosa por el menú de mañana. —Me encamino a la salida.

—Olvidé tu nombre —me dice cuando voy a poca distancia.

—No te lo dije. —Sigo caminando y no sé por qué vuelvo a mirar a su sitio antes de cruzar el umbral. «Es lindo», pienso, bastante a decir verdad, y sacudo la cabeza recordándole a mi cerebro que no estamos para cosas como estas.

5

Soldado chef

Rachel

Dejo que mis brazos reposen sobre la silla de la sala de juntas. Ayer me pasé toda la tarde encerrada después de almorzar y no me dieron razón de nada hasta hoy en la mañana, cuando un soldado se acercó a mi puerta y me escoltó hasta el sitio donde me tienen hace más de media hora.

La demora empieza a molestarme, pasan veinte minutos más y Wolfgang Cibulkova, el de Asuntos Internos, abre la puerta. No aparenta más de cuarenta años y luce un traje gris pálido con corbata negra.

—¿Cómo la pasó ayer? —pregunta.

—Encerrada —contesto.

—Lo siento. —Tiene algo que no me inspira confianza—. Tuve un contratiempo ayer, por eso no me vio; también quise darle su espacio con el fin de que asimile todo lo sucedido.

Asiento internamente, deseando que el contratiempo sea una represalia por sacarme del exilio.

—Hay que empezar a trabajar, ya se le asignó a un grupo de…

—Agradezco que crean que mis cualidades son útiles para lo que sea que necesiten —hablo—, no obstante, le ruego que reconsidere las cosas y me devuelva a mi aislamiento. Si no pedí un reintegro es porque no lo quiero.

—Esto no depende de mí, Selene —responde—. No soy de los que le gusta forzar las cosas, solo cumplo órdenes de arriba.

—¿Quién las emite? —cuestiono—. ¿Con qué fin y por qué no me explica él o ella las cosas personalmente?

—En su momento sabrá todo lo que quiera saber; por ahora, tanto usted como yo debemos cumplir órdenes —responde—. Tiene veinticinco años, es de Carolina del Norte y viene transferida del comando australiano, es soltera y no tiene hijos.

Me pide que lo acompañe a una sala diferente; como ya dije, no son el tipo de rama que da su brazo a torcer.

—Tiene prohibido entablar contacto con otras centrales, nada de comunicarse con familiares o con personas allegadas. No mentimos al decir que el exilio continúa y no olvide que desacatar las leyes que lo rigen es catalogado como rebelión y castigado con la cárcel.

Abre la puerta de la sala de investigaciones, donde esperan sentados dos uniformados.

—Teniente Kane —empieza Wolfgang—, le presento a los sargentos Paul Alberts y Tatiana Meyers, soldados colaboradores de Casos Internos.

Ambos se levantan y me dedican el debido saludo.

—El caso en el que trabajarán es de sumo cuidado, la información es muy delicada y, por ello, se exige discreción.

El irlandés recibe la carpeta que le traen y abre la boca para hablar, pero la termina cerrando con el soldado que aparece en la puerta; es el mismo que ayer me quitó el plato en la cafetería.

—Perdón —se disculpa el uniformado, que entra con vasos y un termo de café.

Me sigo preguntando el porqué de las tareas que tiene, ya que nadie aspira a quedarse en los primeros niveles de la FEMF. Sirve bebidas calientes para todos, pregunta si quiero azúcar, con la cabeza le indico que sí y me lo prepara completo.

—Gracias, Gelcem —le dice Wolfgang—. Si se requiere algo más, te llamamos.

—Sí, señor. —Se retira.

Mis ojos lo siguen hasta el umbral, donde desaparece. «Es lindo», repite mi cabeza mientras le doy un sorbo al café. La puerta se cierra y el de Asuntos Internos continúa.

—Hay algo que nos tiene preocupados y se llama Mortal Cage —habla—: las jaulas mortales del mundo criminal donde se pelea y mata por dinero, diversión y entretenimiento. Necesitamos lo antes posible el nombre de la persona que lo dirige.

De un fólder saca la información que me entrega.

—Es algo que puede investigar cualquier teniente de renombre —me sincero.

—No, teniente Kane —replica—. Hay sospechas internas que Casos Internos no puede pasar por alto y, por ello, fijan la vista de manera especial en ellos. Recuerde que por cuestionar órdenes puede ser sancionado en la milicia.

—¿Terminado el asunto podré irme?

—Puede que sí, ya que si pone de su parte, nosotros también.

Se levanta y me entrega los fólders con datos de importancia.

—La trajimos porque necesitamos resultados lo antes posible —indica—. Fechas importantes se aproximan y hay temas preocupantes que se deben solucionar. El sargento Alberts y la sargento Meyers estarán a su disposición, cualquier novedad que tengan, háganmela saber de inmediato.

Los soldados asienten y él se retira dejándome a solas con los presentes.

—¿Qué ordena, mi teniente? —pregunta el sargento, y me centro en que depende de mí cuánto me demore con esto.

—Necesito toda la información archivada que se tenga sobre las jaulas mortales —dispongo—, año en el que surgió, geolocalización, qué se dice y qué se sabe sobre ello.

—Como ordene.

Acata la orden y se dirige a los archiveros. Lo que me dio el irlandés es un resumen sobre cómo está funcionando la FEMF actualmente. La entidad está por entrar en periodo electoral, hay un par de noticias relevantes, las cuales explican que el Consejo se organizó y consiguió tener más influencia en las decisiones del ministro.

Los soldados vuelven y lo que queda de la mañana se resume en ojear expedientes. La Fuerza Especial ha apresado a algunos, sin embargo, esto no sirve de mucho, ya que su testimonio solo habla sobre cómo los encierran a matar.

No hay ningún indicio de quién es el dueño, mas sí hay bastante información sobre la dureza de la práctica. Los hombres que participan son luchadores natos y se les considera letales a la hora de pelear.

Pasada la una de la tarde, llega el hambre y mando a los soldados a comer. Espero mi hora de receso, termino de leer el documento que falta y me levanto para ir a almorzar yo también. El comedor del comando está igual de lleno que ayer y esta vez en la barra no hay espacios vacíos.

—Mi teniente —me llaman a un par de metros y es el mismo soldado de mandil—, no se vaya, dentro de un par de segundos le consigo un sitio.

Termina de limpiar la mesa que tiene enfrente y me pide que lo siga a la segunda planta, donde hay una mesa vacía frente a una de las pantallas del comando.

—Stefan Gelcem —se presenta.

—Selene Kane —contesto fijándome en la única estrella que tiene en la playera.

Quita las charolas llenas de servilletas. Sigo con la duda de por qué hace cosas del personal de servicio. Me pide que me acerque e intento sentarme, pero… el enunciado de última hora del noticiario me hace levantar la mirada cuando todo el mundo fija la vista en la pantalla.

«*Christopher Morgan sale ileso del atentado realizado por Antoni Mascherano*».

«*El ministro Morgan aseguró que su hijo no sufrió ningún tipo de herida en la pelea, por el contrario, está más concentrado que nunca en atrapar al líder de la mafia*».

El pecho se me comprime al ver las imágenes que lo muestran. Intento retroceder, pero choco con la espalda de alguien, provocando que se le caiga la bandeja.

—¡Lo siento! —Trato de ayudar, sin embargo, no tengo las ideas claras y mis ojos se niegan a perder de vista el televisor.

«*No ha sido un buen mes para el coronel Morgan* —continúa el informante—. *Se confirmó que acaba de divorciarse de Sabrina Lewis, quien aún no se recupera de su estado*».

«¿No fue temporal? ¿Se quedó así?». Se me arma un nudo en la garganta, ya que, en parte, todo lo sucedido fue por mi culpa.

Me agacho a recoger los platos destruidos.

—Yo lo recojo. —El soldado me aparta las manos—. Tome asiento, le traeré su comida.

Le hago caso, la pantalla gigante queda frente a mí, mostrando fotos de Londres y un bar destruido en la Quinta Avenida.

«*Antoni Mascherano no desfallece en la lucha, sigue en pie y se le atribuyen varios crímenes a lo largo del mundo*».

Siguen hablando y pasan a mostrar fotos del sitio del atentado. «Él no se da por vencido», sigue siendo la sombra de la cual debo preocuparme, dado que sigue igual de fuerte.

«*La mafia italiana es uno de los grupos criminales con más peso en el mundo y el coronel Christopher Morgan les ha dado pelea* —siguen informando—. *Se sabe que el líder de la mafia italiana es una persona bastante inteligente, al igual que el coronel Morgan, y con todo esto surge la pregunta de quién saldrá victorioso…*».

—El coronel, obviamente. —Vuelve el soldado—. Los Morgan son una de las mejores familias que ha tenido la milicia, es casi imposible derrotarlos.

—Los Mascherano son de cuidado —musito.

—Teniente de poca fe. —Me ofrece el plato y tomo un cubierto. Huele delicioso, pero tengo un nudo en el estómago y dudo que me deje comer.

—¿Se siente bien? —pregunta preocupado—. No tiene buen color.

—¿Podrías bajarle el volumen al televisor? Me da migraña.

—Enseguida.

Se va y al regresar vuelve con un plato de sopa en la mano.

—¿Puedo acompañarla? —Mira la silla vacía—. La cocina es un caos y…

El volumen de la pantalla disminuye, pero siguen mostrando enunciados, los cuales leo: «*El coronel Morgan es un fenómeno que arrasa con todo, haciendo alusión a su apellido*». Su imagen se toma el televisor mostrando la última vez que dio declaraciones, y ver atrás a Bratt junto con la Élite hace que se me caiga el tenedor.

El ver a los que fueron tan importantes trae los recuerdos del pasado que…

«*Solo habrá un perdedor* —dice Christopher en una entrevista de incautación— *y no seré yo*».

—¡Es el mejor!

El soldado estrella la palma contra la mesa y vuelvo a mi plato cuando dejan de mostrarlo.

—La Élite de Londres merece muchos aplausos —sigue el hombre que me acompaña—. Son muy buenos en lo que hacen, ¿no cree?

—No los conozco.

—Todos en el ejército saben quién es el coronel Christopher Morgan y lo que ha conseguido con la tropa Élite que lo acompaña.

—En Australia se sabe poco. —Le resto importancia queriendo cerrar el tema—. Está en otro continente.

—La central inglesa —no se calla— tiene uno de los ejércitos más temidos a nivel internacional.

El nudo que se me forma en la garganta no deja de crecer.

—Tiene a los mejores capitanes y tenientes del mundo. ¿Ha oído hablar del capitán Dominick Parker?

«Sí, me hizo una obra maestra».

—No.

—¿Y del capitán Bratt Lewis?

Paso saliva, ya me presentía que escucharía cosas que no quiero escuchar.

—Ha librado batallas hombro a hombro con el coronel; dio un golpe mortal cuando rescataron al agente que los Mascherano querían como dama de la mafia.

Se me devuelven los recuerdos de la droga que recorrió mis venas estando en cautiverio. Isabel, Fiorella, Brandon…

Sudo y me llevo los dedos a la sien cuando la migraña me taladra los sentidos.

—Y ni hablar de capitanes como Patrick Linguini —continúa emocionado— o como Simon Miller, o las maestras en el oficio del camuflaje: Laila Lincorp y Angela Klein, quienes han instruido aquí…

—Creo que ya me quedó claro. —Me levanto, no soporto el dolor de cabeza.

—¿La incomodé? —pregunta avergonzado—. Perdone…

—Necesito aire fresco, es todo.

—No probó la comida. —Baja la mirada al plato.

No recibe respuesta de mi parte, ya que me voy. Me zumban los oídos, la tensión arterial se eleva con cada latido y no me molesto en disculparme con los que tropiezo, puesto que lo único que quiero es llegar a la alcoba, donde me vuelvo un ovillo en la cama.

Los recuerdos se mantienen, las pesadillas que viví, lo que tuve que dejar y echo de menos todavía; como también la transformación que tuve a causa de la droga, que hizo estragos en mi sistema.

Por eso quise mantenerme al margen de todo, me aislé del mundo porque no quería meter el dedo en la herida y mi antigua vida es eso: una herida que no deja de doler cada vez que recuerdo lo que nunca volveré a tener.

El HACOC me puso al borde del abismo y es algo que me sigue lastimando. No lo tengo en mi torrente sanguíneo, pero la agonía de saber lo que pasé y viví es una catapulta a un mar de desespero.

Si me hubiesen dado a elegir, hubiera preferido que me pegaran un tiro en la sien. Si hubiera tenido esa opción, habría deseado morir antes de pasar por la mierda que me alejó de todo lo que amaba.

No vuelvo a levantarme el resto de la tarde, me meto bajo las sábanas y me convenzo de que es tiempo pasado, de que estoy bien y no puede lastimarme; sin embargo, por más que a mí misma me susurro palabras de ánimo, termino llorando como el día que partí.

Sé que debo enfrentarme a los recuerdos, pero, a decir verdad, creo que hay cosas para las que no estoy preparada todavía.

6

Padre Santiago

Christopher

Pongo en pausa el video de la laptop y tomo una larga bocanada de aire. El escritorio está lleno de los objetos que se supone que debo portar. El operativo inicia dentro de unas horas. Aún no ha empezado y ya estoy harto.

Tocan a la puerta y saco uno de los cigarros que tengo en la cajonera, tomo el encendedor y le doy dos caladas, llenándome de nicotina.

—Adelante —dispongo cuando vuelven a tocar.

—Coronel. —Entra Laurens—. El capitán Patrick y el padre Santiago están aquí.

—Que sigan.

Se queda mirándome con la boca entreabierta y no sé si se enamoró, enloqueció o perdió la poca inteligencia que le quedaba.

—¿Quieres sentarte y hablar de tu autoestima? —inquiero con sarcasmo y sacude la cabeza—. ¡Entonces muévete!

—Le quería preguntar si se le ofrecía algo más —balbucea.

—No.

Sale de inmediato dando paso a Patrick, que se adentra con el hombre que lo acompaña.

—Coronel, es un gusto conocerlo —me dice, y respiro hondo con el cigarro en la mano.

—¿Trajo lo que se necesita? —voy al grano.

Asiente y, junto con Patrick, toma asiento sacando las pertenencias que requiero; estaré en el centro como un sacerdote más y desde adentro debo identificar quiénes son los que trabajan con la mafia.

—Le hice un horario con el itinerario de mis obligaciones. —Me ofrece una libreta—: misas, reuniones, grupos de oración, tiempo con los desamparados, consejería y obras benéficas.

—No olvide el encuentro con los alcohólicos —añade Patrick y lo miro mal—, ni las charlas sobre catequesis e instrucción sobre los pecados de la carne.

—Claro que no —contesta amable—. Todo está en la agenda, como también mi teléfono, mi dirección y mi email. Puedes llamarme a cualquier hora del día, tendré el móvil a mano para instruirlo en lo que necesite.

Le echo un vistazo por encima al cuaderno, siento que terminaré burlándome en la cara de alguien cuando salga con alguna tontería.

—Te esperan en la iglesia al mediodía. ¿Ya estás listo?

—Desde que me levanté.

Se mira con Patrick.

—¿Y la ropa que le envié? —pregunta el padre.

—Solo me falta el alzacuello. —Lo busco en el cajón y lo acomodo bajo las solapas de la camisa.

Sonríe incómodo.

—¿Qué pasa?

—Es que te ves un poco... —carraspea—. Si me permites puedo ayudarte.

Me dice cómo, según él, debo peinarme y me muevo al baño a terminar con lo que me falta: los tatuajes tuve que cubrirlos con una base temporal que los tapa por un mes. Encajo la camisa, mojo el cabello y me lo arreglo. «Parezco un idiota».

—El equipo espera abajo, coronel —me avisa Patrick mirándome de arriba abajo.

Me aseguro de no tener marcas que me delaten a la vista y me coloco la chaqueta de cuero por encima. Patrick me da lo que falta y salgo con él y el padre, que me sigue.

—Mi coronel. —Parker me dedica un saludo militar en el pasillo—. El ministro acaba de llegar y me preguntó por usted.

—Terminó la «gira». —Me encamino al ascensor—. De seguro se dio cuenta de que soy pésimo para el papel de cura y quiere corregir este circo.

—Lo dudo —me sigue el capitán—, está con el equipo en el estacionamiento.

Últimamente, nadie da buenas noticias.

—¿Qué novedades tienes?

—Bratt llamó e informó de que se tomará dos días más, ya que su investigación sobre el punto sospechoso Bibury no está completa —informa.

Bajo. El anillo de seguridad merodea por el sitio mientras el ministro evalúa a los agentes que están formados frente a él. Patrick se lleva al sacerdote y me acerco al sitio de Alex.

—Creí que moriría sin verte vestido como alguien decente —repara mi atuendo.

Me trago la respuesta que se merece cuando queda frente a mí. Llevaba casi un año sin verlo y de seguro los presentes esperan un abrazo o un «te extrañé, papá», cosa que no sucederá en esta vida ni en la otra, así estemos aquí o en otro planeta.

—El plan de Gauna tiene un punto de quiebre. —Se aleja—. Como el profesional que eres, dejaré que lo encuentres y tomes la debida medida.

Escaneo a los soldados repitiendo en mi cabeza lo que hará cada quien. Gema Lancaster, Lizbeth Molina, Meredith Lyons y Angela Klein como civiles voluntarias, las cuales trabajan en el sector y estarán haciendo trabajo de vigilancia, reportando novedades y trayendo información; Laila Lincorp, Brenda Franco y Alexandra Johnson tienen la tarea de averiguar si hay más iglesias involucradas y, por último, Simon Miller estará como ayudante de pago con Trevor Scott, quien es sargento segundo de la tropa de Parker.

—¡Klein, da un paso al frente! —No tardo en encontrar la falla.

—¿Qué ordena, mi coronel? —Se pone en posición de firmes.

Me gusta que entienda la diferencia entre relaciones laborales y personales. No tengo quejas de ella y, pese a que me la tiro cada vez que quiero, no deja de verme como lo que soy: su superior.

—Estás fuera del operativo de espionaje, te quedas aquí apoyando las labores de Parker.

Me jode los planes, pero llevarla pone en peligro el trabajo de todos. Por muy natural que quiera verse, no encaja. Tiene más pinta de actriz porno que de voluntaria de bajos recursos. Su papel es importante, pero prefiero desistir antes de poner en riesgo lo planeado.

—Como ordene, mi coronel. —Me dedica un saludo militar—. Permiso para retirarme.

—Concedido. —Me concentro en los demás—. A partir de ahora se inician labores de inteligencia, no quiero excusas, equivocaciones, ni fallas.

—¡Como ordene, mi coronel! —contestan todos al unísono antes de romper filas.

Ya cada quien tiene claro lo que tiene que hacer y me dejan a solas con el ministro.

—Volviste a creerte invencible —me reclama—. Bajaste la guardia y Antoni casi te mata.

—Dime algo que no sepa. —Me encamino a mi auto.

—Esto no es un juego, Christopher. —Me sigue—. ¿Qué quieres? ¿Que te escude con medio ejército?

—Puedo cuidarme solo, así que ni te molestes. —Sigo caminando y me detiene.

—¡Qué veterano más sexi! —Llega Gema—. No sabe cuánto me alegra verlo, ministro.

Lo saluda con un apretón de manos y beso en la mejilla antes de llenarlo de adulaciones.

—Espero que me demuestres que incorporarte en la milicia no fue una pérdida de tiempo —le dice Alex.

—No estaría aquí de ser así. Londres solo recibe a los mejores —contesta mientras desactivo el seguro de mi auto con el mando a distancia.

—No pensarás llegar en el McLaren, ¿no? —empieza Alex—. Creerán que despilfarras el diezmo.

—Lo llevaré al penthouse y de ahí veré qué hago.

—No hay tiempo para eso —me regaña—. Te sacaré del comando.

—De paso me dejas en la estación de tren —pide Gema—. Quiero llegar antes y recorrer el área, me parece buena idea familiarizarse con el vecindario. Le dará más credibilidad a todo.

—Sube. —Alex señala su vehículo—. Usted también, coronel.

—Gracias, pero prefiero tenerte a metros.

—¡Ay, no seas aburrido! —Gema me toma del brazo—. Es tu padre, no te comportes como el rey de los ogros.

Intento apartarla, pero Alex me empuja a su auto. La hija de Marie se ubica en el asiento delantero.

—Dime, Shrek. ¿Cuándo vuelve mi hombre ideal? —Se arregla el pelo.

—Supongo que con «hombre ideal» te refieres a Bratt Lewis —comenta Alex.

—El mismo. Él es uno de los motivos por los que me emocionó la idea de venir a Londres —suspira cuando el auto arranca—. ¿Saben si está soltero?

—Ni idea. —Me mira Alex—. ¿Sabes si sigue comprometido con el recuerdo de su ex?

—No la menciones —se ríe Gema—. Christopher se pone sensible y finge alzhéimer cada vez que se la nombra.

Finjo que viajo solo.

—Me recuerda a ti, Alex. Le prohibiste a mamá que mencionara a Sara cuando te dejó.

Empieza a hablar de lo bien que le ha ido a Sara Hars con su profesión. Gema siempre ha estado al tanto de todo el lío. Al ser la hija de Marie, fue testigo de las constantes discusiones que se desataron en High Garden por culpa de las infidelidades de Alex.

Me bajo cuando estoy en la ciudad y el ministro hace lo mismo, no sé con qué fin, pero camina un par de cuadras conmigo.

—Tu atentado me hizo acortar mi agenda, sin embargo, no voy a discutir ahora sobre eso. Es importante que triunfes con este operativo. —Se pasa la mano por la cara—. Es complicado, pero sé que vas a conseguirlo si te concentras, así que no se te ocurra bajar la guardia…

—Yo nunca bajo la guardia. —Echo a andar.

—Christopher —me llama—. Es en serio lo que te digo —advierte—. Concluye esto con éxito, que es fundamental.

Se devuelve a su auto y yo camino calle arriba, me quito la chaqueta y le hago señas al taxi donde me subo, y que me lleva al sitio donde tendré que trabajar las próximas semanas.

Las puertas antiguas se ciernen sobre mí, miro arriba detallando la cruz de metal que hay en la punta de la enorme torre. «No mataré a nadie», me convenzo en lo que me acerco a la enorme iglesia que me recibe y donde uno de los ayudantes me da la bienvenida.

Hay mujeres por todas partes. Un grupo de novicias pasa por mi lado cruzando miradas conmigo y me volteo cuando noto que no están para nada mal. Una se gira a verme y río para mis adentros con la atención que…

—Padre —me habla una anciana vestida de monja—. Está usted muy…

Se pone los lentes y pasea la vista por mi cuerpo mientras le sonrío viéndome como la persona más simpática del planeta.

—Madre. —Me acerco a darle la mano y la toma devolviéndome la sonrisa—. Estoy muy feliz de volver.

—El gusto es nuestro. —Aprieta mis dedos en vez de soltarlos y pongo mi mano sobre la suya—. Bienvenido a casa.

Se ríe y hago lo mismo palmeando la mano que mantengo entre las mías.

7

Angel

Rachel

El aire fresco y el olor a césped recién cortado avasalla mi olfato cuando me acerco a la baranda, soldados se ejercitan a lo lejos y el sonido de la podadora me hace notar al sujeto que la maniobra, Stefan Gelcem. Me sigo preguntando el porqué de sus funciones.

Porta el uniforme y desvío la mirada cuando mira a mi sitio.

—¿Cómo está, mi teniente? —Se acerca—. ¿Sigue indispuesta?

—Estoy mejor, gracias.

—Me alegra. ¿Hoy almorzará en el comedor? Haré un menú especial.

—Suerte con las tareas. —Me aparto de la baranda y tomo las escaleras que llevan a la octava planta.

Abro la oficina que me asignaron y tiro de la silla donde me siento. El lugar de trabajo que me asignaron es amplio y cómodo. Me ofrece todo lo que mi labor requiere, mas no me siento cómoda.

Nunca me he llevado bien con los superiores que les gusta poner a otros a trabajar mientras que ellos se encierran a hacer nada en su oficina, es algo que siempre critiqué, mal, porque me he convertido en uno de ellos.

Es mi octavo día en París y no he hecho más que sentarme a revisar información por encima, comer, trotar en la mañana y escuchar a volumen bajo canciones viejas en la radio. Los soldados que me asignaron traen datos que tardo en verificar y todo por una sencilla razón y es que no quiero estar aquí.

A Wolfgang no le gusta mi actitud, la cual no cambiará hasta que me devuelva al sitio donde estaba.

—Teniente. —Entran los sargentos—. Tuvimos una charla con uno de los presos capturados en flagrancia y lo forzamos a contestar varias preguntas.

Uno de ellos me entrega una carpeta, que recibo y meto en el cajón.

—Más tarde veo qué sirve. —Miro la puerta para que se vayan—. Tómense el día libre si desean, yo no lo voy a ocupar.

El sargento no pone buena cara y ella lo toma del brazo para que se vayan, pero él no se queda callado.

—Con todo el respeto que se merece, mi teniente, pero nos pidieron resultados rápidos. Ya pasaron varios días y estamos igual que al principio —me reclama—. Nos pueden sancionar por esto.

—Me sancionarían a mí, sargento, puesto que soy la que está a cargo —le aclaro—. Ya dije que lo revisaré más tarde, así que retírese.

De mala gana obedece y tarareo la canción de rock clásico que suena en la radio. Siete horas después me duele el culo de tanto estar sentada, así que me levanto por un snack, ya que no me molesté en bajar a almorzar. La información que trajeron sigue dentro del cajón.

Me suelto y arreglo el moño mientras camino, los pasillos están vacíos, a excepción de la entrada de la primera planta, donde está Stefan Gelcem intentando hablar con uno de los tenientes. Tatiana Meyers lo acompaña. Me acerco a una de las máquinas que está cerca de ellos.

—Mi teniente, es solo una firma que necesito para mi solicitud de traslado. —Oigo al soldado que suplica—. No es mi intención quitarle tiempo.

—Muévete a tus labores, Gelcem —lo regaña el teniente—. Las posibilidades para entrar al comando inglés son escasas, así que no te desgastes.

—Pero quiero intentarlo…

No lo dejan terminar, ya que el uniformado de las tres estrellas se retira. Gelcem se queda discutiendo con la sargento, la máquina me arroja lo que requiero y me largo, dado que no quiero quedar como la que anda chismorreando.

—¡Teniente Kane!

Me llama la sargento cuando estoy por cruzar el umbral que lleva a la salida y me vuelvo hacia ella, que se acerca, mientras que él se queda atrás.

—Perdone nuestro atrevimiento, pero es que necesitamos la firma de un superior del sector tres —explica—. Es para una solicitud de traslado. Como usted sabe, se necesita a un superior que firme a modo de recomendación.

El soldado se mueve incómodo atrás con las hojas en la mano. Tengo muchas preguntas sobre él, lo conozco poco y lo que me pide la sargento es arriesgado; sin embargo, no me niego. Debe de ser porque siento que el hombre no es una mala persona, además, vengo de una familia que pocas veces le niega la ayuda a alguien.

—¿Tienes un bolígrafo? —le pregunto a ella, y él se acerca nervioso.

Leo, coloco mi firma donde se requiere y le devuelvo los documentos recibiendo las gracias que ella me da, mientras que él no sabe qué decir. Me retiro a la zona verde, donde me abrocho la chaqueta y tomo asiento en una de las mesas.

Rompo la bolsa y dejo que el tiempo pase mirando a la nada. Es temprano para irme a dormir y me entretengo viendo a los soldados que trotan a lo lejos. Una hora pasa, la práctica se pone más intensa y yo sigo en el mismo sitio.

—Servicio de chef personalizado —hablan dejando una bandeja con comida sobre mi mesa—. Ya que no quiso asomarse por el comedor, decidí traerle parte del menú para que lo pruebe.

Stefan Gelcem me hace sacudir la cabeza sacándome una sonrisa cuando destapa uno de los platos. Hay un humeante filete con puré y verduras salteadas.

—No es necesario que…

—Claro que es necesario, mi teniente. —Acomoda los vegetales con un tenedor—. Me ayudó con la solicitud y no ha comido nada saludable en los últimos días.

—¿Me espías?

—No, señora —ríe nervioso—. Solo tenemos un comedor y no he visto que lo visite en estos días.

Me ofrece la bandeja.

—Filete de cordero adobado y no con cualquier adobo… Este lo elaboré yo mismo y es una mezcla de especias con frutas cítricas que la dejará sin palabras.

—Interesante.

—El puré lo hice esta mañana, esperé que las papas tuvieran el punto exacto de cocción. Todos creen que solo hay que esperar que estén blanditas, sin embargo, no es así, hay que sacarlas en el momento exacto.

—¿Y los vegetales?

—Eso sí los hizo la cocinera, si la decepcionan, no es mi culpa.

Inhalo una bocanada de aire mientras tomo los cubiertos, todo se ve apetitoso y no decepciona a mi paladar cuando lo pruebo. En minutos acabo con todo, en tanto él espera.

—Gracias, Stefan —comento cuando termino. Es muy amable y es lindo ver lo mucho que le apasiona la comida—. Tus platos son dignos de un restaurante con estrellas Michelin.

—Puede disfrutarlos todos los días si almuerza en el comedor.

—No me gusta estar rodeada de tanta gente.

—Lo he notado, pero eso no es problema. Puedo guardarle una mesa lejos del ruido.

Vuelve a surgir la pregunta del por qué hace ese tipo de cosas, no obstante, prefiero callar.

—¿De dónde es? —pregunta recogiendo los cubiertos.

—Carolina del Norte.

—América, lindo continente. Lo he visto en televisión, yo nunca he salido de Europa, ya que… —Se calla—. Es mi superior, debe de creer que le estoy faltando el respeto contándole mi vida.

—No me molesta.

—Este tipo de confianza no está bien con los tenientes.

—No me veas como uno, solo trátame como una compañera más. No es que me guste que usen la palabra «teniente» en cada oración.

—Eso sería raro, es mi superior y…

—Mucho gusto, soy Selene Kane —le extiendo la mano—, teniente en situaciones estrictamente laborales, compañera sin cargo en noches que contengan comida deliciosa y eventos fuera del oficio.

—Stefan Gelcem —me sigue la corriente—, soldado multiuso en asuntos laborales y proveedor de comida cada vez que se requiera.

Suelto a reír y de un momento a otro me toma de la mano mirándome a los ojos.

—Considero que Selene Kane no es un buen nombre para ti.

—¿No?

—¿Sabes lo que significa? —pregunta, y con la cabeza le digo que no.

—Es de origen griego, corresponde al nombre de la diosa de la luna, deriva de la palabra *selas*, que significa «luz», y tú no tienes apariencia de diosa.

—Qué sincero.

—Tienes apariencia de ángel. —Sonríe con dulzura—. De hecho, deberías llamarte así, Angel, porque es lo que pareces.

Bajo la cara cuando se me encienden las mejillas.

—Volví a incomodarte, ¿cierto?

—No, es solo que… —En los últimos dos años nadie me ha acalorado la cara.

—No creas que intento ligar… —aclara—. No es que no lo amerites…, porque sí lo ameritas, y mucho.

—Tranquilo. —Acabo con las migajas que quedan—. Entendí el mensaje.

—Pensarás que soy un charlatán.

—Pues… —bromeo y reímos los dos.

—¿Tienes familia?

«Aquí vamos otra vez».

—No, y no me gusta ahondar en el tema —aclaro antes de que se repita lo de hace una semana.

—¡Gelcem! —gritan desde el pasillo—. ¡Ven aquí ya!

Un pelirrojo alto se acerca a grandes zancadas, la postura y el tono es del típico superior engreído que no sabe tratar.

—¡Hay que limpiar los sótanos! —exclama a lo lejos—. ¡Muévete!

Stefan se levanta. Me da pesar verlo recoger todo con tanta prisa e intento ayudar, pero no me lo permite y no sé por qué mis ojos reparan en sus facciones. Es un hombre atractivo e inspira mucha nobleza. El hombre del pasillo se acerca a apurarlo y noto las tres estrellas que tiene en el uniforme.

—¡Hay botas que limpiar, camuflados que planchar! —No le baja el tono.

—Lo he visto trabajar desde esta mañana —intervengo—. Su jornada hace mucho que tuvo que haber acabado.

El hombre se vuelve hacia mí cargado de rabia, pero la grandeza se le baja cuando nota que tenemos el mismo cargo.

—No pasa nada, haré el trabajo —me dice Stefan. Le explica al uniformado que le dé un par de minutos, y este se va.

Con afán, termina de recoger lo que falta.

—Buenas noches, Angel —me dice—. El menú de mañana estará delicioso. Ve, te guardaré un lugar.

—Bien —contesto.

Vuelve a sonreírme y de nuevo siento las mejillas acaloradas. Echa a andar, mis ojos se quedan en él y a los pocos pasos voltea a verme y no sé, pero tiene algo que… ¿Me agrada?

8

Influencias

Gema

Algo que le agradezco a Sara Hars es que intercediera por mi futuro. Creo que fue una forma de recompensar a mi madre el amor que le tiene a Christopher Morgan, por ello, cuando cumplí los cuatro años, le pidió a Alex Morgan que me incorporara a la Fuerza Especial Militar del FBI, donde estudié y me formé.

La disciplina prevalece en el enorme salón lleno de cadetes de alto nivel, los cuales esperan su turno. Somos un ejército multirracial y soldados de varios países han venido a presentar pruebas obligatorias.

Mia Lewis está con Liz en la lucha cuerpo a cuerpo, mientras que Gauna sostiene el cronómetro midiendo el tiempo que aguanta.

—Buenas tardes —saludan, y los rangos menores a capitán se posan firmes con la llegada del hombre que enciende mis nervios.

Parker lo mira mal y los nervios que surgen hacen que no quiera respirar. «Bratt», pongo la mano en mi pecho y suelto el aire que me ahoga.

—Capitán Lewis —le dice Alan cuando pasa por su lado y el de Meredith Lyons.

Me toco el moño asegurándome de que no tenga hebras sueltas. Bratt Lewis me ha gustado desde que tengo uso de razón, y, cómo no, si es uno de los mejores soldados del ejército. Es apuesto, caballeroso y cordial. Siempre fue así conmigo y tengo recuerdos de él paseándome en su bicicleta. Viene en línea recta a mi puesto y mis intestinos se retuercen con su cercanía.

«Me va a saludar», me digo e intento planear lo que voy a contestar, pero no se me ocurre nada más que detallar su apuesto rostro. Mis labios se estiran sonriendo y…

—James —dice fijándose en la persona que tengo atrás, la cual me hace voltear. ¿James?

Volteo y noto a la soldado de ojos azules, labios rosados, facciones envidiables y cabello negro que espera su turno. El bordado de la camiseta muestra su apellido: es la hija del exgeneral.

—¿Sam? —le pregunto tratando de recordar su nombre.

—Emma —me corrige—, Emma James.

Asiento antes de hacerme a un lado. Bratt ni siquiera nota que estoy a la hora de hablarle y vuelvo la vista al frente reparándola de reojo. El capitán se ubica a su lado y ella actúa como si no le estuviera hablando a uno de los capitanes más respetados y apetecidos del comando, ya que se distrae viendo al perro de práctica que tiene Alan, quien no le quita los ojos de encima.

—¿Cómo están todos en Phoenix? —Alcanzo a escuchar lo que le pregunta Bratt—. Luciana, Sam…

—James —la llama Parker, y Bratt se pone al móvil cuando el aparato le timbra—, te toca.

Meredith carraspea hablando entre dientes cuando pasa por su lado y la cadete se vuelve hacia el sargento.

—¿Qué dijiste? —inquiere.

—¡Mueva el culo aquí, soldado! —la regaña Gauna—. ¡Cuatro puntos menos por mal pararte frente a un superior!

Meredith se cruza de brazos y alza el mentón, en tanto Bratt sigue hablando por teléfono. Tengo obligaciones que cumplir, así que les empiezo a preguntar a los demás si están preparados. Zoe está absorta en un periódico, Gauna le pide a Meredith que tome el puesto de Liz y yo tomo las planillas para revisar que todos los soldados estén en la sala.

—Príncipe azul a la vista. —Liz me molesta hablando solo para las dos.

—Sí, pero ni siquiera notó que existo —contesto.

—¿Cómo que no? —Se ofende—. De seguro que lo pusiste nervioso y se está haciendo el idiota.

Quiero creerle, pero en las relaciones no me ha ido muy bien. No he tenido muchos novios, pero el peor de todos fue Bob, el último, que decía quererme, pero tenía pareja. Cuando lo supe me alejé y se volvió un intenso, un violento, que me propinó una paliza cuando me rehusé a volver a tener relaciones sexuales con él.

—¿Te volviste a acordar de Bob? —me regaña Liz—. Supéralo y avanza, ¿sí? No vale la pena.

—No es fácil. —Busco una botella de agua.

—¡Molina! —la llama Parker, y me pide que aguarde.

Con la cabeza me insinúa que vaya a hablar con Bratt, le pido que atienda a Parker y continúo con las planillas. El trabajo de vigilancia de hoy está a cargo de Scott, así que me aseguro de que no me haya enviado novedades. Mi buzón está vacío y continúo con la tarea.

Bratt se desocupa, Liz me insiste a lo lejos y me lleno de valentía avanzando a su puesto. Somos adultos y es estúpido que a estas alturas le dé vueltas al asunto. Le entregan un par de documentos que se sienta a leer en un banquillo, me acerco más y desisto de la idea estando a pocos pasos.

—Lancaster —habla a mi espalda—. Tanto tiempo sin verte.

Me hace reír y recibo la mano que me ofrece cuando se levanta.

—Ya me habían dicho que venías, bienvenida.

—Gracias.

Me quedo sin palabras, su físico es tan perfecto…

—Sabrina ¿qué tal está? —pregunto y su cara cambia—. Perdona, no debí preguntar…

—Se está recuperando, gracias por tenerla en cuenta.

No ha de ser cómodo tocar el tema. Cambio el peso del cuerpo de un pie a otro, siento que no tengo más que decir. Él es como un querubín hecho hombre y agradezco que no deje que el silencio se perpetúe.

—¿Cómo está Marie?

—Bien, volverá dentro de unos días.

—Salúdamela cuando la veas. —Sonríe de nuevo fijando los ojos en mi rostro, no me gusta que me miren fijamente, siento que tengo los dientes sucios, granos y cosas así.

—¿Tengo bozo o algo parecido? —Me tapo la boca.

—No, no tienes bozo, Gema. —Se le marcan los hoyuelos cuando sonríe—. De hecho, estás muy bella.

—Gracias. —Río como una idiota—. Tú también te ves bien.

—Ahora que recuerdo —comenta pensativo—, esta noche nos reuniremos en uno de los bares a ver la final de fútbol. Sería bueno que fueras y así te integras más con la Élite, ya que haces parte de ella.

—¿Me estás invitando a salir? —No me lo creo.

—Sí, estarán varios del comando. —Toma el bolígrafo y un papel para anotar la dirección—. Será grato verte y que nos distraigamos un rato. Este asunto de las mafias, vigilancia y camuflaje, en ocasiones, llega a cansar.

—Pienso igual. —Recibo lo que me entrega—. Sin falta estaré ahí.

Se retira, la práctica acaba y con disimulo le muestro el papel que me dio a Liz.

—Me invitó a salir… —contengo las ganas de gritar— Bratt Lewis.

—Hay que ir a comprar ropa nueva, nada de trajes, quiero que te veas perrísima.

Inhalo y exhalo, la emoción hace que quiera irme ya, sin embargo, aún hay trabajo que hacer. En la tarde, adelanto trabajo en la sala de tenientes con Liz y luego superviso una de las pruebas escritas donde Mia Lewis, en vez de escribir sobre la hoja, lo hace sobre la mesa, perdiendo el tiempo.

Recojo las hojas cuando el tiempo se acaba. El capitán Thompson es quien se encarga de corregirlas, por ello me encamino a su oficina. Me detengo unos pasos antes de la entrada cuando veo que está hablando con un grupo de cadetes; son los que parten dentro de unas horas a Estados Unidos. Termina con ellos y se queda con la hija menor del general James, a quien le dice no sé qué, pero le muestra varias pruebas.

—Tu hermana estaría decepcionada de ti. —Leo sus labios en lo que ella recibe las hojas—. No pareces una James.

—Parece que hay una oveja negra en la familia. —Llega Liz—. Entrega esa mierda y muévete, que tienes que irte a ponerte guapa.

La soldado sale con las hojas en la mano, noto la nariz roja y no la pierdo de vista ni cuando se topa con Parker, quien le avisa que su avión a Estados Unidos está por partir.

—Entrega y vámonos —me insiste Liz y le hago caso, terminando con la última tarea del día.

Con mi amiga me marcho a la ciudad.

—Despídete de las telarañas que tienes en el coño —me molesta cuando entramos a la primera tienda—, porque hoy saltarás sobre la polla de Bratt Lewis.

—Calla —la regaño—, es solo una cita.

Trato de verme lo más sencilla posible con vaqueros ceñidos, la blusa es más formal, de mangas largas con escote. Me compro un par de zapatos de tacón bajo y una cartera también.

—Te ves fabulosa, las mujeres de aquí no son nada a tu lado. Tenlo claro, amiga —me dice Liz—. Una visita a la peluquería y estarás de infarto.

Paso por la silla de un estilista y a las ocho estoy lista, dejo el auto en casa y abordo un taxi con Liz. Estarán varios soldados, así que no veo problema en que venga conmigo, dado que cuando me vea con Bratt de seguro se pondrá a hablar con otros.

Entro al establecimiento, que está lleno de soldados, entre ellos Parker, Patrick y Simon. No veo a Bratt, pero sí a Brenda, quien está en una de las mesas con Laila y Alexandra, la última está hablando con Luisa Banner.

Me acerco al grupo de mujeres, me las presentaron el primer día que llegué.

—¿Cómo las trata la noche? —pregunto—. Luisa, el embarazo te sienta cada vez mejor.

Le acaricio el vientre.

—Gracias —contesta y la siento molesta—. ¿Alguien le quiere decir a Simon que es hora de irnos? No soporto el olor de la cerveza y esto está tan lleno que, si me levanto, temo que alguien me termine enterrando un codazo.

Si fuera ella, también me preocuparía, el sitio está atestado y en su estado no es muy recomendable. Liz trae dos sillas, una para mí y una para ella.

—Franco —Parker deja una cerveza en el puesto de Brenda—, por la labor de hoy.

Le aprieta el hombro y ella toma la bebida.

—Gracias, capitán —responde ella, y las mujeres de la mesa le clavan los ojos cuando el alemán se aleja.

—Por la labor de hoy —asiente Laila—. Interesante.

—¿Qué? —se defiende ella—. Hoy encarcelé a tres sujetos de un caso menor, si fuera un capitán también estaría feliz de que un soldado me diera frutos.

—Ni siquiera estás en su compañía militar —se queja Laila.

—Hay hombres que son amables, ¿cuál es el problema? —contrarresta ella—. A todo no hay que buscarle el doble sentido.

Le pregunto a Luisa si sabe el sexo del bebé, pero me contesta que no y Liz me codea cuando ve a Bratt entrar con Meredith, se van juntos a la barra desde donde me saluda, antes de ponerse a hablar con la pelirroja.

—Creo que tienen algo —le digo a Liz, que los mira.

—No creo, y si fuera él, la dejaría a ella por ti. —Se empina su bebida.

Bratt no se acerca, pese a que lo miro a cada nada. Christopher llega con Angela y a los pocos minutos se encierra en uno de los baños con esta. No me gusta juzgar, pero me da la impresión de que es del tipo de mujer que no se valora.

El dichoso partido se acaba y los soldados presentes se animan a seguir la fiesta en la discoteca que está al lado. Quiero creer que la actitud de Bratt es porque está sobrecargado de trabajo y no porque en verdad esté saliendo con Meredith.

Luisa discute con Simon en la entrada de la discoteca y Liz deja el brazo sobre mis hombros, al parecer, la discusión es porque Simon se quiere quedar, pero ella no.

—Problemas de heteros casados y sentenciados a una aburrida vida. —Liz me toma de la mano—. Vamos a mover el culo, Bratt Lewis debe saber lo que se está perdiendo.

Nos adentramos a la discoteca con aire de los años ochenta. Si el bar estaba lleno, este sitio le gana con lo abarrotado que está. Pido un trago en la barra y me lo bebo de un solo tirón. «Estoy frustrada», reconozco para mis adentros: el hombre de mis sueños actúa como si no existiera. Liz me da más licor y me lleva a la pista, donde empiezo a moverme.

Noto que Christopher está en una de las mesas con la teniente Klein, Patrick y Alexandra, mientras que Bratt está en una mesa aparte con Simon. Este lo codea indicando que mire al frente, alza la vista y sonríe. ¿Me está mirando a mí?

—Mueve el trasero. —Me nalguea Liz—. Esta noche cae porque cae.

Bailo con coquetería mientras me observa, logrando que me guste más. Espero la siguiente canción y saco mi armamento de seducción tomando las manos de mi amiga, quiero que mi cuerpo le grite que lo desea y mis latidos toman fuerza cuando se levanta.

Hago un movimiento sensual cuando se acerca más y... pasa de largo quedando frente a Meredith, con quien se pone a bailar a un par de pasos de mi puesto.

—Me rindo —le digo a Liz.

—Espera un poco más, solo están bailando. Esa desabrida no es más sexi que tú.

Una de las mujeres la toma para bailar y aprovecho para salir de la pista en busca de la mesa del ogro gruñón del coronel, le pido un trago al camarero y sigo bebiendo.

—¿Se te acabó el repertorio de *pole dance*? —se burla.

—Cierra la boca —le gruño.

—Lástima, lo estaba disfrutando —me dice, y Angela lo besa.

Rechazo las invitaciones a la pista, las horas pasan mientras sigo tomando en la mesa como una despechada sin futuro, cargada de decepción. «Vine de Nueva York con una ilusión estúpida». Bebo trago tras trago viendo cómo todos se divierten.

Bratt no se me acerca en lo que queda de la noche y mis esperanzas son incineradas cuando veo que se escabulle con su sargento. Los demás no les ponen atención, pero yo sí y por ello me levanto con disimulo cuando salen y empujan la puerta del personal. La curiosidad me carcome y termino siguiéndolos al callejón, donde empiezan a besarse.

Quedo peor de lo que estaba, «son pareja», todo este tiempo estuve haciendo planes como una tonta con alguien que tiene pareja. Me devuelvo al bullicio de la discoteca, todo está más que claro: anda con su sargento y por eso no le intereso ni le voy a interesar.

—Mira lo que conseguí —Liz me muestra una pastilla rosada—, un pase a la felicidad.

—Paso. —La aparto.

—No seas aburrida. —Se mete la pastilla en la boca.

—No quiero amanecer con una resaca, mañana tengo que trabajar —digo, y le cuento lo de Bratt.

—Tú lo que tienes que hacer es coger. —Me pone el brazo sobre los hombros—. Escoge al hombre que quieras y cógetelo. Sin pensarlo, sin meditarlo, hazle un favor a alguien de aquí y fóllalo. —Me toma la cara queriendo que mire al coronel—. El de allá se folla a todo lo que se le atraviesa.

Recibo la pastilla y creo que a lo mejor tiene razón, tal vez una buena follada es lo que necesito. La noche toma intensidad y sigo bebiendo, pese a que estoy en pie desde las cinco de la mañana. Christopher sigue en su mesa besuqueándose con Angela, y Liz con la pareja que consiguió.

Del comando son pocos los que quedan: Patrick ya se fue, al igual que su esposa, Simon hace rato que no lo veo, Angela le ruega al coronel para que bailen, pero este no le hace caso, simplemente se van a la barra donde se siguen besando y manoseando con descaro.

Liz me baila por detrás paseando las manos por mi abdomen, las luces de la discoteca parpadean y yo me sigo moviendo con el corazón roto. El mareo se torna insoportable, veo a Bratt a lo lejos yéndose con Meredith y eso no hace más que ponerme peor. Sigo tomando, Angela es otra que se larga y Liz me susurra en el oído que no me aflija, que soy hermosa, maravillosa y deseable.

—Amiga, quiero que cojas —me ruega—. Deja que alguien penetre ese coño.

Llego a un punto donde no sé lo que hago, solo sé que mi cuerpo desea que lo toquen y que lo besen, pero las manos de Liz no me bastan. Vislumbro a Christopher dejando la botella en la barra, se adentra en la pista queriendo atravesarla y Liz me empuja hacia él, logrando que mis manos queden sobre sus hombros, y todo lo sucedido me hace abrazarlo.

—Estoy mal, ogro gruñón. —Rodeo su cuello con mis brazos—. Quiero ir a casa.

Liz se viene sobre mí y nos empuja con fuerza a los dos, sacándonos de la aglomeración de gente. Repite lo mismo dos veces más y su último empellón es tan fuerte que nos vamos al piso. Caigo sobre él, una sonrisa ladeada decora su rostro, yo suelto a reír y, de un momento a otro, no sé por qué estoy besando su boca.

9

Dejándose llevar

Christopher

El brazo lo mantengo sobre los ojos, el hecho de tener que ir al centro religioso hace que el dolor de cabeza que surge cuando despierto tome más intensidad. «Bebí demasiado». No sé quién diablos está hablando en mi sala, pero aparto el antebrazo de mi cara, ya que el ruido me molesta.

—Señor. —Tyler toca a mi puerta—. El ministro está en la línea, quiere saber si ya se fue a la iglesia y no sé qué decirle.

Volteo a mirar la hora, joder, ya era para que estuviera en camino.

—Dile que no moleste —contesto.

Me levanto con el miembro envuelto en látex, la resaca amenaza con partirme la cabeza, no sé ni con quién me revolqué anoche. Miro a la cama y hay una persona cubierta con las sábanas y la cabeza bajo la almohada, soltando pequeños sollozos.

—Se acabó. —Me levanto—. Recoge tus cosas y lárgate, la regla es irse cuando salga el sol. Se lo dejo claro a todas.

Sigue tapada, debo irme y no voy a dejar a una extraña en mi cama, así que me acerco.

—¡Fuera! —Tiro de la sábana con fuerza.

—¡Puedo explicarlo, Chris! —suplica Gema tapándose las tetas.

El enojo llega de golpe, oscureciéndome la vista. «Lo que faltaba, la hija de Marie entre mis sábanas».

—¡¿Qué mierda haces aquí?! —Es la última persona que buscaría para follar.

—Cálmate, todo tiene una explicación. —Llora—. Es que anoche Bratt me rechazó, bebí demasiado y, bueno, quería estar con alguien.

—¿Y creíste que yo era el indicado? —espeto, y rompe a llorar—. ¡Yo no soy tu puto paño de lágrimas! ¡¿Qué te pasa?!

—Hey, aguanta el carro, rey. —Aparece la amiga entrando sin preguntar—. Le metiste la polla en el coño, así que, al menos, trátala bien.

—Me sentía mal —llora Gema— y me dejé llevar por la noche de copas.

Alzo la mano para que se calle. Es libre de revolcarse con quien se le dé la gana, pero no conmigo, ya que no estoy para soportar las represalias de nadie y menos de Marie, quien de seguro va a empezar con reclamos.

—Voy a ducharme y cuando salga no quiero verlas en mi casa.

—Chris, no quería que te enojaras…

—¡Debiste pensar en eso antes de meterte como una puta barata en mi cama!

Liz Molina se atraviesa queriendo frenarme, pero la hago a un lado. Se está buscando que le pegue un tiro. Siento que la cabeza me va a explotar, me echo agua fría en la cara. Gema sigue tocando la puerta y la ignoro metiéndome en la ducha. No me gusta acostarme con hijas de cercanos porque traen dramas y otros creen que, como hay lazos, tengo que respetar o tratar bien.

—Chris —Gema está en el pasillo cuando salgo y sigo caminando, ya que no tengo tiempo para tonterías—, hablemos. Estábamos tomados, te besé en la discoteca, luego vinimos aquí, me sentía mal y nos acostamos juntos.

—¡Lárgate! —La echo junto con la ramera de la amiga, que tiene el culo en mi sofá—. No sé quién te dijo que eras bienvenida aquí.

Abordo el ascensor, tengo varias llamadas perdidas de la iglesia. Alex es otro que no me deja en paz y termino bloqueando su número. En el móvil, reviso las cámaras del penthouse queriendo saber a qué hora llegué, estaba hasta la mierda, lleno de alcohol. Veo a la mujer con la que me fui a la cama, quien entró hablando del imbécil de Bratt, Alex me llama de otro número y le vuelvo a colgar.

Me meto cuatro mentas a la boca, me lleno de loción y me tomo dos energizantes antes de llegar a mi destino. La sien no deja de martillar y dicho dolor aumenta cuando veo a los hombres con trajes baratos haciendo fila frente a la iglesia.

—Padre… —me reconoce uno.

—Buenos días —lo saludo desde lejos.

—Estamos listos para la reunión de alcohólicos anónimos —me avisan.

—Sí. —Muestro mi mejor sonrisa—. Iré a cambiarme y vendré por ustedes.

El monaguillo abre la puerta de la iglesia e inmediatamente la madre superiora corre a mi sitio.

—¡Padre, por Dios! —exclama con el rosario en la mano—. Pensé que le había pasado algo, anoche fui a la casa sacerdotal y nadie me abrió.

—Fui a visitar a un amigo y comí algo que no me sentó bien —miento—. Iré a cambiarme para la reunión con los borrachos.

—Alcohólicos, querrá decir —me corrige—. Dejan de ser borrachos cuando buscan la guía de Dios.

—Es tan sabia, madre… —Se pone la mano en el pecho feliz con el elogio y me alegra que no capte mi sarcasmo.

Se aparta para que pase. Los sacerdotes se la pasan haciendo majaderías, en la iglesia no están siempre, ya que suelen visitar otros albergues e ir a escuchar idioteces a las casas donde los invitan, y eso es algo que me quita tiempo. La iglesia está atravesando días especiales, por ello, la gente entra y sale constantemente, así que no puedo estudiar los patrones.

En la alcoba de la segunda planta me cambio, poniéndome la camisa de manga larga que acomodo de mala gana.

—Padre, padre. —Niega Patrick al pie de la escalera—. A los feligreses no les gusta esperar.

—¿Qué haces aquí? —Paso de largo.

—Tampoco me alegra verte —me sigue—, pero Gauna me envió a vigilarte la espalda, ya que no te estás tomando en serio el papel.

—No lo aprobé, así que devuélvete por donde viniste.

—Olvídalo, de ahora en adelante seré el asistente de la parroquia. —Me muestra una agenda—. La vacante está libre hace semanas.

Procuro no explotar en lo que salgo, los patios están desiertos y tanta payasada, cargada de espera, me tiene harto.

—Vas una hora tarde a tu reunión —empieza— y no es en esa dirección.

Obvio que no, el camino que llevo es hacia los baños.

—Es un operativo serio, así que concéntrate —me reclama—. ¿Estás así por lo que me comentó Tyler?

—¿También es cotillo?

—Te llamé esta mañana y me dijo que no podías contestar porque estabas en la cama con Gema.

Pateo la maceta que se me atraviesa, la gente a cada nada vive abriendo la boca.

—¿En qué estabas pensando? —sigue—. ¿Ya no respetas ni a las de tu círculo cercano?

—Cállate, que no estoy para reclamos.

El sofoco me tiene sudando y continúo al salón donde me esperan. Los que están se levantan y me olvido de todo, metiéndome en el supuesto papel de sacerdote.

—Que el Señor esté con ustedes —saluda Patrick con una sonrisa exagerada—. José, el antiguo asistente, se fue hace un mes ya, pero ahora estaré yo ayudando en lo que pueda.

—Una semana de cambios —comenta uno.

—Los cambios son buenos. —Tomo la Biblia que está en la mesa. La resaca mezcla las palabras y siento que las letras bailan sobre la hoja—. Empecemos.

Se quedan en silencio a la espera de mis instrucciones y yo lo único que quiero es irme a dormir.

—Como soy nuevo, me gustaría saber sus nombres, edad, a qué se dedican y cosas que me ayuden a solucionar su problema.

—Oremos primero. —Se levanta Patrick y todos lo siguen.

Desperdicio tres horas escuchando la vida miserable que llevan, minutos eternos oyendo estupideces sobre la iluminación y el buen camino. Unos lloran, mientras que otros se las dan de héroe, diciendo que pueden controlarlo… «Pendejos».

Patrick propone un ejercicio de cara a cara donde se terminan elogiando uno al otro, suprimo los bostezos y celebro cuando empiezan a despedirse.

—Quieto, padre —me regaña cuando intento levantarme—, aún falta un grupo.

Momentos pesados pero necesarios, ya que nunca se sabe cuándo va a aparecer alguien con el tipo de perfil al cual le puedes sacar información.

—Es el programa de rehabilitación a… —revisa la agenda— ¿prostitutas?

—¿Qué?

Acerca la hoja volviendo a leer, pero los dos terminamos levantando la vista con las mujeres que empiezan a llegar envueltas en vestidos y minifaldas. Rubias, castañas, morenas y pelirrojas; delgadas, exuberantes, robustas y menudas. «Al fin algo bueno», me digo. Acomodo el culo en la silla.

—La bendición, padre. —Se inclina una pelirroja con tetas de infarto. Paso saliva, el vestido blanco dibuja las líneas de su panty rojo y me clava los ojos a la espera de una respuesta.

—Dios te bendiga. —Se me hincha la polla y pongo la Biblia encima.

Arman una fila frente a mí, todas son sexis y provocadoras.

—Bienvenida. —Linguini las invita a que tomen asiento mientras las cuento.

«Diez», puedo con diez.

—¿Oramos? —pregunta una.

—Sí —susurra Patrick.

Se ponen de pie a la espera de que hagamos lo mismo. No puedo levantarme, la erección es demasiado notoria.

—A Dios no le importa en qué posición oremos —carraspea Patrick—. Lo importante es hacerlo con el corazón.

Inclinan las cabezas y las horas que siguen no son para nada aburridas: las mujeres vienen a recibir consejería aquí y no tengo en cuenta el reloj a la hora de escuchar a las que empiezan a desahogarse.

—Era un jamaiquino —relata—. Todo un caballero en público, sin embargo, cuando cerrábamos las puertas, se volvía un pervertido. Usaba correas con las que azotaba mi culo, metía su cara entre mis tetas grandes y pesadas.

—¿Y eso cómo te hacía sentir? —Patrick la anima a seguir.

—Excitada —levanta la cara mirándome a los ojos—, muy excitada. Sin querer me convertí en una enferma a la que le encantaba cabalgarlo…

Me aclaro la garganta, miro a Patrick para que diga algo, pero este parece en la luna, viendo a la rubia mal sentada que está frente a él.

—El tiempo terminó hace dos horas —comenta la madre superiora cuando llega.

Patrick se pone en pie cuando ve a Alexandra que viene de civil y con un equipo tecnológico.

—Señor Patterson, ¿me permite un segundo? —le pide la madre superiora, y él la sigue—. Dos de nuestras cámaras están fallando y una agencia nos ha regalado unas.

—Es todo por hoy —despido a las mujeres.

Las mujeres empiezan a abandonar el sitio, todas a excepción de la primera que me saludó. «No me tientes, maldita sea».

—¿Puedo preguntarle algo? —empieza—. ¿Es usted virgen?

Contengo la carcajada.

—Por supuesto.

—Qué mal. —Apoya las manos en mis rodillas—. Se está perdiendo muchas cosas.

Apoya las manos en mis piernas y contengo las ganas de respirar, la malicia de sus ojos me pone a prueba y cualquier indicio de sospecha puede mandar esto abajo.

—Debería follarme y dejar de ser un desperdicio de belleza masculina.

—Con esa actitud nunca podrás rehabilitarte. —Me levanto con el miembro adolorido—. Es pecado tentar al prójimo… Reza por ello y porque Dios te perdone.

Me desconozco a la hora de tomar mi camino con la polla entumecida. Pruebas de porquería que hacen tambalear mi cordura.

En la casa sacerdotal, aflojo el botón del cuello de la camisa cuando entro. Hoy hay poca gente. Según la agenda de Santiago Lombardi, están en días de peregrinación en otros pueblos, cosa que hace que la mayoría del personal se mantenga por fuera.

Cierro con seguro antes de correr las cortinas, no tengo más tareas por el día de hoy, mas tengo que quedarme. La ropa me tiene con comezón y, como si no fuera suficiente con las prostitutas, hallo a Gema en mi alcoba con un estúpido muñeco verde entre las manos.

—Vete —exijo molesto—. No puedes estar aquí.

—Lo siento mucho. —Se tapa la cara con lo que trae—. Shrek y yo estamos arrepentidos.

—No quiero verte, Gema.

—No seas exagerado, te tiras a una diferente cada vez que te embriagas. Solo finge que soy una más.

—Eres una más, por ello no te quiero aquí —me sincero.

—Ay —se decepciona—. No use palabras tan crudas, coronel, que hace mucho que no estaba con nadie.

Deja el muñeco de lado.

—Quiero dormir, así que vete. —Me deshago de la camisa antes de tirarme a la cama.

—No me gusta que te enojes conmigo. —Se lanza contra mi pecho—. Te quiero mucho, mucho, mucho.

Toma mi cara.

—¿Qué debo hacer para que me perdones? ¿Le doy la vuelta al mundo mientras dibujo grafitis que digan «lo siento»?

—Solo vete y llévate el estúpido muñeco, que tengo resaca y quiero dormir.

—Es para ti. —Vuelve a tomarlo—. Es Shrek, el ogro gruñón que tiene tu mismo genio.

—En verdad quiero descansar. —La aparto—. Cierra la puerta y cuida que nadie te vea salir, no quiero que arruines esto.

—Tuve mis precauciones antes de entrar, no te preocupes por ello.

Me tapo la cara con la almohada ignorándola.

—Prométeme que no seguirás enojado, ¿sí?

Me arrebata la almohada que me pongo, haciéndola a un lado.

—No actúes como un idiota, te estoy hablando y quiero, al menos, un poco de atención.

—Pues adivina qué —increpo—. No me interesa dártela.

—¡No seas tan ogro, Christopher! —sigue—. Estaba mal por lo de Bratt y ahora estoy peor.

—No me digas…

—Sí, estoy peor —insiste—, porque ahora no dejo de pensar en ti.

La ignoro dándole la espalda, los ojos me pesan, necesito dormir y lo haré estando o no ella aquí.

—Dijiste su nombre —susurra en mi hombro cuando despierto.

—¿Qué? —Me muevo desorientado.

—Que dijiste su nombre, fuerte y claro. —Gema sigue a mi lado—. ¡Rachel!

—No sé quién es.

Me acomodo en la cama y ella se mantiene a mi lado, tiene el cabello revuelto como si hubiese estado durmiendo conmigo.

—No dijiste su nombre —se acuesta de medio lado—, pero creo que escuché el nombre de Bratt mientras follábamos.

—Mi hombría quedó más que demostrada anoche, así que no digas idioteces.

Se sube sobre mí sin soltar el estúpido muñeco.

—Anda, besa a tu hermano perdido. —Lo acerca a mi cara y lo arrojo lejos, llevándola de nuevo contra la cama.

Mi cuerpo queda sobre el suyo y un leve recuerdo de anoche surge de ella sobre mí besándome con premura. Me concentro en su rostro, no sé por qué y ella no se aparta, por el contrario, levanta la cabeza en busca de mi boca.

Sus labios se pegan a los míos y me hago a un lado, pero de nuevo se me viene encima, tomando mi cara.

—Me gustó lo de anoche. Me conoces, te conozco, ¿qué nos detiene? —propone—. Estaba dolida y, pese a estar ebrios, pusiste una bandita en mi quebrado corazón.

Los ojos rasgados aumentan lo exótico de su belleza, años atrás no se veía así y no doy pie para quitarla cuando, de nuevo, une su boca a la mía elevando la temperatura. La erección que surge me hace tomar su cintura, dejando que su lengua toque la mía.

Se quita la playera y lleva la mano a la parte trasera de su bolsillo.

—Con punto G. —Me entrega un preservativo y apenas me aparto para quitarme la ropa.

La necesidad de follar hace que despunte el vaquero mientras se termina de desnudar, el látex se desliza sobre mi miembro, los pechos trigueños quedan al descubierto y me voy sobre ella cuando separa las piernas, haciendo que mi miembro se abra paso entre sus carnes en lo que la beso.

—Despacio —me dice cuando la embisto—. Tenemos todo el tiempo del mundo.

Mis brazos se meten bajo sus omóplatos, pegándola a mi pecho mientras vuelvo a avasallar su boca. La palabra «delicadeza» no está en mi diccionario sexual, y hace lo posible por no gemir en lo que suelto las estocadas vivaces. La fricción de nuestros sexos la van calentando, soltando, al punto de que su coño se contrae con la llegada de su orgasmo y continúo follándomela dos veces más, en la misma tarde.

—Te quiero, ogro gruñón. —Apoya la cabeza en mi hombro y la resaca hace que me quede dormido otra vez.

10

Volviendo a soñar

Rachel

Me arreglo frente al espejo recogiendo las hebras claras en un moño sencillo, el cuello me duele, al igual que la espalda: estar encerrada y sentada entre cuatro paredes ya es molesto y siento que necesito respirar un aire diferente.

El agente del programa de protección de testigos no da razón de nada, Wolfgang Cibulkova, el de Asuntos Internos, lleva más de una semana fuera y tal cosa me tiene con más tiempo libre.

Me pongo un vaquero, complemento el atuendo con una sudadera y una chaqueta térmica encima, tomo mi bolso y salgo en busca de la escalera.

Es sábado, varios de los reclutas tienen el día libre y se disponen a hacer sus compras semanales. Necesito algo con que distraerme, la radio y la televisión no siempre entretienen y requiero de revistas, sopas de letras o lo que sea que ocupe mi cabeza en lo que me devuelven de nuevo a mi aislamiento total.

Sé que mi padre me regañaría por mi actitud pedante y sin ganas, pero tengo motivos para no querer hacer nada y uno de ellos es que no deseo acostumbrarme de nuevo a la vida en la milicia y luego tener que dejarla como en años pasados.

Mis zapatillas hacen que las piedras del camino al estacionamiento crujan bajo mi suela, meto las manos en la chaqueta y me detengo cuando escucho a Stefan, quien se acerca a los autos con una caja pidiendo donativos. Durante los tres últimos días he bajado a almorzar en el comedor y he encontrado un lugar guardado para mí.

FUNDACIÓN LOS BUENOS CORAZONES, dice en la caja que sostiene.

—¡Gracias! —Alza el pulgar apartándose del vehículo cuyo conductor dejó un par de billetes en su caja.

Nota mi presencia y se apresura a saludarme.

—¡Angel! —Sonríe.

Es mi apodo desde la cena del jardín y no es algo que me moleste; me muestra el debido respeto frente a los otros soldados, sin embargo, cada vez que tiene la oportunidad me dice como, según él, debería llamarme.

—¿Día de colecta?

—Sí. —Abraza la caja—. No quiero que mis hijos me vean llegar con las manos vacías.

—¿Hijos? —No oculto la sorpresa, no sabía que tenía esposa.

—Catorce, todos en la dura etapa de la niñez y adolescencia.

—Es broma, ¿cierto?

—No. —Se pone serio—. Soy padre sustituto en el orfanato.

—Pensé que ese cargo solo se les asignaba a las mujeres.

—Para nada. —Se encoge de hombros—. Francia es un país muy liberal.

Un auto hace sonar el claxon llamando su atención.

—Disculpa. —Se va dejando la caja en el suelo, ya que el conductor le ofrece una bolsa bastante grande.

Otra camioneta pita, está distraído con el paquete, así que tomo la caja y me acerco a la ventana recibiendo el donativo.

—*Merci* —doy las gracias.

—Mira esto. —Alza un par de zapatillas deportivas en el aire—. A los chicos les encantará.

Se sienta en uno de los bordes del estacionamiento revisando cosa por cosa sin dejar de sonreír. La mitad de mi diccionario de preguntas son sobre él.

—¿Ya comiste? —indaga cuando me acerco.

—No —dejo la caja a su lado—, almorzaré en la ciudad, quiero caminar un rato.

—¿Caminarás hasta la ciudad bajo el clima de enero? —Se levanta—. Está bastante lejos y los taxis no pasan muy a menudo; tardarás, como mínimo, dos horas en llegar.

—No tengo afán.

—Puedo llevarte, tengo el día libre y cruzaré por el centro de camino al orfanato. Traeré el auto.

Me pide que aguarde mostrándose cordial como siempre. Le echo un vistazo a la caja, no hay mucho dinero, así que hago mi aporte, dejando un par de billetes antes de que llegue. El horrible ruido que surge me hace voltear y arrugar las cejas al ver el viejo auto que bota humo.

Baja de un destartalado Volkswagen marrón y lo ayudo a meter las cosas antes de abordar el asiento del copiloto. Se pone al volante y salimos juntos.

—Puedes poner las canciones que quieras —sugiere sin apartar la vista de la carretera que toma, y me fijo en la casetera.

—¿Aún sacan casetes con buena música?

—Qué graciosa —se ríe abriendo una pequeña puertecilla en la guantera.

Hay un pequeño sistema de sonido, pone un pendrive y tamborilea los dedos sobre el volante.

—Te ofrezco un trueque. —Me mira.

—Te escucho.

—Te cambio la caminata solitaria y la comida no digna de ti —propone— por una tarde con niños gritones, los cuales aman las visitas y que su papá cocine.

Detallo el aire relajado, el aura que brinda es del tipo de persona que solo se preocupa por tener lo suficiente para vivir en paz.

—Hecho. —Salí queriendo huir de la soledad y es lo que me está dando.

—No te vas a arrepentir.

Atravesamos la ciudad y nos adentramos en una aislada zona campestre, sería bonita con el cuidado correcto, sin embargo, está llena de basura e indigentes calentándose las manos en fogatas sobre las aceras. El cielo está despejado, pese a que hace frío.

Subimos una pequeña colina y lo que hay arriba es totalmente diferente a lo que dejamos atrás. El camino es de piedra y una horda de niños sale del campo de tulipanes de colores que nos rodea.

—¡Mocosos! —los saluda chocando las manos con ellos cuando bajamos.

—¡Stef! —Una mujer sale de la casa con los brazos abiertos—. No sean maleducados, saluden a la invitada.

Se me vienen encima y me agacho a saludar.

—¡Se llama Angel! —declara haciéndome reír.

La mujer que salió le da un beso en la mejilla a él y un apretón de mano a mí.

—Mi hermana Miriam —Stefan me la presenta.

—¡Gilipollas! —gritan en el orfanato.

El soldado corre adentro reuniéndose con el hombre que aparece con una toalla sobre el hombro.

—Es mi esposo, Ernesto —Miriam me invita a seguir, y en la sala hay una mujer sacudiendo—, y ella es nuestra tía Cayetana.

—Esta es la colega bonita que comentó Stefan por teléfono —dice acalorándome la cara—. Está en su casa, así que siga y póngase cómoda.

No hay lujos, pero sí un buen ambiente familiar con niños corriendo por toda la casa deteriorada. Me traen chocolate caliente y me invitan a la parte trasera, donde hay un comedor bajo techo.

—Asaré una pierna de cordero —me dice Stefan—, y será lo mejor que probarás en tu vida.

—Ve a cocinar y deja de presumir —su tía le pega con el plumero—, que hasta no ver, no creer.

El cuñado ayuda a su tía y aprecio el escenario que me brindan los niños que están jugando, mientras que los más grandes ayudan con los arreglos de la casa. La hermana de Stëfan toma asiento a mi lado y empieza a picar verduras.

El tema de conversación es sobre cómo llegó cada uno de los jóvenes. La hora del almuerzo llega y termino en la enorme mesa que arman para comer en la sala.

—Tenemos el comedor que envidiaría cualquier millonario —alardea Stefan—. Siéntete privilegiada.

Creo que es el mejor trueque de mi vida: el ambiente, el trato y la confianza que me dan, preguntándome a cada nada si necesito algo.

—Niños, graben esto en su cabeza —me señala Stefan cuando terminamos de almorzar—, que no todos los días se ve a un ángel sonriendo.

El soldado me hace apartar la cara cuando los niños voltean a verme. La tía es quien recoge la mesa, y, como el cielo sigue despejado, paso la tarde jugando con ellos al fútbol, al béisbol y a lo que se les ocurra, junto con Stefan, quien hace que todos terminen llenos de mugre.

—Vayan a sacarse la suciedad, que dentro de unas horas hay que irse a la cama —les pide, y son obedientes a la hora de hacerle caso.

Volvemos a la mesa donde Ernesto está enfrascando duraznos para vender.

—Se ha dañado la tubería de gas —avisa Miriam y Stefan no pone buena cara cuando su hermana cuenta lo que hay en la caja de colectas.

—Si la arreglamos, no quedará dinero para el cableado de luz que está fallando ni para llenar la alacena.

—Aún hay velones en el sótano —sugiere Cayetana—. Los podemos usar.

—Olvídalo —se opone Ernesto—. Podemos disimular la falta de gas, pero no la falta de luz. Servicios Sociales vendría a revisar y…

—¿Cuánto es? —Busco mi billetera. La FEMF sigue velando por mis gastos, por ende, me provee de dinero—. No tengo mucho aquí, pero podemos ir a la ciudad y sacar lo que haga falta.

—Angel, es obvio que no te dejaremos hacer eso. —Stefan me toma de las manos para que desista—. No te traje para que nos dieras caridad.

—No te sientas comprometida —secunda Ernesto—, buscaré leña y solucionaremos el problema.

—No es problema ayudarlos.

—Me firmaste la solicitud y no quiero más favores —me dice Stefan.

—Paguemos la luz y, mientras tanto, cocinaremos en leña hasta que podamos reunir el dinero para el gas.

Insisto, él se opone, pero les doy lo que tengo a las mujeres. Las obligo a tomar el dinero.

—Lo necesitan y a mí no me hace falta, así que pueden recibirlo tranquilos.

Él baja la cabeza, avergonzado, y le palmeo con suavidad en la espalda, dándole a entender que no pasa nada. Lo que hago es poco comparado con el trato que he recibido por su parte. Me invitan a tomar café, me olvido del reloj y, para cuando me doy cuenta, son casi las ocho.

—Es peligroso bajar la colina a esta hora —advierte Miriam—. Los vagabundos se esconden y roban en el camino.

—Quédate —propone Stefan—. No tengo problema en llevarte, pero puedes dormir aquí si quieres.

La idea no me desagrada, cualquier sitio es mejor que mi aburrido dormitorio en el comando.

—¿Hay espacio libre con una de las niñas? —pregunto.

—En mi cama hay —responde Stefan.

—Ese tipo de propuestas se hacen estando solos —lo molesta el cuñado.

—Obviamente, dormiré en el sofá —replica—, a menos que odies dormir sola.

Me pongo en pie, estoy sudada y llena de tierra.

—Es broma —se ríe—. Llenaré la tina por si quieres tomar un baño, ven conmigo.

Su habitación es amplia, pero con pocos muebles: hay una cama de un solo cuerpo y una cómoda vieja.

—Estás en tu casa, así que no hay cabida para sentirse incómoda. —Me hace pasar en lo que trata de acomodar todo para que se vea organizado.

Tiene un atractivo que va mucho más allá de la belleza física. La forma de hablar, de tratar y la pasión que implementa en cada una de las cosas hacen que su compañía sea más que grata.

La belleza espiritual embellece el cuerpo, es como si todas las cosas buenas le brotaran de la piel y eso pasa con él: la humildad lo hace hermoso. Me acerco al umbral del baño que está a punto de abandonar, intenta salir, a la vez que intento entrar y terminamos tropezando en la puerta.

—Perdona...

—Descuida —contesto, y paseo los ojos por mi cara. Paso saliva concentrada en sus facciones y...

Todo se queda a oscuras cuando la luz se va. Ernesto reniega abajo y él se pasa las manos por el rostro, avergonzado.

Busca la vela y me la entrega.

—Báñate tranquila antes de que el agua se enfríe, ayudaré a Miriam con los niños. Hay ropa de cambio en la cajonera, por si la necesitas.

Tomo el baño aceptando la oferta de la ropa, ya que quedé vuelta un desastre después del juego. Conservo los vaqueros y me coloco la primera camiseta que hallo en el cajón, que se atasca. Me esmero por dejarlo como estaba, pero no cede y lo saco para volverlo a empujar, no funciona e intento de nuevo, sin embargo, lo termino sacando del todo, provocando un desastre, dado que la ropa sale a volar.

Con afán, recojo todo topándome con un cuaderno lleno de fotos. Apresuro la tarea y me detengo cuando noto la imagen del que fuera superior de mi padre, Salim Fersi.

Lo vi infinidad de veces dándole órdenes a mi papá. Pertenecía a una de las familias más acaudaladas de la entidad, pero su carrera acabó cuando se vio envuelto en uno de los escándalos más controversiales de la FEMF: sus hermanos, sobrinos, hijos y esposa traicionaron a la entidad vendiendo información a importantes cabecillas del narcotráfico. Se lucraron con dinero ilícito, usando el nombre de la FEMF para el lavado de dinero. Actualmente, paga una condena de cuarenta años, ya que Alex Morgan lo puso en evidencia.

Detallo a las personas que conforman la foto y Stefan está entre ellos.

—Supongo que se atascó —hablan desde el umbral. El cuaderno se me resbala y vuelvo a tirar todo—. Siempre olvido echarle grasa al…

—¿Eres un Fersi? —Me niego a quedarme con la duda.

—No. —Me ayuda a recoger—. Si fuera un Fersi estaría en prisión.

Le muestro la foto y no dice nada, solo me ofrece la mano para que me levante.

—Me adoptaron cuando tenía catorce años —explica tranquilo—. Tuve su apellido por seis años, pero me lo quitaron cuando los metieron en prisión.

Toma la caja que tiene sobre el mueble de madera.

—Miriam y yo llegamos al orfanato con doce y catorce años —empieza—. Un tío nos sacó de España cuando murió mi abuela y nos puso a pedir dinero en las calles de París. Los vecinos lo demandaron y entonces Servicios Sociales nos trajo aquí. Como ya sabes, los niños grandes no son muy apetecidos a la hora de adoptar. Los Fersi ayudaban de vez en cuando, ya que tenían una casa vacacional con un viñedo a pocos kilómetros —explica—. Era un tarado para los estudios, siempre huía de clases y me colaba en los viñedos a robar uvas, que luego vendía con mis amigos.

Busca un sitio en el alféizar de la ventana, coloca la caja y me acerco a ver lo que guarda.

—Cierto día entré al viñedo a hurtar fruta como de costumbre con los jóvenes del orfanato, pero con la mala suerte de que la hija de Salim nos descubrió e intenté huir. La chica empezó a perseguirnos adentrándose en la maleza, donde terminó tropezando, su cabeza quedó contra una de las rocas y me devolví al verla inconsciente —continúa—. Pese a que era el intruso, la tomé, corrí con ella en brazos y me apresuré a su casa pidiendo ayuda. El cuerpo me temblaba, me sentía mal porque sabía que era mi culpa. Las personas que me acompañaban desaparecieron y yo no paré hasta que llegué a la propiedad. La dejé con los empleados y hasta que no se la llevaron en una ambulancia no me fui.

Nadie me asegura que sea verdad, sin embargo, por alguna extraña razón siento que no miente.

—Le expliqué a Salim lo que pasó y le pedí disculpas, prometiendo que no volvería a entrar a su viñedo. Por un momento pensé que me castigaría, pero me dejó ir. —Respira hondo—. Una semana después, fue al orfanato y empezó el trámite para mi adopción; a los seis meses, cuando obtuve su confianza, él me inscribió en la milicia. Fueron años muy buenos, no era el mejor soldado, pero Fersi se las apañaba para que los superiores me ayudaran.

Hace una pausa antes de proseguir.

—Le ayudó a mi hermana con sus estudios e invirtió dinero en el orfanato, dándoles comodidades a los que hacían parte de este —explica—. Empecé a verlo como la figura paterna que nunca tuve hasta que se supo en lo que andaba. Cuando apresaron a Salim y a toda su familia, estuve en prisión cuatro meses, creí que recibiría la misma condena, pero Alex Morgan tomó caso por caso y me sacó de prisión. Recuerdo las palabras que dijo: «Solo se topó con la ayuda equivocada». Expuso las pruebas de mi adopción y probó que no estaba al tanto de nada. Luego del juicio, se reunió conmigo a solas para pedirme que renunciara al apellido, Salim estuvo de acuerdo y yo también.

Las cosas empiezan a tener sentido.

—Claro está que bien librado no salí, la FEMF exigió que los Fersi respondieran por los daños a las personas afectadas por la información que vendieron. Dedujeron que el dinero que pagó por mis estudios y lo que le dio al orfanato fue ilícito —suspira—. No tenía abogado, así que, al no tener el dinero, me reintegraron y me embargaron el ochenta por ciento del sueldo. Debo tomar tareas alternas que sumen horas extras para que baje la suma que sí o sí debo pagar.

—¿Por eso el papel de soldado multiusos?

—Sí. —Sonríe—. Lo poco que me queda lo gasto en los niños, ya que después del escándalo son pocos los que quieren donar o apadrinar. Creen que el orfanato se prestó para el lavado de activos. Miriam no puede trabajar y Ernesto no tiene papeles, por eso es poco lo que puede conseguir.

Busca una carpeta y me lo muestra todo sobre el caso.

—¿Por qué no huyes?

—Quiero limpiar mi nombre y, aunque me vea como un masoquista, soy una persona honesta y deseo demostrarlo.

—Eres un soldado muy fuerte.

—Un soñador, Angel.

Me muestra lo que tiene: son recortes de recetas, de revistas, periódicos viejos, anotaciones y garabatos.

—Londres —susurro cuando veo el reportaje de la central.

—Uno de los mejores comandos militares del mundo, lleno de misiones extraordinarias y agentes reconocidos, regida por el mejor ministro de todos y su hijo, el cual doy por hecho que es igual de bueno que él. Siento que tendría una mejor vida en dicha ciudad —explica—. Tengo entendido que se gana más dinero y eso me sería muy útil, aparte de que no tienen tan presente el caso Fersi como aquí.

Suprimo el recuerdo de mis días allí. Pensaba como él cuando era una cadete: Londres era lo que más quería. Sigo ojeando y doy con la foto de Sara Hars con su uniforme de chef.

—Una mujer sumamente talentosa. —Me muestra los recortes—. Y casualmente fue la esposa del ministro.

—¿Indagas sobre todo lo relacionado con él?

—No —se ríe—. Parece loco, pero es todo una mera casualidad. Sara Hars es una chef muy reconocida, de hecho, he modificado un par de sus recetas con el fin de que queden perfectas.

La voz le sale cargada de ilusión.

—¿Te dieron respuesta de la solicitud?

—Aún no. —Lo guarda todo—. Espero que mi madre y mi abuela me ayuden desde el cielo. Las perdí a las dos el mismo año: una murió de un paro respiratorio y a la otra se la llevó la vejez.

Deja la caja sobre la cómoda y vuelve al sitio quedándose a mi lado.

—¿Qué hay de ti? —me pregunta—. ¿Por qué siento que te lastimaron y por ello tienes esa mirada tan triste?

—Hay tres tipos de heridas —me fijo en lo bello que se ven los tulipanes en la noche—: las físicas, las del alma y...

—Y las emocionales —termina la frase por mí—. Fui herido en la última.

—Yo en las tres.

Me acaricia el cabello.

—Eres hermosa, pero tu tristeza te hace ver apagada —me dice—. Si la dejas atrás, brillarás mucho más.

—No quiero brillar, quiero olvidar y borrar mis cicatrices.

—No, Angel. El cactus brilla con las espinas y florece en medio del desierto —me suelta acercándose más—. Si él puede vivir con sus espinas, tú puedes hacerlo con tus cicatrices.

—¿También eres poeta?

Mis ojos se concentran en los suyos.

—Me inspira muchas cosas, mi teniente —musita—. Me inspira y también hace que quiera…

—¿Qué?

Se acerca despacio y cierro los ojos cuando me lleva hacia su boca besándome. Las ganas de apartarlo o quitarlo no emergen, por el contrario, quiero que siga y correspondo la caricia de sus labios, dejando que me bese, que su lengua toque la mía con suavidad. El corazón se me acelera y esta vez no es por miedo ni por dolor; es de felicidad. Es como si volviera a la zona de confort, como si los campos volvieran a florecer y, por un mínimo instante, la vida me volviera a sonreír.

El viento frío entra por la ventana llevándose la luz de la vela y él separa nuestras bocas, para volver a besarme otra vez.

—Creo que bajaré al sótano —susurra cerca de mi boca—, le temo a la oscuridad.

Asiento sonriendo como hace mucho no lo hacía.

—Ve —le digo—. Te estaré esperando aquí.

11

Familia

Antoni

Tengo gratos recuerdos de mi padre. Lo evoco reuniéndose con la pirámide que se creó hace veinte años: una asociación entre mafias que surgió cuando las sectas criminales y el terrorismo querían ganar terreno. La mafia no los dejó avanzar y prefirió buscar la concordia entre los clanes con más peso. Gracias a eso, tengo una muralla a mi alrededor, la cual me protege a toda costa, dado que soy el líder.

Le proveo de mis creaciones, drogas letales, las cuales usan en contra de sus enemigos y, asimismo, controlan a sus víctimas y putas. Como líder, también me aseguro de que cada quién cumpla con su parte, respetando el terreno del otro. Soluciono problemas, apoyado en los eslabones mayores y así la tranquilidad reina entre nosotros.

Akin Romanov, el Boss de la mafia rusa entonces, era el líder hasta que Braulio Mascherano, mi padre, lo destronó. Hoy en día, el hijo de Akin, quien es el actual Boss, y yo, Antoni Mascherano, el capo de la mafia italiana, mantenemos acuerdos y nos hemos convertido en los dos bloques más importantes de la pirámide, los mafiosos más sagaces de la historia y dos de las tres escorias más grandes que ha parido la tierra. La tercera se llama Christopher Morgan.

Mi carótida late cada vez que recuerdo lo que le hizo a mi Emily. Sorbo el vino de mi copa mientras observo a Lucian a través de la ventana; siempre dije que, cuando cumpliera once años, lo sacaría del internado donde estaba. Los cumplió hace cinco días y lo celebró conmigo. Sabe quién es su madre, pero no su padre.

—Antoni —habla Angelo a mi espalda; es mi padrino y *consigliere*—, tienes una visita importante.

Capto el ruido de los tacones en el pasillo y me vuelvo hacia el hombre de pelo blanco que tengo atrás.

—*Ciao.* —La persona que entra a mi oficina saluda.

Philippe Mascherano, el último hijo de Braulio, entra a grandes zancadas acompañado de Ivana y Dalila, las dos hijas de Brandon, mi hermano mayor, a quien maté a quemarropa años atrás.

—Me place verte de nuevo, *fratello.*

Me acerco fijando los ojos en mis sobrinas; de Ivana, no sé mucho desde que Braulio tomó decisiones sobre ella; en cuanto a Dalila, sé que estaba viviendo con su madre en Suiza. Tienen veintitrés y veintiún años respectivamente, no son las únicas sobrinas que tengo, dado que Brandon tuvo más hijos, pero son menores y los cuida la Cosa Nostra.

Philippe se acerca y desciendo, pisando los dos únicos escalones que tiene el despacho. No recuerdo cuándo fue la última vez que lo vi, mi padre lo dejaba salir poco y un día simplemente se lo llevó y pidió que no hiciéramos preguntas, puesto que en su momento volvería.

Tiene mi misma estatura, pero es un poco más delgado. Se acerca a abrazarme y deja que mis sobrinas me saluden.

—Tío —me dice Ivana.

—Once años sin vernos —comenta Philippe—. Esperé con ansias este momento.

No me desagrada su presencia, solo que es un tanto incómodo encararlo con tantos cabos sueltos. Por muy líder que sea, he tenido que mentirle a la familia sobre la muerte de Brandon y sobre Lucian, por eso, Angelo le atribuyó la muerte a Christopher Morgan. Philippe lo quería como a todos sus hermanos y no sé si volvió en busca de respuestas.

—Me enteré de que Lucian está entre nosotros —comenta Philippe—. Me alegra que quieras cuidar a tu sobrino. Al igual que yo, le has tomado cariño, por lo que veo.

No sabe que es mi hijo, hubo muchas cosas que Emily se llevó a la tumba.

—Esperemos que no se parezca a su padre —habla Dalila sentándose como si estuviera en su casa—, a esa bazofia del coronel Morgan.

—Gracias a Dios no tiene ningún parecido físico —comenta Philippe—. Odiaría verlo con la cara de ese bastardo.

—La suerte jugó a favor —habla Ivana.

La empleada entra con una bandeja con copas de vino.

—Sobra decir lo mucho que me alegra que sigas siendo el líder de la mafia; papá estaría muy orgulloso de ti —me adula mi hermano.

—Gracias.

—¿Por qué estás tan serio? —Vuelve a inclinarse la copa—. Pensé que te alegraría verme.

—Claro que me alegra, pero no quita el que te hayas perdido por más de once años. —Tomo asiento—. Llegué a suponer que le habías dado la espalda a la familia.

Mira a mi padrino y este se acerca pidiéndole que se siente, Ivana juega con las monedas de plata que hay sobre mi escritorio y Angelo toma la palabra:

—Philippe está aquí porque ha llegado la hora de algo supremamente importante, algo que Braulio estipuló y se planteó hace años. Algo que solo fue compartido con Akin Romanov, Loan Petrov y Naoko Wang, los aliados con más peso de ese momento —explica el *consigliere*—. A ti, Braulio te quería concentrado en lo tuyo, mientras que a Philippe y a Ivana los volvió herramientas que ahora van a ayudarte.

—Papá sabía que el liderazgo estaría entre tú y yo, como también sabía que es más fácil destruir al enemigo desde dentro —manifiesta—. De ahora en adelante, atacarás el escudo mientras nosotros debilitamos el corazón.

Junto con Ivana, desliza dos placas sobre la mesa.

—Diez años son más que suficientes para entrar a la FEMF.

Las tomo, reviso que sean auténticas y… Sí, lo son.

—Somos agentes de la FEMF —explica Philippe—. No me fui porque quise, papá sabía que en algún momento necesitarías ayuda desde dentro, por ello, nos apartó en busca de que pudiéramos entrar, y así fue.

Llevo la espalda atrás, tocando el cuero del asiento, en lo que mi cabeza evoca a la persona que le oí este plan hace años.

—Pronto estaremos de lleno en el comando de Londres —me explica—. Dalila vino a concretar lo otro que quería papá y es una alianza más sólida con la Bratva, por eso se ha preparado para trabajar en los lazos de negociación entre clanes.

—Ivana actualmente mantiene una relación con uno de los soldados que cumple con los requisitos y se postulará para candidato como ministro de la FEMF —agrega Angelo—. Ya está de nuestro lado, sabe quiénes somos y hace parte de nuestro círculo.

Mis labios se estiran. «Me gusta». Me encanta la astucia de mi padre, quien antes de partir dejó todo calculado.

—Quiero que tengas el poder absoluto, hermano —añade Philippe—, y que nuestra familia cuente con más fuerza de la que ya tiene.

—También queremos la caída del coronel que mató a Brandon —espeta Dalila— y ser tan poderosos que toda la mafia se arrodille ante nosotros. Aunque debería hacerlo ya, puesto que somos los dueños del HACOC.

Me gusta todo, pero no sé qué tanto confiarme, dado que no tengo claras las habilidades de los presentes.

—Te conozco y sé que no confías en aquellos de los que no conoces sus habilidades. —Philippe me adivina el pensamiento—. Así que te traje esto para que veas lo bien que me he movido adentro.

De su bolsillo, saca un cofre y me lo ofrece. Lo tomo y lo abro; en él encuentro la joya que me seca la garganta y que enciende mi ansiedad: la jadeíta.

—¿Cómo la conseguiste? —inquiero.

Rachel James la llevaba el día de la boda, y tengo entendido que la enterraron con ella.

—Como líder te pertenece.

—¿Profanaste su tumba? —Siento que el nudo de la corbata me asfixia.

—No profané nada porque Rachel James no está muerta —contesta mientras Ivana saca unos documentos, que deja sobre la mesa—. Se la quité al cadáver que hicieron pasar por el de ella.

Tomo las hojas leyendo el expediente del programa de protección de testigos, el cual nombra el día que partió, los sitios donde ha estado y… Ver su nombre tantas veces hace que…

Me pongo en pie, la noticia es una sacudida repentina que enciende mi delirio, mi obsesión y abre la puerta que resguarda lo que tenía bajo llave. Llevo dos años lamentando su muerte y está viva. Arrugo las hojas y miro al techo, lidiando con la urgencia de tenerla de nuevo en mis brazos, de besarla y apreciar la deslumbrante belleza que se carga.

Desesperado, saco su foto del cajón y paso los dedos por ella. Mi bella *principessa* está viva…

—¿Dónde está? —pregunto.

—Ya la verás, en su momento la traeré para ti.

—Eso no responde a mi pregunta.

—Paciencia, tío —me pide Ivana—. Por ahora no puedes verla, dañaría los planes pactados.

—Tienes que confiar en nosotros —agrega Philippe—. El plan debe seguir su rumbo. Pronto darán la noticia que varios esperan.

—Tienen razón, Antoni —secunda mi padrino—. Hay que confiar en ellos, ya han demostrado que saben lo que hacen y por algo están procediendo como lo hacen.

Siento que el aire me abruma, que mis fosas nasales no reciben el oxígeno que requiero en estos momentos. La postura de mi hermano y mi sobrina me deja claro que no me dirán dónde está, y, acalorado, inhalo y exhalo, lidiando con lo que me carcome.

—Debo volver a Londres. —Philippe me ofrece una tarjeta—. Son los números de Ivana y mío. Ahora que lo sabes todo, debemos mantenernos en contacto. Dalila se quedará aquí y te ayudará en lo que necesites.

—*Grazie*. —Recibo lo que me da.

—Sé que la quieres a tu lado, pero ahora no es el momento, solo ten un poco de paciencia y lo tendrás todo.

Se despide e Ivana hace lo mismo, Angelo le ofrece una alcoba a Dalila y mentalmente le dedico un aplauso a mi padre cuando se retiran.

Philippe está siendo una buena ficha. Clavo mi vista en la foto. Mi hermano es inteligente como todos nosotros, quiere ayudar a su líder, pero no voy a esperar a que la traigan cuando se les antoje.

Es mi dama, debe estar a mi lado y compensar la ausencia de los dos últimos años. Y si ellos no me dan respuesta, sé quién sí puede dármelas.

—Ali —llamo al líder de mis mercenarios, los Halcones Negros, que no tarda en aparecer.

Ali Mahala es mi hombre de confianza, mi sombra y mano derecha. Me pongo en pie y suelto el nudo de mi corbata. Mi mente no deja de repetir mis momentos con ella y el saber que no la tengo es una agonía que desencadena la imposibilidad de pensar.

—Alista a los Halcones, que nos vamos a Londres. —Me planto frente a la ventana en busca del oxígeno que me falta.

—¿Está seguro, señor? Es peligroso pisar territorio inglés y lo sabe.

—Muy seguro, así que arregla lo que falta y no me hagas esperar.

Se retira. Christopher es quien la tiene, así que le sacaré su paradero y luego le volaré la cabeza. Mantuve la debida distancia, sin embargo, Rachel es especial y, por ello, no puedo esperar.

La tendré y lo mataré a él, lo haré con mis propias manos. Lo ejecutaré por las ofensas, por Alessandro y por Emily, pero, en especial, porque quiero y deseo tener el camino libre con mi bella dama.

12

Un te amo en el Mediterráneo

Gema

Vacío la esencia en el *jacuzzi* del penthouse; dicen que el aceite de rosas sirve para encender el romanticismo de la pareja y es algo que ahora me es útil, ya que me la paso sobre el coronel Morgan, alias el Ogro Gruñón.

Acomodo el peluche de Shrek en la cómoda queriendo que sirva como decoración y queda perfecto en el sitio donde lo pongo. Tomo mis manos al recordar mis últimos días con él. Hemos comido juntos, no hemos parado de coger, estamos juntos cada vez que podemos y de seguido me las apaño para entrar al centro, donde follamos cuando le toca quedarse. Nos estamos convirtiendo en dos tórtolos enamorados que están perdiendo la cabeza.

Viene en camino para acá, el operativo va a paso lento, no lo requieren en los próximos dos días, así que aprovecharé mis horas con él.

Me quito los zapatos, los guardo y, antes de que se me olvide, saco el bol de preservativos que tiene en una de las cajoneras. Hoy no quiero que lo usemos, aún no hemos estado piel con piel y me apetece innovar. Capto su voz en el pasillo y me quito la ropa, quedándome solo con la lencería que compré. Me acuesto en la cama y no tarda en aparecer, soltando todo lo que trae.

—Hola, Shrek —lo saludo.

—¿Encendiste el *jacuzzi*? —pregunta quitándose la ropa.

—Sí. —No nota mi sexi atuendo.

Se encamina al baño desnudo y aprecio los tatuajes que le decoran el cuerpo. Estiro los labios con una sonrisa, ya que me siento más que afortunada al ser parte de su vida.

—¿No vienes? —pregunta.

Me levanto siguiéndolo al baño, se mete en la bañera y alcanzo el aceite para masajes, me quedo en el borde del mármol y masajeo sus hombros, tratándolo como el rey que es.

—¿Tenso? —le pregunto. Asiente y busco su boca.

Llevo toda la mañana ansiosa por esto. Aunque el plato fuerte sea tenerlo en la cama, adoro estos minimomentos donde actuamos como el par de cómplices que somos. Recorro la dureza de sus músculos y palpo la chocolatina que se le forma en el abdomen: es el pecado hecho hombre.

Me devuelvo al pasado y no recuerdo verle un grano en la adolescencia, ni un ridículo vello en la etapa juvenil. Siempre ha sido hermoso y, ahora que lo tengo tan cerca, me siento como en una película de esas donde la protagonista vive idiotizada por el sujeto perfecto y no ha notado que el adecuado era el que tenía frente a las narices.

Meto las manos bajo el agua y hago el trabajo completo acariciándole la polla. Jadea satisfecho y muevo la mano de arriba abajo. Mi entrepierna se humedece al percibir lo dispuesto que está.

—Entra. —Me toma la muñeca.

—No. —Le beso la boca—. Hay que dejar que el agua tibia te relaje los músculos.

—Ya lo hizo —insiste—, y toda la tensión está en lo que estás tocando.

—Si me atrapas, me tienes; de lo contrario, no.

Me aparto y se levanta. El agua jabonosa se le escurre por los músculos del abdomen y el miembro erecto cae en su mano. Retrocedo para que venga por mí y saca los pies de la bañera. La belleza masculina que irradia derriba mis defensas y me quedo quieta cuando se acerca y me lleva contra la pared que está al lado del lavabo.

Dejo que su boca se una a la mía mientras mueve la mano al mesón en busca del bol de los preservativos.

—No perdamos tiempo. —Lo hago retroceder, pero me aparta abriendo la cajonera.

Tiro de su mano y canto victoria cuando no se opone, ahora es él quien me hace retroceder volviendo a la alcoba, donde me empuja a la cama. Separo las piernas queriendo que venga, pero se agacha, tomando el vaquero que tenía puesto. Rebusca, y un envoltorio plateado reluce en su mano: el preservativo.

—¿No harás una excepción? —Junto las manos deseando que diga que sí.

Abre el paquete y desliza el látex a lo largo de su miembro.

—No quiero complicaciones más adelante.

—Somos amigos, Ogro —le recuerdo—. ¿No confías en mí?

—No hago excepciones.

Se pone de rodillas sobre la cama y cae sobre mi pecho, las ansias que tengo no me permiten decirle que no y giro quedando sobre él. Me quito el sostén antes de buscar la boca que…

—¿Gema? —increpan en la puerta, y volteo a ver a Marie Lancaster, quien hace que me tape los pechos.

No llega sola, Alex la acompaña y este se pellizca el puente de la nariz.

—¿Por qué diablos entras sin tocar? —Christopher se enoja cuando mi madre, furiosa, me pide que salga.

—Sabía que esto era una mala idea —enfurece—. Solo a mí se me ocurre dejar a mi única hija con un indecoroso como tú.

Muero de vergüenza al repasar mis fachas. «Parezco una ramera», pienso. Tomo una sábana para taparme y Christopher medio se viste bajo la mala mirada de su padre.

—¿Tanto te cuesta tener la maldita polla quieta? —le reclama.

—Si no te gusta, tápate los ojos —se defiende—. Nadie los mandó entrar.

—¡Por Dios, Christopher, Gema es mi hija! ¡Ni eso respetas! —le reclama mi madre.

—¡Largo! —exige Alex—. Necesito hablar a solas con el coronel.

—Yo no tengo nada que hablar contigo.

El ministro lo aniquila con los ojos mientras él se termina de poner la playera. Yo me llevo a mi madre a la alcoba que tiene aquí, donde dejé la ropa de cambio que traía.

—Pensé que la mala experiencia que tuviste te había enseñado sobre los hombres —me regaña en lo que me visto.

—Christopher no es Bob.

—Es peor. —Se sienta en la orilla de la cama—. Es mi hijo y lo quiero, pero nunca le pondría una mujer al lado. No sabe cómo tratarlas y se coge a todas las que se le ofrecen. Para una muestra, la que era la prometida de Bratt.

—¿Y crees que yo soy ella? —Me siento a su lado—. Mamá, Christopher es un ser humano como todos, con el cual solo hay que cavar hondo. No me puedes comparar con la mujer que, según tú, era de dudosa reputación.

Sacude la cabeza decepcionada.

—Christopher se merece una mujer que lo ame, que lo quiera, que lo entienda —le digo—. No tengo muy claro qué pasó con Rachel James, no quiero hablar de eso, pero no soy como ella, mamá.

—¿Te pidió algo serio? —me pregunta, y no sé qué contestar—. El día que te lo pida, pensaré diferente, porque lo que está haciendo contigo ya lo ha hecho varias veces.

Acomoda los cojines para acostarse y me termino de arreglar. Me da miedo que tenga razón. No me siento como una más, su actitud conmigo me ha demostrado lo contrario.

—La necesitan en la sala —me avisa Miranda, y me recojo el cabello antes de salir.

El coronel está encerrado con el ministro en el despacho y Liz está en la puerta con Angela.

—Te debe arder el coño, querida amiga —me dice Liz, y con los ojos le insinúo que guarde discreción, ya que la alemana está presente.

—Traje un par de órdenes que requieren la firma del coronel —comenta Angela—. Tyler me informó que está con el ministro, ¿hay algún problema si lo espero?

—Para nada —contesto—. Hace buen día, si deseas, puedes esperar en el balcón. Le diré a Miranda que te sirva algo.

—Gracias.

Es incómodo, dado que era quien andaba con el coronel y he dañado lo que tenían, porque no creo que Christopher la volviera a llamar estando conmigo. Liz se mueve al frigorífico, lo abre y se atiborra con la tabla de quesos que hay dentro.

—Te veo bien. —Me molesta sacando una cerveza—. Tu cara me grita que estás bien cogida.

—¿Qué haces aquí? Liz, te adoro, pero a Chris no le gustan las visitas.

—Vine a acompañar a la alemana, quiero asegurarme de que no pretenda romperte la cara por quitarle el amante o algo así.

Volteo a verla; está acomodando los documentos sobre su regazo. Hasta ahora no me ha soltado ningún tipo de reclamo, mas siento que, como colegas, lo mejor es tener las cosas claras.

Le pido a Miranda que nos sirva dos bebidas y atravieso la sala.

—Te pedí café, ¿está bien? —Vuelvo con la teniente Klein y tomo asiento en uno de los muebles.

Angela no está muy bien vista en el comando, ya que suele robarse las miradas de los soldados, quienes comentan cómo quieren tirársela.

—Christopher y yo estamos saliendo —le digo—. Sé que antes andaba contigo, pero…

—Ya lo sabía. —Termina de acomodar los papeles—. Los cotilleos vuelan en la central y Liz no es que sea muy discreta. Ya les ha comentado a varios que está cogiendo contigo.

Recibe el café que le trae Miranda.

—No me molesta —añade—. Christopher y yo no somos más que cama. Hace lo mismo con todas.

Hago de lado el enojo que me causa su comentario. «¿Con todas?».

—Perdona —se disculpa al ver mi cara de decepción—. No estoy diciendo que tu caso sea igual al mío. Solo te lo comento para que tengas claro cómo es él.

—Conmigo no es igual que contigo, a quien solo ve como…

Corto la oración al notar que puedo oírme ofensiva. Me agrada, pero no me siento como ella.

—A lo que me refiero, es que todo hombre tiene su punto de quiebre.

—Ya Christopher tuvo su punto de quiebre, no funcionó y dudo que vuelva a dar pie. —Respira hondo—. Pensaba igual que tú y creí tener una oportunidad, pero verlo enamorado de…

—Si hubiese estado enamorado, no la hubiese olvidado tan fácil. Llegué a creer lo mismo, pero…

—Pero nada, Gema. —Me corta—. No quiero oírme como una celosa, porque no lo estoy, sin embargo, debes tener en cuenta que sí la amó. Los que estuvimos en el rescate no olvidaremos el te amo que le declaró en medio del mar Mediterráneo. Me gustaba, pero no me molestó ni sentí celos de ella, porque fue algo tan bonito que lo único que hizo fue robarme un suspiro.

Le da un sorbo al café.

—La reanimación no funcionaba y todos la dieron por muerta menos él, quien insistió un montón de veces hasta que ella abrió los ojos —continúa—. Cuando lo hizo, la estrechó contra él y le dijo te amo. No le importó que el capitán Lewis estuviera presente, la besó y lo hizo delante de todos. Por eso te digo que ya tuvo su quiebre.

No sé qué decir. Sinceramente, no me imagino a Christopher con ese tipo de romanticismo, ya que a mí ni siquiera me da los buenos días.

—Ella ya no está —concluye— y eso es una ventaja. Eres su amiga y supongo que han de tenerse cariño. El único consejo que puedo darte es que debes esforzarte mucho para llegar adonde llegó ella, porque cualquiera no llenará los zapatos de Rachel James.

Se levanta mirando su reloj.

—Parece que se va a demorar —comenta antes de irse—. Lo mejor es que me vaya, ya luego firmará o me dirá qué hacer.

No le digo nada, simplemente me quedo mirando a la nada. Hay dudas, pero pese a todo lo que me dijo, no me siento como una de tantas.

Christopher

Tomo asiento en la silla que está frente a mi escritorio a la espera de que Alex diga lo que sea que tiene que decir. Se acerca sacando un sobre del traje, lo rompe y, sobre la mesa, pone el documento que me empequeñece el estómago.

—El periodo electoral donde se elige al próximo ministro está por comenzar —declara—. Lo que quiere decir que mi mandato pronto llegará a su fin.

Un escalofrío sube y baja a lo largo de mi columna vertebral, ya que tengo claro lo que eso significa.

—Eres uno de los mejores coroneles de la Fuerza Especial Militar —prosigue—. Por primera vez, hay tres coroneles en la lista de los que son aptos para participar y tú eres uno de ellos.

—Raro sería que no. —Tomo el papel.

Tira de la silla donde planta el culo.

—Fui ministro durante doce años consecutivos y hay una gran cantidad de delincuentes en prisión gracias a mí, por lo tanto, no me conviene que el mandato quede en manos de cualquiera —empieza—. Muchos de los que están tras las rejas van a buscar la forma de desquitarse y, por ello, espero que, por primera vez, hagas algo por mí y sigas mis pasos, ya que nos conviene. Es cuestión de estatus y de que no atenten contra nosotros aquellos a los que hemos jodido.

Mi mirada se encuentra con la suya.

—Necesito que te postules al cargo —me pide— y que hagas todo lo que se requiere para ganar.

—No es algo que me quede grande.

—No es fácil —se altera—. Es un asunto serio, no se consigue a la fuerza, requiere dedicación y el que seas apto es solo un requisito de todos lo que se necesitan.

Que me lo pida está de más, ya que lo estaba esperando hace mucho.

—El Consejo y los altos miembros están a la espera de que anuncie a quién le voy a dar mi apoyo —sigue—. Eres un estúpido, petulante, maleducado, pero confío en que lo harás bien si asumes el reto.

—Si lo hago, será por mí, no por ti —aclaro—. No quiero que empieces a idealizarme con cosas que no puedo dar porque, si procedo, será a mi manera.

Recuesta la espalda en el asiento.

—Me conformo con que me escuches y entiendas que es necesario —contesta—. Tu último atentado es la mayor prueba de ello, así que dime si puedo contar contigo, y si no es así, avisa desde ya para ir buscando a otro que quiera mi apoyo y pueda servirme después.

El silencio se extiende entre ambos, al cabello negro le han salido un par de canas.

—Te escucho —le digo, y respira como si se hubiese quitado un peso de encima.

—Hay varios generales aptos para el puesto, los cuales sé que se van a postular. Tienen buena experiencia, buena trayectoria y buen reconocimiento. Por otro lado, están los tres coroneles: Leonel Waters, del comando de Estados Unidos; tú y Kazuki Shima, del comando de Corea —me suelta—. Los tres han estado en operativos de peso, los tres son inteligentes y los tres tienen un expediente mejor que bueno.

—Todavía no sabes si queremos participar o no.

—Es lo más seguro.

Saca otro sobre.

—Al igual que tú, tienen operativos por terminar, por eso es necesario que concluyas con éxito los que tienes pendientes —explica—. Ahora cada medalla, reconocimiento y logro cuenta, dado que suman más méritos. Cuantas más medallas ganadas, más fama se tendrá. Aparte de eso, hay que demostrar que uno posee todo lo primordial para la FEMF —continúa—: liderazgo, estabilidad, empatía, dedicación, seriedad, humanidad y amor por la milicia. Lo antepenúltimo es algo de lo que careces, por ende, va a jugar en tu contra.

—¿Me ves haciendo payasadas como para decir que carezco de seriedad?

—No lo digo porque andes con una peluca de colores puesta, es por el hecho de que nunca te han visto en una relación seria, cosa que sí tienen los que están en la lista —me suelta—. Eres muy buen soldado, líder y coronel, pero tu personalidad te va a quitar puntos con los líos que tuviste con Sabrina. A eso, súmale que dejaste de coger con Klein porque ahora andas con Gema. Sueltas a una y tomas a otra, como si el comando fuera un nido de rameras.

—¿Eso qué importa?

—Sí que importa —asevera—. Créeme que importa y mucho, dado que no solo quieren un alto mandatario, también buscan una persona con valores y que sea un ejemplo que seguir. Yo no tuve a Sara a mi lado, pero como ella fue la que me dejó, fui el admirable padre soltero, quien tenía que lidiar con un hijo rebelde. Eso fueron puntos a mi favor, cosa que no pasa contigo, ya que tu promiscua vida empaña tu imagen.

Habla como si él no fuera otro promiscuo y como si su estrategia hubiese sido lo mejor del mundo.

—Calma la marea y actúa como alguien decente. Deja de embriagarte y dar de qué hablar. Puedo contratar a alguien para que te ayude con esto, pero necesito que pongas de tu parte. —Se acomoda el traje cuando se levanta—. No quiero volverme el malo del cuento, pero ten en cuenta que eres mi hijo y que si me atacan a mí, también te atacarán a ti; así que, si eres inteligente, vas a esmerarte por esto. Haz algo por esta familia y retribuye todos los malos ratos que hemos pasado contigo.

—¿Y los que yo he pasado contigo? —increpo.

—Agradece que no te regalé con lo insoportable que eras y sigues siendo. —Se arregla el traje—. Con tu confirmación, me iré preparando para el día que tenga que anunciar al candidato que tendrá mi apoyo.

—Ajá. —Miro la puerta queriendo que se vaya.

—Es aquí cuando dices «Gracias, papá» —agrega—. Como candidato, el «gracias» debe ser algo muy común en tu vocabulario.

—Gracias, ministro —espeto con sarcasmo.

—Algún día me llamarás como lo que soy —se queja—. Espero que no sea tarde y lamentes no haberlo hecho antes.

—Dijiste que te ibas, no sé qué tanto tardas.

Se va, la puerta se cierra y, estando solo, releo los papeles que dejó.

—Pedí comida y te guardé. —Gema se asoma en la entrada.

Se acerca y se sienta en mis piernas. Sé que Marie ha de estar atenta afuera, pero a estas alturas, ya me da igual.

—Luces cansado. —Busca mi boca.

—Estoy cansado. —La beso metiendo la mano bajo su playera. Intento quitarla, pero no me lo permite.

—Quiero comentarte algo…

—Si vas a hablar de Marie, lo mejor es que te devuelvas por donde viniste.

—Es importante —me interrumpe.

Dejo caer la cabeza en el respaldo de la silla. No quiero charlas, quiero sexo.

—Es sobre nosotros. Mamá está preocupada.

Enarco una ceja y sujeta mi cara con ambas manos.

—No quiero que haya rodeos, ni dudas entre los dos y, ahora que nuestros padres lo saben, me parece justo decirte lo que siento. Aunque, primero, quiero saber qué sientes tú por mí —pide—. Quiero que seas sincero.

Preguntas estúpidas que se empeñan en hacer y luego se enojan con la respuesta. Mantengo la boca cerrada y ella me insiste.

Me hago la pregunta a mí mismo. Hay algo en ella que me gusta, que me atrae. Los últimos días no han sido malos, la he pasado bien.

—No la paso mal contigo —reconozco—. Solo diré eso.

—O sea, que te gusto —concluye y asiento—. ¿En qué sentido? ¿Como amiga? ¿Amante?

—Ambas.

—Sé más claro —insiste.

—Estoy siendo claro.

—¿Qué somos? Confírmame: soy… —mueve las manos indicándome que lo suelte— tu… no… vi…

—No hablo cetáceo, Gema.

—Perdón. —Me besa la boca—. Tengo miedo de lo que estoy sintiendo.

Aparto la cara, es la segunda vez que me dan a entender esto.

—Eres libre de largarte cuando quieras. —Señalo la puerta.

—No me voy a ir, Shrek. Floto en nubes de algodón cuando estoy contigo. Escuché para lo que vino Alex y desde ya quiero decirte que quiero acompañarte y ayudarte en esto, para que todo sea más fácil. Conmigo puedes contar para lo que sea. —Pega sus labios a los míos—. Siempre voy a apoyarte, pero te conozco, mi Chris, y no quiero ser una más en tu lista, por ello, haré la pregunta sin tanto rodeo.

Pone la mano en mi pecho.

—¿Quieres ser mi novio?

—Eres tan…

—Solo responde, ogro gruñón.

—Andamos, somos algo más —contesto con simpleza—; que pase lo que tenga que pasar, que la gente piense lo quiera pensar y ya está.

—Eso es ser novios.

—No…

Me besa dejando mi respuesta a medias.

—Sé que eres malo para expresarte y está bien. Como tu novia, tendré toda la paciencia del mundo, seré…

La beso para que se calle, me corresponde y dejo que me rodee el cuello con los brazos en lo que extiendo el momento que me hace llevarla a mi alcoba.

13

Camorra

Antoni

El edificio Abode of The King ofrece una excelente vista cuando se quiere contemplar la noche londinense. Camino a través del concreto de la azotea en lo que respiro hondo antes de fijarme en la hora. Tengo una cita, la cual no sabe que nos veremos, pero lo haremos gracias a Ali Mahala, mi sombra y mano derecha, a quien nunca se le escapa nada y menos a la hora de servir a su líder.

Enciendo el habano que llevo en la boca; la nicotina es necesaria para todo ser maligno, ya que calma el instinto asesino que tenemos dentro. Es el trozo de carne que apacigua al diabólico canino hambriento.

Rachel James fue exiliada hace dos años, la movieron de país en país, cambiando su imagen en el proceso. No tengo idea de cómo luce ahora, debido a que el informe de Philippe no trae dicho detalle; tampoco tengo idea de su ubicación actual, por ende, debo valerme de mis herramientas para encontrarla.

—Tráiganla —les pido a mis hombres.

Ali llega con la mujer, que patalea con una bolsa de lona en la cabeza y las manos atadas. La tira, dejando que su cuerpo impacte contra el suelo. El Halcón Negro la pone de rodillas, antes de quitarle la tela que la oculta.

—Laila Lincorp —saludo a una de las tenientes que forman parte de la tropa Élite—, es un placer saludarte con tan bello paisaje a nuestro alrededor.

Las luces de la ciudad están en su mejor momento, el miedo la corroe y mi hombre de confianza la sujeta para que me mire.

—¡Vete! —chilla—. Evítate una muerte estúpida y huye antes de que el coronel te pegue un tiro en la sien.

Tomo un puñado de su cabello antes de ponerme a su altura.

—Lo haré, me iré, pero primero necesito que me digas algo.

—La FEMF no colabora con la mafia.

—Hay excepciones, bella flor —saco mi arma—, como ahora, así que vamos a hablar o la que terminará con un tiro en la sien será otra.

Tiene los labios secos por el frío de enero y viste de civil.

—Quiero que amablemente me digas dónde está tu amiga.

—¿Qué amiga?

—No sufres de amnesia, querida. Sabes que hablo de la teniente James.

—La mataron por tu culpa —empieza con los juegos inculcados por la rama.

—No me estás entendiendo. —Quito el seguro del gatillo—. Yo me refiero a Rachel James, no al cadáver que hicieron pasar por el de ella.

Intenta zafarse, pero Ali la inmoviliza con el agarre que ejerce sobre su nuca.

—Sí, *fiore*. —Paso el arma por su cara—. Sé que no está muerta, así que volveré a hacer la pregunta: ¿dónde está?

—Está muerta, ¡por tu culpa la mataron! —contesta sin titubear—. Murió el 12 de noviembre del 2017.

Sabía que esto no sería una tarea para nada fácil. Se niega a hablar, pese a que le sigo acariciando la cara con el arma.

—Bien, creeré que no sabes dónde está. Además, eres una soldado, te han impuesto una doctrina, sin embargo, de aquí no me iré con las manos vacías. Si no me vas a servir de informante, me servirás como carnada. —Recibo la pantalla digital que me entregan—. Hay ciertos datos que no manejas, pero tus superiores sí, por eso vas a contactar al coronel.

—La FEMF no colabora con la mafia.

—Si tú no me ayudas, entonces lo harán ellos. —Le muestro la imagen de la casa de los James en Arizona—. Solo imagínalo, irte para proteger a tu familia porque, de seguro, se marchó por ellos. Alejarte dos años para nada porque, si te niegas, iré por ellos.

Todos los días, el coronel transita una misma ruta que lo lleva al comando, mi gente ya investigó. En el trayecto, se encuentran las Colinas Gemelas: veinte kilómetros de carretera con montañas a cada lado, las cuales son perfectas a la hora de emboscar, por ende, necesito que se sumerja en ellas.

—Tomaremos tu móvil y marcaremos el número del coronel —le explico a la mujer que Ali toma con fiereza—. Le dirás que tienes información sobre mí y que, por ello, debes verlo en la central.

—La FEMF no trabaja con la mafia… —insiste con lo mismo, sacándome de mis casillas.

—Tú sí, a menos que quieras terminar en el mismo hueco donde yace la falsa Rachel. —El Halcón la toma del cuello—. Si no contribuyes, iré por su familia y sé que, cuando empiece a inyectarles HACOC a uno por uno, ella saldrá de su escondite y me dará la cara. Sin embargo, eso no es lo que quieres, ¿verdad?

La encaro acercándome a sus labios.

—Sé que está viva. Si no ataqué a su familia en su momento es porque también son mi familia y porque quería ir despacio —manifiesto—, pero si tengo que proceder con ellos, no lo dudaré.

—Los James no tienen nada que ver...

—¡Sí tendrán que ver y será tu culpa! —trono en lo que Ali la manda al suelo, dejando que sus hombres le propinen una serie de patadas, que le hacen saber que me estoy enojando.

Con el labio roto, la vuelven a levantar y le encesto tres bofetones que le voltean la cara. Recibo su móvil y mi Halcón mayor, a las malas, le coloca el dedo en él, desbloquea el aparato y busco el número del coronel.

—Que se oiga natural. Sería cruel verte como uno de mis experimentos si te equivocas. —Encuentro lo que busco.

Suelta el primer pitido y le coloco el móvil en la oreja cuando contestan.

Christopher

La oscuridad me rodea y la brisa de afuera mueve las cortinas. Gema duerme desnuda a mi lado y, somnoliento, me volteo a tomar el móvil, que vibra en mi mesa. Me paso la mano por la cara y me fijo en la pantalla que parpadea.

—¿Qué pasa? —Saco los pies de la cama y Gema se queja, pidiéndome que vuelva donde estaba.

—Coronel —saluda—, le habla la teniente Laila Lincorp.

—Lo sé, existe algo que se llama identificador de llamadas.

—¿Cómo está?

—¿Qué quieres? —ignoro su pregunta.

El silencio se perpetúa al otro lado y compruebo que no haya colgado.

—¿Lincorp?

—Lo siento, señor. —Se aclara la garganta—. Es que tengo información importante sobre Antoni Mascherano, la cual quiero mostrarle.

—¿De qué índole? —Me coloco el pantalón.

—No siento que sea seguro hablarle por aquí... Son datos que calificaría como confidenciales. ¿Puede venir al comando? Tengo todo listo para que lo vea.

—Voy para allá. —Cuelgo.

Todo lo que tenga que ver con los italianos y la pirámide me interesa.

—¿Adónde vas? —me pregunta Gema adormilada.

—El comando me necesita.

—¿Quieres que vaya contigo? —Sale de la cama también.

—No tardaré. —La beso—. Volveré cuando termine.

Me rodea el cuello y dejo que se apodere de mi boca, mientras sujeto su cintura.

—Cuídate. Si quieres que vaya, solo llámame.

Tomo mis cosas y abandono la alcoba, pasando al lado de Marie, que está en el vestíbulo y a quien no le digo nada, ya que no estoy para preocupaciones ajenas. Hago uso de las escaleras para bajar a la primera planta; el McLaren está en el comando, así que me veo obligado a abordar la camioneta de Tyler, quien merodea afuera.

—No quiero parloteos ni preguntas —le advierto al soldado antes de arrancar. No sabe tener el pico cerrado.

En el asiento trasero, saco mi laptop y reviso los últimos informes de Parker: Antoni Mascherano se movió, pero le perdió la pista en Moscú. El operativo de la Iglesia va a paso de tortuga. El que la mayoría de las actividades del sitio se hayan detenido es un problema para todos, ya que no hay mucho flujo de personas.

El auto avanza y sale de la ciudad, no hay luz después del puente fronterizo. Me fijo en la ruta del GPS y noto que estoy a nueve minutos del comando. Fijo mi vista en la ventana cuando entramos en las Colinas Gemelas. Tyler tamborilea los dedos sobre el volante, tarareando una canción en voz baja.

—Accidente a tres kilómetros —avisa el GPS.

El sistema no falla, hay un choque de tres autos que taponan la carretera. Un hombre sacude los brazos pidiendo ayuda y detallo la escena mientras que el soldado disminuye la velocidad. Noto que quien clama por auxilio no está herido y...

—¡Atrás! —ordeno echando mano al arma que tengo en la espalda—. ¡Retrocede!

Nadie choca así de forma accidental, a menos que provoque el impacto con el fin de que obstruya la carretera.

—¡Diablos, diablos! —Tyler me señala al frente.

Quien pedía ayuda saca una ametralladora y arremete contra mí. La fuerza de las balas hace que el vidrio se fracture, pese a que está blindado. El soldado trata de huir y termina chocando con el auto que no noté que estaba atrás. Recargo y él es ágil a la hora de dar la vuelta, intentando huir.

—¡Necesitamos refuerzos! —exclama a través del intercomunicador—. ¡Necesitamos refuerzos, el coronel está siendo emboscado!

—¡Muévete! —exijo cuando reconozco al hombre que arremete.

«Ali Mahala». Es la cabeza de los mercenarios que trabajan para Antoni y el hombre que pelea por el italiano. Varios empiezan a salir de las colinas, Tyler acelera y me levanto, yéndome encima del soldado y tomo el control del volante cuando veo la barrera que han puesto más adelante.

—Christopher, es Antoni Mascherano —informa Patrick a través del radio—. Una de las cámaras lo acaba de captar, así que ¡sal de ahí!

—Refuerzos preparados —avisa el sistema.

Salgo de la carretera, el terreno es inestable y el vehículo termina chocando contra uno de los árboles. Es cuestión de segundos para que vengan por mí, así que tomo el radio y lo enciendo.

—Trae todas las tropas que puedas —le ordeno a Patrick—. Hoy de aquí no salgo hasta que no capture a Antoni Mascherano.

Saco el arma de refuerzo que hay bajo el asiento, cada segundo cuenta, pateo la puerta y huyo colina abajo. El escolta corre detrás de mí, pero a los pocos minutos se pierde, no sé dónde. Los chiflidos se oyen por todos lados, saben desplegarse, sin embargo, no son los únicos con dicha cualidad. El crujido de las ramas me agudiza el oído y empiezo a escabullirme rodeando la montaña; mi espalda queda contra la corteza de un roble, le quito los seguros al arma que…

—No se mueva, coronel. —Me clavan un arma en la cabeza y me desarman—. Avance.

Me empujan hacia delante y, en cuestión de segundos, estoy rodeado de Halcones.

—Quítenle el rastreador —dispone Ali Mahala cuando se acerca.

Con una maniobra, le quito el arma a uno en nanosegundos y disparo contra los sujetos que no alcanzan a tirarse al piso. Le pateo el pecho al que intenta acercarse y otros cuatro hombres más se me vienen encima. Lucho con ellos desde el suelo, pero me inmovilizan. Me amarran las manos en la espalda y empiezan a buscar el rastreador, que no van a encontrar. Quien lo hizo no es ningún idiota. Pasos se acercan y los presentes se apartan, dándole paso al italiano trajeado que me sonríe. Cinco Halcones lo respaldan y traen a Laila Lincorp amarrada.

—Coronel, cuánto tiempo sin vernos —me saluda el italiano.

—No hay rastreador —le avisa uno de sus hombres.

Suelto a reír, llevarme con el rastreador es tener a la FEMF encima, ya que sabrán dónde estoy.

—Colabora o será doloroso —advierte el mafioso.

—¿Colaborar? —inquiero cuando me levantan—. Prefiero seguir jugando al gato y al ratón.

Me entierra el puño cerrado en la cara, la boca se me llena de sangre y con la culata del rifle que le dan arremete contra mi mandíbula.

—Tenemos mucho de que hablar, viejo amigo. —Huele la sangre que le quedó en los nudillos.

—Muero por saber cómo te ha ido en los últimos años. —Me toma del nacimiento del cabello, echándome la cabeza atrás.

—Hay que irnos —le advierte su mano derecha cuando capta los disparos que se empiezan a oír a lo lejos.

—¿Dónde está Rachel James? —me pregunta el italiano, y el que mencione su nombre tensa mis extremidades.

—¿Rachel? —frunzo el ceño—. No conozco a ninguna Rachel James.

—No vamos a andar con rodeos. —El agarre me hace arder el cuero cabelludo—. Está viva, la has escondido todo este tiempo, así que no me vengas con la excusa barata de que está muerta.

—Para mí lo está —me burlo a la cara y me suelta.

—Tráiganlo —ordena—. En el vehículo veremos cuánta droga necesita para decir dónde tiene el dispositivo.

Echa a andar, dándome la espalda, los de atrás me vuelven a empujar obligándome a avanzar y… unos tiros retumban. Dos de los que me tienen caen, dando inicio al cruce de disparos entre los italianos y los soldados que llegan.

Como puedo, me suelto y voy en contra del italiano; Ali Mahala se me atraviesa, abriéndole camino para que escape, y dispara, haciendo que me tire cuerpo a tierra. Bratt aparece por el sendero que Antoni intenta tomar y el Halcón desvía los disparos, arremetiendo contra el capitán.

El fuego cruzado toma intensidad, no pierdo de vista al italiano y barro con los pies al antonegra que se me cruza cuando me levanto. Otro me ataca por la espalda y caigo al suelo, donde sigo peleando con el sujeto que intenta sacar su arma, pero pierde, porque la tomo primero y le entierro un tiro en el entrecejo. Los Halcones que quedan arremeten contra los soldados que ya están en el sitio, bajan a varios y aprovecho para ir por el mafioso, al cual alcanzo.

La ira me ciega estando sobre él, el enojo es como lava en mis venas y le entierro cinco puñetazos en la cara antes de clavarle el cañón entre ceja y ceja, listo para matarlo. Pongo el dedo en el gatillo y mi intento queda a medias cuando un brazo me rodea el cuello, a la vez que retuercen mi muñeca hasta que suelto el arma, mientras que otros dos alejan a Antoni de mí.

—¡Ya cayó! —reconozco la voz de Bratt, quien me ataca con dos soldados más—. Es delito si lo matas.

Me lo quito de encima, queriendo acabar con esto de una vez por todas, pero el imbécil de Bratt no se da por vencido. Me lleva contra el suelo y esta vez Gauna lo respalda, tomándome del cuello.

—¡Aquí hay protocolos que cumplir, coronel! —espeta furioso—. ¡Ya cayó!

El italiano no hace más que reírse en el suelo mientras lo esposan. A Laila Lincorp la están asistiendo y no veo a Ali Mahala por ningún lado.

—Solo has ganado una batalla —me dice el italiano mientras se lo llevan y Gauna me manda atrás para que no me acerque.

—La guerra, porque no vuelves a ver la luz del sol —le digo mientras limpio la sangre que emana de mi labio.

El lugar se inunda de soldados, dejando a Antoni fuera de mi alcance. El olor de la noche nubla mis sentidos y la cabeza me duele al igual que la boca del estómago.

—Lo hicimos —festeja Simon palmeándome la nuca como si no lo creyera—. Hemos capturado al líder de la mafia.

14

Todo pasa

Stefan

Esa misma noche en París

Releo la hoja por sexta vez en la noche, no sé por qué, creo que si la vuelvo a leer cambiará el significado. Algo estúpido, teniendo en cuenta que el NO ADMITIDO en rojo deja claro la decisión del comando londinense.

—No es el fin del mundo, soldado —me dice Paul—. Son ellos los que se perderán tu excelente sazón.

Guardo la hoja en mi billetera. Para él es fácil decirlo, dado que Casos Internos aceptó su traslado, al igual que el de Tatiana. Pronto estarán en Londres y yo me quedaré aquí, siendo el soldado que debe servirles a todos.

—Temo que por culpa de esa perra perezosa se vea perjudicado nuestro cambio —se queja Paul.

—Todos merecemos respeto, su nombre es Selene Kane.

—Tengo motivos para llamarla así. No ha querido mover un dedo desde que llegó, le hemos entregado la información que pidió y solo la mete en su cajón —sigue—. El caso sobre el Mortal Cage trata de una banda delincuencial que le sumará reconocimientos al que la desmantele.

—Se supone que no puedes compartir conmigo esa información.

—Eres mi mejor amigo, confío en ti y, porque te aprecio, te confieso que no me parece bien que andes detrás de esa mujer. Puede ser una exconvicta que están poniendo a colaborar con la ley camuflándola en el ejército —se preocupa—. Ayer estuve hablando con un par de colegas del comando australiano y resulta que en dicha central desconocen su identidad.

Me muevo incómodo detrás de la barra cuando veo que la teniente aparece en la puerta. Paul está de espaldas, sentado en el banquillo, trato de cambiar de tema, pero no se calla.

—Ayer revisé los bolsillos de su camuflado mientras estaba en las duchas. No tiene móvil; de hecho, nunca la he visto usar uno —sigue, y con los ojos le ruego que se calle—. No encontré un celular, pero sí vitaminas.

Bajo la cara cuando ella se detiene a un par de pasos de la barra.

—Me tomé el trabajo de investigar en la web y son medicamentos recetados a exdrogadictos, por ende, te gusta una drogadicta, porque nada te asegura que lo haya dejado. Son pocos los que salen de ese hueco.

—No soy una drogadicta, sargento —le aclara molesta—, y el estar revisando mis cosas no es muy honesto de su parte.

La cara del soldado se descompone en un dos por tres.

—En Australia no la conocen, eso me da motivos para desconfiar —se defiende—. Además, tengo entendido que las opiniones personales no están prohibidas en el ejército.

—Revisar lo que no le incumbe sí, así que ocúpese de lo suyo y deje de suponer sobre lo que no sabe —contesta.

—Paul ya se iba. —Limpio la barra y mi amigo se encamina a la salida sin decir nada más.

Ella se acerca con los brazos cruzados y toma el periódico que dejaron en uno de los banquillos. «Es todo un ángel…». No la he visto mucho en los últimos días, sin embargo, no he dejado de recordar los besos que compartimos en el orfanato.

La invité a salir hoy y me apena que Paul haya malogrado la noche con sus tonterías.

—¿Llegué demasiado temprano a la cita? —Mira el reloj de pared.

—No —respondo feliz—. Organizo los vasos en la cocina y seré todo tuyo.

—Vale.

Tomo la bandeja de los vasos que tengo que llevar al fregadero, la decepción por el rechazo del comando de Londres se hace más llevadera, pero los segundos de alegría duran poco cuando veo el montón de platos acumulados y las estufas sin lavar.

—¿Todo bien? —pregunta Selene desde la barra mientras tomo la nota que dejaron sobre el frigorífico.

—Sí.

Deje todo brillante, soldado. No hay un solo plato limpio, la estufa está llena de sopa y las ollas quemadas con aderezo. Se supone que esto tenía que hacerlo la auxiliar, la cual en las últimas semanas no ha cumplido con sus obligaciones. Se aprovecha porque sabe que aquí nadie tiene en cuenta mis quejas.

Me atraviesa la idea de cancelar la cita, pero verla concentrada leyendo el periódico aniquila el impulso. Las palabras no me salen y se debe a lo mucho que me gusta.

—¿Ya? —pregunta.

—Tardaré unos minutos más —le aviso—. No te vayas.

—Bien. —Vuelve al periódico.

Busco las bolsas de basura y me fijo en el reloj, tengo veinte minutos para terminar si no quiero perderme la mejor parte de la cita. Me pongo manos a la obra empezando por los platos, refriego, enjuago y armo una pila para secar, mientras caliento agua que esparzo por la estufa. Vuelvo al fregadero, donde sigo con lo que falta.

—El mundo merece más hombres como tú —comenta la mujer que me observa recostada en el umbral.

La vergüenza me atropella, parezco una empleada del servicio con el mandil y con los guantes llenos de jabón.

—¿Cuánto tiempo llevas ahí?

—Cinco minutos. —Toma un paño y se acerca a los platos.

—No es necesario. —Me le atravieso—. Espérame afuera, ya me falta poco.

Se fija en el arrume de ollas que está sobre la estufa.

—Será más fácil entre los dos.

—Los ángeles no secan platos.

Me sonríe viéndose hermosa como un atardecer en la playa, con la misma magia y la misma calma, solo que en su boca. Me fijo en sus ojos y me pregunto qué los apagó porque, aunque sonría angelicalmente, la magia no llega a ellos.

—Anda —toma el primer plato—, deja de sonrojarme y pongámonos manos a la obra o nos quedaremos aquí toda la noche.

—No dejaré…

—Es una orden, soldado, y no puede cuestionar las demandas de su teniente.

Vuelvo a lo mío, tiene cara de ángel y porte de guerrera. No puedo definirla como tierna e inofensiva, ya que su cuerpo no deja que haga tal similitud porque, pese a que siempre usa ropa holgada y poco llamativa, he notado que tiene buenas curvas.

Sus labios son carnosos, rosados y sensuales; los ojos, llamativos y expresivos; el cabello le cae un poco más debajo de los hombros, formando pequeñas puntas onduladas. No se maquilla, así que toda la belleza que se carga es natural. Me pregunto si Dios tomó la creación de algún artista como molde para crearla.

Me ayuda con todo y acabamos en tiempo récord, dejo el piso brillante y me quito el mandil, dando la labor por terminada.

—Subiré a cambiarme —le digo antes de darle un beso en la boca—. Espérame en el auto.

Le entrego las llaves antes de salir corriendo a mi camarote en la habitación compartida, tomo una ducha y busco mi mejor atuendo. No es que disponga de muchas opciones, casi todo se me va en el orfanato y no cuento con más de cuatro vaqueros y un par de playeras sencillas. Tomo una de las dos chaquetas que tengo y guardo los pocos billetes que cargo.

—Perdón por la demora, la ocasión amerita que esté bien presentable —le digo cuando me reúno con ella en mi auto.

Le pedí recomendaciones a Tatiana y me sugirió un restaurante en el centro. Trato de ubicar la dirección del establecimiento, que me empieza a preocupar cuando me adentro en el sector.

—Creo que es allá —señala ella.

Ya le había comentado el nombre del establecimiento y el que lo tenga presente aumenta mis nervios cuando noto que luce como el tipo de restaurante que eludo, dado que no son nada económicos.

Estaciono y evito rascarme la cabeza cuando se baja. Con confianza, se encamina a la entrada, y la sigo con la esperanza de que el dinero me alcance.

—¿Vino? —ofrecen y ella asiente.

Pide la comida y observo cómo mira todo con cierta nostalgia.

—¿El señor qué desea? —me dicen.

—No suelo ingerir nada por la noche —contesto—. Estoy bien así, gracias.

—¿Seguro? —me pregunta ella.

—Totalmente.

—Tómate una copa —me insiste—. Me siento rara comiendo sola. Tráigale una copa de mi mismo vino y lo que pedí —solicita, quitando la opción de negarme.

Traen la comida y, con disimulo, reviso lo que tengo en la billetera mientras hago cuentas mentales. Sumo los platos y las dos copas de vino y noto que no me alcanza. No tengo tarjetas de crédito y no soy cliente de aquí como para decir que luego vendré a hacerme cargo de lo que consumimos.

Ella se come lo que le traen y yo acabo con lo mío. Me vería raro si no pruebo el plato.

—¿Pagará en efectivo o con tarjeta? —pregunta el camarero.

«Con mi vida». Cuento los pocos billetes que tengo, queriendo que se multipliquen.

—Con tarjeta —dice ella, entregando el medio de pago dorado.

—Es que dejé el dinero en el comando… —balbuceo—. El afán no es mi fuerte.

—No pasa nada.

Intento darle los billetes que tengo, pero no me los recibe.

—Me llevaré el tiquete para devolverte lo que falta.

—No es necesario —me dice—. Tú siempre me invitas, deja que yo te invite a ti.

—Angel…

—No me molesta hacerlo. —Aprieta mi mano y me siento patético.

Sé que solo lo dice para que me sienta bien. Salimos juntos y conduzco en silencio en busca de la segunda parada: es uno de los parques públicos de París donde se reúnen músicos y bailarines.

—Pero ¡a quién tenemos por acá! —me saluda un amigo de mi difunta madre cuando nos adentramos en el festejo—. ¡Al gran chef!

Lo abrazo, solía regalarnos comida cuando pasábamos tiempos de crisis.

Le presento a Selene, nos ofrecen un trago y continuamos en medio del gentío que danza por monedas. Ella se mantiene en silencio y, por alguna razón, no la siento cómoda, así que despacio salimos del bullicio y tomamos un sendero tranquilo.

Observa el entorno acariciando los arbustos con la punta de los dedos, su vista se pierde en la nada y sonríe con tristeza como si esto le recordara algo.

—¿Ya habías venido a París? —pregunto.

—Sí —suspira—. Es la ciudad favorita de alguien que conozco.

Mira al suelo con la nariz enrojecida y no sé por qué doy por hecho que tal vez perdió a alguien. Me detengo tomando su mano antes de acercarme a su boca, queriendo besarla.

—Hay cosas sobre mí que no son fáciles de digerir y creo que debes saberlas —me detiene.

—Si piensas que me incomoda lo que dijo Paul, estate tranquila —la interrumpo—. Es quisquilloso y le gusta suponer.

—No mentía. —Me corta—. No me llamo Selene Kane ni vengo de Australia.

Doy un paso atrás, no hay manera de que sea una exconvicta o algo así.

—Eres la persona más noble que conozco y no se me da el mostrarte el lado falso de la moneda. No lo mereces —confiesa.

Las suposiciones de mi amigo no me entran, la FEMF no le daría tanto acceso a una persona peligrosa. A ella la dejan sola en las oficinas y no tiene quien la supervise las veinticuatro horas del día.

—Pertenezco al programa de protección de testigos, fui exiliada del ejército. —Se asegura de que nadie nos escuche—. Es por eso por lo que ningún comando puede dar referencia sobre si me conoce o no.

—¿Exiliada? —No entiendo—. ¿Por qué?

—Sé que eres noble y honesto —se mira los pies—, pero en tu conciencia quedarán los daños que puedan causarme si le cuentas a alguien lo que te voy a decir.

Por muy soldado básico que sea, tengo claras las consecuencias que ocasiona delatar a alguien en su posición.

—¿Mafia o narcotráfico? —pregunto. Son los victimarios más comunes del programa.

—Mafia. Uno de los clanes más peligrosos del mundo criminal —suspira—. Mi exilio es por Antoni Mascherano.

El vello de mis brazos se eriza con la confesión.

—Estaba en el ejército de Londres y fui una de las tenientes de la tropa Élite. —Camina conmigo—. Conoces todo sobre ese comando, no te es difícil atar cabos.

Solo una soldado escandalizó a la FEMF. Estuve atento sobre lo que se comentaba de la prometida del importante capitán que fue secuestrada y sometida con HACOC, la droga que es capaz de convertir tu vida en un calvario, creada por los Mascherano. Nunca olvidaré la emoción que sentí al leer sobre el asombroso rescate que se llevó a cabo por ella.

—Pensé que la teniente… —omito su apellido, si no se atreve a pronunciar su verdadero nombre, yo tampoco lo haré— había muerto.

—Lo hice en cierto momento. —Se mete las manos en la chaqueta—. Las vitaminas que encontró Paul son un tratamiento que me recetaron cuando salí de rehabilitación. La droga me golpeó fuerte y múltiples veces creí que no podría salir del calvario que conlleva. El dejar a los que amo, el dolor de mi familia, es algo que de cierta manera me mató. Ahora estoy sana, pero debo prevenir enfermedades que puedan derivarse por el uso de los alucinógenos.

Mantiene la vista en el sendero y no sé si abrazarla o dejarla sola. Me despierta muchas cosas, entre ellas, las ganas de dejarle claro que todo estará bien, que no tenga miedo de lo que pueda pasar porque, por mi parte, nunca haría algo que la perjudicara.

—¿No dirás nada? —pregunta sin mirarme.

—No tengo mucho que decir. —Detengo la caminata—. Solo que sigo pensando que Angel es un mejor nombre para ti. Rachel James tampoco te queda.

Se ríe viéndose hermosa.

—Saliste de la adicción, sin embargo, no has dejado atrás lo que te lastima. Los malos recuerdos son nuestro lado malo y le damos vida cuando lo traemos a nuestro presente. —Le tomo las manos—. Todo tiene un antes y un después, arrastrar el pasado nos vuelve débiles y eso es lo que te tiene así, triste y apagada.

Me acerco a su boca lidiando con los alocados latidos que surgen en mi pecho.

—Eres una mujer muy fuerte, tienes muchas cosas que aplaudirte.

—Lo hago —musita—. Me llena de orgullo lo que logré: conseguí extraer esa porquería de mis venas y sé que mi empeño por lograrlo no fue en vano.

—Quiero verte con las luces encendidas.

—Eres tan genial —me dice—. Lástima que…

—No lo digas. —La callo, no quiero oír el «tarde o temprano me iré»—. Ven.

Tiro de su mano y la traigo conmigo al sitio que quiero que vea. Los turistas pasean por el lugar y, con ella de la mano, sigo caminando hasta que llegamos a la parte favorita de los enamorados. Las parejas bailan en el centro del parque y al cielo le agradezco la canción que nos regala cuando entramos a lo que se supone que es la pista de baile.

—Espero que tu español sea tan bueno como tu francés —le pongo las manos sobre mis hombros—, porque te voy a dedicar esta canción.

Se le empañan los ojos y posa su cabeza sobre mi hombro, respira el olor de mi fragancia barata y no me preocupo, ya que no le importa a las personas como ella, sencillas y especiales. Le alzo el rostro y la beso en lo que nos movemos en medio de las notas que interpreta la mujer que canta la canción de Carla Morrison, que parece escrita para ella.

La beso una segunda y tercera vez a lo largo de la noche, nuestros cuerpos gritan lo que necesitan y ambos nos dejamos llevar.

Me fijo en la hora y en la fecha, porque sin duda quiero guardarlas para siempre. En la alcoba que tiene en el comando, tomo su cara y repaso la forma de sus labios antes de besarla. Ella desabrocha mi vaquero, mientras hago lo mismo con el suyo, lo bajo y deja que la contemple semidesnuda, notando que es mil veces mejor de lo que imaginé.

Deslizo las tiras del sostén por sus hombros y la erección crece cuando me deja tocar los pechos generosos, que acaricio en lo que retrocedemos a la cama. Caemos juntos, estimula mi pene por un par de minutos y me ayuda a ponerme el preservativo mientras detallo lo sexi que es. Su boca, su cuerpo, son un conjunto de detalles, los cuales me afanan, ansiando estar en su interior.

Sujeta mi cara cuando me ubico entre sus piernas y cierro los ojos cuando mi duro pene se desliza entre sus paredes. Es el tipo de mujer a la que no se la folla, sino que se le hace el amor. Mis caderas se mueven y ella se contonea sin dejar de besarme.

—Eres tan hermosa… —le digo, y el movimiento de su pelvis me exige más.

Paso saliva en lo que entro y salgo rápido, mi punta mojada entra en ella una y otra vez. Trato de que no sea fugaz, sin embargo, me cuesta, puesto que las ganas son demasiadas.

—Tranquilo —me susurra pasándome las manos por el cabello.

—No puedo… —jadeo—. Me gustas demasiado y no quiero que sea rápido.

—Lo importante es que lo disfrutemos los dos, y yo lo estoy más que disfrutando.

Me apodero de su boca y meto las manos bajo su espalda, envolviéndola en mis brazos. Sueño e imagino que somos uno y que ella es un espejismo hecho realidad.

Vuelvo a embestirla, estrellándome contra ella y no puedo retener los jadeos carnales. Le doy todo lo que tengo, mientras sus músculos se aferran a mi miembro con voracidad. Sus labios no me sueltan y la mente se me queda en blanco con las oleadas de calor que recorren mi torrente sanguíneo cuando el preservativo se llena con la tibieza de mis fluidos.

Me acomodo a su lado y ella me da un último beso.

—Me gusta mucho, soldado —susurra con la cabeza sobre mi pecho.

15

Exilio

Rachel

Un par de labios cálidos se posan en mi boca antes de tapar mi cuerpo desnudo. Medio abro los ojos, son casi las cinco de la mañana, los párpados me pesan y quiero incorporarme, pero el sueño me gana.

—Gracias —me susurra Stefan—. Sin duda, esta es la mejor noche que he tenido en la vida.

Le tomo la mano, trayéndolo de nuevo.

—Quédate —le pido.

—No tardará en sonar la trompeta y tengo trabajo en el comedor.

Lo suelto, no merece un regaño por mi culpa.

—Me comentaste que hoy era tu jornada de descanso, así que duerme. —Se va.

El sueño me toma de nuevo cuando la puerta se cierra y no sé qué tengo, pero al despertar me siento plena y liviana. Mi cerebro evoca mi romántica noche con el soldado y estiro las extremidades bajo las sábanas, suspiro y paso la mano por el sitio donde durmió.

Llevaba tiempo sin sentirme así. Saco los pies de la cama y por primera vez no reniego del comando, ya que aquí está el soldado que me gusta. El hambre llega mientras me baño y, pese a que no tengo que trabajar, me pongo el uniforme antes de moverme al comedor.

Quiero comer y ver al soldado de besos dulces como la miel.

Me recojo el cabello, me cierro la chaqueta y salgo de la alcoba. Atravieso el comando y no sé qué pasó, pero el comedor está lleno de soldados, los cuales no comen, ya que están pendientes de la pantalla que hay en el sitio.

Me abro paso entre la gente queriendo saber el motivo. Todos están con la vista fija en la pantalla, que me deja sin habla cuando veo lo que anuncian: «*Cae el líder de la mafia*». Las voces se distorsionan a mi alrededor.

«Christopher Morgan logra el golpe de la década, capturando a uno de los mafiosos más peligrosos del mundo».

Mi pulso se dispara y me acerco más asegurándome de que no sea una mala jugada de mi cerebro.

«Es un día histórico para la FEMF —informan—. El coronel Christopher Morgan capturó a Antoni Mascherano en la madrugada de hoy en una redada planeada por los italianos. Christopher Morgan usó la emboscada a su favor, dando fin a la contienda al capturar y apresar al líder de la mafia».

Los presentes lo celebran y yo siento que estoy soñando. Muestran los vehículos del comando, Antoni es un mafioso de alto nivel y mucho no lo pueden mostrar, tampoco hay quien se atreva, ya que puede traer consecuencias.

«El ministro todavía no ha hecho declaraciones, pero sin duda es un gran punto para los Morgan —siguen—. En especial para el coronel, quien cuenta con los requerimientos exigidos que le permiten postularse por el puesto de su padre…».

Las manos me empiezan a temblar, el aire se siente pesado y mis vías respiratorias me exigen que salga. Hay soldados por todos lados y con prisa busco la oficina, donde me encierro. Abro las ventanas cuando siento que no me llega suficiente oxígeno, me dieron una laptop para investigar y entro al sistema interno de la FEMF, donde hay detalles del acontecimiento.

El italiano fue capturado en el paso de las Colinas Gemelas. La teniente Gema Lancaster dio a conocer detalles de los hechos, donde Ali Mahala, asesino personal y mano derecha de Antoni Mascherano, tomó a Laila Lincorp con el fin de usarla como carnada. El mercenario no fue capturado, pero sí cinco de sus hombres. Ya hay un escuadrón tras el resto del grupo.

«Laila». El cuello de la playera me pica y releo, no dice si murió ni nada por el estilo. Termino de leer y siento que todavía estoy en un sueño. «Antoni tras las rejas». Había deseado tanto esto y ahora mi cabeza no lo asimila.

Me quito la chaqueta. Johana, la del programa de protección de testigos, me dio una tarjeta con sus datos, así que salgo en busca del teléfono del pasillo, donde marco su número. No me contesta e insisto hasta que lo logro.

—Soy yo, Selene —le digo—. ¿Viste las noticias?

—Sí, las vi y voy de camino al comando inglés. Tengo tres días intentando hablar con el ministro, pero parece que es una tarea imposible.

—¿Qué va a pasar conmigo ahora que lo capturaron? —indago—. ¿Se sabe algo de Ali Mahala?

—No sé, Selene. —Escucho el sonido del viento de fondo—. Wolfgang no me da respuestas, él y el presidente de Casos Internos se han ido, no sé adónde y, por ello, no los he podido contactar. Todo esto es muy raro y lo más seguro es que tenga que trasladarte. Capturaron a Antoni, pero no a sus socios, aparte de que no sabemos cuánto tiempo estará tras las rejas. Tiene nexos con las mafias más importantes del mundo criminal y hay quienes dicen que sus días en prisión están contados.

Los ojos me arden y me trago el nudo que se forma en mi garganta.

—No puedo quedarme en París —me sincero—. Uno de los soldados anda indagando sobre mí y ya sospecha que no vengo de Australia.

—¿Qué? —De la nada empiezo a captar canes ladrando y uniformados pidiendo identificación al otro lado de la línea.

—Como lo oyes.

—Veré qué puedo hacer —me avisa—. Hoy haré otro intento de hablar con el ministro, ten todo listo por si acaso.

Me cuelga. Dejo el aparato en su sitio y vuelvo a mi oficina, donde me está esperando Stefan, que me ha traído el desayuno.

—Te vi salir afanada y supuse que estabas aquí —me dice—. ¿Cómo te sientes?

—Consternada —confieso—. Acabo de hablar con mi agente y creo que me iré pronto.

—Pensé que estarías, aunque sea, un par de meses más, ya que todavía no se ha cerrado el caso que tienes.

—No es porque quiera, es porque me toca. Además, a ese caso ni siquiera le estoy poniendo atención.

—Pero si trabajas en él, de seguro te dejarán más tiempo. —Viene a mi sitio arrodillándose frente a mí.

—Tal vez sí, pero no quiero. —Acaricio su cara—. Supondrás que huyo solo porque no quiero hacer nada como dice Paul, pero el verdadero problema es que no me siento segura estando aquí y ya no soy una soldado.

—Sí lo eres y no una soldado cualquiera, eres una de las mejores de tu rango.

—Soldado al que luego le costará dejar esta vida otra vez y no estoy para eso.

Junto sus labios con los míos en un beso largo.

—Quisiera que durara mucho más, créeme que sí. —Asiente con lo que le digo—. Me despierta muchas cosas, soldado chef.

—¿Como cuáles?

—El hambre, por ejemplo. —Reviso lo que trajo.

Le saco una media sonrisa y los papeles se invierten cuando es él quien me besa sujetando mi rostro. Me levanto y, sin soltar mi boca, pasea las manos por mi espalda.

—Te tomaría aquí mismo si no tuviera cosas que hacer —respira cansado—. El orfanato estará en un bazar con el fin de recoger fondos y desde ya te digo que estás invitada. Los niños quieren verte.

—Me convenciste con lo de los niños.

—Te recogeré a las seis. —Me da un último beso antes de irse.

Tengo una dieta, la cual me exige una buena alimentación, así que no me cohíbo a la hora de comer todo lo que me trajo. En la laptop, reviso las novedades de lo acontecido y siento que me quito un peso de encima cuando confirman que Laila está bien. Hay varios detalles más, pero prefiero dejarlo así. Antoni ha sido capturado, sin embargo, eso no quita que siga siendo Selene Kane.

La agente de protección de testigos tiene razón en algo y es que aún no hay garantías de nada.

La tarde me toma en mi alcoba y Stefan toca a mi puerta a la hora que habíamos acordado. Debería quedarme, pero el encierro no hace más que estresarme.

—Sé que pido mucho —me muestra una playera con el nombre de la fundación—, pero ¿podrías ponértela? Quiero que nos vean como un equipo.

—Bien. —No me deja cerrar la puerta.

—Quiero ver cómo te queda. —Entra y me toma de la cintura, repartiendo besos por mi cuello.

—Me la verás cuando salga. —Lo beso—. Necesito privacidad, soldado.

—No. —Cierra la puerta con el pie—. Necesitas que yo te la coloque.

Tira del dobladillo de mi suéter y me lo saca por la cabeza. Nuestras bocas se unen en lo que mis manos viajan a la pretina del pantalón para quitárselo, pero quedamos a medias cuando lo llaman.

—Me están esperando —se decepciona—. Vamos y más tarde seguimos con esto, ¿te parece?

—Sí, me parece. —Le beso los labios y, cinco minutos después, estoy lista.

El bazar está lleno de entidades de caridad y los Gelcem tienen un sitio donde se lee: Fundación Los Buenos Corazones.

—Selene —me saludan Ernesto y la hermana de Stefan.

La tía Cayetana les está poniendo etiquetas a los frascos de jalea que van a vender y me agacho a saludar a los niños. Stefan se pone a ayudar a su cuñado en lo que falta y no sé qué pasa, pero la gente compra en todos los puestos menos en este.

—La noche está pesada —me dice Cayetana—. El escándalo de los Fersi nos sigue afectando con el tema del dinero ilícito, uno que otro rumor corrió y algunos creen que usamos la fundación para robar.

Stefan se va a dar una vuelta con su cuñado y con su hermana, mientras que yo me quedo con los niños y con la tía. Es una mujer de cincuenta años, la cual lleva años viviendo con ellos. Busco en mi bolso queriendo comprar algo para todos, pero termino dando un paso atrás cuando noto al grupo de hombres que se acerca a mi sitio.

—Bienvenidos —les dice Cayetana suponiendo que van a comprar, pero el aspecto que traen grita todo lo contrario, y más cuando sacan el bate que acaba con gran parte de los frascos de jalea.

—¡A robar a otro lado! —exclama uno—. ¡Fuera de aquí!

Los niños vienen a mi sitio, aterrorizados, e intento defenderlos con algo, pero el que los pequeños no me suelten me enciende el instinto sobreprotector y lo único que quiero es sacarlos de aquí.

—Tranquilos —intento que se calmen, pero no resulta, ya que son más de diez. A Cayetana la empujan mandándola al suelo, trato de auxiliarla y empiezan a acabar con todo.

—¡Oigan! —Llega el cuñado de Stefan corriendo—. ¡Nos tomó meses comprar esto y hemos pagado!

Cuatro se le van encima con patadas y palos, Stefan intenta ayudarlo, pero se van contra él también, me apresuro a levantarlo y me pide que no me meta.

A Ernesto lo siguen golpeando en el suelo con todo lo que tienen. Pido ayuda, y la gente no hace más que mirar. La hermana de Stefan trata de intervenir por su esposo, Cayetana se aferra a los niños, que la buscan, y los agresores desaparecen cuando escuchan las sirenas de la policía.

La noche termina en tragedia total. Ernesto no se puede levantar, no tiene papeles y, por ello, tenemos que huir.

—Puedo pagar para que lo atiendan en un consultorio privado —sugiero al verlo tan mal.

—No, Angel —se opone Stefan—. Al verlo así, se les hará sospechoso y lo pueden denunciar

Lo suben al auto, tres niños se van con él, los otros tienen que viajar en metro, así que colaboro en lo que puedo. En el orfanato, Miriam se hace cargo de su esposo y Stefan de los niños con Cayetana. Me abruma la tristeza que se respira y opto por salir a caminar.

El campo de tulipanes queda frente a mí e ignoro el frío, sentándome en la raíz del árbol que aparece.

—Mi sitio favorito. —Stefan llega una hora después.

Tiene un golpe en el mentón, al cual no le ha puesto atención. Se acomoda a mi espalda y pone una frazada sobre mis hombros.

—Lo siento —me dice al oído—, no quería hacerte pasar un mal rato.

—Me dio mucho pesar ver cómo los atacaron.

—Mejores tiempos vendrán.

Nos quedamos en silencio mirando a la nada, esconde la cara en mi cuello y dejo que me abrace. Me gusta mucho su cercanía y no me cohíbo de ella.

—¿Cuál es tu lugar favorito en el mundo?

«Lugar favorito»... Mi lugar favorito solían ser los brazos de cierta persona, la cual no quiero recordar ahora.

—No lo sé. —Alejo su recuerdo—. He viajado tanto, así que tengo muchos parajes favoritos, sitios que dejaron huella.

—¿Como cuáles?

—En Perú contemplé el más lindo atardecer, nunca olvidaré la sensación de conquista al estar sobre las ruinas de Machu Picchu viendo cómo el sol se escondía detrás de las montañas. —Dejo que me estreche contra él—. En Brasil, estando en canoas, contemplé noches preciosas y en Phoenix... —las palabras se me atascan— he sido testigo de los más hermosos amaneceres.

Hablar del sitio donde nací no hace más que recordarme lo mucho que echo de menos a mi familia.

—Eres un ángel viajero —me dice.

—Una nómada sin rumbo.

—Te echaré de menos cuando te vayas.

Me abraza con fuerza y de corazón, espero que el mundo confabule a su favor, dándole todo lo que desee.

—Me tranquiliza saber que estarás tranquila —me dice—. Después de la captura, supongo que tendrás más paz.

—Eso espero.

—No me equivoqué al decir que son los mejores —se ríe—. Aplaudí cuando vi el enunciado «Christopher Morgan captura a Antoni Mascherano». Solo un Morgan usa un ataque a modo de ventaja.

Christopher es muy buen soldado, eso no tiene discusión.

—Dichosos los que entrenan en las filas del gran comando londinense —suspira.

—Serás uno de ellos —lo animo—. Ya enviaste la solicitud, solo hay que cruzar los dedos para que te acepten.

—Allá se necesitan héroes, no cocineros, ya me quedó más que demostrado.

Saca su billetera y busca la hoja, que me muestra, la solicitud fue rechazada y el hecho me aflige al igual que a él. La hermana lo llama y se levanta actuando como si no pasara nada.

—Me apena darle malas noticias, teniente —respira hondo—, pero tendrá que dormir sola esta noche. Con Miriam, debo vigilar a Ernesto.

—Qué mal, había preparado un show de danza erótica.

Se ríe y deja un beso en mis labios antes de quitarse el brazalete de semillas de girasol, el cual me pone.

—No es mucho, pero esto me ha acompañado por mucho tiempo y ahora quiero que te acompañe a ti. —Besa mis nudillos—. Cuídalo mucho, porque no es cualquier brazalete: estas son semillas especiales, cosa que no puede lucir cualquiera.

—Gracias.

—A ti por estar aquí y por hacerme feliz. —Me da un último abrazo antes de irse.

Volteo a verlo cuando se va, hay personas que se merecen todo lo bueno del mundo.

Me acuesto en la cama de una de las niñas y, al día siguiente, madrugo con Cayetana a comprar medicina y comida. En verdad, me apena la situación y, por ello, trato de colaborar en lo que pueda.

—Tiene un corazón de oro —me agradece la mujer cuando llegamos.

Le dejo dinero extra y me muevo al comando donde tenía que estar temprano, sin embargo, no es algo que importe mucho con Casos Internos, quienes no han dado explicaciones. La noticia sobre la captura sigue dando de qué hablar y trato de ignorar todo lo relacionado con ello, simplemente me pongo mi uniforme y busco la oficina donde, de seguro, estaré sin hacer nada en todo el día.

Subo las escaleras que me llevan al sitio y hallo a los sargentos esperándome en la entrada.

—Mi teniente —me saluda la sargento Meyers, mientras que el amigo de Stefan solo cumple con el protocolo, parándose firme.

—Ya no estoy en el caso —les aviso—. Esperen a que Wolfgang vuelva y se lo asigne a otro superior.

—Trajimos información importante —insiste el soldado—. Al menos revísela, nos hemos esforzado en conseguirla.

Lleno mis pulmones de oxígeno, quiero irme de aquí, sin embargo, no es justo entorpecer el trabajo de otros, dado que también fui una soldado en ascenso en busca de reconocimiento.

—Nos sería de ayuda un informe en el que dejara claro a la entidad que sí cumplimos con nuestro trabajo —me pide ella—. Si evalúa lo que le entregamos, sabrá que hemos cumplido con lo que se nos ordenó.

—Haré el informe y lo entregaré cuando deje el cargo —les aviso—. Ahora retírense.

Me quito la chaqueta al entrar y la radio no sirve cuando intento encenderla. Si salgo, estaré escuchando opiniones de lo que pasó, así que me pongo a revisar lo que trajeron los soldados.

«Mortal Cage: Banda delincuencial con más de veinte puntos a lo largo del mundo. No hay registros del número de individuos involucrados. Forman personas con un solo fin: matar a cambio de dinero».

Ha habido intentos de redada, pero no han tenido mucho éxito. El mediodía me toma leyendo todo lo relacionado con el asunto, que se roba mi atención cuando profundizo en lo que hacen.

—Hola. —Stefan abre la puerta—. ¿Estás ocupada?

—Un poco. —Me masajeo la sien—. Pensé que te quedarías con los niños.

—No me dieron permiso. —Me saluda con un beso—. De hecho, tengo que compensar la demora.

Su situación me frustra.

—Oye, anoche… —Se apoya en mi escritorio—. En verdad, no quería que pasaras un mal rato.

—No importa. —Aprieto su pierna.

—Sí importa, planeaba una cena en el orfanato después de terminar —comenta decepcionado—. Ya sabes…, como despedida. No te veré y quería que tuvieras un momento especial antes de partir.

Tiro de su playera queriendo que me bese.

—Preparé una mesa para que sea hoy —propone—. Tengo que trabajar en los sótanos, pero…

—No es necesario.

—Quiero hacerlo. —Acaricia mi cara—. Buscaré los mejores ingredientes, haré comida, la empacaré y comeremos en mi auto.

—¿En tu auto?

—Sí, saldremos y nos estacionaremos en la carretera de afuera. —Masajea mis hombros—. Te veo a las ocho, ¿vale? Te esperaré frente al monumento.

—Bien.

Se despide, se va y vuelvo a la carpeta. Como soldado profesional, sé a lo que se dedica, pero con lo investigado aparecen detalles que no había visto antes. Hay fotos de varios sujetos entrando a los sitios donde pelean, también hay una que otra foto de las contiendas violentas que se desatan.

A las dos de la tarde, me pongo a redactar el informe de los sargentos donde hago un resumen de todo lo que hicieron. Me toma tiempo, ya que han traído bastante información. Acabo, lo imprimo y lo guardo en un sobre, al igual que todos los informes que trajeron.

—Teniente. —Un capitán se adentra en mi oficina—. Se la requiere con urgencias en la sala de juntas.

El porte serio me endereza, algo me dice que Wolfgang está de vuelta.

—Acompáñeme, por favor.

Tomo los dos sobres; el agente de Casos Internos me dijo que me preparara para mi traslado, así que meto la información bajo mi brazo, lista para lo que sea que quieran decirme. Si tengo que irme, entregaré todo de una vez.

El capitán señala el pasillo, donde luce apurado, un soldado mantiene las puertas del ascensor abiertas y subo con él, es un hombre mayor, el cual se arregla el uniforme y la gorra del ejército mientras subimos. Las puertas del elevador vuelven a abrirse y mis pies se niegan a moverse cuando veo a la alta guardia rondando por el corredor.

—Salga —me indica el capitán.

Mis intestinos se sacuden con los hombres trajeados que me miran, solo hay una persona por la cual han de estar aquí. Camino pasillo arriba, dos sujetos me siguen y uno de ellos abre la sala donde Johana está sentada en una mesa con Wolfgang Cibulkova; sin embargo, no son ellos los que desatan el vacío que se forma en mi estómago: es Alex Morgan, quien hace que me pare firme cuando lo veo a la cabeza de la mesa.

—Ministro —le dedico el debido saludo.

—Sigo esperando la explicación de esto —habla molesto—. ¡Quiero una puta respuesta!

El capitán se va y yo me mantengo en mi sitio.

—Como le dije, señor —habla Wolfgang—, Asuntos Internos la reclutó porque creyó que nos sería útil en el caso que estamos investigando.

—Caso que le corresponde a mi rama y que ustedes están manipulando a su antojo.

—No, señor —Wolfgang lo contradice.

—¡Sí lo haces! —se exaspera—. Aparte de eso, pones en riesgo la vida de un uniformado al exponerlo en territorio europeo.

—Tomamos las medidas necesarias para protegerla.

—Cambiarle el nombre es una excelente medida —espeta con sarcasmo—. Su astucia en verdad me asombra, señor Cibulkova.

Se pone en pie apoyando las manos en la mesa.

—Por tu bien, espero que la explicación a esto sea buena —lo regaña—.

Confío en que tu inteligencia te permita crear un argumento de peso, que explique el porqué de pasar por encima de mis órdenes, sacando una soldado exiliada.

—El presidente de la rama hablará con usted.

—Claro que hablará conmigo —dispone—. Esto no se quedará así.

El agente de Casos Internos se queda en silencio y yo no hago más que mirar el sobre.

—Déjenme solo con mi soldado —ordena el ministro, y ambos se levantan.

—Si le causé algún malestar, le ruego que me disculpe —me dice Wolfgang.

—¡Largo! —lo echa el ministro.

Alex Morgan se acomoda las solapas del traje antes de acercarse y me abstengo de mirarlo a la cara, ya que es el vivo retrato de mi antiguo coronel.

—¿Cuánto tiempo llevas aquí? —pregunta.

—Cuatro semanas, señor.

—¿Dónde estabas cuando te sacaron?

—En Colombia.

—¿Tuviste contacto con alguien de Londres o Arizona?

—No, solo hablé una única vez con mi agente.

Se recuesta en el borde de la mesa.

—Me alegra verte, Rachel —me dice—. Te felicito por tan buena recuperación.

—Gracias, señor.

—Digna hija de Rick.

Contengo la sonrisa.

—Muy sensato de tu parte el no establecer contacto con nadie, pese a tener las herramientas para hacerlo.

—Iba contra las normas del exilio.

—Me alegra que sea así, porque vienen muchas cosas de ahora en adelante —declara—. Así que ve preparando tus cosas.

—Ya están preparadas desde esta mañana, estoy lista para mi reubicación —le hago saber—. En este sobre está el informe de lo que me pidió investigar Casos Internos. Los sargentos buscaron información y aquí están los resultados.

Recibe lo que le doy y llevo mis manos atrás a la espera de sus demandas.

—¿Puedo saber adónde me enviarán? —le pregunto—. Porque América me resulta muy cómodo y…

—No será en América.

—¿Asia?

Sacude la cabeza echando los hombros hacia atrás.

—Ni Asia ni América, porque el exilio se acabó, teniente —me suelta—. Antoni ya no está, por ende, no corres ningún tipo de peligro.

El aire se me atasca en los pulmones y no sé por qué presiento lo que está por decir.

—A partir de hoy, retomas el nombre de Rachel James, vuelves a tu cargo como teniente en el ejército inglés y tienes seis días para regresar a Londres.

—Yo no… —balbuceo.

—Sin amenazas no hay exilio, teniente —se impone—. Christopher necesita a los mejores de su lado y tú entras en ese grupo.

No proceso la información, ya que todo es como un aguacero repentino, el cual me ha tomado desprevenida y sin sitio donde refugiarme.

—Le agradezco la oferta —logro decir—, pero no. Si el exilio se acabó, no quiero reincorporarme al comando londinense.

—No es una propuesta, es una orden, soldado —se encamina a la puerta—, así que sígueme, que te llevaré a ver a tu familia.

16

Arizona

Rachel

La cara me arde y mi cerebro no lo asimila. «¿Se acabó?». Lo que creía que sería para siempre ya no lo es y me cuesta creer lo que me acaban de decir, dado que retomar mi nombre conlleva el estar de nuevo con todo lo que tanto quise. Es tener de vuelta la vida que tanto me costó dejar.

—Soy de los que cobra los favores, Rachel, y así como tuviste la valentía de pedir un exilio, ten la valentía de asumir que se terminó —espeta el ministro cuando no me muevo—. Te di la mano cuando más lo necesitabas y lo mínimo que espero es que me muestres el debido respeto y aceptes la orden sin titubear.

Inhalo con fuerza acaparando el oxígeno que me hace falta. ¿Cómo alego contra eso? Me mantuve en el anonimato gracias a él, quien apoyó mi decisión cuando más lo necesitaba.

—Hay otros comandos, señor.

—No te quiero en otros comandos —me corta—, te quiero de nuevo en mis filas y será en Londres. Así que andando, teniente, que si no te mueves, haré de cuenta que no quieres ver a tu familia y quitaré la oferta de la mesa.

Sacudo la cabeza de inmediato. ¿Verlos? Eso es algo que no hay que preguntar, claro que quiero verlos. Él echa a andar, tengo muchas cosas en las que pensar…, pero el hecho de saber que veré a los seres que más amo pospone todo.

—Ten esto. —Johana me entrega una mochila cuando salgo—. La mandé a preparar, creyendo que se llevaría a cabo el traslado.

El «gracias» no me sale, ya que tengo un cúmulo de emociones atoradas en la garganta. La alta guardia me hace avanzar al elevador y salimos rumbo a la pista de despegue.

—¿Puede esperar un momento? —pido cuando me acuerdo de Stefan—. Debo…

—Mi piloto está listo y nos iremos ya.

Uno de los soldados me toma del brazo y me escolta a la pista de aterrizaje, donde la aeronave despega una vez que ingresamos.

Sé que cambiarme es necesario y lo hago en el baño, donde, al estar sola, se me salen las lágrimas. No creí que volvería a considerar el hecho de decir: «veré a mis padres», o «falta poco para abrazar a mis hermanas».

Deshago el moño apretado que tenía y salgo vestida con ropa de civil. Alex está en una videollamada, así que me siento y me pongo el cinturón de seguridad. Me cuesta tener las piernas quietas y paso la mano por mis rodillas, lidiando con la ansiedad que masacra mis nervios.

«Rachel James». Mi cabeza trae las voces de mis amigos llamándome así, las veces que fui feliz en la milicia, evoco mis momentos con Harry, con Brenda, Luisa y los demás. Me recuerda lo mucho que me preocupaba un exilio, puesto que malograría la carrera que ahora me están ofreciendo otra vez.

Las palmas me sudan y hago cálculos mentales pensando en la hora que llegaré. Las ganas de llorar se me atascan en la garganta y cierro los ojos obligándome a dormir, ya que, si no lo hago, voy a terminar con un ataque cardiaco.

Mi cerebro juega en mi contra ilusionándose con todo lo que puedo volver a tener: a mis colegas, mi cargo, mi casa, mis cosas y el hecho de que podré volver a Phoenix las veces que quiera.

El vuelo se me hace eterno y, después de casi doce horas, aterrizamos en mi ciudad natal. París está ocho horas por delante de Phoenix, me fijo en la hora y falta un cuarto para las nueve. «Sé que aún no están dormidos».

Me subo al auto que espera y estoy tan sensible que las calles me dan nostalgia al ver los antiguos locales que visitaba con mi padre. El auto se adentra en el vecindario y sonrío cuando veo al señor Banner trotando sobre la acera. Pasamos por la casa de Harry y los labios me tiemblan cuando metros más adelante veo la mía.

—Déjanos aquí —pide Alex, y la camioneta frena dos casas antes—. No es necesario que me escolten, el área está asegurada.

Me bajo primero que él. La brisa se siente como un privilegio cuando me acaricia la cara y camino rápido hacia la casa donde crecí. Las luces están encendidas, alguien camina de aquí para allá en el estudio de la segunda planta y deduzco que es Sam, ya que es quien tiene la costumbre de caminar mientras habla por teléfono.

—¡Emma! —gritan adentro.

—Anda —me dice Alex—, les alegrará verte.

Troto a la puerta y, frente a esta, me limpio las lágrimas tratando de verme presentable. Los ojos me arden y con un nudo en la garganta pongo la mano en la perilla, miro al cielo y doy las gracias por este momento, por darme la oportunidad de volverlos a ver. La manija cede, doy cuatro pasos hacia adentro y el olor de la madera llega a mis fosas nasales. Todo está como lo recuerdo, los jarrones llenos de flores, los muebles rústicos y las lámparas grandes.

—Cierra la puerta, Sam —pide Emma, que está frente a la chimenea con una sudadera puesta—. Siempre haces que se escapen los cachorros.

Se echa un puñado de palomitas a la boca y los labios me tiemblan al notar que ya no es la bebé que cargué torpemente cuando tenía ocho años; tampoco es la adolescente que abracé el día que partí de Londres; ahora luce como toda una señorita. La melena negra la tiene recogida en una cola de caballo y sigue comiendo con la mirada perdida en el fuego.

—¡Que cierres la puerta! —exclama.

—¿Tenemos cachorros? —pregunto—. Cómo eres, seguro le pusiste mi nombre a uno.

Lentamente, voltea como si mi voz viniera del más allá. Los ojos azules me mueven todo por dentro cuando se levanta y me mira como si no fuera real.

—Rachel. —Rompe a llorar.

—Ven a darle un abrazo a tu hermana favorita.

Corre hacia mí saltándose el sofá, se va contra el piso y se levanta con la misma fuerza. Mis piernas se mueven hasta ella y su cuerpo impacta contra el mío, dándome el abrazo que tanto anhelé en la distancia. La aprieto con fuerza y no dejo que me suelte.

—Pero ¿qué…?

Sam baja apresurada las escaleras y se termina quedando a mitad de esta.

—Volviste —dice, y me río—. ¡Rachel volvió!

Corre a abrazarme. La puerta trasera se abre, mi madre aparece y suelto a mis hermanas y voy por ella, quien toma mi cara y me mira asegurándose de que esté completa.

—Rachel —musita mi nombre—, estás…

—Aquí —le digo—. Volví.

Me abraza y el calor que emana me hace apretarla con fuerza cuando se le salen las lágrimas. Es el tipo de mujer que hasta llorando se ve bien, se limpia la cara y doy un paso atrás, notando lo hermosa que está, bueno, siempre lo ha sido. Toca mi cabello, mis brazos, mis manos.

El trote que oigo atrás me hace voltear, no pienso, simplemente me voy contra el hombre que llega y abre los brazos para recibirme, «mi papá». Capto los temblores que emite su tórax y los sollozos que se le escapan. Rick James es una de las personas que nunca ha dejado de apoyarme; es el padre que todo hijo anhela, la persona que siempre sabrá cuándo estás bien y cuándo te sientes mal.

Me aprieta contra él y siento que mis pedazos se juntan cuando mi cerebro asimila que estoy en mi hogar, en el sitio al que puedo volver cada vez que quiera.

—Siempre supe que ibas a volver —me dice mi papá—. Bienvenida a casa, teniente.

Besa mi coronilla y me niego a que me suelte, mis hermanas se unen al momento y él nos toma a las tres.

—¿Sobró cena? —habla Alex al pie de la escalera—. Fueron varias horas de viaje y quiero comer.

Me alejo para que mi papá pueda saludarlo, él se limpia la cara y lo abraza dejando que le palmee la espalda.

—Gracias —le dice.

—Para eso estamos —contesta Alex.

—Veré qué preparo —habla mi mamá—. ¿Te apetece algo en especial?

—Lo que quieras. Después de tanto tiempo, lo que sea que prepares para mí será lo mejor —le digo, y me da un beso en la mejilla antes de irse a la cocina.

Alex le pide un trago a mi papá y yo llevo a mis hermanas al comedor.

—Voy por mi teléfono —se devuelve Sam—. Creo que dejé a la persona esperando.

Abrazo a Emma y beso su frente una y otra vez hasta que nos sentamos. Estando lejos noté que todos son una parte de mí y que sin ellos no estoy completa.

—Te eché mucho de menos —confiesa ella—. De uno a diez, ¿cuánto tú a mí?

—Un millón tres mil infinitos. —Tomo su rostro en mis manos.

—Ese número no existe —se queja.

—Tampoco un término que defina la falta que me hiciste. —La lleno de besos y me vuelve a abrazar.

Siento que tiembla queriendo llorar y le aparto el cabello de los hombros.

—La estás asfixiando. —Llega mi mamá—. Dale un poco de espacio.

Sam vuelve a bajar, se parece mucho a mis tías, tiene la misma aura recatada y comparten la gracia que las caracteriza.

—¿Sigues estudiando medicina? —le pregunto.

—Es la mejor de la clase —me dice Luciana orgullosa, y la felicito.

Papá se une a la mesa y mi madre sirve lo poco que alcanzó a improvisar. Alex termina de cenar y se va a descansar a una de las habitaciones para huéspedes, mientras que el resto pasamos a la sala, donde les cuento todo lo que hice desde el día que me fui.

Les hablo de lo difícil que fue la recuperación y, por más que ahora me sienta bien, se me salen las lágrimas una que otra vez.

No fue solo un golpe para mí, también lo fue para ellos, dado que no es fácil intentar pretender que alguien está muerto cuando no lo está.

—Lo importante es que estás de vuelta y que lo que sucedió no se repetirá —comenta mi mamá—. Estuviste en peligro, pero la vida te dio una segunda oportunidad, la cual debes aprovechar.

—¿Seguirás aislada? —me pregunta Sam—. ¿O tendrás una vida de civil, común y corriente?

Desvío los ojos a la chimenea y Luciana me mira a la espera de una respuesta.

—Doy por hecho que pedirás la baja y te quedarás en Phoenix —me dice.

—Volverá a Londres —responde mi papá— y retomará su cargo como teniente. Es lo que estipuló el ministro.

Mi madre se ríe como si se tratara de algún tipo de broma, no digo nada y el silencio reina en la sala.

—No quiero desilusionarte, pero creo que habla en serio —le dice Emma, y ella se pone seria.

Adoro a la mujer que me trajo al mundo, la amo, sin embargo, verla enojada es algo que evito, dado que sé cómo se pone.

—Mataron a Harry, te secuestraron y drogaron, te torturaron, casi te mueres; tuviste que irte, nos dejaste, todo por culpa de la mafia que conociste estando en el ejército —me regaña—. La FEMF te jodió la vida y ¿ahora me dices que vas a volver?

—Soy una soldado. —Tenemos la misma discusión de años pasados.

—Y nosotros somos tu familia —me regaña—. Puedes dedicarte a otra cosa, estudiar otra carrera, ejercer en otro lado más tranquilo.

—Pero no es lo que ella quiere —me defiende mi papá—. La milicia es lo que le apasiona y es libre de tomar sus decisiones.

—Yo apoyo a mamá —secunda Sam—. Puedes pedir que te den de baja, eres joven y no te costará nada empezar de cero.

—Sería algo menos peligroso, menos problemático —me insiste Luciana— y no tendrías que lidiar con los cerdos de los Morgan.

—Yo iré a hacer palomitas por si alguien quiere. —Se levanta Emma.

—Quieres volver a lo mismo —sigue mi madre.

—No va a pasar nada con él, si es lo que te preocupa —la tranquilizo—. Voy a hacer mi trabajo como siempre lo he hecho.

—¿Eso es un sí? —increpa—. No lo vas a pensar, simplemente te vas a ir.

—Es una orden del ministro. Pedí otro comando, pero me dijo que no.

Alza la mano pidiendo silencio y respiro hondo cuando se va sin decir más. Esto no le gusta y nunca le va a gustar.

—Deja que se calme —me dice mi papá—, ya mañana hablas con ella. Lo importante ahora es que todos estamos muy felices de que estés aquí.

Lo abrazo. Les pregunto a mis hermanas si saben algo de Brenda y Luisa, y me muestran fotos del hijo de Harry, quien ya ha venido dos veces a Phoenix a visitar a mi familia. Lu está embarazada, Scott se casó con Irina y tiene dos hijos: la niña que tuvo con Laurens y ahora tiene otro con Irina.

Me alegra la noticia de Luisa, me imagino cómo han de estar Simon, Laila y las demás. Emma me cuenta que Lulú tiene un establecimiento de estética en Belgravia y que se ha vuelto muy cotizado, consiguió pareja y anda muy enamorada.

—Ve a descansar —me pide mi papá pasada la medianoche—. Ya mañana tendremos tiempo para seguir hablando.

Deja un beso sobre mi coronilla y subo a la alcoba, que mantienen tal cual la dejé; siempre he tenido ropa aquí y ni eso tocaron. Tomo una playera y un par de pantalones anchos. Si alguien me hubiese dicho en la mañana que dormiría en mi casa, lo hubiese tildado de lunático.

Las palabras de mi madre se repiten, en el fondo una parte de mí no puede alegar, porque sé que tiene razón y, como mamá, tiene motivos para preocuparse. Me acuesto, las emociones del día me tienen agotada y mi cerebro se apaga cuando pongo la cabeza en la almohada.

Me levanto pasadas las nueve, el sol está intenso y tomo una ducha antes de bajar a desayunar. Mi madre está preparando la comida con la ayuda de la empleada, Sam está en su laptop y Emma bronceándose a la orilla de la piscina con unos lentes de sol.

Luciana deja todo de lado cuando me ve y le pide a la mujer que le ayuda que salga.

—Siéntate —me pide.

Deja una taza de café sobre la mesa y corro la silla donde me siento.

—Anoche no te comenté que en mi tiempo libre estoy haciendo voluntariado en la ONU —me dice—. Tus tías también colaboran, al igual que tu abuela. Hemos salido en varias notas periodísticas, por eso y por los aportes a la NASA.

—Genial.

—Sí, pero no fue genial el tener que explicarles lo sucedido con el coronel. —Toma asiento frente a mí—. No estoy de acuerdo con que vuelvas a

Londres, Rachel. Lo que te pasó fue una sacudida para ti, para nosotros y no quiero tener que preocuparme otra vez.

—No lo harás —le aseguro—. A Londres volveré solo a trabajar. Amo mi carrera, le invertí años a esto, así que iré, pero ante la más mínima amenaza, volveré —le aseguro—. No los pondré a pasar malos momentos otra vez.

Se pasa la mano por la cara.

—No hay manera de que te haga cambiar de opinión, ¿cierto? —se rinde.

—Tienes miedo de que se repita lo de años pasados y no será así —le digo—. Voy enfocada en recuperar los méritos que perdí.

Alcanzo su mano, se ha esforzado en nuestra crianza y siempre ha querido lo mejor para nosotras.

—Quiero que Christopher Morgan se quede en el pasado —pide, y no la dejo continuar.

—Voy a trabajar, ya te lo dije —repito—. No tienes nada de que preocuparte, tocar ese tema está de más.

Su mirada conecta con la mía y se masajea la sien.

—Voy a confiar en ti, en que irás solo a trabajar y que, ante cualquier amenaza, volverás —declara—. En que las cosas serán como antes y en que allá solo irás a destacar.

Respira hondo dándose por vencida.

—Puedes estar tranquila. —Beso su mano.

—Vamos a desayunar. Sam, ve y dile a tu hermana que deje de exhibirse con los vecinos como si fuera un trofeo y que venga aquí —pide—. Tú, Rachel, ayúdame a cortar el pan, quiero que todos disfrutemos del desayuno.

En las gavetas busco lo que me pide, pese a tener personas que nos ayudan, nos acostumbraron a que en casa todos ayudamos.

—Pronto es tu cumpleaños —comenta mi madre—. Lo podemos celebrar aquí.

—Lo dudo. —Alex entra a la cocina con mi papá—. Los soldados estarán cortos de tiempo en las próximas fechas.

Luciana lo aniquila con los ojos y él cuelga el sombrero con el que doy por hecho que estaba cabalgando.

—Estamos en un operativo importante —explica—. Aparte de eso, tenemos otros temas sobre la mesa que requieren atención.

—Estaremos en contacto todo el tiempo —comento—. También pueden ir a visitarme cuando quieran.

Emma se une a la mesa con Sam, mi papá deja un beso en mi mejilla antes de llevarse a mi hermana menor para que se tape, ya que lo que tiene puesto es un diminuto bikini y, según él, así no puede desayunar.

El almuerzo lo tomamos junto a la piscina. Mi madre me habla de mis tías, quienes sumaron más reconocimientos a su profesión. En la tarde, salgo un rato a caminar con mi papá y en la noche, se me acaba la dicha cuando Alex me avisa de que partiremos dentro de dos horas.

Una horrible sensación de ahogamiento, cargado de melancolía, avasalla mi garganta. Luciana insiste en que me lo piense, me plantea otras opciones y Alex interviene, dejando claro que no le gusta que cuestionen sus demandas.

—A mí poco me importan tus demandas —le contesta ella, y mi papá es quien trata de calmar las cosas.

—Estaremos aquí para lo que sea que necesites —me dice Rick. Le doy un beso en la mejilla y abrazo a mi madre antes de pasar a los brazos de mis hermanas.

—Andando, teniente —pide el ministro, y, con la barbilla temblorosa, doy el último adiós.

El consuelo es que esta vez es un hasta luego y no un hasta nunca. Parto con el ministro, quien me lleva al jet de los Morgan. El piloto nos indica la hora en la que aterrizaremos en Francia, alza el vuelo y, diez minutos después, Alex se sienta frente a mí.

Desvío la vista a la ventana. No sé qué tienen los Morgan, pero cada vez que te miran te sientes bajo la lupa de un ser de otro planeta, un mundo de seres bellos y perfectos. Eso me afecta y el hecho de que es como si me analizara un Christopher con más experiencia.

—Te entrego tu identidad, pasaporte, tarjetas, llaves y placa —me dice deslizando un sobre en la mesa—. Te incorporas dentro de tres días, el ejército inglés te devolverá las medallas y te premiará con los demás soldados.

—No tuve que ver con la captura.

—No, pero te llevaste la peor parte del operativo inicial y, si no hubiese sido por ti, Antoni no se hubiese puesto en bandeja de plata. Supo que estabas viva e intentó capturar a Christopher para sonsacarle sobre tu paradero.

—Entiendo.

Está tras las rejas, pero el hecho de que hubo la posibilidad de que me volviera a encontrar me eriza los vellos de la nuca.

—Entrarás al caso que tenemos en proceso. —Me da una carpeta—. Angela Klein salió de la misión. Era una ficha importante en lo planeado y, por ello, quiero que la reemplaces.

Reviso las hojas del caso Our Lord. Hay un resumen de los papeles que tiene que representar cada quien y la geolocalización de los puntos sospechosos. La aeromoza nos trae dos vasos de whisky, en lo que sigo analizando la información.

—Trabajarás con el sacerdote Santiago Lombardi.

—¿Infiltrado o sacerdote de verdad? —Le doy un sorbo a la bebida.

—Es Christopher.

Me atraganto con el líquido, supongo que me está tomando el pelo, mi cabeza no da para imaginarme a Christopher Morgan con una sotana.

—Sí, es raro, ya que por muy agente que sea, me cuesta verlo en ese papel, pero es necesario, dado que el caso lo amerita —explica.

Vuelvo a la carpeta y me la quita dejándola de lado.

—Sé que será incómodo ver a Christopher después de tanto tiempo. Compartieron cama, estuvieron enamorados…

—Eso está en el pasado —lo interrumpo.

No necesito que me lo restriegue en la cara.

—Todo está más que superado —le hago saber.

—Haré de cuenta que les creo, que, según tú, ya lo «superaste» —dibuja las comillas en el aire— y que, según él, estás «muerta y no sabe quién es Rachel James».

«No sabe quién soy». Lo último se repite en mi cabeza, da igual que me crea muerta y no se acuerde de mí; yo tampoco quiero acordarme de él.

—Nadie sabe sobre tu regreso y espero que cuando se vean actúen como personas maduras —pide—. La situación no está para distracciones.

—Conmigo no tendrá problema —le aseguro.

Se toma lo que le trajeron y le pide más licor a la mujer que se pasea por los pasillos.

—Hay otro asunto en el cual quiero que me ayudes —comenta—. Dirás que soy injusto, que quiero abofetearte con el pasado, pero tu testimonio es crucial, por ende, necesito que testifiques en contra de Antoni Mascherano en el juicio que se llevará a cabo dentro de unos días.

Mi estómago se hunde con la petición.

—Sé que no es fácil para ti después de todo lo que pasaste, sin embargo, es necesario. Antoni no es ningún idiota y está moviendo las cartas. La fiscalía ya presentó las pruebas de todos los delitos cometidos por el italiano, el juez lo llamó a indagatoria, pero este se negó a declarar y un sinfín de abogados están exigiendo su extradición —explica—. Piden que, en caso de ser declarado culpable, cumpla su condena en Italia, y ambos sabemos que en su país de origen estará suelto en cuestión de días.

Es su territorio, claro que le conviene estar allá, y es obvio que sus nexos buscarán la manera de sacarlo. Los grandes delincuentes tienen poder, así estén tras las rejas.

—Algunos dicen que perdió el cargo en la pirámide —continúa Alex—, pero yo sé que no. Los cabecillas son fieles a los líderes que le sirven y Antoni ha hecho un buen trabajo. Su gente se está valiendo de todos sus recursos, tiene fiscales y jueces involucrados que objetaron y alegaron que no hay pruebas suficientes contra él.

—No puede salir —alego.

—No lo voy a permitir, como tampoco voy a permitir su extradición. Por ello, me apoyaré en todo lo que tenga y te usaré como testigo. Hemos entrevistado a víctimas del HACOC y la mayoría están fuera de sus cabales, por lo tanto, su testimonio no es válido —me hace saber—. La persona que tomó el caso es un juez de la rama legislativa, no pertenece a la FEMF y escuchará el debate siendo imparcial y objetivo. Antoni tiene derecho a un juicio justo, según la ley, pero el que tú des tu testimonio le sumará peso a su condena. Puedes negarte si te apetece, sin embargo, piénsalo, que ambos sabemos que lo mejor es no correr riesgos.

Es absurdo de mi parte llevarle la contraria, ya que soy consciente de que si el italiano se sale con la suya, seré la más perjudicada.

—Cuente conmigo —le digo—. Testificaré las veces que sean necesarias con tal de que se mantenga tras las rejas.

—Así me gusta, soldado. —Se me sube el rubor a la cara cuando toma mi mano—. Te admiro. ¿Sabes? Eres el claro ejemplo de que el valiente no es el que no siente miedo, es aquel que conquista el miedo y crea su propio acto de valentía.

—Gracias, señor.

Sonríe y no puedo obviar lo apuesto que es.

—El juicio es dentro de tres días —me informa—. No le diré a nadie sobre tu regreso, no quiero que la contraparte arme artimañas e intenten sabotear la coartada como lo hicieron con la mayoría de las pruebas presentadas. En París, me reuniré con Casos Internos, indagaré sobre el porqué de sacarte del exilio y volveré a Londres. Puedes tomarte estos días para resolver los asuntos que tengas pendientes. Al comando inglés no te vas a incorporar todavía y a la ciudad llegarás como un civil común y corriente. Estando ahí, te diré cómo procederemos.

—Entiendo.

—Si necesitas algo dímelo, trataré de ayudarte en lo que sea que requieras con tal de que sigas mis instrucciones al pie de la letra.

El «trataré de ayudarte» trae a Stefan a mi cabeza.

—¿Tienes clara toda la información? —pregunta.

—Sí, señor. —Paso saliva—. Y perdóneme si abuso de su confianza, pero sí me gustaría que hiciera algo; no por mí, sino por alguien que conozco.

Acaba con el licor que tiene en el vaso.

—No quiero volver sola a Londres, necesito llevarme a un soldado —le explico—. Pidió un traslado, pero este fue negado, y es una persona con muy buenas habilidades.

—¿Nombre? —pregunta, serio.

—Usted lo conoce, se llama Stefan Gelcem.

A Francia llegamos cerca de las dos de la tarde. Alex se reúne con Casos Internos mientras espero en la sala contigua donde se celebra la reunión. El presidente de la rama está aquí, pero no lo alcanzo a conocer, ya que la reunión con el ministro es privada.

—El imbécil tuvo una buena coartada, al parecer, un miembro de la Mortal Cage mató a uno de los suyos —me dice Alex cuando termina—. Aparte de este caso ¿te pidió investigar a alguien más? ¿Te dio nombres o solicitó que ahondaras en alguna otra cosa?

—No.

—¿Segura? —insiste.

—Sí, solo me exigieron lo que le comenté.

—Si te piden algo más sobre esto, dímelo —dice, y asiento.

Guarda los sobres y lo acompaño hasta la pista de aterrizaje.

—Debo irme ya, la viceministra estará a cargo de lo que haga falta —se despide—. La veré en Londres, teniente.

Le dedico un saludo militar, cumpliendo con el debido protocolo de la milicia. Se marcha y el agente de protección de testigos me lleva a su oficina.

—El traslado de Stefan Gelcem ya está —me avisa la del PPT—. Tiene tres días para incorporarse, sobra decir que hasta aquí llego yo.

Extiende la mano que recibo, su ayuda fue útil, ya que supo trasladarme e hizo la manera de que estuviera en los mejores sitios.

—Buena suerte, teniente.

—Gracias.

Me entrega el documento de Stefan y verifico que tenga el sello de «admitido». Lo ideal sería buscarlo y entregárselo ya, pero primero tengo un par de cosas que hacer, las cuales son necesarias para mi regreso.

Abandono el comando. Camino hasta que encuentro la opción de tomar el taxi, que me deja en el centro comercial donde me adentro. Ya no soy Selene Kane, ahora soy Rachel James, llevaba meses sin visitar una tienda y me doy el gusto de elegir lo que me apetece.

No quiero volver a ver la ropa pálida que tenía, así que compro blusas, chaquetas y vestidos de mi estilo. A uno de los dependientes le pido que me ayude con la ropa masculina que necesito.

El vestidor se llena con las prendas que me pruebo. Estoy en el umbral de una nueva etapa, la cual no empezaré sola. Compro maletas, zapatos, vestidos escotados y vaqueros ceñidos, como así también polos, sudaderas, cinturones, trajes y corbatas.

Le pago a un taxi para que me acompañe en todo el recorrido, la tarde se me va en lo que necesito y dejo lo más importante para lo último.

Me adentro en la peluquería. En el baño de esta, me planto frente al lavabo y, con sumo cuidado, me retiro los lentes de contacto que me acompañaron durante el exilio.

Los ojos azules que heredé de mi madre me hacen sonreír cuando mi cerebro me recuerda lo mucho que extrañé verlos.

—¡Turno, cuatro, seis, dos!

Llaman afuera, salgo y tomo asiento en la silla del estilista, que me suelta el cabello.

—¿Qué tono quiere? —pregunta.

—Negro azabache.

17

¿Rachel?

Stefan

No sabía que el dolor emocional provocaba malestar físico. He sido el soldado multiusos de este comando por años, fui obligado a hacer tareas que rayan el abuso y nunca me había sentido tan estropeado como ahora, que no paro de pensar en la mujer que ni siquiera un adiós fue capaz de decirme.

Paul y Tatiana partieron al comando inglés, las únicas personas con las que hablaba ya no están y quiero ser positivo, mas no encuentro motivo para ello. Ernesto sigue mal, encima los gastos del orfanato no disminuyen, por el contrario, siguen aumentando.

Termino de asear la cocina, amarro las bolsas de basura y las arrastro para sacarlas afuera. No me gusta tomar este tipo de actitud y menos con todas las cosas que tengo que hacer. Me encamino al depósito de porquerías, una de las bolsas se rompe antes de llegar y de mala gana arrojo la segunda, lidiando con el hecho de que ahora tengo más trabajo.

—¿Mal día, soldado? —dicen, y levanto la vista.

La mujer que me habla queda bajo la bombilla y achico los ojos, confundido. Habla como Selene, pero no luce como ella. Se acerca más mientras que yo me mantengo en mi puesto, viste de civil con unos vaqueros ajustados, chaqueta de cuero y botas altas.

—Soy yo, Stefan —me dice—. No me digas que no me reconoces.

Retrocedo incrédulo, el cabello negro le cae por los hombros perfectamente alisado, tiene rímel, labial y delineador. Intento decir algo, pero las palabras no me salen… Sus ojos son preciosos.

—¿Selene?

—Rachel —me corrige—. El exilio se acabó.

Queda ante mí y es tan sensual que si antes me sentía menos, ahora más.

—Prepara tu pasaporte —me entrega un sobre—, nos vamos a Londres.

—¿Nos vamos? —me confunde.

Abre lo que me dio y saca la hoja, que leo.

—Fue aceptado en el comando, soldado.

Releo la carta formal y paso los dedos por el enorme sello de ADMITIDO que hay en la esquina.

—Imposible.

—Para el ministro no hay imposibles. —Deja las manos sobre mis hombros—. Sé que tienes muchas preguntas, las responderé todas, pero necesito que tomes tus cosas, te despidas de los niños y vengas conmigo.

Mi cabeza se sacude, es como si un ángel hubiese bajado a cumplirme un milagro.

—¿Seguro que no es una broma?

—Nunca haría una broma con eso.

Es real, no estoy alucinando. Río como un idiota, pero el momento se acaba cuando me estrello con la realidad.

—No tengo dinero para el viaje.

—Ya tengo los boletos —avisa—, partiremos dentro de un par de horas y es necesario que hagas todo lo que tengas que hacer ahora, porque hay que partir, a menos que quieras seguir aquí.

Me cuesta procesar, es un cambio brusco; sin embargo, lo necesito, dado que es la oportunidad que estaba esperando y la cual nunca pensé que llegaría así, pero llegó. Me entrega la información del vuelo, mis ojos se encuentran con los suyos y siento que no tengo nada que pensar.

—Te veré en el aeropuerto. —Le planto un beso en la boca—. Iré por mis cosas.

—Vale. —Me sonríe—. Te estaré esperando y, mientras tú vas, voy tramitando lo que haga falta para tu salida.

Beso sus manos con el anhelo de que algún día tenga para pagarle todo esto. Apoyo mis labios contra los suyos y me abraza feliz.

—Apresúrese, soldado, o perderemos el avión.

—Como ordene, mi teniente.

Corriendo, me apresuro a recoger mis cosas y empaco lo más rápido que puedo. Mi superior me está esperando a la salida con el documento donde deja claro que ahora hago parte del ejército inglés. Entrego la placa y la emoción no me cabe en el pecho a la hora de arrojar todo a mi auto, antes de abandonar el comando, que dejo atrás.

Cayetana sale asustada cuando freno frente al orfanato y la abrazo, pesa, pero la alzo loco de la dicha.

—¡Me voy! —le suelto alegre.

Podré empezar de nuevo, ya que haré todo lo posible por conseguir las mejores oportunidades. Me adentro en la casa, donde Miriam me pregunta si me volví loco, Ernesto cojea en busca de una explicación, sin embargo, no puedo ni hablar de la emoción que tengo.

—Me aceptaron en el comando de Londres y debo partir dentro de unas horas —les cuento por encima sobre cómo la vida me cambió hace unos minutos.

—¿Estás seguro de que quieres irte, Stefan?

—Totalmente —contesto—. Les estaré enviando el dinero.

Mi hermana se pone a llorar y la consuelo con el hecho de que es por nuestro bien, a Ernesto le doy un cálido abrazo y a mi tía, varios besos. Abrazo a los niños y les prometo que desde allá buscaré la manera de mejorar la decadente vida que tenemos.

Le entrego las llaves del auto a mi cuñado, a quien le pido que esté pendiente de todo, termino de recoger lo que necesito y parto al punto de encuentro. Agradezco el que la FEMF exija tener los documentos en regla, visa, pasaporte y documento de identidad.

En el aeropuerto busco a la mujer que me espera y a la que vuelvo a besar cuando tengo de frente. Si antes me gustaba, ahora más. Me gusta su sencillez, su belleza, su nobleza y bondad.

—Toma. —Me ofrece dos maletas grandes—. Son para ti, es ropa nueva.

—No voy a aceptar esto, Angel, ya has hecho demasiado por mí.

—Lo necesitas —me insiste, y siento que tengo una *sugar mommy*—. Recíbela o me veré obligada a levantarme temprano todos los días para desnudarte y ponerte las prendas a la fuerza.

—Está bien. —Tomo el asa—. Pero prométeme que no gastarás un peso más en mí.

—Ok, ahora hay que ir al puesto de la aerolínea.

La sigo, ambos cumplimos con el protocolo y la siento un poco perdida cuando llegamos a la sala de espera, pero supongo que es por los nervios. A cada nada toma aire por la boca, los boletos son de primera clase y, estando dentro del avión, le tomo la mano y se la acaricio.

—Todo va a salir bien —le digo.

—Eso espero.

—¿Tu familia te espera?

—No, ya los vi, ellos viven en Phoenix —me comenta—. Por eso no pude ir a la cena, el ministro me llevó a verlos y están muy bien, los extrañaba demasiado.

Sonríe feliz y se nota que los adora, solo hay que ver cómo le brillan los ojos. El avión alza el vuelo y su actitud se vuelve más distante, no aparta la vista de la ventana y es poco lo que hablamos.

—Nadie debe saber sobre mi regreso hasta que el ministro Morgan lo demande —me avisa—. Estaremos en mi casa mientras tanto.

—¿Por qué tanto misterio? —pregunto, y deja caer la cabeza en el asiento.

—Debo declarar en contra de Antoni Mascherano.

Entiendo el porqué de su angustia, no ha de ser fácil tener que ver a un hombre como ese. Dejo su mano entre las mías y la froto antes de darle un beso.

—Te estaré enviando mi mejor energía —le digo.

—No quiero que me envíes tu energía. —Aprieta mis dedos—. Quiero que me acompañes y estés conmigo, porque iremos juntos al juicio, soldado.

18

En casa

Rachel

Las gotas de lluvia se deslizan a través de la ventana, el puente Tower Bridge aparece y mi pecho se estremece con el tirón abrupto que me hace pasar saliva, erizándome la piel.

Las manos me sudan, la cabeza me duele, no creí que volvería a pisar suelo inglés y ahora estoy entrando a dicho territorio.

Respiro hondo cuando la aeronave desciende, la conmoción me tiene en un estado de letargo, por ende, soy una de las últimas que bajo. Stefan me ayuda con las maletas y, estando en medio del gentío, me apresuro a tomar un taxi, ya que no quiero ni puedo correr el riesgo de que me vean.

Los recuerdos me golpean: años atrás, Bratt me recogió en este mismo aeropuerto, y eso vuelve más grande el nudo que tengo en la garganta.

—A Belgravia —le indico al taxista dándole mi antigua dirección.

El soldado cierra la puerta, no hablamos mucho durante el vuelo y sé que estoy actuando un tanto indiferente. Es injusto para él, sin embargo, creo que primero debemos dejar claro algunos puntos.

Lo más sensato es hacer las cosas bien y no andarme con mentiras. Me gusta, vivirá conmigo y, por el bien de los dos, lo mejor es que nos lo tomemos todo con calma. Lo observo pegado a la ventana, toma un par de fotos y las mira feliz.

—Se supone que vienes de una de las ciudades más elegantes y hermosas del mundo —le digo—. Londres no debe sorprenderte.

—París no se compara con Londres. —Revisa el móvil—. Puede ser la ciudad de la elegancia, pero Londres es la de los sueños.

—Creo que ese título le pertenece a Nueva York.

—Para mí es esta. —Me da un beso en la mejilla antes de seguir con las fotos.

La lluvia se intensifica y llegamos a nuestro destino bajo un fuerte aguacero. Busco las llaves antes de salir mientras el taxista ayuda a Stefan con las maletas. Conozco esta ciudad, llueve todo el tiempo, así que vine preparada, por ello, saco el paraguas negro que abro cuando piso la acera.

Mi antiguo edificio se cierne sobre mí y lo primero que me viene a la cabeza son los recuerdos del día que me mudé aquí, las visitas de Simon, de Bratt, las citas de Lulú… Subo la escalera y el portero sale de la recepción apresurándose a abrirme la puerta.

—Buenas tardes… —No termina el saludo.

—Julio. —Le doy una leve palmada en el hombro antes de entrar.

—Señorita Rachel…

—Rachel. —Entro al vestíbulo—. Sabes que está de más el «señorita».

—Qué alegría verla de nuevo —me dice—. Bienvenida.

Como es Luisa, dudo mucho que haya dicho que morí, de seguro solo comentó que me fui lejos. Stefan le pide ayuda con las maletas, el portero corre a ayudarlo y, una vez que tengo el equipaje en el recibidor, me acerco al mostrador.

—La señorita Luisa viene dos veces por mes a asegurarse de que todo esté en orden —me informa— y la señorita Brenda también ha estado pendiente. ¿Ya vio al pequeño Harry? Pasa seguido a saludarnos.

Estoy tan sentimental que el comentario me emociona, sin embargo, tengo que cumplir con lo que se me exige.

—Por el momento, no quiero que le digas a nadie que estoy aquí —dispongo—. Tengo asuntos que resolver y agradecería tu discreción.

—Entiendo.

—Él es Stefan Gelcem —le presento a mi compañero—. Vivirá conmigo, puede entrar y salir las veces que desee.

—¿Es su novio? —La pregunta me toma desprevenida—. No lo pregunto por incomodar o por ser cotilla, es solo que debo agregar la información en el libro de residentes y no sé si quiere subarrendar.

Es incómodo, hicimos cosas de novios, pero no puedo definir nada todavía y creo que el término correcto es «novio en proceso».

—Por el momento solo es mi compañero de apartamento —explico rápido—. Ayúdanos a llevar las maletas al ascensor, por favor.

—Necesito una copia de su identificación para añadirlo al libro de residentes, el nuevo portero debe saber de su llegada, ya que el anterior se fue a disfrutar de su vejez —le dice a Stefan.

—Lo haré más tarde. —El soldado sube conmigo.

Las puertas se cierran y, estando solos, no me dice nada. «Tengo que hablar con él». Subimos a mi piso, abro la puerta y, desde la entrada, aprecio el sitio donde viví antes de partir, razón tienen algunos cuando dicen que siempre se vuelve a los sitios donde se fue feliz.

Los dedos los paso por los muebles cubiertos con sábanas. No sé qué pasa, pero siento que todo luce diferente, como si los buenos recuerdos y los años le añadieran un aire especial a todo.

—Tienes una cocina enorme —habla Stefan paseándose por la sala.

Amo que le emocione. No hay mucho polvo y doy por hecho que Luisa o Lulú vinieron hace poco.

—Tu habitación es la tercera puerta de la izquierda —le indico a Stefan—. Ponte cómodo.

Muevo mis cosas a la alcoba y descubro que lo que tenía en el comando de Londres reposa sobre mi cama. Al parecer, Luisa no se deshizo de nada, como si supiera que algún día iba a regresar. Toco mi retrato con Bratt en Harrods y tomo el álbum que me dio Luisa antes de casarse.

Mi uniforme de gala está cubierto con una bolsa transparente y lo tomo guardándolo en el clóset; hago lo mismo con la osa de Bratt, la cual está en uno de los rincones. Oigo a Stefan pasando la aspiradora afuera y moviendo los muebles, mientras que yo me tomo mi tiempo con esto.

Mi día se resume en doblar ropa, sacudir, cambiar el puesto de mi cama, poner sábanas nuevas y reprogramar los electrodomésticos. En una caja guardo todo lo que tengo de Bratt y tomo un baño de agua tibia cuando anochece.

—¿Tienes hambre? —me pregunta Stefan en la puerta—. No hay nada en la nevera, pero si me indicas dónde puedo comprar, bajaré por alimentos.

—Lo mejor es que pidamos a domicilio.

Se fija en las fotos que hay en la cama, es lo único que me falta por echar en la caja.

—El capitán Lewis. —Toma mi antiguo portarretratos con Bratt.

Asiento antes de acercarme a recoger lo poco que queda.

—Hacían bonita pareja —comenta—. De seguro le alegrará verte.

—A lo mejor ya no se acuerda de mí —le resto importancia.

—Lo dudo, eres de los amores que nunca se olvidan.

Espero que no. Quiero y anhelo no ser de ese tipo de amores, tuve uno y…, aunque lo haya superado, molesta de vez en cuando.

—¿Qué pasa? —Busca mi mirada—. ¿Dije algo malo?

Sacudo la cabeza y trato de evadir el tema.

—Estás muy seria desde que partimos —musita—. ¿Tan rápido dejé de gustarte?

Sí que me gusta, me gusta mucho.

—Claro que me gustas. —Le pido que se siente—. Es solo… que quiero ir con calma.

—No te estoy afanando —contesta—. No te sientas presionada, porque esperaré lo que tenga que esperar. Tómate tu tiempo, encuéntrate con los tuyos, reincorpórate, siente la magia de volver a ser tú y, si después de todo eso sigues queriendo que tengamos algo, estaré aquí. —Toma mis manos—. Desnudo, si así lo quieres.

Suelto a reír y me besa en la boca. No le basta con el contacto leve y posa la mano en mi nuca alargando el momento. Nuestros labios hacen una pausa y aprovecha para ponerse de pie.

—Hay varias tarjetas al lado del refrigerador, veré si alguna sirve y así pedimos algo.

—No he sido del todo sincera —confieso cuando intenta irse—. No te he hablado de Bratt.

—No lo haces porque es parte de tus recuerdos dolorosos y no voy a presionarte con eso —me dice—. No soy muy experto en esto, pero hay algo que debes tener claro y es que no fue tu culpa el tener que dejarlo, corrías peligro…

—No lo dejé por los Mascherano. —Suprimo las ganas de llorar—. Lo dejé de amar antes de que me secuestraran.

Frunce el ceño, confundido.

—Pero se iban a casar…

—No, lo había terminado semanas antes. —Me apena reconocer lo que le tengo que decir—. Terminé la relación porque le fui infiel.

Intenta asentir como si me entendiera, pero el gesto le sale poco natural.

—Me enamoré de otro estando con él.

Lo correcto sería decir el nombre del implicado, pero no tiene caso dañar su forma de ver a Christopher, ya que será su superior. Admira a los Morgan y no vale la pena quitarle eso.

—Ese es el miedo que tienes —concluye—. Temes volver a…

—No, no confundas las cosas. Él hace parte de mi pasado.

—¿Está aquí? —pregunta—. ¿En Londres?

—Sí, pero no te diré quién es porque no quiero que nos veas y pienses cosas que no son. —Tomo su mano—. Me gustas y quiero hacer las cosas bien.

—Te entiendo, Angel —responde—. Agradezco tu sinceridad y espero que se mantenga siempre. El pasado es pasado y, si me dices que ya no te importa, te creo.

—Gracias por ser tan lindo. —Beso sus labios—. Quiero que estés tranquilo, ya pasó y sentía que debías saberlo.

—Por eso creo que eres un Angel y ahora entiendo por qué dicen que los James son un apellido noble y bueno. —Me da un último beso—. Iré por las tarjetas de las casas de comida.

Comemos juntos en la sala. El viaje, desempacar y limpiar nos ha dejado agotados a los dos, y, a la mañana siguiente, me levanto temprano con el sonido del timbre. Noto que meten un sobre bajo la puerta y lo tomo rompiendo el papel.

Son los detalles del juicio, la fecha y la hora. «Mañana».

Mi garganta se contrae y en mi alcoba me siento en la cama, sin embargo, no duro mucho, ya que la ansiedad me pone de pie en lo que releo el documento una y otra vez.

—¿Todo bien?

—Sí, es la citación al juicio.

—Veamos la transmisión interna del comando. —Trae una vieja computadora de su alcoba y entra al sistema de la Fuerza Especial.

Vemos el seguimiento de la FEMF sobre esto, no hay mucho, pero sí un corto mensaje por parte de uno de los soldados de la Élite, quien da un mensaje de esperanza para todos.

«Como novia, colega y amiga del coronel Morgan, lo he estado respaldando en el paso a paso de todo lo acontecido y puedo asegurar que se está haciendo todo lo posible para que Antoni Mascherano se mantenga tras las rejas».

Mis muslos se tensan y mis ojos se quedan sobre la pantalla, detallando a la mujer que habla, mientras las primeras líneas de su mensaje se repiten en mi cabeza.

—Esperemos que todo salga bien —me dice Stefan.

—Sí. —Me levanto a terminar de leer lo que hay en el sobre.

Hay otro documento, el cual me informa de la fecha en la que debo reincorporarme al comando, es mañana en horas de la tarde, al igual que Stefan. De la nada empiezo a sudar y decido darme un baño.

El término «novia» vuelve a hacer eco en mi cabeza, al igual que la cara de ella sonriendo feliz. Me alegra que tenga pareja, no sé quién es Gema Lancaster, pero espero que lo haya hecho madurar y le haya enseñado a tratar bien a las personas.

Ocupo el día dejando todo en orden, ya que hay cosas que debo comprar, organizar y es Stefan quien se encarga de las compras basándose en las indicaciones que le doy. Olimpia Muller, la viceministra de la FEMF, me visita en la noche y no me lo esperaba, pero llega a explicarme personalmente los detalles del juicio.

—Sé que esto no será fácil, pero confío en tus capacidades como soldado y en que sabrás cómo sobrellevarlo —me dice y asiento—. Brenda Franco está en el comando hace tres días, me informaron que hoy no tiene salida, sin embargo, quiero que sigas teniendo cuidado, ya que hasta el juicio nadie puede saber que estás aquí.

Aprieto su mano a modo de despedida, no la puedo acompañar a la puerta. Mantengo las cortinas cerradas y hago uso de las lámparas pequeñas para que las luces no me delaten.

—Vamos a dormir. —Stefan aprieta mis hombros—. Mañana será un largo día.

Se acuesta conmigo, le dije que fuéramos despacio, pero eso no detiene sus ganas de besarme cuando estamos en la cama, donde pasamos la noche juntos. Sus manos se sienten bien sobre mi cuerpo y, estando con él, disipo la ansiedad que me genera todo esto.

El gran día llega y no hago más que pensar; Stefan madruga a comprar lo que falta.

No quiero que la hora llegue, pero el que tenga el corazón a mil no detiene el tiempo, y, por ello, saco del clóset el atuendo que usaré. Me adentro en la ducha a bañarme, seco mi cabello, me visto, me peino y me maquillo frente al espejo donde aplico el lápiz labial.

—Angel. —Llega Stefan—. Lo que pediste.

Me entrega el móvil, sé que una vez que termine el juicio, querré estar en contacto con mi familia y quería tener uno a mano.

—Lo configuré —se sienta en la cama— y te traje este manos libres.

—Qué eficiente —comento y besa mi boca.

—Voy a cambiarme —me informa—, y te advierto de que te dejaré con la boca abierta.

Me hace reír.

—Me veo muy sexi con traje. —Se encamina a la puerta—. Te aviso porque no quiero que te me lances encima y me digas «oh, Stefan, quítate la ropa y hazme tuya», porque no lo haré.

—Haré un esfuerzo por controlarme.

Se pierde en el pasillo y a las once en punto estoy lista para bajar. Stefan luce un traje, el cual se le ve bastante bien. Tomo mi cartera y me aferro a su brazo antes de salir.

No veo al auto que se supone que esperaría en recepción, creo que bajé demasiado pronto, intento devolverme, pero el pecho me da un salto con el estruendo del balón que choca contra el mármol de la recepción.

—¡Gol! —exclaman atrás, y volteo notando al niño que corre dando vueltas por el recibidor.

El portero llama a Stefan, ya que hizo falta no sé qué en su registro y me es inevitable no acercarme al pequeño, que sigue corriendo. Los crespos castaños le caen sobre la frente y tiene un uniforme de soccer.

—Harry, estate quieto —le pide el hombre del mostrador.

Es el hijo de Harry, y es un hermoso moreno, al igual que mi difunto amigo. Tomo el balón y me agacho a dárselo.

—Gracias —me dice consiguiendo que las lágrimas se me acumulen en los ojos.

—Me alegra mucho verte, campeón. —Revuelvo su cabello—. Te pareces mucho a tu papá.

—Sí, ya no está, pero me cuida desde el cielo. —Su vocecita es linda.

Bajo la mirada al piso, Harry nunca me dejará de doler. Tomo a su hijo y lo traigo contra mi pecho.

—Aquí está el bloqueador solar. —Llega la que parece ser la niñera—. ¿Te portaste bien en lo que volví?

Me pongo en pie con una sonrisa en la cara. Stefan me ofrece un pañuelo y me avisa de que llegó el auto.

—Adiós —se despide él agitando la mano.

—Nos vemos luego. —Agito la mía también.

Sé que nos veremos luego. Abordo el vehículo que espera afuera y, estando dentro, no aparto la mirada del edificio.

—Es el hijo de mi difunto amigo Harry Smith. —Se me arma un nudo en la garganta—. Brenda estaba embarazada cuando me fui.

El auto arranca, Stefan aprieta mi rodilla y me pide que respire hondo.

—¿Mejor? —pregunta.

—Sí.

—No guardes el pañuelo —se burla—, aún te quedan muchos reencuentros.

19

El juicio

Tercera persona omnisciente

Londres, ciudad de sueños, tragedias y desesperanzas. El paraíso para unos y sitio que alberga recuerdos amargos para otros.

Meses atrás, fue testigo de un prometedor amor entre una teniente y un capitán, relación que se hundió a causa de las traiciones y los deseos que pesaron y llevaron todo a la ruina.

Ciudad llena de angustia y ansiedad, como la que prevalece en la atmósfera de hoy. El mediodía del octavo día de febrero, pinta como muchos, los ciudadanos caminan por las aceras mojadas por la nieve, lidiando con la brisa fría que los envuelve.

Son gente común, con problemas normales, con vidas tranquilas… Cotidianidad con la que los soldados de la FEMF no lidian, ya que hoy se llevará a cabo la última instancia de uno de los juicios más controversiales de la historia. El sistema judicial de la entidad no maneja los mismos tiempos que los sistemas convencionales y menos cuando se trata de uno de los mafiosos más peligrosos de todos los tiempos.

Antoni Mascherano fue capturado y ahora debe rendir cuentas ante el tribunal, proceso que le desagrada a Christopher Morgan, a quien todo le parece un circo. Para él, el líder de la mafia ya era para que estuviera muerto, pero acribillarlo es algo que sus derechos no le permiten.

Meses jugando al gato y al ratón y ahora al italiano le da por recurrir a la tangente, pidiendo la extradición a su país natal, cosa que tiene preocupado a todo el mundo.

Y mientras el mafioso acomoda el nudo de su corbata frente al espejo, el coronel Morgan azota la puerta del auto, que deja sobre la acera del edificio del penthouse, donde Gema Lancaster sale de su alcoba cuando escucha que se abre la puerta.

—¡Shrek! —exclama—. Casi no llegas, ya te tengo tu atuendo listo.

Se acerca a darle un beso en la boca bajo la mirada de su madre, quien toma té en el sofá. El coronel corresponde y sigue de largo.

—Estoy locamente enamorada de ese ogro, mamá. —Gema suspira con una mano en el pecho—. Te dije que conmigo no sería igual que con las demás.

Se acerca, toma las manos de su madre y las llena de besos.

—He bautizado el penthouse como nuestro pantano. —La abraza—. Eres la madre de un ogro y una Fiona enamorada.

Marie no sabe qué decir, nunca había visto a Gema tan perdida. Se la pasa dándole sorpresas al coronel, tiene sexo con él cada vez que viene, le compra regalos y se soporta los ladridos de Zeus, quien empieza con la algarabía y se pone a la defensiva cuando su hija aparece.

—Iré a ver qué necesita. —Se va y Marie se queda en su puesto, se sirve otra taza de té y, a los pocos minutos, empieza a captar los gemidos de su hija, quien no tiene discreción a la hora de tener sexo con el coronel.

Tocan el timbre y es Liz quien trae un abrigo para Gema.

—¡Amiga, traje lo que me pediste! —exclama Liz desde la puerta—. Gema, ¿estás follando otra vez? Esos gemidos me dicen que no se la estás mamando.

—Déjale claro a tu «amiguita» que no la quiero en mi casa. —El coronel se quita el preservativo y lo echa a la basura—. No me cae bien y espero que esta sea la última vez que la veo aquí.

—Es mi mejor amiga. —Ella se acomoda el peinado—. Yo quiero a tus amigos, por lo tanto, tú tienes que querer a los míos.

—Dije que no la quiero aquí —reitera el coronel.

Gema sale a pedirle a Liz que se adelante al tribunal. A la sargento Molina le encanta ver a su amiga feliz, así que la abraza un par de veces antes de irse.

Media hora después, el coronel sale listo con el traje que la teniente se encargó de comprarle hace unos días. Gema siente que valió la pena la inversión, ya que está como para comérselo. El negro le resalta el gris de los ojos y el cabello peinado le da un aire serio, pero sexi al mismo tiempo. «Él siempre se ve sexi».

Bajan y abordan el mismo auto juntos, el coronel se concentra en la carretera, quiere salir de esto rápido y por ello le suma velocidad al vehículo.

El edificio penal londinense es una torre de veinte pisos, el área está llena de soldados encubiertos y las azoteas, de francotiradores camuflados. Todo el perímetro está custodiado, varias calles fueron cerradas y los únicos que pueden pasar son los que tienen el acceso permitido.

Simon estaciona su Jeep y Parker su Range Rover mientras Patrick activa la alarma de su auto cuando sale con Alexa de él. El siguiente en llegar es Bratt con Meredith, seguido de Laila, Brenda y Angela. Luisa desciende del auto de su marido.

La esposa del capitán Miller se acomoda la blusa, el embarazo no la tiene de buen genio, a cada nada discute con Simon, quien ha empezado a llegar tarde a casa. Las amigas le dicen que no se preocupe, pero ella ha llegado a pensar que tiene a alguien más. Él, amablemente, le ofrece el brazo antes de echar a andar.

Christopher es el último en llegar con Gema, y Liz espera a su amiga en uno de los pasillos.

—¿Qué tiene el cari bonito? A cada nada me mira mal —le susurra Liz a la teniente Lancaster en lo que buscan la sala.

—Es así con todos, no le pongas atención. Cuando termine de asimilar lo mucho que te quiero, serás nuestra mejor amiga —contesta ella.

No han abierto la sala todavía y, por ello, la antesala está llena de soldados y miembros importantes del comando. Patrick revuelve el café que Christopher le quita cuando pasa por su lado.

—¿Te apetece un bocadillo? —le pregunta el capitán cargado de ironía.

—Sí —contesta el coronel con descaro.

Martha está con Joset Lewis, Meredith los saluda con un leve gesto y los ojos de la inglesa viajan a Christopher, quien está con Gema.

—El coronel y su gusto por las rameras —comenta Martha.

—Se llama Gema, mamá —la corrige Bratt—. Es la hija de Marie.

—Concubina, al igual que su madre —murmura antes de moverse.

Martha odia y difama a todas las mujeres que se acercan a su antiguo yerno. Bratt los observa y sacude la cabeza. Gema no se merece a Christopher, es una buena mujer; en los comandos es conocida por las ayudas humanitarias que ha realizado a los damnificados y, por ello, todos admiran su compromiso, su gran corazón y su empatía por el prójimo.

A la antesala llegan más personas y el coronel arruga las cejas cuando ve cómo Gauna, con disimulo, se aplica quién sabe qué cosa en las manos y las pasa por su calvicie.

—¿La nueva teniente tiene seguro psiquiátrico? —Se le acerca Mia Lewis—. Si no lo tienes, cómpralo, porque él «las vuelve locas a todas». Es literalmente cierto.

—Soy auxiliar en el noticiario y estoy haciendo un reportaje sobre la mafia —le revela Zoe—. ¿Te molestaría responder un par de preguntas?

—Sí, me molestaría —responde el coronel.

—No seas ingrato, ¿nos ayudas a conseguir un buen asiento? —le pregunta Mia—. Zoe tiene que tomar nota y quiere tener un mejor panorama de todo.

—Presiento que lo están viendo a Antoni como una celebridad —interviene Gema—. Es un criminal que…

—La conversación es con el coronel. —Mia la calla y Gema mira a Christopher para que diga algo, pero este se apresura a la sala cuando la abren.

Patrick lo acompaña y este le entrega la mitad de café que le dejó, el coronel no es de muchas amistades, pero Patrick es una de ellas. A Christopher le gustan las personas poco complicadas que no le temen a nadie.

La tensión se percibe en el ambiente, que lo torna pesado, el amplio sitio empieza a recibir soldados, abogados y miembros importantes del comando.

En las primeras filas se ubica la Élite, Gauna, Christopher, Gema y Liz, ya que ambas forman parte de la tropa más prestigiosa de la FEMF, y los posibles candidatos a ministro, entre ellos, los coroneles Leonel Waters y Kazuki Shima. El ministro se situará con los abogados y la parte querellante en el sector correspondiente.

El sitio se llena, los encargados de grabar el juicio se preparan, la atmósfera toma calor, el juez hace presencia y la calma dura poco cuando los uniformados le abren paso al acusado. Antoni Mascherano camina erguido con una sonrisa en los labios, varios soldados lo escoltan, y no actúa como un preso cualquiera, es del tipo que se da sus lujos, luciendo un traje pulcro, azul oscuro, con chaleco y corbata.

El italiano es apuesto, seguro y tiene clase.

Les sonríe a todos, incluyendo al coronel, y este, rabioso, lo aniquila con los ojos cuando toma asiento en el sitio asignado.

Se explican las reglas básicas a la audiencia, mientras que el mafioso pasea los ojos detallando a los asistentes. Philippe está discretamente camuflado entre las filas, al igual que su sobrina.

La mayoría murmura sobre la tranquilidad que mantiene el líder, mientras le quitan las esposas antes de tomar asiento. Alex se fija en Gema, quien se mantiene pegada al brazo del coronel.

—El coronel al fin está sentando cabeza —comenta Olimpia—. Gema Lancaster es una buena soldado, servicial y de buen corazón. Sin duda le ayuda a mejorar la nefasta imagen que él tiene ante el Consejo.

Alex endurece la mandíbula. Gema es tan dulce que empalaga, abruma y, en ocasiones, desespera. Presiente que no durará, ya que el cuento de que a su hijo ya no le importa Rachel no se lo cree, dado que presenció cómo se puso cuando lo dejó: la placa de la teniente terminó enterrada en la madera de su escritorio, volvió trizas la laptop y arrasó con todo lo que había en su mesa. Cuando fue a verlo, lo encontró rodeado de cristales rotos.

Antoni se mantiene sentado como si nada y Alex le pide a uno de los soldados de la alta guardia que, a modo de prevención, pida refuerzos.

—Se declara abierta la sesión —anuncia el juez—. Señor secretario, por favor, lea los escritos de acusación y defensa.

—Señor Mascherano, póngase en pie —piden—. Se le informa de que tiene el derecho de no declarar si así lo desea.

Le leen sus derechos y proceden como se debe. El fiscal le hace frente a su papel, las cartas se ponen sobre la mesa e inicia el acalorado enfrentamiento entre la FEMF y la defensa de Antoni Mascherano, donde el juez, junto con otros dos magistrados, evalúa las pruebas presentadas por ambas partes.

—Es ilógico que pidan rebajas y extradición —argumenta Olimpia Muller cuando escucha la defensa—. Lo mínimo que merece Antoni Mascherano es ser condenado a cadena perpetua.

El coronel pone los ojos en blanco, «cadena perpetua»... Lo que se merece es la pena de muerte.

—Hablemos del HACOC. —Se levanta Olimpia.

—El HACOC es una droga como cualquier otra —alega el abogado de Antoni—. La sobrevaloran con falsas acusaciones.

—No son falsas acusaciones —refuta la viceministra—. Es la pieza principal de su negocio de trata de personas, además de ser un alucinógeno letal.

—Pruébelo —la desafía el abogado.

Encienden una pantalla frente al juez y los jurados, en la cual se proyectan imágenes de mujeres y hombres en estado deplorable a causa de la droga, mientras Olimpia Muller explica las consecuencias.

—No hay pruebas de que sea el HACOC el que provoque tales efectos —contradice el abogado—. Fácilmente, pueden ser víctimas de heroína, metanfetamina o cocaína; tampoco hay pruebas que muestren a mi cliente suministrando tales alucinógenos.

—No juegue con nosotros, abogado, es HACOC.

—¿Y quién nos dice que no están tomando pruebas de otros estupefacientes y las están haciendo pasar por HACOC? —plantea—. Hasta ahora, no hay un testimonio que asegure que no es una de las drogas mencionadas anteriormente. Lo que muestran son cadáveres.

Olimpia guarda silencio, no puede creer que haya tanto cinismo, sin embargo, ellos son así, saben lo que han hecho, pero confabulan y mienten en la cara con tal de salirse con la suya. Antoni sabe muy bien lo que creó y la sonrisa cargada de orgullo que mantiene lo demuestra.

—Señor juez —dice uno de los defensores del italiano—, sin las pruebas suficientes, Antoni Mascherano es libre de cumplir la condena en su país natal. El gobierno italiano asegura que no lo dejará libre.

—Londres exige lo mismo —objeta la viceministra—. Si Italia lo solicita por ser ciudadano italiano, Londres exige que pague por los daños causados en el ejército inglés.

—Perdemos el tiempo —asevera el abogado de Antoni—. No tienen argumentos y se están valiendo de pruebas absurdas para mantenerlo aquí.

—¿Absurdas? Secuestrar, torturar y volver adicta a una soldado no me parece absurdo. —Olimpia se pone de pie—. Por ello, el sistema judicial de la Fuerza Especial Militar del FBI acusa a Antoni Mascherano de haber secuestrado, torturado y sometido con HACOC a la teniente Rachel James.

La mención de dicho nombre arma una ola de murmullos, el secretario teclea a toda máquina y la piel de varios se eriza cuando su pulso toma intensidad.

—Fue testigo de las atrocidades de la droga, vio cómo inyectaban y sometían a sus víctimas con HACOC, la droga que la defensa del señor Mascherano pretende mostrar como algo inofensivo sin ser así.

Le pasa una carpeta al juez.

—¿Hay testigos que respalden dicha acusación? —pregunta este.

—Sí. —Los abogados de la Fuerza Especial se ponen de pie—. Tenemos el testimonio de la víctima.

El lugar se vuelve un caos, Gema mira a Christopher, quien deja de respirar en la silla, Olimpia Muller va demasiado rápido y le cuesta procesar lo que dice. Se mira con Liz, quien no entiende nada.

Imposible, debe tratarse de otra persona, se supone que la «teniente» está a tres metros bajo tierra.

—¡Orden! —exige el juez cuando los murmullos toman más fuerza y Olimpia se vuelve hacia el público, clavando los ojos en la entrada principal.

—La defensa llama a testificar a Rachel James.

Todos se ponen de pie mirando a la puerta. «No, no lo dijo», eso es imposible, Gema se niega a aceptar lo que acaba de escuchar. Deja de mirar al coronel y se enfoca en la entrada de la sala que…

Las puertas se abren y ella siente que su pecho deja de latir al ver a la hermosa mujer que aparece bajo el umbral y sobre la que cae la mirada de todos los presentes. El encargado de la cámara dispara el flash y todo el mundo se queda en blanco.

Simon intenta aplaudir, pero solo choca la mano una vez, ya que nota que no se puede.

Los ojos de Luisa se llenan de lágrimas, Angela se lleva la mano a la boca, y el pecho de toda la Élite se acelera cuando Rachel James avanza caminando con el mentón en alto y sin mirar a nadie. Gema busca los ojos de Christopher, pero este está quieto en la silla, no habla, no la mira, dado que está lidiando con los latidos acelerados de su propio corazón. Bratt no sabe qué decir, Meredith Lyons no sabe cómo pararse y Alexa le sonríe a su esposo, quien le devuelve el gesto apretando su mano.

Rachel trae el cabello recogido en un moño alto, el cual no deja escapar una sola hebra, y lleva puesto un traje negro de falda y americana con escote en V. Gema la repara de pies a cabeza, es... No tiene palabras para decir o describir lo que es.

La teniente se detiene a medio camino mirando por encima de su hombro, un hombre la sigue a pocos pasos, es alto y de cabello castaño, llega a su sitio y apoya la mano sobre su espalda.

Meredith, furiosa, sacude la cabeza, Bratt no mueve un músculo y Liz, al igual que el coronel, no le quita los ojos de encima en lo que atraviesa el lugar.

Antoni Mascherano se levanta embelesado cuando ella se acerca al tribunal, la sala se vuelve un caos y los soldados no se atreven a acercarse al preso, quien baja de su sitio. Olimpia protesta y la teniente detiene el paso cuando el italiano, a pocos metros, le hace una casta reverencia.

—*Principessa* —le dice con una macabra sonrisa.

20

La sentencia

Rachel

Los nervios estremecen mi pecho, la ansiedad, el peso de todo lo vivido y de todo lo que conlleva estar aquí.

Las manos me sudan, la espalda me duele y mi corazón late enloquecido en lo que me acerco a la puerta doble de madera que yace metros más adelante. Los agentes del comando me rodean al igual que Stefan, quien camina a mi lado, siendo el único respaldo con el que ahora puedo contar.

—Todo va a estar bien —me habla cuando me detengo a centímetros del umbral—. Estaré aquí para lo que necesites.

Muevo la cabeza con un gesto afirmativo, ya estoy aquí, no hay tiempo para arrepentimientos. Hacerle frente a mi pasado ya no es una opción, es un deber, así que echo los hombros hacia atrás, aliso mi moño, me acomodo los puños de la chaqueta y asumo mi papel de soldado. Sería una decepción para mi padre si diera marcha atrás.

—¿Está lista? —me pregunta el agente, y asiento elevando el mentón.

Enderezo la espalda y tomo una bocanada de aire cuando deslizan los paneles de madera, dándole paso al caos que hay adentro. Doy dos pasos adelante e inmediatamente quedo ciega con el flash que disparan en mi cara. Murmullos se alzan con mi nombre, desatando un montón de comentarios y me obligo a avanzar, queriendo salir de esto.

Esta no es la mejor forma de llegar, pero fue la que me tocó y, por ello, avanzo sin mirar a nadie. Sé que si lo hago, si me detengo, me toparé con una cara conocida y ahora no me puedo permitir distracciones. Capto los susurros, siento las miradas sobre mí, a mitad de camino siento que algo me hace falta, Stefan ya no está, me vuelvo hacia él, quien se quedó en la puerta y no duda a la hora de acercarse, apoyando la mano en mi espalda.

—Puedes hacerlo, guapa. —Camina conmigo bajando los escalones, acompañándome en medio de los murmullos, hasta que llegamos a las puertecillas de madera.

Miro a Alex, que está junto al bufete de abogados, asiente y continúo sola. El caos me rodea y capto los latidos de mi propio corazón cuando veo al italiano que baja de su sitio, haciéndome una casta reverencia.

—*Principessa.* —Sonríe con malicia.

Mis latidos se vuelven lentos cuando mis ojos se encuentran con los de Antoni Mascherano, en lo que se endereza. Pese a ser una alimaña asquerosa, posee un encanto aterrador, tiene un atractivo y una elegancia que envuelven de una forma angustiante. Dejo que me evalúe, y el modo en el que me mira me deja claro que mi influencia sobre él sigue teniendo peso.

—¡Orden! —exige el juez—. Si no acatan las normas, la audiencia se aplaza.

Los soldados lo alejan cuando Olimpia lo reclama, el italiano no me pierde de vista, mis ganas de irme crecen y un hombre trajeado me mueve a mi puesto. Hacen sonar el martillo y, al estar en mi sitio, mi campo visual se amplía, logrando que se vuelvan a disparar mis latidos cuando capto al hombre que está ubicado en las primeras sillas de la tribuna, pero que me niego a detallar.

—Señorita James, preséntese ante el tribunal —ordena el juez.

Me levanto planchando las arrugas de mi falda y la cámara que graba el juicio no deja de apuntarme.

—Mi nombre es Rachel James Michels —me presento y me acercan la Biblia.

—¿Jura decir la verdad y nada más que la verdad? ¿No manipular, ni guardar información que pueda ser útil e involucre a terceros?

—Sí.

—¿Conoce al acusado? —pregunta el abogado defensor.

—Sí.

—Explique cómo y dónde lo conoció.

Me devuelvo más de dos años atrás, a la fría noche de Moscú.

—En Moscú, tuve una misión como infiltrada, era teniente en la Fuerza Especial Militar del FBI y me encargaron la tarea de seducirlo. Me hice pasar por una prostituta para sacarle información.

—Nunca olvidaré esa noche… —me interrumpe Antoni—. El sabor de tus pechos, lo bien que me supo tu majestuosa boca.

—¡Protesto, señor juez! —Se levanta Olimpia—. Mi testigo no continuará declarando si el señor Mascherano no sigue el debido protocolo.

—Ha lugar —afirma el juez—. Es la última advertencia, señor Mascherano.

Sonríe y cierra los ojos como si estuviera saboreando el recuerdo.

La defensa me somete a un interrogatorio de veinte preguntas, donde hablo sobre la adicción y todo lo sucedido en Positano, cómo me inyectaron la droga y el sufrimiento que viví en medio de alucinaciones.

—Háblanos sobre las secuelas de todo esto —me pide Olimpia cuando llega su turno.

—Me tomó un año desintoxicarme y mis estudios médicos demuestran que, en semanas, el HACOC causó daños que a otras drogas le toman meses —explico—. Debo realizarme estudios constantemente, ya que no se sabe qué enfermedades futuras puedan derivar del alucinógeno.

La viceministra le entrega las pruebas al juez, se habla del peligro que corrió mi familia y de las amenazas que me orillaron a tener que fingir mi muerte. La contraparte alega, ambas partes exponen su punto, las preguntas siguen y aprieto los dedos sobre mi regazo cuando llega la hora de dar el veredicto.

El juez, los magistrados y el jurado se toman un receso, les permiten salir, mientras que el resto debe mantenerse en la sala. Este no es un juicio cualquiera, montar el protocolo de seguridad cuesta y la FEMF no va a tomar riesgos, por ende, nadie sale, cada quien conserva su puesto, mientras que mi cerebro sopesa lo que pasará si Antoni se sale con la suya.

Olimpia se acerca a preguntarme si necesito algo y le agradezco que se plante frente a mí con varios soldados. Siento que todo el mundo me observa y no hago más que mirar al ventanal que está en lo alto. Un grupo de agentes tiene rodeado a Antoni Mascherano y suelto el aire que tengo estancado cuando las personas que conforman el tribunal entran a la sala, dando a entender que el receso terminó.

Cada quien vuelve a su puesto, el juez pregunta si ya tienen el veredicto, uno de sus representantes asiente y, acto seguido, un agente se acerca al jurado para recibir la resolución escrita, que le entrega a quien tiene la decisión final. El juez se prepara, al igual que los abogados.

—Señor Mascherano, póngase de pie —pide el juez, y él lo hace arreglándose el traje—. Luego de escuchar a la defensa, a la fiscalía, a la querella, evaluar las pruebas presentadas por ambas partes y leer la decisión final del jurado, el tribunal penal londinense le concede la demanda al ejército inglés.

Bajo la cara pasando el nudo que tenía atorado en la garganta y cierro los ojos dando gracias al cielo; sin embargo, el peso no desaparece, ya que sabe que estoy viva.

—Se lo declara culpable y se lo condena a cadena perpetua —continúa—. Dicha condena se llevará a cabo en el centro de reclusión de la Fuerza Especial del FBI.

—Colóquenme las esposas y consolídense en mi lista —lo interrumpe Antoni cuando un grupo de soldados se acerca a su sitio.

Olimpia les pide a los soldados que vayan por él, el juez intenta terminar con la condena, pero la oración se corta cuando un tiro resuena. Todo el mundo se va al suelo, una algarabía se desata cuando una nube de humo explota y salgo de mi puesto queriendo correr, pero tropiezo y caigo. Me incorporo con las rodillas ardiendo en medio del caos, donde veo venir a Antoni hacia mí y…

—¡Un paso más y te vuelo la cabeza! —Se me atraviesan y pierdo el aliento.

El aroma, la altura, la presencia, «Christopher». Doy un paso atrás, en tanto el ministro le grita que no dispare.

—Nunca tendrás lo que es mío —le dice el italiano—. Hagas lo que hagas, no borrarás el hecho de que estuvo conmigo. No vas a desaparecer los besos, las caricias y el que haya estado dentro de ella…

Christopher tira del gatillo soltando el proyectil, que rebota en el chaleco antibalas del soldado que se interpone, él se mueve a rematar al italiano y lo empujo, yéndome sobre su espalda, cuando veo a otro uniformado que intenta dispararle y caemos juntos, a la vez que dan de baja al «agente». «Quiero salir de aquí», así que intento levantarme para alejarme, pero la acción queda a medias cuando me toman del brazo.

—No tan rápido.

El gris de sus ojos impacta en el azul de los míos y siento que me mueve todo el piso, las neuronas, el pulso, el cerebro. ¿Lo superé? Mi subconsciente se burla de mí al ver la montaña de perfección que tengo a centímetros. Los ojos que tanto adoré, la boca que tanto amé… El hombre por el que tanto lloré se aferra a mi brazo con un agarre, el cual siento que me quema.

Me reduce al tamaño de una nuez al notar que sigue encendiendo las mismas sensaciones de años pasados, esas donde siento que ardo bajo mi propio fuego.

Sin soltarme, se levanta conmigo. ¿Lo olvidé? No, simplemente dejé que se llenara de cenizas, como cuando guardas tu libro favorito y lo sacas después de mucho tiempo.

—¡Christopher! —gritan.

Se llevan al coronel por delante, otro soldado se le tira encima y me zafo de su agarre mientras cae. Los vidrios del tribunal se vienen abajo con la lluvia de disparos que sueltan, no sé dónde, la gente intenta huir y, desde arriba, Alex trata de que todo el mundo salga. Busco un sitio seguro detrás de uno de los atriles del tribunal para resguardarme y, desde mi sitio, veo a varios soldados con la cara tapada que le abren paso a Antoni, mientras otros siguen disparando, despejando la huida del italiano. Mi cerebro sopesa lo que conlleva su salida y no contengo el impulso de ir tras él.

Va rumbo a la escalera y no sé de dónde saco la fuerza para correr y alcanzarlo, mi brazo rodea su cuello y, con una maniobra, lo mando al piso, cayendo con él. Rueda conmigo en suelo y siento las esquirlas de madera que me maltratan la espalda.

—Cómo me gusta que vengas a mí, *amore mio*. —Me pasa la lengua por la cara.

Me muevo, quitándomelo de encima, y quedo a horcajadas sobre su cintura, llevo las manos a su garganta, apretando con fuerza, pero él sujeta mis muñecas, aflojando mi agarre, a la vez que alguien me toma por detrás, alejándome. Le clavo el codo en un intento de zafarme, sin embargo, me aprieta más fuerte.

—Tráiganla aquí —pide Antoni tomando los escalones cuando se pone de pie.

El hombre que me tiene me arrastra con él y mi cerebro evoca mis días en Positano en el peor momento: el calvario del HACOC, las alucinaciones, el desespero. Lucho porque me liberen, pero la fuerza es tanta que no me da para hacer mucho y…

El agarre se afloja con el disparo que surge a pocos metros. Quien me sujeta cae, mis rodillas terminan en el suelo y, pasos más adelante, una mujer con un arma en la mano le corta el paso a Antoni. La viceministra la respalda y reduce al italiano.

—Qué buen tiro, amiga —dice la soldado que le apunta a Antoni y la mujer baja su pistola.

—¿Estás bien? —me pregunta, y medio asiento cuando me levanto.

El tiroteo no sé ni en qué momento cesó, el lugar es un desastre, no veo a Stefan por ningún lado y me apresuro a buscarlo. Están cerrando las puertas y me las apaño para salir a la antesala, que está llena.

—Situación controlada —capto que dicen en uno de los radios.

El mundo me da vueltas y mi vista pierde claridad.

—Angel —me llaman—. ¡Angel!

Stefan se acerca corriendo y toma mis manos, revisando si estoy bien. Los helicópteros sobrevuelan el sitio y me paso las manos por la cara, «casi me llevan», tenía a su gente aquí y eran soldados.

—Mis amigos —estoy que no puedo con el mareo— estaban adentro.

—La mayoría de la gente fue evacuada. —Me aparta el cabello de la cara—. No podemos quedarnos, el lugar no es seguro e hirieron al ministro.

—¿Qué? —Lo busco—. ¿Dónde está?

—Rachel, es peligroso. —Intenta detenerme—. Tenemos que irnos.

No le hago caso y se viene detrás de mí. A lo lejos, identifico a los soldados de la alta guardia, tengo que decirle a Alex Morgan lo que vi y corro a su sitio. No es el único herido en el lugar, hay varios en la antesala y me abro paso entre los hombres con chalecos antibalas.

Laila es la que le está brindando los primeros auxilios, dado que tiene una herida en el brazo izquierdo. Hay un charco de sangre y mi amiga nota mi presencia cuando me agacho.

—Rachel. —Me sonríe, la abrazo y noto que está en sostén.

Con una blusa está conteniendo la sangre que emana del brazo del ministro.

—Vete —me pide Alex—. No sé qué otro tipo de alertas se puedan presentar.

—Varios soldados…

—Lo sé —me corta—, por eso debes irte a la central. Aquí hay muchas dudas y no sé quién es quién.

—Venga conmigo, tampoco está a salvo.

—Tengo una guardia de cincuenta hombres, estaré bien. Ahora vete.

—Tiene razón —interviene Laila—. Vete, yo me haré cargo.

—La ambulancia llegó —avisa uno de los escoltas.

—Que todos se muevan al comando —dispone Alex.

Stefan me toma ayudándome a levantar y le echo un último vistazo a mi amiga antes de irme. Tres soldados me muestran el camino y me escoltan al vehículo que me espera.

—Teniente. —Sale Alan Oliveira del asiento del conductor—. Me pidieron que la llevara.

Me abre la puerta, los nervios los tengo a flor de piel todavía y, estando dentro, Stefan me frota los brazos. Mi cabeza aún no deja de repetir lo que acabo de pasar, el embotellamiento no le ayuda a mi ansiedad, puesto que salir del área toma casi una hora.

—Lo siento —me dice Stefan—, debí protegerte, pero no fui de ayuda. La multitud me atropelló y en menos de nada estaba afuera.

—Eso es lo menos que debe preocuparte. —Aprieto su rodilla—. Lo importante es que estés bien.

—Te vi nerviosa en la silla de los testigos, doy por hecho que Antoni puso tus vellos en punta.

Muevo la cabeza con un gesto afirmativo, tragándome las ganas de decirle que estaba nerviosa, pero por el hecho de que sabía que Christopher tenía los ojos sobre mí.

—Sí. —Tomo una bocanada de aire—. Mejor no hablemos más de eso, quiero olvidarlo.

Logramos salir del embotellamiento y el soldado que conduce toma la ruta que nos lleva al comando. De reojo detallo a Stefan y tomo su mano, convenciéndome de que mi corazón latió como latió solo porque verlo como lo vi era algo que no me esperaba.

Entrelazo mis dedos con los suyos y me centro en lo bien que nos vemos juntos, sonríe cuando lo miro, convenciéndome de lo mucho que me gusta. Intento imaginarme un futuro con él, pero el tóxico maldito que tomó mi brazo en el juicio lo vuelve trizas todo, obligándome a clavar la mirada en la ventanilla.

—Ya pasó todo —me tranquiliza Stefan, y respiro hondo dándole la razón.

Lo mío con Christopher ya pasó y, como le dije a mi madre, aquí vine a centrarme en otras cosas. Salimos de la ciudad, la última vez que vi este camino fue antes del exilio. Trato que la emoción por ver a mis amigas borre el sinsabor de lo que acaba de pasar.

A Alan le confirman que no hay peligro, la situación está controlada y le ordenan que se apresure el comando. Me siento segura y los niveles de ansiedad bajan cuando cruzamos las puertas. El soldado se encarga de todo el protocolo, nos dejan pasar y, en el estacionamiento, soy la primera en bajar.

—Me alegra tenerla de vuelta, teniente —me dice Alan, y le doy un apretón de manos.

Con todo lo que sucedió, no fui capaz de saludarlo. Es el mismo soldado que entrené años atrás cuando lo transfirieron de Brasil. «Brasil», lo que pasó en el Amazonas, lanza un azote en mi pecho cuando mi cerebro lo evoca.

—A mí también me alegra verte. —Deja caer su mano sobre mi hombro y, como en años pasados, me abraza.

Lo dejo, fue horrible lo que acaba de pasar.

—Rachel James, siempre llamando al caos. —Parker se acerca con Simon—. Me pregunto qué estoy pagando como para tenerte de vuelta por aquí.

—El haber sido un hijo de puta conmigo años atrás.

Me apresuro a su sitio a abrazarlo. Si me van a regañar por la muestra de afecto, no me va a importar, porque se merece el gesto. Estuvo conmigo antes de que me llevaran los Mascherano y estuvo conmigo el día que casi me inyecto HACOC en el hospital. Paso a los brazos de Simon, quien me estrecha con fuerza. Para mí es como un cuñado por ser el marido de Luisa.

—Te vi y dije: ¿qué le pasó a su culo? La última vez que la vi, tenía uno y ahora parece que desapareció —me dice, y le pego en el brazo.

—¿Qué pasó con Antoni Mascherano? —pregunto.

—Lo tienen encerrado en una de las salas, se está preparando todo para su traslado a Irons Walls —me avisa Parker.

Stefan está a un lado mirando y tiro de su mano para que se una sin pena.

—Stefan Gelcem —Parker le ofrece la mano—, el ministro me habló de ti.

—El capitán Dominick Parker —corresponde el saludo—, es un honor conocerlo, señor. Tiene mi total admiración, en París se habla mucho de sus operativos.

—Stefan admira mucho al ejército inglés —le explico—. Sabe un poco de todos.

—El capitán Simon Miller —le da la mano al marido de mi amiga—, también me alegra conocerlo.

—Me gusta tu actitud, lástima que no estés en mi tropa —le dice Simon.

—¿En cuál estaré? —pregunta el soldado emocionado.

—En la de Bratt Lewis —contesta Parker, consiguiendo que la cabeza me palpite.

—¿En verdad? Es uno de los mejores capitanes, tiene casi la misma preparación del coronel, solo que está un rango más abajo.

—Yo que tú no me alegraría tanto…

—¿Dónde estaré yo? —lo interrumpo, no quiero que le baje los ánimos.

—Conmigo —explica el alemán—. Harás parte de mi compañía militar junto con Alan, que es mi sargento primero; y Scott, que es mi segundo sargento desde hace un año.

Simon saca su teléfono mostrándome la pantalla, brilla con el nombre de «Mamá Osa».

—Luisa quiere verte.

—¿Está aquí?

—Sí, y Franco también —comenta Parker y Simon lo mira—, al igual que Johnson. Están esperando en tu alcoba, así que ve. Te quiero ver mañana a primera hora en mi oficina. Hay que prepararse para el evento de condecoración.

Me entrega una llave con el número de mi dormitorio.

—Me encargaré de ubicar a Gelcem, ya que Bratt no está. —Se despide y correspondo el abrazo que me vuelve a dar Simon.

—Ve o bajará a matarnos —me advierte entre dientes y palmeo el hombro de Stefan antes de irme.

—Mañana te veo. —Echo a andar a la torre de los dormitorios.

Los soldados que me topo se quedan mirándome y los paso por alto queriendo llegar a mi destino. Atravieso uno de los patios y entro a la torre. Mi alcoba está en la cuarta planta y subo los escalones despacio.

Mis pasos se vuelven más lentos cuando alcanzo el pasillo y mi pulso se dispara cuando quedo frente a mi puerta. Escucho murmullos adentro, estoy a nada de ver a mis amigas y la idea me emociona. Meto la llave y abro la puerta, Brenda se vuelve hacia mí, junto con Alexandra.

—¡Oh, por Dios! —Brenda se apresura a mi sitio con Alexa—. ¡Estás aquí!

Me abrazan al mismo tiempo y río dichosa, le doy un beso a cada una, Brenda me alza feliz y de nuevo la traigo contra mí.

—¡Qué felicidad! —exclama—. No puedo creer que estés aquí.

Luisa se mantiene en su puesto y Alexa me abre espacio para que la vea. Mi mejor amiga no es de las que llora mucho, solo lo hace cuando está realmente afectada y hoy luce como si fuera a estallar.

Me acerco y sacude la cabeza.

—¿Te volverás a ir? —Alza la mano para que me detenga—. Porque si lo harás, no quiero que me toques.

—Luisa.

—Perdí a mi amiga una vez, no quiero hacerlo dos veces. —Se pone las manos en la cintura—. Y si estoy aquí es porque…

Respira hondo antes de mirar al techo cuando las lágrimas no las puede contener.

—No sé por qué estoy aquí…

—No me volveré a ir —le aseguro—. Te lo prometo.

Se abanica la cara, es un poco terca a veces y se niega a mirarme, así que acorto la distancia. La conozco desde que era una niña y la atraigo contra mi pecho, abrazándola a las malas.

—Nunca te voy a perdonar que te fueras —me reclama—. Nunca, Rachel. Estuve meses sin mi mejor amiga.

—Lo siento.

No la suelto y termina correspondiendo como tiene que ser. Se pone sentimental y Brenda acaricia su espalda en lo que la aprieto, le doy dos besos en la mejilla, la mamá de mini-Harry nos abraza a las dos y Alexa se une al momento. Amo los abrazos grupales.

—Anda, cuéntanos qué hiciste todo este tiempo —me pide Brenda y me muevo con ellas a la cama, donde nos sentamos las cuatro.

Luisa empieza con las preguntas y las pongo al tanto de todo. Cuando cuento todo lo que hice, siento que irme fue algo doloroso, pero fue la mejor decisión que pude tomar, porque necesitaba ese tiempo para sanarme y lo hice. Estando lejos, retomé la fuerza y la energía que tanto me faltaban.

Ellas se encargan de ponerme al día con todo lo que ha pasado.

Brenda se emociona cuando le cuento que conocí a mini-Harry, actualmente no sale con nadie, es una madre soltera y una de las mejores sargentos del comando. Alexandra y Patrick siguen juntos con Abby, su hija, y con planes de tener otro hijo más adelante.

Laila no está aquí y me cuentan que sigue sin tener buena suerte en el amor.

—Exijo saber quién es el hombre que entró contigo —dice Luisa—. ¿Te lo estás tirando?

Me río con sus ganas de saber, sigue siendo la misma preguntona de siempre.

—Sí, te lo estás tirando —me molesta Brenda.

—Lo conocí en París y apenas nos estamos conociendo —me defiendo—. Es lindo, amable, respetuoso, cocina delicioso y sí, me lo tiré.

Les suelto lo que quieren saber.

—Si sabe cocinar, sabe coger —declara Brenda—. Dios bendiga a esos hombres.

—¿Cuánto le mide? —Luisa continúa con el interrogatorio.

—No sé, no le pregunté y no quiero que le andes mirando el paquete cuando te lo presente mañana —le advierto y alzo las manos a la defensiva.

—Ya sabes lo que pienso, si mide menos de quince centímetros no es un pene, es una pena.

Todas se ríen, hasta yo.

—Llegaste en el momento exacto para presenciar la metamorfosis de Christopher. —Luisa se levanta a servirse un vaso de agua—. Tiene novia, ¿lo sabías?

—Algo oí —le resto importancia.

—Es Gema Lancaster, la hija de Marie —comenta y asiento—. Es teniente, se incorporó a tu antigua compañía hace un mes y forma parte de la Élite.

—Debe ser muy buena, la vi hoy.

Ignoro la leve punzada que surge cuando mi cerebro trae su cara. Fue la que le disparó al hombre que me tenía.

—¿Y? —increpa Luisa—. La viste. ¿Y qué pasó?

—Es una colega más, supongo. Lo mío con Christopher ya pasó y espero que le vaya bien con ella. —Cierro el tema—. Continuando con Stefan, se me olvidó contarles que tiene un orfanato en París.

Pongo mi enfoque en otra cosa, no vine a cometer los mismos errores del pasado. Si tiene novia o no, no es mi asunto; que sea feliz si le apetece, que yo también me enfocaré en serlo con quienes están a mi lado.

Bratt

El edificio penal sigue lleno de soldados, el ambiente está tenso y me cuesta concentrarme después de lo acontecido en las últimas horas. «Está aquí», el amor de mi vida está de vuelta y no he podido ir a verla.

Lo que pintaba como un juicio corrupto se convirtió en uno de los mejores momentos de mi vida. Quiero partir al comando ya, pero la situación no me lo permite. Francotiradores lograron infiltrarse, iniciando el tiroteo y soldados del comando se rebelaron contra nosotros, contribuyendo al macabro acto, el cual buscaba impedir que Antoni Mascherano fuera a prisión.

Recibo los vehículos que lo trasladarán a Irons Walls, son treinta y dos en total. Gema Lancaster se me acerca dedicándome un saludo militar.

—Capitán —me saluda—, el prisionero está listo, el perímetro es seguro y estamos esperando su orden para moverlo.

—Tráiganlo —ordeno.

Lo sacan rodeado de una tropa especial, tiene cadenas en los pies, en las manos y en el cuello. Una fila de hombres se organiza a cada lado y su calma me desespera.

—Capitán Lewis —me sonríe el italiano.

Me pasan la carpeta con los documentos para el traslado.

—Espero que disfrutes tu estadía —contesto, y suelta a reír.

—Me acoplo fácil —da un paso adelante—, aunque me hubiese encantado irme con la dicha de saber que los francotiradores cumplieron la orden de matar al coronel. Su muerte sería una noticia que nos haría felices a los dos.

—No soy como tú, así que no sé de qué hablas.

—No, no eres como yo, pero eres un hombre con el orgullo herido. —Baja la voz dando un paso adelante—. Eso es más peligroso que una mente psicópata.

—No me conoces.

—Sí te conozco. Rachel volvió y su regreso es una declaración de guerra entre él, tú y yo.

—Perdiste antes de empezar. —Miro sus cadenas.

—Ambos sabemos que no estaré mucho tiempo encerrado.

—Llévenselo —ordeno.

—Esta noche, antes de dormir, quiero que imagines lo bien que se vería Christopher Morgan muerto y a tres metros bajo tierra —sigue mientras lo meten al furgón—. Dos mentes piensan mejor que una, capitán, téngalo claro.

Cierro la puerta y recibo la llave que refuerza el seguro, los vehículos arrancan, las tropas encargadas lo escoltan y de inmediato me preparo para irme.

—Nunca le harías caso, ¿verdad? —Me detiene Gema—. Sé que odias a Christopher, que te hizo la peor de las jugadas, pero va a cambiar, sé que puedo hacer que cambie y conseguir que se arrepienta de los errores que cometió.

—Te estás engañando.

—Lo conozco, Bratt...

—Yo también creí conocerlo. Era mi amigo y, al igual que tú, crecí con él, y, pese a eso, me quitó lo que más quería.

—Estamos enamorados, puedo dar fe de que ella ya no le importa.

—Espero que sea así. —Me alejo—. Espero que tengas razón y no te sumes a la lista de los desilusionados. Eres una buena persona; por eso, como consejo, te sugiero que te alejes, porque él no vale la pena.

Me apresuro al auto que abordo. Llamo a Simon queriendo saber dónde está ella y me avisa que está en el comando, al igual que Meredith. Hace hincapié en lo último y le pregunto por el número de alcoba que le asignaron.

Duda, pero me lo dice. Me mantuve en contacto con Luciana y Sam James, a quienes llamaba una que otra vez; perder una persona no es algo fácil, a mí también me dolió su partida y, por ello, quise estar al pendiente. El móvil me vibra en el bolsillo cuando entro al comando, es mi sargento y, en vez de responder, lo apago. Busco la torre de dormitorios femeninos y subo a la cuarta planta.

Ella está en el pasillo despidiéndose de las amigas, mis labios se estiran con una sonrisa y ella me devuelve el gesto desde su sitio. Luisa Banner me mira mal y le da el último adiós.

—Nos vemos mañana —le dice a la mujer de la que estuve locamente enamorado.

Ella le da un beso a cada una, las mujeres se van y me acerco despacio.

—Capitán —me saluda cuando estamos frente a frente.

Rachel es el tipo de mujer que nunca olvidas, es de esas que siempre tienes en la mente. Fue la primera que quise y yo fui el primero que quiso, por ello, siempre me dolerá que lo nuestro acabara.

Estando solos, me sonríe, extiende la mano y me voy contra ella, tomando su cara y besándole la boca, «mi Rachel». Pego mis labios contra los suyos saboreando su boca.

—Lo siento —susurro solo para los dos cuando el momento se termina—. Las ganas de verte me estaban carcomiendo.

—Me alegra verte. —Me abraza y la sigo cuando me invita adentro.

—Aún no lo creo. —Me siento junto a ella.

—Ni yo, a veces me pellizco para saber que no se trata de un sueño —suspira—. Me cuesta creer que regresé y vuelvo a estar con los que quiero.

Vuelven las punzadas de celos, sé que eso abarca a…

—A ti, a mis amigas, a mis padres —toma mi mano y me preparo para el nombre que tanto odio—, mis hermanas, mini-Harry…

—¿Son todos los que extrañaste?

—Sí.

—Sigues sin querer lastimarme —me sincero cuando algo me dice que miente.

—Hay personas que se quedaron en el pasado, Bratt, y como le dije a mi madre, no quiero que se agobien con ello.

—¿Segura?

Si pese a los años que pasaron siente cosas por mí, no quiero imaginarme lo que sigue sintiendo por él, porque, aunque me duela, aprendí a aceptar que lo amó más a él que a mí.

—Sí, estoy segura de lo que digo, volví con las cosas más que claras. Estoy saliendo con alguien —confiesa y no niego que me duele—. Se llama Stefan, sé que dañé lo nuestro, eso es algo que siempre voy a lamentar, pero no soy la misma de antes y quiero darme una oportunidad con él.

Las palabras golpean, pero dicho dolor disminuye al saber que no se dará una oportunidad conmigo, pero tampoco con él.

—¿Lo quieres?

—Sí —suspira—. Sé que Meredith y tú…

—Ella no es nada comparado contigo.

—Tú eres mi amor bonito, Bratt —me interrumpe—, y sé que no tengo la necesidad de repetirlo, porque ya lo sabes, pese a todo lo que pasamos, siempre estarás aquí. —Pone mi mano en su pecho—. Eres el recuerdo más grato que tengo del amor y, porque te quiero, necesito que seas feliz y, si ella lo hace, no quiero que te cohíbas por mí.

—¿Cómo es él? —suspiro.

—Como tú. —Sonríe—. Es una especie en vía de extinción, de esos que quieren bonito.

De nuevo beso su boca, lo que vivimos me da derecho a ello. La noto cansada, sé que hoy fue un día pesado para ella. Con cuidado, pone la mano sobre mi hombro para alejarme.

—Ambos merecemos ser felices —me dice, y lleno mis pulmones de oxígeno antes de levantarme.

—Me quedo con la tranquilidad de que no soy yo, pero que tampoco será él. —Le ofrezco la mano para que se ponga de pie—. Estaré siempre para usted, teniente. Si ese nuevo hombre te falla, si notas que no es suficiente, recuerda que estaré aquí, esperando una nueva oportunidad para amarte. Ambos sabemos que lo nuestro fue algo único.

Se levanta a abrazarme y correspondo apretándola con fuerza.

—Antes de irme, quiero que me prometas una cosa —le pido—: así como me niegas una oportunidad a mí, también se la negarás a Christopher.

—Es parte del pasado, ya te lo dije —reitera, y beso su mejilla antes de alejarme.

—Descansa.

—Igual tú. —Cierra la puerta y, con las manos en los bolsillos, vuelvo a mi torre.

Llevaba tiempo sin tener un día tan abrumador, sin vivir tantas emociones al mismo tiempo. En parte, entiendo su punto, puedo aceptar que se dé una nueva oportunidad con quien la merezca, lo que nunca aceptaré es que vuelva con él, ya que es el hombre que destruyó lo que más quería. Fue quien me traicionó, y lo que hizo no tiene perdón. Me lastimó a mí, la lastimó a ella y a Sabrina; y el que se atreva a aceptarlo en su vida es algo que no puede hacer, ni ahora, ni nunca.

Christopher nunca va a cambiar y ella debe tener presente eso. Además, si no se da una oportunidad conmigo, mucho menos con él, quien no es mejor que yo.

Paso a mi torre y subo a mi piso, donde la tranquilidad no llega, ya que Meredith me está esperando en el pasillo. No tengo cara ni corazón para mirarla, así que me abro paso, por un lado, continuando mi camino.

Lo nuestro empezó en diciembre del 2018, una Navidad que estuvo conmigo e hizo que la notara cuando me mostró su cuerpo desnudo. Abro la puerta de mi dormitorio y me adentro, quitándome la chaqueta.

—¿Estabas con ella?

—Sí —contesto sin más.

—¿Y?

No se merece mi indiferencia, es una buena mujer, estuvo cuando más la necesité y sé que me ama.

—Vete a descansar —le digo—, mañana nos espera un largo día.

—Fui tu paño de lágrimas cuando se fue, tenlo presente a la hora de tomar decisiones —me dice—. En vez de alejarme, deberías mandarla lejos a ella, ya que es la única persona que sobra en este comando, espero que no arruines lo que fuimos, somos y podemos ser.

Se va y dejo caer la cabeza en la almohada cuando me acuesto, «no será conmigo, pero tampoco con él». Espero que lo cumpla, que haya vuelto la Rachel de la que me enamoré, y no la mujer que me dañó, engañó y traicionó mi confianza cuando me fui a Alemania.

21

¿Todo está en el pasado?

Christopher

Me arden los poros, el estómago, la cara. Siento que el aire pesa una tonelada y lo único que repite mi cerebro es que me pare y me largue de la maldita sala de juntas a la que me trajeron junto con los otros posibles candidatos que estaban en el juicio.

Olimpia Muller, la viceministra de Alex, está en la mesa vigilando el supuesto protocolo de seguridad, el cual ahora es lo que menos me importa.

—¿Cuánto tiempo durará esto? —preguntan.

—Está aquí porque su vida peligra, señor Waters —contesta la segunda mujer más importante de la FEMF—. Estamos velando por la seguridad de todos, ya que…

—Creo que cada quien tiene las facultades para cuidarse solo —intervengo.

—Casi le pegan un tiro, coronel —replica.

Empieza a hablar sobre cosas que no me interesan. Lo único que estoy haciendo aquí es perder el tiempo, dado que tengo problemas que resolver y personas que encarar. La ira me carcome y enciendo un cigarro.

—Es un espacio cerrado —se queja uno de los generales—. Es tóxico y molesto que fume aquí.

—Jódase. —Le doy una calada—. Si no le gusta, aléjese.

Olimpia Muller me come con los ojos y Gauna cierra el puño en la entrada donde está.

—No estamos en servicio como para estar recibiendo órdenes o sugerencias —esclarezco.

—¿Tienes otro? —me pregunta el hombre que tengo al lado—. La nicotina es un buen analgésico para el estrés.

Toma el paquete que deslizo en la mesa y saca un cigarro. Es Kazuki Shima, actualmente uno de los coroneles más condecorados del ejército, al igual que Leonel Waters, quien nos observa al otro lado de la mesa.

—¿Y serás o no candidato? —me pregunta.

—¿Te interesa?

—Es curiosidad, ya que lo de hoy asusta a cualquiera. —Se mete el cigarro a la boca—. Fuimos atacados por soldados, eso es algo que me tiene alterado.

El dolor de cabeza que tengo no me da para pensar en nada, puesto que tengo la estampa de Rachel James en el cerebro y la necesidad de tenerla cara a cara me está aplastando. Si no hago algo, siento que le voy a romper el cuello a alguien.

Patrick entra con un soldado, el cual le entrega un pendrive a Olimpia Muller.

—Tenemos problemas. —Patrick se viene a mi sitio cuando me levanto.

—No me digas —replico con sarcasmo.

—Tomaré otro cigarro —me avisa Kazuki en lo que me alejo.

El soldado que viene con él intenta presentarse, pero lo ignoro. El capitán le pide la laptop que trae y le ordena que lo espere afuera. Abre el aparato, queriendo mostrarme no sé qué.

—No me muestres estupideces. —Aparto la pantalla—. Lo único que quiero saber es qué hace Rachel James aquí.

—¿Rachel? ¿Es lo único que te preocupa? Por poco te vuelan la cabeza. ¿Y tu única preocupación es Rachel?

—Sácame de aquí. —Lo tomo del cuello.

—Llevo intentándolo toda la tarde, pero ¿adivina qué? —Se zafa de mi agarre—. No depende de mí y, por si no lo sabes, tu papá está herido.

«Genial, ahora estoy solo en todo este mierdero». La saliva se me torna amarga.

—Tráela —le ordeno—. Ve, busca una tropa y tráela.

—¿Te estás escuchando? —Baja la voz—. Te pareces a Antoni Mascherano.

—No me compares con ese imbécil.

—Ten, al menos, un poco de consideración por Gema.

—¡Al diablo con Gema! —Me exaspera—. Ve y haz lo que te ordeno.

—¿La verás con tu novia aquí?

—Sabes cuál es la respuesta, así que no me preguntes tonterías.

Le doy la espalda, volviendo al puesto donde me fumo otro cigarro y donde debo bancarme dos horas más. No tengo la chaqueta del traje y hasta el agua me sabe a basura cuando la bebo. Olimpia se va y vuelve una hora después.

—Señores —habla para todos—, el perímetro de la ciudad es seguro, y, en cuanto a lo sucedido, no lo esperábamos. Mañana es un día importante para todos, ya que empieza la carrera electoral, por ello, a los que quieran hacer parte de esto les pedimos que se postulen sin miedo. De nuestra parte, haremos todo lo necesario para que no les pase absolutamente nada.

Todos se miran con todos, avivando la tensión: son trece generales y tres coroneles.

—Ya pueden retirarse, un equipo especial los escoltará…

No espero a que termine de hablar, simplemente me levanto y me largo tomando la chaqueta que descansa en una de las sillas. La brisa fría me golpea cuando estoy afuera, no veo lo que busco y Gema es la primera que se me atraviesa cuando salgo.

—¡Gracias a Dios! —Me toma la cara—. ¿Estás bien, Ogro?

La hago a un lado, en medio de todo el caos se me cayó el control del auto y no sé quién lo tiene.

—El control del McLaren —busco a Tyler.

—Oh, yo no sé quién lo tiene, señor…

—¡Búscalo! —lo regaño—. Me tengo que ir.

Asiente y trata de irse, pero lo tomo del brazo.

—A la próxima que vuelvas a meterte donde no te llaman, te vas —le advierto antes de soltarlo.

Se fue sobre mí en el tiroteo y eso hizo que soltara a la mujer que tenía aferrada.

—Todos estamos estresados, así que tienes que tranquilizarte —me dice Gema.

Aparto al escolta y saco el teléfono queriendo llamar a Patrick. La persona que ordené que trajeran no la estoy viendo por ningún lado, ni a él tampoco.

—¿Qué haces? —insiste Gema—. Ven, dame ese teléfono y vámonos a descansar.

—Cállate. —La aparto a ella también cuando el aparato empieza a soltar los pitidos.

—Mi turno acabó, coronel —responde al otro lado de línea—, así que le ruego que sea breve.

—¿Qué hay con la orden que te di?

—Déjala en paz, Christopher. Acaba de llegar, al menos dale espacio para que asimile esto, y deja de joder, que es casi medianoche —se molesta—. Tuvimos un día pesado y merecemos descansar.

—Estás buscando que te parta la cara.

—Adiós.

Me cuelga. «Estoy jodiendo, según él». Arman un puto complot a mi espalda, trayendo gente sin avisarme y el que estoy jodiendo soy yo. Detesto que me mientan y es lo que está haciendo Alex, armando artimañas que me traen más problemas de los que ya tengo.

Se largó, juró que no volvería, se alejó porque le temía a Antoni y ahora aparece así nada, con ínfulas de heroína y acompañada por no sé quién diablos. Busco mi auto, no estoy para indagar sobre quién tiene o no el control, así que lo encenderé a las malas.

—¿Adónde vas? —Gema se me atraviesa de nuevo.

—Quítate.

—Al menos, deja que te acompañe.

—Voy a ver a Rachel James —la encaro— y soy sincero al decir que no te quiero en la discusión.

La dejo y avanzo, pero no por mucho, ya que uno de los hombres de confianza de Alex aparece con seis sujetos más.

—El ministro quiere verlo —me avisa— ya mismo.

—Ahora no tengo tiempo. —Paso de largo.

—Son órdenes, coronel. —Me entierra la mano en la clavícula—. Tenemos el control de su auto, ya lo movimos con la ayuda del capitán Linguini y las demandas del ministro son llevarlo por las buenas o por las malas.

La sangre me hierve cuando arman un círculo a mi alrededor. Los otros posibles candidatos salen y un informante de los medios internos aparece. Hay cosas que tengo que evitar si quiero lograr lo que me propuse y esta es una de ellas.

—Vamos —insiste el escolta—. Debo cumplir con las órdenes de su padre, coronel, y usted también.

Los que acaban de salir no me quitan los ojos de encima y maldigo a Alex en lo que echo a andar.

—De usted no dijo nada, señorita Lancaster. —Detienen a Gema cuando intenta seguirme—. Puede irse a descansar.

De mala gana, entro a la camioneta que toma el camino a High Garden, el vecindario donde se ubica la mansión del ministro. La cara de la mujer que entró al tribunal no se me borra de la cabeza.

Mi mente trae el momento en que se fue y el momento en el que llegó. El azul intenso de sus ojos sigue alterando mis latidos, cuando ya no debería. «No sé quién es Rachel James» trato de decirme, pero la ansiedad que me carcome me grita otra cosa.

El vecindario recibe la guardia de Alex después de media hora de carretera, los recuerdos vienen cuando vislumbro la mansión que me evoca las discusiones de Sara y Alex y el día que la que se hace llamar mi madre se largó, mientras que Alex follaba con una de las tantas que tenía.

Nunca lo encaró, nunca lo enfrentó, nunca le hizo frente. Durante años demostró su falta de carácter, aceptando disculpa tras disculpa, las cuales venían con viajes, regalos y una semana de «buen comportamiento» por parte del ministro.

Ignoró las súplicas de Marie, quien le pedía que no se fuera y se largó dejándome con Alex porque, según ella, podría darme una mejor vida. «Excusas», siempre supe que también le quedaba grande lidiar conmigo. No me llevó, pese a que se lo pedí, puesto que necesitaba que me llevara para no tener que tratar con la mano dura de Alex, que jodía cada dos por tres.

El recuerdo es sustituido por el del ministro saliendo de la mansión conmigo y, luego, los dos recibiendo a la persona que llegó después. El auto se detiene frente a la mansión y la empleada ya tiene la puerta abierta.

—Joven Christopher —me saluda—, qué gusto verlo.

La sala está llena de soldados y algunos miembros del Consejo. Me voy a la licorera y tomo un vaso, que lleno de whisky.

—Puede dejar eso para después —me regaña el escolta que me trajo—. Su padre lo espera.

—¿Está en su lecho de muerte?

—No, pero...

—Entonces que siga esperando. —Bebo el líquido de un solo sorbo, el Jack Daniel's me quema la garganta, está fuerte y es justo lo que necesitaba. Los miembros del Consejo no paran de mirarme, dejo el vaso y me apresuro en busca de la escalera.

Hago caso omiso a los comentarios y susurros de los que están abajo, no son más que un montón de viejos entrometidos. Llego al pasillo, ubico la alcoba, pongo la mano en la perilla y mi ceño se frunce cuando escucho risas adentro.

Abro sin tocar y el asco me sube el desayuno a la garganta cuando veo a Laila Lincorp en sostén y sentada a la orilla de la cama. Le está dando sopa al ministro, mientras este la recibe feliz.

—No sabía que eras enfermera. —Estrello la puerta cuando la cierro y ella se levanta de inmediato, derramando lo que hay en el plato.

—¡Mi coronel! —me dice.

—¡Está caliente! —se queja Alex.

La mujer se apresura a limpiarlo y cruzo los brazos. No es la primera vez que veo mierdas como estas. Años atrás, lo vi devorando la boca a una rusa, de hecho, lo he visto con muchas.

—Se supone que se golpea cuando la puerta está cerrada —me regaña Alex.

—Y se supone que mis tenientes deben laborar en lo que les compete. —Fijo los ojos en Lincorp.

—Mi coronel, solo me aseguraba de que…

—No tienes que darle explicaciones —interviene Alex.

—Es mi superior.

—Y yo soy el superior de todos, por ende, es él quien me rinde cuentas. —Se acomoda en la cama fijándose en la mancha marrón que tiene en la playera—. Dile a la empleada que te dé algo para ponerte, que te puedes resfriar y me esperas en la otra alcoba.

—Sí, señor.

—Si necesitas algo, no dudes en decirme.

—Claro.

Pasa rápido por mi lado y él no la pierde de vista.

—Espero que me hayas hecho venir hasta aquí para explicarme el porqué de haberme mentido. —No me ando con vueltas.

—Estoy muy bien, hijo —responde, cargado de ironía—. Lo de la bala no pasó a mayores, me suturaron la herida y quedé como nuevo.

Me muestra el brazo.

—Pensé que estabas cuadripléjico —contesto de la misma manera—, pero resulta que no, ya que estás aquí, coqueteando con mujeres que pueden ser tus hijas. A eso tengo que sumarle que andas haciendo cosas a mis espaldas. ¿Qué diablos te pasa?

—No sé de qué hablas.

—Sabes de qué hablo. —Trato de no ahorcarlo—. ¿Qué hace Rachel aquí?

—¿Qué? —Se mira la herida.

—¿Qué hace Rachel aquí? —Me acerco.

—Habla claro, que no te entiendo cuando hablas entre dientes.

—¿Qué hace aquí?

—¿Quién?

—¡Rachel! —Me saca de las casillas y suelta a reír.

—La respuesta es obvia, coronel. La necesitaba en el juicio, así que acabé con el exilio y la reintegré al ejército inglés.

—¿Sin consultarme?

—No tengo por qué hacerlo, soy el ministro y puedo tomar las decisiones que me apetezcan —empieza—. Se va a reincorporar y no quiero que andes jodiendo. El tema de la mafia es serio, necesitamos el mejor equipo, ya que no se sabe ni qué esperar. Hay que estar concentrados, lo que pasó hoy es de cuidado.

La rabia que tengo me da migraña.

—¿Solo para eso me hiciste venir hasta acá?

—Necesito saber si estás preparado. Hoy te dije que te quedaras en tu sitio y me desobedeciste, te saltaste la baranda del tribunal, ibas a matar a Antoni y casi te pegan un tiro —espeta—. Londres no tiene pena de muerte, si lo matas, serás un asesino y lo perderás todo por violar los derechos humanos del prisionero.

Me regaña.

—Rachel es la hija de mi amigo y es una ficha a tu favor, si de habilidades se trata, así que deja que haga su trabajo —enfatiza—. Respecto a Gema, mira bien qué harás con ella.

Busco la salida cuando empieza a meterse en lo que no le importa.

—Te quedarás hoy —ordena.

—Debo ir al comando.

—¡Te vas a quedar, todos saben que no puedes salir de aquí! —se impone—. Ya di la orden. Mañana, a primera hora, tenemos cosas que hacer y no quiero tener que mandarte a buscar.

Respiro hondo a un par de pasos de la puerta.

—Antes de encerrarte, dile a la teniente Lincorp que venga —me pide cuando salgo— y que traiga más sopa.

Gema

Bajo del taxi que me deja frente a las rejas del vecindario donde crecí, High Garden. Tengo a Liz en el teléfono y le pido que espere mientras pago. Hace poco vine con mi madre y, heme aquí, otra vez.

Sujeto la maleta y camino calle arriba cargando zapatos, mi secadora, el traje del coronel y mis cosas. Supongo que Christopher se va a quedar y, por ello, traje ropa para ambos, ya que de seguro tendremos que partir mañana temprano.

Las inseguridades me tienen en ascuas y con dolor de cabeza, el hecho de que Christopher haya tomado otro camino o que Alex haya traído a Rachel James aquí para que se vea con ella... Me detengo, él no me haría eso, me vio crecer, soy como una hija para él.

—Esa perra entró ladrando, creyéndose leyenda y viendo a los otros como simples cuentos urbanos —me dice Liz en el teléfono—. Que no te intimide, amiga. Tú eres mucho mejor, aquí y en la luna.

Cambio la opción a videollamada cuando me siento en el andén de una de las propiedades.

—¿En verdad lo piensas? —le pregunto agitada—. ¿Sientes que soy mejor que ella?

—Claro que lo eres, Gema Lancaster. Esa perra, que vuelva a su jaula y no joda. Tú eres la novia del coronel, ella solo fue la amante. Hay niveles, querida, y tú estás un piso arriba.

—¿Y si me la encuentro en la mansión?

—Me llamas y voy a sacarla de los pelos. —Chasquea los dedos frente a la pantalla.

Liz es el tipo de amiga que daría la vida por ti, me ama como yo la amo a ella. Miro a las estrellas y les pido que me iluminen, creí que estaba muerta, eso fue lo que dijo la entidad, pero volvió viéndose fuerte y es toda una belleza. Ahora entiendo a Bratt, la emoción con la que la describió cuando me habló de la mujer a la que pensaba pedirle matrimonio.

Christopher viene a mi cabeza; soy su novia, en lo poco que llevamos, la hemos pasado bien y ni siquiera la menciona. Si la hubiese querido, siento que hablaría de ella; además, ella no lo determinó cuando entró.

—A lo mejor, nos estamos montando ideas erróneas en la cabeza. No me desagrada del todo, en el fondo, admiro su fortaleza para resistir lo que pasó con los Mascherano, pudo con el HACOC —recapacito—. Al parecer, el hombre que estaba con ella es su novio y nosotras aquí, juzgando mal.

—Puede ser, el tipo es lindo, sin embargo, hay que acercarse y probar el terreno, solo así tendremos una opinión más definida y sabremos si vale la pena o si debemos patear su culo de perra blanca privilegiada.

Me levanto y sigo caminando con la maleta en la mano.

—Su entrada no me inspiró confianza: espalda recta, hombros alineados, autocontrol en todo momento. Otra hubiese saltado por la ventana al sentirse acorralada, pero ella se fue en tacones sobre Antoni Mascherano —sigue Liz—. Para mí que es de esas que se hacen las víctimas, pero que en el fondo quieren llamar la atención de los machos.

—Es una mujer digna de admirar, según muchos.

—Solo admiro lo buena que está. —Se empina una cerveza.

—Le daré una oportunidad, algo debe tener si todos la quieren tanto, y si otros lo hacen, yo también puedo hacerlo —le digo—. Por eso me daré la oportunidad de conocerla más.

—Si es lo que quieres, te apoyo, sin embargo, la estaré vigilando.

—Ya llegué, te hablo luego. —Le cuelgo.

Arreglo mi cabello frente a la propiedad de Alex Morgan, una enorme mansión de jardines esplendorosos. El lugar hace alusión a su apellido, ningún Morgan tiene desventaja cuando de lujos se trata y la enorme casa blanca es la prueba de ello. Resalta entre todas las del vecindario, donde viven los cabecillas más altos del ejército inglés. Al lado de esta, yace la mansión de los Lewis.

Inhalo y exhalo antes de avanzar. A Christopher le cuesta reconocer que, en ocasiones, necesita a otras personas, así que vine para que sepa que estoy aquí para él.

Conozco a todos los miembros de la familia de Regina y Elijah Morgan: Reece, Thomas y Alex. Son una acaudalada familia, la cual cuenta con magnetismo, ego y una sensualidad exagerada, cualidades que le heredaron a Christopher.

Son una de las familias más adineradas del ejército y eso se ve reflejado en los privilegios que se dan. El padre de Alex Morgan era un capitán ruso de la fuerza naval de la FEMF, el modo de ser de los Morgan viene de él, aunque la madre del ministro no se queda atrás: Regina es inglesa y, en la FEMF, era general, un ejemplo de empoderamiento para varios por su forma de ser. Sus hijos y su nieto se parecen mucho a ambos, casi todos son chocantes, malgeniados y directos, cosa que también tiene el coronel.

Mi madre y yo no somos aristócratas ni nada parecido. Marie cometió el error de enamorarse del hombre con el que trabajaba, siendo una empleada de servicio. Durante años sostuvieron una relación clandestina, mi madre se embarazó, la esposa se enteró y la echaron a la calle. Marie empezó a buscar trabajo y conoció a Sara, quien se conmovió y le abrió espacio en su casa, siendo la salvadora que necesitábamos.

Subo los escalones y toco el timbre, la empleada abre la puerta y entro con la maleta en la mano.

—¿Qué haces aquí? —me pregunta Alex, quien está bajando las escaleras. Tiene el bíceps izquierdo vendado y mi boca se abre cuando veo a Laila a su lado, colgada de su brazo sano.

Me quedo sin saber qué decir. Alex es un poco prepotente cuando está estresado y hoy no fue un buen día.

—Christopher me pidió que le trajera esto —muestro lo que traigo— y me rogó que viniera a dormir con él. Parece que al ogro le hace falta su Fiona.

Les sonrío a ambos.

—Laila, me alegra que estés bien y andes por aquí.

—Me trajeron en la ambulancia, fui la que socorrió al ministro —se mueve incómoda—, pero ya me voy.

Alex sigue bajando sin decir más, parece que la va a acompañar hasta la puerta y me apresuro a la escalera, sé dónde está la antigua habitación del coronel.

—¿Ogro? —Toco y no me contesta, así que abro.

El reloj le brilla en la muñeca cuando se empina una botella, está sobre la cama con la espalda recostada contra la pared, embriagándose como siempre.

—¿Qué haces aquí? —me reclama.

—No quería irme a dormir sola —me quejo.

—Vete.

—No tomes este tipo de actitud. —Acorto la distancia—. No te hace bien.

—No necesito compañía, Gema, así que vete —insiste.

—Si te sientes mal, habla conmigo. Recuerda que además de novios, somos amigos.

Me quito los zapatos y la ropa, y me quedo en ropa interior. Él sigue recostado y me acerco a abrazarlo.

—¿Cuántas te has tomado, ogro bebedor? —le pregunto—. ¿Qué quieres ahogar?

—La ira, tal vez. —Bebe otro trago.

—Hey —le quito la botella—, deja de emborracharte, mañana es un día especial.

—Deja los delirios de control. —Me la arrebata—. Suficiente tengo con Alex.

Lo dejo, no quiero empezar una disputa.

—¿Por qué estás enojado? Deberías agradecer que te encuentras bien después de todo lo que pasó, por poco te matan.

—Quiero estar solo.

—No. —Hago que se acueste en la cama y me subo sobre él—. No voy a dejar que te ahogues en alcohol. Soy tu amiga, tu cómplice y la persona que estará siempre para ti.

—Si te me subes encima, es porque vas a dejar que te penetre.

—Qué romántico.

—Directo, romántico jamás.

—¿Es por ella? —Busco sus ojos—. Ella es la que te tiene enojado. ¿La amas?

—No preguntes estupideces —contesta.

—¿Sí o no?

Me pone contra la cama, baja las tiras de mi sostén en lo que yo me quito la tanga, y avasalla mi boca. Lo que hace me empapa, y acaricio su cara con los nudillos cuando nuestros labios se separan. Está ebrio y no se quita la ropa.

—No le tengo miedo a la respuesta —le hago saber.

Me separa las piernas, busca el preservativo, se lo pone y se sumerge en mí, soltando las estocadas que me ponen a jadear. Es salvaje y pongo las manos sobre sus hombros para que vaya despacio, quiero que entienda que no tenemos afán, que podemos tomarnos nuestro tiempo a la hora de amarnos cuando hacemos el amor.

Lo pongo contra la cama y me subo sobre él, dejando su miembro entre mis muslos. Me tomo mi tiempo a la hora de sumergirlo lentamente y empiezo a moverme muy despacio. El cabello negro se le pega a la frente y entreabro los labios gimiendo, chillando, presa del placer que me da. Toma mis caderas, me mira mientras me muevo y...

Siento que lo pierdo cuando la mirada le cambia y aparta la cara. Tomo su mentón, queriendo besarlo, pero no me deja.

—Bájate —me pide.

—¿Qué pasa?

—Que te bajes, te dije. —Me quita.

—Te incomoda esto. —Intento quitarle el preservativo, pero aparta mi mano, dado que él mismo se lo quita, lo arroja a la basura y se vuelve a acostar.

Lo recibo con besos que él corta cuando me da la espalda. Está cansado, ya que tuvo un día fatal. Lo que necesita es atención, así que me paso la noche acariciando su brazo y besando sus manos, lo abrazo por detrás y me pego a él dejando que me envuelva el calor que desprende.

—Chris —musito.

—¿Qué?

—Te amo.

22

La condecoración

Christopher

Observo la esbelta figura que se cierne sobre mí, sus pechos rebotan en lo que se contonea y mi cabeza viaja a Brasil, Hawái, Cadin, mi casa, el comando.

—¿Algún día dejaré de pecar? —pregunta cuando me aferro a sus caderas.

—No, si sigues coqueteando con el diablo —jadeo.

Baja hacia mi boca, uniendo sus labios con los míos, siento su peso sobre mí y los pezones fríos que tocan mi pecho. Susurro su nombre cuando avasalla mi cuello, acaricio su espalda y…

—Teniente. —La voz de Gema me despierta cuando se sube sobre mí—. Me gusta cómo se oye eso.

El golpe con la realidad empeora mi resaca, Gema se contonea sobre la erección que tengo e intento quitarla, pero se rehúsa.

—¿Despertaste con ganas, ogro gruñón?

—Me voy a bañar. —Busco la manera de levantarme, pero no me deja.

Alex empieza a tocar, avisando que me necesita abajo.

—Apártate —le pido a la mujer que tengo arriba.

Se ríe queriendo besarme y a las malas tengo que quitarla, ya que me asfixia. Entro a la ducha y la hallo frente al retrete cuando salgo.

—Te traje ropa, pero la empleada acaba de subir esto. —Me muestra el traje—. Está mejor que lo que elegí.

Tomo el pantalón del traje azul acero perfectamente planchado y ella se mete a bañar.

—¿Crees que le caigo mal a Alex? —me pregunta cuando sale—. Últimamente, anda molesto todo el tiempo y me preocupa, porque no quiero llevarme mal con el rey del pantano.

Busco los zapatos que me pongo, quiero acabar con esto rápido, dado que tengo cosas que hacer.

—¿Qué le puedo regalar? ¿Corbatas, palos de golf? —empieza.

—Un viaje a la mierda —le digo—. Alex lo tiene todo, así que no gastes tiempo en tonterías.

—Indagaré de todas formas, quiero verlo feliz.

Me termino de vestir, la empleada me avisa que me están esperando, así que me peino el cabello con las manos y, en el pasillo, me coloco la chaqueta y la abrocho. Alex está en la sala y me siento ridículo al ver que tenemos el mismo atuendo.

—¿Qué somos? —bufo—. ¿El dúo patético?

Se acerca a palmearme la espalda, fingiendo ante los miembros del Consejo que están en el comedor.

—Quiero presentarte a alguien. —Me mueve al recibidor donde espera una rubia de pelo corto—. Ella es Cristal Bird: relacionista pública y especialista en campañas políticas. Es la sobrina de Olimpia Muller y es quien te ayudará en la campaña electoral.

—Desayunar con el Consejo es una buena idea, ministro —habla la mujer—. Es hora de limar asperezas con este. Desde lo de Positano, hay cierta tensión.

—Por eso los invité, de obtener el puesto, tendrás que trabajar con ellos.

Me lleno de paciencia, siento que esto será más complicado de lo que parece.

—¡Ogro! —exclama Gema al pie de la escalera con los tacones en la mano—. No me avisaron que el Consejo estaba por aquí.

Se pone los zapatos antes de bajar.

—¡Qué felicidad tenerlos en High Garden!

Se presenta con la nueva relacionista, Alex resopla antes de avanzar al comedor, donde miro el reloj. «Ayer se salvó, pero hoy no».

Me siento a comer y los demás empiezan a hablar sobre lo que pasó ayer, Alex escucha las sugerencias que le sueltan, cómo debería proceder, lo que creen que es mejor y lo que no. Martha Lewis es la única que no está presente, pero Joset sí, al igual que la viceministra.

Siento que los minutos no pasan, el plato lo hago a un lado cuando termino y me empino la bebida, queriendo apagar la sed que me avasalla.

De la mesa, pasan a la sala a tomar café. El informe oficial de ayer aún no sale, sin embargo, es algo que ya se solicitó con el fin de poder analizar todo con detalle. Marie llega con Zeus, quien empieza a ladrarle a Gema y Alex lo toma acariciándole la cabeza, mientras que yo me agacho a arreglarle la pañoleta.

La relacionista pública trae un fotógrafo para que me tome un par de fotos, cosa que me quita más tiempo. Me tomo un par con Alex, tres con el perro y una con el Consejo que se mete.

—Ministro, gracias por la invitación —le agradecen a Alex, y busco la correa del perro que me voy a llevar—. Nos vemos en el comando.

Alex los despide mientras subo por mis cosas, Marie me avisa que fue invitada a la condecoración y ni atención le pongo; ni a ella ni a la publicista o como sea que se llame la mujer que acaba de llegar. Le quito el control de mi auto a Alex y subo el perro al McLaren.

—Te acompaño, hijo. —Marie se acomoda en el asiento trasero y Gema en el del copiloto.

—Vas a ganarte esto —me dice Gema en el asiento del copiloto—. Tu campaña electoral será una de las mejores que tendrá la FEMF, me encargaré de ello, así que dale mis datos a Cristal para que me contacte cuando lo desee. Juntas haremos un buen equipo.

El perro pone el hocico contra mi hombro y, como puedo, lo acaricio. Gema sigue hablando y no capto nada, ya que mis oídos se cierran cuando mi cabeza proyecta la imagen de la mujer que veré, «de hoy no pasa». Aprieto el volante y le sumo velocidad a la marcha.

El ingreso al comando es más demorado que de costumbre, me desespera la demora, pero, después de veinte minutos, logro pasar. En el estacionamiento salgo del auto, dejando que Marie se ocupe del perro.

—Christopher —me dice Gema—, te estoy hablando y parece que no me estás oyendo.

—Los dos tenemos cosas que hacer. —No me detengo—. Luego te busco.

La ceremonia empezará dentro de media hora, el día está gris, el campo huele a césped recién cortado y hay varios uniformados preparándose para el evento. Con grandes zancadas, me muevo a la torre de los dormitorios femeninos.

Me detengo a revisar en cuál está. Hay una estructura organizacional para todo, y si se incorporó, ya ha de estar en las listas, «468». Parker subió la información en la mañana y corro escalera arriba.

Hallo la puerta al final del pasillo y toco cuatro veces, pero no me abre. «Cobarde». Con rabia, estrello los puños contra la madera cinco veces más.

—La teniente de esa alcoba ya salió, mi coronel —me avisa uno de los auxiliares.

La mandíbula me duele cuando la aprieto. «Paciencia, ya le llegará la maldita hora», pienso. Su imagen no sale de mi cabeza a la hora de devolverme a la torre, donde me cambio, abotono la chaqueta del uniforme de gala y busco el sitio donde esperan los demás. El patio está lleno de uniformados, los cuales portan el traje oficial que les permite relucir las medallas.

El centro religioso sigue en el proceso de «caridad». Se supone que todos los sacerdotes están haciendo beneficencia y no vuelven hasta mañana.

—Desayuno en High Garden. —Se me atraviesa Martha Lewis—. ¿Qué pretendes ahora, maldito? ¿Dañar al Consejo también?

—Basuras como tú no merecen mi tiempo. —La dejo hablando sola.

Continúo queriendo hallar lo que vine a buscar, siento que me pica el uniforme cuando no la veo.

Avanzo un par de metros más y… todo se me tensa cuando mis ojos captan a la mujer de cabello negro y ojos azules que, a lo lejos, se pasea entre la multitud. «Rachel». Camino en línea recta hacia ella atropellando a todo el que se me interpone. La rabia que traigo se me acumula en las células y siento que mi pulso se eleva en lo que acorto la distancia.

Está hablando con Parker y el pendejo con el que llegó, el último le palmea la espalda y no sé a dónde se va mi cordura.

—No hagas una escena, por favor. —Patrick me frena cuando se me atraviesa.

—Quítate. —Lo empujo y vuelve a atravesarse.

—¿Qué diablos te pasa? —musita—. ¿No ves la cantidad de soldados que hay? Hazte un favor y deja de actuar como un psicópata.

—Buenos días —habla Gauna en el micrófono—. Soldados, formen filas, la ceremonia empezará dentro de cinco minutos.

Todos se dispersan y contengo las ganas de partirle la cara a Patrick por entrometido.

—Coronel —me llama la mujer que contrató Alex—, venga, por favor. El ministro lo requiere.

El respirar no merma lo que me carcome, el escolta del ministro aparece de nuevo y me muevo a la parte trasera de la tarima. Ya dije que no va a pasar de hoy y al día le quedan muchas horas aún.

—¿Tienes claro el protocolo? —pregunta Alex cuando llego.

Lo único que tengo claro es la ira que me corroe. Quiero salir, echarla sobre mi hombro y decirle todo lo que se merece.

—Te estoy hablando, Christopher —me regaña Alex.

—¿Qué?

—Concéntrate. ¿Tienes todo claro? —Se enfurece—. ¿Qué te pasa?

—¿Quién es?

—¿Quién es quién? —Arruga las cejas.

—El hombre que entró al juicio con Rachel James.

—Stefan Gelcem. —Se acomoda el uniforme—. Un soldado estancado que estará en las tropas de Bratt. La hija de Rick quiso que lo trajera.

—Alex —lo llama Olimpia Muller, asustada—, ven un minuto, por favor.

Joset Lewis la respalda, al igual que Arthur Lyons, el presidente del Consejo. Se van a un sitio aparte queriendo que nadie escuche lo que sea que le tienen que decir.

Rachel

Las tropas se forman, las compañías se alinean y el campo abierto queda lleno de soldados. Parker está pasos más adelante y arruga las cejas con lo que le dice Simon en el oído cuando este se acerca. La expresión corporal del alemán cambia y el otro capitán se va.

—¡Todos firmes y alineados! —ordena Parker frente a mí y no sé si estoy paranoica, pero me es inevitable preguntar.

—¿Todo está en orden? —Hablo solo para los dos.

—El general del comando francés acaba de fallecer de un infarto fulminante —musita—. Formaba parte de la lista de los posibles candidatos.

Mi estómago se contrae, lo vi una que otra vez años atrás y creo haberlo visto ayer entre los presentes.

Parker da las órdenes finales, en este tipo de ceremonias el teniente se sitúa a la derecha de su superior. El capitán Thompson encabeza su compañía al lado de Gema Lancaster; Laila acompaña a Simon; Alexandra a Patrick y Angela a Bratt.

La noticia de Parker me echa los hombros hacia atrás y me genera cierta duda. Hoy los que son aptos y están preparados deben confirmar si desean o no entrar a la carrera electoral donde competirán por el puesto de ministro.

Los familiares invitados están en sus debidos asientos, el padre de Brenda tiene a Harry en brazos, la trompeta suena y todo el mundo se endereza cuando se da inicio a la ceremonia.

Olimpia Muller le hace frente al ejército, posándose frente al atril. Primero, en la tarima, se premiará a los de rangos más altos.

—Después de meses de contienda, hemos logrado una de las aprehensiones más importantes de la década. Faltan muchos más, puesto que el líder de la mafia no es la única preocupación con la que lidia el ejército, sin embargo, la captura de Antoni Mascherano nos hace sentir orgullosos y, por ello, hoy queremos premiar a los que contribuyeron a este triunfo. —Habla para todos—. Hoy se reconocerán los méritos de aquellos que le han hecho y seguirán haciéndole frente a la mafia y a todos los soldados que se han destacado en los últimos doce meses dentro del comando. Sin más que decir, empecemos.

Se aclara la garganta antes de continuar.

—El ejército de la Fuerza Especial Militar del FBI premia y galardona —declara— al general Roger Gauna por sus años de servicio en la Fuerza Especial, entrenando a combatientes y compartiendo su conocimiento con los soldados de rangos mayores y menores. Por ello, se le otorga la medalla al servicio y liderazgo.

Sube a la tarima, en medio de los aplausos que le dedican los familiares de los soldados presentes. El ministro le coloca la medalla y este dedica un par de palabras de agradecimiento frente el micrófono antes de irse, dejando que Olimpia tome la vocería de nuevo.

—La contienda con la mafia no ha sido fácil, ha sido un esfuerzo constante y hoy queremos reconocer la fortaleza e inteligencia del coronel Christopher Morgan, quien se ha mantenido firme ante las adversidades, enfrentando a uno de los grupos delincuenciales más peligrosos del momento. Ha consolidado a Londres como una de las ciudades más temidas por los delincuentes; ha dado uno de los golpes más grandes de la década al capturar al líder de la mafia, y, por ello, la Fuerza Especial Militar del FBI —la viceministra mira a Alex— le otorga la estrella de acero por la firmeza y el denuedo que ha tenido en el ejército.

Sube a la tarima. El cosquilleo que avasalla mi espina dorsal hace que me mueva y la piel se me eriza cuando mis ojos lo detallan desde lejos.

Pueda que no lo admire como persona, pero sí como coronel. Le da la mano a los miembros del Consejo a modo de saludo y se queda frente a Alex, quien, orgulloso, le coloca la medalla. Olimpia Muller le señala el micrófono y no sé por qué dejo de respirar cuando se acerca.

Alex se endereza sin perderlo de vista, Olimpia acomoda sus hombros, pasando saliva y todos se quedan en silencio.

—Esto lo tengo más que ganado, así que no tengo mucho que decir. —Pone las manos sobre la base de madera—. Solo quiero aprovechar este momento para confirmar mi participación en la carrera electoral que elegirá al próximo ministro de la Fuerza Militar Especial del FBI.

«Ministro». Mis nervios se disparan sin motivo alguno. Parker se mira con Simon, el coronel baja de la tarima y no hace más que demostrar que sigue siendo el mismo arrogante de siempre, ya que no se molesta en darle las gracias a nadie.

Anuncian la condecoración de capitanes, tenientes y sargentos del comando. El protocolo con estos no es en la tarima, es en campo abierto y sigue un mismo patrón: paso al frente, apretón de manos, entrega de medallas y agradecimiento con saludo militar.

Capitanes como Thompson deben abrirle paso a una nueva estrella, en cambio, yo no tengo ni una, dado que las que tenía las entregué el día que partí y, por ende, soy la única con el uniforme vacío. Alex, Olimpia, Gauna y Christopher hacen la entrega a las compañías militares más importantes.

Procuro concentrarme en otra cosa y omitir que estoy a nada de tenerlo frente a frente. Trato de olvidar el hecho de que por poco me matan por él y que, muy dentro de mí, tengo una chispa, la cual salta de aquí para allá sin saber dónde ubicarse.

El viento sopla con fuerza, trayendo el olor que me transporta años atrás, al camping en la selva de Brasil. La piel me arde recopilando lo que se sintió al tenerlo encima, moviéndose a lo bruto, aferrándose a mis muslos y lanzando estocadas llenas de auténtico placer.

Empiezo a perder la noción de la realidad, mi entorno se dispersa, cierro los ojos y trato de concentrarme, pero mi mente divaga en mundos desconocidos, en planetas donde no hay más que recuerdos. «No quiero tenerlo cerca», sin embargo, en menos de nada, cuando llega la hora de colocarle la medalla a Parker, lo tengo a un par de pasos.

Se mueven a mi puesto, Olimpia me sonríe, Alex se mantiene neutro y él… Me niego a encararlo, pero no puedo clavar los ojos en el piso.

—Un paso al frente, soldado —demanda.

Debo alzar el rostro para poder verlo a la cara y se yergue consiguiendo que su mirada se conecte a la mía. El corazón me brinca, la sangre me quema y mi cerebro envía un sinfín de órdenes sin sentido: «Bésalo, cógetelo».

—Coronel —Olimpia me saca del shock—, coloque las medallas, por favor.

Quedamos uno frente al otro, estáticos, en una batalla de miradas incómodas. Sé lo que tengo que hacer, pero me niego a dar el primer paso.

El camarógrafo tose y alza la cámara.

—Christopher —murmura Alex entre dientes.

Me extiende la mano y doy un paso al frente correspondiendo el saludo, elevando una plegaria de agradecimiento por traer las manos enguantadas.

—Medallas —pide.

Acercan una bandeja con mis medallas, las que conseguí desde que me incorporé.

—Teniente James, el ejército inglés le devuelve los logros y reconocimientos obtenidos a lo largo de su carrera —explica Olimpia—. Es un honor tenerla de vuelta en nuestras filas.

—Gracias. —Trato de no titubear.

—Coronel, proceda, por favor.

Paso saliva cuando acorta el espacio que nos separa, tomando mi primer logro.

—Perseverancia —pone la insignia en mi pecho y siento el peso de su mirada sobre mis labios—. Habilidades en combate.

Continúa con la siguiente, Estrategia militar, y con la de Fidelidad a la entidad y fortaleza.

—Gracias, mi coronel. —Le dedico un saludo militar.

—Faltó una —dice Alex.

Gauna se acerca con una bandeja aparte, no es una medalla de pecho, es de lazo, de las que se cuelgan en el cuello.

—Esta es por su valentía. —Alex se posa frente a mí.

Es una nueva y mi pecho se hincha… Me hubiera gustado que mi papá estuviera aquí.

—Sobrevivir, vengar a los caídos, mantenerse en pie, luchar, recuperarse y seguir firme es algo que solo hacen los valientes.

—Gracias, ministro. —Respiro hondo, queriendo que no se me quiebre la voz.

—Una foto, por favor —pide el fotógrafo, y me acomodo al lado del ministro.

—Coronel —llama al hijo.

Se ubica a mi derecha y no sé qué es más incómodo, si estar rodeada de los hombres más atractivos que he visto en mi vida o ver la pequeña cabeza que se asoma entre las filas: la de la novia de Christopher, para ser más exactos.

Disparan el flash y el coronel es el primero en apartarse.

—Continuemos —pide Olimpia, y siento que me quitan un peso de encima cuando se van y vuelvo a mi sitio.

Siguen con Simon y luego con Bratt, hasta que terminan con todos los merecedores de un mérito en la FEMF. La última medalla se entrega y Gauna ordena que nos coloquemos firmes cuando el ministro sube a la tarima.

—Una nueva carrera está por empezar, dentro de unos meses no seré yo el que les hable en el papel de máximo jerarca, dado que alguien más ocupará mi puesto y dicha persona será elegida por ustedes cuando llegue la hora de votar. —Habla para todos—. Me gustaría decir que podemos elegir tranquilos y con calma, pero no es así. Desafortunadamente, uno de los mejores generales de la FEMF acaba de morir a causa de un infarto. A los familiares y seres allegados, desde aquí, les damos nuestro más sentido pésame.

Pasea la vista por todos antes de proseguir.

—Dadas las condolencias, les pido a los soldados presentes que mantengan la guardia arriba, estamos investigando lo que sucedió en los tribunales, lo cual es algo delicado; sin embargo, queremos que tengan presente —continúa— que por nuestra parte, como altos mandatarios, trataremos de hacer todo lo que se requiera para conservar su bienestar y el de los civiles.

La ceremonia se cierra con un aplauso y el sonido de la trompeta da todo por concluido. Las filas se rompen y prefiero obviar la noticia de la postulación, buscando a mis colegas. En este tipo de eventos, nos dan un momento para interactuar con nuestros seres queridos.

—Medalla de lazo. —Luisa me abraza por detrás—. Estoy muy orgullosa de ti.

—Gracias. —Volteo—. No me lo esperaba, pero no niego que luce bien en mi cuello.

Presumo bromeando.

—Medalla por Inteligencia militar —presume Laila uniéndose al momento.

La saludo como se debe, ya que ayer no lo pudimos hacer.

—En la mañana, me avisaron que mi investigación sobre los hechos ocurridos está cerrada —nos avisa—. Se comprobó que en ningún momento quise ser cómplice de Antoni Mascherano.

Un peso menos, al igual, era algo obvio de lo que no se tenía que dudar.

Brenda llega con Alexandra y Luisa pide el abrazo grupal. Me alegra tenerlas de vuelta otra vez. Bratt llega con Simon, quien le muestra su medalla a la esposa.

—Más que merecida, teniente. —Bratt toma mi medalla—. La palabra «valiente» te queda pequeña.

—Gracias. —Detallo la suya.

—Habilidades en combate —lo felicito—. No pierde los talentos, capitán.

—Como tampoco pierdo el gusto por ti —empieza.

—Teniente James… —Agradezco la llegada de Trevor Scott e Irina Vargas.

Scott llegó junto con Luisa, Harry y yo de Phoenix. Vivíamos en el mismo vecindario. Saludo a mi amigo, quien se alegra al verme y me acerco a conocer al bebé de seis meses.

—Es precioso. —Le acaricio la cara—. ¿Estás en licencia de maternidad todavía?

—Es mi última semana —contesta Irina—. Me incorporo el lunes.

—¿Cómo está Margareth? —le pregunto a Scott por la hija que tiene con Laurens.

—Supongo que bien, no la he visto mucho últimamente.

Doy por hecho que es porque ha tenido mucho trabajo. Irina empieza a hablar del nombre del niño y Stefan se acerca, queriendo integrarse.

—Él es Stefan Gelcem. —Rodeo su espalda con mi brazo—. Stef, ellas son mis mejores amigas Laila, Brenda, Luisa y Alexandra. Él es el sargento Trevor Scott y su esposa Irina Vargas.

A Simon ya lo conoce y no sé cómo presentar a Bratt. Mis amigas le dan la mano y agradezco que el capitán se acerque a ofrecerle la suya.

—Ya nos presentaron esta mañana. —Respiro aliviada con lo que comenta el capitán—. Stefan Gelcem está en mis filas.

—¡Hola, hola! —saludan, por un lado—. Me ofende el que no me inviten a la celebración.

Volteo a ver a la persona que habla y es Gema Lancaster con la colega, prima, o no sé quién será la mujer que la acompaña, pero me repara de arriba abajo.

—Hola —saluda la hija de Marie—, no nos han presentado, soy Gema Lancaster, teniente de la Élite. Ella es mi amiga y sargento Lizbeth Molina, también hace parte de la manada.

Aprieto la mano de ambas, es... bonita, una trigueña de ojos almendrados y cabello oscuro.

—Déjame decirte que admiro cómo te repusiste del HACOC y todo eso —comenta—. Si no lo recuerdas, fui la que le disparé al hombre que te atacó ayer.

—Gema era una de los mejores soldados de Nueva York —secunda su amiga— y la mejor teniente de este comando.

—Gracias por lo de ayer...

—¡Ogro! —me corta cuando mira por encima de mi cabeza.

Todos se vuelven hacia la persona que se acerca y ella se apresura al puesto del coronel, quien la aparta antes de clavarme los ojos.

—¿Quién sigue? —se burla Simon—. ¿Antoni?

—¡Cállate! —lo regaña Luisa.

—Es broma. —Suelta a reír, consiguiendo que Luisa se vaya y tenga que irse tras ella.

—Me voy —se despide Bratt—. Mi tarde se arruinó.

Me recuerdo que ya pasó y no tiene caso darle importancia. Patrick lo acompaña con cara de exasperado y me saluda desde su sitio.

—¿Qué necesitan? —pregunta el coronel—. ¿Mesas y té para que pierdan el tiempo con comodidad?

—Ogro, estamos celebrando —replica Gema—. Únete.

Se inclina a besarlo, pero este la rechaza mirándome con rabia.

—El coronel Christopher Morgan. —Stefan se le acerca nervioso—. Es un honor conocerlo, señor.

Se limpia la palma de la mano antes de extenderla.

—Soy Stefan Gelcem —se presenta—, el nuevo soldado transferido desde París.

Se gana la ignorada del siglo cuando Christopher saca su lado engreído y lo deja con la mano estirada.

—Yo soy el capitán Patrick Linguini —Patrick corresponde el saludo—. Bienvenido al comando.

—Disculpa al coronel. —Tomo a Stefan del hombro para que se aleje—. No sabe mucho de modales.

—¿Es tu novio? —Da un paso adelante.

—¿Alguien quiere ir a almorzar? —interviene Patrick.

—Te hice una pregunta —me encara—. Tienes el valor de defenderlo, pero no tienes el valor de responder lo que te pregunté.

—¡Chris! —Su novia intenta calmarlo.

Stefan cambia el peso del cuerpo de un pie a otro y yo quiero que la tierra me trague.

—Vámonos. —Gema lo toma del brazo.

Se zafa del agarre de la chica y acorta el espacio que nos separa.

—Hay cosas que no son de su incumbencia, coronel.

—Vamos a hablar. —Me toma del brazo y siento que me quema.

—No. —Me zafo.

—No tengo problema en soltar todo aquí.

A Stefan se le quieren salir los ojos y a Gema le tiembla la barbilla.

—A mi oficina, ¡ya! —se impone—. Es una orden.

Me da la espalda y se encamina al edificio administrativo. No soy capaz de mirar a Stefan, ni a la novia, y no sé qué odio más si su prepotencia o el hecho de que siga siendo mi superior y, por ende, tenga que obedecerlo.

Avanzo tras él. Desobedecer su orden me acarrearía una sanción. Me provoca patearle el culo por idiota.

Nunca se está preparado para hombres como él: seguros, cargados de ego y sin ningún tipo de ganas de perder. Es la clase de hombre que no sabe que lo que no te mata te hace más fuerte, más dura y más mala. No ha cambiado nada, pero, para su mala suerte, yo no soy la misma de antes, dado que las llamas no solo queman, también te quitan la sensibilidad cuando ardes demasiado.

Fue mi punto de quiebre una vez, pero ya no, esta vez no voy a tolerar sus ofensas, ni sus delirios de grandeza.

Entro al edificio administrativo, lo sigo a través del pasillo de la tercera planta y, estando cerca de la puerta, se vuelve hacia mí, tirando de mi brazo. Me adentra en la oficina y estrella la puerta con fuerza antes de encararme.

—Dos años y sigues siendo una cobarde —habla a milímetros de mi boca—. Esta medalla te sobra en el uniforme.

Me arranca la medalla que me dio Alex, el cuello me arde tanto como los ojos y parpadeo, echando los hombros hacia atrás.

—Tampoco me alegra verte, Christopher. —Trato de serenarme, no quiero estamparle la cara contra el escritorio.

—Entonces, ¿qué haces aquí?

—Pregúntale a tu padre. —Me encojo de hombros—. Él fue el que me trajo de vuelta.

—¿Y no sabes decir no?

—¿Crees que quería venir? La respuesta es no, pedí otro comando, no me lo dieron y, como el soldado que soy, tuve que obedecer.

—O sea, que te obligaron —espeta con ironía—. Qué pena.

—Dices que no sabes quién soy, pero por dentro te ardes al tenerme de frente —me sincero—. Pensé que estaba muerta para ti, así que no entiendo cuáles son las ganas de joder.

—Estuviste muerta para mí.

—Quiero seguir estándolo.

—¡Eres tan absurda! —me vuelve a encarar.

—¿Tanto te dolió? —Busco sus ojos—. Creo que sí. Mi partida fue un disparo a tu ego y te dolió saber que estaba aquí —le entierro el dedo en el pecho—, porque no podrías tenerme para hacer lo que se te diera la gana y es lo que te molesta ahora: verme y recordar que fui la primera en decirte no.

Se acerca más y echo la cabeza hacia atrás, no quiero que me bese.

—Te fuiste, pero tuve mil mujeres más para reemplazarte. —Su aliento se funde con el mío—. Y no sentí dolor de nada, porque no soy de los que se deja llevar por la pena. Yo avanzo, evoluciono y me mantengo invicto. Además, no sé de qué te sirve decirme una vez no, si regresaste a decirme mil veces sí.

Intento alejarme, pero me toma del brazo impidiendo mi huida.

—Le dolió a Bratt, le dolió a Antoni y le dolerá al pelele que vino contigo —continúa—, pero a mí no. No intentes invertir el papel conmigo, porque sabes lo que soy y lo que seré.

—Cenizas.

—El hombre que amas —me suelta.

Es tan ridículo y a la vez tan pendejo.

—No se tropieza dos veces con la misma piedra.

—Sí, si te encariñas con ella.

—Yo no me encariñé contigo —le aclaro—; de hecho, no hay un solo día en el que no me arrepienta de lo que pasó.

—Yo no.

—No sientes arrepentimiento porque eres un hijo de puta que disfruta lastimando a todo el mundo. —Me saca de mis casillas—. Y gracias a lo que eres, aniquilé lo que alguna vez sentí por ti. Estando lejos, me recordé una y otra vez que no vale la pena perder el tiempo y derramar lágrimas con personas como tú.

—¿Busco una silla? —increpa—. Tus mentiras empiezan a cansarme.

Ahora soy yo la que lo encaro.

—Si pudiera volver el tiempo atrás, hubiese valorado más lo que tenía con Bratt —le suelto— por una sencilla razón y es que siempre será mil veces mejor que tú.

—Claro, por eso te enamoraste de mí estando con él —repone—. Aprecio el discurso de valentía, lástima que se quede solo en palabras y nunca llegue a los hechos.

—No tiene caso seguir perdiendo el tiempo contigo. —Me alejo—. Puedes decir lo que quieras, con que yo me lo crea es suficiente.

—Ese es el problema —habla cuando pongo la mano en la perilla—, que tú tampoco te lo crees.

—Jódete.

Salgo y la puerta colisiona contra el marco cuando la vuelve a estrellar. No quiero estar cerca del aire que respira, así que me apresuro al ascensor, al que entro. Respiro hondo y el pecho me da un salto cuando, de la nada, meten la mano para que las puertas no se cierren.

—Buenas tardes —saluda el soldado que entra—, soy Tyler Cook.

Se presenta y le doy la mano, creo que es quien se fue sobre Christopher en el atentado. No estoy muy segura, ya que todo pasó muy rápido.

—Ayer salvé la vida del coronel —me dice.

—Felicidades.

—Gracias —contesta.

Llegamos a la primera planta, siento que las prendas del uniforme me pesan y busco la manera de absorber aire fresco.

—¡Teniente James! —me llama Laurens cuando salgo.

Se acerca con la niña que me agacho a saludar, es linda, tiene el mismo cabello de la madre.

—Me alegra que esté de vuelta —me dice la secretaria, y trato de hablar, sin embargo, los ladridos del perro que se acerca me hacen voltear.

—¡Zeus! —lo llama Gema, pero no la obedece, este se viene sobre mí y se para en dos patas lamiéndome la cara. La hija de Laurens suelta a llorar y noto a las mujeres que me observan a un par de pasos.

«Lizbeth Molina, Marie y Gema Lancaster».

—Perro loco —le acaricio el pelaje—, me asustaste.

Lo bajo y para las orejas ladrando sin cesar a quienes se acercan.

—¡Perdón! —se disculpa Gema—. A mamá se le soltó la correa.

Trato de frenar el alboroto acariciando al perro y queriendo que la hija de Laurens deje de llorar. Zeus se va al piso y froto su panza, demostrando que no hace nada.

—¿Es el día de perder el tiempo? —Christopher sale del edificio y vuelvo arriba.

—Te estábamos esperando. —Se le acerca Gema.

—No necesito que nadie me espere. Quiero que se pongan a trabajar —mira a Laurens—, en especial tú.

—Sí, señor. —La secretaria se va.

—Marie, vete a casa —exige, y me atropella cuando pasa por mi lado—. Y llévate al perro, no quiero que lo vuelvan a vomitar.

«Hijo de puta».

23

Imitaciones baratas

Rachel

Mis hombros se alzan cuando respiro, absorbiendo la larga bocanada de aire, la paciencia es una virtud y aquí hay que hacer uso de ella. Laurens se devuelve por el zapato que se le cayó a la niña, mientras que Marie Lancaster se aleja con el perro y con la hija, quien se disculpa por el ataque repentino.

—La señorita Gema es muy dulce —me dice la secretaria.

—Sí.

Un uniformado nos interrumpe y me dedica el debido saludo antes de hablar.

—Mi teniente, el capitán Parker me manda a avisar de que debe ponerse en sus labores —informa—. El coronel ordenó acortar el descanso y retomar las actividades.

—Perdona —me disculpo con Laurens.

—Descuide, yo también tengo que trabajar.

Me despido de la niña y me apresuro a la cámara de evidencia, donde se recibe y se resguarda el material confiscado. El soldado me deja en la entrada, abre la puerta antes de irse y me adentro en el sitio vacío.

El lugar es un espacio amplio, gris, de ventanas pequeñas y con grandes mesones en el centro. Hay una Sig Sauer en la base de análisis, la reparo sin tocarla y me coloco los guantes de goma que debemos usar por obligación.

Mi subconsciente me recuerda que tengo que hablar con Stefan; me apena la cara que puso… Christopher es tan hijo de puta que provoca patearle las pelotas. Me acerco al arma queriendo evaluarla, pero al tocar el gatillo el pecho me salta cuando esta se dispara y revienta la cabeza de la estructura metálica con la que medimos la magnitud de los proyectiles.

Aparto la mano cuando la viceministra entra, seguida de Parker.

—Arsenal ruso —me dice Olimpia—. Se le incautó a un miembro de la mafia búlgara y, como acabas de ver, son armas bastante violentas. Los tenemos en la mira. Antoni está preso, pero Ilenko Romanov no, y me preocupa mucho lo que hemos incautado.

—¿Hay pistas de él?

—No todavía, acercarse a él es difícil y aún no hallamos la manera —contesta Parker—. Hasta la fecha, no hay indicios de que se haya reunido con la pirámide, pero en cualquier momento lo hará. Mientras lo hace, debemos quebrar la ruta religiosa que usan los cabecillas para mover mujeres, dinero, armas, opio y otras drogas. Es una herramienta que les tenemos que quitar lo antes posible.

De un cajón saca las fotos de lo que se halló y en el portátil busca todo lo relacionado con el operativo; a continuación, lo imprime todo y arma la carpeta que me entrega.

—Necesitamos agentes encubiertos en la iglesia, la mafia tiene gente trabajando para ellos y debemos saber quiénes son —explica—. Ya se determinó el rol en el que estarás.

Me pasan la carpeta con la información indispensable que debo saber. «Alina Burger»: neoyorquina voluntaria que colabora en todo lo que se requiera, estaré entrando y saliendo en lo que me alterno con otros compañeros.

El centro necesita manos que ayuden y, por ello, reciben mujeres y hombres dispuestos a hacerlo sin ningún tipo de retribución a cambio.

—Este operativo debe ser exitoso. —Llega Alex—. Cuantos más honores sume Christopher, más le benefician a su campaña. Los otros candidatos también tienen operativos en proceso y usarán la misma estrategia; con ella sumarán victorias a su currículum.

Paso las hojas. Christopher, como ministro me da cierta zozobra, no sé por qué.

—Estúdialo todo —me pide Parker—. Entrarás al centro mañana temprano.

—Como ordene, mi capitán.

—Rachel —me llama el ministro a un par de pasos de la puerta—, quiero que te concentres y pongas tu mejor empeño en la labor, es necesario, ya que los problemas no pueden volverse más grandes de lo que ya son.

—Entiendo, señor —le digo—. Ya mismo me pongo en ello.

Me encamino a la sala de tenientes y, estando afuera, reviso si me ha llegado un mensaje de Stefan. No hay nada, lo llamo y tiene el móvil apagado. Si está enojado, es con justa razón.

Subo a la planta que me corresponde y saludo a los colegas que están trabajando. El puesto que ocupé años atrás está vacío, así que tomo asiento en él. Quiero hablar con Stefan, mas no puedo dejar el trabajo de lado, ya que debo estudiar el perfil que voy a desempeñar. No puedo entrar al centro religioso sin saber nada.

Dejo el teléfono sobre la mesa por si llama. El cuello me arde por el tirón de la medalla y la rabia emerge de nuevo cuando recuerdo al animal que me la quitó y los labios que estuvieron a centímetros de mi boca.

Los vellos se me ponen de punta y me obligo a rememorar la promesa que le hice a mi madre. Abro la carpeta y empiezo a leer el informe que acaparará tres horas de mi tiempo.

—De nuevo en el juego —comentan, y levanto la vista.

Es Angela quien entra con Meredith Lyons y un sacerdote —doy por hecho que es el padre Santiago—. Me pongo en pie, le tiendo la mano a la teniente, que me la estrecha y lleva contra ella con un abrazo rápido.

Es grato verla después de tanto tiempo.

—Estás hermosa —declara—. Te sentó bien recorrer el mundo.

—Tú también, te ves muy bien. —No dudo de sus palabras, siempre ha sido muy amable conmigo.

—¿Alguna visita al quirófano? —musita solo para las dos.

—No todavía —susurro.

Meredith se cruza de brazos y la alemana me presenta al sacerdote.

—Bratt cree que sería útil que lo interrogues para que tengas el operativo más claro —me informa, e invito al hombre a tomar asiento.

—Es Santiago Lombardi, el sacerdote que denunció lo que estaba sucediendo —me explica Angela—. Estaba como misionero en Costa de Marfil, llevaba más de diez años allí.

—Es un gusto conocerla —afirma.

De uno de los cajones, saco la libreta donde escribo la información que me da e indago sobre todo lo que tengo que saber, pidiendo detalles precisos. Stefan no se contacta y eso me genera cierta angustia.

La tarde se va, tomando nota de todo lo que considero relevante.

—Espero que mi información sea de ayuda —me dice el sacerdote cuando acabamos—. Si necesita algo, no dude en llamarme.

Es un hombre apuesto, mide casi uno noventa, acuerpado, cabello negro y ojos claros. Entiendo por qué le dieron el papel al coronel.

—Voy a la ciudad, no sé si quiere que la lleve, ya que no tiene auto. —Aparece Alan y la propuesta me viene como anillo al dedo, puesto que al día siguiente debo acudir temprano al punto y lo mejor es que esté ya en la ciudad.

—Los acompaño al estacionamiento —sugiere Angela en lo que el religioso se levanta—. Debo llevar al padre al sitio donde se está hospedando.

El hombre recoge sus cosas, Meredith se ofrece a ayudarlo con lo que trae y yo tomo la chaqueta que se nos da para camuflar el uniforme. Alan me entrega las primeras piezas que requiero para trabajar.

La amargura de la pelirroja es más que palpable cuando salimos. Reviso la hora y miro el móvil, el cual sigue sin mostrar novedades sobre Stefan.

—¿Sabes algo de Gelcem? —le pregunto a Angela.

—Patrick se ofreció a acercarlo a su casa; lo llevaré a hacer trabajo de inteligencia mañana y lo mandé a familiarizarse con la ciudad.

Le comento su caso en lo que caminamos al estacionamiento.

—Sería bueno que le dieran participación con el fin de que mejore sus habilidades —sugiero—. Si puedes ayudarme con eso, lo agradecería.

—Lo tendré en cuenta.

Alan se adelanta al auto y yo me despido del sacerdote, quien aborda el vehículo de la teniente Klein. Antes de subirse, el padre me da un par de sugerencias más. Meredith no se va, se queda mirando lo que hago. Siento que tiene algo que decirme.

Angela arranca y le hago frente para que suelte lo que tiene que decir.

—Llevo meses tratando de reparar el daño que le hiciste a Bratt —empieza— y ahora te apareces como si nada, siendo la valiente, la guapa y queriendo ser el ombligo del mundo otra vez.

—No quiero ser el ombligo del mundo y, como ya se lo aclaré a alguien, volví porque me lo ordenaron —esclarezco—. Nadie te va a quitar lo que tienes con Bratt, así que disfrútalo y hazlo feliz, que se lo merece.

Da dos pasos hacia mí cuando busco la manera de irme.

—No te creo, porque no eres más que una… —Omite la palabra que sé que iba a soltar—. Te las das de buena, de víctima, para que todos quieran socorrerte. No tienes nada que hacer aquí, lo más sensato que puedes hacer es irte, ya que Bratt está conmigo y Christopher Morgan con Lancaster.

—¿Qué te hace creer que estoy aquí por ellos? —replico—. No me interesa con quién está cada uno. A Bratt lo quise y le deseo lo mejor. Si le hace bien estar contigo, por mí no hay problema; y lo mismo le deseo al coronel porque, a pesar de que fue uno de los peores errores que pude cometer, espero que le vaya bien en la vida. Así que despreocúpate, que vine a trabajar, no a quitarte lo que crees que es tuyo.

—Es mío.

—Si estás tan segura, no tendría por qué atormentarte mi regreso. —La dejo.

Sus inseguridades no son mi culpa, vine por paz y no es algo que estoy teniendo por culpa de los que piensan que estoy aquí para arruinarles la vida.

Abordo el auto de Alan, a quien le agradezco que no diga nada durante el camino. Ayer tuve un día agitado y hoy también. No me apetece pensar en lo del tribunal, ni en lo de la medalla, así que llamo a mi casa, queriendo saber cómo están todos.

Mi papá ya sabe lo que pasó en el juicio y, cuando hablo con mi mamá, no entro en muchos detalles, simplemente le digo que me sacaron mucho antes del caos. Me recuerda que aún estoy a tiempo de volver y prometo estar en contacto.

Le doy las gracias a Alan cuando me deja en la entrada de mi edificio, saludo al portero y subo a mi piso, donde el olor a comida se siente desde el pasillo. Mi apetito se despierta cuando abro la puerta, hallo la mesa decorada con un mantel blanco, un ramo de calas en el centro y dos copas de vino.

—La teniente Klein me dijo que probablemente vendrías a dormir esta noche. —Stefan sale de la cocina—. Por suerte, no se equivocó.

Me ofrece una silla y dejo lo que traigo en el sofá antes de tomar asiento. No doy con las palabras para disculparme, ni para explicarle el incómodo momento que evidenció.

Trae los platos y el ambiente lo siento raro; él está serio y no sonríe.

—Te llamé y me saltó el buzón de mensajes.

—Olvidé cargar el móvil. —Se acomoda frente a mí—. Lo encendí hace unos minutos y encontré tus mensajes.

Muevo el tenedor en la pasta hindú, que se ve deliciosa.

—Tomé dinero de la reserva de emergencias y fui al supermercado.

—Fue una buena idea, ya extrañaba tu comida.

Es poco lo que habla durante la cena, sin ahondar en detalles, me comenta lo mucho que le gusta el comando y lo bien que se siente en la tropa de Bratt.

—Por lo que he notado, hay bastante compañerismo en la central. —Le da un sorbo al vino—. El capitán Lewis estuvo serio, sin embargo, me dio la bienvenida como uno más.

—Bratt es un excelente capitán —comento—. Aprovecha a Angela, es muy buena en su labor.

—Lo sé.

Me acabo la copa de vino y me levanto a retirar los platos cuando la comida se termina. Se rehúsa a que le ayude, pero insisto, lo malo de conocer la calidez de una persona es que luego te resulta extraño verlo frío.

Lo observo mientras acomoda los platos en el lavavajillas.

¿Y si sabe que Christopher fue mi amante?

El hecho me encoge cuando hace todo en silencio, como si no estuviera aquí.

—¿Hay algo que quieras decirme? —Me acerco—. Siento que no eres tú.

—Siempre soy yo, solo que supongo que estás cansada y no quiero incomodarte hablándote de mi día.

Tomo su cintura y lo volteo para que me mire. En verdad me gusta y su cercanía es lo que necesito para dejar de pensar en tonterías.

—No me molesta que me hables de tu día. —Intento besarlo, pero aparta la cara cuando acerco mi boca a sus labios.

—Lo siento —me aleja—, pero necesito saber si es él.

Sabía que Christopher sería un problema.

—Angel, no soy quién para juzgarte, sin embargo, necesito saber si es él la persona de la que me hablaste.

Doy un paso atrás, este tipo de momentos se hubiese podido evitar si el coronel se hubiese aguantado las ganas de joder.

—Aunque parezca absurdo, estoy celoso. Una cosa es competir con el capitán y otra es competir con alguien como Christopher Morgan.

—Te dije que no sentía nada por la persona con la que me equivoqué —mi subconsciente me recrimina la mentira—, y el coronel es un ser cualquiera, no tienes por qué hacerte sentir menos.

—Necesito salir de la duda… ¿Sí? —Toma mis manos—. ¿Es él?

Siento su miedo y las verdades se me atascan en la garganta. Si le digo que no, volveré a la maraña de mentiras, y si le digo que sí, le dejaré la confianza por el suelo.

A nivel personal, es mil veces mejor que Christopher, puedo recordárselo y decírselo, pero eso no quita que se sienta inferior. Hasta yo me siento menos que él, en ocasiones.

Christopher es de esas personas que impacta a primera, segunda y tercera vista; de esa gente que no importa cuántas veces la veas, siempre impresionan y no precisamente por la manera de ser, sino por el porte, el atractivo y ese puto *sex-appeal* que hace sentir a muchos como leprosos andrajosos.

—No —musito—. No es él.

Relaja los hombros y me siento mal. El cinismo me asquea, quería dejar las mentiras atrás, pero, heme aquí, sin poder mantener la promesa.

—Debo parecer un idiota. —Se pasa la mano por la cara—. Los vi tan enojados que pensé que tenían algo. Sé que tiene un carácter fuerte, pero no creí que fuera tan grosero.

—Es así con todo el mundo.

—Aun así, ¿por qué te trató mal?

—Es así con todo el mundo —insisto—, nadie le cae bien, así que acostúmbrate a sus patanerías y cambios de humor, porque las verás a menudo.

A él le encanta joder. —Pienso rápido—. Se enojó porque no le informaron sobre mi llegada, le molesta que pasen por encima de él, que no lo tengan en cuenta y Alex lo hizo cuando acabó con el exilio.

—Lástima que una persona tan talentosa se comporte de esa manera.

—Tiene todo, el mundo le vale mierda y vive pisoteando a todo el que se le atraviesa porque es un animal sin educación. —En una copa me sirvo el vino que quedó en la botella—. Ve conociéndolo.

—Lo siento si te hice sentir mal. —Me toma de la cintura.

Escondo la cara en su cuello; en verdad, es incómodo mentirle.

—No importa. —Me bebo lo que me serví.

—Es que es muy raro… Estaba tan lleno de veneno que la mayoría se quedó murmurando.

—La mayoría de los soldados pensaban que estaba muerta y él siempre sorprende con sus majaderías. Aparte de eso, siempre habrá gente murmurando e inventando cosas. —Le tomo la cara entre las manos—. Prométeme que no creerás nada de lo que digan por ahí, quiero que te concentres en lo que te asignen.

Me importa y me siento mal al mentirle, pero necesito que se centre en lo importante, ya que es crucial para su futuro.

—Supuse que era el mejor amigo del capitán y resulta que se detestan.

—Cortemos el tema, ¿vale? —Me muevo a la sala—. No quiero desperdiciar mi noche hablando de Christopher Morgan.

Me dejo caer en el sofá y él se acomoda a mi lado.

—Vale. —Me abraza—. No arruinemos la noche.

Vuelvo a sentirme como años atrás, con sentimientos encontrados y con ganas de irme a vivir a Tombuctú.

—¿La oferta del beso caducó?

Me sonríe y no lo pienso, actúo tomando su boca, haciendo acopio de los buenos momentos que me ha brindado. Nuestros labios se tocan, nuestros dedos se entrelazan y su dulzura aligera la carga cuando me besa.

«Stefan», me imagino un futuro con él, me veo bien, tranquila y sin preocupaciones.

Trato de perpetuar la imagen, pero lo que imagino vuelve a romperse cuando Christopher aparece. Él y yo en Cadin, mi cuerpo erizándose con la urgencia que tenía por arrancarme la ropa, mis neuronas prendiéndose con la pericia de su lengua.

Mis labios arden, trayendo las sensaciones que desataron sus besos agresivos, y la boca se me seca al recordar lo mucho que me gustaron las embestidas. La mente me juega sucio y, de un momento a otro, veo la cara que…

—¿Estás bien? —me pregunta Stefan y no sé en qué momento dejé de moverme.

Parpadeo y sacudo la cabeza volviendo a la realidad.

—Estás sudando. —Me coloca la mano en la frente—. Traeré agua.

—No. —Me pongo en pie.

Creo que el karma me está jodiendo por mentirosa.

—Lo mejor es que me vaya a descansar, mañana debo levantarme temprano.

—¿Seguro que estás bien? —Sujeta mi mano—. Te siento tensa.

—El tema de la mafia me preocupa mucho, me comentaron detalles que Angela te dará en su debido momento. —Le doy un beso rápido—. Trata de dormir tú también: las jornadas de trabajo que se aproximan serán muy largas.

—Quería brindar contigo por la medalla obtenida.

«Si supiera que ya me quitaron la maldita medalla».

—Luego lo hacemos. —Me alejo—. Descansa.

Busco mi alcoba, Christopher se perpetúa en mi cabeza y eso me asusta, ya que la cordura es algo que quiero mantener. Me quito las botas y hago lo mismo con la camisa; el viento frío me acaricia la espalda y recuerdo que dejé la puerta abierta.

El intento de cerrarla queda a medias cuando veo a Stefan bajo el umbral, de nuevo me quedo sin saber qué decir, tampoco me molesto en cubrirme y no sé si es porque me gusta más de lo que creo o porque mi cuerpo pide a gritos que lo admiren y lo toquen.

—Sé que quieres ir poco a poco —se acerca—, que quieres organizar tu vida, conocerme y no tomar las cosas a la ligera —suspira—, pero te veo y se me dificulta mantenerme lejos cuando lo único que quiero es tomarte de la mano y perderme dentro de tu cuerpo.

Despacio, desliza las tiras de mi sostén antes de dejar un beso sobre mi hombro.

—En serio me gustas y no quiero arruinarlo…

—No vas a arruinar nada, Angel. Ya estoy loco por ti.

El momento sería perfecto si no estuviera pensando en otro.

Hace calor y mi cuerpo pide atención, así que cierro los ojos cuando me besa. Christopher avasalla mi cabeza y me rehúso a que dañe esto. «Un clavo saca otro clavo», una parte se está aferrando a lo que ya pasó y lo que tengo que hacer es reemplazar los recuerdos con quien me gusta ahora.

Debo darle a mi cuerpo lo que necesita para borrarlo. En medio de besos, caigo en la cama con Stefan, mi sistema reacciona con las caricias que me da, paseando las manos por mis muslos. Me quita la falda, se saca la ropa y vuelve a mí, recorriendo la curva de mis caderas.

—Me robas el aliento cada vez que te veo —me dice, y mantengo los ojos cerrados absorbiendo sus palabras—. En la condecoración, verte reluciendo lo fuerte que eres me dejó sin habla.

El beso caliente que nos une se alarga y su pelvis se contonea sobre mí, consiguiendo que su erección roce mi sexo.

—No olvides el… —No termino la frase, sabe de lo que hablo.

Se aparta a buscar la billetera y la mala cara que pone me dice que no tiene preservativo.

—Soy el hombre con más mala suerte en el planeta. —Arroja el pantalón.

Suelto a reír, somos un par de seres desafortunados. Me meto bajo las sábanas y le abro espacio para que venga.

—Prometo comprar una caja mañana temprano.

—No estaré mañana temprano. —Lo beso dejando que acaricie mis piernas.

—No tengo nada de lo que debas asustarte o preocuparte —confiesa.

—Lo sé. —Dejo que pasee la boca por mi cuello—. Confío en ti, pero no hay que tomar riesgos.

—¿Por qué no? Me sentiría el hombre más afortunado del planeta si formamos una familia. —Muerde mi hombro—. Maya Gelcem James… Me gusta cómo suena.

Se ríe y acaricio su cara.

—Maya es un nombre muy lindo, pero ya tiene catorce hijos, soldado.

Masajeo el miembro que tomo y lo masturbo de una forma suave; la dureza me grita que lo necesita y, por ello, lo ayudo. La mano se me cansa y me tomo un par de segundos antes de retomar la tarea, sacudiéndola sobre su polla hasta que siento su tibieza sobre mi palma.

Sus labios se unen a los míos en un beso de buenas noches, mi cabeza queda a milímetros de la suya y me niego a pensar en otra cosa que no sea él en lo que queda de la noche.

La inquietud me despierta varias veces a lo largo de la noche y mantengo los ojos cerrados cuando Stefan se levanta a la mañana siguiente: suele preocuparse demasiado y no quiero que crea que no descansé. A los pocos minutos, el despertador me obliga a salir de la cama.

Lo primero que hago es buscar las pertenencias que necesito antes de meterme a la ducha, las prendas para el operativo son cero llamativas: falda larga, camisa gris y zapatos sencillos.

Cubro con una venda las golondrinas que tengo en la muñeca. El maquillaje queda de lado, el cabello me lo recojo con una trenza sencilla y busco lo que necesito en mi mesilla de noche.

Stefan está terminando de preparar el desayuno cuando salgo, como con él, explicándole lo que le comenté a Angela y le alegra saber que le dará una mano. El teléfono de la recepción timbra y doy por hecho que es Parker.

—Suerte con todo —me dice.

—Mi auto está en el garaje. —Le doy las llaves que toma—. Úsalo si lo necesitas.

Le doy un beso rápido, ya que Angela no tardará en venir por él. Me coloco el abrigo por encima de la ropa y bajo a abordar la camioneta de mi capitán, quien me pide que le suelte la información que sí o sí debo saber.

—Ten presente el nombre de la persona que te recomienda, Marianne Lacaoture (Meredith) —puntualiza.

Dejé mi móvil personal en casa y él me entrega uno sencillo.

—¿Todos están al tanto del papel que tendré?

—La mayoría… No he tenido tiempo de avisar a todos.

—¿El coronel lo sabe? —suelto la pregunta sin rodeos, no quiero otro discurso de odio por aparecer sin previo aviso.

—Sabe que más gente se incorporará al operativo.

—Pero no sabe que soy yo. —Se detiene frente a la estación—. Parker, no quiero exponerme… Sabes cómo es.

—Claro que lo sabe, el ministro le informó y todo está bajo control. —Me entrega una mochila con todo lo que necesito.

Me deja claro que puedo contactarlo cada vez que lo necesite y bajo del auto.

Meredith Lyons me está esperando en la estación de tren, no quita la mala cara y es lo que menos me importa, puesto que siento que no todo está bajo control, como aseguró Parker.

24

Tentaciones divinas

Rachel

La iglesia Our Lord tiene un aire gótico y *vintage*. Las puntas metálicas se pierden en las nubes, la estructura es de ladrillo rústico y la institución abarca toda una cuadra. Hay un montón de feligreses esperando a que se abran las puertas.

Sigo a Meredith, quien rodea el centro. El ambiente cambia cuando nos adentramos por la puerta del jardín. Sigue sin hablarme y, por mi parte, tampoco me molesto en hacerlo. No volví a lidiar con las tonterías de otro.

Entiendo a qué se refieren cuando se dice que el sitio necesita manos voluntarias: el jardín está descuidado y a la estructura interna le falta pintura; las fuentes piden a gritos que las limpien y el suelo de piedra, que le quiten el moho que tiene pegado. Asimismo, a los juegos infantiles les falta pintura, al igual que a las macetas, las barandas y los balcones.

—Madre —saluda Meredith cuando llegamos al sitio donde espera una mujer de avanzada edad—. Ella es Alina, la amiga voluntaria que le había comentado.

Le estrecho la mano y la monja se coloca los lentes.

—Ven conmigo, te mostraré lo que hay que hacer y en lo que puedes ayudar. —La sigo—. Marianne ya tuvo que comentarte.

—Sí.

En lo que camino, trato de familiarizarme con el perímetro.

—Tenemos alcohólicos, personas sin hogar que necesitan comida, huérfanos que requieren atención, hay ropa para donar que remendar, una escuela escasa de personal —me explica—. En conclusión, hay mucho que hacer.

—No es problema para mí, colaboraré en lo que sea que se necesite.

Me presenta a los pocos voluntarios que nos encontramos en el camino. Pasada una hora se fija en el reloj y le entra el afán.

—Llegaremos tarde a la misa —me apura—. Síganme por acá.

Nos movemos al sitio trotando, por no decir que corriendo. Entro por una de las puertas internas y me siento en las primeras filas con los otros voluntarios. Las personas ya se están acomodando.

La iglesia es hermosa, candelabros de oro cuelgan en las paredes, el techo está decorado con querubines, pinturas e imágenes parecidas a los ángeles de Miguel Ángel. Las bancas son de madera pulida y el piso está cubierto por azulejos con dibujos geométricos en tonos marrones.

La alta alcurnia ocupa sus asientos, doy un repaso rápido por el lugar y reconozco a Brenda entre los presentes, doy por hecho que está haciendo trabajo de inteligencia. Se supone que nos estaremos alternando en múltiples modos con el fin de no levantar sospechas.

—El padre Santiago es un enviado de Dios —comenta el sujeto a mi lado—. Triplicó el número de feligreses.

—Como Jesús multiplicó los peces —contesta otro—. Puede que estemos ante un milagro divino.

Los coros parroquiales se hacen presentes, las personas se ponen de pie y yo sigo observando.

—¡Llegó! —exclaman atrás.

Debo apretar la mandíbula para que no se me descuelgue cuando mis ojos no creen lo que ven.

Christopher entra con una túnica blanca, bordada con hilos rojos y dorados. «¡Jesús bendito!». Tenso los muslos con el cosquilleo repentino que surge en mi entrepierna, se ve tan... tan... tan... provocador.

Tiene el cabello peinado hacia atrás y la tela cae por su cuerpo como si fuera algún ser de otro planeta. «Milagro divino. No, pecado andante», me recuerda mi cabeza.

Llega al altar, se arrodilla ante la cruz en un gesto de sumo respeto y, cuando se levanta, un monaguillo le ofrece una bandeja con la estola. La toma, la besa y se la pone sobre la túnica.

Me pregunto si los Morgan tienen algún tipo de fuente que los dota de belleza masculina, ya que son tan físicamente perfectos...

Mira al público y sonríe de forma gloriosa, la luz se filtra por el mosaico de los querubines, iluminando su rostro, como si se preparara para alguna sesión de fotos. El pecho me brinca y no sé si estoy loca, pero me atrevería a jurar que estoy escuchando el coro de los ángeles.

Bajo la mirada a mis zapatos, temo que lo que tengo pueda delatarme, ni estando ebria llegué a creer que podría verlo así. A lo mejor, no me he despertado y estoy soñando todavía.

—Que el Señor esté con vosotros —saluda, y no me cabe en la cabeza que en verdad le crean el papel de sacerdote.

Con un físico así, no se puede ser cura, ni santo… Joder, ni siquiera se puede entrar a una iglesia. Christopher es sinónimo de lujuria. ¿Quién no sabe eso? Hasta su nombre se asemeja al de Lucifer.

—Queridos hermanos —habla al micrófono—, preparémonos para recibir la palabra de Dios.

Todos se hacen la seña de la santa cruz, incluso él, como si fuera todo un devoto entregado.

—En el nombre del padre, del hijo y del espíritu santo. —Se persigna.

Inicia la misa y todos inclinan la cabeza en la oración colectiva.

—Oremos, pidiendo por nuestras necesidades y por aquellos que necesitan de la palabra de Dios. —Extiende las manos, dando inicio a la oración.

No ha notado mi presencia y trato de no respirar, quiero seguir de incógnito, dado que no estoy para miradas reprobatorias. Los feligreses lo escuchan con atención y lo miran como si depositaran toda la fe en él, como si fuera un verdadero religioso. Él se mete en el papel, habla y ora con naturalidad, hasta se le escucha creíble el sermón que versa sobre el amor al prójimo.

Todo se sigue al pie de la letra y de la nada surge la necesidad de que alguien grabe esto. Lo que dice no puede quedarse solo en palabras y es necesario que alguien más adelante se lo recuerde y restriegue en la cara.

Sigue hablando y quiero que mis ojos dejen de mirarlo, que se concentren en otra cosa, pero me es imposible, solo se fijan en él, en lo que es y en lo que puede convertirse. En cómo pasa de coronel egocéntrico y prepotente a sacerdote experto y empático.

—Hermanos, pongámonos de pie para rezar —invita.

Los feligreses obedecen cruzando los dedos debajo del abdomen.

—Hagámoslo en voz alta para que nos escuchen en el cielo. Padre nuestro que estás en el cielo, santificado sea tu nombre; venga a nosotros tu reino; hágase tu voluntad así en la tierra como en el cielo —empieza mientras pasea la vista por la iglesia—. Danos hoy nuestro pan de cada día; perdona nuestras ofensas…

Se detiene cuando nota que estoy con el grupo de voluntarios, le cambia la expresión y siento un intenso deseo de volverme rata y desaparecer. El público se calla y sigue el trayecto de sus ojos.

—Padre —tose la madre superiora.

—… como también nosotros perdonamos a los que nos ofenden —continúa—; no nos dejes caer en la tentación, y líbranos del mal. Amén.

Termina la oración y se prepara para la comunión.

Uno de los voluntarios me pide que siga y me adentro en la fila, puesto que es raro que un supuesto devoto no tome la comunión. El cuello me empieza a picar cuando la distancia entre ambos se vuelve cada vez más pequeña.

La madre superiora está a un lado sonriéndole y el canto celestial lo sigo oyendo como música de fondo. La persona que tengo delante se aparta y choco de frente con la imagen de la persona que me enloquece los sentidos. «No voy a mirar al piso», me digo, pues eso no haría más que hacerlo sentir importante; por ello, actúo como si nada.

Se ve mucho más alto sobre el escalón, me poso frente a él y baja los ojos a mi cara. Vuelvo a escuchar el coro de los ángeles y… «En verdad estoy perdiendo la cordura».

Saca la hostia, abro la boca y no sé por qué diablos recuerdo la mamada que le hice en la biblioteca del comando… De la nada, recopilo cómo me rozaba el paladar mientras me la devoraba entera. «Necesito un exorcismo».

—El cuerpo de Cristo —dice.

—Amén. —Mete la hostia en mi boca y me aparto rápido con el corazón a mil.

Siento las rodillas inestables cuando me alejo, volviendo al puesto donde esperan los demás voluntarios. La madre superiora avisa que las semanas de peregrinación acabaron y, por ello, la iglesia volverá con las actividades habituales en los próximos días.

—Hoy tenemos almuerzos para los necesitados —anuncia.

—Tu ayuda será necesaria en el comedor —me pide una de las voluntarias.

—Claro. —Sigo a la mujer de la tercera edad a la cocina, cosa que resulta útil, puesto que estoy lejos de la pantomima del coronel santo o lo que sea que es ahora.

Las mujeres se ponen manos a la obra y yo colaboro lavando las verduras, mientras que Meredith organiza las mesas afuera.

—La iglesia necesita manos amigas para que vuelva a ser la misma de antes —comentan, y le doy la razón al hombre con arrugas en los ojos, encargado de asar los filetes.

—¿Y de dónde son? —empiezo con las preguntas capciosas.

En este tipo de operativos, todo detalle sirve y las preguntas simples pueden convertirse en preguntas clave. Indago sobre los sacerdotes que estarán de regreso y sobre el tiempo que llevan aquí. Es un sitio grande, no tienen a un solo padre.

En la cabeza me grabo lo que siento útil, ayudo a servir la comida, cosa que toma gran parte de la tarde, ya que es bastante la gente que entra y sale a lo largo de la jornada. Las mesas se llenan y llega un punto donde no puedo retener todas las caras; sin embargo, lo hago lo mejor que puedo.

Coloco los cubiertos, sirvo la sopa y, pasadas las cuatro, damos el último plato.

Dos de las personas que estaban junto a mí se van a servir a los miembros de la iglesia y una de las ayudantes me pide que me encargue de la cocina.

—Tengo que ir a ver a mis hijos, ¿puedes quedarte?

—Sí. —Sonrío con hipocresía, ya que hay como nueve torres de platos para lavar.

Se marcha y estoy algo cansada, me bebo dos vasos de agua, respondo el mensaje que me envió Stefan y también el de Parker, quien pregunta cómo voy. «No hay información relevante todavía» contesto y me pongo a recoger los platos que quedaron en las mesas.

—No me digas que tienes que lavar todo esto —hablan a mi espalda.

Volteo. Es Gema, con una mochila en el hombro y un móvil en la mano; trae un pantalón pitillo con una camisa encajada.

—Me gustaría decir que no, pero la respuesta es un rotundo sí.

La iglesia tiene un pequeño parque donde hay varias personas paseando a lo lejos.

—¿Te ayudo? —se ofrece.

—No es necesario, gracias. —Reparo en lo bien que se ve.

Tiene un buen estilo, luce prendas que le suman a su atractivo femenino. Es raro que no reclame por lo sucedido después de la condecoración, supongo que su novio tuvo que darle la respectiva explicación.

—No tengo nada que hacer —anuncia—. Tuve el día libre y me duele la espalda de estar acostada, viendo televisión.

—Ahora no sabes lo que daría por ser tú. —Sigo con lo mío tratando de ser amable.

—Todas querrían la cama de Chris, es adictiva… —Corta lo que quiere decir—. Me… Me refiero a que…

—Entendí lo que quieres decir. —Me voy a la cocina actuando lo más normal posible—. Para nadie es un secreto que a los Morgan les gusta lo cómodo.

—No quise recordarte el pasado. —Me sigue—. Es obvio que conoces esa cama y…

—Gema —me vuelvo hacia ella—, es uno de mis errores del pasado y ya está.

No necesito que me echen alcohol en la herida.

—Perdón, ¿te hice sentir mal? —continúa—. De ser así…

—Claro que no. —Vuelvo a ser la ama de las mentiras—. Es parte de mi pasado.

Me acompaña a la cocina, suelta el bolso y se pone el mandil.

—Déjame ayudarte —insiste.

—Puedo hacerlo sola. —La pila de platos me da dolor de cabeza—. No quiero arruinar tu atuendo.

—¿Te gusta? —Se pasa las manos por el vaquero.

—Te ves radiante. —No miento.

—Quiero darle una sorpresa a mi coronel… —Calla de nuevo como si hubiese dicho algo malo.

—Dilo tranquila. —Lleno la esponja de jabón—. No entraré en crisis si mencionas su nombre.

—Es raro, ustedes fueron…

—No fuimos nada. Cometimos errores, pero ya pasó. —Mi cerebro me recrimina que soy una mentirosa—. Él te tiene a ti y yo tengo a Stefan.

Se pone un par de guantes y se acerca al fregadero.

—Estamos cumpliendo tres semanas y quise darme una vuelta como la samaritana que necesita hablar con el padre —baja la voz—. El sitio queda desierto después de las cinco, así que traje una botella para echar un polvo rápido y celebrar.

—Genial. —Más mentiras.

—Manos a la obra —propone.

Discretamente, charla sobre su vida en Nueva York, su carrera en la milicia y en cómo la ayudaron los Morgan. Es amable y habla con soltura como si fuéramos viejas amigas. El trabajo de la cocina pierde peso con su ayuda y me toma menos tiempo lavar todo lo pendiente.

—¿Qué tal Stefan Gelcem? —Me da un ligero golpe con el codo—. Es un soldado muy guapo.

—Sí, es del tipo de hombre que poco se encuentra.

—Les deseo buena suerte en su relación. Debemos seguir esta charla —culmina— con whisky y karaoke.

Asiento por educación.

—Avísales a tus amigas, le diré a Liz. Te dejo. —Se despide con un beso en la mejilla—. No quiero que el padre Santiago se duerma.

—Descansa. —Me río de mí misma. «Es obvio que no va a descansar»—. Gracias por la ayuda.

—Para eso estamos.

Se retira con las cosas que trajo. «Es pasado, Rachel, y el pasado es como la mierda: no se mira, ni se toca».

Limpio el piso y acomodo lo que siento que falta. Necesito que me vean como una de las que más sirve y de eso me encargo: dejo la cocina reluciente.

Cierro los cajones, voy por mis cosas y me topo a la madre superiora que entra.

—Oh, sigues aquí —se sorprende—. Ya la mayoría se fue.

—Sí, eso noté —le sonrío—, pero quería dejar todo limpio.

—Ven conmigo —me pide—. Estuve leyendo la lista de las tareas que tenían para el día de hoy y noté que no asearon la casa del padre Santiago. ¿Puedes darme una mano?

«Lo que faltaba».

—Claro.

—Acompáñame, puedes hacerlo mientras rezamos el rosario.

Mi corazón queda en pausa. «¡Gema!». No puede llegar con ella estando allí.

—Te mostraré el cuarto donde guardamos los galones con jabón y lo que necesitas para la limpieza —me dice—. Así tomas lo que necesites.

—Sí, señora.

La sigo a la iglesia, abre el cuarto y se queda afuera hablando con un joven del orfanato, momento que aprovecho para enviarle un mensaje a Parker poniéndolo sobre aviso y este no tarda en contestar:

> No contesta. Haz lo que tengas que hacer,
> pero no pongas en riesgo el operativo.

—Apúrate, mujer —me afana la religiosa—, no tenemos toda la noche.

Tomo cosas al azar cuando veo que se adelanta. «Maldita sea». Me doy prisa y la sigo hasta alcanzarla. Hay que atravesar un jardín oscuro y trato de pensar en una excusa para detenerla, pero no se me ocurre nada más que darle con el balde en la cabeza, cosa que sería una pésima idea.

—El padre debe de estar dormido —comento—. La misa de hoy fue grande.

—No pierdo nada con ir a ver. —Se detiene—. Ayúdame a buscar la llave, es la 218, debe de estar orando y no quiero que tenga que bajar.

Me entrega el llavero; no va a tocar, va a entrar y eso no hace más que empeorar las cosas.

—Me olvidé mis anteojos —rebusca en su atuendo—, no podré leer nada sin ellos.

—¿Quiere que vayamos por ellos? —Eso puede darle tiempo a Parker para que hable con Gema.

Los busca entre los bolsillos, sacudiendo la cabeza, frustrada.

—Yo voy, adelántate y dile al padre que se prepare.

—Como mande.

—Sigue el sendero, es la última casa a la derecha.

Asiento y salgo casi corriendo cuando se va. Sé dónde está, en mi carpeta había planos del sitio. Aprovecho el claro de luz para ubicar la llave y prosigo hasta detenerme frente a la puerta, que abro. Entro, cierro y subo los escalones de dos en dos.

La risa de Gema acaba con mi prisa, aminora mi paso, a la vez que una oleada de enojo surge acompañada de una violenta punzada en el tórax. Toso y hago ruido con los zapatos con la esperanza de que noten que hay alguien en la casa, pero nada da resultado. Gema sigue riendo y…

—¡No seas así, ogro!

Maldigo a la madre por querer molestar a esta hora y lo maldigo a él por no poder tener el pito quieto. Me apresuro a la perilla y la giro para abrir la puerta. Ambos están en la cama; ella está abierta de piernas sobre él, que la besa.

La imagen hace que deteste el haber tenido que volver, mi genio se agrieta y suelto lo que vine a decir.

—La madre viene para acá —aviso.

Gema se sobresalta y, acto seguido, toma sus cosas. No están desnudos, pero ella tiene la camisa abierta, así como él tiene la pretina suelta. Gema se las apaña para salir por la puerta trasera y yo solo me preocupo por bajar. La madre entra a los pocos minutos.

—Padre, buenas noches —saluda al hombre que baja los escalones.

—Buenas noches. —Le sonríe—. ¿Nueva voluntaria?

—Así es. —Me lo presenta y por más que quiera arrancarle las pelotas, cumplo con mi papel, sonriendo y besándole la mano como se debe—. Tráenos té.

La religiosa sube con el supuesto padre y hago lo que me pide. Están orando de rodillas frente a la Virgen. «Pobre mujer, no sabe que ora con el amigo del diablo».

—Cuando acabes, puedes irte. Gracias por la ayuda de hoy.

—No es molestia, madre.

Recojo el desorden de la casa y limpio todo. En un día he hecho los quehaceres que no he hecho en toda mi vida. Dejo la cocina para lo último —«me quiero ir»—, pero el que la puerta principal se abra y la madre se despida agiliza mi tarea.

Tomo la mitad de la loza y me volteo para acomodarla rápido en el mueble de atrás. Como siempre, subestimo mi suerte, ya que los platos se me caen cuando noto al hombre que entra.

—¿Cómo te digo? —pregunta—. ¿Laurens?

Me dan ganas de meterle la escoba en el culo. Verme como su sirvienta es lo único que me faltaba, y el hijo de puta no se va, se queda mientras recojo lo que tiré.

—Permiso para retirarme, mi coronel —solicito cuando acabo.

—Denegado. —Da dos pasos más.

—Si vas a regañarme por hacer parte del operativo, te ruego que hables con Parker y el ministro —me adelanto a la reprimenda—. Son ellos los que me pusieron aquí.

—Me recuerdas a Sara Hars, prometieron no volver y mírense —empieza con lo mismo.

—Las promesas tienen sus fallas.

—No cuando le pones empeño.

—Tengo una vida aquí al igual que tú y, aunque quise hacer planes nuevos, tu padre no me lo permitió, ya que sabe lo útil que soy en el ejército.

—El exilio te quitó la modestia.

—No dudo de mis capacidades. Tengo mis defectos, pero soy buena cuando me lo propongo.

—¿Y las inestabilidades? —pregunta sentándose en el borde de la pequeña mesa del comedor—. ¿Ya las superaste o seguirás de intermitente cada vez que tengas líos emocionales?

—Lo personal no tiene que ver con lo laboral —le recuerdo—. Lo único que debe importarte es que te rinda y te dé los resultados que pides.

—Eres tan hipócrita… —se enoja—. Te recuerdo que te largaste porque temías que Bratt siga sufriendo, y no me digas que lo laboral no tiene que ver con lo personal porque perdí a uno de mis mejores agentes por tu terquedad y tus estúpidas ganas de verte como una heroína.

«A palabras necias, oídos sordos». No voy a desperdiciar mi saliva explicando lo que nunca entenderá.

—Quiero creerte el papel de fuerte, el de ave fénix renacido de las cenizas, el de mujer empoderada que vino con ansias de hacer el bien —clava la vista en mis ojos—, pero eso no te lo crees ni tú. Siento pena por ti y por aquellos que arrastrarás a la desgracia otra vez.

—¿Arrastrar a la desgracia? —Niego con la cabeza—. Creo que te estás describiendo a ti, no a mí.

—Somos tal para cual, la única diferencia es que yo soy claro y tú maquillas las cosas para que no les duelan a los demás.

Mis discusiones con él no tienen caso, así que llevo las manos atrás, queriendo que escupa su mierda para poder largarme.

—¿Qué tienes con la basura que trajiste de París?

—No es una basura, se llama Stefan Gelcem y es un soldado, el cual merece respeto.

—¿Lo ayudas por caridad o porque te lo llevas a la cama?

—Mis asuntos no le incumben, coronel.

—Responde.

—No. —Trato de no mandarlo a la mierda—. La verdad es que no te entiendo, Christopher. Me ves como la mala, la cobarde, la falsa que engaña a medio mundo y, aun así, te tomas el tiempo de querer saber hasta el último detalle de mi vida. ¿Para qué? Solo aléjate y ya, sin preguntas e interrogatorios...

—¿Y quién te dijo que me quiero alejar? —Su respuesta me eriza los vellos de la nuca.

Se acerca con la típica actitud intimidante de años atrás, que me obliga a retroceder.

—Otra vez queriendo dártelas de macho alfa. —Le hago frente cuando acorta el espacio—. ¿No te cansas?

—No. —Da un paso más y tenso los muslos, queriendo que no me fallen.

—Sé cada uno de tus papeles. —Habla a milímetros de mi boca y doy otro paso atrás, tocando la encimera.

—Y también sé con quién reluces cada uno: con Bratt, eres un animal arrepentido, el cual quiere que todos sean felices; con Antoni, eres una víbora a la cual le gusta sumirlo en tu belleza —musita a la vez que se acerca más—; con el inservible que trajiste, te crees mamá cuida andrajosos, que no rompe un plato, y conmigo...

Lo que tengo atrás me impide dar un paso más y lo sabe. Está tan cerca que siento su dura erección en un ángulo de mis caderas y eso hace que deje de respirar.

—Conmigo eres una loba en celo que aparenta sacar las garras, pero que en el fondo ansía y quiere que le dé esto. —Se toca la erección.

La cercanía me mata, ansío su boca y mi autocontrol inicia un conteo regresivo. Esto ya lo viví y, si no le pongo un alto, de nuevo terminaré con la dignidad por el piso.

—Pues sí, ansío eso y hace mucho que lo recibo —las cosas se acaban cuando le hieren el orgullo—, pero lo acepto por parte de Stefan, quien lo hace de una forma más humana, más tierna y más conmovedora también.

La ira se le plasma en la cara. «¡Toma lo tuyo, imbécil!». Me hago a un lado con la entrepierna empapada y no voltea, se queda con la vista clavada en la alacena.

—Lo ayudas porque te revuelcas con él —me dice—. La pregunta se respondió sola.

—No solo porque me acuesto con él: lo ayudo porque me gusta mucho más de lo que me gustaste tú.

Se da la vuelta y veo la furia que avasalla sus ojos cuando me acribilla con la mirada.

—Eres asunto superado —le suelto—, asúmelo y deja de joder.

—Lárgate —demanda.

—Como ordene, mi coronel.

Acato la orden y, ya afuera, tomo una bocanada de oxígeno. Estuve a nada de caer… Si se hubiese acercado un milímetro más, le hubiese devorado la boca. Un minuto más y de seguro hubiese estado siendo follada sobre la encimera.

Salgo del centro en busca del apartamento que se rentó para el operativo. Cuando llego no hay nadie y me acuesto en una de las camas. El cosquilleo en mi entrepierna me exige que me atienda, pero no me voy a tocar, así que meto las manos bajo la almohada y me obligo a dormir.

25

Sueños mojados

Christopher

La cabeza me arde, la mandíbula me duele, paso las hojas de lo que leo en lo que lidio con la férrea erección que me tiene el corazón a mil. Respiro hondo, las ganas me están consumiendo y no me puedo concentrar.

La puerta se abre, ella entra, el escote del vestido rojo que luce resalta sus atributos y me muevo de mi sitio. Acorto el espacio entre ambos, en lo que ella mueve la mano entre sus muslos.

—Fóllame. —Me muestra lo que sabe que quiero ver—. Anda, tómame.

Me voy encima de ella, caemos al suelo, rompo la tela y le arranco las bragas antes de pasear mi glande por el coño húmedo que tanto me desea. Sus ojos se encuentran con los míos y sé que me extrañó, que lloró y que aún le hago falta.

Acapara mi boca y nuestras lenguas se tocan con auténtico frenesí, mi pulso se acelera, mis ganas se disparan y aprieto la carne de sus caderas.

—Dilo —susurro contra sus labios, y toma mi cara.

—Te…

—¡Padre! —me llama Patrick—. ¡El sol salió y es hora de laborar!

El pecho me salta, el enojo me toma cuando abro los ojos y noto que estoy en mi cama.

—Padre —insiste Patrick—, tenemos reunión dentro de pocos minutos.

No contesto, solo entro en la ducha, donde doy rienda suelta al chorro del agua fría. Lo de anoche me empeora el genio y podría pajearme, pero no merece ni que me la jale pensando en ella. Dejo que el agua merme la dureza y luego tomo la toalla en la que envuelvo mi cintura antes de salir.

Patrick está en la cama mordisqueando una tostada.

—Vamos media hora tarde.

—No me jodas.

—¡Qué genio! —se burla—. ¿Quieres que le eche mantequilla al pan para que te sientas mejor?

Me muestra la bandeja del desayuno, que no me molesto en mirar.

—Rachel lo trajo. Solo cómete el pan y el café, ya que los huevos están salados y las tostadas un poco quemadas. —Se levanta—. Al parecer, no es muy buena cocinando.

No tengo hambre y lo único que probaría de ella es lo que carga en la entrepierna. La aparto de mi cabeza y me empiezo a vestir. En verdad tengo que concentrarme y salir de esto, pero últimamente me cuesta.

—¿Por qué tanto cabreo? —pregunta Patrick—. Acaba de empezar el día y ya estás con cara de trol.

—¿Te afecta?

—El enojo nos envejece de forma prematura y no es que quiera alarmarte, pero creo que ayer te vi una cana.

Se ríe cuando involuntariamente me paso la mano por el cabello.

—Vete a trabajar y deja de perder el tiempo aquí —lo regaño—, que yo sepa, tu trabajo no es andar detrás de mí.

—No es mi trabajo estar detrás de ti —se pone en pie—, pero soy tu amigo y por ello me preocupo por ti.

—No necesito que te preocupes. —Le señalo la puerta.

—Iré con usted, padre, como el buen asistente que soy.

Me recuerda lo que hay que hacer a lo largo del día y miro al techo. Tomo la Biblia y me la meto bajo el brazo cuando salgo. Hay sol, sin embargo, el mal genio que me cargo lo nubla todo.

—La gente que estaba en la peregrinación está llegando, entre ellos, diáconos, monjas, presbíteros —me informa— y dos obispos. En la mañana se sumaron siete desamparados a la lista de los que necesitan ayuda y hoy se reanudan las clases para los huérfanos e ignorantes.

Gema estará indagando en ese terreno, camuflada como una de las voluntarias que enseñan, ayudan y lidia con todo lo relacionado con los que entran y salen.

—Mantente alerta y atento a las cámaras —le ordeno.

—Gauna llamó para informar de que hoy hay reunión fuera del comando, en el bar del excoronel Marcus que está al sur de la ciudad —comenta—. Bratt y Parker encontraron información importante.

Tomo el camino que lleva al sitio donde me esperan, hay una escuela en la parte trasera del lugar y subo las escaleras que me dejan en el aula de clases que menciona Patrick.

—Padre, buenos días —me saluda la madre superiora.

—Madre. —Saco mi mejor sonrisa.

Los presentes se levantan, entre ellos Gema, quien me sonríe con cierto aire coqueto, el cual ignoro cuando tomo asiento.

—Los obispos han venido a saludar —anuncia la monja, y me vuelvo a poner de pie.

Son hombres mayores y se presentan como Pablo Gianni y Francisco Capreli, respectivamente. Los acompañan tres diáconos y dos padres más.

—Es un honor conocerlos. —Les doy la mano a los obispos.

Patrick se presenta, los religiosos empiezan a hablar sobre la peregrinación y cruzo miradas con Gema, quien vuelve a coquetear desde su sitio. Correspondo el gesto… A lo mejor, una buena cogida me aclara la cabeza de una vez por todas.

La madre superiora comenta lo que le gustaría hacer y me esmero por imaginarme a Gema desnuda, dándome el placer que necesito, pero… los recuerdos de Brasil me avasallan, desatando punzadas en mi miembro y en el cráneo cuando evoco la corrida que provocó el cuerpo desnudo de la mujer que yacía sobre las rocas.

Correrme a chorros es algo que me gustaría en este momento, mojar el glande que arde, queriendo soltar todo lo que me tiene tenso.

Mi jaqueca aumenta, los ayudantes se retiran a sus actividades y los religiosos continúan hablando de las tareas que piensan realizar.

—La comunidad está muy contenta con Santiago —hablan—. Agradecemos el empeño y la colaboración que nos está dando.

—Lo hago con gusto.

Procuro apartar los deseos obscenos que pasan por mi mente al tiempo que ellos inclinan la cabeza para orar. Yo solo rezo para que me merme la erección que tengo en la entrepierna.

—Hoy nos caería bien una cena —propone el obispo—. Padre Santiago, está invitado, y el nuevo colaborador también.

—Ahí estaré. —Tomo lo que traje—. Me retiro, ya que daré la charla a los alcohólicos anónimos.

Patrick se devuelve cuando lo llaman y, acalorado, continúo con mi camino, parezco un puto lascivo. Les sumo velocidad a mis pasos, pero estos pierden afán cuando veo a la mujer que me encuentro parada sobre una banca, lavando las paredes.

Dejo de caminar, las curvas se dibujan a través de la tela de la camisa. No estoy viendo nada; sin embargo, mi polla crece bajo la tela de mi bóxer.

—La lujuria es pecado, padre. —El obispo Gianni posa la mano sobre mi hombro—. ¡Hija!

Llama a Rachel, quien se acerca, consiguiendo que tense las extremidades. Me saluda como si nada y medio muevo la cabeza con una sonrisa mal fingida, tratando de ser lo que no soy: una persona simpática.

—Es mejor que el tipo de tarea que estabas realizando la hagas cuando no haya personal circulando en el pasillo —le dice el religioso.

—Tiene razón —responde ella—. Puede ser incómodo...

«Sobre todo para mí».

—... el tener que estar pasando por encima de los charcos de agua —termina ella—. Secaré todo y haré esto más temprano.

Pide permiso para retirarse y me deja a solas con el obispo.

—Sé que la carne es débil. —Me palmea la espalda—. Trata de que no se repita o tendré que ponerte una penitencia. Te veo en la cena de esta noche.

—Ahí estaré. —Meto el libro que tengo en la mano bajo el brazo.

Se va y la mañana la ocupo en la reunión de alcohólicos anónimos. Al mediodía, le pido a Parker que indague sobre los que llegaron mientras que yo hago lo mismo con mis métodos.

De los presbíteros no hay mucho que decir, no tienen ningún tipo de antecedente y su familia tampoco, las novicias no hacen otra cosa que no sea orar, socorrer y estar pendiente del lugar. Hasta el momento todo fluye normal.

Reviso el informe que me envía Parker: Pablo Gianni lleva años en la Iglesia, ha sido vocero en distintas ocasiones, al igual que Francisco Capreli.

Observo al último en el patio, quien habla con las jóvenes que rondan en el sitio, es amable, demasiado diría...

Rachel se cruza en mi campo de visión cuando pasa con unos manteles y finge que no existo. Me quito el alzacuello antes de moverme a la casa sacerdotal, donde fumo un cigarro mientras leo los mensajes que tengo pendientes: hay dos de Gema.

> ¿Almorzaste? Espero que sí, porque te necesito enérgico y caliente.

> Te acabo de ver en el jardín. Es una tortura verte y no poder besarte. Te estoy echando de menos. Atte., te ama, Fiona.

Las ganas por ella no me surgen, pero de igual forma necesito coger, así que busco el número de Angela. Gema tiene lo suyo, pero necesito más, un coño más fogoso, dispuesto, y que no se ande con zalamerías.

La alemana nunca se rehúsa, solo bastan cuatro palabras para tenerla comiendo de mi mano. Estará en la reunión que tendremos esta noche, así que la oportunidad de follarla no la voy a desperdiciar.

A las siete en punto, me encamino al sitio donde se va a llevar a cabo la dichosa cena. Patrick está hablando con uno de los diáconos cuando entro.

La comida es como la imaginé: un hastío total, cargada de charlas sobre temas de interés general. Se come, se lee y se habla sobre la hambruna.

—Perdonen —se disculpa el obispo Gianni cuando le entra una llamada—, es importante.

Se aleja y el tener años en la milicia te da la habilidad de saber cuándo alguien no se siente cómodo. El hombre de cabello entrecano toma distancia, les sonríe a varios y sale a contestar. Patrick se ofrece a acompañar al otro obispo a su alcoba y, con disimulo, sigo el camino que lleva a los baños.

Al final de dicho lugar, hay una salida de emergencia, la cual atravieso. Quedo en el patio oscuro y camino un par de metros hasta que, a lo lejos, veo al hombre que habla por teléfono. Mantengo la distancia en la oscuridad.

—Esta no es una buena hora para llamarme. —Capto.

Los movimientos corporales denotan tensión, mira al suelo hablando más bajo, a la vez que sigue caminando. «¿Qué tienen que decirle que se aleja tanto? ¿O qué lo tiene tan preocupado como para mirar a todos lados, asegurándose de que nadie lo escuche?».

Termina la llamada y vuelvo a mi sitio. Minutos más tarde, el obispo regresa y pide disculpas por la interrupción. Le doy un par de sorbos a la bebida que ofrecen y Patrick regresa con cara de asco.

—Me tocó desnudar y meter a la bañera al maldito viejo, el cual tenía una erección de campeonato —musita a mi lado—. Mi mano rozó esa cosa y ahora no sé cómo arrancármela.

—Santiago —se me acerca el obispo Gianni—, fue un gusto compartir contigo.

—El gusto fue mío.

No lo pierdo de vista en lo que llama a los tres sacerdotes que lo acompañan y se van con él. Mi cerebro retiene su nombre mientras que Patrick no deja de pasarse una servilleta por el dorso de la mano.

—Andando —le digo. En el camino, cada quien toma un rumbo diferente con el fin de encontrarnos más adelante.

Me quito el alzacuello en la casa sacerdotal, me coloco una chaqueta y salgo en busca de Tyler, quien me espera fuera del área. Patrick llega y con él abordo el vehículo que arranca. En el camino, reviso los mensajes sin leer, hay uno de Death.

—¿Qué pasa? —pregunto cuando el soldado que conduce se detiene.

—El auto me pidió paso —responde.

Es el vehículo de Rachel. Se adelanta y busca dónde estacionarse, no baja de inmediato, y veo salir a Simon del bar. Se acerca al auto de la mujer que pidió paso.

—Stefan, qué bueno tenerte por aquí —lo saluda el capitán.

«No baja de inmediato, porque seguramente planea mamársela a Gelcem dentro del auto». Se me revuelve la bilis. Patrick desciende de mi vehículo y yo azoto la puerta cuando estoy afuera.

—Entra —me pide Gema, quien me está esperando en la puerta—, es peligroso que estés afuera.

Patrick me sigue y camino mientras practico la reprimenda que le daré a Rachel James. Es una jodida reunión privada y no se pueden traer costales de estiércol y menos cuando, aparte de ser sacos de mierda, no sirven para hacer otra cosa que no sea lavar pisos.

Atropello a Bratt con el hombro cuando entro. Brenda Franco, Lizbeth Molina, Dominick Parker, Alexandra Johnson, Meredith Lyons, Trevor Scott, Alan Oliveira y Angela Klein están presentes en el sitio.

—El ministro está llegando —me avisan.

—Buenas noches —saluda Rachel, quien entra con Simon.

A Bratt le da un beso en la mejilla, mientras finge que no existo.

—Todos de pie. —Alex llega con Gauna, Laila Lincorp y Olimpia Muller.

Se juntan las mesas, Patrick abre su laptop al igual que Parker, Bratt, Angela y Alexa. Los demás rodean el sitio.

—Tenemos problemas —avisa.

—Qué raro —farfullo.

—Philippe Mascherano es el nuevo líder de la mafia —suelta Gauna—. Está reemplazando a su hermano.

—¿No se supone que estaba desaparecido? —replica Simon—. ¿Y cuántos Mascherano hay? Matamos a uno y aparecen cuatro.

—Desaparecido o no, ahora es el líder —asevera Alex.

—Supongo que con el fin de sumar peso a la idea de querer sacar a Antoni de prisión —apunta Angela.

—Supones bien —contesta el ministro.

—La pirámide no está contenta con la captura de Antoni. Para no desestabilizarse, un miembro de los Mascherano decidió ponerse al frente mientras tanto —explica Gauna—. El hermano menor de los Mascherano es socio de un lujoso prostíbulo de exhibición, el cual tiene una sucursal aquí, en Londres, y un par más en Varsovia. Este negocio lo maneja con Natia Pawlak, quien hace parte de la mafia polaca. —Despliegan un mapa en la mesa y señala un punto—. Se los vio entrando al sitio a Gregory Petrov, cabecilla de la mafia búlgara, y a Naoko Wang, oyabun de la Yakuza.

—Si hay un punto de la pirámide en Londres, es obvio que lo usan para hacer negocios —interviene Olimpia—. El sitio está en un lugar estratégico para reuniones clandestinas, dado que su entrada es bastante discreta, así que hay que buscar la manera de saber quiénes más lo frecuentan.

—Es necesario encontrar a Philippe Mascherano. Poco se sabe de él, llevaba años lejos de los italianos —expone Alex—. Ahora es quien está al mando de la pirámide, temporalmente, pero lo está.

—Si el establecimiento es un punto perfecto para negociar, de seguro que los miembros de la Iglesia involucrados con la mafia lo han de frecuentar —añade Bratt, y Alex asiente.

—Hay que infiltrarse lo antes posible, entrar al corazón del club. —El ministro apoya las manos en la mesa—. Parker, informa de lo que averiguaste.

—Un grupo de bailarinas viene de camino, harán varias presentaciones en el bar, son muy aclamadas en el Oriente y se hacen llamar Las Nórdicas —explica—. Usan maquillajes excéntricos, máscaras y velos en sus disfraces, que forman parte de su espectáculo.

—Las vamos a interceptar y haremos que cinco de nuestras agentes tomen su lugar —dispone Gauna—. El resto tratará de entrar como clientes, así que desde ya deben conseguir un pase que les permita acceder.

—Necesito sumar soldados —habla Patrick—. La Iglesia está tomando tiempo y…

—Olvídalo —interviene Alex—. Más soldados no entrarán a este caso.

—Perdone que proteste, ministro —alega Simon—, pero…

—Varios soldados han atacado en el tribunal, siete en total. —Olimpia Muller se pone en pie—. Por eso fueron citados aquí y no en el comando; algo está pasando dentro del ejército y no nos podemos confiar, ni arriesgar a que haya fuga de información. La pirámide es de cuidado, al igual que los miembros que la conforman, y el que los vientos estuvieran calmados no quita que sean una amenaza, la cual siempre ha estado presente.

—Solo se les permitirá el ingreso a dos personas más —demanda Gauna—. Una de ellas será Irina Vargas, quien tiene experiencia en el tema y pronto se reincorpora.

—¿Dos personas para infiltrarse en todos los clubes? —le reclamo.

—Solo nos vamos a enfocar en el de Londres…

—El personal sigue siendo escaso —protesto—, ya que casi todos estamos en el centro religioso…

—¡Apáñatelas como puedas! —se impone Alex—. No voy a autorizar que involucres a más soldados, porque podrían filtrar información que nos perjudique. Los que están en el caso deben tratar con sumo cuidado la información que tienen. Para los operativos de ataque se tomarán los que falten, pero para el trabajo de encubierto, solo los necesarios.

Ha perdido la maldita cabeza.

—Se debe elegir al soldado que falta —plantea Bratt—. Hay un agente de aduanas que tengo en la mira. Es miembro de una importante empresa de mensajería y fabrica cajas de renombre, últimamente sus ingresos han aumentado de forma milagrosa. Una cámara lo captó entrando a la Iglesia que estamos vigilando, no creo que sea una casualidad.

—Si me permiten, puedo sugerir a alguien —se mete Rachel.

—No —la corto, y Alex me mira mal.

—Ni siquiera sabe lo que voy a decir, mi coronel —replica.

—No, no sé, pero la respuesta es no —le aclaro.

—Diga lo que tenga que decir, teniente —me contradice Alex.

—Stefan Gelcem tiene muy buenas habilidades, ministro —suelta lo que me supuse que diría—. Si le dan la oportunidad de participar, de seguro no los decepcionará. Puedo dar fe de su honestidad.

—Aquí se necesita más que honestidad —espeto—. El operativo requiere gente inteligente, no gente idiota.

—Stefan no es ningún idiota —protesta—. No los va a decepcionar si le dan la oportunidad…

—A mí me parece una buena persona y es muy triste lo que vivió en París —Gema la apoya—. Todos, en nuestros inicios, quisimos estar en operativos que nos ayuden a escalar.

Me pellizco el puente de la nariz, por eso estamos como estamos, porque la gente no piensa.

—Yo opino lo mismo —secunda Patrick.

—Y yo —se suma Simon—. Nada se pierde con darle la oportunidad para ver cómo se desenvuelve.

—¿Está dispuesta a responder por las fallas del soldado, teniente? —increpa Alex, y lo aniquilo con los ojos.

—Sí, señor. Él está aquí, puedo traerlo ya, si quiere.

—Puedo encargarme de entrenarlo, ministro —se ofrece Laila Lincorp—. Por lo que he visto, tiene muy buenas habilidades empáticas, por ende, puede ganarse la confianza de cualquiera.

—El que esté afuera ya es una ventaja —declara Rachel—. Lo podemos sumar a la misión de una vez.

—Tráiganlo, ya que está aquí se le informará sobre todo y así no perdemos el tiempo —ordena Alex, y Rachel se apresura a buscarlo como si fuera su mamá.

—Gelcem no tiene experiencia, ni habilidades de espía —le hablo a Alex.

—Tú no naciste sabiendo —repone, y la rabia me pesa en el pecho cuando el pedazo de mierda entra con una sonrisa de idiota—. Di una orden, así que respétala.

—La Élite, qué honor hacer parte de una de sus reuniones. —Me ofrece la mano y lo único que me surge son las ganas de rompérsela—. ¿Cómo está, coronel?

Gauna le informa el motivo del llamado y no hace más que desbordarme la ira.

—Vete a la mierda —le digo a Alex. No sé cómo se le ocurre apoyar una sugerencia tan estúpida.

Me voy a la barra y le pido un trago al que sirve copas. Me bebo dos y reviso mi móvil, contesto todos los mensajes pendientes que tengo y busco información por mi parte mientras los otros terminan.

—Alexandra Johnson, Lizbeth Molina, Gema Lancaster, Meredith Lyons y Angela Klein tomarán el papel de Las Nórdicas, mientras que Gelcem se encargará del agente de aduanas —me informa Parker—. El espectáculo será esta misma semana, por ello, es necesario que el resto busque la manera de entrar como clientes.

—Es todo por hoy, váyanse a descansar —anuncia Gauna—. Mañana, en la noche, necesito informes con avances.

Alex busca a Laila Lincorp. «¿Una copa?», le pregunta, mientras que los otros recogen el material; Rachel felicita al lavaplatos con un abrazo y Gema se me acerca por detrás.

—¿Qué te parece si vamos a tu casa y nos acostamos un rato antes de que te vayas al centro?

—Vete tú.

—Shrek, no te puedes embriagar hoy. Los obispos están en el centro.

Angela se despide y me mira, le hablé hoy y tiene claro lo que quiero.

—Te veo después. —Aparto a la hija de Marie.

—¿Adónde vas?

No le contesto, simplemente avanzo al puesto de la alemana.

—Muévete —le ordeno, y todos fijan la atención en nosotros.

Me encamino a la puerta y Angela duda, así que me vuelvo hacia ella.

—¿Qué pasa? —increpo—. ¿Vienes o te acojonaste?

Nadie dice una palabra cuando ella obedece con la mirada baja. Sale conmigo y la subo al auto que conduce Tyler.

—No quiero dejar mi auto —me dice.

—Da la vuelta y estaciona en la parte de atrás —le exijo al soldado.

No estoy para ruegos. Si quiere irse en su auto, que se vaya, solo la quiero para follar.

—Gema va a odiarme.

—¿Y? No te da de comer, ¿o sí?

El conductor estaciona detrás del bar y le pido que apague las luces antes de salir.

La alemana no pierde el tiempo y se quita la blusa. Está tan acostumbrada a esto que ya tiene claro para qué la busco y, por ello, se abre de piernas sobre mi cintura.

—Odio que me gustes tanto. —Me lame el cuello y deslizo las manos por sus piernas antes de apoderarme de su boca.

Trato de ignorar la frustración y los pensamientos estúpidos en lo que le masajeo el culo. Es buena a la hora de contonearse y cierro los ojos queriendo meterle la polla, pero la imagen de Rachel James vuelve a formarse en mi cabeza… Evoco el día después del avión, los jadeos y susurros que…

—¿Quieres que baje? —me pregunta.

—¿Qué?

—Que si quieres que baje. —Abre mi pantalón, mas no sé adónde diablos se fueron mis ganas.

Me besa otra vez y la hago a un lado cuando empiezo a sudar.

—¿Quieres hablar o algo así?

—Eres la mujer con la que me revuelco, no mi psicóloga.

Tomo su cuello atrayéndola de nuevo a mi boca, pero el beso no me sabe a nada; es como si me obligaran a comer algo que no quiero, así que la termino soltando.

—Es Rachel. ¿Cierto? Estás celoso y eso te tiene frustrado.

—No me vengas con charlas baratas.

—No son charlas baratas, coronel. —Se viste—. Los celos enferman, frustran y bloquean. Pueden desconcentrarte y negarte la posibilidad de sentir placer si no es la persona que deseas. Me pasó con Parker cuando me dejó.

Ni siquiera sabía que se había revolcado con Parker.

—¿Por qué no le dices lo que sientes?

—Claro —contesto con sarcasmo—. ¿Con qué crees que me vería mejor? ¿Con rosas o con girasoles?

—Con la verdad.

—¿Y qué te hace pensar que siento algo por ella?

—Tu actitud.

—O mejor: ¿qué te hace pensar que puedes darme consejos como si fuéramos viejos amigos?

—No es mi intención hacerte enojar…

—Solo me quitas la calentura, ¿sí? —le aclaro—. No actúes como si fuéramos amigos.

—Por eso es que te quiere a metros —replica molesta—, porque eres un patán al que le da miedo mostrarse como es.

Suelto a reír.

—No es que no me quiera mostrar, es que no hay nada bueno que relucir.

—Tuvo razón cuando le dijo a Meredith que eres el peor error que pudo cometer —sigue—. No me apetece pasar la noche contigo y te voy a pedir el favor de que no me vuelvas a llamar.

—¿En serio? Angela Klein con ese tipo de peticiones. ¡No seas ridícula! —Saco mi móvil—. Tengo miles iguales a ti, así que no creas que me harás falta.

—Sí, tienes a muchas —dice cuando se baja—, pero ninguna de esas es Rachel James.

Estrella la puerta cuando sale. «El peor error que pudo cometer». Rachel no es más que una mojigata.

Primero lo fue con Bratt y ahora con este nuevo idiota. Que agradezca que la saqué de la relación que tenía con el saco de basura que decía amar. Busco el cigarro que enciendo. «Bloqueo», no tengo ningún puto bloqueo.

Tyler se pone al volante y coloca un pendrive que ilumina el estéreo.

—Enciéndelo —lo amenazo— y te lo parto en la cabeza.

26

Hela

Rachel

Con las orejas ardiendo, aparto los ojos de la puerta que atraviesa Angela. Todo el mundo se queda en silencio e ignoro el enojo que surge de la nada. Stefan me vuelve a abrazar, dándome las gracias y dejo que me lleve contra su pecho.

Gema Lancaster se apresura a los baños, seguida de su amiga. Todos la ven sollozar en lo que corre, tapándose la boca. Brenda entrecruza una mirada con Laila, Patrick carraspea incómodo y Simon se frota el cuello mirando a otro lado.

—Quiero resultados lo antes posible —ordena el ministro, acabando con el incómodo momento.

Gauna se acerca a decirle no sé qué y Stefan se aparta cuando Bratt viene a mi sitio.

—Te traeré una bebida —se ofrece el soldado—. Con su permiso, me retiro, capitán.

Bratt mueve la cabeza y él se aleja, dándonos espacio.

—¿Lo notas? —me dice el capitán—. Hay cosas que nunca cambian.

—¿A qué te refieres?

—Sabes a qué me refiero, a Christopher —empieza—. Le hace a Gema lo mismo que le hizo a Sabrina.

—Eso no es asunto mío, capitán. —Ignoro el estúpido revoltijo que se me arma en el pecho—. No veo el porqué de hablar sobre eso.

—Porque quiero que notes que me fuiste infiel con quien no vale la pena.

Meredith nos mira desde una de las mesas y el ambiente no hace más que empeorar.

—El coronel es un maldito malnacido —sigue—. En tu ausencia, no hizo más que coger con toda la que se le atravesaba. Te lo comento por si no te lo han dicho, cambiaste oro por…

—No me importa —le recuerdo—. Ahora estoy con Stefan y te agradecería que demos por cerrado el tema. Él no sabe con quién pasaron las cosas, aquí debe enfocarse en salir adelante y no quiero que se distraiga con cuestiones que ya no tienen relevancia; tampoco quiero que lo hagas tú, que gastes tus pensamientos en algo que a mí me da igual.

Sacude la cabeza y acorto la distancia entre ambos.

—Tenemos que dejar eso atrás y no estar evocando lo que pasó cada dos por tres —le pido—. Ya hablamos sobre esto, no te desgastes y déjalo pasar.

Cierra los ojos por un par de segundos.

—Bien —suspira—. Si no quieres volver a tocar el tema, lo respeto.

Se va cuando Stefan se acerca con dos vasos en la mano. Cuando llega hasta donde estoy, me da la bebida. Brenda, a su vez, llega con un par de carpetas bajo el brazo. Es una mujer muy bella, una buena combinación de cuerpo, cara y carisma. Emma solía decir que es como una hermana perdida de Rihanna, dado que tienen rasgos parecidos.

—¿Me creerían si les digo que tengo dos noches sin dormir? —se queja mi amiga—. Cada día hay más labores.

—Franco —la llama Parker—, hoy trabajamos horas extras. Toma tus cosas y acompáñame.

—Ya no son dos noches, ahora serán tres —suspira.

—Sargento —el alemán la vuelve a llamar—, la estoy esperando.

—Voy enseguida, capitán.

Se apresura a seguirlo, mientras bebo lo que me trajo Stefan. Alexandra se acerca, le explica a este lo que quiere que haga, le entrega la información que necesita y nos preparamos para partir.

El ministro está hablando con Laila y me muevo a la salida, donde me encuentro a Angela. Baja la cara avergonzada cuando me ve y yo continúo mi camino, dejando claro que todo me tiene sin cuidado.

—¿Sabes si Gema está adentro todavía? —me pregunta.

—Hasta donde sé, sí.

Avanzo con Stefan, quien se adelanta a abrirme la puerta del auto.

—Qué mal que una mujer tan hermosa se rebaje así —comenta—. Merece más.

Me deslizo en el asiento del copiloto, abro la carpeta y reviso los informes que me dieron en la reunión; en verdad no quiero dedicarle más atención al asunto. Le pido a Stefan que me acerque a la estación del metro y, cuando llegamos, estaciona el auto y baja conmigo.

—Duerme bien. —Acorto la distancia entre los dos—. Confío en que mañana te irá bien.

—No tengo para pagarte todo lo que haces por mí, prometo no decepcionarte.

—Sé que no lo harás.

Dejo que me bese, que nuestros labios se acaricien y se unan. El beso termina y lo abrazo, disfrutando de la calidez que me brinda.

—Suerte con todo —me despido y cruzo la calle. Se desata una llovizna y aprieto el paso con la capota de la sudadera puesta.

El recuerdo del beso bajo la lluvia estremece mi pecho y empiezo a trotar. Si el corazón se me va a acelerar, será por correr y no por ese imbécil.

Quiero darme una oportunidad con Stefan, ser la mujer despreocupada que disfruta de su pareja, que hace planes y anhela verlo a final del día.

Entro a la estación que me deja calles antes del centro, me desvío en una de las cuadras y me adentro en la torre del apartamento donde estamos trabajando: un pequeño espacio con dos alcobas, una cocina, una sala pequeña y un baño de dimensiones reducidas.

La FEMF se encarga de armar las fachadas y de conseguir las coartadas que cortan todo tipo de sospecha. Abro la puerta y me ubico en la mesita que sirve como escritorio improvisado, enciendo la computadora que tenemos y tomo los papeles que hablan sobre los clanes que forman parte de la pirámide, de manera individual.

Gauna, mediante un mensaje de texto, avisa que ya hay información confirmada sobre Las Nórdicas, las mujeres que darán el espectáculo en el club dentro de unos días. Arribarán al puerto de Londres mañana al atardecer y, por ende, debo presentarme con el resto de la Élite para llevar a cabo su secuestro.

Memorizo el perfil de cada una para cualquier cosa que se requiera y le envío información a Stefan para que se ponga al día con todo. Angela lo ayudará, pero no está de más pasarle lo que tengo hasta ahora.

—Me siento mal por Chris. —Capto la voz de Gema afuera.

Están subiendo por una de las escaleras, los pasos que se acercan me ponen alerta.

—Actué como una tonta celosa. Solo quería hablar con su amiga —sigue—. Está estresado con todo lo que hay que hacer y quería compartirlo con ella.

Mi ceño se frunce con la tontería que llega a mis oídos: «hablar con su amiga». El sonido de la llave hace que me levante y me adentre en el baño a lavarme las manos.

—Estresado o no, se comportó como un maldito, amiga —le responde Liz Molina cuando entran—. Te hizo ver como un cero a la izquierda… a ti, que eres lo mejor que le pudo pasar.

—No voy a pelear, Angela no tiene por qué mentirme y quiero confiar en él. —Se callan de la nada.

Supongo que tuvieron que notar que había alguien más aquí, así que salgo, secándome las manos con una toalla.

—Rachel —me saluda Gema—, pensé que te habías ido a tu casa.

—Quiero estar temprano en el centro, hay un jardín que arreglar y baños que necesitan reparación. —Tomo asiento—. A lo mejor, hay movimiento que nos ayude en las primeras horas del día en esos sectores.

—Estamos conectadas. —Se quita la chaqueta—. Se nos ocurrió lo mismo. Liz irá a almorzar mañana y yo colaboraré con los desayunos de los que estudian.

Tiene los ojos hinchados y sin una gota de rímel, como si hubiese estado llorando y este hubiese desaparecido.

—¿Quieres un té? Liz hace uno muy bueno.

La amiga se mete a la cocina.

—Lo haré y lo escupiré en la cara de quien me lo rechace.

Gema suelta a reír y, para no parecer una amargada, hago lo mismo, dado que el comentario no me parece muy gracioso. Stefan me hace preguntas mediante el correo y tecleo dándole una respuesta.

—Antes de que llegaras, conocí a una de tus hermanas. Emma es muy hermosa —comenta Gema—. Tiene tus mismos ojos y color de cabello, pero no tus habilidades.

—Em es…

—Tiene problemas de perras privilegiadas de culo blanco —se mete Liz Molina.

—¿Perdona?

—Que este tipo de problemas son comunes en los perros y perras de culo blanco —se burla—. Hijas de papi que todo lo obtienen por su linda cara.

—Te equivocas —le aclaro para que no haya confusiones—. Mi padre nos enseñó a ganarnos todo con nuestro esfuerzo.

—Ahora cuenta una de vaqueros —me contradice—. Te la vas a dar de digna diciendo que no has tenido privilegios.

—No recuerdo el tener que hacer uso de ellos.

—¿Has tenido que pasar hambre? ¿Preocuparte de tener que sostener el promedio que exige la beca? ¿Te has preocupado por pagar las clases aparte que nos exigen? —Se acerca—. No, ¿cierto? Y el evitarte todo eso te convierte en una perra de culo blanco.

—El que no haya pasado por eso no significa que no haya tenido que esforzarme.

—Buenas noches. —Entra Simon e interrumpe la conversación—. Huele bien, parece que llegué en un buen momento.

—¿Qué haces aquí? —le pregunta Gema.

—Luisa está un poco alterada y me vine a trabajar aquí para no incomodarla. —Se deja caer en una de las tumbonas—. Solo finjan que no estoy.

Cierro la laptop, el debate de hace unos segundos me quitó las ganas de trabajar, así que tomo la computadora y busco la alcoba.

—¿Te molestaría masajearme un poco el cuello? —me pide Simon—. Creo que tengo un nudo.

—Dijiste que finjamos que no estás. —Sigo caminando—. Con contestarle, ya estoy rompiendo la regla, capitán.

—La falta de compañerismo le resta puntos a un soldado.

Me hace sonreír, pero dicha sonrisa desaparece cuando cierro la puerta. «Perra de culo blanco…». Le dejo un mensaje a mi hermana y me contesta que está en clase, el enojo hace que me zumben los oídos y respiro hondo.

—Rachel —tocan la puerta—, olvidaste el té.

Abro y es Gema con la taza que recibo.

—Se te quedó esto. —Me entrega la agenda que dejé.

—Gracias. —Vuelvo a cerrar la puerta.

Respiro hondo, la cabeza empieza a dolerme, no tiene por qué caerme mal, pero hay algo que mi cerebro rechaza. Dejo el té sobre la mesa, me cambio y me meto a la cama. Lo de Angela me da vueltas en la cabeza y me esfuerzo por hacer lo que debo hacer, que es dormir para estar descansada al día siguiente.

A las cinco y treinta, el despertador me saca de la cama. Ya hay voces en la cocina y espero ver a Simon en el sofá cuando salgo, pero no está.

—El capitán Miller partió a medianoche —me informa Liz cuando me ve—. ¿Estará engañando a tu amiga, la preñada?

—Lo dudo. —Él no es ese tipo de hombre.

—Simon es un amor. —Aparece Gema—. Yo tampoco lo creo.

Saludo con la cabeza a Irina Vargas, la mujer de Scott; no sé a qué horas llegó, pero está bebiendo café en la orilla de la mesa.

—Te guardé tostadas —me hace saber la teniente—. Come una y no te vayas con el estómago vacío.

Me sirvo una taza de café bajo la mirada de Liz Molina, mientras Gema prepara sus cosas para irse.

—Deséenme suerte —se despide la novia del coronel.

—Que te vaya bien, amiga —le dice Liz.

Rápido, tomo lo que me serví. Irina se pone a hablar con Molina y siento que sobro en el sitio.

—Gema era una de las mejores tenientes del subcomando de Nueva York y también lo es aquí —le comenta Liz—. Hasta ahora, no he visto a nadie que se le compare y tampoco creo que exista quien se le asemeje.

—Sí, es muy buena —conviene Irina—. Supo aprovechar las oportunidades que le brindó el ministro.

—Sí, es que no es una perra de culo blanco.

—Hasta luego.

Dejo la taza y tomo mi camino. Los comentarios pendejos empiezan a ser cansinos.

Con una blusa encajada, falda hasta las rodillas y zapatos planos, me dirijo a la Iglesia, a la que ingreso por la puerta trasera. En el camino, me encuentro con uno de los obispos, al cual saludo con un gesto leve, ya que está con una de las novicias.

Tengo que esforzarme para que el día sea productivo, puesto que en la tarde debo reunirme con Gauna y rendirle informe. Me presento a la monja que suele asignar las tareas y esta me envía a los jardines.

Con dos baldes, guantes y elementos de jardinería, me desplazo al sitio. Hay un montón de arbustos alrededor de uno de los robles, con disimulo, observo al religioso a quien le entregan un paquete envuelto en plástico negro, que se mete bajo el brazo. Se disculpa con la novicia y camina a los baños masculinos, en cuya puerta mira sospechosamente a ambos lados antes de entrar.

Mi ceño se frunce cuando oigo el chorro que surge de la nada y llega acompañado de un jadeo masculino. ¿Están meando? Despacio, rodeo el árbol, asomo la cabeza y noto al coronel que se sostiene el miembro frente al roble.

«Está erecta», pienso cuando la veo tentadoramente dura y con venas que sobresalen. Tiene los ojos cerrados, el mentón elevado, el cabello le cae sobre las cejas y su garganta se mueve cuando pasa saliva.

—Estoy trabajando aquí —le digo enfocándome en la cara e ignorando lo que sostiene.

—¿Y qué quieres que haga? ¿Que te felicite?

—Que vayas a mear a otro lado. Esto no es un sitio para orinar: es el jardín de un lugar religioso y se supone que eres un sacerdote.

Enarca una ceja con mi tono y me recuerdo que es mi superior.

—¿Me estás regañando o es que me parece? —increpa con la polla afuera, y me repito que lo personal no debe malograr lo laboral.

—No, mi coronel. —Doy un paso atrás—. Me retiro para que siga con sus cosas.

—Mi coronel —farfulla mientras tomo los baldes—. Sí, mejor vete, antes de que te ordene que me la sacudas.

«Pendejo». Acelero el paso, creo que hasta un animal tiene más modales que él. Le doy la vuelta a los arbustos, la imagen de su rostro con los ojos cerrados golpea mi pecho y lo maldigo, mientras busco otro sitio para trabajar.

Tomo una nueva posición, el religioso sale del baño y ya no lleva nada bajo el brazo.

Pasar de una tarea a otra, tan rápido, puede levantar sospechas y, por ello, debo esperar. Le envío un mensaje a Parker para reportarle lo sucedido, me pide que cuando pueda revise el perímetro y lo hago al mediodía, cuando me mandan a asear el sitio; sin embargo, no hallo nada. Si dejó algo, ya no está.

Frustrada, me muevo a ayudar con el almuerzo que les reparten a los que vienen por comida.

—El hombre de playera azul y gorra blanca —me murmura Gema mientras espera la sopa que le sirvo—. Su contextura y perfil no coinciden con la de un necesitado.

Lo capto, tiene una mochila color turquí y lo mantengo en el radar, notando que se va al mismo baño que visitó el sacerdote. El que me llamen me quita la posibilidad de indagar más y, cuando llegan las cuatro de la tarde, me veo obligada a partir.

Me cambio en el apartamento donde aún se encuentra Irina recibiendo novedades y abordo un taxi con destino al muelle.

—Hubo cambio de planes —informa Gauna en cuanto me ve—. Vas a suplir a Alexandra Johnson.

—No creo que pueda, señor, el centro…

—No es una propuesta, es una orden —me interrumpe—. Ninguna de Las Nórdicas mide menos de 1,70 y Johnson mide 1,60.

—Yo la conocí con tacones y se veía alta.

—Hay espectáculos que se llevan a cabo sin zapatos. ¿Cómo vamos a disimular eso? —espeta—. Revisando el perfil físico, tampoco se asemeja a ninguna, al igual que Franco. Vargas no hace mucho dio a luz y Laila Lincorp está trabajando fuera de la ciudad, bajo las órdenes del ministro —prosigue—. Así que no hay más alternativa que replantear los planes, a menos que quiera que me ponga una peluca y baile con sus colegas. ¿Quiere eso, teniente?

—No, señor.

—Entonces ¡mueva el culo y aborde las lanchas!

Me trago la protesta y obedezco la orden. Parker está esperando con Alan, Angela, Meredith, Bratt, Simon, Alexandra y Brenda.

—Cada uno a sus posiciones. —Gauna saca sus binoculares—. Las mujeres vienen en el barco que se aproxima y hay que tomarlas antes de que lleguen a tierra.

—Johnson, Franco y Lyons, adelántense —ordena Bratt.

Gema llega con Liz Molina e Irina Vargas, Parker parte con el capitán Lewis, mientras los otros esperamos la señal.

Las Nórdicas solo dan espectáculos exclusivos. Años atrás, solo atendían a un jeque que murió; después de eso, empezaron a dar shows y es su primera vez en Londres. Patrick se nos suma y partimos en la siguiente lancha, donde el capitán Linguini se encarga de intervenir la comunicación.

Espero indicaciones a través del auricular. Los que se adelantaron se hacen cargo de la distracción, mientras los otros subimos al barco. Parker ya tiene registrado el número y la ubicación del camarote: tienen tres cabinas contiguas solo para ellas y, sin alterar el orden, atravesamos la cubierta rumbo a dicha ubicación.

Bratt se encarga de despejar el área y, para cuando quiero llegar, Angela, Parker, Brenda y Alexandra ya las tienen encañonadas.

—¡Qué bienvenida! —se queja una de las cinco mujeres—. Creí que los ingleses se destacaban por su amabilidad.

—Aquí ninguno de los presentes es inglés —le hace saber Angela—. Mala suerte.

—Los espectáculos artísticos son legales —habla la pelirroja que está en la cama, mientras me encargo de revisar que no lleven armas—. No hemos cometido ningún delito.

—Los espectáculos no son delitos, pero las personas con las que se reunirán sí los tienen —les aclara Parker—. A partir de ahora, permanecerán bajo nuestra custodia y están en la obligación de colaborar con la entidad.

—Su colaboración puede darle privilegios si llegamos a nuestro objetivo —Angela empieza a negociar—, pero en caso de querer negarse, por siempre van a estar bajo el radar, cosa que no les conviene, señoras.

Hay que llegar a acuerdos mutuos, dado que no se las puede detener sin motivo alguno. Ellas tienen que cooperar y soltar información sobre lo que hacen y cómo realizan sus actividades. Las maletas están llenas de pelucas, vestidos y tacones caros.

Dominick les explica por qué se requiere tomar el papel de cada una, les ofrece el programa de protección de testigos y se niegan, puesto que quieren seguir trabajando en lo que hacen y no quieren dañar tal cosa.

Es lo primordial para ellas y se encierran en ello. Miro el reloj y compruebo que falta poco para llegar al puerto; lo que sea que se hará debe hacerse en este momento, porque en dicho sitio las están esperando.

—El nombre quedará intacto —promete el alemán—. Mis agentes harán lo posible para que así sea.

—El dinero que pague el club es nuestro —exige la principal— y no hace parte de lo que ustedes nos pagarán.

—No nos interesa el dinero —le contesta Parker—. Es todo suyo.

—Nada de equivocaciones o errores que nos pongan en riesgo. Ellos tienen métodos de escarmiento que no les afectarán a ustedes, pero a nosotras sí, y sé por qué se lo digo, capitán —deja claro la rubia—. No hay peor cosa que tener líos pendientes con la mafia; aparte de todo lo anterior, han de escucharnos y nuestra opinión debe tomarse en cuenta o no podremos trabajar.

—Estamos a cinco minutos —le aviso a Parker.

—Hecho. —Les da a las mujeres lo que piden—. Mis soldados deben cambiarse, así que tomarán sus cosas, esto empieza a partir de este momento. Soldados: procedan y sigan con el operativo.

Gema entra con Liz Molina y Meredith Lyons. Tiro todo lo que hay en el equipaje sobre una de las camas y me pongo lo primero que encuentro, haciendo uso de uno de los lentes para sol. Me acomodo después la peluca y cambio las botas por tacones. Está visto que ellas cuidan su identidad con el fin de mantener el misterio. Guardo la ropa que no me puse y tomo una de las pesadas maletas.

Me uno a Angela, Gema, Meredith y Liz. El barco llega a su destino, Parker abre la mochila y le entregamos los celulares y otras pertenencias personales, como precaución en caso de que nos revisen.

Como se esperaba, hay un sujeto aguardando y se acerca a Angela, pidiéndole que lo siga al vehículo donde nos subimos. Nos lleva al hotel y se encarga de abrir la alcoba donde nos alojaremos.

—Habitación para cinco en uno de los mejores hospedajes de la ciudad. —Nos entrega una tarjeta—. Las recogeremos el viernes para la presentación.

—No nos gusta que nos vigilen —le aclara Angela—. Somos libres de entrar y salir cuando queramos, lo estipulamos en las condiciones.

—Lo sabemos, los encargados no tienen problema con eso, solo quieren un buen espectáculo para sus socios y clientes.

—Lo tendrán —le contesta ella—. Puede irse.

El hombre se retira y cada una trata de familiarizarse con lo que hay. Partir de inmediato sería raro y, por ello, esperamos una hora antes de desplazarnos a la ubicación que habíamos establecido con Bratt.

El cansancio empieza a pasarme factura, estoy despierta desde las cinco y treinta de la mañana y ya son casi las nueve. Por lo que veo, creo que voy a pasar la noche en vela.

—Extraño la cama de mi ogro —habla Gema desde el asiento delantero de la camioneta con la que nos desplazamos—. Angie, no sabes cómo agradezco el que anoche me lo aclararas todo.

Miro a la mujer que tengo al lado, pero ella prefiere mirar a la ventana. La actitud de Gema comprueba que las peores mentiras son aquellas que a las malas nos obligamos a creer.

—Muevan el culo, que hace falta mucho por hacer. —Gauna nos abre la puerta cuando la camioneta se estaciona—. Estamos en una misión, no en la ruta de Morfeo, ¡así que despiértense!

Abandono el vehículo. Estamos en una descuidada zona comercial, la calle se cerró hace años y albergó varios bares que ahora, supongo, se tomarán para lo que se requiera. Parker está con Las Nórdicas, Bratt hace parte de los presentes y me acerco al grupo.

—Imitarnos no es fácil —comenta la que siempre toma la palabra— y pretender ser como nosotras tampoco.

Es Freya, al parecer, quien las dirige a todas. Es alta, de curvas prominentes y sensuales.

—Somos profesionales —la encara Angela—. Solo di qué tenemos que hacer y lo llevaremos a cabo al pie de la letra.

—Bien —asiente la mujer—. Tú serás yo, la líder, la que dirige, ofrece y negocia. Tienes que tratar de tapar esos tatuajes. Quítate la ropa para evaluarte. ¡Todas hagan lo mismo!

—¡Ya la escucharon! —la secunda Gauna—. ¡Se desnudan ya!

—En ropa interior está bien, calvito —le dice la Nórdica—. Sin embargo, gracias por la sugerencia.

—Es mi trabajo. —Se endereza.

Me siento en el borde de la tarima para quitarme los zapatos.

—La pelirroja será Frey —dispone Freya— y la morena latina que le gusta mirar será Skadi.

La mujer decreta, mientras toma la mano de Liz Molina y la hace dar una vuelta antes de llamar a Gema.

—Tú serás Nanna —le informa a la novia del coronel y se mueve a mi sitio—. Y tú…

—Serás Hela —habla su compañera. Tenemos ciertos rasgos parecidos, como las curvas, las facciones de la cara y el cabello largo—. Sí, la sexi Hela.

Hela, Karla, Selene, Rachel, Aline… Un día de estos terminaré llamándome mierda.

—Cada una tiene un papel en el grupo y es algo que tendrán que aprenderse antes de salir. Es clave en nuestros espectáculos.

Hela, o como sea que se llame la bailarina, se me pega y me habla sobre lo que hace.

—Les mostraremos lo que sabemos y ya ustedes verán si pueden igualarlo.

Se suben a la tarima, la líder le pide música a Gauna y nos dan una muestra de su trabajo. Meredith pone los ojos en blanco y Gema se sube a una de las mesas con tubo de *pole dance*, intentando imitar a Las Nórdicas.

—A trabajar, colega —me dice Angela—. Esta noche será larga y presiento que la semana también.

—El espectáculo es el viernes —avisa Parker—. Solo tienen cuatro días para prepararse, así que aprovechen cada segundo aquí.

Miro al techo pidiendo paciencia. Lo que escogemos como dote artística que pueda aportar algo a la entidad es algo que se nos cruza siempre, y más en este tipo de misiones. Es como si el destino nos hiciera elegir desde pequeños lo que se sabe que sí o sí vamos a necesitar.

Me uno a las demás; no bailo seriamente desde que me fui, sin embargo, no tardo en tomar el ritmo. Como predijo Angela, la noche llena de rutinas y de las tácticas que manejan las mujeres termina siendo larga y agotadora.

—Necesitamos llegar a dos personas importantes: al Boss de la mafia rusa y a Philippe Mascherano. También a los otros cabecillas de la pirámide —les hace saber Bratt cuando entra al sitio, después de terminar con las prácticas—. Ese es el primer objetivo. El segundo es saber quiénes son los que hacen parte de la red que tiene a la Iglesia como fachada.

—Al cabecilla de la Bratva es difícil de llegar, ya lo hemos intentado, así que no te hagas muchas ilusiones —habla la líder de Las Nórdicas, destapando una botella de champán—. Del tal Philippe no he oído mucho, las negociaciones fueron hechas con la polaca y Dalila Mascherano.

«La hija de Brandon Mascherano». Tengo entendido que sus hijas más grandes son Ivana y Dalila. Si las cuentas no me fallan, deben de tener entre veintitrés y veintiún años, respectivamente.

Mis hombros se alzan con el estruendo repentino que se oye de un momento a otro.

—Perdón —se disculpa Liz, tomando el pico de la botella que dejó caer.

El móvil de Bratt timbra y se aparta a contestar. La jornada se acabó, así que tomo lo que debo llevarme, pero no culmino, ya que la cara que pone Bratt cuando cuelga deja la tarea a medias.

—El general Corvin Douglas acaba de fallecer —informa, y Gauna se acerca sin creerlo.

En la condecoración, vi cómo se acercó a saludarlo después de recibir la medalla. Era general en el comando alemán.

—¿Murió de qué? —pregunta el general.

—De un ataque cardiaco.

Parpadeo pasando el nudo que se arma en mi garganta, el cual no sé si se forma por el hecho de que tantos ataques cardiacos no pueden ser una casualidad o por el hecho de que el hombre que acaba de fallecer integraba la lista de los candidatos.

27

Las Nórdicas

Christopher

Apago la pantalla del móvil, analizando lo que acabo de leer: Corvin Douglas murió y… los gritos de la madre superiora me sacan del despacho sacerdotal.

—¡Padre! —exclama—. ¡Una fuerte tormenta ha inundado el ancianato y la comunidad que vive a las afueras de Henley!

Se pone las manos en la cabeza, llorando.

—¡Oh, cuánto lo siento! —Me hago el afligido—. Oraré por ellos.

—Debemos partir a ayudar, hay muchos afectados. —Retrocede como si no me conociera y maldigo para mis adentros—. No pensará quedarse aquí.

—Por supuesto que no, me extraña que diga eso —miento—. Oraré mientras vamos.

Le señalo el camino.

—Espéreme en la entrada, voy por mis cosas.

—Sí, padre.

Desbarato la máscara de preocupación cuando se va. «Qué puto estrés».

—Padre, ¿supo lo de Henley? —me pregunta uno de los monaguillos que se atraviesa—. Es una lástima.

—Sí, espero que el Señor esté con ellos.

Me adentro en la casa sacerdotal y cierro la puerta para que no siga con la charla. Qué Señor ni qué nada, tomo lo que creo que necesito.

Es un mal momento para este tipo de cosas, lo del club es el viernes y no sé cuántos días me va a tomar esto. Marco el número de Parker y me pongo el teléfono en la oreja.

—Voy a ausentarme. Lo pactado para el viernes se mantiene —esclarezco—. No quiero excusas para lo pactado.

—Como ordene, mi coronel.

—¡Padre! —Llaman a la puerta—. Lo estamos esperando.

Salgo en busca del auto donde espera el obispo Gianni; es un hombre de edad, tiene sesenta y dos años, pero se mantiene bastante bien. El pelo entrecano y ralo lo tiene peinado hacia atrás.

—Fatídico lo que acaba de pasar —comento antes de subir al auto.

—Me tiene con el corazón en la mano.

Subo detrás del obispo, nadie habla en el trayecto.

El ancianato donde llego parece un pozo, al igual que el pueblo. Lo que pensé que solo ocuparía un día de trabajo pasan a ser dos. Tengo que sacar agua y mover muebles de aquí para allá.

Los que ayudan no se me despegan, hacen todo juntos: comer, ayudar, dormir, joder… El contacto con el comando es nulo y no puedo irme, ya que nadie lo hace y es algo que un sacerdote no haría en un momento como este.

El operativo del viernes hace que mis sienes palpiten, sigo aquí y tengo que conseguir la maldita entrada para ingresar al club al que debo ir. Hago la fila para la comida mientras soporto al hombre que me habla sobre el dilema que tiene al desear a la mujer del carnicero.

Escucho las frustraciones sexuales de otros, como si no tuviera problema con las mías.

—Cógetela. —Me cansa.

—¿Disculpe? ¿Dijo…?

—Socórrela y ayúdala en lo que puedas. —Muerdo uno de los panes—. Eso lavará tus pecados.

—Claro. Perdone, creí que había dicho otra palabra… Mis pensamientos están mal. —Respira hondo—. Gracias, padre.

Se va, no hay cosa más insoportable que la gente pendeja; desaparece y mantengo la bandeja en la mano. Como de pie y noto al obispo hablando con el encargado del ancianato, se la pasan todo el tiempo juntos.

—¡Debemos limpiar las canaletas o de nuevo nos inundaremos! —gritan—. Aseguremos lo que se salvó en la parte alta del almacén inundado. ¿Padre, nos ayuda?

«Aquí vamos otra vez». Me muevo a la casa donde se guardan los enseres y, cuando llego, hay gente peleándose por cajas de comida.

—¡Padre, ayuda, por favor! —suplican.

Se van a los puños y apresuro el paso, disfruto ver a la gente partiéndose la cara, pero parece que los demás no, así que no me queda más alternativa que intervenir. Empujo a uno de los sujetos, que cae al suelo, e impongo el orden, dándole un codazo al otro cuando intenta atacar al que está en el piso.

—Padre —una de las voluntarias no deja de joder—, el hombre de allá se ha llevado una de las latas.

Las ganas de largarme se disparan. El idiota de la lata empieza a correr cuando lo miro y termina tirando lo que tiene. Intento ir por la lata, pero uno de los pillos de la calle lo toma y se adentra en el bosque corriendo.

Lo sigo, no porque me importe la maldita lata, lo que necesito es perderme para que me dejen de molestar. Finjo que voy tras él y, estando dentro, enciendo el cigarro que me fumo. Mis pulmones tragan nicotina cuando respiro hondo.

Solo y rodeado de árboles, los recuerdos vuelven a tomarme. La forma en cómo me follé a la novia de Bratt en Brasil, cómo le rompí la ropa y cómo entré a su húmedo coño. Miro arriba, mi polla ruega por un pajazo.

Le doy una calada al cigarro y lo termino botando cuando capto las risas que sueltan. Miro a mi derecha y, a unos metros, hay dos sujetos harapientos, pateando la piedra que se arrojan uno a otro. Uno de ellos es el tipo que seguí. Me fijo en la forma de la piedra, es demasiado redonda. ¿Es la lata?

Se la arrojan uno al otro, uno de ellos la atrapa con la mano y alcanzo a vislumbrar el símbolo que tiene grabado: «Bratva»…

—Tú… —intento gritar dando un paso más, pero es tarde, ya que el que la tiene lanza el artefacto de vuelta al otro, que la atrapa y…

La sangre me baña cuando el dispositivo se activa y explota. El impacto me manda atrás, el sujeto se vuelve pedazos, las aves salen a volar y mi culo termina contra el suelo.

«Maldito malnacido». El tórax me duele e internamente maldigo al nombre que aparece en mi cabeza.

Las gotas de agua me bajan por las puntas del cabello, mojándome la cara, y aterrizan en la toalla que reposa sobre mis hombros. Me ofrecen una bebida, que rechazo sacudiendo la cabeza.

—Tómalo, te hará bien —me pide el obispo Gianni.

—Me haría bien saber de dónde apareció lo que vi y por qué estaba entre los «enseres» —increpo—. No era comida.

—¿Cree que sé algo sobre eso? —se ofende—. Tengo las mismas preguntas que tiene usted y espero estar pensando mal, pero siento que me está acusando.

La toalla cae cuando cuadro los hombros.

—No sé de dónde apareció eso y ya les avisé a las autoridades; en unos momentos estarán aquí. —El papel de preocupado no se lo creo—. Váyase a descansar, sus nervios no han de estar bien después de ver algo tan espantoso.

El encargado del asilo me espera en el umbral.

—El obispo tiene razón, padre Santiago —secunda—. El joven que estaba con el fallecido se encuentra herido y en estado de shock en estos momentos. Somos conscientes de cómo se ha de estar sintiendo usted también.

Trato de mantenerme en los cabales, este sitio es una tapadera más, de eso no tengo dudas.

—Sí, me iré a descansar. —Se relajan con lo que digo.

—Como le dije, me voy a ocupar de todo —asegura el obispo—. Solo hay que confiar en la policía.

Asiento con hipocresía volviendo a mi papel, uno de los voluntarios se ofrece a acompañarme a mi alcoba y, en lo que queda de la noche, no veo llegar a la dichosa policía. Camino a través del espacio, tecleando el mensaje que redacto, incluyendo hasta el más mínimo detalle.

Necesito respuestas rápidas y precisas.

Demasiados daños para un dispositivo menor, el sistema me arroja datos, los cuatro mensajes que recibo me hacen doler la cabeza. Gauna tenía razón al decir que por estar pendiente de un solo objetivo se descuidó el otro, el cual ni ahora ni después puedo dejar que me toque los cojones. Me envían la información y termino estrellando el puño en la mesa con los datos que me sueltan.

El olor a sangre lo tengo impregnado todavía y respiro hondo en lo que trato de pensar, tengo que ir por una cosa a la vez y lo primero es el obispo, el cual es obvio que tiene que ver en esto. Empiezo a planear las coartadas con el fin de ahondar más.

A la mañana siguiente, las actividades empiezan a primera hora y aprovecho el momento del desayuno para acercarme al obispo Gianni.

—El viernes me gustaría presentarle a un par de personas que están ansiosas por conocerlo —miento—. Se reúnen en uno de los barrios bajos de Londres.

—Me encantaría, pero estaré orando toda la noche del viernes y el día del sábado —contesta—. Será en otra ocasión.

—Entiendo. ¿Dijo algo la policía?

—Vendrá más tarde, no creo que los veas, porque viajaremos a consolar a la familia del fallecido. Los voluntarios se tomaron la molestia de buscar, estuve con ellos hasta altas horas de la madrugada —asegura—. Afortunadamente, no había nada más. Suponemos que era propiedad del joven.

—Es lo más probable.

—Nos vamos dentro de diez minutos.

Es lo último que dice antes de irse. No va a orar una puta mierda, es más que obvio dónde estará y me corto el pito si no es así.

—Padre Santiago —me saluda el que dirige el ancianato—, ¿ya le avisaron que partirán dentro de un par de minutos?

—Sí.

Todo el día del jueves se me va en las afueras del pueblo, en Henley, con la familia del sujeto que murió. La madrugada del viernes también, y el que nos recojan el mismo día, en la casa del fallecido, para partir a Londres, me confirma algo y es que no quieren que vuelva al ancianato.

—Trajeron nuestras cosas —me comenta el obispo de camino al auto—. Se me olvidó comentarte que la policía estuvo en el lugar de la tragedia y ya nos confirmaron que no hay nada de que preocuparse.

—Qué bien.

Actúo como si sus mentiras me dejaran más tranquilo. Se sube al asiento trasero conmigo, lo poco que traje está dentro del bolso y lo ubico sobre mis piernas cuando me siento.

A los diez minutos del trayecto, el obispo se queda dormido y aprovecho para mirar el mensaje que me dejó Patrick hace cuarenta minutos.

> Mi coartada está confirmada en el club, al igual que la de Stefan Gelcem y Dominick Parker.
> El capitán Lewis informa que aún no ha conseguido un pase para el ingreso.

> Los demás ya tienen tareas asignadas, las cuales van a sumar al procedimiento.

Mi respuesta es una advertencia:

> Que lo consiga o está fuera del caso.

«No me importa que sea uno de los mejores capitanes, si no puede cumplir con lo que le corresponde, que se largue. Pierde dinero, puntos y reconocimientos».

El obispo ronca a mi lado y le doy un vistazo a la lista de los agentes que Parker me envió en el bar, la cual tiene los nombres de las soldados que van a suplir a Las Nórdicas.

Angela Klein.

Gema Lancaster.

Alexandra Johnson.

Lizbeth Molina.

Meredith Lyons.

Guardo el aparato cuando el hombre que está a mi lado se mueve.

Llego a Londres al mediodía y en el sitio me espera una de las religiosas, la mujer me sigue y comenta de lo bonita que quedará la Iglesia con la ayuda de los voluntarios.

El obispo toma su camino y yo el mío con la monja. Tengo que conseguir la coartada para entrar al club y la mujer me está quitando tiempo.

—Padre —me alcanza uno de los monaguillos—, hay un feligrés que quiere hablar con usted. Necesita consejería.

Es Bratt el que espera metros atrás, luciendo como un civil cualquiera. Muevo la cabeza con un gesto afirmativo y él se acerca como si nada.

—Debe de ser algo personal y no quiero incomodar —comenta la religiosa—. Los dejo solos para que hablen.

Se lleva al monaguillo, que se ofrece a guardar mis cosas, y espero que desaparezca antes de empezar a hablar:

—Vienes a decirme que ya tienes la entrada al club.

—No, he buscado maneras, pero no tengo una —confiesa—. Vengo a comentarte personalmente que sería bueno replantear…

—Yo no voy a replantear nada por tu maldita incompetencia —lo corto—. Vamos a entrar, y si tal cosa te queda grande, dime y te saco de esto de una vez.

—Me he esforzado en todos los operativos —empieza—. Soy uno de los capitanes con más renombre aquí, no te cuesta nada tenerlo en cuenta.

—Para mí no eres más que un pedazo de mierda, el cual, por mucho reconocimiento que tengas, tiene que cumplirme o se va —lo encaro—, así que muévete a obtener lo pactado o voy a empezar a creer que sobras en la Élite.

Rabioso, endereza la espalda. Yo me retiro, dejándolo a la mitad del jardín, ya que tengo cosas que hacer.

Me fijo en la hora, las 13.09; continúo caminando en busca del obispo Gianni, que no veo por ningún lado, pero sí al obispo Capreli. Es un hombre obeso, con pinta de baboso. Está frente a la fuente con una de las prostitutas, es la misma de tetas prominentes que se me insinuó hace unos días. Tiene la Biblia sobre la entrepierna y toca el brazo de la mujer antes de señalar el camino; ella lo sigue. Merodeo por el sitio con cautela y descubro que van hacia la casa sacerdotal donde se aloja.

La puerta se cierra, el área está despejada y, con grandes zancadas, me doy la vuelta en busca de la entrada de la cocina. Para mi suerte, no tiene seguro y tomo las escaleras que me llevan a la segunda planta, la puerta está entreabierta y me encuentro con lo obvio: al obispo, con los pantalones abajo, follándose a la puta en el piso.

Ella nota mi presencia e intenta taparse, pero es tarde. El hombre no fue muy cuidadoso.

—Perdón. —La palabra asquea mi garganta y él se levanta asustado—. No era mi intención interrumpirlos, solo quería preguntarle si le apetecía almorzar conmigo.

Hago el amago de irme, pero…

—Santiago. —El religioso me detiene.

Me vuelvo hacia él, quien le pide a la prostituta que se vaya. Ella se larga y él, con las manos temblorosas, se acomoda la ropa.

—Todos los hombres necesitan un escape, el ser humano no es perfecto y tú lo sabes.

—Por ello no está mal acostarse con prostitutas, según usted —le reclamo.

—He visto cómo miras a esa mujer, a la voluntaria, así que no te permito que intentes poner en tela de juicio mi palabra. —Me encuella y llevo mis manos atrás, aguantando las ganas de partirle la maldita cara.

«No todavía —me repito—, no todavía». Cambia el gesto de enojo cuando me mantengo serio.

—Eres un hombre muy apuesto, Santiago, e inteligente —me adula—. Cientos de mujeres han de ofrecerte su fogoso coño, ¿cierto? Han de engrosar tu polla cuando se te insinúan, y está bien, sé lo que es eso; por ello, puedo comprenderte y ayudarte si lo deseas, porque estamos para ayudarnos.

Palmea mi cara.

—Dime, ¿te gustaría deslizar tu miembro en la vagina de una mujer?

Les impongo rigidez a mis extremidades.

—Sí, sé que sí lo quieres, que lo necesitas, y yo puedo dártelo —propone y río para mis adentros—. Lo único que tienes que hacer es callar, que si esto funciona, puedo ofrecerte muchas cosas más —continúa—. Solo tienes que hacerme caso y guardar silencio.

Suavizo la mirada, relajando el cuerpo cuando frota mis brazos.

—Mujeres por montón… Putas de la mejor categoría, de las más caras, en un sitio exclusivo, lleno de excentricidades. Sé que lo necesitas y también el descanso a eso que agobia a todo hombre.

Insiste, comentando como si fuera lo mejor del mundo, está hablando del club y el que lo describa como lo hace me confirma las sospechas. Me promete una recompensa y me asegura que me pagará con una de las mejores mujeres si me callo.

—Te gustará tanto que querrás volver y podrás hacerlo, porque te conseguiré un pase que te permitirá entrar las veces que desees —sigue— si me dices que no lo vas a lamentar.

El tono toma un tinte amenazante.

—Pero si me dices que…

—Sí —le respondo—. Lo necesito, no tiene caso ocultarlo.

—Lo sabía. —Frota mi hombro—. Búscame hoy a las siete en la salida de atrás, te estaré esperando ahí. Ve informal.

—Sí, señor.

Celebro para mis adentros cuando abandono el lugar, dado que acabo de obtener lo que necesito, porque el sitio que describió es el Oculus.

A la hora estipulada, salgo de la casa sacerdotal rumbo al sitio acordado. Hay un auto esperando, el obispo está dentro. Me sumerjo en este y al tomar asiento veo cómo se pasa las manos por las rodillas. El que conduce arranca y él me da un par de sugerencias en el camino.

—Solo di que eres mi acompañante, no vayas a decir tu nombre —indica—. El sitio carece de luz y las que hay sirven para iluminar los espectáculos; tampoco hay cámaras, así que puedes estar tranquilo y sin miedo a que te reconozcan.

Me entrega el antifaz que me pongo cuando el auto se detiene varias cuadras antes del lugar. Salgo y camino con la mirada baja, dado que el sitio es zona de la mafia y los grandes cabecillas saben muy bien quién soy.

Este tipo de sitios, internamente, acostumbran a situar a los clientes acaudalados en ciertas áreas y a los grandes mafiosos en otras. Sigo al religioso hasta la entrada, donde muestra una tarjeta.

—Viene conmigo —avisa—, y él también.

Miro a mi izquierda captando a Patrick, quien se acerca vestido con un pantalón de cuero apretado y una camisilla de malla que le llega justo arriba del ombligo. La chaqueta que lleva puesta le queda demasiado pequeña y sus ojos están ocultos por un antifaz de zorro. Finjo que no lo conozco.

—Señores… —saluda.

Nos registran antes de guiarnos a un oscuro pasillo y me encuentro con unas escaleras oscuras. Bajo junto con el religioso y Patrick; otro pasillo nos espera y, al final de este, la atmósfera cambia por completo cuando cruzo el umbral y me encuentro con un salón entapetado.

—Bienvenidos —una mujer nos abre las puertas dando paso al área que sigue— a la zona general plateada.

El sitio está lleno de gente, hay acuarios con espectáculos femeninos y mujeres bailando en los tubos de las mesas, rodeadas de asientos rojos. Hay una enorme tarima con pasarela y, al final de esta, una pantalla gigante que va de extremo a extremo, ocupando toda una pared. El olor a nicotina predomina en el ambiente, al igual que el olor a licor.

Hay distintos tipos de clubes en la mafia: los «híbridos» como estos; los cargados de perversión, como los de la Bratva; y los «exóticos», como los de los hindúes, las Tríadas y la Yakuza. Nadie sabe quién es quién, ya que todos lucen los dos mismos tipos de antifaz.

—Solo nos quedan un par de asientos. —Nos guía la mujer señalando el sitio, donde reconozco al limosnero de Gelcem, hablando con un sujeto trajeado.

La mujer me ubica al lado de la sabandija que anda con Rachel. Patrick se sienta junto a mí.

—Vuelvo dentro de un par de segundos —avisa el religioso—. No se muevan de aquí.

—Ve tranquilo, hermoso —le dice Patrick, y en verdad me está empezando a preocupar.

—Horas antes de irse, me sorprendió con su bóxer en la mano —susurra con una sonrisa mal disimulada—. Me tocó decirle que estaba enamorado de él para conseguir la maldita entrada.

—Caballeros, buenas noches —saluda un portugués, el cual llega con tres hombres más, entre ellos Bratt, quien toma asiento en el último lugar disponible.

—Señor —Stefan me saluda con disimulo y lo ignoro. No sé por qué mierda me habla.

El obispo vuelve, empiezo a recorrer el área, paseando la vista por el sitio, pero es difícil detectar algo, ya que la iluminación es demasiado escasa. La tarima se ilumina y un sujeto aparece con un micrófono.

—Bienvenidos al Oculus —da la bienvenida—, el club que ama acoger a todo aquel que quiere divertirse. Un sitio hecho para sus deseos, que les dará todo lo que anhelan.

«Lo dudo», la imagen de Rachel James atraviesa mi cabeza y tomo uno de los vasos de whisky que me ofrecen.

—Hoy es un día especial, tenemos al grupo de celebridades más famoso del mercado negro —anuncia, consiguiendo que los presentes rompan en aplausos—: ¡Las Nórdicas!

La pantalla se ilumina y los presentes celebran.

—Freya, Frey, Skadi, Nanna y Hela llegaron dispuestas a hacerlos eyacular con cada uno de sus pasos.

—Hoy nos quedamos con una —asegura el que acompaña a Gelcem, y doy por hecho que es el agente de aduanas—. Te lo aseguro.

—Primero, calentemos el ambiente con un abrebocas —anuncia el animador, y un grupo de bailarinas con trajes diminutos toman las mesas.

—Esto solo es una probada de lo que te prometí —me asegura el sacerdote.

Las mujeres rodean a los presentes, se suben a la mesa y no me despiertan ni un mal pensamiento, pese a que me concentro y me esfuerzo por tener una imagen que aniquile las que me persiguen. Cambian de grupo e inclino de nuevo el vaso que tengo.

Me estoy desconociendo y eso me molesta.

—¡Señores! —Vuelve el animador—. Basta de preámbulos.

Hacen sonar los tambores y los aplausos no se hacen esperar.

—El Oculus tiene a las cinco diosas nórdicas de la lujuria, mujeres de otro mundo, dispuestas a convertirse en lo que deseen —anuncia—. ¡Recibamos a la primera!

El humo sale de todos lados, la música cambia a voces múltiples en idiomas desconocidos, mientras que el violín, la flauta y el tambor se vuelven protagonistas.

Una mujer sale contoneando las caderas, la falda de velo le cae por la cintura. «Angela». Las tetas son inconfundibles. Tiene los pechos cubiertos con un top de pedrería que le cubre parte de la garganta, brazaletes que le adornan los brazos y tintinean mientras los mueve al ritmo de la música.

—Público, inclínate ante la diosa más grande de todas —prosigue el presentador—. ¡Freya! La grande, la madre, la líder. La que domina dispuesta a demostrar quién es la que manda.

Los hombres enloquecen cuando se posa en el centro de la pista, haciendo vibrar las prendas del traje. Tiene la cara cubierta con un maquillaje en forma de antifaz.

La música cambia y sale otra mujer. «Lizbeth Molina».

—¡Skadi! —continúa el de la tarima—. ¡La pícara, la juguetona! La que los dioses escogían a la hora de querer divertirse.

Las luces se apagan y vuelven a encenderse, Angela y Liz invitan a una nueva integrante: «Gema».

—¡Nana! —grita el hombre—. ¡La bella y benevolente paloma que todos querían tocar!

Lucen atuendos de distinto color: Lizbeth Molina va de amarillo, Angela de gris y Gema de azul. Parece que tuvieran el cuerpo untado de arena y lucen joyas prehistóricas, las cuales sobresalen y resplandecen en el escenario. Se juntan siguiendo con el baile.

—Ya veo por qué te gusta Gema —murmura Patrick cuando la camarera distrae al religioso—. Tiene lo suyo y baila bien.

No lo hace mal; de hecho, lo hace muy bien. Gema tiene cierta sensualidad que atrae, y, al parecer, es la que más disfruta del espectáculo, dado que coquetea cada vez que se acerca al borde de la tarima. Los aplausos no cesan.

—¡Frey! —sigue el narrador—. ¡La sumisa, la enigmática y la bella!

Tuerzo los ojos. «Meredith Lyons». Bratt se mueve incómodo y más ridículo no puede ser.

Para la música y las cuatro caminan al mismo tiempo, fijando la vista en un solo punto. Falta Alexandra.

El reflector apunta a la parte de atrás del club e ilumina a una mujer vestida con traje rojo. Todos voltean a mirar, incluyéndome; ella está de espaldas contra la pared, en una sexi pose que resalta todas sus curvas, las cuales congelan la mano que rodea el vaso que sostengo.

No es Alexandra, es el cuerpo de la mujer que me atormenta. «Rachel». Sigue de espaldas, pero reconocería su cuerpo en cualquier lado.

—¡Hela! —anuncia el presentador, y ella medio gira la cara, mirando por encima de su hombro.

El tambor entona un solo ritmo y ella empieza a mover las caderas al compás de la música, mientras se da la vuelta riendo con descaro.

—La irreverente, la inalcanzable, la única —continúa el hombre—. ¡La que atrapa, seduce y mata con su belleza! ¡La que llevó a un sinfín de dioses al deceso, ya que prefirieron morir antes que salir de las redes de su encanto!

«El diablo me quiere llevar». El mundo desaparece y mis ojos quedan atrapados en la sensualidad que emana cuando se mueve.

Recorre la pasarela, siguiendo el ritmo de los tambores; luce el mismo maquillaje que Angela y las demás. Lleva una peluca con flequillo que le cae sobre las cejas y luce prendas en forma de cadenas delgadas.

Mi pecho retumba en lo que se acerca, pasando por mi lado, rumbo a la tarima y uniéndose a las demás. La garganta se me seca y la polla se me endurece a un nivel donde no sé cómo mierda voy a lidiar con esto.

—¡Con ustedes Las Nórdicas, señores! —exclama el hombre de la tarima cuando ella termina su presentación individual.

Dan inicio al baile grupal y mi ira se dispara preguntándome por qué carajos no me ponen al tanto de este tipo de cosas. Esto no era lo que se había pactado y lo peor es que no sé por qué me afecta tanto.

Gelcem sigue aplaudiendo como un idiota y se levanta eufórico chocando las palmas cuando el espectáculo se acaba. De tener el arma, le enterraría un tiro.

—¡¿Quieres sentarte?! —increpo—. Me estás poniendo el maldito culo en la cara.

—Dentro de un par de minutos tendremos la próxima presentación —avanza el presentador cuando las mujeres desaparecen.

Patrick me pide que me calme y muevo el brazo cuando toma la manga de mi chaqueta. El obispo está mirando las botellas en la barra, vuelve con una y estampa un beso en la boca de Patrick, quien se queda en blanco; a mí me dan ganas de vomitar.

—¿Se están divirtiendo? —pregunta llamando a las camareras—. ¡Tragos para mis amigos!

Recibo uno, no puedo perder la concentración por el enojo, así que opto por tranquilizarme posando la vista en la parte de arriba. Las luces del acuario iluminan la cara del sujeto que está pasando y lo reconozco al instante: Gregory Petrov, el caudillo de la mafia búlgara.

—Preparen las billeteras, señores, porque las diosas se van con el mejor postor.

Todos alzan los billetes y la mesera le trae al obispo un maletín. La música toma más intensidad cuando Angela aparece con Gema y Lizbeth Molina. La ropa interior de cuero deja poco a la imaginación, el maquillaje cambió y lucen corbatines en el cuello. Todas llevan pelucas de cabello corto.

Bajan del escenario toqueteando a los presentes. Gema sube a mi mesa junto con Angela; los billetes llueven y el sujeto que viene con Bratt le ofrece dos fajos a la hija de Marie.

—¡Queremos atención aquí! —exige—. Muéstrale algo a mi nuevo hombre.

Palmea la espalda de Bratt y Gema le baila a este, quien aprovecha para poner la mano en su pecho. Siento cómo me mira de reojo y sé lo que pretende lograr cuando hace que ella se incline a rozar sus labios con los suyos. Me da cierto disgusto, pero lo dejo pasar, porque más hijo de puta que yo no es.

Gema se mueve de sitio, pasando a la siguiente mesa y Angela termina el espectáculo, agarrando todo lo que se le atraviesa.

—¡Hela y Frey con ustedes, señores! —avisan, y la cabeza vuelve a palpitarme con el enterizo corto y de color rojo que luce la teniente.

Mis ojos se clavan en ella, en la única capaz de engrosar mi polla en una milésima de segundo. Juega con el cierre del enterizo que sube y baja y la bragueta de mi pantalón amenaza con reventarse, puesto que lo que me brinda es mejor que cualquier sueño erótico.

Se acompasa con Meredith en el espectáculo que brinda, donde las dos realizan movimientos iguales. Una total pendejada, ya que Rachel la opaca por completo.

—¡Ahora sí, señores! —exclaman—. ¡Veremos quién da más por estas bellas mujeres!

Una nueva pista toma el lugar, el obispo abre el maletín que le acaban de traer, atrayendo la atención de Rachel, quien me hace elevar la vista cuando sube sobre la mesa y comienza a contonearse frente al tubo. Mi cordura empieza a extinguirse y las ganas de follármela sobre la mesa se desbordan como lava de volcán al ver cómo se saca el enterizo de una manera tan erótica, mostrando el diminuto sostén.

Tiene la misma peluca del baile inicial y abre las piernas frente a mí con un movimiento sensual, contoneando las caderas y consiguiendo que el aire se atasque en mis pulmones.

—Baja y dale un poco de cariño a mi muchacho, que es nuevo aquí —le pide el obispo, y ella obedece, desatando lo que tanto intenté contener.

Mi miembro punza bajo la tela de mi vaquero cuando ella acorta el espacio entre ambos, bailando para mí. Me da la espalda. Mis manos viajan a su cintura y la siento sobre mi regazo, ejerciendo fuerza para que note cómo me tiene.

Se arquea, apoyando la cabeza sobre mi hombro en un tonto intento por levantarse, pero no la dejo. Disimula enredando sus dedos en mi cabello y paseo la nariz por su cuello, mientras sujeto su abdomen con mis brazos para que no se mueva. «Es una profesional, no puede salirse del papel», me digo. No se sabe quién está domando a quién: si ella a mí con sus movimientos persuasivos o yo a ella obligándola a que sienta lo que tanto disfrutó.

—Aquí hay otro maletín, bonita —le dice el zopenco que acompaña a Gelcem—. También quiero atención para mi acompañante.

¿Dejarla? Jamás. La volteo, consiguiendo que quede abierta de piernas sobre mí.

—Eso —dice el obispo—, dómala para que sepa quién manda.

Ella suelta una carcajada. Juro por Dios que, si no me la tiro, tendré que amputarme la polla.

—La atención no es solo para uno —advierte el otro.

Lo ignoro y la pego a mi pecho. Me vale una mierda que ambos estén pagando: es a mí a quien tiene mal y, por ende, es a mí al que tiene que complacer. Mi mano queda en su nuca y la empujo a mis labios, siento la proximidad de su boca, la calidez de su aliento, el calor que emana de su entrepierna cuando elevo la pelvis y… Me toma del cuello mandándome atrás, pegándome en el asiento.

—No es el único nuevo, según me contaron. Él también quiere atención —se aferra a la camisa del limosnero, que se mantiene a mi lado— y deseo llevarme los dos maletines.

Mis labios se separan cuando encuella y besa a Stefan Gelcem sentada en mis piernas. No es roce, ni contacto leve: es un beso con tomada de pelo y mordisco de labios. Lo empuja, se levanta, toma ambos maletines y sube al escenario llevándose los aplausos.

Meredith la sigue y se despiden bajo una lluvia de flores y billetes.

No me muevo. «¿En verdad fue capaz?». La mandíbula me duele cuando la aprieto, mis palmas arden bajo la tensión de mis músculos y mi cabeza no da para pensar en otra cosa que no sea lo que acaba de hacer.

—Habitación 202 —me dice el obispo—. Pedí que me reservaran una nórdica; me salió cara, así que disfrútala.

Lo único que me apetece es volarle la cabeza al hombre que tengo al lado, pero rechazar la oferta no hará más que levantar sospechas.

Una camarera viene a por mí y me levanto cuando me pide que la siga.

—Te veo el lunes, también me daré mi momento —me comenta el obispo—. Cumplí con lo prometido, tú verás cómo vuelves, no olvides que si te portas bien y mantienes la boca cerrada podrás regresar, y no solo eso, podré darte un par de cosas más.

—¡Tengo a la jodida Hela! —exclama el agente de aduanas que acompaña a Gelcem—. Andando, que no hay tiempo que perder.

La vista se me oscurece y no tengo que ver con Patrick, ni con la mafia, ni con nadie. La mujer que me acompaña me hace saber de cuánto tiempo dispongo con la «nórdica» que me tocó.

Estrello la puerta cuando se va, envío un mensaje pidiendo el vehículo que necesito y, como si no fuera poco, mi noche se torna peor con la cucaracha que entra.

—No habrá acción, no soy una de las tantas que babean por usted, así que manténgase en su sitio —advierte Meredith Lyons, como si por mi cabeza se cruzara la idea de estar con ella.

—Ni que tuvieras tanta suerte…

Tomo una de las botellas antes de encerrarme en el baño. Quisiera largarme ya, pero también sería sospechoso, así que me ahogo en licor, queriendo aliviar la presión que tengo en el pecho.

He aquí los malditos motivos por los cuales no quería que volviera.

De nuevo, me empino la botella una y otra vez hasta que el mareo me toma, recuesto la espalda contra la madera… Lo que bebo está fuerte y sigo ingiriendo, mientras el tiempo pasa.

—Tenemos que irnos. —La novia de Bratt toca a la puerta cuando las horas llegan a su fin—. ¿Está ahí? No puede salir solo, el pago incluye que lo acompañe a la salida.

Mareado, me acerco al grifo, donde me lavo la cara. Continúa tocando y abro la puerta. Aún sigue con la peluca puesta y maquillada, con la gran diferencia de que ahora viste pantalones negros, botas y una blusa de tirantes. Perfecto para lo que requiero.

—El capitán Linguini se encargó de la vigilancia —avisa—. Podemos salir por la puerta de atrás, el área está despejada.

Se voltea queriendo irse y me voy sobre ella, tomándola del brazo; su cuerpo impacta contra mi pecho y la tiro a la cama.

—¡¿Qué hace?! —se altera—. No se atreva a...

Aprisiono sus brazos bajo mi abdomen.

—¡Abusador! —espeta, y suelto a reír.

—Prefiero que me despellejen con un cortaúñas antes de meter la polla en tu pálido coño. —Le tomo la cabeza, buscando su cuello.

Se retuerce bajo mi agarre cuando la llevo contra la cama, clavo los labios en su piel y succiono arañando con los dientes, asegurándome de dejar la marca que necesito.

—¡Aléjese! —Patalea desesperada y bajo la boca al pecho que destapo—. ¡Que se aleje, le digo!

Me encargo de hacer lo mismo que hice en su cuello, queda como lo necesito y la suelto. Tiene la cara empapada por las lágrimas y corre al baño, mientras que yo solo me preocupo por largarme.

Bratt la está esperando al final del pasillo. «Te conozco tanto..., imbécil», aunque no lo grite a los cuatro vientos, le importa la pálida desabrida.

Intenta fingir que aprecia los desnudos de las paredes.

—Un poco floja, pero sabe mamarla —le digo—. Ahora entiendo por qué la llamas todas las mañanas.

—¿Qué? —increpa atónito.

—Que Meredith no es tan mal polvo como creí.

La pelirroja sale llorando de la habitación y él fija los ojos en ella, quien tiene la mano en su cuello.

—Repásala. —Me encamino al pasillo—. Te apuesto lo que quieras a que aguanta otro polvo.

Se me viene encima, lo mando contra la pared y me apresuro a la salida conteniendo la risa cargada de ego. «Idiota». Salgo, Patrick está esperando en el callejón que dejo atrás. Sé que me están siguiendo, así que subo cuatro calles, me desvío y subo otras dos más, saliendo del perímetro naranja.

—¿Qué pasó? —me pregunta Patrick agitado cuando me alcanza.

Volteo y Bratt me recibe con un puñetazo. A pocos pasos, la pelirroja no deja de llorar.

—No seas hipócrita, dile que lo disfrutaste. —Me río.

—¡No le pongas atención! —le dice Patrick a Bratt cuando me encuella y lo empujo, asestándole el golpe que le saca sangre.

Patrick lo toma y Tyler aparece en una camioneta.

—¡¿Qué tan miserable quieres que sea?! —reclama Bratt forcejeando para que Patrick lo suelte—. Te he salvado la vida y ni por eso tienes consideración.

—Señor, vámonos. —Baja Tyler.

—¡Te dejan porque no eres más que basura! —espeto—. Un imbécil que nunca me llegará ni a los talones.

Le doy la espalda, el escolta abre la puerta y…

—¡Viven juntos! —me grita Bratt—. Rachel vive con Gelcem y es algo que nunca vas a recuperar, porque se enamoró, te olvidó y, por más que quieras hacerme la vida imposible, no hará que la tengas de nuevo, porque la perdiste.

Siento que me prenden fuego en lo que saboreo la amargura de mi propia saliva.

—Ve, vive con la tortura de que nunca será tuya.

—¿Torturarme? —me burlo—. El mártir eres tú, no yo.

Me adentro al auto y cierro con un fuerte portazo. Siento que un sinfín de espinas se clavan en mi pecho cuando respiro. Su recuerdo vuelve y considero la idea de pegarme un tiro con el fin de acabar con esto de una vez por todas. La necesidad de arrancarle la ropa me consume y tal cosa me desespera más de lo que ya estoy.

—Consígueme una maldita botella con licor —le ordeno a Tyler.

—Señor, la zona no es segura.

—Di una puta orden.

Obedece, estaciona y me empino lo que trae cuando vuelve. Mi sistema me exige que alivie esto y me termino de embriagar en lo que queda del camino que me lleva a mi casa.

—¡Chris! —exclama Gema cuando entro—. ¿Otra vez ebrio, ogro gruñón?

—Tráeme un whisky —le ordeno.

—Ya bebiste demasiado.

—Trae la botella —le exijo al escolta.

—¡No! —Se mete Gema—. Si sigues así, terminarás con una cirrosis.

—De algo hay que morir. —Se interpone cuando intento ir a la licorera.

—No digas eso, no sabes lo mucho que le dolería a la gente que te ama.

La gente que me ama… «¿A ella le dolería?». Claro que sí, soy el amor de su vida. Aunque esté con otro, a mí no va a olvidarme nunca.

—Te tengo un detalle. —Toma de la mesa el maldito muñeco que no se cansa de comprar.

—Más porquerías para mi perro. —Lo arrojo a un lado—. Deja de traer idioteces, que no tenemos cinco años.

—El amor es inmaduro. —Me besa los labios—. No tengo la culpa de que tu amor me vuelva una cursi detallista.

Abraza mi torso y baja por mi cuello; el miembro que quiere descansar se alza y tomo su mentón apoderándome de su boca. Alguien tiene que bajarme las ganas y será ella. La mezcla de alcohol y los recuerdos del pasado me la ponen como una piedra. Desbarato el nudo del albornoz que tiene puesto y la pongo contra la mesa.

—¡Oye! —Mira a Tyler avergonzada.

—Sabes lo que pienso de los cobardes.

—Me retiro, mi coronel. —El escolta se larga cuando le arranco la bata.

—No es cobardía, es pudor —se defiende Gema.

—Como sea. —Le inclino la espalda y me desabrocho el pantalón.

El piso se mueve y tenso las piernas para no caerme. El alcohol me pondrá a dormir y el correrme acabará con la maldita frustración con la que cargo. Deslizo el preservativo en mi falo erecto y le separo las piernas antes de empujar dentro de ella.

—Despacio, tranquilo…

Las ganas de vomitar se acumulan en mi garganta, pero no me detengo.

Necesito llegar al maldito clímax, así que embisto con más fuerza, estrellando sus caderas una y otra vez contra mi pelvis. Gema gime cuando se corre y yo sigo entrando y saliendo queriendo llegar, pero…

El desespero me abarca, el mareo aumenta y el mundo se me va. Ella aparece bailando en el tubo del club, mi mente se llena de fragmentos sobre nuestros encuentros, la veo sobre mí, jadeando, sudando… Mi miembro se niega a ceder y el mareo me obliga a parar.

—¿Estás bien? —me pregunta Gema, y la aparto cuando mi estómago devuelve todo, vomitando en el piso—. ¡Christopher!

Me acaricia la espalda preocupada. «Ya es demasiado». Me estoy volviendo loco. Sigo vomitando en el mármol.

—¿Qué hago?

No le contesto, solo me encamino al pasillo y me encierro en el baño. La erección hace que me apriete el preservativo, por lo que me lo quito y lo echo a la basura.

Mareado, me saco la ropa y me adentro en la ducha, donde el agua golpea mi cabeza cuando abro la regadera. Mi cerebro sigue dándole vueltas a su imagen.

—¡Ogro! —Llaman a la puerta—. ¿Está todo bien? ¿Quieres que contacte con un médico?

—Vete —le digo.

Tomo el miembro erecto que aclama el coño de la mujer que tuve sobre las piernas. Dije que no lo haría, pero es la única manera de calmar esto, así que envuelvo los dedos alrededor de mi falo, evoco la mamada que me dio en el comando y mis pelotas se contraen con el recuerdo en lo que muevo mi mano de adelante hacia atrás.

Cierro la regadera y llevo la espalda contra la pared, masturbándome como un animal. Tengo que separar las piernas para no perder estabilidad cuando mi cuerpo se encorva y mi pulso se dispara, recordando cómo se la metí en la boca, cómo mis oídos captaron los sonidos que emitía su garganta, cómo mi glande rozó una y otra vez su paladar.

La polla se me hincha más y siento que, en vez de deslizar la mano por mi falo, lo estoy haciendo por una barra de acero. Le añado velocidad al movimiento, mis venas se engrosan y mis labios se separan con el recuerdo que tengo de sus tetas. Transcurren minutos donde no sé lo que soy…, añado velocidad al pajazo que me tensa los músculos en lo que sigo pensando en ella.

—Nena… —musito solo para mí y, acto seguido, surge el derrame que baña mi miembro.

El pulso me va a mil y, hastiado, sacudo la cabeza. «Esto no se va a quedar así».

—¿Shrek? —insiste Gema afuera—. Voy por las llaves.

—No quiero ver a nadie —jadeo.

—Te esperaré en la cama —contesta—. Te amo.

Lleno mis pulmones de oxígeno. Me gusta, pero el «te amo» no es nada si no viene de Rachel James. Quiero oírlo en ella, no en la mujer que está afuera, y ahora es cuestión de ego.

Enderezo mi espalda y echo la cabeza hacia atrás bajo el agua de la regadera cuando la vuelvo a abrir.

Las cosas no se van a quedar así, por una sencilla razón: soy un pretencioso egoísta que ahora quiere tenerla para saciar las ganas como y cuantas veces quiera. Necesito que vuelva a ser la de antes y vuelva a complacerme cuando y donde la necesite.

La quiero muerta de amor y ser el antagonista que la jodió, pero que, pese a eso, sea tan masoquista que no tenga la voluntad de alejarse.

Quiero ser el tóxico que nunca podrá dejar, el que siempre va a recordar y, por ello, nunca va a avanzar. Quiero seguir estando por encima de Bratt, de Antoni y de todo aquel que intente crear nuevos sentimientos.

Dejo que el agua fluya por mi cuerpo. Puedo hacerlo. Sonrío para mis adentros: si lo hice una vez, puedo hacerlo las veces que quiera. Si la enamoré siendo un patán, puedo hacer lo que me plazca, mostrando el otro lado de la moneda; la enamoraré, aunque para ello tenga que ser falso y mentir como lo ha hecho ella.

Lo haré porque me place y se me da la gana.

28

Seis amigas y un problema

Rachel

Acomodo la espalda en la cama y cambio de posición por cuarta vez en la noche, Stefan duerme vestido a mi lado, se quedó dormido cuando tocó la almohada.

Drew Zhuk, el agente de aduanas que tiene en la mira, estaba tan ebrio que, en menos de nada, cayó tendido a causa del alcohol. Algo bueno para mí que, según lo pactado, tenía que atenderlo, mas no para el caso, ya que no soltó nada.

La jornada de Las Nórdicas acabó a las afueras del hotel, Stefan me esperó y me vine con él a mi apartamento. Los días de práctica mezclados con los de vigilancia me tienen molida. El show de hoy estuvo centrado en los clientes acaudalados y no en la mafia, aún no nos dejan pasar al segundo nivel.

De nuevo, cambio de posición. Hoy no iré al centro, dado que Meredith, Alan y Liz Molina están a cargo. Dejo que la mano descanse sobre mi abdomen y cierro los ojos, pésima idea intentar dormir, porque es traer a Christopher a mi cabeza. Aún siento en los muslos la dureza de su miembro, me muevo otra vez cuando mis labios cosquillean con el recuerdo de lo que sentí al estar a centímetros de su boca. Me está costando sacarlo de mi cabeza.

Las sábanas me molestan. Me volteo, metiendo la mano entre mis piernas cuando mi sexo me grita lo que desea. Stefan sigue dormido y lo abrazo por detrás, pego y contoneo mi pelvis contra él en lo que busco el lóbulo de su oreja, medio se mueve y… termino en mi puesto cuando mi deseo por él no llega como quiero que llegue.

Me siento en la orilla de la cama y me paso las manos por la cara, no quiero volver a lo mismo y me odio por pensar en lo que tiempo atrás me trajo tantos problemas. Paso la palma por el muslo donde Christopher clavó su erección hace unos días, miro al techo con la boca llena de saliva. «No más». Me vuelvo a acostar, pero la punzada que atraviesa mi abdomen me arruga la nariz.

El dolor se repite, busco el baño. Descubro una leve mancha en mis bragas: el ciclo menstrual. Saco lo que necesito y trato de verle el lado positivo, estoy sangrando hoy y no ayer mientras trabajaba. La próxima presentación de Las Nórdicas es el próximo viernes y eso es una… ¿ventaja?

El coronel vuelve a mi cabeza y termino cerrando con fuerza la puerta de la gaveta que había abierto. Siento que tengo que hablar esto con alguien o voy a terminar en un manicomio. Me doy un baño con agua tibia antes de tomar el teléfono con el que invito a almorzar a mis amigas.

Ya son las nueve, no quiero volver a la cama porque sé en lo que voy a pensar, así que me enfundo un par de vaqueros, me pongo una playera de algodón y zapatos deportivos.

Guardo las llaves en el bolsillo de mi chaqueta, saludo al portero cuando salgo y termino aminorando el paso cuando veo a Parker sobre la acera frente a mi edificio. Luce pantalones desgastados y una camisa de cuadros abierta, la cual deja ver la camisilla que trae adentro.

—¡Capitán! —Mini-Harry pasa por mi lado—. Buenos días.

—Soldado… —Se saludan chocando el puño.

El niño le entrega el balón que trae.

—No saludaste a Rachel —le dice Brenda, quien sale detrás del niño, y el hijo de mi difunto amigo se devuelve a chocar el puño conmigo.

—¿Qué tal, campeón? —Le revuelvo el cabello antes de abrazarlo.

Mi amigo debe de estar muy orgulloso de él. Rick también lo está en Phoenix, él y mis hermanas lo mencionaron varias veces.

—Debo ir a recoger un par de prendas a la lavandería —avisa Brenda—, pero estaré aquí antes de que vuelvan.

—Ve tranquila, nos vamos a demorar, el día está bueno para caminar un rato —contesta mi capitán.

—Perfecto. —Brenda me da un beso en la mejilla—. Los veo luego.

—¿Me puedo unir a la caminata? —le pregunto a Dominick—. Tengo que cruzar el parque.

—Si lo deseas… —responde echando a andar.

Atravesamos la calle y caminamos varias cuadras uno al lado del otro. Harry va adelante dando pequeños saltos y el alemán mantiene el balón en la mano.

—No sabía que tenías amigos tan pequeños —comento.

—Son mejores que los adultos, estos no traen tantos problemas. —Me hace reír porque tiene razón—. Me ayuda en los días como hoy.

—¿Qué tienen los días como hoy?

—Para esta época, años atrás, la leucemia se llevó a mi hermana y, por alguna razón, la recuerdo seguido.

Mi garganta se contrae cuando me pongo en sus zapatos, el dolor de una pérdida es algo que no le deseo a nadie.

—Lo lamento mucho —suspiro.

—Supongo que algún día pasará.

Nos desviamos sumergiéndonos en la zona llena de árboles, donde le suelta el balón a Harry y este sale a correr a toda prisa, queriendo patearlo.

—¿Estás soltero? —Meto las manos en la parte trasera de mi pantalón—. Me han llegado rumores de todo tipo, menos del hecho de que estés saliendo con alguien.

—Es porque no estoy saliendo con nadie. —Se adelanta a alcanzar a Harry y los observo por un par de minutos.

Como capitán es bastante pesado, pero me agrada como persona. Se reúne con los hombres que están esperando con otros niños y continúo mi camino, esta vez con las manos metidas en la chaqueta.

Me quedo sobre la acera a la espera de que pasen los vehículos y, con prisa, cruzo la avenida en busca del local que encuentro siete calles más arriba.

La campanilla tintinea cuando abro la puerta y la primera persona que veo es a Lulú detrás del mostrador con un sujeto abrazando su cintura. Está frente a la caja.

—Así que también era cierto —le digo—. Encontraste a tu media naranja.

Levanta la vista de inmediato cuando capta mi voz. El hombre que tiene atrás arruga las cejas y ella abre la boca como si estuviera ante un espectro.

—¿Qué diablos? —Aparta al novio y viene a mi sitio—. ¡¿Qué diablos?!

Exclama y me muevo a abrazarla, ya que se queda a mitad del sitio con las manos en la cintura. Da un paso atrás mirándome de arriba abajo.

—Luisa dijo que…

—Olvida lo que te contó Luisa —le digo—. Volví.

—Dijo que no te volvería a ver, que… —respira hondo siguiéndome— que te había tragado la tierra.

—Me escupió de vuelta otra vez. —Reparo los frascos del mostrador. La palabra «muerte» es demasiado para mi mejor amiga; por ello, sé que buscó alternativas, queriendo evitarla.

—¿Cuándo volviste? —Se cruza de brazos.

—Hace un par de días.

—¿Y hasta ahora no vienes? —Se aleja—. Años trabajando, dando lo mejor de mí y resulta que mi jefa ahora no es más que una ingrata.

Me acerco al mostrador, donde intenta ponerse en lo suyo.

—Personalmente, vine a invitarte a almorzar y quiero un sí como respuesta. —Sacude la cabeza con mi propuesta.

—No tengo espacio en mi agenda. —Las uñas largas chocan contra el teclado—. Ahora solo me dedico a hacer dinero.

—Lulú, no vine a discutir, es mi día libre y quiero pasarla con mis amigas —le insisto—. Eso te incluye.

Detallo el lugar lleno de lámparas de colores y tapiz tipo *animal print*, ella no dice nada y le doy su tiempo, el cual no es mucho, ya que suspira y levanta la mirada con cierto brillo en los ojos.

—Fue por tu trabajo, ¿cierto? —pregunta—. Por eso te fuiste.

Asiento, es complicado ocultar detalles a quien estuvo conviviendo tantos años contigo. Sabe que trabajo para un ente judicial, pero nunca ahondamos mucho sobre el tema, tampoco insistió en saber; sin embargo, hay cosas que ha de suponer. Mi padre la estudió meticulosamente antes de contratarla.

—¿Ella es…? —pregunta el novio.

Es un inglés que lleva pantalones cortos, los cuales permiten apreciar sus piernas velludas.

—Una ingrata —contesta Lulú— llamada Rachel James. Te hablé de ella, recuérdalo.

El hombre se acerca a darme un apretón de manos.

—Siéntate —pide Lulú—. Traeré café, necesito detalles del melodrama.

No puedo decirle mucho y, entre indirectas, lo entiende. Me tomo dos tazas de café y la convenzo para que me acompañe a mi casa a esperar a mis amigas. Sale conmigo, el portero la saluda con un beso en la mejilla cuando volvemos y, juntas, subimos a mi piso, pero las risas se apagan cuando veo a Laurens llorando en mi sala.

—Perdone por venir a molestar —solloza—. La iba a buscar en la recepción, el joven Stefan me vio y me dejó subir.

—¿Qué pasó? —me preocupa.

Stefan le entrega el té que le preparó y veo la maleta que yace en el centro de mi sala. Rompe en llanto sin poder hablar.

—El mes que me habían dado en el comando se acabó —logra decir—. Esperé a Scott en la entrada de su casa hasta que salió y, cuando lo hizo, no me prestó atención, dado que iba de afán. Enloquecida, me fui sobre su auto, Irina salió, peleamos y puso la queja en el comando, alegando que los estaba hostigando.

Se sorbe los mocos y sigue llorando, desconsolada.

—La noticia llegó a oídos del coronel y este me llamó hace unas horas para decirme que estoy despedida. —Se queda sin aire—. Me he quedado sin trabajo y sin lugar donde ir.

Se tapa la cara y me da pesar el verla así.

—¿Qué hay de tu familia? —le pregunta Lulú.

—Viven a las afueras de Worthing y si saben que me quedé sin trabajo se van a molestar y preocupar. —Se ahoga—. Soy quien los ayuda, pero ahora no tendré cómo y no sé qué hacer mientras llega mi pago.

—Avisaré a la entidad lo que está pasando con Scott. —Busco el teléfono—. Evadir las responsabilidades le acarrea una sanción en la FEMF.

—¡No, por favor! Se está preparando para su ascenso y si no se da me puede llegar a culpar —se opone Laurens—. Además, si la entidad se entera de mi situación puede informar a Servicios Sociales, van a investigar y ahora no tengo dónde vivir. Me pueden quitar a Maggie y esto manchará el currículum de Scott.

—¿Tienes parásitos en la cabeza? —se enoja Lulú—. El manchar su currículum es lo mínimo que se merece, mujer. Demándalo y que pague las consecuencias de su mal comportamiento. Te faltan ovarios, por Dios…

Baja la cara y suspiro con dolor de cabeza, rompe a llorar otra vez alterando a la niña. Stefan le pasa un pañuelo y me siento al lado de Laurens, dándole consuelo.

—Puedes quedarte aquí el tiempo que necesites —le ofrezco.

—No quiero incomodarla, solo vine a desahogarme. —Se suena la nariz—. Necesitaba hablar con alguien.

—No incomodas, quiero a Scott, pero no comparto lo que hace —le digo—. No estaré en paz si sé que estarás a la deriva tratando de buscar soluciones. Aquí hay espacio, puedes quedarte tranquila.

Tocan al timbre y es Laila quien llega con Luisa y Alexandra.

—¿Qué me perdí? —pregunta Laila centrándose en la secretaria.

Lulú le hace un resumen de todo, mientras toman asiento. Luisa se enoja y hay que recordarle que está embarazada.

—Creo que le permites muchas cosas. —Luisa regaña a Laurens—. A él y a todos. Debes despertar y dejar de darle el poder a otros para que te hagan daño. El coronel, Irina, Trevor…, todos te tratan como un monigote.

—Bueno, no ayudes tanto —se mete Laila.

Brenda es la última que llega, desorientada.

—Ven y te muestro tu alcoba. —Ayudo a levantar a Laurens cuando empieza a llorar otra vez.

Le muestro la antigua habitación de Lulú, la cual es amplia y cómoda. Insiste en que no quiere molestar, pero la convenzo para que se quede. En medio de los sollozos, la obligo a sentarse en la cama, necesita tiempo a solas, así que, antes de irme, le reitero que para mí no es un problema ayudarla.

—Gracias. —Se limpia la cara—. Le pagaré.

—Nadie te está cobrando. —Aprieto su hombro.

—No creí que el coronel me echaría. —Se pasa el pañuelo por la nariz—. Pese a todo, siempre he hecho bien mi trabajo.

—Por hoy no te preocupes por eso —le digo—. Siéntete como en tu casa y luego tratamos de buscar otro empleo.

Asiente y me retiro. Mis amigas siguen en la sala y Stefan me toma, dándome el beso que correspondo.

—Siempre siendo un ángel salvador. —Me abraza. Lo de anoche avasalla mi cabeza y me aparto cuando mi cerebro me recrimina.

Maggie está en el sofá y Stefan la alza, dándole cariño.

—A Scott dan ganas de patearle el culo —se queja Brenda—. En el comando anda sumando puntos como sargento y con Laurens es un patán.

—Le diré a Simon que hable con el coronel, a lo mejor logra algo y le devuelve el empleo.

—¿Están bien otra vez? —se alegra Alexa—. ¡Qué buena noticia!

—No, pero lo hará si se lo pido. El que se revuelque con otra no quiere decir que no me pueda hacer el favor.

—Y dale con lo mismo… —se queja Lulú.

—Vamos a almorzar, Harry está con Parker y tengo la tarde libre —propone Brenda.

Me recojo el cabello y busco una chaqueta extra.

—¿Quieres que las acompañe? —se ofrece Stefan.

—Te vas a aburrir. —Dejo un beso en su mejilla—. Mejor descansa, el trabajo de anoche fue agotador.

—Vale.

Me deja ir y he de decir que extrañaba las salidas grupales: escuchar a Luisa quejarse de Scott, a Brenda de lo chismosa que es la señora Felicia y a Laila sobre las nuevas tiendas de moda.

En la acera un sujeto está imponiendo una multa y aprieto el paso con lo que rememora mi cerebro, mi pulso se acelera y en verdad estoy empezando a preocuparme por mi situación.

Laila me mira raro cuando le agrego velocidad a la marcha. El restaurante con terraza que elegimos está a diez minutos de mi edificio y subimos juntas. Más que pasar tiempo, quiero sacar lo que tengo atorado, dado que siento que me voy a ahogar.

—Un whisky doble —soy la primera en pedir—, puro y sin hielo.

—Pensé que empezaríamos con vino —comenta Brenda—. ¿El trago es para contener las ganas que tenemos de matar a Scott? Porque de ser así, también quiero uno.

—Es para pasar lo que tengo atascado, es algo que ya no soporto. —Desdoblo la servilleta.

—¿Qué pasa? —Se preocupa Luisa.

—Christopher Morgan —digo, y el círculo de mujeres que me rodea respira hondo.

—Traiga una ronda de tragos para todas —le pide Laila al camarero.

Me siento patética tocando este tema, porque no debería tocarlo.

—Lo estoy pensando otra vez, recordando el pasado y no lo malo. Parezco una enferma, trayendo a mi cabeza las veces que me lo cogí. —Paso las manos por mi cara—. Soy tan estúpida…

—Es normal —me consuela Brenda—. Tuvieron historia.

—No, no es normal —la interrumpe Luisa—. También tengo historia con Trevor y no me la paso pensando en él.

—Sigues enamorada. —Alexandra me mira con pesar.

—¿Christopher es el papucho que te recogió el día que hacíamos ejercicio? —pregunta Lulú, y muevo la cabeza en señal de afirmación—. Resígnate, yo no tuve nada con él y tampoco lo he olvidado.

—¡Pero lo quiero olvidar, ahora estoy con Stefan y no me apetece cometer los mismos errores del pasado! Lo peor es que Christopher no ayuda, no me deja en paz, no me deja ser feliz —confieso—. En verdad quiero que salga de mi cabeza y cumplir con lo que me propuse.

Me bebo de golpe el trago que le traen a Alexandra, quien está sentada a mi lado.

—Perdona, pero es que lo necesito. —Dejo que el licor refresque mi garganta.

—Descuida.

Me enoja el hecho de estar caliente por él como en años pasados. Es una reverenda tontería.

—A lo mejor, lo tienes demasiado idealizado —comenta Luisa—. ¿Cómo te sientes con Stefan?

—Bien, es lindo…

—He ahí el problema: «lindo». ¿Qué es ese término tan soso? —me regaña Laila.

—Es lindo —reitero—. Me gusta, en París la pasamos bien estando juntos, tenía tiempo que no me sentía así, tan plena y tranquila.

—Voy a hacer la pregunta sin rodeos: de todos los hombres con los que has estado, ¿cuál ha sido el mejor después de Christopher? —plantea Luisa—. ¿Dicho hombre también le defines como «lindo»?

La respuesta aparece en mi cabeza y aparto la cara cuando me siento como los babosos que clasifican polvos.

—¿Quién es? —pregunta Brenda—. ¿Bratt?

—Ay, todos sabemos que no es Bratt —se queja Luisa—. Di el maldito nombre. ¿Algún polvo clandestino que tuviste en Suramérica? ¿Revolcones que hayas tenido y no me haya enterado?

Mi mente se vuelve un lío y me termino masajeando la sien cuando mi cabeza maquina trayendo momentos.

—No voy a decir quién es…

—No seas tonta, somos tus amigas, así que habla. ¿Quién después del coronel? —insiste Luisa—. ¿Has pensado en él también de alguna manera?

Me niego, ella empieza a alegar que no me quiero dejar ayudar y…

—¡Es Antoni! —le suelto—. Antoni Mascherano.

Alexa se queda en blanco y paseo de nuevo las manos por mi cara, es difícil de reconocer teniendo en cuenta el tipo de persona que es.

—Exijo saber por qué Antoni —sigue Luisa—. Con la duda no me voy a quedar.

Me pongo el vaso con hielo en la cabeza, ya que me duele.

—Habla, Rachel, suelta las cosas, que por eso es por lo que te cargas tanto —insiste Luisa—. ¿Por qué Antoni? Nos tienes que decir para poder dar una opinión.

Llevo la espalda contra el respaldo de la silla, si no le digo sé que no va a dejar de molestar.

—¡Habla!

—Tiene un no sé qué que envuelve. No te toca, te idolatra. El día que estuvimos juntos, no dejó de repetirme lo bella que era y me trató como si no fuera de este mundo —me sincero—. Sabe cómo hacerlo y, aunque no me moví mucho, me sentí mejor que con Stefan y Bratt.

Brenda abre la boca para hablar, pero alzo la mano, ya que no voy a ahondar más en el tema.

—Es todo lo que diré —advierto—, así que no insistan en más detalles.

—A mi parecer, Stefan no está llenando tus expectativas. Después de que estuviste con el coronel, no podías estar de la misma manera con Bratt. —Apoya los codos en la mesa—. Cuando estuviste con Antoni, ¿pensaste en Christopher? En ningún momento definiste al italiano como lindo…

—¡No voy a hablar más de Antoni Mascherano! —la corto. Hace que mi dolor de cabeza se agudice y me sienta peor que antes con tantas preguntas.

—Stefan no te llena y, al no hacerlo, vuelves a pensar en lo que te dio placer en años pasados.

—¿Esto es un análisis psicológico?

—Es mi opinión como amiga y creo que todas aquí opinan lo mismo.

Laila asiente al igual que Brenda y Lulú. Diría que tengo un apego sexual hacia el coronel, pero si fuera eso, solo anhelaría sexo y no sentiría celos de Gema.

—Saca lo que tienes atorado, te ayudará a desahogarte —me pide Luisa—. ¿Qué es lo que tanto te gusta del coronel?

—Todo. —Miro al cielo soltando el suspiro que se atasca en mi garganta—. Embiste como ninguno, rompe la ropa como ninguno, da orales como ninguno… Me tiene jodida y en verdad creo que me estoy obsesionando con él. Al tenerlo tan presente todo el tiempo, me desgasta, me agobia y me frustra.

—Nene —Laila me aprieta el hombro—, no estás obsesionada, los Morgan causan ese tipo de cosas.

Aparto la mano cuando la miro.

—¿Hay algo que no sepamos? —pregunto.

—No.

—Comamos y demos una vuelta —sugiere Luisa—. En el centro comercial compraremos algo para que no te sientas tan frustrada a nivel sexual y, de paso, despejas un poco la mente. Si Stefan no te da lo que te gusta, puedes enseñarle y solucionado el asunto. No te estreses más.

Pedimos la comida y, con cuatro tragos más, abandonamos el lugar. Abordamos un taxi rumbo al centro comercial y acompañamos a Luisa a la feria de remodelación que se lleva a cabo en su interior.

El decirlo no lo soluciona; sin embargo, me da cierto alivio.

Me recuesto en una de las mesas, mientras ella ojea muebles para el cuarto del bebé que viene en camino.

—Simon me está engañando —empieza—. Ustedes no lo notan, pero yo sí.

—No digas tonterías —la regaña Brenda, y apoyo el comentario.

—Tarda horas en el baño, casi no está en casa y le puso clave a su teléfono.

—A lo mejor quiere privacidad, tenemos un asunto delicado entre manos —le explica Laila.

—¿Algo en que pueda ayudarlas? —Un contratista nos aborda—. Nuestra compañía tiene descuento este mes.

Luisa recibe la tarjeta y él la mira con cierto aire coqueto.

—Gracias. —Sigo caminando.

—Estamos para servirle.

Le quito la tarjeta que dice «Orson Robins».

—El tipo de contratista que desea toda ama de casa —comenta Luisa—. Sobre todo las que lidian con maridos que las engañan.

Voltea a ver al sujeto, que nos sonríe de nuevo.

—Oigan, tengo que irme —Laila se despide cuando le timbra el teléfono—. Me están esperando.

—¿Quién? —pregunto cuando retrocede sonriente.

—Un amigo muy especial. —Me guiña un ojo—. Las veo luego.

—Creo que la perdimos. —Brenda se cruza de brazos—. Es la tercera vez en menos de siete días que se va con el «amigo especial». Le pregunté y dijo que nos contaría en su momento.

Pasamos por el sex shop. Luisa entra y me entrega un consolador de veinticinco centímetros con cuatro velocidades.

—Si quieres córrete como una loca, usa esto —me dice—, mermará la frustración. Puedes utilizarlo con Stefan, si quieres. Tendrás un premio: relaciones sexuales placenteras.

—O mejor déjalo y date un tiempo sola —sugiere Brenda.

—Stefan me gusta y mucho —contesto—. Las cosas iban por buen camino en Francia.

—Si te gustara tanto, no pensarías en el coronel.

—Ya voy a solucionar el asunto con esto. —Le muestro el consolador—. Lo que necesito es tener nuevos orgasmos que me ayuden a olvidar los pasados y listo.

—¿Y si le dices lo que sientes al coronel? —propone Alexa—. El tiempo cambia…

—Escuché ese consejo una vez y no hizo más que hacerme sentir como una completa mierda cuando se lo confesé —le recuerdo—. Nada bueno salió de eso y nada bueno va a salir ahora.

Dañé a Bratt, a Sabrina y a mí misma. Me costó olvidarlo y volver al mismo círculo sería más que estúpido. El saber manejarlo es algo que tengo que aprender. En años pasados, no escuché a Luciana cuando me dijo que me alejara de él y su preocupación es algo que ahora tiene sentido.

—No creo que esto baste, ni quite los problemas. —Brenda me arrebata la bolsa y saca el consolador del paquete—. Hará que te corras, pero una vez que acabe, volverá el vacío, ya que es plástico.

Lo mueve frente a mí y Alexa carraspea incómoda.

—Brenda —musita.

—¿Qué? Es verdad —sigue, y no sé qué hacer cuando noto a Parker en la puerta del local—. Si esto funcionara, nadie sufriría por un hombre.

—Guarda eso. —Le bajo el aparato. Con un leve gesto, le pido que voltee y ella explaya los ojos cuando ve al alemán que camina hacia nuestro sitio.

Lulú se lo come con los ojos, él se fija en el aparato que sostiene mi amiga y más vergüenza no puedo sentir cuando me devuelve el consolador.

—Dejé a Harry con la niñera —le dice Parker a Brenda—. Iba a comprar un nuevo balón, te vi y quise avisarte que ya estaba en casa.

—Gracias. —Se rasca el cuello—. Yo ya me iba, aquí estaba acompañando a mis amigas, pero estaba por irme.

—Dentro de un par de minutos nos vamos todas —le informa Luisa.

—Yo me tengo que ir ya. —Afanada, se despide de cada una con un beso en la mejilla—. Que tengan una buena noche y gracias por todo, capitán.

Le da un apretón de manos antes de irse y Parker repara el entorno que nos rodea.

—Las dejo para que sigan con lo suyo. —Se va.

—Bien, aquí solo vine a pasar pena —suspiro—. De haber sabido, me hubiese quedado en Phoenix.

Pago por el aparato. De camino a la salida, pasamos por el puesto del contratista moreno y de hombros anchos, quien de nuevo toma la misma actitud coqueta cuando nos ve.

Alexandra me da un abrazo a modo de despedida cuando salimos del centro comercial.

—No se lo dirás a Patrick, ¿verdad?

—Descuida, quedará como una charla entre mujeres. Me iré un rato al salón de Lulú. —Se despiden y lo que me asegura me hace sentir más aliviada.

En un taxi, acompaño a Luisa a su casa antes de irme a mi edificio.

—No está el auto de Simon, no me sorprende —se queja.

—Tienes que relajarte —le pido por enésima vez—. Confía en el pobre hombre…

—¿Te estás poniendo de su lado? —se enoja—. ¿Eres mi amiga o de él?

—De ambos.

La abrazo, se baja y el taxi arranca continuando hacia mi destino. Le pago al hombre y tomo el paquete que traigo antes de bajar.

—Teniente —me llaman cuando subo los dos escalones que llevan a mi edificio—, la estaba esperando, así que acompáñeme, por favor.

Me vuelvo hacia el sujeto que ya conozco y que trae puesta una larga gabardina: «Wolfgang Cibulkova», el mismo hombre de Casos Internos que me recibió en París. Abre la puerta del vehículo que está a un par de pasos.

—Suba.

—No tengo por qué hacerlo.

—Suba —insiste, y le doy la espalda continuando con mi camino—. Vine a hablarle de sus colegas, ¿no le interesa lo que tengo que decir?

Se me tensan los hombros, Asuntos Internos es una rama importante de la FEMF, algo se trae entre manos y tal cosa no hace más que avivarme los nervios.

—Es una orden de arriba, teniente, sabe que no puede evadirla.

Insiste con la puerta abierta y termino subiendo cuando me deja claro que no se va a ir. Entra detrás de mí y no digo palabra. El vehículo se desplaza hacia el centro de la ciudad y se detiene junto a un solitario restaurante. Cuando entro, otro sujeto con traje y corbata se levanta a recibirme.

—Carter Bass —se presenta el que no conozco—, presidente de Casos Internos.

Más peso se suma a mi espalda cuando me pide que tome asiento, Wolfgang se ubica a mi lado y deja un maletín sobre la mesa.

—Supongo que ya está al tanto de la muerte de Corvin Douglas, el candidato a ministro, quien ya no está con nosotros —informa—. ¿Qué piensa sobre eso?

El recordarlo hace que llene mis pulmones de oxígeno.

—¿Qué tendría que pensar? —replico—. ¿El ministro sabe que está aquí?

—A mí no me intimida el ministro, teniente James —asevera—. Hay una mano negra en la FEMF y es mi trabajo descubrirlo. Tengo una seria sospecha, la cual me dice que los Morgan no están actuando bien y se están valiendo de artimañas…

—Los Morgan no tienen necesidad de artimañas, así que olvídelo —digo, y se me burla en la cara.

—Los Morgan no son lo que usted cree…, por algo su madre los ve como los ve. —Abre el maletín y extrae una carpeta que muestra—. Christopher Morgan no tiene buenas intenciones con la FEMF, es un vándalo criminal y con él está arrastrando a toda la Élite.

Saca los documentos y los expone en la mesa.

—Mueve sumas exorbitantes en países extranjeros, dinero que no viene de los negocios que tiene —empieza—. ¿De dónde sale ese dinero? O mejor aún, ¿adónde se va cuando desactiva su rastreador y se pierde del radar?

Mueve los papeles sobre la superficie de la mesa.

—Patrick Linguini recibió hace poco una gran suma de dinero en su cuenta de las Bahamas. —Alza la evidencia—. ¿De dónde proviene eso?

—Pregúntele, de seguro sabrá cómo explicarlo.

—Manipula el sistema de la FEMF. —Ignora mi comentario—. Si no hacen nada malo, ¿por qué borran las cintas de las cámaras de seguridad? La madre de Laila Lincorp compró una propiedad de dudosa reputación con un dinero que fue enviado por la teniente —continúa—. Lizbeth Molina y Gema Lancaster crearon diversas cuentas extranjeras cuando entraron al ejército londinense. Brenda Franco movió una fuerte suma de dinero de Londres a Puerto Rico; Dominick Parker compró una obra en el mercado negro; Simon Miller adquirió una casa de treinta mil libras en Kensington, propiedad que no declaró en su patrimonio matrimonial. Y no solo está la Élite involucrada: Trevor Scott, hace poco, estuvo de juerga con una puta que, según dicen, anda con hombres de la mafia.

La migraña que surge me da náuseas.

—¿Quiere que siga? —No se calla—. También tengo información de Angela Klein, quien ha estado saliendo con médicos de dudosa y cuestionable reputación.

—Miente —contrarresto—. Mis compañeros son inocentes, todo lo que me está mostrando debe tener una explicación.

—Por eso la traje —se mete Wolfgang—, porque los conoce, son sus amigos y colegas; por ende, si hay alguien quien pueda demostrar su inocencia es usted.

Suelto una carcajada cargada de ironía.

—¿A qué jugamos? —replico—. ¿Al policía bueno y al policía malo?

—Conozco a la familia de su madre… Las Mitchels por años han sido mujeres honorables, caracterizadas por su honestidad —habla Carter—. No quiero emitir juicios apresurados, puede que usted tenga razón; por ello, dejaré que sea usted quien se encargue de indagar sobre esto.

—Es que no es cierto.

—Compruébelo, tiene cercanía con ellos, puede sacarles información, los conoce más que yo. —Se levanta a contestar la llamada que le entra, dejándome con el irlandés—. Perdone.

—Piénselo, teniente —insiste Wolfgang—. Solo queremos facilitar las cosas. Hay sospechas desde antes de que llegara y ahora, con el tema de la candidatura, están tomando más peso. Si usted no asume esto lo hará otro y puede ser peor. La cárcel o la destitución es lo que les espera a sus colegas, si esto lo toma la persona equivocada.

Es obvio que no dejaré que lo tome otro y, aunque me moleste lo que estoy oyendo, tiene razón al decir que si no lo hago yo lo hará otro. En los periodos electorales, los soldados que rodean a los candidatos los miran con lupa.

—Lo haré. —Me levanto cuando vuelve Carter—. Se están equivocando otra vez.

—¿Segura? No meta las manos en el fuego por quienes dejó de ver por dos años.

—Espero que cuando tenga la evidencia que contradice toda esta mierda —recojo los documentos— tenga las agallas de asumir que se equivocó y pida las debidas disculpas.

—Espero que usted también tenga las agallas de darme la razón, si estoy en lo cierto. —Apoya las manos en la mesa—. ¿Cuánto tiempo necesita?

—Eso no lo sé.

—Esto es delicado. Le enviaré la información restante a su casa y, de poner a los soldados sobre aviso, o a su superior, dando información que entorpezca la investigación interna, haré que la destituyan. Recuerde que mi rama puede tomar decisiones con los soldados de la FEMF —se impone—. Por su bien, haga las cosas como se debe. Un par de mis agentes le brindarán apoyo cuando lo requiera.

Me retiro con los oídos doliéndome y con las extremidades tensas. En casa, me aseguro de que Laurens esté dormida y le comento todo a Stefan, quien, al igual que yo, no cree en nada de lo que le explico. Lee todo conmigo y por encima todo pinta bastante real; sin embargo, sigo sin creerlo. Algo debe de haber detrás de esto.

—Cálmate, tú sabes que nada de lo que te mostraron es verdad —me dice frotando mis brazos y miro al techo, angustiada.

—Tengo miedo.

—¿De qué?

—De que esto se oscurezca aún más —confieso.

—Esto es normal en periodo electoral, buscan asegurarse de que trabajarán con el mejor. —Trata de animarme—. Todo va a salir bien, ya verás, solo hay que ser positivos y confiar. No atraigamos lo malo, cuando podemos atraer lo bueno.

Me abraza y dejo que me estreche contra su pecho, me da un beso en la coronilla y me aferro a sus palabras. En verdad quiero creer en lo que dice, porque quiero que todo salga bien.

29

Mascherano

Philippe Mascherano

Hertford (Inglaterra)

La pirámide de la mafia es la base criminal más temida del mundo. Son cuarenta y dos clanes, que se enfrentan a carteles, pandillas, comunas, camarillas, favelas, grupos terroristas y miles de peligros más.

En la gran mesa se sientan las mafias más poderosas del planeta. Clanes con hambre, clanes con poder, organizaciones con tradiciones, costumbres, métodos y enigmas, que expanden el miedo a lo largo del mundo.

Espero que la reja se abra y me dé paso a la celda de mi hermano, quien se vuelve cuando me ve. Levanta los brazos y lo requiso para no levantar sospechas.

—¿Vienes a sacarme? —pregunta.

—Esto es Irons Walls, sacarte es casi imposible —le susurro mientras palpo sus costillas.

Le pido que se quite la chaqueta y la reviso minuciosamente.

—Estarás afuera, pero tomará tiempo, ya que no quiero correr riesgos —hablo solo para los dos—. Hay que bajar la guardia primero, distraer, planear, antes de atacar.

Cuadra los hombros, el encierro es algo que no le gusta a nadie.

—No te preocupes por el puesto, sigue siendo de la mafia italiana. Lo estoy cuidando para ti —le aseguro cuando da la vuelta y me mira—. Solo te pido paciencia, la que no tuviste a la hora de venir a Londres.

Le devuelvo la prenda y llevo sus manos atrás, le pongo las esposas y me aseguro de que estén bien puestas.

—No estás en mis zapatos, así que no puedes entenderme. —Da un paso atrás y me agacho a examinar las cadenas que tiene en los tobillos—. Pierdo la compostura cuando de ella se trata.

—Haré que te muevan a un sitio digno de ti —le hago saber cuando me levanto—. Deja todo en mis manos y confía en mí, que cuando menos lo creas, tendrás tu libertad.

—Eso espero.

Lo escolto y lo llevo al pasillo, donde lo recibe el agente que lo llevará al sitio donde comerá. Sigo caminando y paso por al lado de la mujer elegantemente peinada y con falda tubo que se encargará de todo. Mi turno acabó, así que me cambio y abandono la prisión.

Ivana Mascherano, la hija mayor de mi difunto hermano, me está esperando afuera y juntos abordamos el vehículo que nos lleva a Hertford, sitio donde se localiza una de mis propiedades.

—La FEMF está cantando victoria con lo de Antoni, pero la felicidad les durará poco, porque capturó al cuervo, mas no al león y este está de nuestro lado —le digo a la mujer que conduce—. No sabes lo que les espera, le ha dado pelea a la mafia italiana, pero no a toda la pirámide.

Estaciono. Un antonegra me abre la puerta, abandono el vehículo e Ivana me sigue a la sala donde Angelo aparece apoyado en un bastón. El gesto que hace con la cabeza me da a entender que ya está aquí e Ivana lo saluda con un beso en la boca.

—¿Cómo va la candidatura? —le pregunto al hombre.

—Reñida. —Toma la mano de mi sobrina—. Estoy compitiendo con los Morgan, así que ya puedes imaginarte cómo van las cosas.

—Al enemigo no hay que verlo grande —interviene Angelo—. Mentalízate de que eres cuatro veces más grande que él.

—Soy realista. No voy a maquillar los datos.

—Estás entre los favoritos. —Ivana le toma el mentón—. Tienes todo lo que necesitas: fama, familia y poder.

—No soy el único con esas cualidades, no pensé que tantos iban a querer participar en la gran carrera. —Me pasa un legajo con fotos y datos personales.

—Eres el candidato de la mafia, todo nuestro apoyo está contigo —le recuerdo mientras abro la laptop, ingreso la contraseña, espero unos segundos para que la pantalla me muestre lo que quiero ver y hago doble clic, marcando la imagen de la próxima persona que morirá.

—HACOC, píldoras que desatan infartos… Antoni es un genio —comenta el candidato.

—La mafia no iba a escoger un estulto como líder —alega Angelo—. Es la pieza clave, junto con la pirámide, que volverá cenizas a la FEMF y, por eso, lo sacaremos lo antes posible. La Fuerza Especial no tiene en cuenta algo y es que tiene toda una muralla que lo respalda y está dispuesto a todo por él.

—Sí, pero primero hay que debilitar un poco. Alex Morgan lo tiene rodeado, la vigilancia ha sido triplicada, el ministro ha convertido Irons Walls en algo bastante difícil de penetrar —explico—. Por ello, hay que bajar la guardia primero y hacer a un lado a los Morgan, ya que si Antoni sale los tendrá de nuevo encima.

—Ya tenemos cubierto su bienestar. Es el líder, puede tener las comodidades que le plazca —les hace saber Ivana—, dado que podemos pagarlo y a ellos les conviene.

—No sé por qué no hemos matado a Alex —habla el candidato—. No hace más que estorbar.

—Le llegará su momento. —Me levanto a servirme una copa de vino.

Los Morgan conocerán el verdadero poder de los Mascherano, dado que mandaré abajo a la Élite y le quitaré a Christopher Morgan toda la felicidad que no merece: se quedará sin nada, sin ejército, sin familia, sin puesto, sin carrera, sin las personas que lo quieren y lo apoyan. Ante el mundo, no será más que un pobre diablo, el cual morirá siendo un desdichado infeliz, dado que va a sufrir y mucho; él y su padre, quien tendrá que ver cómo caen de lo más alto.

Los voy a aplastar, para eso tengo que quitarle el poder al coronel y frenar su crecimiento. Por su culpa murió Emily, mató a Brandon, a Alessandro, ha encerrado al líder… Si siendo coronel ha sido un problema, no podemos permitir que se asuma el cargo de ministro, eso sería más potestad y más herramientas contra nosotros, así que voy a detenerlo.

Voy a proceder con todo y, cuando llegue el momento, voy a sacar a mi hermano, a quien le daré el gusto de matarlo. Christopher Morgan nunca será ministro, por el contrario, él y varios más llorarán y pagarán por todo lo que han hecho. Mi candidato tendrá el poder que me otorgará vía libre para todo, y con la pirámide y los míos celebraremos el regalo y el salto que daremos.

—Hoy nos han dado una noticia —me avisa mi padrino—. De hecho, la han traído hasta acá.

Los chillidos del infante que llora me hacen voltear. Dalila tiene a un niño sujeto de la mano y este pelea, queriendo que lo suelte.

—¿Quién es? —pregunto.

—Damon Mascherano —responde mi padrino—, es hijo de Isabel y Antoni.

Me acerco. Estaba al tanto de que era la amante de mi hermano, pero no sabía que habían tenido un hijo.

—Lo dejó en un lugar de paso, donde recalcó que si le pasaba algo se lo entregaran a la 'Ndrangheta —explica mi padrino—. Así lo hicieron y ellos lo trajeron ayer, con una carta y el acta de nacimiento.

—¿Le hiciste las pruebas?

—Por supuesto y es hijo de tu hermano —me suelta—. Supongo que fue lo que vino a decir.

Lucian llega y se lo quita a Dalila, lo alza y el llanto cesa cuando le palmea la espalda.

—Parece que se la lleva bien contigo —le digo al hijo de Emily.

—Solo hay que tenerle paciencia. —Se mueve con él—. Lo llevaré a su cama.

—Tiene suerte de que seamos la mafia italiana y no la Bratva, donde los de sangre pura odian a los bastardos —comenta Dalila—. Supongo que pronto se lo dirán a mi tío, que Isabel le ha dejado un regalo.

—Me encargaré de ello —anuncia mi padrino—. Ustedes sigan concentrados en lo suyo.

Le doy instrucciones al candidato y le aseguro que no tiene nada de que preocuparse. No solo lo respalda la mafia italiana, lo respaldan los cuarenta y dos clanes que están al tanto de todo.

Brindamos y me bebo dos copas con él. Cuando gane, haremos lo que queramos con la entidad que tanto nos ha perseguido. Ivana le avisa de que quiere irse y los acompaño y los veo partir. En la entidad, son pocos los que saben que tienen al enemigo adentro.

Les echo un vistazo a los negocios y tomo el puesto del líder asegurándome de que todo esté marchando bien. La tarea me lleva horas y, cuando se me cansa la vista, subo a la azotea a meditar. Tenemos un nuevo miembro y mucho por hacer.

La mano de Dalila acariciando mi espalda hace que mi pecho tome calor. Volteo y mi ceño se frunce con el maquillaje de mimo y con la sonrisa siniestra que sus labios dibujan.

—¡Bu! —intenta asustarme—. ¿Te doy miedo? Quiero dártelo a ti y a todos.

—Vas por buen camino.

Sus labios tocan los míos cuando me besa y me acaricia los hombros. Con suavidad, quito la mano que pone en mi cara cuando la moral me golpea.

—Hazme tuya —se ofrece—. Puedes hacerlo ya.

Toma mis manos, las pone sobre sus caderas y de nuevo me niego al beso que me da. Se siente raro porque, pese a que la quiero, hay algo que me lo impide.

—Eres lo mejor que tengo —me dice—. Haría lo que fuera por ti.

Suspiro y la abrazo, dejando que la brisa fría nos envuelva. Juntos contemplamos la noche y el cansancio me obliga a dejarla una hora después.

Tengo cosas que hacer al día siguiente temprano, así que me encamino al umbral.

Dalila se queda y, antes de cruzar la puerta, me vuelvo hacia ella; de nuevo, intenta asustarme, sacando la lengua y simulando cuernos en su cabeza.

Fue una de las personas a las que más le dolió la muerte de Brandon Mascherano, su padre. La entiendo, porque a mí también me dolió y lo que me consuela es que pronto muchos lamentarán tal hecho.

30

Divinas tentaciones

Rachel

Alzo la taza de café que llevo a mis labios frente al escritorio de la oficina de Elliot MacGyver; lo contraté años atrás para que me ayudara con el tema de los Mascherano y, aunque las cosas terminaron mal, no siento que haya hecho un mal trabajo.

—Creí que no la volvería a ver. —Mi exguardaespaldas se mantiene en su asiento detrás del escritorio.

—Todos creían lo mismo, hasta yo. —Le entrego la carpeta que me dio Casos Internos—. Necesito ayuda con esto, me suena a que quieren difamarlos en periodo electoral.

Lo pongo al tanto de todo, sus cualidades investigativas son necesarias en este momento, ya que no puedo multiplicarme. En el comando, hay demasiadas cosas que hacer y esto también es importante.

En silencio, revisa todo.

—Es mentira. —Le doy un nuevo sorbo a mi taza de café—. No sé quién ha inventado todo eso.

—Lo averiguaremos. —Guarda lo que le doy y, detrás de su tarjeta personal, anota la cifra para empezar—. El resto cuando haya resultados.

—Positivos, espero —comento al ver la suma. Saco mi chequera, mientras me explica cómo va a proceder.

—¿Sabe las consecuencias de esto? A nadie le gusta que lo espíen.

—Sí, a nadie le gustaría estar en la cárcel, como a mí tampoco me gusta el papel de espía; sin embargo, es necesario. Casos Internos está más estricto que nunca. —Siento que se me arma un nudo en el cuello—. Dejó claro lo que pasará si los pongo sobre aviso, y es mejor que yo misma me ocupe de esto y no otra persona. Con lo que pasó en el tribunal no se puede confiar en nadie.

—Entiendo. Con mi socio trabajaremos en esto —me hace saber—. Le iré enviando todo lo que vaya consiguiendo con la debida discreción que solicita.

—Bien.

El detective y exagente de cabello castaño me observan mientras me levanto colocando el asa de mi bolso sobre mi hombro.

—Estaremos en contacto —afirma, y le doy la mano antes de irme.

No es uno de los mejores barrios de la ciudad, el edificio deteriorado está en una zona no muy confiable. Le doy un par de billetes al sujeto que cuidó mi auto y me enrumbo a mi casa, donde pido algo para comer. Dentro de unas horas empiezo a trabajar, así que me pongo a ver las noticias mientras almuerzo.

Abrazo el cubo de pollo frito en lo que muerdo una de las piernas crujientes sin apartar la vista del televisor. La imagen de un furgón raptando a dos universitarias en Nueva York me hace tragar antes de lo debido. Con el control retrocedo la noticia, la cual reporta que es el quinto caso de la semana.

Parker me envía un mensaje en el que me informa de que la mafia búlgara se está moviendo, pero no lo alcanzo a leer todo, ya que recibo una llamada de la madre superiora: quiere que vaya a una de las casas de ayuda. La intento persuadir con excusas, pero me insiste y no me queda más alternativa que dirigirme a la dirección que me da y donde me tengo que quedar.

Ciertas calles de Londres dan escalofríos por las noches, el aire se cuela por las rejillas de los andenes, trayendo un horroroso olor a alcantarilla.

—Gracias —me despido del albergue donde estuve ayudando los últimos días.

Alzo la maleta llena de ropa que me dio la caridad. «Tres días comunicándome solamente con Parker». Lo bueno es que tuve tiempo de investigar sobre el sitio, en vano, ya que no arrojó nada.

Abordo el autobús que tomo y recuesto la cabeza en el tubo frío. Tengo la mente más clara, pese a que he estado rodeada de niños que gritan y corren. He de confesar que disfruté estar lejos de Christopher, de Gema, de la milicia y de Casos Internos.

Pero, bueno, la felicidad es efímera, mi existencia no tolera la paz y, por ello, no tardo en volver al ojo del huracán. Llego al apartamento que tenemos como fachada, las luces están apagadas y dejo lo que traje de lado. Arrojo la mochila en la cama, saco el neceser y me meto en el baño.

Ya no hay rastro de mi periodo y mi deseo sexual está sobre las nubes. Sé que si me voy a la cama, pensaré en cierta persona, por lo tanto, me lavo las manos y la cara.

Saco el juguete sexual que compré, la frustración no va a desconcentrarme, ni amargarme esta vez, así que me bajo las bragas y recojo la falda, mientras apoyo la pierna sobre el váter.

La cabeza se despeja y el cuerpo se relaja cuando se alcanza el orgasmo y yo necesito tal cosa, por ello, enciendo el aparato que tengo en la mano.

Christopher Morgan viene a mi cabeza e intento apartarlo, pero mi ansiedad se dispara de nuevo y llevo la espalda contra la pared cuando mi cabeza se lo imagina follándome. Mi subconsciente lo evoca todo el tiempo, en especial a esta hora, donde mis ganas suelen estar en lo más alto.

«Ya basta», me digo. Ubico el consolador en mi entrepierna, de nuevo me esmero por traer a Stefan… «Oh, sí». Los besos, las caricias del soldado… Hago que el cabezal del consolador vibre, el sonido llega a mis oídos y estimulo mi coño con los dedos antes de ponerlo sobre mi clítoris, el cual…

El móvil me suena en el bolsillo. «Tiene que ser una broma». Vuelve a sonar y me ahogo en saliva cuando veo el nombre que ilumina la pantalla.

«El coronel».

Christopher: Hola.

«¿Hola?». ¿Desde cuándo dice hola a medianoche?

Rachel: ¿Pasa algo?

Respondo rápido, no quiero espiarlo, ni verlo, ni mucho menos interactuar con él; como tampoco quiero que interrumpa los momentos en los que pretendo darme placer.

Christopher: ¿Esa es la forma de contestarle a tu coronel?

Pienso en los posibles motivos del mensaje, de seguro es por el baile de Las Nórdicas; no quiero recordar eso, estábamos trabajando, así que voy al grano, tecleando una respuesta:

Rachel: ¿En qué puedo ayudarlo, coronel?

Christopher: Ven a mi habitación, quiero mostrarte algo.

Bajo la pierna del váter.

Rachel: ¿Ahora? Falta un cuarto para las doce.

Christopher: ¿Y? Es ahora o ahora.
Tienes tres minutos para estar aquí.

Me muerdo el puño para no maldecir, quiera o no es mi superior y no sé por qué mi cabeza me insiste que su llamado tiene que ver con lo que pasó en el show del club.

Rachel: Como ordene, mi coronel.

Guardo lo que saqué, solo a él se le ocurre joder a esta hora. Por suerte, tengo la coartada de lo que me dieron.

Me acomodo las bragas, estoy molida, pero, quiera o no, me veo obligada a tomar la maleta e ir. Las calles están oscuras, al igual que la puerta trasera del centro religioso. El sector está desolado por las noches.

—Vengo a dejar esto —le indico al que vigila la puerta—. Me lo dieron hoy y servirá para los que vienen por ropa mañana temprano. También me gustaría orar un rato, si no es mucha molestia.

Me deja pasar, guardo la maleta y me apresuro a la casa sacerdotal. La puerta no tiene seguro, supongo que la dejó así para facilitar la entrada, «quiero creer eso y no que a Gema se le olvidó cerrarla bien», ya que viene seguido.

Coloco el pestillo cuando estoy adentro.

La sala está en tinieblas, lo único que se vislumbra es el rayo de luz que baña la escalera y mis latidos empiezan a dispararse cuando me acerco. Mis rodillas se niegan a subir, tengo el corazón desbocado y cinco mil nudos en la espalda.

Toco la baranda de madera convenciéndome de que es solo trabajo, por ende, no tengo por qué ponerme así de nerviosa. La luz viene de la única alcoba que hay en el pasillo que piso.

Alcoba + Christopher + Libido por los cielos = … La respuesta que arroja mi cabeza me eriza la piel. ¿Y si mejor corro?

«No, joder», me regaño, no tengo cuatro años. Me detengo frente a la puerta de la alcoba y alzo el puño con el que toco dos veces.

—Adelante.

Dice «¡Adelante!» y miro el pomo como si fuera un objeto altamente dañino, como si fuera la entrada a un campo de radiación perjudicial y nocivo.

—¡Adelante! —vuelve a decir.

Me dejo de rodeos, tomo la perilla y la muevo, abriendo la puerta que…

«¡Joder!». Ángeles, vírgenes, santos, diablos y demonios. Segrego baba cuando veo el perfecto monumento que está frente a la mesa plegable. La tensión arterial amenaza con llevarme al hospital y la libido sexual llega al grado Alfa Nueve Delta.

Tiene el torso descubierto, solo lleva unos pantalones de pijama, que permiten admirar la perfecta V que tiene en la cintura. Mi saliva se aliviana, mi espalda se torna rígida cuando alza la cara fijándose en mi sitio y de nuevo no sé si irradia luz celestial o resplandor demoniaco.

—Hola —saluda, y de golpe volteo a ver si le habla a otra persona.

¿Dos holas en una noche? La NASA tiene que enterarse de esto. No me quita los ojos de encima y me aclaro la garganta antes de hablar.

—Mi coronel.

—Sigue —ordena, y cierro la puerta.

Siento que soy una sanguijuela que deja un hilo de baba con cada paso. Cierro la puerta y me enfoco en el plano que está revisando.

—Tienes prohibido irte sin avisar —dictamina—. Debemos culminar el operativo y no podemos perder el tiempo en sitios que no aportan nada.

—No fue mi culpa.

—Lo sé, te lo recuerdo a modo de advertencia. No quiero que vuelva a ocurrir.

—Sí, señor.

El silencio se extiende por segundos donde no sé cómo pararme.

—Estoy revisando los planos actuales del centro y hay dos pasadizos subterráneos que no están registrados. —Acerca una lupa—. Saqué los planos actualizados de la biblioteca y no están, pero en los antiguos sí. Al parecer, no quieren que se sepan.

Tiene una boca tan putamente provocadora… Habla y explica mientras mi mente no deja de divagar escenarios obscenos, de traer lo que no tiene que evocar, recordando las veces que sus labios han estado contra los míos.

—Rachel —dice, y me doy una cachetada mental—. ¿Me estás prestando atención, teniente?

—Sí… Sí… Eh… —¿Qué diablos decía?—. Los planos…

—Dije eso hace media hora —me corta, y no sé en qué momento pasó media hora, dado que estaba en Sexolandia.

La vergüenza me corroe y, pese a la pena, el cosquilleo en mi entrepierna no desaparece. No tengo ni idea de dónde viene la oleada de calor, como tampoco sé por qué siento que la ropa me estorba.

—Lo siento, estoy un poco cansada. —Me pellizco el puente de la nariz—. No es de su incumbencia, pero… —Me callo, estoy hablando sandeces—. Dígame qué quiere que haga y con mucho gusto lo haré.

—Vamos a la cama.

Me da un ataque cardiaco. Miro la cama y luego a él, divago preguntándome quién le quitará la ropa a quién. Me miro la blusa ansiosa porque la rompa y…

Toma su laptop, abre la pantalla y se sienta en la cama.

—¿Vienes o no?

Quedo medio atontada al ver cómo teclea.

—¿Vamos a trabajar? —digo sin querer.

Enarca una ceja y bajo los ojos en busca de mi dignidad.

—Estás cansada —se centra en la pantalla— y la cama es el único lugar que hay para sentarse.

La moral me queda en el piso. «¡Qué bien, Rachel!». Con la poca vergüenza que me queda, me siento en el pie de la cama.

—¿Decepcionada? —ríe con sorna—. Analizándolo bien, la propuesta se oyó con doble sentido.

Suelta a reír con más ganas y me recuerda lo mucho que me encanta verlo así, ya que se le quita lo engreído. Me contagia y bajo la cara, ocultando la curva que forman mis labios.

—¿Quién eres y qué hiciste con el coronel?

—¿Has visto el tatuaje que tengo en el cuello? —Sigue tecleando—. En la noche me transforma, convirtiéndome en alguien que no soy yo.

Mi boca se abre, fingiendo sorpresa.

—Otro chiste, mi diario tiene que saberlo.

—Déjalo. —Vuelve a la pantalla—. Debe estar harto de que le hables de mí.

Fin del momento divertido.

—Es broma. —Vuelve a sonreír—. También tengo mi lado divertido, teniente.

Tomo una bocanada de aire.

Christopher + Lado divertido + Ganas de que me folle = Caída en picada a un enamoramiento sexoso compulsivo.

—No te acostumbres —me dice—: el papel de hijo de puta me queda mejor.

—Lo tengo claro, no es necesario que me lo recuerdes.

—Ven. —Me abre espacio a su lado.

No sé cómo ponerme, donde sea que me ubique lo tendré demasiado cerca.

—Si quieres, pon una almohada en el medio de los dos —insiste—. Me preocupa tu cara de horror, así que tómate tu tiempo —vuelve a mirarme—, pero procura venir antes de que amanezca.

Ignoro la orden de huida que me grita mi cerebro cuando me acerco a su lado, como si fuera lo más normal del mundo. Él acomoda la laptop entre los dos y me centro en actuar como si fuera un soldado cualquiera.

—Este sujeto —me muestra una foto en la pantalla— era un arquitecto de la era victoriana y diseñó los planos de varios lugares importantes.

—Entre esos, la iglesia. —Sé todo sobre el sitio.

—Sí, era especialista en pasajes ocultos. A la gente le gustaba crear espacios secretos para verse con sus amantes.

—Sí. —Finjo que no oí la última palabra—. Supongo que quieres que encuentre los pasadizos.

—*Encontremos* —enfatiza—. Este sitio es grande, hay entradas por todos lados y hay que saber detectarlas.

—Bien, no creo que nos demore —le digo—. Somos buenos trabajando juntos.

—Y buenos amantes también.

«Maldito». Me quiero concentrar, pero no hace más que estresarme.

—¿Estás ligando? —bufo—. ¿O es otro repertorio de bromas?

—Las verdades no son bromas. —Teclea.

Sea cual sea el truco, no voy a caer. Sigo atenta a lo que se muestra en la pantalla.

—¿Al limosnero no le molesta que trabajes conmigo? —Me mira.

—Stefan sabe que soy una profesional y tiene claro que sí o sí debo trabajar contigo.

—Me encanta que sepas a quién me refiero cuando digo «limosnero» —se burla—. Cómo no, si es el único en la maldita central.

—No es ningún limosnero, así que te pido que lo respetes. —Me levanto, lo mejor es que me vaya.

—¿Le dijiste?

—¿Qué?

—Que estás enamorada de mí.

—Pensé que el motivo de mi visita era netamente laboral. —Me vuelvo hacia él.

—Tarde o temprano, tenemos que tener esta conversación.

En verdad, no sé qué necesidad hay de estar revolviendo las cosas.

—Me voy a dormir, coronel, envíeme lo que quiere que haga. —Me encamino a la puerta—. Descanse.

Trato de largarme lo más rápido que puedo, pero, para cuando quiero tomar la perilla, lo tengo a mi espalda, negándome la salida.

—¿Por qué huyes? —El agarre sobre mi brazo hace que me pique la piel.

—No estoy huyendo, estoy cansada y me quiero ir.

—Las cosas deben decirse y hablarse como son —me voltea—, así que, por tu bien, dile a ese pendejo lo que pasa entre nosotros o se lo diré yo.

—No hay un «nosotros».

—¿Segura? El que no me mires a la cara me demuestra todo lo contrario.

Me enerva que sea así, que sepa cómo dar en el clavo. Verlo. ¿Cómo carajos lo miro sin que me broten corazones en los ojos?

—¿Te dejé sin argumentos?

Su agarre empeora y lo termino encarando cuando volteo. Su altura me obliga a alzar el mentón para poder admirar el gris de sus ojos, y recuerdo cómo me sentí cuando los vi por primera vez el día que Bratt me lo presentó.

No sé si fue amor a primera vista, pero desde esa noche siento que mi mundo no volvió a ser el mismo.

—Un día me detestas, reprochas y pataleas por mi presencia, y al otro quieres hablar sobre un «nosotros» —le digo—. Sigo sin entender qué es lo que pretendes.

—Hay situaciones que cambian mi forma de ver las cosas. —El agarre pasa a mi muñeca—. Verte bailar en un club nocturno, por ejemplo.

—Se supone que estábamos actuando, trabajando en…

—No estaba actuando nada. —Acorta el espacio entre ambos—. Mi polla no actúa a la hora de mostrarte lo dura que me la pones.

Siento un golpe seco en el pecho, como si estamparan una maza contra un bombo. Mi epicentro toma peso y no puedo con el cosquilleo que surge en mi sexo cuando se acerca aún más.

—Me gustas. —Sujeta mi nuca—. Odio verte con ese imbécil y odio más no cogerte como me gustaría.

«No puedo». Su aliento desestabiliza mis rodillas cuando mis sentidos empiezan a perderse.

—Detestas a las cobardes —cito sus palabras.

—Haré una excepción esta vez, si te quitas la ropa, te acuestas en la cama y te abres ya de piernas para mí —musita sujetando su polla sobre el pantalón—. Sin vacilaciones, como lo hacías años atrás.

El pecho me pesa cuando la decepción llega y me hace notar que no ha cambiado nada.

—No pierdes el defecto de verme como tu puta personal —le aparto la mano—, de verme como la que puedes tener cada vez que estás urgido.

—No quise decir eso...

—¿No? Entonces, ¿qué pretendes? —increpo—. Tentándome y haciéndome preguntas que hace mucho tiempo tienen respuestas.

—Las respuestas falsas que quieres hacerme creer no las tengo en cuenta.

—¿Respuestas falsas? —repito—. No hay nada falso en el que te haya superado, en el que quiera a otro y no me interese tener nada contigo.

—Otra vez, vamos con mentiras que ni tú misma te crees. A mí no tienes por qué mentirme. —Me acorrala contra la pared y coloca una mano sobre mi pecho—. Ni siquiera sé por qué quieres ocultarlo.

—No siento nada por ti, Christopher... —Intento apartarlo.

—Si es así, ¿cómo explicas esto? —Agarra mi pecho y mira el pezón que se marca a través de la tela.

La protuberancia se dibuja en la franela de mi camisa.

—No...

Su rodilla termina entre mis muslos. De nuevo intento apartarlo, pero no se quita; por el contrario, separa mis piernas.

—¿Qué mentira dirás ahora? —Aprieta—. Los tienes así desde que llegaste y ahora quieres huir para tapar el hecho.

Roza el pezón con el pulgar y no doy pie para moverme. El leve toque hace estragos en mi ropa interior y más cuando se aprieta contra mí, sobando su erección contra mi muslo. La madera de la puerta cruje y su cálido aliento hace que mis labios lo aclamen.

—No sabes lo mucho que me gusta esto... —Estruja con una fiereza que me hace poner la mano sobre su muñeca.

—Basta...

—No. —Se impone recogiendo la tela de mi falda con la mano libre—. Apuesto lo que sea a que si meto la mano aquí...

Jadeo cuando toca el elástico de mis bragas. «Padre».

—... mis dedos quedarán empapados con tu humedad.

Su boca queda a milímetros de la mía, siento que voy de cabeza al abismo y que haga lo que haga me daré duro contra el suelo. Mi cuerpo lo exige, mi piel lo anhela y mis manos ansían tocar la erección que yace y palpita bajo sus pantalones.

Pongo mi mano sobre su torso y acaricio los pectorales duros que se le marcan... Es una obra de arte masculina, la cual hace que mi sexo se derrita, que mis neuronas se aloquen y se descoloquen sin saber qué hacer al tenerlo así.

—Dilo. —Baja mi mano a su entrepierna, dándome la polla, que saca y queda en mi mano.

¿Hace cuánto que no tocaba algo así? Mi garganta la pide a gritos, mi boca la ansía cuando muevo la mano y se llena de saliva con el tamaño que toco.

—Dilo y podrás ponerla donde quieras —sigue—. En tu boca, en tu coño…

Aferro la mano a su miembro, quiero tantas cosas que no sabría por dónde empezar. Las venas acarician mi palma y mi cabeza trae todos los orgasmos que me dio y quiero volver a sentir.

—No te tortures y no me tortures. —Me alza el mentón mordiéndome los labios.

Toma mi cintura, aprovecha y me da un leve beso, ya que baja a mi cuello. Todo se me enciende y no me quiero imaginar lo que pasará cuando vuelva a tocar la lengua que tanto me enloquece. Creo que ese día perderé la cabeza.

Mueve los dedos a mi entrepierna, estoy tomando su polla y él está a nada de tocar mi coño.

—Dilo —insiste.

Respiro hondo, mientras me preparo física y psicológicamente para lo que se viene. No sé cuál de los dos tiene los ojos más oscuros…, creo que apostaría por los míos.

—Provocas esto —hablo a milímetros de su boca—, porque estás jodidamente bueno, y sí —suspiro—, si metes la mano en mis bragas, te saldrán los dedos empapados. Pero no te creas la gran cosa, que es normal que un hombre como tú encienda mis ganas, así como enciendes las ganas de todas las mujeres del comando.

Tensa los músculos y deduzco lo que se aproxima.

—Yo ya no te amo, solo te deseo como te desean la mayoría de las mujeres que te ven. —Quita la mano.

—Me quieres…

—Te quise —aclaro—. ¿Quieres saber por qué dejé de quererte?

Suelto su miembro antes de empujarlo.

—Porque me di cuenta de que no quiero ser la puta de nadie y mucho menos la tuya. —Alzo el mentón—. Yo quiero un hombre que me ame y sepa tratarme, no un niño caprichoso que busca sexo con la una y con la otra. Necesito una relación para toda la vida, no un instante fugaz…, y tú eres eso: momentos fugaces que no duran más de un día.

Puedo morirme por él y desearlo como a ninguno, pero me asusta más el que me tire al piso y no pueda volver a levantarme.

—Deja de querer atraparme, porque hace mucho que no quiero estar en tu jaula. —Suprimo el nudo que se me atora en la garganta—. Por primera vez en tu vida, haz algo bueno por mí y déjame en paz. Tienes una novia y una candidatura por delante, enfócate en eso y deja que sea feliz con la persona que quiero y elegí.

Abro la puerta, ruego a Dios que no me siga, porque si me vuelve a tocar, perderé la batalla. No sé ni por dónde camino, lo único que tengo claro es que me alejo de la casa sacerdotal, de él, de lo que siento y de las ganas que le tengo.

Paso el nudo que se forma en mi garganta, aprieto el paso y...

—¡Cuánto afán! —Liz Molina se me atraviesa de la nada—. ¿De quién huye la hermosa perrita de culo blanco?

Fija los ojos en la casa sacerdotal que dejé metros atrás.

—¿Huir? —Me río—. Estaba trabajando, terminé y me urge ir a descansar.

Hecho a andar otra vez, en tanto ella se queda en el sitio. Si no quiero hablar con Christopher, mucho menos con ella.

Christopher

Con rabia, clavo los binoculares en la ventana observando a la mujer que arranca la maleza del jardín, se quita el gorro que tiene y se limpia el sudor con el dorso de la mano. Con disimulo, evalúa el perímetro y saluda a uno de los sacerdotes que pasan.

Se está haciendo la difícil y eso me jode, porque ya no me está ayudando el que siga masturbándome. Carezco de paciencia y el autocontrol no es una de mis virtudes.

—¿Qué estás haciendo? —dicen a mi espalda.

—Nada que te importe —contesto sin voltear.

—¿Estás espiando a Rachel? ¿Es en serio? —Patrick se posa a mi lado.

—¿Estoy pidiendo tu opinión?

Bajo el artefacto, me exaspera que se metan con lo que hago y me exaspera más este puto operativo.

—¿Qué quieres? —le pregunto al hombre que no se va.

—Los medios internos quieren saber sobre Corvin Douglas. El área forense dará declaraciones, Olimpia Muller convocó a los candidatos —me avisa— y quieren que vayas.

Reviso el móvil, tengo mensajes de Alex que no me molesto en contestar.

—Necesito una nueva secretaria. —Me preparo para salir.

—Respecto a eso —intenta detenerme—, Alexa me pidió que...

—A Laurens Caistar no la voy a volver a contratar —me adelanto a lo que quiere decir—, así que ni te molestes en pedirlo.

—Laurens es madre soltera.

—Ese no es mi problema.

Ya Simon me llamó en la noche en busca de lo mismo y le di la misma respuesta. Los problemas que tenga Laurens no son asunto mío y si no puede resolverlos no es mi problema. Patrick sale conmigo y me adentro a la cocina, donde saco la botella de agua que me llevo.

Salgo al patio y me enfoco en la mujer que sigue trabajando.

—Christopher —Patrick me toma el brazo—, no le quites prioridad a lo que en verdad importa. Me preocupa que te desenfoques.

—Ve a comer con el cura del club y sácale algo que sirva —le ordeno—. Ocúpate de tus asuntos y deja que me ocupe de los míos.

Enojado, me suelta y sigo con mi marcha, la madre superiora se acerca también y me trago las ganas de decirle que se largue y deje de estorbar. Extiendo la mano para que la teniente me salude como se debe y siento la furia de su mirada cuando toma la punta de mis dedos pegando los labios en el dorso.

Sé que siente cosas por mí, no tengo duda de ello, pero no me sirve que solo me ame. Lo que quiero es que se olvide del idiota que dice querer, que centre la atención en mí y se deje de sandeces, creyendo que puede estar con otro.

—Le traje esto para que se refresque. —Le entrego la botella que recibe.

—Qué amable. —Pasa el peso de un pie al otro cuando mis ojos la miran de arriba abajo.

—Siempre tan atento… —comenta la madre superiora.

—Me gusta quitarle las ganas y necesidades al prójimo —Rachel aparta la cara con lo que digo—, como el hambre, la sed, el frío. Me da paz.

Le echo un último vistazo a la mujer que inhala con fuerza.

—Las dejo, daré una vuelta por la ciudad —miento—. Hoy tengo ganas de socorrer a ancianos.

—Que le vaya bien —me dice.

—Gracias.

Me alejo, ya hice que me viera, ya le amargué el día y le recordé que se muere por mí.

Miro el reloj y empiezo a prepararme para mi salida, el alzacuello me lo quito con disimulo y, en la casa sacerdotal, me desprendo de la camisa. Vestido de civil, abandono el sitio, no sin antes informar que estaré haciendo «caridad» toda la tarde.

Paso por el lado del obispo Gianni, quien, con un gesto leve, me saluda cuando me ve. Todo va a paso de tortuga, con el primero no puedo proceder, porque no tengo pruebas concretas, y con el segundo tampoco, puesto que es mi coartada para sumergirme más en todo esto. Lo único claro es que ambos tienen las manos untadas y algo me dice que no son solo ellos.

—Trevor Scott e Irina Vargas se quedarán haciendo trabajo de inteligencia, junto con Alan Oliveira —me avisa Simon a través del auricular que me coloco cuando estoy lejos—. La Élite ya viene para acá.

El comando está lleno de los medios comunicativos internos de la entidad, el periodismo que se encarga de mantener informados a los soldados, mediante los canales internos de la Fuerza Especial Militar del FBI.

Me pongo el uniforme, faltan minutos todavía para empezar la reunión y Gauna me manda a llamar a la oficina, donde tiene un grupo de soldados frente a él.

—Son soldados nuevos que todavía no conoce. Unos llegaron hace un par de días, otros en el transcurso de la semana —me dice—. Él es el coronel Christopher Morgan, preséntense.

—Sargento Paul Alberts. —El primero me dedica un saludo militar.

—Sargento Tatiana Meyers —sigue el segundo.

Se presentan uno por uno, son diez en total. Tyler me avisa sobre la reunión y paso al sitio donde me sigue Gauna. Allí está la viceministra, al igual que el presidente de Casos Internos, el Consejo y los candidatos.

—Coronel Morgan —me saluda Leonel Waters—, espero que haya dejado los cigarrillos y las impertinencias, es algo que aquí no se permite.

Lo ignoro, no es más que un imbécil. Toma asiento frente a mí, Alex se hace presente junto con los forenses, quienes se quedan de pie, mientras que Kazuki Shima saluda a todo el mundo con un apretón de manos antes de sentarse a mi lado.

—Un ataque al corazón es normal —asegura el ministro—, pero dos en etapa electoral encienden las alarmas. Corvin Douglas no sufría de problemas cardiacos. Cuatro días antes de morir, tuvo una revisión médica donde lo felicitaron por su buen estado de salud.

El forense da el dictamen final de la autopsia ahondando en los detalles.

—Primero lo del juicio —habla Olimpia Muller—. Sea lo que sea que esté pasando, no podemos dejarlo avanzar. Esto nunca se había visto en una etapa electoral.

—Presiento que hay mano negra en lo del general Douglas —Joset Lewis toma la palabra—. La pirámide siempre ha querido mermar nuestras fuerzas y el que Antoni esté preso no les está restando.

—Bueno, el tenerlo en una celda de lujo no es algo que dé mucho miedo —se mete Kazuki, y mi enojo se dispara.

—Todo aquel que tenga los medios tiene derecho a acceder a las comodidades que requiere —replica Leonel, mientras que yo solo me limito a mirar a Alex—. No es la primera persona que tiene privilegios.

—A mí no me parece —contrarresta Kazuki, y Alex evade mi mirada—. El HACOC ha dañado y matado a muchas personas.

Las palabras las oigo lejos.

—¿Permitiste eso? —le reclamo al ministro—. Una celda de lujo para quien tendríamos que haber matado.

—No estaba de acuerdo con ello.

—Entonces, ¿por qué la tiene?

—Nosotros sí estuvimos de acuerdo —se mete Martha Lewis—. Nuestras opiniones deben respetarse y la petición de los Conde forma parte de los derechos que posee el reo. El Consejo lo avaló, necesitamos que colabore con la justicia y por ello…

Me levanto, no estoy para escuchar sandeces. La rabia ennegrece mi vista cuando salgo en busca de mi oficina. La Élite está esperando afuera e ignoro a todo el mundo, estrellando la puerta cuando entro. Alex no tarda en aparecer más enojado que yo.

—¡La próxima vez que vuelvas a abandonar una reunión te suspendo! —me regaña—. ¡¿No piensas?!

—Permites idioteces que no tienes que permitir. —Lo encaro—. ¡Se supone que eres el ministro y dejas que ellos intervengan!

—Quieras o no, forman parte de la entidad y ha sido así por años —me recuerda—. Esto no es nuevo para ti, ya tendrías que tenerlo claro.

Le doy la espalda cuando mi pecho retumba. Alex le abre la puerta a la Élite para que entre y Gema se acerca a acariciarme la espalda.

—Shrek —musita—, ¿qué tienes?

—En estos momentos, los forenses están dando declaraciones, hay fuertes sospechas de que la mafia está metiendo las manos en la candidatura —habla Alex—. Son la Élite de Londres, uno de los mejores grupos de la entidad. En caso de salirse con la suya, ¿con quién creen que van a empezar? Necesitamos a alguien que les dé pelea y todos ustedes saben que para eso no hay nadie mejor que Christopher.

La viceministra llega con Gauna.

—Es necesario contribuir a la campaña, a menos que quieran irse a otra central o no servir para nada —sigue Alex—; así que debo saber con quién cuento y con quién no.

Me voy a mi puesto, no necesito a nadie, siempre he podido solo, así que me da igual quién está y quién no.

—Todos tienen derecho de decidir, menos tú, Rachel —le dice Alex—. Si eres una mujer inteligente, has de saber que lo mejor es que Christopher esté en el poder; por ello, no siento que tenga la necesidad de preguntarte. Tu padre me apoyó en su momento y ahora espero que tú hagas lo mismo también.

—Tuviera la opción o no, mi respuesta es un sí, ministro —contesta, y dicha respuesta estremece mi tórax—. Voy a apoyar a los Morgan en esto.

—¿Bratt? —Se va a su sitio—. Sé que tienes muchos motivos para irte. Pese a todo, has sido un soldado leal y, por ello, no voy a negar que tu presencia aquí tiene peso; así que quiero saber qué harás.

Me mira como si le fuera a decir algo.

—Crio a un hombre horrible, pero un buen soldado. Corvin era amigo de mi familia, la prioridad ahora es que el poder no caiga en las manos equivocadas. —No me quita los ojos de encima—. Solo por eso tiene mi apoyo, coronel.

«Ridículo».

—No voy a dejar de apoyar al hombre que amo, porque… —Se acerca Gema.

—¿Vas a servir o no? —la regaña Alex.

—Sí, ministro —suspira—. Conmigo contarán siempre y haré todo lo que tenga que hacer. No tienen ni idea de todo lo que puedo lograr cuando me comprometo con algo. Liz está conmigo, ¿cierto, sargento?

—Siempre.

Los demás se muestran de acuerdo, incluyendo a Parker y Gauna.

—Los forenses informarán lo de Corvin a los medios —Olimpia toma la palabra—. Los canales internos quieren hacerle un par de preguntas al coronel y a dos soldados más de la Élite. Desean saber qué piensan sobre lo que está pasando.

—Coronel, capitán y teniente —dispone Alex—. Christopher, Bratt Lewis y Rachel James.

—Gema también es una teniente. —Liz Molina abre la boca—. Siento que Lancaster puede hacerlo mejor que Rachel James. Sin ofender, pero ella también tiene uno de los mejores currículums de aquí.

—¿Quién crees que eres para refutar u opinar? —enfurece Alex—. Recuérdame tu puto nombre.

—Lizbeth Molina, ministro. —Da un paso al frente—. No estoy refutando, solo digo que Gema…

—¿Estuvo en el atentado que le realizaron a Christopher en Brasil? —le pregunta.

—No, pero…

—¿Trabajó en los pilares de la misión Mascherano? ¿Fue drogada, exiliada y reincorporada? —sigue Alex—. ¿Fue la carnada que nos permitió capturar a Antoni Mascherano?

—Pero hay otros logros y Gema…

—Si no ha hecho eso, entonces no me sirve.

—Alex…

—¡Ministro para ti! —regaña a Gema—. Lewis y James, vayan afuera a prepararse.

Olimpia me avisa de que me están esperando en la segunda planta, Patrick me palmea el hombro y con la mano me echo el cabello hacia atrás.

—Anda —me dice—, te están esperando.

Busco la puerta, el salón donde están los medios se ve desde la segunda planta, le están haciendo preguntas a Leonel Waters mientras que los otros candidatos esperan.

Gema se acerca al Consejo y los hombres la saludan con un beso en la mejilla.

—Quieras o no, debes mejorar la relación con el Consejo. Hay algo que se llama estrategia política, la cual aplica en todos lados, y puedes ser el supersoldado, pero si no los tienes de su lado o en un punto neutro, te van a poner más trabas de las que ya tienes —empieza Alex cuando llega—. Es algo que sabes, así que deja de hacerte el imbécil —continúa—. Metiste a Gema Lancaster en tu vida y me está hartando con tanta tontería.

—Querías verme serio, lo tienes y ahora te quejas.

—Sí, quería eso, pero no pensé que fuera tan estúpida —asevera—. En fin, ya está, estamos en un momento donde debes cuidar lo que proyectas.

Laila Lincorp se acerca a entregarle el café que le trae y un par de documentos. La actitud de él cambia en un dos por tres, firma lo que le da y recibe la bebida.

—Cuando tengas todas las firmas, lleva los documentos a mi casa —le dice, y ella asiente.

—Como ordene, ministro.

La mujer se va y él le da un sorbo a la bebida, voltea a ver cuando sale y de nuevo se vuelve hacia mí antes de continuar.

—Ten claro que todos van a hablar si saben que cogiste a otra de tapete —continúa Alex—. Así que cuida muy bien lo que haces.

—¿Qué dirán de ti si saben que coges con mujeres que pueden ser tus hijas? —pregunto—. Se supone que eres el ministro, y muy buen ejemplo no estás dando.

—¿Celoso porque tengo el lujo de tirarme a la que quiero y no a la que me toca?

Me palmea la cara.

—El papel de ponzoñoso maldito guárdalo para otros —espeta.

—Vete. —Dispara mi jaqueca.

—Dentro de tres minutos tienes que bajar. —Se va.

Gema me sonríe cuando bajo y respiro hondo. A diferencia de Sabrina, no me desagrada; Angela me estorbaba después de que me la cogía, Gema no, ya que siempre busca la manera de tenerme contento.

Llega mi turno. Frente a la mesa, hay una cámara y sobre esta, varios micrófonos. Se agregan dos sillas más para Bratt y Rachel, se hacen las debidas presentaciones y empiezan con las preguntas.

—¿Cree usted que los Mascherano tienen algo que ver?

—La mafia nunca baja la guardia y no descartamos la posibilidad de que esté involucrada en esto.

—¿Teme que lo maten y pueda terminar como el general Douglas?

—No —contesto—. Soy una persona preparada, que no se amedrenta con este tipo de cosas que no me dan más que risa.

Siguen preguntando, enfocándose en las personas que me acompañan.

—¿Por qué apoya al coronel, teniente James? —le preguntan—. ¿El que estuviera presente en su rescate tiene algo que ver?

—El rescate y mil cosas más —habla al micrófono—. Confío en las facultades que tiene para gobernar y mantener el orden, como lo ha hecho el ministro Morgan hasta ahora.

—¿Diría que es su salvador?

Me relajo en la silla, esperando la respuesta.

—Sí, él y todos los compañeros que participaron.

—Capitán, ¿cómo es trabajar con el coronel? —Enfocan la atención a Bratt.

La tensión que se genera es palpable, sin embargo, da una buena respuesta, cosa que no pienso agradecer, pese a que varios lo aplauden, incluyendo la viceministra y el Consejo.

—Tengo una pregunta, coronel. —Uno de los miembros del Consejo levanta la mano—. La primera dama tiene un rol importante en la entidad, usted es una persona que no ha tenido relaciones serias y a nosotros nos parece que es primordial que, como ministro, se tengan valores como el respeto hacia la mujer y hacia la familia. Usted no es un hombre casado.

—Alex Morgan es uno de los mejores ministros de la historia —aclaro—. Lleva mucho tiempo gobernando solo y no me siento en desventaja si decido seguir el mismo camino.

—Su padre no contaba con la fama que tiene usted y me incluyo al decir que varias de sus actitudes le quitan puntos a su campaña —continúa—. ¿Veremos entero compromiso hacia la mujer algún día? ¿Lo veremos casado, mostrando que los buenos cambios existen?

La mirada de Alex me lo dice todo. No tiene la misma fama que yo, porque se las da de discreto. Los que me rodean me miran expectantes a la espera de una respuesta; Leonel Waters es el que más ansioso parece, dado que detalla cada uno de mis movimientos.

—Todo tiene un fin, a todos nos llega la hora de adquirir compromisos y no creo ser la excepción.

—¿Eso quiere decir que demostrará que sí puede tener algo serio, respetando uno de los pilares más importantes de aquí, que es la familia? —sigue la misma persona—. De ser así, ¿cuándo piensa hacerlo?

—Lo sabrán en su momento. —Respiro hondo—. Quiero estar seguro y no equivocarme, ya que esto requiere a la persona indicada.

Algunos miran a Gema.

—¿La conoce, teniente James? —indaga—. Usted forma parte de la Élite, trabaja con él. ¿Considera que puede darnos una buena primera dama?

Gema se limpia las lágrimas y se tapa la boca mientras la amiga le frota los brazos.

—Sí —contesta Rachel—. Siento que el coronel Morgan puede darnos una primera dama.

—Gracias a todos por su tiempo. —Se finaliza la ronda de preguntas y soy el primero que se levanta.

Bratt baja por un lado con Rachel y yo tomo el pasillo. Gema mueve los labios cuando paso por su lado.

—Te amo. —Capto cuando los leo.

Se acercan a hacerle preguntas, mi garganta aclama un trago. Esto es importante: el puesto, lo que conlleva y lo que quiero. Ya me planteé las cosas y una de esas es que haré todo lo que tenga que hacer para conseguirlo.

31

¿Amigas?

Rachel

No hay cosa que odie más que el tener que fingir que no pasa nada y actuar normal en momentos en los que siento que está pasando de todo. La que llevará la campaña del coronel, quien acaba de llegar, termina de dar las instrucciones de lo que conviene hacer de ahora en adelante.

Gema Lancaster no deja de secretear con Liz Molina y esta me mira a cada rato, mientras que Meredith Lyons se mantiene al lado de Bratt con la típica postura rígida que adoptas cuando quieres marcar territorio.

Le he dicho ya que su novio no me interesa, pero parece que no lo entiende; lo quiere tanto que ve como una amenaza a todo el que está en el mismo entorno que él.

—Quiero decir algo. —Gema alza la mano—. Bueno, más bien agradecer a todos ustedes el querer apoyar a Christopher. Estoy segura de que haremos un excelente trabajo; él y yo somos un equipo que se preocupa mucho por todos, y, por ello, trataré de dar lo mejor de mí en lo que se aproxima; lo haré por ustedes y por nosotros, dado que esto nos beneficia a todos.

—¡Bravo, amiga! —la aplaude Liz—. Que se atengan las mujeres de otros porque ya la FEMF tiene primera dama.

El escándalo de sus palmas entrechocando me fastidia, al igual que sus gritos y que golpee la mesa como si estuviéramos en no sé dónde. Gema no deja de sonreír hablando de todo lo que hará, de lo magnífico que será todo.

Sus labios se explayan mostrando la dentadura brillante en lo que mueve las manos, el corazón me empieza a latir en los oídos cuando las declaraciones del coronel se repiten: «Es su novia y futura esposa». Liz sigue con su escándalo, el ardor en mi pecho se torna más intenso y siento que no puedo más.

—Me tengo que ir ya —le digo a Brenda—. Tengo una cita dentro de una hora, avísale a Parker si pregunta.

Gema calla su discurso por un momento cuando salgo a lidiar con lo que tengo atorado en la tráquea. Siento que me pesa el uniforme y, afanada, me cambio en mi alcoba antes de volver a salir. «No es nada —me digo mientras camino con los ojos ardiendo—. No es nada, Rachel».

Enciendo la radio de mi Volvo, cierro las ventanas y pongo la música a todo volumen. Necesito que mi cabeza se mantenga ocupada y que no repita lo que oyó hace unos minutos. La garganta me duele cuando paso saliva y mis manos tiemblan sobre el volante.

«No es nada». Tomo una bocanada de oxígeno al arrancar.

«Él tiene su vida y yo tengo la mía». Es tóxico, nocivo, me hizo daño y lo sigue haciendo después de tanto tiempo, pese a que quiero dar lo nuestro por cerrado. Respiro hondo otra vez. Noticias como esta tienen que alegrarme, no dolerme de la forma en que lo hacen. Me da rabia el hecho de que mi cerebro le dé más importancia de la que merece.

Se va a comprometer con ella, va a formar un hogar y ahora sí o sí lo tengo que olvidar. No solo por eso, también porque, como dije, me hace daño, me roba la paz y la estabilidad mental.

El comando queda atrás. La idea de ver a Gema vestida de blanco me contrae el tórax; eso, y el hecho de que ella no sea como Sabrina. A ella no la detesta ni la deja de lado; por ella tiene sentimientos que no me tienen por qué afectar a mí, pero lo hacen.

Parpadeo con la nariz ardiendo; llorar sería demasiado, así que piso el acelerador. La cita que tengo es con mi ginecóloga en el hospital militar y a dicho sitio me dirijo.

La persona que me atiende es una doctora de confianza; acudí a ella cuando empecé a usar anticonceptivos.

—Cuéntame en qué puedo ayudarte. —Me invita a tomar asiento cuando entro a su consultorio.

Como puedo disipo el enojo cargado de frustración y me concentro en el tema que requiere mi total atención.

—Quiero volver a mi anterior método anticonceptivo.

Asiente tecleando en su laptop; la FEMF tiene presente mi historial clínico y lo primero que hace la ginecóloga es mandarme a hacer una prueba rápida de embarazo.

—Llevas mucho tiempo sin usar un método hormonal —comenta después de las debidas preguntas—. No puedo colocarte el dispositivo sin la certeza de que tu cuerpo lo aceptará de la misma manera que antes; por ello, vamos a colocar una inyección anticonceptiva por un par de meses y, si todo sale bien, procedemos con el método anterior.

—Bien.

—¿Has considerado la cirugía de anticoncepción? —indaga.

Sé lo que viene después de la pregunta. En los controles médicos siempre surge y, acto seguido, debo tolerar el discurso: «Es mejor un control definitivo» o «Tu organismo se deterioró y no es candidato para concebir».

—El HACOC es una droga que…

—Sé los riesgos que corro, pero leí que, si sigo con mi tratamiento, puedo plantearme la meta de tener hijos en los próximos años. A lo mejor…

—En este tipo de casos, las malas probabilidades suelen absorber las buenas.

—No quiero agotar mis opciones —zanjo el tema—. Es algo que tal vez considere más adelante, pero no ahora.

—Entiendo. —Me entrega un folleto—. Sin embargo, lee esto cuando tengas tiempo, son las ventajas de la cirugía.

Ya lo he leído, mas no quiero proceder todavía; siempre quise una familia como la que tengo y sé que la cirugía de anticoncepción me quitaría una parte de ese sueño, el cual nunca estaría completo si no puedo concebir. Tengo claro que tal vez no se dé, sin embargo, conservo la esperanza.

Me acompaña a la enfermería, donde me suministran el medicamento; me da una receta para reclamar un par de dosis más y me despido de ella en la entrada de su consultorio.

—Si no te llegas a sentir bien, no dudes en venir.

Me aseguro de tener todo antes de abandonar el hospital. El móvil me vibra a pocos pasos de la puerta: es Carter Bass, el presidente de Casos Internos.

—Teniente James —me saluda—. ¿Alguna novedad que quiera reportar?

—Solo han pasado un par de días —le recuerdo.

—Varios soldados de nuestra confianza le darán apoyo, recuérdelo —avisa un tanto molesto—. Cooperarán en lo que necesite y, de paso, se asegurarán de que esté haciendo su trabajo y no alargue el tema.

Me cuelga sin decir más; este lío es una de las cosas que más me tiene estresada. La candidatura, el operativo, parece que todas las cuestiones se juntaron en un pésimo momento. Azoto la puerta del Volvo con fuerza cuando entro y arranco de nuevo, tomando la avenida.

Siento que lo más coherente era llevarle la contraria a Alex, decir que no a todo, mas he de reconocer que tiene razón: Christopher es el único que puede dar pelea en un momento en el que las cosas no pintan para nada bien.

Detengo el auto con el semáforo en rojo; quiero llegar a casa, meterme en la cama y no salir más en lo que queda de noche.

La cara de felicidad de Gema es un azote para mi cerebro, así que enciendo la radio tratando de que la ansiedad se desvanezca. Cuando estaba lejos y entraba en crisis me pedían que recordara momentos de cuando fui feliz, instantes en los que me sentí mejor que bien:

—Me gusta la playera que te llevaste. ¿Cuándo me la devolverás?

—Cuando me devuelvas las bragas.

—Puedes quedártela, entonces...

El pitido de un auto atrás hace que el pecho me dé un salto.

—¡Muévase! —exclaman, y avanzo.

Señales divinas, las cuales me gritan que deje de vivir en el pasado.

Recorro los kilómetros que faltan, atravieso la circunvalación y me adentro en la calle donde se encuentra mi edificio. A un par de metros, vislumbro un Camaro blanco y en verdad no entiendo qué le hice al universo como para que se comporte de esta manera conmigo.

Gema Lancaster está frente a mi edificio, apoyada en el capó de su auto y sonriendo con dos vasos de Starbucks en la mano. No sé qué hace aquí y, peinando una de mis cejas, bajo del vehículo.

—¿Te animas a una charla de acera? —Me muestra los vasos cuando salgo—. Prometo no demorarme.

Levanta la mano en señal de juramento. No sé qué excusa darle, así que le devuelvo la sonrisa, la cual siento que no me sale para nada natural.

—Quería disculparme; siento que Liz hoy actuó un poco mal.

—Descuida. —Recibo el frappuccino que me da.

Se sienta en la acera dando una palmada en el asfalto para que me siente a su lado. Es incómodo estando ella sentada y yo de pie. Me insiste y termino plantando el culo en el andén con las llaves del auto en la mano.

—Me agradas, ¿sabes? —empieza—, pero tengo la leve sensación de que hay una muralla entre las dos.

No hay una muralla, lo que hay es un hombre que, como en años pasados, me está lastimando otra vez.

—No es una muralla, es que no hemos tenido el tiempo de conocernos —miento—. Acabo de llegar y aún no me he adaptado del todo.

—Yo sé casi todo sobre ti. —Le da un sorbo a su bebida—. No sé si sabes de qué te hablo, pero soy del tipo de mujer que le gusta saber sobre la novia del hombre que le gusta, así no tenga ninguna posibilidad con él.

Arrugo las cejas, confundida.

—Bratt Lewis era mi amor platónico —sonríe—, y obviamente recibí un duro golpe de decepción cuando supe que estaba con una de las mujeres más hermosas de la entidad.

—No sabía.

—Descuida. Se me pasó el disgusto cuando me enamoré del hombre más apetecido de la FEMF. —Aprieta mi rodilla—. Con Christopher fue incómodo también porque, al igual que Bratt, tenía que lidiar con el peso de lo que había pasado entre ustedes.

—Es tiempo pasado.

—Lo sé. Tengo claro que ahora soy la mujer que él ama. Estoy totalmente segura de ello.

Los pulmones me arden cuando respiro y me veo obligada a tomar del vaso que tengo en la mano.

—Sé que soy especial para él, pero…

—Pero ¿qué? —increpo cuando se calla.

—Liz me dijo que te vio salir de la casa sacerdotal ayer y no quiero pensar mal de ti. Quiero creer que, pese a que fallaste una vez, eres una mujer honorable de la cual no tengo por qué opinar mal. Amo a Christopher, me enamoré como una tonta soñadora. —Cierra los ojos por un par de segundos—. Sin embargo, tengo dudas cada vez que los veo o sé que están juntos. Tal vez sean estupideces de novia o quizás no, por ello, quiero que seas sincera conmigo.

Busca mis ojos.

—¿Te gusta? ¿Sientes algo por él? —La forma en que me mira ruega por una sola respuesta: «no»—. En el tiempo que llevas aquí, ¿te ha dado señales de que siente cosas por ti? ¿Ha querido volver a lo mismo de antes?

Miro la calle, sintiéndome entre la espada y la pared.

—Nunca he amado a nadie como lo amo a él —añade—. Conectamos de una forma tan perfecta, así como tú con Stefan o en su momento con Bratt, solo que más intenso.

Decir las cosas que han pasado entre nosotros desde que volví no solo le rompería la ilusión, también rompería la de Stefan.

Les pedí discreción a mis amigas para que no se lo comentaran porque debe concentrarse y yo también, quien necesito volver a ser la misma de antes de que Christopher llegara a mi vida. A eso debo sumarle la decepción que la atropellaría a ella, que me sigue suplicando con los ojos que le dé una respuesta.

—No temas a decirme la verdad. —Vuelve a apretar mi rodilla—. Soy tu amiga.

Sabrina viene a mi cabeza, el sufrimiento de Bratt y el dolor con el que me miró cuando se enteró de todo.

—No —contesto despacio—. No me gusta ni me ha dado señales de nada, solo hemos hablado de temas laborales.

Una sonrisa se extiende lentamente en sus labios, de la nada empieza a entrechocar las manos, las palabras no le salen y mira al cielo con lágrimas en los ojos.

—Gracias —me dice llorando—. Gracias por hacerme entender que soy la excepción a su regla de no enamorarse. —Se pone la mano en el pecho—. Ha estado solo conmigo en las últimas cinco semanas, ¿puedes creerlo? Christopher Morgan siendo fiel.

No contesto, simplemente medio sonrío, dando a entender que me alegro por ella.

—Somos uno solo cuando hacemos el amor, hemos ido a cenar y ha dejado que me quede con él. Adora a Marie, sabía que le molestaría lo nuestro y no le importó. —El dolor que se dispara se me entierra en los huesos del tórax—. Me toma de una manera que no puedo describir y… ¡Nos vamos a casar! —exclama como si fuera lo más genial del mundo—. No me ha dado el anillo, pero la declaración de hoy fue una indirecta clara.

Se limpia la cara y junta las manos viéndose como la mujer más feliz del mundo.

—La futura señora Morgan. —Dibuja el nombre en el aire—. ¿A quién le ha dado el nombre por voluntad propia? A nadie, Rachel, y dentro de poco me lo dará a mí.

—Disfrútalo. —Los celos no me están dejando aplicar el «si lo amas, déjalo ir». Eso sería una declaración sincera para Bratt, no para Christopher.

El hecho de oír lo que hace con otra me está desgarrando por dentro.

—Te dejo, estoy un poco cansada.

Me levanto con el corazón vuelto pedazos.

—¿Amigas? —Gema me sigue—. Creo que ahora que está todo claro entre nosotras podemos serlo: las mejores tenientes y colegas del comando.

—Sí —contesto con un hilo de voz.

—Quiero que todas sean mis damas de honor —sigue.

La idea me da náuseas. La jaqueca aumenta, de la nada quiero confesarle todo y destrozar la perfecta vida que está armando en su cabeza.

—Tengo que irme.

—Entiendo. —Me abraza—. Sobra decir que ya no hay muralla.

—No.

—El viernes me entregan mi piso. Quiero que lo conozcas, podemos cenar la próxima semana. —Me vuelve a abrazar—. Cuídate mucho y gracias por regalarme estos minutos.

—Gracias por la bebida.

—No es nada. —Se va a su auto y no espero que lo aborde, simplemente me voy al mío. Lo guardo en el estacionamiento, lidiando con lo que me carcome las fibras. Mi apetito se esfuma, al igual que las ganas de trabajar, de dormir, de todo.

A él nada le pesa, rehace su vida como se le antoja, mientras que yo sigo en el mismo círculo cargado de amargura y frustración, él está corriendo mientras que yo camino y debo lidiar con sus intervenciones en el proceso.

No tomo el ascensor, en vez de eso troto escalera arriba queriendo aniquilar toda la mierda que tengo atascada, las declaraciones de esta mañana me dan náuseas al igual que el hecho de que me esté quedando como la estúpida que no avanza, otros están siendo felices y yo no.

—Angel —me saluda Stefan cuando abro la puerta—. ¿Cómo te fue?

Suelto lo que traigo y me lanzo hacia sus brazos plantándole un beso en la boca, y no uno sutil, ya que me abro paso entre sus labios en lo que tomo el borde de su playera.

—¿Está todo bien?

—Sí. —Lo llevo contra la pared, mi mano acaricia su entrepierna y bajo la cabeza para besarle el cuello dejando claras mis intenciones—. Vamos a la cama.

No me voy a quedar viendo a otros cuando puedo demostrar que yo también puedo rehacer mi vida.

—Oí que Casos Internos…

—Hoy no quiero saber nada de eso. —Lo hago retroceder a la alcoba, donde me quito la chaqueta, la blusa, el sostén y los vaqueros.

Él no duda a la hora de desnudarse mientras me voy a la cama.

Las palabras sobran cuando se tienen las cosas claras. Me quito las bragas antes de abrirme de piernas para él, que se acerca con el preservativo puesto; dejo que se acomode sobre mí y que nuestros labios se unan de nuevo.

El apego sexual, la frustración, la idiotez, lo que sea que tenga, quiero exterminarlo ya, así que sujeto su cabello obligándolo a que baje, a que atienda mi sexo y se amolde a lo que necesito. No dejo que los recuerdos me aturdan, me niego a que mi cerebro me lleve al pasado.

Reparte un par de besos en la cara interna de mis muslos y en mi monte de Venus; con los dedos toca mi clítoris y no sé por qué me molesta la forma en que lo hace.

—Mejor ven aquí. —Lo hago subir elevando la pelvis, coloca su mano sobre uno de mis pechos y le doy tiempo para que se acomode.

Su polla empuja dentro y contoneo mis caderas en busca de mi propio placer.

—Muévete —dispongo.

—Angel —brama—, eres de otro universo…

No quiero ser de otro universo, ni palabrería, quiero que me cojan como quiero y ya.

—Muévete más.

Clavo las uñas en la piel de sus caderas incrementando el ritmo. Christopher de nuevo quiere aparecer en mi cabeza y aprieto los ojos negándole la entrada, no tiene cabida en mi vida, por ende, no tengo por qué pensarlo.

—Más fuerte. —Le rodeo el culo a Stefan con las piernas.

Obedece, vuelvo a ubicar su mano en uno de mis pechos y lo incito a que lo estruje.

—Toca —le digo.

Lo hace, pero no como quiero, su ritmo disminuye en lo que baja a darme el beso que recibo.

—No pares. —Con el movimiento de mi pelvis le dejo claro que necesito más—. Es fácil hacer dos cosas al mismo tiempo…

Retoma el ritmo, intenta apoderarse de mi cuello, pero la humedad de sus labios me irrita, así que con sutileza corto el momento volviéndolo a besar. Mi lengua toca la suya cuando avasallo su boca en lo que su polla entra y sale.

Suelta mi pecho y dicha mano la apoya en la cama aumentando las embestidas.

—Más —pido—. Más…

Stefan jadea sobre mi hombro y de nuevo toma el control de sus embates. El que empiece a tensarse me enoja e intenta besarme otra vez, pero lo rechazo porque va a acabar, lo sé por la forma en que me toma.

—Espera un poco más —le pido.

—Angel…

—¡No vayas a correrte! —lo reprendo, y frunce el cejo deteniendo las embestidas—. La satisfacción tiene que ser por parte y parte.

—Es lo que intento hacer.

—¿Cómo? —lo aparto—. Clavándome la polla por tres minutos y corriéndote como si fuera un acto de uno.

—No me iba a correr —se defiende—. Y no llevo tres minutos, llevo más, pero es algo que no notas porque no haces más que darme órdenes.

Le doy la espalda, mi enojo no disminuye, por el contrario, empeora. Lo oigo respirar hondo a mi lado, el silencio se extiende por un par de segundos y de nuevo se pega a mí, besando mi cuello.

—Ven, voltéate.

—No.

—Anda —insiste paseando la mano por mis muslos—, la segunda es la vencida.

—Esa es una frase de mediocres. —No mido las palabras.

Su tacto desaparece y aprieto los ojos; el arrepentimiento llega de inmediato.

—Yo…

—Déjalo.

Se levanta a recoger sus cosas y sale sin decir nada. ¿En qué me estoy convirtiendo?

—Stefan —lo llamo sentándome en la cama.

—Descansa. —Cierra la puerta con fuerza.

Sé que tengo que seguirlo y disculparme, pero no lo hago, solo me limito a dejar la cabeza en la almohada, preguntándome qué diablos estoy haciendo con mi vida.

32

Recluta

Stefan

Muevo la comida que decora mi plato; el ruido del comedor me da dolor de cabeza, no tengo apetito, lo de anoche me lo quitó por completo y desde entonces no tengo ánimos de nada.

—No tienes por qué pelearte con la comida —comenta Paul frente a mí—. No tiene la culpa de que las cosas con esa no estén yendo bien. Esa mujer no es para ti, siento que es una persona poco sincera y eso de darte órdenes en la cama estuvo muy mal, ¿quién se cree que es?

—Guárdate los comentarios, solo les conté porque quería desahogarme —les digo a él y a Tatiana, que está a su lado—. No me molesta que exprese lo que le apetece, ella está en su derecho de exigir lo que quiere y cómo lo quiere.

—Entonces, ¿qué es lo que te enoja? —me pregunta Tatiana.

—Siento que me está ocultando algo y me molesta que no confíe en mí. Yo le he contado todo sobre mi vida.

—¿Oculta algo como qué? —insiste Paul.

Parto a la mitad el pan y las migajas caen sobre el plato; el amante que me comentó es como un pájaro que martillea mi cerebro, pero prefiero callar.

—Hablando de ella. —Tatiana mira a la entrada del comedor, por donde Rachel entra acompañada del capitán Parker.

Juntos suben a la segunda planta hablando no sé de qué, pero me es inevitable creer que… Al capitán Lewis se le nota que no lo tolera y ella habla muy bien de él. El día del incidente del juicio se le vio muy pendiente de todo lo que pasaba.

Está en su tropa. ¿Fue por orden del ministro como comentó aquella vez? ¿O fue una decisión de él?

—¿Qué pasa? —me pregunta Paul cuando me quedo en blanco.

—Nada. —Me levanto—. La jornada de entrenamiento matutino empieza dentro de quince minutos, los veo allá.

El olor a césped recién cortado es común en la milicia y dicho aroma me acompaña en lo que camino a uno de los campos de preparación. Quiero ver lo de anoche como una simple pelea de pareja, no somos las primeras personas que discuten; sin embargo, ella estaba tan enojada que por un momento llegué a sentirme como si me usara o le estorbara.

Hago precalentamiento antes de empezar a trotar. Ya hay un par de soldados corriendo y me uno a los uniformados poniéndome a la par con uno de los soldados de las filas oficiales.

El capitán Lewis llega y, aunque me ardan las pantorrillas, lo hago lo mejor que puedo. Doy cuatro vueltas con los soldados presentes y, antes de llegar a la quinta, noto que Paul y Tatiana se encuentran a un par de metros. No están solos. Wolfgang Cibulkova, el de Casos Internos, los acompaña.

Paul mantiene las manos atrás; el irlandés detiene el paso y mueve la cabeza en señal de afirmación escuchando lo que le dice mi amigo, mientras que, por su parte, Tatiana se une a la práctica. Wolfgang se va y Paul es el último que entra al campo de entrenamiento.

—Vamos, soldado —me anima Tatiana—. Tiene que mostrarse.

Junto con los nuevos reclutas cumplo con las horas rutinarias; el capitán Linguini llama a uno de sus soldados cuando acabamos y, agitado, me limpio la frente con el dorso del brazo.

—Cambia esa cara y anímate. —Paul me aborda por detrás tomándome de los hombros—. Tatiana y yo tenemos una sorpresa para ti. Andando.

—No es mi cumpleaños.

Dejo que me empujen al estacionamiento; tengo una hora libre antes de retomar las actividades y lo que me muestran hace que la mañana tome color.

—Tu antigua cafetera —me dice Paul abriendo la puerta del viejo auto que tenía en París—. Sabemos que tiene un valor sentimental para ti, así que te la trajimos.

El mal rato de anoche y el desánimo de esta mañana desaparecen por un momento con el regalo de mis amigos. Sé que no es económico traer un auto desde París y solo por eso los abrazo a ambos. Tatiana me advierte de las cámaras, pero rápido le doy un beso en la frente antes de soltarla. Como bien dicen, le tengo cariño al auto y me sirve el tenerlo aquí, ya que no voy a depender tanto de las cosas de Rachel.

—Disfrútalo, compañero.

Me dan mi momento con él y me guardo las llaves cuando noto que el capitán Lewis me está buscando.

—Se te requiere en el punto de vigilancia que tenemos montado cerca del centro —avisa entregándome una hoja con la ubicación y la hora—. Cámbiate, se te darán instrucciones allá.

—Como ordene, mi capitán.

Me muevo a las duchas a bañarme y, vestido de civil, reviso la dirección antes de desplazarme al punto que se me indica. El orfanato necesita de mi ayuda y esta es una oportunidad para mejorar mis ingresos.

Llego a la dirección antes de la hora estipulada por el capitán. Es un edificio deteriorado y sin ascensor. Rachel es la que me abre cuando toco a la puerta del apartamento, también está vestida de civil y lleva el cabello recogido.

—Hola —le digo bajo el umbral.

Lo que pasó anoche mantiene un ambiente tenso y no sé si quiere verme.

—El capitán Lewis me pidió que viniera.

—Lo sé y me alegra que llegaras antes. —Me hace pasar—. Quería hablar contigo.

Siento un deje de tristeza en su voz, el apartamento está vacío y me limpio las manos en el vaquero detallando el lugar donde fingen vivir algunos de los soldados que colaboran en el centro, sé que también vienen a reposar y traer información.

—Te debo una disculpa —empieza—. Anoche…

—Estabas molesta.

—Te ofendí.

—Es algo común cuando estamos enojados.

—No me justifiques, Stefan. —Se acerca—. Por muy enojada que estuviera, no tenía motivos para tratarte así.

Fijo la mirada en la alfombra. No voy a decir que no me dolió, me decepcionó que me recordara que soy un fiasco en todo lo que intento hacer.

—Eres una de las mejores personas que conozco y ayer no sé qué diablos me pasó. —Se aparta las pocas hebras de pelo que le caen en la cara—. Lo lamento, en verdad; espero que puedas disculparme, te prometo que no volverá a pasar.

—Acepto las disculpas. —Tomo su mano atrayéndola hacia mi pecho—. Solo quiero saber algo antes de olvidarlo —me sincero—: ¿El motivo de tu enojo es por el tema de Casos Internos y el operativo en curso o hay algo más que no me quieres decir?

La postura que toma me preocupa y el desánimo de esta mañana aparece de nuevo.

—¿Sientes algo por mí, Angel? —le pregunto—. Me dijiste que aquí tuviste a alguien que te hizo fallar. ¿Está pasando algo con él?

—Te dije que ya no importa, fue algo pasajero, y claro que siento cosas por ti. —Me besa la boca—. Eres lo único bueno en todo esto.

La suavidad de su boca es algo que no cambiaría por nada. Tomo su cara y ella mi cintura, dejando que de nuevo mis labios se unan a los suyos con un beso largo.

—Te quiero y sería feliz si me dejaras ser el hombre de tu vida, pero temo que me veas solo como un refugio, como algo pasajero —confieso—, y no como el héroe digno de ganar tu corazón, porque yo siento muchas cosas por ti.

—No te veo como el héroe o como un refugio; eres el soldado dulce que se merece el cielo, al cual quiero y me gusta. —Acaricia mi cara—. También te veo como el mejor cocinero del mundo, pero ese es otro tema.

Me hace reír y la traigo hacia mi boca. Besar a Rachel es como besar a un ser sobrenatural, no te lo crees hasta que abres los ojos y te das cuenta de que la tienes pegada a los labios.

—¿Sabes algo de Laurens? —me pregunta—. No la vi esta mañana cuando salí.

—Me comentó que saldría a buscar empleo. —Beso sus manos—. Ojalá logre conseguir algo.

Alguien intenta abrir la puerta y de inmediato me alejo. Son el capitán Lewis, Simon Miller e Irina Vargas.

—Necesitamos detalles sobre la información que conseguiste —dispone el capitán con tono serio.

Nos vamos a la mesa del comedor y de mi mochila saco todo lo fundamental.

—Drew Zhulk es un alcohólico que constantemente está en fiestas con gente de su tipo —hablo del hombre que me llevó al club y que me pidieron que vigilara.

Dios estuvo de mi lado, Angela me ayudó a reunir información y tuve la suerte de caerle bien al sujeto cuando me presenté.

—Es un importante gestor aduanero, lleva años en dicho puesto y también trabaja en el SYM, una fábrica de cajas que también ofrece servicios de empaque y envíos —prosigo—. Lo seguí y lo encontré ebrio en un exclusivo bar de la ciudad. No podía ni caminar. Me acerqué a venderle éxtasis y me confundió con uno de sus empleados, ya que me hizo desviarme a una fiesta, donde no dejaba de pedirme licor.

—Maneja sumas exageradas de dinero para los cargos que tiene —comenta el capitán Miller.

—Me aseguré de dejarlo en su casa. Al día siguiente me ofreció dinero y yo le comenté que me servía más que me consiguiera clientes. Le dije que podría darle todo el éxtasis que quisiera, soltó a reír y me respondió que me llevaría al nido siempre y cuando cumpliera con mi promesa. Habló de que necesitaba un asistente para su secretaria y que sus amigos de la oficina eran los más interesados en lo que yo vendo —concluyo—. Así fue como entré al Oculus. Tengo entendido que ahora está en el exterior, me llamó en la mañana y me pidió que me pasara hoy por esta dirección, ya que hay alguien que me necesita.

Les muestro el móvil, donde tengo los datos.

—Bien —me dice el capitán Miller—. La persona a la que te presentarás es Mary Carmen Salas: una secretaria catalana que está con él desde hace tres años y que maneja todo tipo de información, se le ha visto con ella quien le hace firmar documentos. Casualmente, el cardenal contrató el servicio de la empaquetadora hace unos meses, ¿para qué? No sabemos, pero un monasterio italiano y dos comedores comunitarios también hicieron lo mismo, así que necesitamos saber qué tipo de servicio solicitan y quiénes son las personas que lo contratan.

—Entiendo.

El localizador del capitán Lewis se dispara, al igual que el de Rachel, Simon e Irina.

—La Bratva está en la ciudad —informa el capitán—. Se los vio cerca del hotel de Leandro Bernabé.

—Pero Leandro está preso —comenta Rachel.

—Se le concedió la prisión temporal domiciliaria por contribuir con la justicia, juró dar información crucial por la medida. —Se apresura a la puerta—. De seguro lo quieren persuadir para que no trabaje con nosotros.

—Preparen unidades especiales —ordena Simon tomando el radio—. Necesitamos a Leandro protegido y libre de amenazas. James, Gelcem y Vargas, preparen municiones y síganme.

El pecho me da un salto con la orden y más cuando Rachel me entrega un arma. El miedo juega en mi contra, pero no puedo negarme, así que con los nervios a flor de piel me aseguro de que esté cargada antes de seguir a la teniente.

La salida se efectúa con sigilo tratando de no levantar sospechas. Estando fuera del área, empezamos a correr hasta los autos del capitán Lewis y del capitán Miller, que están estacionados varias calles más arriba.

—Los chalecos están bajo los asientos —avisa mi superior en lo que arranca.

Un sudor frío baja por mi columna vertebral, es mi primer operativo de combate y no siento que esté preparado para ello. Rachel se asegura de que mi chaleco esté bien puesto y yo aparto el borde de la playera, que se pega a mi cuello.

—Leandro Bernabé es el dueño de un acaudalado hotel y tiene nexos con la mafia —me explica la teniente—. Hacía subastas y era partícipe de actividades relacionadas con la trata de blancas. La FEMF logró capturarlo tiempo atrás.

Aprieto el arma tragándome los nervios; Irina Vargas está pegada al radio y el capitán Lewis acelera. Simon es el primero que se baja cuando llegamos, ya hay varias unidades en el área y yo sigo a la teniente mientras me pongo el auricular que me dio Vargas.

No hay guardias, no hay vigilantes, los capitanes encabezan el grupo que sube a la segunda planta y...

—¡Maldita sea! —exclama mi capitán—. ¡Maldita sea!

Se mueve y me permite ver el cuerpo que yace en la silla. Un charco de sangre corre por debajo de la mesa donde está el cadáver. La escena me quita el habla.

La cabeza está apoyada contra el espaldar de cuero, tiene dos cuchillos enterrados en la garganta, una abertura en línea horizontal en el pecho y una daga le sale por la boca, que es lo que lo mantiene firme en la silla. Tiene escrita la palabra «Boss» en la frente, el trazo es de una navaja y eso le tiene la cara bañada de sangre.

El hombre del coronel me hace a un lado cuando llega atropellando a todos los uniformados, clava los ojos en la escena del crimen y la postura le cambia en segundos, al igual que la mirada, que se endurece como también su mandíbula.

—¿Quién le dio salida a este imbécil? —increpa señalando al cadáver.

—Se le aplicaron las leyes de colaboración establecidas por el Consejo que...

—Leyes de colaboración establecidas por el Consejo —encara al capitán, al que le corta la oración—. ¡El Consejo para lo único que sirve es para estorbar con leyes pendejas!

—No hay rastro de la Bratva, mi coronel —avisa uno de los soldados.

—Traté de llegar lo más rápido que pude —le dice Bratt, pero el coronel le da la espalda dejando claro que no le interesa lo que tiene que decir, y el capitán eleva el mentón como si se estuviera ahogando con las palabras.

Abro la boca queriendo respaldar la afirmación de que tratamos de llegar lo antes posible, pero Rachel, sutilmente, me toca la mano y sacude la cabeza. Los ojos grises del uniformado quedan sobre ambos y la teniente mira a otro lado cuando abre la boca para hablar, pero...

—¿Algún problema con el soldado en entrenamiento, mi coronel? —lo interrumpe el capitán Lewis—. Le recuerdo que, por decisión del ministro, forma parte del operativo.

De nuevo ignora las palabras del uniformado y mi concepto sobre él empeora con el transcurso de los días. Sabía de su arrogancia y prepotencia, mas no creí que fuera a un nivel tan elevado. Se acerca al cadáver, que evalúa mientras los demás se mantienen en silencio.

—Soldado en operativo que en menos de veinticuatro horas no me entregue algo que sirva —me mira— se larga.

Abandona el sitio. Simon le pide a Rachel que inspeccione el cadáver y yo me apresuro a seguir a mi capitán.

—Ya lo oíste —espeta—. Si quieres seguir aquí, busca algo o mañana, a esta misma hora, tendrás tu carta de despido.

—Su orden es un poco abusiva.

—Sí, lo es —contesta enojado—, pero así es Christopher Morgan; cree que es el único que sirve para todo porque, para él, el resto no somos más que basura.

Lo noto cansado y preocupado. Continúa con su camino dejándome en el pasillo, pero a los pocos pasos se detiene.

—No puedo perder soldados —me dice—, así que andando, que tienes cosas que hacer. Estás en mi tropa y esta es una de las mejores.

Subo a su auto, donde me quito el chaleco antibalas y dejo el arma que me dio Rachel en la guantera mientras el capitán acelera. Es un hombre preciso a la hora de dar instrucciones y su forma de hablar, de plantear y ordenar, deja claro lo buen soldado que es. Me pasa información de Mary Carmen Salas mientras me da tácticas para proceder.

—En días como hoy suele irse de copas con sus amigas, aprovecha eso —me informa—. Cuando tengas lo que te pedí, envíamelo de inmediato.

—Sí, mi capitán.

Me deja en el complejo de oficinas donde trabaja quince minutos antes de su horario de salida. Espero a que sean las cinco y me apresuro a abordarla cuando la veo cruzar la puerta con un cigarro en la mano. No mide más de uno sesenta, tiene el cabello lleno de rizos color chocolate, nariz respingada y labios pequeños. Trae un maletín en la mano, luce ropa de oficina y tacones altos.

—¡Mary Carmen! —la llamo—. ¿Qué tal? Soy Emilio Vera. Drew Zhulk me dijo que necesitabas ayuda.

Chasquea los dientes antes de desechar el cigarro.

—Te necesitaba hace unas horas, cuando tenía a un montón de hombres con resaca y quería algo para activarlos —me regaña—. A esta hora no eres muy útil.

—Lamento no haber llegado antes. —Le abro la puerta del taxi que detiene—. ¿Puedo invitarte a una cerveza para compensar mi incumplimiento?

—Se necesita más que una cerveza —me suelta—. Sube, requiero algo para pasarla bien y Drew dijo que lo tuyo es de buena calidad.

Le hago caso y ella le da al conductor la dirección de un bar.

La cerveza que me bebo no es solo por trabajo, es algo que necesito: por mi desánimo de la mañana, el entrenamiento matutino, el casi operativo, la escena del crimen, que me tiene asqueado y medio aturdido; además de la presión y el miedo de perder la única buena oportunidad que he tenido en el comando.

La primera cerveza me apaga la sed y la quinta suelta un poco más a las mujeres que rodean a la secretaria de Drew. Rachel me llama y me veo obligado a rechazar la llamada, dado que no puedo contestar.

Después de veinte cervezas, me ofrezco a llevarla a casa, donde entro a trompicones con ella. Me besa en la entrada de su apartamento en lo que pasea las manos por mi paquete. Estoy mareado, pero no ebrio y correspondo llevándola a la alcoba, donde me baja los pantalones, me lame las pelotas por un par de minutos y se lleva mi miembro a la boca, se cansa y me empuja a la cama. Ella termina sobre mí.

El alcohol, el éxtasis y las ganas la tienen cachonda y me hace penetrarla múltiples veces. Nunca había hecho esto: estar con una persona que no amas. Es la primera vez que uso a alguien para un fin. Chilla con mis embestidas y me apego a todo lo que puedo hasta que cae en la cama después del clímax.

Espero a que esté profundamente dormida y me acerco al maletín, que abro con el dispositivo que me dio mi capitán en el auto. Tomo las fotos que se requieren sobre lo que maneja, dejo todo en su sitio y paso a su caja fuerte, repitiendo el mismo procedimiento. Sin perder el tiempo, envío todo a mi capitán agradeciendo a Dios por no dejarme solo en esto; él más que nadie sabe lo mucho que lo necesito.

Antes de irme, me aseguro de que todo quede en su sitio y salgo con cierto frescor. Estando lejos, saco el móvil y tecleo un mensaje que me deja más tranquilo.

«Orden cumplida, mi capitán».

33

El señor Banks

Rachel

El público aplaude efusivamente en la planta baja del club; Meredith y Gema están bailando sobre la tarima con trajes idénticos. Es nuestra segunda noche como Nórdicas, estamos de nuevo en el área de hombres acaudalados y no en la zona privada de los grandes cabecillas.

El sitio es grande y tiene un aire sofisticado con espaciosas tarimas y muebles de lujo.

Bratt está hablando con el sujeto que vino la vez pasada y Stefan está con Drew Zhuk. Trato de identificar más rostros, pero las luces dificultan el trabajo. El que observe desde los camerinos no es algo que ayude.

—¿Sabías que los mejores orgasmos son provocados de mujer a mujer? —Liz Molina se me acerca por un lado—. Tenemos claro dónde está el punto G.

—Interesante dato. —Sigo en lo mío.

—Gema quiere que me disculpe contigo —se queja—. Quiere que sea una buena colega, ya que es algo importante para la campaña de su macho. ¿Qué piensas de ello?

—Que lo mejor es que nos pongamos a trabajar —contesto—. El comando quiere avances.

—Qué seria y responsable. Déjame adivinar: intentas demostrarme que no eres una perra de culo blanco. —Se ríe y deja caer la mano en mi hombro—. Le haré caso a Gema porque la quiero y porque quiere hacer feliz a su macho. Yo, como su amiga, la apoyo en todo, así que espero que la noche sea productiva, colega.

Se aleja cuando Parker aparece. Años atrás detestaba verlo, pero ahora es un alivio.

Logró entrar con el grupo de Las Nórdicas siendo el hombre que «respalda» a las mujeres. El pasillo está vacío y él se acerca a la baranda detallando lo que hay abajo.

Unas personas se abren paso en la primera planta. No se vislumbran muy bien, pero creo reconocer al hombre que camina encorvado detrás de una mujer.

—Es Dalila Mascherano —me dice Parker hablando solo para los dos—. Me preocupa la presencia de la Bratva aquí, puede que estén planeando la salida de Antoni Mascherano y ese puede ser el motivo que tiene a la italiana rondando.

El estómago me arde, además de sentirme como la mierda con Stefan, estoy estresada con todo esto. Se supone que el encierro de Antoni me aliviaría, pero hasta que no se le ponga un alto a las otras mafias, no podré tener dicha tranquilidad.

—¿Qué papel tiene Dalila Mascherano aquí?

—Es la que negocia con otras mafias y ayuda al líder en lo que requiere —explica—. Con veintiún años ya tiene dos órdenes de captura por asesinato y trata de blancas. De Ivana Mascherano aún no se sabe mucho, eso ya lo sabes.

Toco la baranda y enderezo la espalda tratando de aliviar el dolor que tengo en dicha zona; el estrés me está empezando a pasar factura.

—Cambiando de tema —comenta Parker—. No sé si te has dado cuenta, pero tu novio me ha empezado a mirar raro.

—Debe haber notado que cada vez que me hablas invades mi espacio personal —lo molesto.

—No me interesas, James, no actúes como si fueras Adriana Lima porque no lo eres. —Se mete un palillo en la boca.

—Adriana Lima no tiene una obra llamada Celeste —sigo—. Me quieres, no te cuesta nada reconocerlo, por eso es que estás cerca todo el tiempo, hasta me escribiste unas palabras.

—Habla con Stefan —cambia el tema con un tono jocoso—. No quiero que se vuelva loco como tu ex.

—Tranquilo —bromeo—. Este no te puede enviar a la guerra.

Me alejo cuando Angela me llama, tengo un show dentro de un par de minutos y todavía no me he terminado de arreglar. Parker cierra la puerta del cuarto de cambio cuando Liz Molina entra con Gema y Meredith. Angela me da indicaciones del espectáculo mientras me hago el cambio de maquillaje.

—Un aplauso para mí, que acabo de conseguir una dosis del famoso HACOC —habla Liz Molina a mi espalda y mi estómago se revuelve—: La droga más apetecida del momento. ¿Será que tiene algún nuevo componente?

—No creo —le dice Gema.

—Puede que sí —sigue la amiga—. ¡Que Hela nos saque de la duda probándola!

—Entrégasela a Parker —dispone Angela.

—¿Se la va a inyectar a Hela? —sigue con la burla—. Ella tiene experiencia con esto y debemos descartar. ¿Qué dices? ¿Te animas o te obligo?

Me enfoco en la alemana, que coloca un documento sobre la mesa, de la nada he empezado a sudar y no me quiero desconcentrar.

—No me ignores, has dicho que el comando quiere avances. —Me muestra la jeringa y la ignoro centrándome en lo importante—. Podría lanzarla como un dardo y sería muy divertido.

—No más, Molina —la regaña Angela.

—Estoy bromeando. —Se aleja en medio de carcajadas—. Mentira, estoy hablando en serio, así que aquí te va, Hela...

De la nada se abalanza sobre mí, siento un pinchazo en la espalda y mis reflejos responden de inmediato cuando mi cerebro me devuelve a Positano, trayendo los malos recuerdos que me asfixian y que me hacen torcerle el brazo y ponerla contra el tocador. Todos los cosméticos se van al suelo, la silla se cae y mis sentidos se ponen alerta cuando presiono con fuerza el brazo con el que sostiene la jeringa.

Me veo en un rincón de desespero repleto de alucinaciones que me roban el oxígeno. La nariz me arde, al igual que las venas y los poros en el momento en que todo pasa frente a mis ojos, encogiéndome, nublándome la vista, cuando mi cerebro me grita que la porquería que me dañó está otra vez en mis venas.

—¡¿Qué diablos te pasa?! —chilla Liz cuando, enceguecida, doblo su muñeca—. Solo estoy jugando, maldita perra.

—¡Esto no es ninguna broma! —Parker entra rabioso y le quita la jeringa, mientras Gema, con fuerza, me toma de los hombros y me aparta.

Me reviso la espalda y los brazos.

—¡En tu vida vuelvas a acercarme esa porquería! —le advierto.

—Afuera —ordena el capitán llevándose a Liz Molina y a Meredith con él—. Te están llamando hace tres minutos —informa a Angela.

—¿Estás bien? —me pregunta la alemana, y asiento—. ¿Segura?

—Sí.

Su show está por empezar y se marcha preocupada, mientras vuelvo a mi silla con el corazón latiéndome en los oídos. Espabilo ante el ardor que avasalla mis ojos lidiando con el sinsabor que toma mi garganta, las sensaciones del pasado se quedan y trato de convencerme de que no fue nada.

—¿Aún te afecta? —me pregunta Gema—. Aunque tu reporte diga que estás rehabilitada y limpia, no es bueno que estés aquí si no te sientes preparada.

—Lo estoy, pero eso no quiere decir que me cause gracia que me acerquen una jeringa llena del líquido que casi me mata. —Recojo los maquillajes que cayeron al piso—. Es tu amiga, pero lo que acaba de hacer es muy poco profesional.

—Solo estaba bromeando. Liz es así —la excusa—. Sin embargo, hablaré con ella.

—Déjala, ya no tiene caso. —Me pongo los zapatos.

—¿Sentiste ganas de probarla? —La pregunta me ofende.

—Obviamente no, puedo morir si lo hago, además, echaría a la basura un proceso que me tomó meses. Un proceso que me alejó y me hizo sufrir a mí y a mi familia —respondo—. ¿Cómo crees que voy a querer probar algo así?

—Es que escuché que los drogadictos…

—No soy una drogadicta —corto el discurso.

—Perdón, no quiero ofenderte. —Se lleva la mano a la boca—. Sé que no lo eres, estoy siendo una insensible.

Toma mis manos y me lleva contra ella.

—Si necesitas ayuda en algo, no dudes en hablarme —me dice—. Soy tu amiga y estaré para lo que necesites. Te prometo que hablaré con Liz.

—Los clientes nos esperan —avisa Meredith en la puerta, y ambas se van.

Parker vuelve y me aseguro de que mi vestuario esté en orden. Mi show es diferente al de ellas y una mujer semidesnuda viene a por mí.

Respiro, una vez que cruce la puerta debo meterme en mi papel o no haré bien mi trabajo, así que dejo los problemas de lado. Lo único que importa es lo que tengo que hacer.

Sigo a la mujer al sitio que me indica, relajo los hombros y trato de concentrarme.

—Apostarán muy buenos clientes —me advierte la mujer que me deja en la puerta de la sala—. Haz que valga la pena, porque si uno se queja, el trato se acaba.

Le dedico mi mejor sonrisa.

—Soy una profesional. —Cruzo el umbral cuando abre la puerta y la cierra detrás de mí, dejándome sola. Es una sala circular, me muevo al centro de esta y me quedo allí parada. Estoy rodeada de puertas.

Las luces se encienden, vislumbro que estoy en el centro de una pasarela de cristal en forma de cruz, así que camino sobre ella, los tableros digitales que se ubican arriba de cada puerta se encienden y espero a que procedan.

Este espectáculo no le suma nada al operativo, pero forma parte de lo que se le pide a una Nórdica.

La ventaja es que es un show privado de cabina por el que apostarán y solo dura treinta minutos. Es una presentación donde debo obedecer órdenes de un extraño que no me tocará ni intentará meterse en mi interior.

—Aquí tenemos a Hela, señores —dicen a través de la bocina—. La Nórdica más bella, que viene dispuesta a cumplir todas sus fantasías en privado, así que empecemos con la subasta.

Vuelvo al centro del sitio.

—El valor inicial es de diez mil dólares. —Los tableros parpadean y las ofertas suben, ya que del otro lado de cada puerta hay hombres acaudalados que compiten por tener a Hela en su cabina.

Cada vez que creo que me iré con uno, otro hace una oferta más alta. Sorprende ver cómo hay gente que derrocha tanto dinero por solo treinta minutos. El valor va subiendo y quedan cada vez menos.

Sesenta mil dólares, la cifra aparece en la pantalla de la puerta siete. El reloj inicia el conteo regresivo y los pocos apostadores que quedaban se retiran, dejando una sola pantalla encendida.

—Vendida a la cabina siete —avisan a través de las bocinas.

Christopher

Apago el tablero y le entrego los fajos de billetes a la mujer que me acompaña. Cuenta gustosa y me hace pasar a mi sitio.

—Disfrute de su servicio, señor. —Me señala el asiento.

El espacio es pequeño: hay un minibar con todo tipo de licores, un sillón, una mesa a la derecha de este y una pantalla digital que controla las luces y el sonido. Recibo el trago que me dan y me dejo caer en el mueble.

—Deja la botella —le pido a la mujer que reparte.

Frente a mí está la pared de cristal, que separa la sala de la cabina.

—¿Necesita más compañía?

—No. —Estoy ebrio, pero consciente de que no quiero público.

La camarera se asegura de que esté bien cerrada la puerta que me separa de la cabina y la miro mal al ver que pone triple seguro.

—Son políticas del club —me dice antes de marcharse—. Pásela bien.

Me deja solo, hay que estar muy jodido en esta vida para pagar sesenta mil dólares por un espectáculo de treinta minutos, y más siendo millonario y con opciones de tener las mujeres que quiera en las condiciones que me apetezcan.

Pero ¿qué puedo decir? ¿Que no estoy desesperado y que no muero por apreciar su cuerpo desnudo?

Eso sería mentirme a mí mismo, ya que me hace falta verlo y apreciarlo como lo hice en años pasados. Ignoro la llamada de Patrick, le doy un sorbo a mi trago y espero a que la puerta del otro lado se abra.

Rachel James atraviesa el umbral. Trae la misma peluca y el mismo maquillaje que usó en el primer baile con Las Nórdicas. Se abre la chaqueta mostrando las cintas rojas del vestido ceñido sin mangas que se le pega a la cintura, a las piernas y a los pechos.

Las botas de cuero le llegan más arriba de las rodillas y tiene un brazalete dorado en el brazo derecho.

—Hola, señor… —Mira al vidrio polarizado. «No puede verme», me digo a mí mismo y pienso rápido encendiendo el micrófono.

—Banks —contesto.

El sistema no le permite reconocer mi voz.

—¿A qué vamos a jugar, señor Banks? —Juega con las tiras del vestido.

No contesto, simplemente muevo los dedos en la pantalla. «Love is a bitch» resuena en el lugar, me empino la botella y paso el licor, que me quema la garganta.

—Baila —le ordeno.

Es algo de lo que nunca me voy a cansar, me mata verla bailar y detesto que lo haya hecho para otros y nunca para mí. Acata mi orden contoneando las caderas con lentitud mientras posa las manos en el borde del vestido, las pasea acariciando su vientre, alrededor de sus pechos, recorre su cuerpo hasta llegar a su nuca y baja repitiendo el recorrido, no sin antes acariciar sus labios con las yemas de los dedos. Estoy mareado y con unas terribles ganas de follar.

—¿Así? —pregunta en lo que da un giro lento, al igual que el meneo de sus caderas, dejando que aprecie sus movimientos—. ¿Cómo quieres que me comporte? ¿Discreta o atrevida?

—Sexi. —Es absurdo que le ordene ser lo que ya es—. Desnúdate.

Sonríe sin dejar de moverse mientras pego los labios a la botella. Suelta despacio los cordones del vestido en lo que balancea las caderas con movimientos sutiles y sensuales. Los cordones salen de las argollas de plata, sostiene el vestido contra su pecho sin dejar de contonearse y…

—Suéltalo —dispongo.

—Claro.

El vestido cae y mi pulso pierde estabilidad al ver las bragas que trae: son diminutas. La tela casi transparente no deja nada a la imaginación, mostrando el sexo que tanto quiero penetrar, exhibiendo la línea del coño por donde quiero pasar la cabeza de mi húmeda polla.

El pantalón empieza a apretarme y paso saliva en lo que trato de no perder la cordura, en tanto paseo los ojos por sus piernas, por los pechos voluminosos y rosados, y por las curvas que tanto quiero tomar y traer contra mí.

Rachel James cambia para mejorar, ya que está mucho mejor que antes.

Sigue bailando para mí, da la vuelta y se contonea sensualmente, bajando y subiendo con movimientos seductores, a la vez que juega con el elástico de sus bragas. Me cuesta respirar y el glande me empieza a palpitar con la vista que me ofrece.

—¿Sigue ahí, señor Banks? —pregunta.

—Sí, aquí estoy. —Deslizo la mano dentro de mi pantalón desenfundando el miembro erecto.

Mi mano envuelve la férrea erección, que no hace más que aumentar.

Ella sigue moviéndose antes de irse a la silla. La rodea, paseando las manos por el respaldo de madera y, de espaldas, se abre de piernas, se coloca sobre el asiento de la silla, y balancea la pelvis sobre este como si fuera un hombre lo que tuviera abajo, como si fuera una polla lo que cabalgara. Se levanta y apoya el tacón sobre el asiento, agarra el espaldar antes de ondear las caderas llevándolas de adelante hacia atrás.

Mi pulso toma intensidad, quiero que haga lo mismo, pero sobre mí. Tiene tatuajes que no le conocía: una pluma en el muslo izquierdo y una frase en latín en la costilla derecha: «Con el dolor viene la fuerza». Aún conserva el *piercing* en el ombligo.

Se voltea y se sienta abriendo las piernas, el cambio repentino hace que mueva la mano sobre mi miembro al notar los pezones erectos, al ver cómo se acaricia los muslos con las uñas, secándome los labios.

—¿Lo he dejado mudo, señor Banks? —pregunta.

Me dejó sin muchas cosas cuando se fue. Puedo correrme con la mera imagen que me está brindando y pagaría los dólares que fueran con tal de tener siempre la vista que me está ofreciendo.

—Quítate las bragas y tócate —ordeno con la polla en la mano.

—¿Cómo?

—Como si tocaras a tu amante favorito —le doy un sorbo al trago que tengo cerca.

Recuesta la espalda y sus manos acarician sus piernas desde las rodillas hasta sus muslos, donde roza la tela de sus bragas y su pelvis se contonea. Se lleva las manos a la nuca y las baja lentamente, tocando los pechos, que se estruja con fiereza, los magrea, y con el pulgar e índice se pellizca los pezones mientras sus ojos se concentran en mí, que me masturbo con lo que hace.

La mandíbula me duele de tanto apretarla, el deseo de prenderme de lo que está agarrando me desespera y frustra al mismo tiempo, consiguiendo que la polla me arda.

—¿Duro? —pregunto cuando vuelve a estrujar las tetas, que sostiene—. ¿A tu amante le gusta duro?

—Sí. —Se contonea—. Le gusta duro y con fiereza.

—¿Lo deseas ahora?

—Bastante —jadea deslizando las manos por su abdomen hasta tocar la joya que le adorna el ombligo.

—Muéstrame más —exijo—. Demuéstrame las ganas que le tienes.

Mete las manos entre el elástico de las bragas, con las que juega antes de bajarlas, abre más las piernas y me enseña el coño, que toca antes de meter los dedos dentro de este. Siento que la mano no me basta, por más que la muevo de arriba abajo todo dentro de mí grita que necesito más.

—¿Cómo quieres que te folle? —jadeo.

—¿Quién?

—Tu amante. —La palma la sigo moviendo a lo largo del falo duro que sostengo.

—Quiero que me rompa la ropa —confiesa entre jadeos—, que se prenda de mis pechos y los lama uno detrás de otro...

La piel se me eriza, «sí que lo haría», no los lamería, se los chuparía mientras la penetro, mientras la follo como le gusta y me gusta. El miembro me palpita, la cabeza me duele y mi mundo da vueltas al ver cómo toca lo que tanto quiero.

—Quiero que me embista con fuerza... —sigue—, que sumerja su polla una y otra vez dentro de mí.

Acelero el movimiento de mi mano en lo que ella se toca, el sudor hace que el cabello se me pegue a la frente y sigo estimulándome, masturbándome, imaginando que mi mano es el coño que tanto ansío, que ella en vez de estar allá, está sobre mí.

Mueve la pelvis sobre la silla soltando un gemido suave con los dedos dentro de su canal y mi muñeca se cansa con el ritmo que me niego a detener. No puedo dejar de mirarla, como tampoco puedo parar de tocarme. Su espalda se arquea cuando dos dedos frotan su clítoris, a la vez que se agarra sus pechos con ímpetu y...

—Para —le pido, y sacude la cabeza—. Para...

—No puedo, ansío cabalgarlo —gime al borde, y la confesión desborda mi polla.

—¡Lo sé, pero quiero que pares y soy yo quien está pagando! —dispongo con un tono más serio, y quita los dedos de su coño acatando la orden.

Las gotas blancas de mi eyaculación corren por mi miembro, la garganta se me convierte en un desierto y la cabeza en un infierno, no puedo seguir así. Al reloj le quedan pocos minutos y estrello la cabeza contra el mueble antes de guardar el miembro y abrochar la pretina del pantalón.

—Es un hombre egoísta, señor Banks —se queja—. Muy egoísta.

—Lo sé —respondo agitado, quiero que se corra, pero con mi polla—. Lo soy y siempre lo seré.

La música desapareció, no sé en qué momento, pero ya no está. Le doy un sorbo a mi trago y me pongo en pie con la botella en la mano: el alcohol me tiene mareado y ella camina hacia mí con la mirada fija en el vidrio.

El reloj de atrás marca los últimos minutos y mi miembro se alza de nuevo al tenerla desnuda frente a mí, puesto que la peluca y el antifaz no quitan que sea ella, la mujer que pese a todo sigo deseando.

Se queda a centímetros del vidrio, respira colocando la mano sobre el cristal y coacciono poniendo la mía. Mis ojos la detallan, mi boca aclama la suya. Me desboca el pecho cada vez que recuerdo lo que causó y no sé si es por el alcohol, la adrenalina o la frustración, pero las palabras salen sin poder detenerlas cuando sus ojos se encuentran con los míos.

—Eres la mujer más hermosa que he podido contemplar —le suelto.

Me molesta que no haya mentiras en esa oración, que pese a que sea un mujeriego empedernido, no me topé con nadie que se le compare. Cada mujer es bella a su modo, pero Rachel… Rachel James es la única capaz de dejarme al borde del abismo.

—Su apuesta me lo demostró, señor Banks. —Dibuja un corazón en el vidrio y pega los labios manchando el cristal de labial rojo carmesí—. Espero verlo una próxima vez.

Me da la espalda cuando salta la alarma del reloj.

—Las bragas son mías —le digo.

—Claro.

Recoge el vestido y se coloca la chaqueta. No vuelve a mirarme, simplemente se va y me deja con la mano puesta en el vidrio.

Apoyo la frente en el cristal reconociendo lo que tanto me cuesta reconocer y es que me tiene mal, me tiene jodido.

34

Pasteles dulces y momentos amargos

Rachel

—Estás babeando la silla.

Abro los ojos y me muevo en el asiento de cuero de la camioneta de Parker.

—¿Ya llegamos? —pregunto adormilada.

—Sí, el hotel Hilton tiene lista nuestra cama matrimonial.

Me vuelvo hacia la ventana, no hay mucha iluminación en el andén, la única luz es la que viene de mi edificio.

—¿Nunca te dijeron que eres un pésimo comediante?

—Y tú, una pésima pasajera, estuviste roncando todo el camino.

—No ronco, capitán. —Recojo mis cosas y abro la puerta—. Gracias por acercarme, le debo una.

—Me debes miles.

—No se queje, a lo mejor me animo y dejo que me hagas un desnudo —bromeo.

—No, gracias. Ya no hago ese tipo de arte.

Abrazo mi bolsa subiendo a la acera y él arranca en lo que me adentro a mi edificio. La palabra «cansancio» se queda corta y lo único que me apetece es arrojarme a la cama.

—Buenas noches —me saluda el portero.

—¿Por qué está tan oscuro afuera?

—Hubo un corto circuito que quemó las bombillas de todos los postes —me explica—. La compañía de la luz quedó en arreglarlo mañana.

—Ojalá que sea así, puede ser peligroso. —Llamo al ascensor—. Descansa.

Recuesto la cabeza en la placa metálica del elevador cuando entro. Siento que la noche fue más que rara, por poco me corro en la cabina, «así de necesitada estoy». Me hubiese corrido de no ser por el egoísmo que, en ocasiones, se carga el sexo opuesto. El idiota no fue capaz de notar lo mucho que me urgía.

«Busca ayuda». Me exige mi cerebro, en vez de pensar en Stefan se me dio por pensar en el coronel.

Abro la puerta de mi departamento y hallo a Laurens tomando té sola en el comedor; no es novedad encontrarla sorbiéndose los mocos y con la nariz roja por culpa del llanto.

—¿Insomnio? —le pregunto.

—Un poco —se limpia las lágrimas con la blusa—, pero ya me iba a dormir.

—¿Qué pasó? —Tomo asiento frente a ella y me muestra un documento.

Lo leo por encima: es una demanda del servicio infantil donde exigen que rinda cuentas sobre su situación actual o le quitarán a la niña. Debe demostrar que cuenta con un empleo seguro y una vivienda estable.

—Es dentro de siete días y aún no tengo empleo. —Llora—. He salido a buscar y nadie quiere contratarme. Le escribí a Scott y aún no me responde, ni siquiera ha leído el mensaje. Creo que está enojado porque la señora Luisa le reclamó.

Con tanta cosa no he tenido tiempo de hablar con él. De vez en cuando, Scott es medio idiota.

—No sé qué hacer. —Rompe a llorar con más ímpetu y en verdad me apena verla así, porque me imagino en su situación. No es una mala persona ni una mala mujer.

Casi no cuenta con nadie y ya ha comentado que su familia en parte depende de ella. Los sollozos no la dejan hablar y el peso que surge en mi pecho trata de encontrar soluciones.

—Cálmate. —Le palmeo la espalda.

Como bien dijo una vez, pese a no ser la más despierta, siempre se esforzó por hacer su trabajo, de lo contrario, no hubiese durado tanto. Su situación preocupa, en especial, por la pequeña que tiene. Llora con más fuerza, se sorbe los mocos una y otra vez desesperada y me parte el alma verla así.

—Mañana veremos cómo lo solucionamos.

—¿Cómo? —pregunta.

—Hablaré para que te devuelvan el empleo. —Respiro hondo.

—Él no lo hará. —Se sacude la nariz—. La señorita Gema me llamó para decirme que insistió varias veces y le dijo que no. Si le dice que no a su novia, ¿qué queda para los otros?

—Bueno, si no es con él, será con otro, lo importante aquí es el bienestar de la niña. Con un intento no perdemos nada —la animo—. Déjalo en mis manos, haré todo lo posible por encontrar una solución; a lo mejor la citación sirve de algo.

—Gracias. —Aprieta mi mano y vuelve a sacudirse la nariz.

Stefan abre la puerta y nos sonríe a ambas en lo que entra. Luce agotado y Laurens se levanta dándonos las buenas noches.

—Descansa. —Dejo que se vaya.

El soldado me da un beso leve antes de tomar asiento frente a mí.

—Estoy muerto. —Se frota los ojos.

—No eres el único.

—¿Quién te trajo? —pregunta—. Te estuve buscando y no te encontré.

—Parker me acercó. —Suspiro, y asiente con mi respuesta—. ¿Cómo te fue ayer? Te llamé y no me contestaste.

—Lo noté, pero tuve que rechazar la llamada. —Saca el móvil—. Ya oíste lo que dijo el coronel: tuve que encargarme de la secretaria de Drew. Me tocó…

Se calla como si fuera incómodo decir lo que viene a continuación.

—¿Te tocó qué? —Le sirvo té de la tetera que dejó Lauren.

—Emborracharme, coquetear e irme a la cama con la secretaria —confiesa—. Lo lamento, pero era necesario.

—No tienes por qué darme explicaciones, es nuestro trabajo. Cuando te acostumbres lo verás como algo normal, y, como agentes, sabemos lo que tenemos que hacer con tal de conseguir nuestro objetivo —le explico—. Nos preparan y mentalizan para ello.

—Entiendo, pero al igual me siento un poco mal, no me gusta aprovecharme de otras personas y menos de esa manera —suspira—, supongo que me voy a acostumbrar, espero que pronto porque todavía me siento horrible.

—¿Hubo sexo?

—No te voy a decir eso, Angel, y no me obligues a hablar, que es vergonzoso.

Se pone de pie e imagino la escena, a él besando a otra. Me quedo a la espera de que mi cerebro desate, aunque sea, una leve punzada de celos o molestia; sin embargo, no surge nada.

—Es tarde, vete a dormir —me pide antes de irse a la cocina.

—Vamos a dormir se oye mejor. —Lo sigo y lo abrazo por detrás mientras se sirve un vaso de agua.

—No puedo, mañana es la venta de pasteles.

—¿Venta de pasteles?

—Sí. —Me da un beso suave—. Olvidé contarte, hace unos días le comenté a Gema sobre la situación del orfanato, se conmovió y me propuso hacer una venta de pasteles con el fin de recoger fondos. Consiguió el permiso y en la mañana me confirmó que se puede hacer, así que colocamos un aviso en el comedor y le pedí a Paul y Tatiana que me ayudaran.

—No sabía, es tarde. —Busco mi delantal—. Hay que empezar ya.

—Yo empezaré ya, tú te vas a ir a descansar. —Me saca de la cocina—. Estás en lo de Casos Internos, en el operativo de la iglesia, tienes encima la presión del coronel… Angel, no te voy a dar más trabajo.

—Stef, puedo…

—Yo puedo solo, mejor ve y descansa. Además, tu ayuda me será útil mañana en la venta. Tienes el día libre, ¿cierto?

—Sí. —Dejo que me vuelva a besar—. ¿Seguro que no me necesitas ahora?

—Sí, estoy totalmente seguro. —Empieza a buscar los ingredientes.

—Si necesitas algo, no dudes en llamarme —le advierto.

Me doy un baño tibio antes de meterme en la cama, la espuma corre a través de mi pecho y se desliza por mis muslos, en realidad me hubiese gustado acabar porque lo necesito. Lavo mi sexo y aprovecho para tocarme un poco. «Estás actuando como una ninfómana urgida, Rachel». Sí, lo estoy haciendo y en verdad tengo que empezar a trabajar en la frustración que me genera esto.

Lo que compré con Luisa lo olvidé en el apartamento del operativo, el no traerlo me pesa, pero la molestia se disipa cuando caigo en la cama. Estoy tan cansada que mis ojos se cierran casi de inmediato, mi mente se va y la última preocupación que aparece es cómo carajos pedirle a Christopher que le devuelva el empleo a Laurens.

Las voces de la cocina me hacen mover bajo las sábanas, el reloj marca las nueve y cinco de la mañana y salgo de la cama cuando recuerdo la venta de pasteles. Me baño y visto con un par de vaqueros, unas tenis y una blusa sencilla de tiras delgadas.

La casa huele a tarta, la hija de Scott está jugando en el piso y Laurens le está ayudando a empacar a Stefan.

Hay pasteles, muffins y galletas. Stefan es un genio en la cocina, a mí me hubiese tomado tres meses hacer todo lo que preparó en una noche.

—¿Cuántos pasteles hiciste? —pregunto apoyándome en la barra de la cocina.

—No tenemos un número exacto todavía, Paul ya vino por la mitad.

—Stefan se quita el delantal—. Te preparé el desayuno.

Pasa por mi lado dándome un beso en la boca.

—Come mientras me baño.

Ganas de comer sí que tengo, así que como lo que me preparó. Laurens está de mejor ánimo que ayer y ha de ser porque Stefan le dio algo que hacer. Le pido la carta de servicios infantiles que le llegó y me pregunta si hay posibilidades de conseguir un abogado en caso de que la búsqueda de empleo no funcione.

Tocar el tema la vuelve a afligir, así que trato de tranquilizarla comentando que haré todo lo posible por no llegar a eso.

—Estoy listo. —Stefan vuelve media hora después—. Mi bello auto nos espera.

—¿Auto?

—También me olvidé de decirte: Paul y Tatiana trajeron mi auto de París —comenta feliz—. El tuyo está en el comando, así que iremos en el mío.

Emocionado empieza a acomodar todo y quisiera sentirme igual, pero me da cosa que sea la burla del comando. El estacionamiento está atestado de gamas altas y va a desentonar en el sitio.

—Podemos rentar un vehículo o decirle a Brenda que nos preste el suyo.

—Quiero ir en el mío. —Me toma la cara entre las manos—. No es un megaauto, pero es una reliquia clásica y eso es motivo suficiente para lucirlo con orgullo.

Su optimismo es una de las cosas que más adoro de su personalidad. Con Laurens le ayudo a bajar todo lo que hizo, me coloco una chaqueta y enciendo el estéreo. Soy yo la que conduce mientras él sostiene las cajas de atrás.

Pese a que hay un montón de cosas pendientes, me siento más relajada. El día está soleado y de camino al comando le envío un mensaje a Scott avisando de que quiero verlo en la sala de juntas.

Hay fila para entrar a la central, tomo el carril que me lleva al estacionamiento y el McLaren del coronel me adelanta. El hombre que lo escolta entra detrás de él y ubico el auto de Stefan un par de puestos más atrás.

Me quedo al volante mirando al frente y contengo el suspiro que emerge cuando baja el coronel. «Tengo que superar a ese hombre».

Está vestido de civil con zapatillas, vaqueros, playera blanca y una camisa de jeans azul claro. Tiene lentes Ray-Ban Wayfarer y está hablando por el celular, mis ojos se pierden en él y el encanto se acaba cuando Gema sale del asiento del copiloto con una sonrisa de oreja a oreja.

Bajo del auto cuando Stefan me pide que le ayude.

—Buenos días, teniente. —Se acerca Tyler—. Qué bonita se ve hoy.

—Gracias. —Le palmeo el brazo.

Marie baja también y me mira mal, mientras que Gema alza el brazo para saludarme. Christopher sigue hablando por teléfono, no sé si se ocupará más tarde y por ello siento que es mejor decirle de una vez que quiero hablarle.

—Tengo que comentarle algo al coronel sobre Laurens —le digo a Stefan.

—No creo que se logre nada, Angel.

—Nada perdemos con un último intento. —Respiro hondo.

—Rach. —Gema se acerca a saludarme con un beso en la mejilla—. ¿Necesitan ayuda?

—Sí —dice Stefan atareado con las cajas.

—Enseguida busco un par de soldados para que colaboren —ofrece.

—¿Crees que el coronel está muy ocupado? —Saco la hoja de servicios infantiles—. A Laurens le llegó esto y me preocupa que esté sin empleo.

—Ve y muéstrale, pero dudo que consigas algo —me dice—. Ya le he pedido que la deje volver y su respuesta siempre ha sido que no. Me da mucho pesar con Lau, pobre.

—A lo mejor se ablanda con la demanda. —Continúo caminando a su sitio, dejando a Gema con Stefan.

Marie Lancaster me aniquila con los ojos cuando me acerco, pero la ignoro. Para pelear se necesitan dos y a mí no me cae mal, de hecho, entiendo su enojo, de seguro pensará que quiero revolcarme de nuevo con su yerno.

«Y la verdad es que sí quiero, pero me contengo».

El perro que sostiene empieza a ladrar y medio le acaricio la cabeza, enfocándome en su dueño.

—Coronel. —Sigue hablando por teléfono y el que lo llame lo hace voltear.

Agradezco que tenga lentes y no le pueda ver los ojos.

—¿Puedo hablar un momento con usted? Prometo no quitarle mucho tiempo.

—Te espero en el patio —se despide Marie, y se marcha con el animal.

—Es importante —insisto al ver que Christopher no me dice nada—. ¿Puedo esperarlo en la sala de juntas?

El que se enderece serio me prepara para el no, pero...

—Bien —contesta con simpleza, y suelto el aire que tenía atascado—. Te alcanzo dentro de un momento.

Sin mirar atrás, busco la sala. El que no me mandara a la mierda ya es una ganancia, Scott está en el pasillo con Irina y me alegra que ella también esté presente.

—Hola —me saludan los dos—. ¿Pasó algo?

Sigo de largo, es uno de los amigos que más quiero, pero no voy a tolerar que se comporte como un hijo de puta.

—¿Es por el ascenso que quiere Scott? —pregunta Irina—. Scott necesita recomendaciones y, como su amiga, supongo que le darás una.

—Te traje un formulario para rellenar. —Scott me da una hoja y sigo a la sala con él—. Te diré qué poner.

Sonriente me ofrece un bolígrafo, pero dicha sonrisa desaparece cuando el coronel se hace presente y toma asiento en la cabeza de la mesa. Irina me mira confundida y Scott se queda en su asiento sin decir nada.

—Tengo entendido que el sargento Trevor Scott está en busca de un ascenso —le hablo a Christopher—. Pretende obtener el cargo de teniente, mi coronel.

—Lo sé.

—No estoy de acuerdo con ello —me sincero.

—¿Qué haces? —Se molesta Irina.

—No es una persona que cumpla con sus obligaciones. Para el cargo al que aspira no puede tener nada pendiente y lo tendrá cuando Laurens Caistar establezca una demanda por no cumplir sus obligaciones como padre.

—Mentira —alega mi amigo—. Laurens no hará ningún proceso.

—Lo hará si no empiezas a cumplir y a hacerte cargo de tus responsabilidades —le suelto—. Tienes dinero y tiempo para otras, pero no para la niña. Llevas meses haciéndote el idiota.

—Estás actuando como una perra infeliz, Rachel —increpa Irina.

—¿En verdad tienes el coraje de decirme eso? —Su descaro no tiene límites—. Tú que te das la gran vida y no le exiges a él que cumpla como se debe. Acabas de tener un hijo y te apuesto que no te gustaría estar en la situación en la que está ella.

—Coronel —le habla Irina—, Scott es un buen soldado y sabe muy bien que tiene todas las habilidades para ascender. Ha arriesgado su vida por usted...

—Que se largue cuando quiera —la interrumpe—. No me interesa si está o no y no me importa si arriesga o no su vida. Ese es su maldito trabajo.

Se enfoca en Scott, quien no dice palabra.

—Este asunto me tiene harto, si no eres capaz de manejar tu vida, mucho menos podrás sustituir a un capitán cuando se necesite —espeta—. Así que por este año, olvídate del ascenso y si esto sigue, te vas.

A Scott no le gusta la respuesta; sin embargo, no le lleva la contraria.

—Entiendo, mi coronel. —Se pone en pie—. Yo trataré de solucionar este problema lo antes posible, lamento las molestias.

—Fuera de aquí —dispone.

—Yo necesito un minuto más de su tiempo si no es mucha molestia —le hago saber.

Irina se levanta enojada y junto con Scott se va dejándome a solas con el hombre que no sale de mi cabeza.

—Sé lo que vas a pedir y la respuesta es no —se adelanta.

—Deja que te dé mis argumentos. —Saco la hoja—. Si Laurens no demuestra que tiene un empleo, le van a quitar a la niña.

—Ese no es mi problema.

—Mío tampoco, pero no lo hago por ella, lo hago por la pequeña.

—No.

—Te ha soportado durante años, no te cuesta nada demostrar, aunque sea, un poco de gratitud.

—¿Gratitud por qué? ¿Por cumplir con su trabajo? Trabajo por el que pago —alega—. Le di muchas oportunidades, no las aprovechó y no voy a tolerar que juzgues mis decisiones sabiendo que está sin empleo por su culpa, no por la mía.

Lleno mis pulmones de oxígeno, sé que Laurens lo necesita, pero no puedo rebajarme tanto.

—Gracias por llamarle la atención a Scott. —Me levanto—. Y gracias por escucharme, mi coronel.

Intento encaminarme a la puerta, pero me sujeta la muñeca cuando paso por su lado deteniéndome.

—Estos son los pasadizos escondidos que encontré dentro de la iglesia. —Saca una hoja del bolsillo—. Si hallaste más de los que están aquí, pásamelos, que los necesito.

Recibo el papel que me da.

—Como ordene, en cuanto los tenga listos se los envío. —Me suelto—. Que tenga un buen día.

Abandono la oficina, no salí del todo victoriosa, ya que con Christopher se negocia una cosa por vez. Me preocupa Laurens, le diría a Lulú que le dé trabajo, pero comentó en el almuerzo que, por el momento, no tenía puestos vacantes. Conseguir un empleo bueno le va a tomar tiempo.

Stefan tiene la venta de pasteles en una de las plazas, las mesas están llenas de soldados que comen y donan. Cristal Bird está con Olimpia y Gema está animando a la gente a comprar.

Hicieron carteles con el nombre del orfanato donde se explica lo que se quiere conseguir.

—Buena estrategia. —Se me acerca Laila—. El ejército que lidera el coronel contribuyendo con obras sociales. Al parecer, Gema tiene buenas ideas cuando de esto se trata.

—Veré en qué puedo ayudar.

Algunos miembros del Consejo están con Alex y me coloco un delantal; Stefan me pide que le ayude con la caja y Brenda se acerca con su hijo.

—Hola, teniente —me saluda la miniversión de mi amigo, y me inclino a darle un beso en la frente.

Brenda compra un trozo de pastel con mini-Harry, que me saluda, me comenta que ayer lo llamaron de Phoenix, le van a enviar juguetes y eso lo tiene feliz.

—Agradezco que lo tengan presente —me comenta mi amiga—. La próxima vez que vayas intentaré ir contigo.

—Eres bienvenida. —Corto el pastel con cuidado.

Parker llega, le revuelve los rizos castaños a Harry y le muestra un balón.

—¿Jugamos al fútbol un rato? —le pregunta, y el niño asiente yéndose con él.

—Cuatro pasteles para llevar. —Simon se acerca con Luisa a la caja—. La señora Miller está encantada con el de limón.

—Irina me acaba de insultar —se queja Luisa—. Dice que le metimos cizaña a Laurens.

—¿Cuatro pasteles están bien? —le pregunta el marido alzando una de las tartas—. ¿O crees que te caben más?

—¿Cómo que me caben? —Mi amiga se enoja y sé lo que viene a continuación.

—Hace unos días te comiste tres en un día.

—¡Eres un imbécil! —Le manotea la tarta, que cae al piso—. No tienes por qué sacarme eso en cara. No como porque quiero, como porque estoy embarazada.

—Cariño, no te estoy diciendo gorda, tú y Mister X pueden comer todo lo que quieran.

—No lo dices, pero lo insinúas todo el tiempo con indirectas y sabes que no me gusta que uses apelativos tontos con el bebé. —Se va con los ojos llorosos.

—¡Luisa! —intento detenerla.

—Yo me encargo. —Brenda se va detrás de ella.

—¿Qué es eso de Mister X? —le pregunto a Simon.

—Luisa no quiere que sepamos el sexo del bebé. —Recoge la tarta que se cayó al suelo—. Por eso le digo Mister X, pero al parecer es algo que también la altera.

—No me digas que te vas a comer eso. —Llega Bratt—. Puedo pagarte una para que no comas del piso.

—Pésimo chiste. —Se va.

Me apenan los malos entendidos porque no me gusta verlos pelear.

—¿Algún pastel que quiera comprar, capitán? —pregunto mostrándole los sabores a Bratt.

Meredith no lo pierde de vista. Bratt compra un pastel y mete un cheque en la caja de fondos. Luce un poco agotado, me comenta la cifra que donó y eso me hace recordar por qué lo quise como lo hice.

—Gracias por la contribución.

—Es una buena causa. —Se aleja con el pastel en la mano—. Suerte con todo.

Alan es el siguiente en comprar y, mientras elige, fijo los ojos en Zeus, que olfatea a una de las perras del comando.

—Le dará cachorros —me comenta el soldado—. La loba siberiana estaba en celo y Zeus aprovechó.

—Genial. —Le entrego lo que pide.

El perro del coronel empieza a ladrarme y Marie lo toma de la correa. Christopher aparece y Gema se acerca a él, queriendo que pruebe el trozo de pastel que tiene en su plato.

—Su pedido. —Tatiana Meyers le entrega una tarta verde decorada con la cara del ogro de las películas.

—¡Oh, por Dios! —La recibe emocionada—. Mamá, mira esta maravilla. Stefan hizo a tu hijo, el ogro gruñón.

Christopher aparta la cara cuando lo miro.

—Es igualito a ti —le dice Gema, y por un segundo me veo estampando la tarta en la cara de la teniente.

Marie se acerca a pagar.

—Bonita labor —farfulla—. Al parecer, tienes otro buen hombre a tu lado.

—Sí —musito—, uno muy bueno.

—¡Te amo, mamá! —le grita Gema a la mujer a la que entrego el cambio y se va.

«Ogro», el apelativo que sigue usando Gema da ganas de vomitar y dicha sensación empeora cuando ella le acaricia la cara. Las orejas me arden y trato de ignorarlos, pero me cuesta, ya que están demasiado cerca.

—Faltan siete días para tu cumpleaños —se acerca Laila—. El mundo lo sabe y la suerte está de tu lado, revisé y hasta ahora tenemos cuarenta y ocho horas libres, las cuales abarcan tu día y el siguiente. Bueno, tú las tendrás, las demás veremos cómo nos podemos acomodar para vernos; así que dime qué tienes pensado.

—¿Dormir cuenta como plan?

—No estás cumpliendo sesenta —me regaña—. Planearé algo y te avisaré.

Gema se acerca con Christopher, empiezo a desear que esto se acabe de una vez por todas, el soldado chef se posa a mi lado y la novia del coronel toma fotos de la labor.

—Hemos traído nuestro cheque para los niños del orfanato —dice Gema.

—Oh, no puedo aceptarlo, ya bastante hicieron con el permiso —dice Stefan.

—Acéptalos. —Llega Patrick—. No seas modesto con la gente a la que le sobra.

Christopher lo mira mal y yo dejo la mano sobre el hombro de Stefan, que recibe el papel.

—Gracias a ambos —le digo a Gema, que se pega al brazo del coronel—. Mi novio y yo estamos muy agradecidos.

Toco la cara de Stefan. «Novio», no sé por qué digo esa palabra, pero la digo, creo que es para no sentirme tan miserable y para demostrarle al hombre que tengo al frente que no es el único que tiene a alguien.

—Stef y tú son tan hermosos. —Gema se lleva la mano al pecho—. Espero que duren mucho.

—Igual yo. —Sonrío—. Coincido en que nos vemos hermosos.

El coronel se va y Patrick lo sigue alegando que tienen que hablar. El Consejo se acerca a donar y, pasado el mediodía, hemos vendido todo. Liz Molina, Laila, Brenda, Parker, Meredith Lyons e Irina Vargas son las que laboran en el caso hoy en la tarde, así que ayudo a recogerlo todo.

—Antes de que me ofrezcas irnos en tu auto —me dice Stefan—, diré que no quiero dañar el cuero con las cajas mojadas y los utensilios punzantes, así que iremos en el mío.

Me toma por la cintura y me acaricia el mentón.

—¿Cenamos? Quiero llevarte a un restaurante bonito —propone—. Prometo llevar efectivo suficiente.

—Pensé que el dinero era para la fundación.

—No tocaré el dinero de la fundación. —Recoge lo que falta—. El capitán Lewis me dio una pequeña bonificación por mi labor y me gustaría compartirla contigo.

—Vale.

Abandonamos el comando y en el camino me pongo a buscar un buen restaurante donde podamos hacer una reservación. Le doy opciones, pero ninguno le gusta; según él, conoce el comercio y sabe cuál es bueno y cuál es malo.

—¿Qué tal el…?

Mi oración queda a medias cuando el motor ruge en el momento que atravesamos las Colinas Gemelas, una nube de humo negro nos envuelve y el vehículo se niega a arrancar. Bajamos a revisar y termino tosiendo con los gases tóxicos que emergen.

—No creo que vaya a funcionar —le digo—. Hay que llamar a una grúa.

—Pongo la confianza en ti y te me burlas a la cara. —Stefan le habla al auto mientras llamo al tránsito.

Me informa de que hay que esperar de tres a cuatro horas.

—Veamos el lado positivo, estaremos en contacto con la naturaleza. —Stefan me muestra las montañas.

—La estamos contaminando. —Me siento en una roca.

—Parece que viene alguien. —Se atraviesa en la carretera y se me terminan de bajar los ánimos cuando veo el auto del coronel, que se detiene.

En verdad estoy empezando a pensar que la vida me odia.

—¿Qué pasó? —Gema sale con la cara hinchada y Stefan se preocupa.

—¿Estás bien? —le pregunta.

—Soy alérgica a la canela y me cayó mal uno de los pasteles, no noté que tenía.

—Tienes que ir al hospital —le digo—, puede ser peligroso.

—Solo tengo que tomar algo para la alergia —explica—. Vengan, los acercaremos a la ciudad.

—No es necesario…

—No seas modesta. —Me toma del brazo—. El McLaren tiene espacio, mamá viene atrás con Tyler, pero también con el perro, que se revolcó en el barro.

—Preferimos no incomodar al coronel. —Agradezco el apoyo de Stefan.

—Es una orden, soldado —le dice Gema—. Como su superior, puedo pedir lo que sea.

—Shrek. —Odio que le diga así—. Stefan y Rach vendrán con nosotros.

—Sube al maldito auto, que no puedo estar aquí —contesta él.

—Alguien tiene que quedarse cuidando el auto —me ofrezco.

—Nadie se va a llevar esa chatarra —se burla Gema—. No te ofendas, Stef.

—En verdad no quiero incomodar —insisto.

—Soy su novia, el auto también es mío. —Se ríe—. Así que no incomodas.

Me molesta el comentario, insiste en que subamos y Stefan se queda boquiabierto cuando abordamos el McLaren.

—Tenía tu cara cuando subí por primera vez —comenta Gema.

—Es muy elegante.

—¿Habían subido en uno antes?

—Sí. —Me muerdo la lengua conteniendo el vómito verbal que amenaza con decirle que la primera vez que subí a uno me gané mi primera multa por follar con su novio en Cadin.

Mi genio se descompone y me regaño a mí misma por darle peso a cosas que no tienen importancia. Noto el folleto que hay en la guantera y ruego a Dios que Stefan no lo vea y empiece a preguntar, pero…

—¿Puedo ver el folleto? —pregunta, y maldigo para mis adentros.

—Claro. —Gema se lo pasa.

—Es Sara Hars —me susurra.

—¿La conoces? —pregunta Gema.

—Soy admirador de su comida, imprimí todos sus libros cuando estaba en el comando francés.

—Qué casualidad, supongo que como admirador irás al evento de esta noche, como dice ahí abrió un nuevo restaurante en Londres —comenta Gema—. Y esta noche estará preparando sus mejores platos.

—Intenté hacer una reservación, pero no se pudo.

—Vengan con nosotros —propone Gema—. Iremos juntos.

—Gracias, pero no. Ya tenemos planes —intervengo.

—Si el plan era ir a cenar, Angel, podemos ir con ellos —empieza Stefan—. También van a comer.

—Es un momento para ellos —me opongo.

—A Shrek no le molesta, ¿cierto, ogro?

Aprieta el volante y me preparo para un «sí, me molesta» acompañado de una clara invitación a que nos dejemos de joder.

—No. —Me mira a través del espejo retrovisor y no entiendo a qué está jugando—. No me molesta.

—¡Genial —celebra Stefan—. ¿A qué hora nos encontramos?

Maldigo tres mil veces por segundo. Entramos a la ciudad y no dudo en bajarme cuando se presenta la primera oportunidad.

—Entonces nos vemos a las ocho —confirma Gema—. ¿Saben dónde está el restaurante?

—Sí —responde Stefan—, nos vemos allí.

—Vas a amar a mi suegra, es un amor.

—Gracias por la ayuda. —Tomo al soldado del brazo y paro el primer taxi que encuentro.

—Sara Hars —comenta el soldado en el camino—. ¿Puedes creerlo?

Busco la manera de decirle que no quiero ir, pero está tan emocionado que, haga lo que haga, buscará una excusa para convencerme.

—Voy a buscar las mejoras que les hice a las recetas. —Se va a su alcoba cuando llegamos—. Se las entregaré cuando Gema me la presente.

Laurens sale a recibirme, me mira y sacudo la cabeza. Me da pesar decirle que no lo conseguí.

—Lo intenté, pero no se pudo, lo siento. —Se adentra de nuevo en la habitación y no me da tiempo de decirle que ahora Scott tendrá que cumplir con su labor como padre.

Me lanzo a la cama. Luisa no me contesta y Brenda me avisa de que la dejó en casa tomando una siesta, así que opto por llamar a mi casa.

—Manicomio James —contestan al otro lado, y sonrío de forma automática.

Es Emma y mi cerebro de inmediato se la imagina echada en el sofá, mi mamá le quita el teléfono y no me da tiempo de saludar.

—Déjala, quiero hablar con ella —me quejo.

—Ahora no, tiene cosas que hacer —me corta—. ¿Cómo va todo allá?

Hablo casi media hora con ella; mi papá está visitando a uno de los primos y Sam está con la familia de su novio.

—Es un buen joven, estudia Medicina igual que Sam —me comenta mi madre—. Ella me recuerda a mí cuando tenía su edad.

Mi madre, aparte de hermosa, siempre fue inteligente, capaz e independiente, pese a que en múltiples ocasiones le faltaron al respeto creyendo que solo era una cara bonita. Ella y su familia siempre han destacado por su cerebro y por darles lecciones a los machistas que las han querido rebajar.

Si se busca información sobre ellas se encontrarán muy buenas referencias. Si se busca el apellido de mi padre en el ejército encontrarán lo buenos que hemos sido en ramas como la criminología, el camuflaje, defensa, búsqueda y rescate. Thompson solía decir que las pruebas estaban de más, dado que siempre se sabía en lo que seríamos buenos.

Mi cabeza se dispersa por un rato, le envío saludos a todos antes de colgar. Luisa sigue sin contestar y en la cama trato de descansar.

—No olvides la cena —me recuerda Stefan, y como sé que no va a desistir, le envío un mensaje a Lulú concertando una cita para que me venga a arreglar.

En la tarde llega con todo lo necesario, tomo una ducha y me planto frente al tocador.

—No tengo ánimos para sobresalir, así que me gustaría algo sencillo que me haga pasar desapercibida.

—No digas tonterías. —Acomoda los utensilios—. No hay que ser pez cuando se puede ser sirena.

Me ayuda a escoger un vestido, me echo perfume y me pongo uno de los tantos collares que me regaló Bratt cuando éramos novios. Me dejo el brazalete que me regaló Stefan y Lulú pone mala cara.

—Opaca el vestido —se queja.

—Me gusta cómo se ve. —Me reparo la muñeca—. Tiene un significado especial.

—Bien, fingiré que me conmueve.

Me miro al espejo y noto que mi idea de pasar desapercibida quedó en el olvido.

Christopher

—Parezco un monstruo. —Gema no deja de llorar al otro lado de la pantalla—. He tomado de todo y cada vez estoy más hinchada.

—Qué mal. —Celebro para mis adentros—. No hay nada que hacer, ya irás otro día.

—No quiero plantar a Rachel y a Stefan.

—No los vas a plantar, yo voy a ir —le aclaro.

—¿En serio?

—Sí.

—Pensé que ibas porque te insistí.

—Sara lleva dos meses rogándome. —Me encojo de hombros—. Me harté, así que iré, ya di mi palabra.

—Qué bello eres, ogro gruñón. —Se limpia las lágrimas—. Ya estás cambiando.

«Claro». Me vale una mierda Sara, yo voy a ver otra cosa.

—Hagamos algo, es injusto que vayas solo —me dice—. Leí en internet sobre un medicamento que acelera el proceso para que la alergia pase rápido, pero solo la venden en dos establecimientos de la ciudad, ¿puedes enviar a Tyler a por él?

—Sí —finjo que me interesa.

—Liz está trabajando, pero él puede ir, que lo compre y me lo traiga a mi casa —pide—. Adelántate al restaurante, llegaré cuando el medicamento haga efecto y me sienta mejor.

—Bien.

—Vale, mamá se quedará en mi casa esta noche. —Sonríe con picardía—. Así tú y yo tendremos más privacidad en la tuya.

—Entiendo.

—Te veo más tarde. —Le lanza un beso en la pantalla y cierro la laptop.

—Su traje está listo —me avisa Miranda.

Tomo una ducha preparándome para la noche y no me importa que el imbécil del soldado lastimero se me atraviese en el camino. Ya me deshice de Gema, por ende, tengo vía libre para hacer lo que me dé la gana.

Me visto con un esmoquin de Prada, me coloco el Rolex de oro blanco, busco el comando del McLaren y guardo la prenda que compré ayer.

—¿Saldrá ya? —pregunta Tyler en la puerta—. La señorita Gema llamó…

—No vas a llevarle nada de lo que te pidió —le advierto—. Si vuelve a llamar, dile que no conseguiste nada.

—Pero…

—Pero nada. —Me acomodo la chaqueta—. Alista el auto, que me están esperando.

—Sí, mi coronel.

Abordo el McLaren y me enrumbo a Leicester Square. El restaurante de Sara está en el complejo hotelero y ya varios le han hecho promoción. El sitio cuenta con cuatro pisos y una fachada de cristal con el nombre de «Sara Hars» en letras plateadas.

Hay fila para entrar; varias figuras afuera están dando entrevistas y le doy el comando a Tyler. Este, que anda en moto, se asegura de que el área sea segura.

Paseo mi vista por el lugar y capto en la fila a la sexi ninfa de vestido plateado que está esperando. «¡Mierda!». Basta con verla para que mi cerebro envíe sangre a sitios equivocados; mi miembro se levanta y me acerco hasta ella.

Tiene el abrigo abierto y deja ver el vestido de escote ceñido que se le pega al busto, resaltando las dotes que tanto me gustan. La tela le cae sobre la cintura, es corto y da una magnífica vista de sus piernas esbeltas.

—Hola, señor Banks. —Patrick se atraviesa en mi campo de visión.

Viene de esmoquin y pajarita.

—¿Qué haces aquí? —lo regaño.

—Evitando que termines de dañarlo.

—Lárgate a tu casa. —Lo aparto.

—No quisiste hablar en el comando —me sigue—, pero eso no quiere decir que me vaya a quedar callado.

—¿Cuál es tu puto problema? —Lo encaro cuando me saca de mis casillas—. Consíguete una vida y deja de meterte en la de los demás.

—Hola. —Llega Stefan ofreciendo la mano, que no recibo.

—Patrick.

Rachel se acerca a mi amigo dándole un beso en la mejilla y me quedo a la espera de que, al menos por disimular, haga lo mismo conmigo.

—Coronel. —Inclina la cabeza a modo de saludo actuando como si fuera un cualquiera—. ¿Y Gema?

—Me avisó de que vendrá más tarde —contesta el capitán.

—No vendrá —interrumpo a Patrick—. Está enferma.

—Bueno, no viene, pero yo estaré y los acompañaré en la velada. —Les señala la entrada y me dan ganas de partirle la cabeza.

La asistente de Sara nos da la bienvenida y nos guía a la mesa que tienen reservada en el cuarto piso.

—Esto es como un sueño —susurra el limosnero, que no es más que un ridículo.

Se detiene en la cuarta planta para que ella pase primero y, haga lo que haga, nunca me dejará de parecer un idiota. El sitio está lleno de gente que bebe, come y comenta. Sara Hars es mala madre, pero buena chef.

Hace seis meses lanzó la cadena de restaurantes, ya se ganó el galardón de los cuatro tenedores, sumó otra estrella Michelin y está en el libro rojo de la firma. Solo vino de visita a Londres para estar presente en la inauguración.

Rachel se quita el abrigo y me cuesta no detallarla.

—Su mesa. —Señala el camarero mostrando un letrero con mi nombre, y aparto a Patrick cuando intenta tomar asiento a la derecha de Rachel.

—No me busque, coronel —musita.

—¿Qué les apetece? —pregunta el camarero—. La casa invita.

—¿En verdad? —pregunta Stefan con cara de imbécil—. Yo…

—Di qué vas a pedir y déjate de pendejadas —me exaspera, y Rachel me mira mal.

—El hijo de la dueña tiene vía libre para pedir lo que quiera y el restaurante se enorgullece en recibir a sus invitados, señor —le explica el camarero ofreciendo el menú.

—Christopher y yo iremos por un trago mientras ustedes piden.

—No…

—Sí —insiste Patrick, tomándome de la manga—. Vamos, compañero.

Su insistencia no me deja más alternativa que seguirlo.

—O te comportas o te largas —le advierto cuando llegamos a la barra.

—O te comportas o te largas —se mofa—. ¿Qué carajo es esta payasada? Te estás pasando, pagas un montón de dólares para…

—¿Me estás espiando? —Lo encaro.

—Sí —reconoce—, y, por ello, quiero saber qué diablos te pasa. Eres un coronel, debes dar ejemplo y no faltarles el respeto a tus soldados.

—Ah, cállate, que el respeto no es algo que exista en mi vocabulario.

—Recibo el trago que me ofrecen—. Deja de meterte en mis cosas.

—No sé qué pretendes jugando con una si estás enamorado de otra.

—Yo no estoy enamorado de nadie, no seas ridículo.

—Entonces, ¿qué estás haciendo aquí? —pregunta—. ¿Qué es lo que pretendes?

—¿No es obvio? —Me inclino la bebida—. Llevarla a la cama y follarla hasta que me canse.

—¿Cuántos años tienes? ¿Dieciséis?

—Lárgate y no hagas que…

—¿Todo bien? —pregunta el limosnero, que se acerca—. Me preocupa que le haya pasado algo a Gema.

—Gema está bien, amigo —le contesta Patrick.

—Me alegra, el camarero ya preguntó dos veces qué vamos a pedir.

Termino el trago y vuelvo al sitio de la persona que me importa.

—Tráigame otro whisky —le pido al camarero—, y de comer quiero la especialidad de la casa.

El camarero toma el pedido, no sin antes preguntar si el ambiente es de nuestro agrado.

—¿Y qué tal estuvo la venta de pasteles? —empieza Patrick.

—Estupenda —contesta Stefan—. Lo vendimos todo. Aprovecho el momento para darle las gracias al coronel por su cheque.

—No le subas el ego —interviene Patrick—. Esa suma no es nada para quien tiene dinero de sobra y le gusta malgastarlo en cochinadas.

—El hambre te tiene bromista. —Me trago las ganas de patearle el culo.

—Su bebida. —Me traen el whisky que pedí, el cual me bebo de un solo trago.

—Quiero otro —le digo.

—Rachel, qué bonito collar —comenta Patrick—. Eres una mujer de muy buen gusto.

—Por algo me eligió —bromea Gelcem dándole un beso en la boca, cosa que hace que el whisky me sepa a mierda.

—Te daría la razón —toma la mano del limosnero—, pero el collar no lo compré yo, me lo regaló Bratt.

—Menos mal que Stefan no es celoso.

—Para nada, también trae algo mío. —Le alza la mano mostrando un horrendo brazalete con semillas de girasol.

Si fuera él me daría pena presumir de semejante porquería. Me amarga el que luzca cosas de otros y no tenga nada mío.

La noche transcurre entre anécdotas sobre el supuesto orfanato y la asquerosa historia sobre cómo se conocieron.

—Otro trago —le pido al camarero cuando acabo con la comida.

—¿Por qué no pides la botella completa? —comenta Rachel con una sonrisa mal fingida—. Es el noveno de la noche.

—¿Los estás contando? —increpo.

—No, solo lo digo, ya que sería más cómodo para el camarero.

—Gracias por la sugerencia, pero no quiero embriagarme.

—¿Más? —secunda Patrick.

—No estoy ebrio —aclaro molesto.

—¿Anoche sí? —indaga.

—¿Ahora te llamas Alex? —Me levanto a tomar el trago en la barra.

No uno, dos, queriendo calmar el enojo que me tiene con dolor de cabeza, el cual empeora cuando miro a la mesa y veo a Gelcem besando el cuello de la supuesta novia.

Me muevo a la zona de fumadores y enciendo el cigarro, al que le doy una larga calada.

—Chris. —Me ponen la mano en el hombro.

—¿Qué pasa? —Volteo a ver a la mujer que me parió.

Luce bien con el uniforme de chef y el cabello recogido.

—Pensé que no vendrías. —Con los ojos llorosos me da un beso en la mejilla—. ¿Alex vino contigo?

—No. —Me devuelvo a la mesa y ella me sigue—. Lamento desilusionarte.

—No me desilusionas —me dice—. Me alegra tenerte aquí.

Patrick se levanta a saludarla. Sara Hars está bien conservada para su edad y eso es algo que notan algunos. El limosnero pendejo se levanta tembloroso y empieza a balbucear como un puto retrasado.

—Te presento a Stefan Gelcem —comenta Patrick—. No sé si ya conoces a Rachel.

—La hija de Rick y Luciana… —chasquea los dedos—, y la exnovia de Bratt, ¿cierto?

«Y examante de mi hijo». Daría lo que fuera por un comentario así. Rachel le da un apretón de manos y todos toman asiento.

—Te pareces mucho a tu madre. —Sonríe Sara—. La vi hace poco en Phoenix, tuve un viaje de negocios y visité dicha ciudad.

—Chef, es un placer conocerla —habla Stefan—. Soy fan de sus recetas.

—Gracias.

—También cocino. —Saca una libreta del bolsillo de su saco—. Y si no es mucha molestia, me gustaría mostrarle algunas recetas y mejoras que estarían perfectas en su menú.

—Qué amable —recibe lo que le da—, pero primero compartamos una copa de *champagne*; es la primera vez que mi hijo visita uno de mis restaurantes y me gustaría brindar.

Medio restaurante se acerca a saludar. El limosnero no se calla y adula cada dos por tres a Sara, cosa que me fastidia.

—Tienes propuestas muy buenas —le dice ella—. ¿Qué te parece si me las comentas en la cocina?

—¡Venga! —se ríe—. ¿No me está tomando el pelo?

—Claro que no. —Se levanta Sara—. Ven conmigo.

—No hagas esperar a la chef —lo anima Patrick.

Rachel le alza los pulgares en señal de buena suerte. Se van y le hago señas a Patrick para que se largue.

—La velada va de maravilla —comenta ignorándome por enésima vez en la noche.

Paso por alto su presencia, sé a lo que vine y no voy a dar marcha atrás.

—¿Dónde compraste ese vestido? —le pregunto a la mujer que tengo al lado.

—En Nueva York, ¿por?

—Me gusta —contesto, y el ambiente se pone tenso.

—El mío lo compré aquí —habla Patrick como si a alguien le importara—. ¿Dónde compró el suyo, coronel?

—También en Nueva York. —Lo miro mal.

—Ah, no me digas —farfulla.

—Pues sí te digo.

—Gracias por dejar que Stefan viniera —me agradece Rachel.

—No es nada.

El camarero pone una bandeja de aperitivos en la mesa.

—Para pasar el plato —avisa antes de marcharse.

—¿Qué son? —pregunta Rachel.

—Croquetas árabes.

Tomo una y la paso por el aderezo mientras que ella no la pierde de vista.

—Tienes que combinar la salsa para degustarlo como es.

—¿También eres chef?

—No, pero soy el hijo de una —contesto—. Pruébala, te va a gustar.

Intenta tomar el tenedor, pero llevo el aperitivo a su boca.

—Deliciosa. —Degusta lo que le di y el miembro toma peso en mis pantalones—. ¿Es pollo?

—Tienes… —Le tomo el mentón y quedo absorto cuando me mira a los ojos, ya que es como si su océano absorbiera mi tempestad.

Bien dicen que los te amo también se gritan con la mirada y ella lo hace ahora, mirándome como miró la noche donde le dije que jamás apostaría mi corazón por ella.

Sujeta mi muñeca cuando le limpio lo que tiene en el labio y…

—Stefan —tose Patrick, y ella se levanta a recibirlo.

—Angel. —La besa—. Voy a hacer un pedestal que lleve tu nombre.

—No exageres.

—No hubiese logrado nada de esto sin ti. —Toma su mano.

Tomo la copa de *champagne* en lo que trato de ignorarlo, en verdad no lo soporto, como tampoco soporto que ella lo trate como lo hace.

—Vamos a bailar.

Se la lleva a la pista del balcón, donde hay varias parejas disfrutando de la música del piano; pone una mano en su espalda y ella posa la suya sobre su hombro.

—Te quiero. —El imbécil le confiesa antes de besarla en la boca, ella devuelve el gesto mirándolo con amor y vuelvo trizas la copa que tengo en la mano.

—Vámonos. —Se levanta Patrick—. Te estás haciendo daño.

Me repara la mano llena de fragmentos de vidrio y procuro respirar para no entrar a la pista y romperle la cara al maldito arrastrado.

—Señor, ¿está bien? —pregunta el camarero.

—No es nada.

—¿Cómo que nada? —me regaña Patrick—. Destrozaste la puta copa con la mano, esto se está saliendo de control y no te estás dando cuenta.

—Cállate. —No quiero llamar la atención de nadie.

—Tenemos un botiquín en la cocina —me dice el camarero, y me pongo en pie en busca de algo que contenga la sangre que brota de las cortadas.

Pido una botella cuando estoy adentro. Sara se encarga de las heridas cuando me ve mientras me pregunta qué me enfureció tanto y no contesto, solo me limito a empinarme el licor, que no merma mi ira, por el contrario, la empeora.

Vuelve conmigo a la mesa, se despide de todos y le da su número a Gelcem para que la contacte cuando desee.

—¿Los acerco? —pregunta Patrick—. Traje mi auto y vi que llegaron en un taxi.

—Yo los llevo —me ofrezco.

—Ya pedimos un taxi —me dice Rachel.

—Cancélalo —insisto—. Ya dije que voy a llevarlos.

—Por mí está bien —habla Stefan—. No despreciemos la amabilidad del anfitrión.

Me encamino a la salida. Tyler está esperando abajo y me entrega el mando del auto. Reparo mi mano, el enojo y la amargura que me está generando este maldito lío. Ellos me siguen y avanzo centrado en que es hora de ponerle punto final a esto.

35

Tocando el cielo con las manos

Rachel

Agradezco al cielo que falte poco para que se acabe la parodia, el show que me tiene con la espalda tensa y los nervios en la estratosfera. El plato final no hizo más que avivar lo que intento obviar, siento que me vi como una tonta y a eso debo sumarle que el verlo por tanto tiempo me perjudica, ya que mis emociones se vuelven un lío.

Veo la luz al final del túnel cuando se adentra en mi calle, el motorizado que lo escolta se estaciona primero y Christopher se detiene frente al poste sin luz que le resta iluminación a la calle.

Abro la puerta queriendo salir y maldigo para mis adentros cuando hace lo mismo. «¡Nada le cuesta quedarse y largarse de una vez!». Se acerca con la corbata suelta y las manos metidas en los bolsillos, la expresión corporal demuestra que no está de buen genio y reprimo las ganas de decirle que desaparezca.

—Gracias por la velada —agradece Stefan.

—Quiero hablar contigo un momento. —Christopher ignora al soldado enfocándose en mí, y su petición me da escalofríos.

—Voy subiendo —dice Stefan.

—Por favor —responde el coronel con un tono cargado de sarcasmo y arrogancia.

El soldado se aleja con mi abrigo, guardo mi cartera bajo el brazo, la noche está fresca y Stefan me mira por última vez antes de adentrarse en el edificio. Tyler ronda el área vigilando que no haya peligro.

—¿Qué pasa? —pregunto.

—Se lo dices tú o se lo digo yo —empieza—, pero el puto teatro se acabó.

—¿De qué hablas?

—Por lo que veo, no tienes cojones para decírselo tú, así que se lo diré yo. —Se encamina a la entrada.

—¡Hey! —Lo detengo—. Vete a tu casa, que por lo que veo te cayeron mal los tragos.

—¿Los tragos? —espeta rabioso—. ¡Me cayó mal verte besar a ese imbécil!

—No puedo creer que tengas el descaro de reclamar cuando tú estás con Gema. —Lo encaro—. ¡Lárgate a tu casa, que no estás bien de la cabeza!

—Te ves tan patética —me hace retroceder— con un idiota que lo único que da es lástima.

—¡Es mi novio y te voy a pedir que lo respetes!

—¿Novio? Claro, es tan buen novio que tienes que acudir a mi recuerdo cuando te quieres tocar —se burla—. Al parecer, para coger tampoco sirve.

—¿Qué? —No proceso lo que dice—. ¿Cómo que tocar?

—Mucho gusto. —Me extiende la mano—. Soy Christopher Banks.

Del bolsillo saca las bragas que usé en el show de ayer y mi único impulso es alzar la mano queriendo voltearle la cara, pero…

—Ojo con lo que haces. —Me toma la muñeca evitando que impacte contra su rostro—. Que yo no soy Bratt, tampoco Antoni y mucho menos el limosnero.

No puedo con el peso aplastante que me comprime el pecho.

—Justo cuando creo que no puedes caer más bajo, llegas y te superas. —Le arrebato las bragas e intento irme, pero…

—¿Y qué es lo que te molesta? —Me devuelve tomándome del brazo—. ¿Que pagara por ti? ¿O que sepa que te masturbas con mi recuerdo?

—¡No seas ridículo! —Lo empujo—. ¡Mi mundo no gira alrededor de ti, maldito imbécil!

—Bésame. —Se me viene encima—. Bésame y que sea eso lo que me demuestre que no sientes nada por mí.

—Vete a la mierda. —Lo empujo de nuevo.

Vuelve a tomarme y esta vez con más fuerza.

—No te atrevas…

—No sé ni por qué te lo pido. —Se acerca a mi boca—. Es obvio que el valiente aquí soy yo.

—Suéltame. Christopher…

Sus labios impactan contra los míos y mi pecho se desboca cuando se abre paso dentro de mi boca. No hay palabras para describir todo lo que me avasalla cuando mi cabeza trae todos los besos que nos dimos. Me estrecha contra él en lo que su lengua azota la mía y no puedo detener los sentimientos que desata. ¿Amor? ¿Rabia? No tengo claro con qué apelativo explicar lo que me quema la piel. Se abre paso entre mis labios, mandando abajo mi fuerza de voluntad cuando sujeta mis caderas.

—Eres tan patética. —Muerde mis labios—. Tonta al querer tapar lo obvio: me amas…

Niego con los ojos llorosos resistiéndome a volver a lo mismo.

—Pretendes negarlo, pero tus besos me gritan otra cosa. —Me toma con más fuerza—. Y, como siempre, debo hacer yo lo que a ti te da miedo.

—Vete…

Su tórax aprieta mis pechos y, de nuevo, toma mi boca con un beso más salvaje, vehemente y feroz, el cual no me da pie para apartarlo ni decir lo que sea que tenga que decir, ya que mi cerebro se pierde, mis ganas de pelear no sé adónde carajo se fueron y no tengo fuerzas ni para quitarle las bragas que me arrebató de la mano.

—Me quedo con estas. —Se las mete en el bolsillo y desliza las manos por mis muslos alcanzando el elástico de las que traigo—. Y con estas también.

Me las baja y las quita apretándolas con fuerza cuando se aleja. Me cuesta que mi cerebro coordine con mi boca. No quería esto, no quería probarlo de esta manera ni sentirme como me siento ahora.

—No. —Intento recuperar lo que me acaba de quitar, pero me encara acallando mis palabras.

—Ve y dile que te las robé —se aferra a mi nuca—, como robé las de Brasil, Cadin y todas las que tengo guardadas —susurra contra mis labios—. También dile que así como te tocas pensando en mí, yo lo hago pensando en ti.

Vuelve a besarme. La erección que tiene es más que notoria y la refriega contra mí con su boca sobre la mía. Un momento intenso donde ardo bajo el agarre, me suelta de un momento a otro y quedo más desorientada de lo que ya estaba.

—Cuidado. —Me sostienen por detrás—. Esos tacones no se ven seguros.

Se me aclara el panorama y es Tyler quien me ayuda levantando la cartera que no sé ni en qué momento solté. Christopher me da la espalda y no hago más que mirar cómo se aleja.

—Avísale a Laurens de que puede volver a su empleo —me dice a pocos pasos del McLaren—. Tus bragas me convencieron.

Aborda el vehículo y se larga sin más.

—¿La acompaño arriba? —me pregunta Tyler.

No contesto, simplemente me muevo a mi edificio y tomo la escalera. No hay palabras que describan cómo me siento, tengo la cabeza en blanco.

—¿Quieres un poco de té? —me pregunta Stefan cuando entro a mi piso.

Sacudo la cabeza y sigo a la alcoba, donde arrojo la cartera antes de meterme a la ducha vestida y con los tacones puestos.

El agua fría me enciende las neuronas, los últimos veinte minutos se repiten en mi cerebro y logro procesar que me habló, vio y trató como a una auténtica puta.

—Rachel. —Stefan toca a la puerta—. ¿Pasó algo?

—No. —Alcanzo una de las toallas—. Solo estoy un poco cansada y quiero dormir.

—Entiendo. Si necesitas algo, avísame.

Me vuelvo un ovillo en la cama, me siento miserable. «¿Por qué me quedé sin hacer nada?». Pasé por estúpida y de nuevo le di vía libre para que se burlara de mí en la cara.

Ruedo en la cama y tomo la almohada cuando los ojos me arden, el efecto nocivo de su beso hace que entierre los dedos en lo que tengo entre los brazos. «Tóxico», no hay otra palabra que explique lo que es y lo que me genera, como la rabia que me avasalla y los latidos acelerados que me asfixian y erizan la piel al mismo tiempo.

Sabía lo que pasaría si volvía a tocar su boca, si de nuevo me sometía al sentimiento con el que tanto me costó lidiar. Ahora pasó y me niego a caer otra vez en el círculo vicioso que me hace perder la razón.

Apago el despertador estando de pie junto a la cama; no dormí una mierda, ya que tengo más rabia que sueño. Abotono la camisa y la encajo dentro de la falda. Al punto del operativo solo llegaré a recoger lo que necesito.

—¿Todo bien? —me pregunta Stefan bajo el umbral—. Anoche me dejaste preocupado.

—Sí, lo sé y lo lamento. No me sentó bien la comida y no quería incomodarte.

—¿Te preparo el desayuno?

—No tengo hambre. —Cierro el bolso que me llevaré—. Ya comeré algo más tarde.

—Parker vino a por ti. —Se frota el cuello—. Y Laurens se está preparando para irse al comando. El coronel le devolvió el empleo y Tyler vino a buscarla.

«Tus bragas me convencieron». Dejo la tarea a medias cuando la oración del coronel resuena en mis oídos.

—Gema te llamó para comentarte que lo convenció. —Me entrega el teléfono que dejé olvidado en el abrigo—. Contesté porque no paraba de sonar.

—Gracias. —Lo recibo—. Me alegra que Laurens vuelva a tener su empleo.

—¿Qué te pasa? —Se acerca a frotarme los brazos—. Estabas bien anoche y ahora parece que te hubiese pasado una aplanadora por encima.

—No dormí muy bien, ya sabes, por la comida —miento.

Baja las manos a mi cadera mordisqueándome el cuello.

—¿Y si le decimos a tu capitán que te espere otros quince minutos?

—A Parker no le va a gustar. —Me alejo—. Él es bastante estricto con el tema de la puntualidad.

Me termino de arreglar. Es incómodo tenerlo cerca con lo de Christopher en la cabeza. Le doy un beso en los labios y busco la salida.

—Yo también tengo que bajar —me sigue Laurens en la sala.

Salimos juntas y camina conmigo a lo largo del pasillo.

—Gracias por hablar con el coronel, la señorita Gema me llamó hace poco y no sé si fue por ella o por usted —me dice—, pero a ambas les agradezco lo que hicieron, ya que me han ayudado.

—Qué bueno que se pudo. —Bajo los escalones.

—Ambas son muy buenas personas, se merecen el cielo. —Me detiene y me abraza—. Ojalá nunca cambien.

—No creo —suspiro antes de darle una palmada en el hombro—. Trata de mantenerlo.

—Hace frío, iré por otra chaqueta. —Se devuelve.

Continúo descendiendo las escaleras y hallo a Tyler en el vestíbulo del edificio.

—Teniente. ¿Ya se siente mejor? —me saluda—. En la mañana dejé al señor Christopher cerca de su trabajo.

Habla como si me interesara lo que hace ese idiota, me acerco a él, tratando de parecer tranquila.

—Sí, lo de anoche fue… —Se me cae la cara de vergüenza, no quiero ni hablar de eso—. Es algo que quiero que olvides, ¿vale?

—Entiendo, mi teniente. —Me abre la puerta para que salga—. Espero que tenga un bonito día.

—Gracias.

Me voy a la camioneta de Parker, con quien comparto las estrategias que se emplearán a lo largo de la semana. El cadáver de Leandro ya fue entregado a sus familiares.

Parker me deja cerca de la estación del tren. En el punto de vigilancia del operativo, recojo lo que requiero y me encamino a la Iglesia que, como todos los domingos, tiene un montón de feligreses en la misa.

Saludo al hombre que vigila la puerta y me adentro al sitio donde unos están barriendo las hojas del jardín y otros pintando las paredes de la escuela.

—El sacerdote Santiago parte hoy al Vaticano, se irá por un par de días con el obispo Capreli —me dice la madre superiora cuando me ve—. Empaca la maleta del padre Lombardi y tenla preparada para cuando acabe la misa.

—Como diga.

—Cuando la tengas lista, llévala al despacho de la Iglesia. —Me guía a la casa sacerdotal—. Si asistes a la misa, que ya empezó, no tendrás la tarea a tiempo.

—Entonces creo que me la perderé.

Tampoco es que quiera estar en la misa de ese estúpido. Busco la casa sacerdotal, mi cabeza me recuerda lo de anoche y me siento como ese tipo de personas a las que se le ocurren los insultos cuando se acaba la pelea. Es que debí darle un taconazo en la cabeza, patearle las pelotas y darle un carterazo en la cara.

Entro al sitio donde se queda, saco la vieja maleta del clóset y no me pongo a planchar ni a doblar nada, empaco todo a lo maldita sea. Si quiere lucir bonito que se ponga un delantal y planche su propia ropa.

Echo todo lo que requiere a la maleta y, de mala gana, aplasto todo cerrándola a la fuerza.

La bajo y la arrastro al despacho. Ya hay personas rondando en las áreas comunes, lo que quiere decir que la misa acabó y por ello aprieto el paso, dado que necesito dejar lo que tengo antes de que llegue Christopher.

Abro, entro y pongo la maleta en el sofá, me doy la vuelta para irme, pero escucho el sonido del pestillo atravesando la puerta. «¡Suerte de mierda!». Enderezo la espalda cuando lo veo, viene de negro y con rabia se arranca el alzacuello de sacerdote.

—Apártate de la puerta —le digo seria, no va a pasar lo mismo de ayer.

—El que da las órdenes soy yo, no tú.

Me abro paso y termina tomándome del brazo.

—¿Ya le dijiste?

—¿Qué? —Me suelto.

—Por lo que veo quieres que me encargue yo de decírselo.

—Estás dándome créditos para que te parta la cara. —Lo encaro—. Te lo advertí cuando llegué. ¡No vine a ser tapete de nadie y mucho menos el tuyo!

No controlo la rabia que siento contra él y conmigo misma al querer matarlo y follarlo al mismo tiempo.

—No quieres el papel de tapete porque te sientes de maravilla con el de mentirosa, socorrelimosneros.

—¿En qué te afecta? —Me exaspera—. Deja de acosarme y ocúpate de tus problemas.

De nuevo me devuelve cuando intento irme.

—Se lo voy a decir yo. —Saca el teléfono—. Y se lo voy a decir ya…

Pierdo el control cuando la pantalla se ilumina con el nombre de Stefan, la ira se me sube a la cabeza, mi cerebro lo ve como la peor de las alimañas y no le doy tiempo de colocarse el aparato en la oreja, ya que lo tomo y lo estrello contra el escritorio.

Mi mente recopila y absorbe todas las idioteces que le he tenido que aguantar y esta vez no fallo cuando le planto un guantazo que le voltea la cara.

—¡Atrévete! —espeto rabiosa—. Atrévete a decirle que me revolqué contigo y te juro que hago lo mismo con Gema.

Enfurece llevándome contra la pared.

—¡Ve! —me reta—. Ve y dile lo que quieras porque me importa una mierda si le dices o no.

—¡Claro! —Lo empujo—. Finges que no te importa para que no lo haga, pero sabes que, si no te importara, no le hubieses pedido matrimonio y no la hubieses puesto en el pedestal en el que la tienes.

—Otra vez celosa como en años pasados —se burla, y no puedo con el estrago que causa en mis emociones.

Es un maldito imbécil.

—Tengo los mismos celos que tú sientes por Stefan.

—No compares. —Me toma el mentón obligándome a que lo mire—. No tengo por qué sentir celos de un pendejo que no me llega ni a los tobillos, que no te besa, moja y coge como yo. Soy mucho mejor que él y lo sabes —habla a milímetros de mi boca—. En todas las formas y en todos los aspectos.

Me pasa la lengua por los labios y lo empujo para que se aparte, medio lo muevo y vuelve con más fuerza sujetándome la nuca, obligándome a retroceder.

—Suéltame. —Araño sus manos.

—Suéltate. —Me toma con más fuerza llevándome contra él—. ¿O te vas a hacer la indefensa como en Brasil?

Toco el borde del escritorio cuando me lleva contra este.

—Suéltame, Christopher. —Le clavo las uñas en el brazo.

—¿Violento? —murmura mordiéndome el mentón—. No tengo problema con eso, bien dicen que recordar es vivir.

Arremete contra mi boca sin darme tiempo de respirar o planear la huida, ya que arrasa con todo lo que hay en la mesa. Son besos salvajes y agresivos que hacen que me ardan los labios.

—¡Basta! —lo empujo, pero se viene contra mí—. Christopher…

Intento razonar con él y conmigo misma, empujándolo de nuevo, pero se aferra al cuello de mi blusa y tira de este rasgando la tela y los botones. «No va a parar», diga lo que diga, no lo hará. La actitud, la fuerza, la forma en la que me toma y empieza a besarme me lo deja claro.

Temo a las sensaciones que liberan mis neuronas con su brío cuando empiezo a perder el control, dado que mi cuerpo reacciona ante su agresividad.

Se apodera de mi cuello y de mi boca volviendo trizas mi cordura. Tengo dos opciones y, elija la que elija, igual me voy a equivocar. Lo sé, tengo claro que más adelante lo voy a lamentar, pero una parte de mí me grita que no desaproveche lo que me está poniendo en bandeja de plata.

—Si crees que eres más hombre que él, demuéstramelo. —Tomo un puñado de su cabello—. Baja y dame lo que tanto quiero.

Sin sutilezas me sienta arriba de la mesa consiguiendo que mi espalda quede contra esta.

Su boca queda a milímetros de mis labios y su erección maltrata mi sexo con la dureza que se esconde bajo sus pantalones.

—Bien, no tengo problema en demostrar lo que ya sabes. —Termina de rasgar la tela de la blusa, me baja las copas del sostén y deja mis pechos al aire.

Los mira con tantas ganas que no hacen más que avivar la hoguera que se forma en mi entrepierna. Me sujeta los muslos con fuerza y siento que el termómetro reventaría si me tomaran la temperatura en el momento que alza la falda y pasea los dedos por mi coño.

El beso que deposita en mi cuello me enloquece, el agarre que ejerce sobre mi pecho es feroz cuando lo estruja y lo toma antes de chuparlo clavándome los dientes. El calor que surge no sé de dónde hace que me cueste respirar al sentir sus yemas moviéndose en mi sexo, cuando me penetra con los dedos, sin soltar el pezón que tiene dentro de la boca.

Mi pelvis se mueve sola, siento su aliento sobre el valle de mis senos, lo incito a que siga bajando, lo hace y, sin preámbulos, acapara mi sexo consiguiendo que mi espalda se arquee.

Dispara mi pulso al sentir el tacto de su lengua sobre el clítoris, que avasalla. Mis labios se separan, mis extremidades se tensan y me tapo la boca cuando toca, lame y chupa de una manera que… No sé qué diablos hace, pero siento que estoy tocando el cielo con las manos.

Quiero llorar, gritar, correrme y ofrecerle el coño para que lo penetre y lo haga suyo las veces que quiera. Dos dedos se hunden en mi interior sin problemas, sin prejuicios, ya que mi humedad le permite estimular, salir y entrar con destreza, consiguiendo que mi boca se reseque, que mis pezones crezcan y se endurezcan, obligándome a tocarlos en lo que complace a mi sexo.

—Eso, así —me pide cuando me mira—. Tócalos.

Mi saliva se torna liviana cuando vuelve a la tarea en lo que aprieta mis muslos como si le costara contenerse. Se supone que esta mesa está creada para discutir temas religiosos, no para que me abra de piernas y me deje lamer por mi superior.

—Voy a ocuparme de este coño y luego de esas tetas —me dice y…

Dios, perdona a esta pobre pecadora que no hace más que asentir dándole vía libre para que proceda como quiera.

Sujeta mi cintura con las dos manos. No sé cuántas lenguas tiene, pero lo siento en todos lados, vuelve a chupar y me sujeto del borde de la mesa cuando se prende del punto rojo, timbre, clítoris o como quieran llamarlo ahora, lo único que sé es que me elevo cuando lo toma entre sus dientes y suavemente tira de este, antes de succionarlo de nuevo, consiguiendo que mis pulmones se nieguen a respirar.

La oleada de desespero hace que me aferre con más fuerza a la madera, mientras su lengua sigue haciendo maravillas, consiguiendo que un torrencial de sensaciones me atropelle cuando mi sexo me grita lo que se avecina y que tendré lo que tanto me hace falta. Mueve la boca con frenesí y mi estómago se comprime, a la vez que mis brazos se acalambran con la fuerza que ejerzo a la hora de correrme con lo que sin duda es el mejor orgasmo que he tenido en la vida.

Bendito sea Jesús y el creador de la elocuente oleada que me deja mareada, satisfecha y en las nubes. Me llevo la mano a la cabeza feliz y con el pecho acelerado, sonrío como una idiota y dicha sonrisa no se borra ni cuando capto el sonido de la bragueta que baja.

—¡Padre! —Tocan a la puerta y ni con eso dejo de sonreír—. Partiremos dentro de media hora.

—Voy dentro de cinco minutos —contesta Christopher.

Me ayuda a sentarme, tengo la ropa rota y el cabello desordenado. Él se desabrocha el pantalón y yo arrugo las cejas.

—¿Qué haces? —pregunto al ver cómo desencaja la camisa.

—¿Qué hago? Es obvio. —Se acerca a besarme—. Termino lo que empecé.

—Tienes que irte. —Lo empujo con la poca fuerza que me queda.

—No —espeta molesto—. Le dije que me diera cinco minutos. ¿No escuchaste?

—¿Y desde cuándo eres precoz?

Me bajo de la mesa, me acomodo la ropa y ubico mi vía de escape.

—Cuando dices cinco minutos, puedes tardar más que eso. —Se viene contra mí—. Así que elige: o usas esa boca para devolverme el favor que te acabo de hacer chupándomela o te abres de piernas para que te la meta entera.

—Perdona, pero yo no te pedí ningún favor. —Mi boca queda a milímetros de la suya—. Negociaste solo y no me interesa devolverte el gesto.

Aprieta la mandíbula y toma mi cintura llevándome contra él.

—Sabes que no me gustan los juegos, Rachel —me regaña—. Ansío esto, así que sabes lo que va a pasar.

Me lleva y aprisiona contra la pared.

—Tienes claro que no puedes conmigo —susurra—. Soy el hombre y tú la mujer, ambos somos conscientes de quién va a ganar si nos ponemos a forcejear o a hacerlo por las malas.

Me besa en lo que me aplasta contra el concreto.

—Acuérdate de quién ganó en Brasil —saborea mis labios—, quién ganó ahora y quién ganará siempre.

—Tienes razón, eres el hombre y yo soy la mujer. —Poso la mano sobre sus hombros—. Pero no soy ninguna imbécil la cual se tenga que dejar.

Le lanzo un rodillazo a la entrepierna.

—No me vengas con un resumen de ganancias y pérdidas. —Se aparta preso del dolor—. Ganaste en Brasil porque quise y llevaba semanas teniendo sueños húmedos contigo, y lo de ahora… Qué te digo: pasaste de usar a ser usado.

El dolor lo dobla y paso por su lado sin mirarlo.

—Las cosas cambiaron, coronel. —Me alejo—. Tengo novio y usted se va a casar.

—Pon un pie afuera —me advierte— y te juro que…

—Ya lo hice. —Saco las piernas por la ventana y me aseguro de que no haya nadie rondando.

—Rachel…

—Gracias por el orgasmo, en el piso tienes tu paga. —Le señalo las bragas que me quitó—. No me quejo, estuvo muy bueno su oral, coronel.

Me lanzo a los arbustos del jardín, me incorporo lo más rápido que puedo y me alejo, puesto que no tengo un argumento coherente para explicar por qué ando por ahí con una blusa sin botones, así que me escabullo por los pasillos del edificio de los niños de primaria, donde puedo caminar tranquila por los pasadizos vacíos.

Siento que todavía estoy flotando al alcanzar el clímax que anhelaba y era lo que quería, por ende, respiro hondo disfrutando de la plenitud que surge cuando recuerdo el momento. A ese imbécil le hacía falta una lección, sé que ha de estar revolcándose en su veneno, pero no me importa. Recuesto la espalda en los ladrillos y me deslizo en la pared fría, recordando lo bien que se sintió y lo mucho que lo necesitaba.

Sí, definitivamente, este siempre será uno de los mejores orgasmos que he tenido en la vida.

36

Intensamente

Rachel

Se respira tranquilidad sin Christopher Morgan en Londres. No ha llovido en los últimos días, los nudos que tenía en la espalda ya no están, he podido dormir, leer revistas y trabajar tranquila, pese a que cada vez que reviso el móvil encuentro una llamada perdida suya, cosa que ignoro, ya que estoy ocupada con mis cosas.

Le dijo a Parker que por mi bien contestara, felizmente ignoré la advertencia. Si quiere darme alguna orden seria, bien puede hacerlo a través de mi capitán o hacérmela llegar a mi email; pero no lo hace, lo que demuestra que solo quiere joder. Le envié lo que pidió, así que no sé qué más quiere.

—No voy a contestar, imbécil —le digo a la pantalla, que vuelve a iluminarse.

Rechazo la octava llamada del día. La madre superiora comentó que volvía el lunes, cinco días sin él era algo que necesitaba. Las Nórdicas no laboran esta semana, hay un show diferente y en su contrato inicial no figuran dichas fechas, por ello, la atención ha estado en el centro, donde ya tengo claro dónde se encuentran los pasadizos; un pequeño avance, el cual espero que sume.

Saludo a los soldados que me encuentro en lo que camino a lo largo del pasillo, mueven la cabeza y, como en años pasados, les sonrío a varios en lo que avanzo. Me meto un trozo del croissant que me termino de comer.

—¿Qué novedades hay? —le pregunto a Alan, quien me espera en el corredor.

—Estoy tratando de conseguir más información sobre el Boss de la mafia roja. Por ahora sabemos que pelea desde niño, como dictamina la Bratva. Se puede decir que creció entre adoración y sangre —me informa—. Es un poco complicado ahondar más, este es un poco más cerrado.

—¿Qué tan fuertes son los lazos con Antoni? —indago—. ¿Son mejores amigos o algo así?

—No sé, creo que eso lo debe saber el coronel —me dice—. ¿Quiere que la ponga en contacto con él?

—Prefiero quedarme con la duda, no quiero dañar mi día. —Abro la soda que traigo—. Trata de indagar más sobre los cabecillas de otros clanes; necesitamos detalles sobre todos.

Planto las manos en la mesa del holograma; el globo terráqueo gira en el centro del sitio, mostrando el territorio que abarca cada quien.

—Conseguí una testigo, la hallé golpeada y llorando en uno de los rincones de la Iglesia. —Gema llega con Liz Molina—. Justo ahora está en el hospital militar, hay que ir a verla, preparé preguntas para un interrogatorio.

—Ve tú también —me pide Parker en la puerta.

—Como ordene, capitán.

Con Alan, Gema y Liz Molina, me muevo al sitio, llegamos al hospital y reviso el tipo de heridas que presenta el reporte médico. La mujer dice que se cayó por las escaleras, pero el tipo de herida que examino parece más del que se genera cuando golpeas a alguien con los nudillos o con patadas.

Ella no sabe qué tipo de hospital es este. Alan está en el caso, pero trabajando desde afuera e intenta hacerle varias preguntas; sin embargo, está tan asustada que mantiene la versión de la caída.

Le hago preguntas al médico, a quien tengo que cortarle la conversación, ya que el móvil no deja de vibrar en el bolsillo.

—Disculpe. —Leo el mensaje que enviaron y frunzo el entrecejo.

«¡Contesta, cobarde!».

«Idiota». Lo ignoro y guardo el aparato. Gema llega a decirme que lo único que quiere la mujer es irse, por lo tanto, acordamos en tenerla bajo el radar e informar a Patrick para que verifique las cintas. Me compro un café mientras que el aparato que tengo en el bolsillo sigue vibrando.

Volvemos al comando, donde me llega otro mensaje.

«Algo me dice que el limosnero sí me atenderá».

¡Maldita sea! El corazón se me sube a la garganta. Envió el mensaje hace diecisiete minutos y Stefan estuvo en línea hace media hora. Gema está hablando sobre no sé qué, pero no le pongo atención, ya que con el corazón en la mano me apresuro a buscar una solución en el departamento de Patrick aprovechando que no está, mas sí uno de sus informáticos.

—Mi teniente. —Se pone en pie cuando me ve.

—Necesito bloquear el número de Christopher Morgan en el móvil de Stefan Gelcem y también en los aparatos de comunicación que posee el soldado —le pido—. Hay que borrarlas, rechazarlas, desviarlas, lo que sea, pero no quiero que le entren llamadas ni mensajes.

—Eh…

—Es un tema laboral delicado, yo luego se lo comento al capitán Linguini…

—¿Comentarme qué? —Llega Patrick.

Mi angustia no hace más que empeorar y lo tomo del brazo en busca de privacidad. Con vergüenza me veo obligada a contarle lo que está pasando, obviamente omito lo del despacho sacerdotal y solo lo pongo al tanto de las ganas de joder que tiene el coronel.

—Yo a veces pienso que ese hombre no razona. Esto es importante y hay que concentrarse —se indigna—. Derek, procede con la orden de la teniente, por favor.

—Como mande, mi capitán.

Reviso mi móvil y no ha estado en línea, cosa que me alivia. Le marco a Stefan y al parecer tiene el móvil apagado. «Debe de estar con Drew». Si Christopher quiere decirle algo a Stefan, tendrá que acudir a Bratt y este no se va a prestar para sus idioteces.

—Gracias —le digo a Patrick, que abre la boca para decirme algo, pero Gauna llega a pedir los archivos que lo ocupan.

Es viernes, parece que la suerte está de mi lado. ¿Porque mañana es mi cumpleaños tal vez? No sé, pero agradezco que el destino me dé algo de paz para estas fechas.

Ya la malla de organización está hecha, a la iglesia no vuelvo hasta el lunes y, por ello, me ocupo de los asuntos pendientes personales que tengo. Meredith estará en el sitio, con los relevos logramos que no se generen sospechas.

En el móvil tengo un mensaje de Elliot, quien me pide que nos veamos hoy. Le confirmo que sí y me muevo al sitio que indica. Es mediodía, el sol está en su mejor momento y estaciono el auto en una de las calles del Soho, donde el investigador no tarda en subirse a mi auto.

—Tengo información importante sobre Simon Miller —me avisa—. La propiedad que compró la puso a nombre de Corina Halles, mujer que vive con un menor, el cual padece un retraso cognitivo. Lo estuve vigilando ayer en la mañana y su amigo fue a visitarla.

Me muestra un video y no tengo idea de cómo sentirme cuando confirmo que no está diciendo mentiras. Sale con un niño y una mujer, quienes suben a su auto. ¿Qué le pasa? De serle infiel a Luisa, es obvio que va a quedarse sin pito.

—Fui hoy en la mañana otra vez y nuevamente los visitó —añade.

—¿Hace cuánto está haciendo esto?

—La propiedad la compró hace unos meses, tal cual como dice Casos Internos —me informa—. La mujer trabaja en un supermercado y él lleva al niño a clases de karate dos veces por semana.

No sé qué decir, vuelvo a revisar la evidencia, la idea de que sea infiel no me cabe en la cabeza.

—¿Es su hijo? —Siento que me va a dar algo.

—No lo sé, teniente, el objetivo de esto era justificar la compra de la propiedad y el porqué de los gastos que oculta —me dice—. Tiene una amante.

—No asumamos nada, aquí no está besándose ni acostándose con nadie. —Lo releo todo—. Hay que indagar más, esta no puede ser la respuesta.

—Debo ponerme con los otros casos y la entidad le va a pedir resultados de inmediato. —Me da un golpe de realidad—. Anoche la mujer estuvo en una agencia de viajes, de seguro se irá de vacaciones. Indagaré más, sin embargo, guarde esto y téngalo como un respaldo por si Casos Internos decide proceder o tomar medidas contra él.

Me altera la palabra «amante» escrita a lápiz en una de las esquinas; es una suposición de él, pero no creo que sea cierto, me niego a que sea cierto.

—Le avisaré cuando tenga algo más. —Abandona el auto y me quedo mirando el volante.

Simon es uno de los mejores hombres que conozco. Vuelvo a revisar la carpeta, la mujer es atractiva, pero no es Luisa; él ama a Luisa.

Me doy una vuelta por el sitio donde Elliot dice que trabaja: es un supermercado y la veo salir a fumar un cigarro. Varios mechones sueltos se le escapan del moño y luce como el tipo de persona que sonríe poco. La idea de que sea algo de Simon me da dolor de cabeza, no sé si es el cariño que le tengo o porque me niego a que engañe a mi amiga, pero no puede ser cierto.

Pongo en marcha el motor y me encamino a la casa de mi amiga. El auto de Simon está frente a la propiedad, la empleada me recibe y me avisa de que está haciendo ejercicios prenatales en el jardín; me anuncia y me deja seguir sin problema.

Luisa está acostada en el césped con pantalones anchos y un top que le deja lucir el vientre abultado. Por su parte, Simon está a la orilla de la piscina, viéndola desde lejos.

—¡Está aquí la insoportable de tu amiga! —le grita cuando me ve.

—Pésimo chiste. —Paso por su lado.

Me dan ganas de meterle la cabeza dentro del agua, si le está siendo infiel a mi amiga perderé la fe en las relaciones.

—¡Qué sorpresa! —Luisa se levanta a saludarme.

—Quería verte. —La abrazo—. Te echo de menos.

—¿Limonada?

Asiento y nos vamos a la mesa del jardín. Hay obreros trabajando adentro y eso altera la atmósfera de paz que brinda el espacio.

—Estamos decorando la habitación del bebé —me comenta—. Simon tuvo un par de ideas que mandé a materializar.

—¿Ya saben qué es?

—No, usaremos colores neutros en la decoración y en el baby shower.

La empleada llega con una jarra de limonada y Simon se mete a la piscina. Como la buena amiga que soy tengo que comentarle lo que pasa a Luisa, pero…

—Lamento la interrupción —se nos acerca un sujeto moreno de brazos fornidos—, pero me urge que veas esto.

Luisa se levanta con la mejor de las sonrisas, posando la mano en el hombre negro que sostiene un par de planos.

—Orson es el encargado de los arreglos —aclara Luisa, y confirmo que es el mismo contratista que andaba de coqueto en el centro comercial—. Es decorador de interiores.

Le habla con una confianza que raya lo abusivo y ella se ríe haciendo lo mismo. Bebo un trago y espero a que el contratista se vaya para hablar.

—Espero que no se derrita con el sol —suspira Luisa sin quitarle los ojos de encima—. ¿Viste su entrepierna?

—¿Ya no te importa tu matrimonio o es solo mi impresión? —increpo—. Estás casada, embarazada y parece que quieres tirarte a ese sujeto.

—Amo a Simon como él me ama a mí y voy a demostrarle ese amor con las mismas actitudes con las que él me demuestra el suyo.

En pocas palabras, me está dejando claro que le va a pagar con la misma moneda y siento que esta situación me duele más a mí que a ellos.

—Cambiando de tema, Gema me invitó a conocer su piso. —Juega con los cubitos de hielo que tiene en el vaso—. Me dijo que también te invitó.

—Sí.

—¿Y?

—¿Qué te hace creer que quiero ir a ver cómo presume de la relación que tiene con Christopher? —Dejo el vaso en la mesa—. No quiero verlo y menos ahora que hice que el coronel me la lamiera en el despacho sacerdotal.

—¿Qué hiciste que hiciera qué? —Explaya los ojos.

—Discutimos, se las quiso dar de machito y me le abrí de piernas para que me hiciera un oral. —Mando a la mierda el formalismo—. Me corrí, le pateé las bolas y lo dejé con las ganas.

Mi móvil se ilumina y se lo muestro para que vea el nombre de la persona que decora la pantalla.

—¡¿Te está llamando?! —chilla.

—Amenazando, querrás decir.

—¿Y qué diablos haces en Londres si sabes que te va a matar cuando llegue? —increpa.

—Que se joda. —Rechazo la llamada—. Haga lo que haga, tiene que aceptar que le gané la partida y no puede cambiarlo.

—¿Haberle ganado? ¿Desde cuándo eres tan ilusa? —me regaña—. Christopher es todo menos un perdedor y si hiciste lo que hiciste, prepárate porque esté donde esté debe de estar botando humo por las orejas.

—Se lo merece por gilipollas. —Me sirvo más limonada.

—Hazme caso y pide otro exilio.

—¡No! —me defiendo—. No me voy a ir, que asuma que perdió.

—No quiero ser ave de mal agüero, pero presiento que esto no va a terminar bien —empieza—. Y siento que tú vas a terminar más lastimada que él.

—¿Más lastimada que él? —Me enoja—. ¿Por qué? A lo mejor también me caso con Stefan y soy más feliz que él.

—Me cuesta creer lo de Stefan, dado que no lo amas; quizás podrías hacerlo, pero tomará tiempo —sigue—. En mi opinión, deberías sincerarte e intentar liberarte, tratar de llegar a algo que no sea sexo y peleas.

—Nunca me ha dado más que eso: problemas, sexo y peleas. No sé por qué crees que ahora puedo conseguir algo diferente.

—Te dio su amor, ¿no? —Se encoge de hombros—. ¿Cuántos han movido cielo y tierra para encontrarte?

—Antoni. —Finjo tos.

—Hizo todo lo posible para reanimarte y, cuando parecía que estabas a punto de morir, te dijo que te amaba —sigue—. Es lo que dicen los que estuvieron allí.

—Nunca lo escuché. —Trato de cambiar el tema.

—Le agradas a Gema, me comentaron que se lo dice a todo el mundo —continúa—, pero algo me dice que quiere ser tu amiga porque sabe que así tendrás compasión a la hora de meterte con Christopher. ¿Por qué alguien querría entablar una amistad con la ex de su novio?

—No soy su ex…

—Te teme porque sabe que, si se lo quitas, no lo volverá a ver y por ello se las da de amiga maravilla.

—No estoy para psicoanálisis —digo aburrida.

—Lo que está pasando me empieza a preocupar —sigue—. Ámense si lo van a hacer, o no vuelvan a verse o a dirigirse la palabra, pero ya dejen la maldita toxicidad.

—No soy tóxica. —Me ofende.

—Y yo no estoy embarazada —contesta con ironía—. Mientes y no aceptas la realidad.

Se levanta cuando la vuelve a llamar el contratista y aprovecho para contestar la llamada de Parker, quien me avisa de que irá a mi departamento y trabajaremos allí esta noche.

—¿Ya te vas? —Se acerca Simon cuando cuelgo.

—¿Te estorbo?

—Sí. —Se sacude el cabello consiguiendo que las gotas me salpiquen—. Mira.

Me señala un botón de la blusa y me pega en la frente cuando bajo la cara antes de irse. Es un idiota.

—Laila quiere que mañana festejemos tu cumpleaños. —Vuelve Luisa.

—Reservaré una mesa en un buen restaurante para que vayamos a almorzar.

—¿Y luego?

—Cenaré con Stefan y me iré a dormir, no tengo ánimo para nada más. —Bosteza con mi comentario—. Para estas fechas suelo estar en Phoenix, este año tampoco estaré y de seguro me dará nostalgia.

—Más motivos para hacer algo aquí.

—Prefiero pasar la noche en casa si no es mucha molestia —reitero.

Simon se va a trabajar y aprovecho el tiempo para despejarme. Stefan parece que está ocupado, dado que no contesta.

Paso la tarde en la casa de mi amiga, varias veces se me cruza por la cabeza decirle lo de Simon, pero... decido callar. Una parte de mí insiste en que lo mejor es estar seguros y esperar el momento indicado; de todas formas, si le digo algo, podrían sancionarme, ya que Luisa no se va a quedar callada y se sabrá lo de Casos Internos.

Mi móvil vuelve a vibrar con el número del coronel y hago lo que debí hacer desde un principio y es silenciarlo.

No le contesto, no voy a empañar la poca tranquilidad que tengo. El día soleado se torna gris, así que me despido de Luisa y me enrumbo a mi casa con la radio del estéreo encendida. La llovizna empieza a caer cuando estaciono.

—Cierre las ventanas —dice el portero cuando entro a la recepción—. Al parecer, lloverá toda la noche.

—Más tarde te traeré café para que no te congeles. —Asiente sonriente y me encamino al ascensor.

Me preparo para la noche y cierro las ventanas cuando la lluvia toma intensidad, el granizo no tarda en manifestarse. Stefan no está y Laurens tampoco, doy por hecho que el trabajo no les está dando tregua a ninguno de los dos y el mensaje del soldado me lo confirma.

«Estoy con Drew, llegaré tarde».

Me llega otro mensaje y me pregunto si el animal del coronel no se cansa.

«¡Contesta el puto teléfono!».

Borro y lo bloqueo. «A joder a otro».

Si quiere hablarme, tendrá que esperar hasta la otra semana. Tiene que asumir que la única relación que tendremos será netamente laboral. Llamo a Parker, quien me avisa de que está retrasado por la tormenta, cosa que agradezco, dado que me da tiempo de bañarme y organizar la información que debo entregarle.

En la caja fuerte guardo los documentos que me dio Elliot, tengo que recopilar más información para presentar junto con un informe en el que no quede espacio para dudas.

Le aviso al portero sobre la llegada de Dominick y enciendo la máquina donde se hace el café; recuerdo que no guardé las sillas de mi balcón e intento hacerlo, pero desisto de la idea, ya que hace demasiado frío y de todas formas ya están mojadas.

El teléfono de la recepción suena en la sala y me apresuro a tomarlo.

—No he olvidado tu bebida —le digo a Julio.

—Tranquila —carraspea—. Solo quiero avisarle de que tiene una visita y no es el señor Parker.

Me fijo en el reloj, obvio que no es él, es imposible que llegue al cabo de doce minutos estando al otro lado de la ciudad.

—¿Quién es? —pregunto con un hilo de voz.

«Que sea Bratt», suplica mi subconsciente.

—Es el señor Christopher Morgan.

El alma se me cae a los pies. El teléfono me tiembla en la mano y una oleada de pánico me recorre la columna vertebral.

—Que se vaya —logro decir—. Dile que estoy indispuesta y no quiero recibir a nadie.

Mi cerebro asimila de golpe la magnitud de los problemas que acarrea tenerlo aquí.

—Creo que le urge verla —Julio baja la voz—. No la quiero alarmar, pero siento que está un poco alterado.

—No tiene autorización para subir, si lo intenta llama a la policía —reitero—, a la patrulla del vecindario, mándalo a la mierda, pero no puede subir.

—Pero…

—¡No lo quiero aquí! ¡Si se altera activa la alarma! —Me enfurece—. Créeme, a él no le convienen los escándalos.

—Como diga. —Cuelga.

Estrello la bocina. «¡Maldita sea!». ¿Y si llega Stefan? Entro en pánico sacando el móvil, no me contesta. Christopher es un maldito hijo de puta, la alarma se dispara, el teléfono de Stefan me manda al buzón de mensajes y con el corazón en la garganta pego el ojo en la mirilla de la puerta.

Capto voces discutiendo, salgo al pasillo y la señora Felicia, mi vecina, sale en bata de su apartamento.

—¿Qué está pasando? —pregunta con la mano en el pecho—. ¡¿Serán ladrones?!

—Vuelva a su casa, señora Felicia —la regaño, es una mujer de avanzada edad y no está para estas cosas.

La alarma se apaga y corriendo vuelvo al teléfono de la recepción, que tengo pegado a la pared.

—¿Se fue? —le pregunto al portero.

—Sí —se oye agitado—. Se lo llevaron cuando activé la alarma.

Siento que me vuelve el alma al cuerpo.

—No puede subir aquí, ¿vale? —le advierto—. Ni hoy, ni mañana, ni nunca.

—Bien.

Cuelgo, el corazón me sigue saltando en el pecho. «Ya pasó», me digo, ahora solo tengo que hablar con Stefan lo antes posible o ese animal va a dañarlo todo.

Me encamino a la ducha y dejo que el agua tibia me empape la cabeza. En verdad no sé de dónde saco ideas tan malas, no debí hacer lo del despacho sacerdotal y no debí ir a la cena, que no hizo más que empeorarlo todo.

Luisa tiene razón, mi situación da para otro exilio. Me termino de bañar, me coloco las bragas y meto los brazos en un albornoz. Me cuesta calmarme, debí hablar con Stefan antes, debí hacerlo desde un principio.

Sin embargo, ya no hay nada que hacer, ahora debo tomar cartas en el asunto: le diré la verdad y lo entenderá, trato de animarme, no pasará a mayores porque se lo diré yo y no él.

Tomo la crema que esparzo en mis piernas. ¿Y si está esperando a Stefan afuera? Se me detiene el corazón.

Lo mato si hace eso, afanada busco mi teléfono y con dedos temblorosos tecleo el mensaje y se lo envío al soldado.

«¿Estás con Drew todavía?».

«Sí».

Suelto el aire, creo que estoy exagerando, está lloviendo a cántaros, es obvio que no llegará por ahora y dudo que Christopher tenga la paciencia de esperarlo toda la noche, mas no voy a tomar riesgos, por ende, bajaré con un arma por si aparece.

Esperaré al soldado abajo, le confesaré todo y el problema estará solucionado, no tengo nada de que preocuparme.

Me siento y me echo perfume frente al tocador. «Christopher no me va a dañar la relación como en años pasados». No esta vez. Dejo el frasco de Chanel en su lugar, levanto la cara y...

Por la esquina del espejo veo el reflejo de la silla que alzan y estrellan contra el ventanal de mi balcón, volviendo añicos el cristal.

37

Tal para cual

Christopher

El granizo azota los vidrios de la camioneta mientras el chofer se abre paso entre los coches y se desvía a las calles de Belgravia. Saco el móvil y marco su número por enésima vez en la noche, salta el buzón de mensajes y tenso los dientes cuando no recibo ningún tipo de respuesta.

Los días en el Vaticano no han sido más que un jodido lío, no me pude concentrar ni hacer una puta mierda. La patada a mi orgullo no hace más que nublar mi juicio, nunca había lidiado con tanta frustración y sé que si no me la saco, no voy a acabar bien.

—Señor —me habla Tyler cuando estaciona—, el ministro está en línea.

El ministro es lo que menos me importa ahora. Tomo lo que necesito, lo meto en mi chaqueta y busco el edificio. El estrés me tiene con la espalda tensa y con la cabeza caliente atravieso el umbral de la recepción, donde ubico las escaleras.

—Buenas noches —me saluda el portero que afanado sale de su puesto y se me atraviesa como si oliera mis intenciones—. ¿A quién necesita?

—Voy para el apartamento de Rachel James, así que quítate. —Se me vuelve a atravesar cuando me muevo.

—Perdone, señor, pero tengo que anunciarlo primero. —No me deja avanzar.

—Hazlo y, mientras lo haces, voy subiendo. —Lo aparto, pero me cierra el paso.

—Si no cumple con el protocolo, me veré obligado a llamar a la policía.

Hago acopio de mi paciencia, sé que voy a tardar y lo que menos necesito ahora son interrupciones, así que respiro hondo acercándome al mostrador, donde el hombre se pone al teléfono. Le doy mi nombre y me quedo atento a lo que hace.

Tamborileo los dedos en el mármol mientras el sujeto habla en voz baja, cuelga y respira hondo antes de hablar.

—La señorita Rachel no puede recibirlo —me dice—. Está indispuesta.

—¿En serio? —Finjo sorpresa—. Llámala otra vez y dile que aquí tengo el remedio para todos sus malestares.

—No puede pasar, señor Morgan —me dice, y lo ignoro encaminándome a la escalera—. ¡Señor Morgan, no me obligue a tomar medidas! ¡Ella fue clara con lo que dijo!

—¿Y qué dijo? —Me vuelvo hacia él.

—Que llamara a la policía, a la patrulla, y si eso no funcionaba, que lo mandara a la mierda. —Se endereza—. Fue clara, no quiere verlo, así que retírese, por favor.

No sé ni para qué me anuncié, si yo entro al sitio que me dé la gana como y cuando quiera. El payaso del portero se me atraviesa otra vez y lo hago a un lado, tomando los escalones que...

La alarma se dispara y el ruido me ensordece.

—Señor —me alcanza Tyler—, sé que está alterado, pero siento que si llega la policía puede ser perjudicial...

—¡Cállate! —Me exasperan las intromisiones y el ruido.

¡Claro que es perjudicial! Como ya lo dije, necesito tiempo, mas no interrupciones.

—Abandone el sitio, señor —insiste el portero—, o enviaré una alerta de carácter más urgente.

—Bien. —Busco la puerta—. Me queda claro que no eres más que el juguete de una cobarde que no es capaz de dar la cara.

Ella cree que puede detenerme con cómplices y artimañas baratas, pero no, está muy lejos de eso. El portero se endereza airoso cuando salgo, apaga la alarma y las gotas de lluvia me bañan cuando abandono el edificio.

—Voy a encender el auto. —Se apresura Tyler y lo que no sabe es que no pienso abordarlo.

Evalúo el área, lo que requiero aparece en mi campo visual, me falta algo, me muevo al auto donde lo tomo de la guantera y me voy directo al árbol conífero que está a pocos metros.

—Señor, el ministro está llamando...

El escolta me sigue y me paso por el culo sus avisos, alcanzando y tomando la rama. Impulso mi cuerpo hacia arriba y subo hasta que alcanzo el balcón del segundo piso con el salto que realizo. La rabia no me deja razonar, tengo una sola cosa en la cabeza y son los rechazos, las burlas, las veces que me ha visto la cara y me ha tomado de niñato.

Cree que mi paciencia da para tonterías. Llego a una de las terrazas, hay gente comiendo adentro y sigo subiendo hasta que llego al balcón que está al lado del suyo.

Paso a su piso, las luces de su alcoba bañan el mármol golpeado por la lluvia, veo su reflejo y cómo se sienta frente al tocador. «No más». Llegó la hora de ponerle punto final a esto. Empuño las manos recordando las llamadas rechazadas y los mensajes ignorados.

Me acerco al vidrio y… «No». Es tan canalla que no me va a abrir, y situaciones desesperadas requieren medidas desesperadas, así que tomo la silla del balcón y la arrojo contra el cristal, que estalla en fragmentos de vidrio. Ella se levanta, mientras que, como un animal enfurecido, me abro paso dentro del sitio.

La veo correr a la mesa, donde toma el arma con la que me apunta. Me matan sus ojos, ese puto azul que se torna oscuro cada vez que está furiosa o excitada. Me hierve la sangre con la punzada que me atraviesa el pecho, y es lo que más me hastía: las sensaciones que desata y me cuesta ignorar.

—No quiero problemas, Christopher —dice tratando de parecer segura—, así que lárgate.

—Anda a la cama —ordeno quitándome la chaqueta.

La polla me palpita y me es imposible no fijarme en la tela entreabierta del albornoz que tiene puesto. Me acerco y mantiene el arma en alto.

—¡Largo! —insiste—. Quiero que te vayas y es algo que no voy a repetir.

—Yo tampoco repetiré lo que te pedí.

Quita el seguro, ambos sabemos que no va a disparar.

—Que te largues…

Me voy sobre ella, tomo su muñeca y la obligo a soltar el arma cuando le tuerzo la muñeca, chilla y el artefacto cae al piso. Intenta escabullirse con un rápido movimiento, pero la tomo y la pongo contra el suelo.

—¿Tan rápido se te acabó lo valiente? —Le aprisiono los brazos en la espalda.

Se gira, se zafa y vuelve a incorporarse. Preveo la maniobra que intenta imponer. «Como si estuviera para este tipo de cosas». Vuelvo a ponerla de cara contra la pared, mas no se da por vencida, me empuja e intenta huir.

Como si no hubiese sido suficiente con la patada en las bolas como para tener que soportar peleas al estilo de Hollywood.

La alcanzo y me lanza un codazo que me deja sin aire por un par de segundos, gira en mis brazos e intenta tomarme la nuca, pero soy más ágil, más fuerte y, obviamente, estoy más cabreado. Le echo mano a las esposas que tengo en el bolsillo y se las engancho en la muñeca, el movimiento la deja muda y aprovecho para llevármela como la vil criminal que es.

—Eso —pelea—. Trátame y compórtate como el troglodita que eres.

Troglodita, salvaje, animal, no me importa cómo me llame, no tengo sentido común cuando de esto se trata.

—Querías jugar y es lo que estamos haciendo. —La lanzo sobre las sábanas y me subo encima de ella—. Lástima que no sepas escoger contrincantes.

La esposo a las barandas de hierro de su cama. El pecho le sube y baja rápido, agitado, tiene miedo, no me está mirando con amor y, para su desgracia, es algo que tampoco me importa.

—Vuelve a hacer lo que hiciste —me sincero—, y te juro que no vuelves a ver al incompetente que tienes como novio.

—¿Qué harás? —pregunta lo obvio.

—¿Qué crees?

Deslizo las manos hacia abajo, paseándolas por las curvas desnudas que toco.

—¿Vas a tomarme por las malas? —Trata de quitarse las esposas—. ¿Vas a cometer los mismos errores del pasado traicionando a tu novia? Deja la idiotez y piensa un poco.

—¡Yo no voy a pensar en nada! —Tomo su mentón obligándola a que me mire.

—No voy a estar esposada a esta cama toda la vida —me desafía—. Y juro por Dios que cuando me sueltes…

—¿Qué? —Acerco mi boca a la suya—. ¿Qué vas a hacer? ¿Rechazar mis llamadas y mensajes?

—Suéltame —sigue—. ¡No seas poco hombre y suéltame!

Salgo de la cama.

—¿Poco hombre? —Sujeto lo que se me marca en la entrepierna—. Esto va a demostrarte lo contrario.

Me saco la playera y la observo atada e indefensa. Hubiese podido ser de una forma más sutil, pero es terca y con los tercos no se fijan acuerdos. Tiene un complejo de santa, el cual no le deja asumir que somos tal para cual.

Siento sus ojos sobre mí cuando me saco el arma y el teléfono, que dejo sobre la encimera. Suelto la pretina del pantalón, que me cuesta bajar con la erección que me cargo y en bóxer me muevo a asegurar la puerta, a la que le coloco el pestillo.

No tengo miedo a que me vean, pero eso me interrumpiría el polvo que le voy a echar y no voy a dejar nada a medias.

El ruido del seguro hace que fije los ojos en mí y, como en años pasados, no es capaz de disimular los efectos que causo en ella. Me dedica la misma mirada que me dedicó la primera vez que me vio.

Complazco su vista enterrando los dedos en el elástico del bóxer para que vea cómo me tiene, los ojos se le ponen oscuros cuando tomo la polla que sujeto y muevo la mano de arriba abajo. La tengo caliente y lista para meterla.

Me humecto los labios y noto que junta las piernas.

—Hablemos —pide cuando me acerco, y sacudo la cabeza hundiendo las rodillas en la cama. Vine a todo menos a hablar.

Mi cerebro no deja de recordarme las veces que imaginé cómo me la cogería y eso me está enviando un sinfín de calambres al miembro, que palpita ansioso por ella. Abro la tela del albornoz y paso saliva con la vista que me brindan sus pechos. Tiene unas tetas tan perfectas: firmes, redondas y grandes, con pezones rosados que llaman a mi lengua.

Bajo la vista por su abdomen y sigo bajando, estrujo las caderas anchas mientras fijo los ojos en el coño que tanto quiero penetrar.

—Oye… —habla, y corto su oración aferrándome y rompiendo la tela roja que le cubre el sexo.

Está húmeda y no solo las bragas, su coño expuesto también. Empuño la tela con rabia y me muevo sobre ella poniéndola a que sienta mi polla.

—Gracias por el pago del domingo —le digo—, ya lo añadí a mi colección.

—¿Te las sigues colocando? —pregunta—. Insisto en que el miembro no te cabe.

—¿Colocármelas? —me burlo—. Yo no me las coloco. —Froto mi erección contra su sexo—. Yo eyaculo sobre estas cuando me la jalo pensando en ti.

Tensa los brazos queriendo soltarse.

—Las del cumpleaños de Bratt son mis favoritas —confieso.

Me gustó tanto quitárselas. Bratt Lewis se creía el hombre más afortunado del mundo mientras la presumía, y yo imaginaba cómo me la cogería.

—Anda a tu casa con tu novia… —espeta—. Cógetela a ella…

—Mi erección no la quiere a ella, te quiere a ti.

—Pero yo no quiero…

—Pero yo sí. —Hundo los dedos en su mandíbula—. Y tu coño también, me está bañando la polla en estos momentos.

Me dejo de preámbulos, separo más sus piernas y guío mi erección a su entrada; el calor que emana de adentro no hace más que avivar mi desespero y paseo la lengua por la piel de su cuello, a la vez que lleno mis manos con los pechos, que magreo con fiereza antes de empezar a chupar.

Sabe tan jodidamente bien, es todo lo que busco y me gusta. Toco todo lo que es mío, dejando que mi lengua se arremoline alrededor del pezón del que me prendo y muerdo, dándoles rienda suelta a mis ganas.

—Me estás lastimando —jadea—. ¡Basta!

Me jode que se niegue a aceptar las cosas como son, quiere posponer lo inevitable aun sabiendo que no voy a dar marcha atrás. Clavo las manos en su cintura.

—Para esto ya y no hagas que… —alega cuando paseo mi miembro por su coño—. No hagas que te odie, Christopher, porque te voy a odiar si lo haces.

No me importa. Me aborrezca o no, me odie o no, me la voy a seguir cogiendo.

—Puedo vivir con eso.

—¡Todo tienes que arrebatarlo o robarlo! —Los ojos se le llenan de lágrimas—. Me arrancaste de los brazos de Bratt y ahora quieres hacer lo mismo con Stefan.

—Yo no estoy arrancando nada, estoy tomando lo que es mío.

—Yo no soy de nadie, así que quítate…

—No. —Sujeto su cara hablando a milímetros de su boca—. No hasta que esto baje.

Tomo mi falo preparándome para entrar y…

—Al menos ponte un puto preservativo —me pide, y me río.

—No. —Me sumerjo con un empellón—. Esto es piel a piel, no quiero estorbos ni barreras.

Empujo dentro, y me muevo en lo que lidio con las sensaciones que me atropellan cuando embisto hasta el último milímetro de su sexo. Se queja y me cuesta respirar cuando contonea las caderas llevándome al borde.

—Joder. —Se me secan los labios.

Quiero cocerla a mi miembro y perpetuar este momento para siempre, ninguna de las pajas que me hice se comparan con esto. Hundo los dedos en su pelvis y la sumerjo más clavándola por completo, enterrando todo y aniquilando el espacio que hay entre los dos.

—Me encantan las bienvenidas de tu coño. —Me muevo—. Siempre húmedo, siempre dispuesto.

Me siento más que gustoso con lo que estoy provocando, sintiéndola tan húmeda. Me la aprieta y trepo las manos por su pecho hasta llegar a la parte trasera del cuello en lo que embisto entrando y saliendo. No puedo controlar los violentos empellones que me hacen entrar y salir una y otra vez.

—¡Mira! —ordeno—. Observa y admira lo bien que encajamos juntos.

Las manos las mantiene atadas, no se queja, ni pide tregua y por eso es perfecta para mí, porque su coño es el molde exacto que necesito. Las noches que pasé imaginando esto dan vueltas en mi cabeza, las veces en que he tenido que recurrir a su recuerdo para venirme, los sueños, las ganas, el desespero… El pecho se me acelera y…

—Nena —jadeo perdido.

—¿Sí?

—Eres mi fantasía favorita. —No controlo las palabras que salen de mi boca.

Cambia la mirada en segundos mirándome como solía hacer años atrás y sé que vuelvo a estar en el pedestal, en la cima. Me cuesta callar, me cuesta detenerme y no tomarla como la tomo. Esperé tanto por esto: días, meses, años…

—Me jodió. —Embisto extasiado en lo que hundo los dedos en su mandíbula—. Me jodió su maldito exilio, teniente.

Mi cabeza trae ese puto momento, el día que se posó frente a mí y se largó dejando el vacío que tanto me costó llenar y que ahora me desquito con fuertes estocadas, que la ponen a gemir y a sudar mientras arremeto contra ella, quien se contrae desesperada.

Minutos de entero placer donde me balanceo de adelante hacia atrás, clavando mi polla, invadiendo el sexo que avasallo, ansioso, inmerso en la lujuria que se desata entre su cuerpo y el mío.

La cama se mueve, el cabezal se estrella contra la pared y me aferro a sus piernas, en lo que la habitación se llena con gruñidos carnales, los cuales hacen que mi polla se agite. Siento que el glande crece más y la saco corriéndome en sus pliegues.

—¿Te gusta? —pregunto en lo que la hundo otra vez—. ¿Le gusta, teniente?

—Sí. —Se sume en éxtasis aferrándose a las esposas.

—Dilo otra vez —le exijo sin dejar de moverme.

—Me gusta. —Gime.

Hundo las rodillas en la cama.

—Otra vez. —Tomo las caderas, que levanto y traigo contra mí—. ¡Dilo otra vez!

—¡Me gusta!

—¿Quién como yo? —No paro—. Habla. ¿Quién como yo?

—¡Ninguno!

Mi ego se dispara, le gusta y disfruta tener mi miembro adentro. Mi mandíbula se endurece cuando les añado velocidad a los estrellones, mueve la cara a un lado y arremeto con fuerza, dejando claro que el voltaje que le doy yo no se lo dará ninguno.

Le recuerdo por qué fue que traicionó al novio que tanto decía adorar, por qué fue que se dejó coger tantas veces y por qué fue que terminó con él. Mi miembro la clava, en tanto la cama se sigue moviendo y no paro, por el contrario, le doy con más fuerza. Ella aprieta las esposas y presiento lo que se avecina.

—¿Sabes qué quiero? —Jadeo sin dejar de follarla—. Ponerte en cuatro, aferrarme a tus caderas y embestir así, pero por detrás. Quiero estrellar mis pelotas contra tu culo y que mi polla se sumerja una y otra vez.

—Sí —gimotea—, hazlo.

Sudo y hundo los dedos en su carne, mis muslos se tensan al igual que los brazos, mi pecho se convierte en un motor cuando me voy sobre ella y le lanzo los cinco empellones que me exprimen la polla, consiguiendo que me corra por segunda vez.

—Me gustaría, pero en otra ocasión será. —Salgo dejándola sudada, jadeando y con las piernas abiertas.

—¿Qué? —pregunta confundida—. ¿Qué dijiste?

Busco mi ropa y meto las piernas en el pantalón.

—¿Qué estás haciendo, Christopher?

—Ya te follé, me corrí, así que ya me voy —me sincero—. Esperaré al limosnero abajo.

—¡No seas imbécil! —Mueve las muñecas desesperada—. Ven aquí y termina lo que empezaste…

—¿Quieres que te deje el bóxer como pago? —Me visto actuando tal cual ella.

No contesta y noto como se le enrojece la nariz. Mi móvil se ilumina: es Gema. Considero la idea de contestar, pero no estoy para charlas estúpidas.

Busco la llave de las esposas, me acerco y fijo la vista en sus senos. «En verdad me encantan sus tetas». Bajo y vuelvo a prenderme de ellas, surgen las ganas de volverla a tomar, pero como está, de seguro se correrá con la mera invasión y hoy no tendrá orgasmos por parte mía ni por parte de nadie, porque su relación tiene las horas contadas.

—Me encantan. —Las toco antes de soltar las esposas—. Nunca me decepcionas.

Su boca vuelve a llamarme, los labios que ahora tiemblan conteniendo el llanto.

Termino de recoger lo que traje, mientras ideo cómo le voy a decir al limosnero que acabo de coger con su supuesta novia y que soy el amante que tanto quiere ocultar.

Quiero que duela, que se acuerde siempre y sepa que conmigo no tiene oportunidad, es que le voy a partir la maldita cara.

No me despido y no porque no quiera: es porque tengo claro que es de las que reacciona con los golpes al corazón y, si romperla la hará reconocer lo que siente, voy a hacerlo hasta que no tenga más alternativa.

Abro la puerta principal y se encienden las luces del pasillo, esperarlo abajo me dará ciertas ventajas, como romperle la cara y largarme de una vez. Camino por el pasillo, escucho pasos a mi espalda y en menos de nada siento una mano sobre mi hombro, giro y ella me voltea la cara con una bofetada.

—¡No quiero volver a verte aquí! —me grita a medio vestir—. Métete en la cabeza que no soy tu puta y si quieres coger… —Se calla con los ojos llorosos—. ¡Si quieres coger ve por Angela, Irina o por todas las que te follas!

Intenta irse y la tomo del brazo.

—¿No te gusta? —La encaro—. ¡Empiezas y luego te quejas!

Me empuja dos veces llevándome al otro lado de la pared, estrella los puños contra mi pecho.

—¡Basta! —Sujeto sus muñecas, sus ojos se encuentran con los míos y de un momento a otro se abalanza sobre mi boca rodeándome el cuello con los brazos cuando me besa. Su boca se abre paso dentro de la mía y siento las ganas, la necesidad, quiere más y es eso lo que está buscando.

Mi polla se alza, meto las manos por debajo del albornoz y la llevo contra la pared, la aprieto contra mí y le demuestro cómo me pone, le entierro la erección y bajo la tela de lo que tiene puesto.

—Espero que estés dispuesta a bajarlo. —Se aferra con un brazo a mi cuello y con la otra mano agarra el miembro duro sobre el pantalón en lo que me vuelve a besar.

Tosen de la nada, el beso para y Rachel se tensa cuando ve a la persona que espera en el pasillo.

—Creo que es un mal momento para llegar —dice.

La mujer que tengo al lado se tapa y se aleja pálida, mientras que yo respiro hondo. Hay gente a la que le encanta arruinarme la noche.

38

¡Feliz cumpleaños, Rachel!

Rachel

Siento que trago piedras cuando paso saliva con la cara acalorada. Muerta de vergüenza, me tapo lo más que puedo en lo que trato de buscar una explicación que no hallo. No hay argumento alguno que me haga quedar bien ni evasivas que tapen lo que mi capitán acaba de presenciar.

Me estaba besuqueando, besuqueando con Christopher Morgan, a medio vestir y con el coño al aire, actuando como si fuera una prostituta necesitada.

Debí quedarme en la cama, mas no salir corriendo como una idiota tras él. En vez de enviarlo a la mierda, me expuse y dejé que mi coño pensara por mí, buscando más de lo que tanto me jode.

Me desnudó, esposó y folló como le dio la gana, y en vez de aborrecerlo, lo persigo. Mi dignidad, como en años pasados, vuelve a estar en el suelo y, más que pena por lo de Parker, siento pena por mí misma.

—Se te olvidó comentar que estabas ocupada, de saberlo, no hubiese venido a interrumpir —me dice el capitán.

—¿Qué haces aquí? —pregunta el coronel.

—Trabajar —responde tranquilo—. ¿Y usted?

Sujeto la muñeca de Christopher cuando empuña las manos.

—Que no se te olvide con quién hablas, imbécil —suelta rabioso.

—Respondo preguntas con preguntas, mi coronel —contesta el soldado vestido de civil.

—¿Todo está bien, Rachelita? —Sale mi vecina—. Escuché ruidos y estoy muy preocupada…

—Todo está bien, señora Felicia —contesto con más pena de la que tenía antes—. Vaya a descansar, que no hay nada de que preocuparse.

Le digo, pero no me hace caso y se queda en la puerta.

—No vine a discutir con usted —se defiende Parker—, solo cumplo lo que se me ordena.

—Claro —sigue Christopher—. Como el cuadro que hiciste, pese a que nadie te lo pidió.

—Tiene razón, nadie me lo pidió, pero en ocasiones el arte no pide permiso. —Parker da un paso atrás—. Creo que lo mejor es que me vaya.

—No tienes por qué irte —intervengo—. El coronel ya se va, no tiene nada que hacer aquí.

—Irme era lo que iba a hacer, pero te opusiste cuando te me abalanzaste encima. —Me encara—. ¿Hasta cuándo las indecisiones y los cambios repentinos de personalidad?

—¡Largo! —lo corto.

—Te espero adentro. —Parker pasa por nuestro lado—. Si le interesa el cuadro, con mucho gusto se lo vendo, coronel.

Se adentra en mi apartamento y le señalo el pasillo a Christopher para que se largue. Tyler sube corriendo y no sé quién más va a aparecer, ¿mis padres? Con mi maldita suerte, no sería raro.

—La guardia del ministro está abajo —avisa el soldado, y Christopher lo atropella con el hombro cuando pasa por su lado.

—No te quiero volver a ver aquí —le aclaro cuando desciendo las escaleras detrás de él—. Ya obtuviste lo que querías y lo mínimo que espero es que dejes de joderme la vida.

—Cuenta con ello —contesta consiguiendo que me detenga con la oleada de alivio que me recorre—. Cuenta con ello después de que se lo restriegue en la cara al pendejo con el que andas.

Perturba mi paz, mi estabilidad y no hace más que ponerme trabas cada vez que pretendo avanzar.

—¿Y qué dirá Gema? —Lo sigo—. ¿Qué dirán los que creen que es el amor de tu vida? Es obvio, dirán que volviste a lo mismo de siempre.

—No me importa. —Llegamos al segundo piso—. Díselo a todos como, donde y cuando quieras.

El maldito no tiene corazón, los sentimientos se los pusieron a lo largo de la polla.

—Que cada quien se confiese como mejor le convenga. —Me adelanto restringiéndole el paso—. Tú díselo a Gema y yo se lo diré a Stefan, así es como tiene que ser.

—No le voy a decir nada a Gema —contesta airoso.

—Es lo justo.

—¿Y cuándo he sido justo? —pregunta tajante—. Si me da la gana de contárselo al limosnero es porque me molesta saber que te pone las manos encima, no porque sea un buen samaritano y quiera dármelas de benevolente, el cual, sí o sí, tiene que ser honesto. Si tú quieres decírselo a Gema, eres libre de hacerlo, pero a mí no tienes por qué exigirme nada. —Acorta el espacio entre los dos—. Díselo tú, al fin y al cabo te estorba a ti, no a mí.

—No quiero dañar a nadie.

—Entonces aguántate.

—No te cuesta nada dejar las cosas como están. Christopher…

Varios pasos se oyen en la escalera y no me queda más alternativa que ajustarme las tiras del albornoz cuando veo a los guardias del ministro. Mi portero viene con ellos.

—Señor, su padre solicita su presencia de manera inmediata en el comando —le dice uno de los soldados.

—Necesito un minuto más. —Me atravieso.

No puedo dejar que se vaya así. Como es, buscará la manera de hablar con Stefan.

—Un día —le susurro cuando me veo acorralada—. Dame un día y se lo diré yo misma.

Sacude la cabeza e intenta apartarme.

—No tienes los cojones. —No me mira a la cara.

—Se lo diré, te juro que se lo diré. De hoy no va a pasar, pero quiero hacerlo yo —le insisto—. Es algo que me compete a mí, no a ti.

Enlaza nuestras miradas cuando fija los ojos en mí, el torbellino de emociones me atropella de nuevo y hago acopio de mis fuerzas para no volver a caer.

—Dilo. —Me encara—. Sé lo que sientes por mí, pero quiero que lo digas y me demuestres que, así como tienes el valor de decirme las cosas a mí, tendrás el valor de decírselas a él.

Retrocedo, no voy a exponerme de semejante manera.

—Eres una cobarde. —Me mira con rabia.

—No quiero lastimarlo.

—¡Lo lastimaste cuando me negaste y le llenaste la cabeza de mentiras!

—Tenemos que irnos, coronel. —El escolta repite lo estipulado por el ministro y él sigue bajando.

Me aferro a su brazo obligándolo a que me mire cuando llega al vestíbulo.

—¡Una vez! —Los ojos se me empañan—. Dame el gusto, aunque sea por una vez en tu vida y no me quites el derecho de hacer las cosas como se debe, sin escándalos ni consecuencias.

Me ignora, el escolta insiste y no dejo que se vaya.

—Por favor —suplico—. No es mucho lo que te estoy pidiendo.

Aprieta la mandíbula y pese a que lo siento tenso no lo suelto.

—Por favor, Christopher.

—Un día —advierte—. Por tu bien, cumple. Díselo y déjalo o las cosas no irán bien para ninguno de los dos.

Se larga y no encuentro la manera de entenderlo, hace lo que hace solo porque quiere, ya que nada le cuesta dejar las cosas como están. Yo no me estoy metiendo con Gema y lo único que quería era seguir con mi vida.

—Yo lo lamento... —me dice el portero—. Hice todo lo posible por evitar el ingreso.

—Está bien.

—Ánimo. —Tyler me palmea el hombro cuando paso por su lado—. Este tipo de cosas es normal cuando se trata con personas complicadas, tómese un té y métase a la cama.

Medio le sonrío antes de subir. En mi pasillo me está esperando mi vecina, la cual no me quita los ojos de encima. No la culpo, ha de creer que mi casa es un manicomio.

Siento el pecho pesado, Parker está trabajando con su iPad y le pido un par de minutos para cambiarme. La mirada que me dedica es como la que empleas cuando quieres regañar a alguien, pero prefieres no abrir la boca.

En mi alcoba lo primero que veo es la ventana rota, hay fragmentos de vidrio por todos lados y el olor a sexo sigue presente en el sitio. Reviso el móvil: tengo siete llamadas perdidas de Stefan, cuatro de mi madre y mi habitación es un desastre al igual que mi cabeza.

Si ve todo esto, es obvio que empezará con las preguntas. Miro al techo queriendo que la tierra se abra y me trague. Puedo decirle a Stefan lo de Christopher, pero no tengo las agallas que se requieren para reconocer que volví a acostarme con él.

Me cambio rápido y recojo el bóxer que el imbécil dejó tirado. Junto los cristales rotos y los tiro al bote de basura antes de moverme a la cama, a la que le arranco las sábanas donde...

«Eres mi fantasía favorita». Se me tensa la espalda y ahogo el nudo que se forma en mi pecho.

—¿Cuánto tengo que esperar? —Parker se asoma en la puerta.

—Lo siento. —Termino con mi tarea.

—¿Estás inhalando las sábanas donde te revolcaste con tu amante?

—No es mi amante.

—Eres pésima eligiendo pretendientes, ¿te lo han dicho? —Se adentra en el sitio.

—Christopher no es mi pretendiente.

—¿Tienes claro que se va a casar con Gema? —empieza—. ¿Que en tu ausencia se revolcó con medio comando?

Me pican los ojos al igual que la garganta.

—¿Tan poco vales que dejas que te reduzca a esto?

Mira mi cama aumentando mis ganas de romper en llanto y me obligo a respirar hondo. Él no se merece mis lágrimas.

—Lo intento. —Respiro—. Créeme que lo intento, trato de romper este maldito ciclo que...

—No puedes decir eso si andas cogiendo con el que te arrastra al ciclo. —Me mira con desaprobación—. Hiciste que Antoni matara a su hermano, sobreviviste a una droga que casi te mata... Es raro que no puedas centrarte y darte tu lugar.

Pongo las manos en mi cintura, me molesta esto y el hecho de que tenga razón.

—¿Por qué no me enamoré de ti? —le digo, y se cruza de brazos.

—Soy mucho para ti.

Me roba una sonrisa y lo traigo contra mi pecho. Suspira y me palmea la espalda cuando lo abrazo. Por más competentes que seamos, en ocasiones necesitamos gestos como estos, el calor de otro ser humano.

—¿Qué pasó con el vidrio del balcón? —preguntan en la puerta, y maldigo para mis adentros.

Doy un paso atrás, Stefan está bajo el umbral de la puerta con el abrigo en el brazo y una mano metida en el bolsillo.

—Hola —lo saludo normal, no quiero que piense lo que no es.

—Gelcem —habla Parker, y no le contesta.

Pasea la vista por el entorno, quedándose absorto en la cama.

—Evaluaremos lo que se requiere en el comando —me dice Parker buscando la salida—. Que tengan una buena noche.

Palmea el brazo de Stefan cuando pasa por su lado y este sigue sin decir nada, la puerta principal se cierra y tomo una bocanada de aire.

—Tenemos que hablar —le digo.

—Estoy cansado.

—No malinterpretes lo que acabas de ver.

—No malinterpreté nada.

Busca su alcoba y, aunque quiera restarle importancia, su actitud me dice todo lo contrario.

—Parker y yo somos amigos. —Lo sigo.

—Lo sé. —Se quita la chaqueta.

Trato de buscar un discurso o las palabras correctas, pero no las hay. Diga lo que diga seguirá siendo doloroso.

—Lo ves como mi amante. —Me adelanto a lo que no me dice por educación.

—¿Lo es? —pregunta, serio.

—No —suspiro—. Lo conozco desde que entré al comando.

—Confío en ti. —Se frota la cara con las manos—. Tuve un día pésimo y no quiero cerrar la noche con broche de oro.

Se acuesta, quiere disimular el enojo, pero ese es un papel demasiado grande para él. Cuando se es tan dulce y pasivo, malacostumbras a las personas y hasta la más mínima cosa te deja ver los rastros de indiferencia.

—Miriam me acaba de llamar —dice con la cara enterrada en la almohada—. Ernesto tiene un aneurisma que se le reventó a causa de la golpiza que le dieron en la feria.

La noticia me deja fría y sin palabras.

—No se sabe si es operable, los médicos dicen que puede ser riesgoso. —Se le quiebra la voz—. Dicen que puede morir en cualquier momento.

Ernesto es el marido de su hermana, trabaja en el orfanato y se preocupó mucho por atenderme cuando estuve en París.

—Los niños están destrozados y mi hermana quiere seguirlo a la tumba, —Le cuesta hablar—. Lo supo esta mañana y hasta ahora no tuvo la valentía de contármelo.

—Lo siento mucho, si hay algo que pueda hacer…

—Quiero estar solo. —Me da la espalda acostándose de medio lado—. Necesito asimilarlo.

No me surgen palabras de aliento, aunque quiero decirlas y ha de ser porque en momentos como este no hay frase de motivación que sirva. Lo sé porque lo viví con Harry: el ánimo y el apoyo de otros solo me recordó que tenía a muchos, pero ninguno era él.

—Estaré en mi alcoba si me necesitas. —Lo dejo.

Añadirle más dolor contándole lo que pasó es demasiado egoísta por mi parte, así que apago la luz y me muevo a mi alcoba. La noticia no hace más que empeorar la maldita noche.

Le coloco las sábanas a la cama y saco del clóset dos frazadas para taparme; el frío se siente más con la ventana rota y me las apaño con las cortinas que coloco tratando de poner una barrera. Hago lo que puedo y me acuesto con la almohada entre los brazos. Lo acontecido me oprime el pecho, estando sola mi cerebro se niega a bloquear a Christopher de mi cabeza e insiste en recordarme lo que acaba de pasar.

Perturba mi paz, mi estabilidad y no hace más que ponerme trabas cada vez que pretendo avanzar, es como una tormenta la cual arrasa con todos mis refugios.

Su amor es tan doloroso y el mío es tan masoquista que no sé cuál de los dos es más dañino.

Soy esclava de un cariño que me rompe una y otra vez, de un amor que tiene la habilidad de pegar los trozos rotos y volverme a quebrar. Cada impacto es peor, dado que me conformo con la cura, que no es más que un analgésico, el cual no hace más que prepararme para una nueva caída.

Mi conciencia me recrimina y me señala porque soy una hipócrita; a todo esto se suma la culpa que me hunde en las sábanas.

Salgo de mi cama, mi cabeza se niega a dejarme en paz, así que busco la computadora; necesito hacer algo útil, algo que sume y no que reste. Tecleo el nombre del hospital de Hong Kong donde estuvo Christopher internado e intento conseguir una cita para Ernesto. Stefan lo necesita al igual que Miriam y los niños.

Los precios son bastante elevados, pero sé que vale la pena, ya que son buenos en muchos campos; solo aceptan casos especiales y realizo el pago de la primera cita. Imprimo la información para levantar el ánimo de Stefan; tengo claro que será costoso, pero sé que ellos me lo van a agradecer. Armo la carpeta con todo lo que se requiere, incluyendo los documentos que explican los servicios que se ofrecen.

La pantalla de mi móvil se ilumina, el nombre de Bratt la decora solicitando una videollamada, que contesto.

—Dime que soy el primero —me saluda.

Sonrío y miro el reloj, son las 12:04 a. m.

—Es el primero, capitán Lewis.

—Voy a hacerlo.

—¡Por favor, no!

Estallo en risas cuando empieza a cantar el *Feliz Cumpleaños* en un tono bastante desafinado.

—«*Happy birthday to you*» —termina.

—Menos mal que fuiste capitán y no cantante —bromeo cuando termina.

—Las críticas no cuentan si te hizo reír.

Este tipo de cosas me hizo amarlo como a ninguno, nunca ha dejado de demostrarme lo mucho que le importo.

—Contestaste demasiado rápido como para estar dormida —me dice—. ¿Interrumpí tu noche con Stefan?

—No. —Le resto importancia—. No podía dormir y estaba leyendo.

Muestro las hojas y suspira al otro lado de la línea.

—Bien, me alegra no haber interrumpido nada, yo también estoy trabajando con Angela y Freya. Ya encargué tu regalo, así que espéralo mañana.

—No tenías por qué molestarte.

—No es molestia, haré todo lo posible por felicitarte personalmente por más trabajo que tenga. Descansa —se despide.

La llamada termina y me quedo con el aparato en la mano. Los años de noviazgo dan vueltas en mi cabeza, años de atenciones y detalles, los cuales se vinieron abajo por culpa de mis decisiones, por culpa de los errores que vuelvo a cometer.

Bratt no se merecía eso y Stefan tampoco; sin embargo, los lastimé con un hombre que me absorbe tanto que siento que pierdo la capacidad de pensar. Dejo de lado la laptop al igual que los documentos.

Reviso que mi relevo (Meredith) haya sido confirmado para mañana, ya Gauna le dio el visto bueno a todo y me levanto a prepararme un té; muevo la bolsita dentro del agua caliente y me acerco a la ventana que da a una de las calles, un auto se detiene y mi cejo se frunce cuando veo que Laurens baja con un montón de bolsas de almacén. No llega sola, uno de los soldados del comando la ayuda con todo, creo que es uno de los que hace parte de la tropa de Patrick.

Vuelvo a la cocina, me recuesto en la barra y a los pocos minutos entra la secretaria. Enciendo la luz cuando le noto algo diferente y sí que lo hay, se arregló y cortó el cabello y luce ropa más acorde a su edad.

—¿Cómo está? —pregunta con la voz temblorosa—. Supuse que todos estarían dormidos.

—No puedo dormir. —Detallo lo bien que se ve—. Te luce lo que te compraste.

Se mira lo que tiene puesto y, como puede, se mete un mechón detrás de la oreja.

—Es que quise estar un poco más acorde para lo que se requiere con el tema de la campaña, temo a que me vuelvan a echar —carraspea—. Casualmente, mi banco me dio una tarjeta de crédito ayer e invertí el dinero en cosas para el trabajo.

Baja la mirada al suelo y mueve las manos un poco nerviosa.

—Era necesario con todo lo que se aproxima, así que me parece bien —le digo, y asiente.

—Un soldado me vio un poco triste ayer y me invitó a cenar. —Sonríe con la cara acalorada—. Fui con bolsas y todo, porque no tenía tiempo de venir a casa.

Me da un resumen de cómo le fue en lo que me bebo lo que me serví, me alegra verla animada.

—Genial —suspiro cansada cuando termina—. Creo que lo mejor es que me vaya a mi alcoba, es tarde.

—Sí —me dice ella—. Yo también me iré, mañana debo trabajar temprano.

Se va, dejo la taza en el lavado y vuelvo a mi cama, pongo la cabeza en la almohada y por más que tenga los nervios a flor de piel me niego a quedarme despierta, así que me tomo dos píldoras para conciliar el sueño, necesito disipar la zozobra llena de culpa que me come por dentro.

Algo se cae y me incorporo fijando los ojos en el reloj: son las ocho de la mañana. Saco los pies de la cama con el corazón en la boca. «Christopher». De seguro vino a joder otra vez.

—¡Buenos días, cumpleañera! —Luisa se adentra en mi alcoba y mi pulso se estabiliza.

Trae una nube de globos y entra con Laila y Lulú, que pone música en lo que mi amiga fiestera y mi amiga consejera me empiezan a cantar una de mis canciones favoritas.

—«*You have my heart. We'll never be worlds apart. Maybe in magazines*». —Me señala Luisa y Laila le hace coro en lo que viene a abrazarme.

Canto con ellas moviendo los hombros en la cama.

—Un año más —me dice Laila—. Estamos felices de poder pasarlo contigo.

—Las amo, gracias por venir. —Las abrazo a las dos cuando Luisa se une.

Lulú se va a la sala a buscar al pequeño Harry, que me entrega dos flores.

—¿Y Brenda? —pregunto.

—Es el día de…, ya sabes —responde Laila confirmando que no hay dicha completa.

Brenda y Harry formalizaron su relación para estas fechas, ebrio le pidió oficializar la relación y ella pasó toda la noche despierta a la espera de que a él se le bajara el nivel de alcohol queriendo confirmar si era verdad.

—¿Algo que podamos hacer para que se sienta mejor? —pregunto.

—Traje mis cosas y me quedaré el fin de semana con ella para que no esté sola —comenta Laila—. Tú no te preocupes, es tu día y tienes que disfrutarlo.

—¿Qué le pasó al vidrio? —pregunta Lulú.

—Se rompió con la tormenta. —Salgo de la cama—. Tomo una ducha y dentro de un par de minutos estoy con ustedes.

Evado las explicaciones encerrándome en el baño, donde me enjabono dos veces, queriendo borrar los restos de la persona con la que estuve ayer.

Me seco el cabello con una toalla y me visto con un par de vaqueros y un suéter. En la alcoba contesto la videollamada de mi familia, la cual se reunió para el momento.

—Deberías estar aquí y no allá —me dice mi madre, Sam asiente dándole la razón y mi hermana menor me muestra el cojín que hizo con la foto que imprimió de la vez que me quedé dormida en un autobús y no sé si reír o llorar. Es una imagen donde estamos las dos, ella está tomando la foto y yo salgo con la boca abierta como si hubiese muerto hace cuatro días.

—Te voy a patear el trasero cuando te vea —le digo.

—Envié uno a tu casa para que lo abraces y finjas que soy yo. —Pega los labios a la cámara enviándome un beso—. Que tenga un feliz cumpleaños, teniente.

Le mando un beso también cuando se despide, a los que se quedan les cuento los planes que tengo para hoy, aunque no me da tiempo de contarles mucho, ya que Stefan entra a felicitarme y prometo volver a llamar cuando tenga tiempo.

—Feliz vuelta al sol —me dice el soldado cuando termino la llamada.

No se ve de buen semblante, tiene sombras negras alrededor de los ojos y no planchó la camisa que tiene puesta.

Me lleva afuera y me entrega el ramo de girasoles que tiene en la mesa del comedor.

—No te hubieses molestado.

—No puedo ignorar el cumpleaños de mi ángel salvador. —Me da un leve beso en los labios—. También te preparé una tarta para que la compartas con tus colegas.

Lo llevo al estudio, donde le entrego los documentos que imprimí anoche, los cuales incluyen el recibo con el pago de la primera cita de Ernesto.

—Es el hospital de Hong Kong, pagué por una cita para tu cuñado, y por los gastos no te preocupes, correré con todos ellos —le digo, y sacude la cabeza—. Con todo, con los boletos desde París, el hotel y los gastos que puedan surgir.

—Angel, no puedo aceptarlo, ya has hecho demasiado por mí. —Lo rechaza.

—Esto lo hago pensando en Miriam y en los niños —le insisto—. Serán los más afectados si a Ernesto le pasa algo.

Vuelve a negarse y pongo los papeles contra su pecho.

—Voy a correr con los gastos, tiquetes, estadía y lo que se requiera —le repito.

Lo siento en la silla cuando se vuelve a negar.

—Este tipo de cosas no son tu responsabilidad.

—Lo sé, pero lo hago porque te quiero, te aprecio y porque sé que lo necesitas. Este es un hospital de alta complejidad, por ende, es una esperanza para tu familia. —Trato de que entienda—. No es justo que le niegues esta posibilidad, sabiendo que es la mejor opción. Stefan, el que aceptes mi ayuda es el mejor regalo de cumpleaños que me puedes dar.

Se queda en silencio, no me muevo de mi sitio y no le queda más opción que aceptar. Lo abrazo feliz y el que se le iluminen los ojos esperanzados hace que el día tenga otro punto positivo.

—Oye —lo que tengo que decirle golpea en mi pecho pidiéndome que lo saque—, hay algo que…

—Te estamos esperando. —Llega Lulú—. Ven.

Stefan se levanta comentando que se le hizo tarde, deja un beso en mis labios y se despide de mis amigas en la sala antes de irse. Brenda llega y mi mañana va mejorando con el pasar de los minutos; sin embargo, el sinsabor de la advertencia de anoche no desaparece.

—Tuve un momento de debilidad, pero estoy mejor. —Brenda se sienta a mi lado—. Llegué justo para la entrega de regalos.

Luisa trae los paquetes de la cocina, Laila pone música y abro mi primer regalo de parte de Laila, Brenda y Alexandra, que hoy está trabajando en el operativo: es una cartera de marca y trae impresa mis iniciales. Dejo que me abracen y procedo con el detalle de Lulú, quien me da un hermoso par de tacones.

—Para que pares el tráfico —me dice, y sigo con el de Luisa, quien deja la bolsa sobre mis piernas.

La abro y es un vestido ajustado de lentejuelas, violeta, corto, con escote y de mangas caídas.

—Es demasiado. —Lo saco para detallarlo—. Ponerme esto y nada es casi lo mismo.

—Ay, por favor. —Me lo arrebata Lulú—. Vas a verte como una puta, pero como una puta de las finas.

—Si no te lo pones hoy, no te volveré a hablar —me advierte mi mejor amiga.

—Me lo pondré, pero con mucha pena —contesto, y se ríen.

Es atrevido sobre todo por el escote que tiene en el pecho, pero me encanta y es el tipo de prenda que te hace lucir provocadora y atractiva. Lo doblo y lo guardo mientras un suspiro se me escapa, quisiera que… No sé ni qué es lo que quiero o qué es lo que me hace falta.

—No sé si es el día de tu velorio o el día de tu cumpleaños —me regaña Luisa—. ¿Qué te pasa?

—Christopher me amenazó, quiere que le cuente a Stefan lo que pasó entre nosotros o se lo dirá él. —Dejo los detalles de lado—. Quiere que se lo diga hoy.

—No estás en la obligación de acceder a sus exigencias. —Luisa se molesta—. Es tu cumpleaños, fecha que no celebras desde hace siglos y es injusto que estés amargada y preocupada.

—Luisa tiene razón —secunda Laila—. Hoy no queremos verte con cara larga, con Stefan puedes hablar mañana o cuando te sientas preparada.

—El coronel está con Gema. —Brenda hace que sienta náuseas con el comentario—. Liz Molina lo comentó cuando la llamé. Si ellos disfrutan, haz lo mismo tú también.

El comentario me arruina la mañana, en verdad no sé por qué tengo que sentirme mal cuando él la está pasando bien. Me voy a la cocina, el teléfono de la recepción suena y Luisa lo atiende mientras saco el jugo del refrigerador.

—Parece que tienes un obsequio —me dice mi amiga cuando cuelga y a los pocos minutos aparece un hombre trajeado en mi puerta.

—¿Cuál de todas las hermosas señoritas es Rachel James?

Me levanto y me ofrece la caja que trae.

—Feliz cumpleaños. —Me pide que firme y se retira dejándome con el obsequio entre las manos.

Luisa cierra la puerta, quito la cinta del cofre y mi espalda se endereza cuando noto lo que hay adentro: un brazalete con un diseño estilo espiga de plata y piedras brillantes.

—¿Plata y diamantina? —Me la quita Brenda y no sé ni qué responder, ya que no puedo quitarle los ojos de encima de lo bonito que es.

—Es precioso. —Laila lo saca y busco el teléfono para llamar a Bratt.

Ayer me dijo que esperara mi obsequio. El teléfono suena varias veces, pero no contesta.

—Esto no es plata ni diamantina, son diamantes —comenta Laila—. Es oro blanco de 65.36 quilates.

—¿Cómo sabes eso? —Le quito el obsequio.

—Está marcada y mira la tarjeta. —La muestra—. Lo dice en ella, es un Gianni Bulgari, una joya bastante costosa y preciosa también.

Busco en internet y el precio hace que explaye los ojos; es preciosa, pero es demasiado.

—Mejor lo devuelvo. —Lo guardo en la caja y Lulú me lo quita.

—¿Cómo que devolver? No seas burra. —Me pega en la cabeza—. Estas son cosas que se pueden vender cuando tengas una calamidad. Los regalos no se devuelven, querida.

Me la pone y, a decir verdad, se ve preciosa; Bratt no pierde el mal gusto con los años. Laila me pide que me la quede, Brenda la apoya y tomo nota mental de lucirme con un buen regalo para él en Navidad o cuando cumpla años.

Devoro el desayuno que me hizo Stefan mientras mis amigas prueban la tarta. Lulú me invita a su centro estético, así que busco un abrigo y salgo con ellas.

No sé por qué miro el móvil antes de entrar al ascensor, una parte de mí quiere encontrar algo y me regaño a mí misma. No voy a encontrar nada: primero porque tengo su número bloqueado, segundo porque está con su novia, y tercero porque no es del tipo de hombre que compraría otro móvil solo para escribirme, es del tipo que solamente entra a mi casa a las malas para follarme.

El portero me felicita cuando bajo y le entrego mis llaves: necesito que hagan limpieza y que el conserje suba a cambiar el vidrio. Le doy las indicaciones y, mientras estoy frente al mostrador, me llega otro obsequio: es un enorme ramo de rosas amarillas con una enorme tarjeta de feliz cumpleaños y una colección de postales de Londres para enviar.

—¿Stefan, Parker o Bratt? —indaga Laila.

—¿Por qué Parker? —Brenda arruga la nariz—. Ya no le gusta Rachel.

—No lo sé… A lo mejor todavía siente algo —responde Laila.

—Te agradecería que me ayudaras a subir esto —le pido a Julio—. Y si llega algo más, creo que lo mejor es que lo subas también.

—Bien —coincide el portero guardando la canasta—. Disfrute de su día.

Me paso el día en el establecimiento de Lulú, almorzamos cerca del sitio, la estilista se ocupa de mi cabello y, frente al espejo, recibo un mensaje de Gema.

> Feliz día, Rach, pásala súper. Ya tengo tu regalo.

Envía la foto de una caja dorada donde Christopher se ve a lo lejos y las orejas se me encienden, folló conmigo anoche y anda con ella como si nada.

—Deja eso y ten esto. —Luisa me quita el celular y me da una copa de *champagne*—. Repítete que es tu día y, por ende, está prohibido agobiarse.

Se guarda el aparato en el bolsillo y siento que el día pasa volando, el tiempo se me hace más llevadero entre charlas, mascarillas y risas. Pasadas las cuatro de la tarde me siento más tranquila y relajada gracias a mis amigas, Lulú me dejó preciosa y aprecio lo que hizo frente al espejo.

Me despido de ellas y agradezco que hayan respetado lo que pedí. Julio no está y su reemplazo me saluda con un leve gesto antes de entregarme las llaves del apartamento cuando llego a mi edificio.

Subo con las manos metidas en los bolsillos de mi abrigo, las puertas del ascensor se abren y desde el pasillo noto el detalle que hay frente a mi umbral: es un ramo de rosas rojas. Me agacho a recogerlas, no tienen remitente.

Meto la llave en la cerradura y abro la puerta quedando bajo el umbral en el momento que se congelan mis extremidades.

El rojo prevalece hasta el último rincón con cientos de ramos y arreglos florales. La cocina, la sala, el balcón… Los girasoles de Stefan y las rosas amarillas se pierden en el mar carmesí que adorna mi piso lleno de pétalos.

Suelto el ramo que recogí y me apresuro a la alcoba, que está igual: la cama tiene cientos de pétalos rojos, el piso está lleno de flores sueltas y el detalle, en vez de parecerme lindo, se me hace aterrador. Hay un sobre en el centro de la cama y trepo en esta alcanzando el papel, que abro.

Principessa:
Amore mio, escribo esto recordándote. Mi mano se mueve a través de la hoja mientras te pienso evocando tu mirada y la sonrisa que dibujó tu boca cuando bailabas para mí.

Oh, ese momento fue tan glorioso, amore mio.

No he podido olvidar los gestos que surcaban tu rostro en lo que te movías al compás de la música, queriendo llamar mi atención, porque sí, sé que estabas ahí por mí.

Mi obsesión por ti comenzó ese día y, aun estando preso, no dejo de imaginar las maneras en las que puedo venerarte: a mi lado, entre mis sábanas o en un ataúd… Nunca se sabe.

En los tres escenarios eres poesía, eres arte, eres musa. En los tres escenarios luces como una ninfa, poseedora de una belleza sublime que envuelve a este agobiado demonio, el cual saldrá de su prisión e irá por ti.

Las ganas de tenerte calcinan mis sentidos y por eso te hago una promesa, principessa: este será el último cumpleaños que pases alejada de mí.

Tu tiempo se agota y pronto estarás a mi lado.

Que tengas un feliz cumpleaños, mi bella dama.

A. M.

El sudor frío me baja por la columna vertebral. ¿Cómo me envía esto si se supone que está preso?

Miro a todos los lados a la defensiva.

¿Y si se escapó y estoy donde quiere que esté? Mi cabeza dispara la pregunta que me aturde, los escenarios que surgen empañan mi razonamiento, a la vez que mi pecho se aprieta y emprendo la huida queriendo abandonar el lugar; sin embargo, no lo logro, ya que choco con el torso de la persona que me toma de la nada e intento apartar.

—¿Qué pasa? —se preocupa Stefan, quien no sé en qué momento llegó—. Calma, soy yo…

—¡Está aquí! —Lo aparto—. Las rosas… La nota…

Me arrebata la hoja mirándola por encima.

—Tenemos que irnos. —Lo tomo de la mano.

—Tranquila, respira. —Me detiene—. No pudo haberse escapado, si así fuera, sería noticia internacional.

—¡La nota dice que va a salir, que este será mi último cumpleaños!

—Rachel. —Stefan toma mi cara—. Es el líder de la mafia, tiene miles de contactos aun estando preso.

Niego, la última vez me confié y perdí, así que me quiero ir.

—¿A quién puedo llamar para asegurarnos de que esté en prisión? —pregunta.

—Olimpia, la viceministra. —Como puedo, saco el teléfono del bolsillo y me lo quita.

—Siéntate e intenta calmarte.

No puedo calmarme, con sumo cuidado reviso toda mi casa, él se pone al teléfono donde tarda y yo camino de aquí para allá tratando de poner mis pensamientos en orden. Me falta el aire y salgo al balcón en busca del oxígeno que necesito, no me basta, así que bajo a hablar con el portero, lo interrogo queriendo saber si ha visto algo raro, me dice que no y subo otra vez. Mi cabeza no deja de suponer el caos que vendrá si Antoni escapa y lo peor es que puede hacerlo. Él tiene gente, socios poderosos, aliados y toda una pirámide que lo respalda.

Cruzo el umbral de mi piso, no soporto el olor de las rosas y el único lugar donde medio puedo tranquilizarme es en el balcón.

—Está en su celda —me avisa Stefan—. Olimpia me acaba de informar que está en Irons Walls y que lo vio hace cuatro minutos.

Sus palabras son como un analgésico.

—¿Estás seguro?

—Sí, lo comprobó en línea, vengo de la central y no hubo alertas en Londres. Olimpia dijo que son trucos baratos para intimidar. Enviarán un grupo de agentes para verificar que todo esté en orden, aquí y en los alrededores.

—No quiero nada de eso aquí —le digo—. Necesito que se lleven todo.

—Ya deben venir en camino —me informa, y me muevo en busca de una copa.

—Parker te estaba llamando. —Me entrega el móvil con la pantalla encendida—. El coronel está con Gema, creo que lo mejor es avisarle.

—No —me opongo—, supongo que Olimpia se hará cargo.

Hay un mensaje en el aparato que me entregó Stefan y lo contesto rápido antes de guardarlo. Mi casa no tarda en llenarse de agentes, los cuales recogen todo y se lo llevan en busca de huellas dactilares. Me hacen preguntas, también al portero y a la empleada que entró a limpiar y recibió las rosas.

Fue una agencia de obsequios la que trajo todo y esta no sabe quién los contactó, simplemente recibieron el dinero en efectivo e hicieron lo suyo.

Sentada en el comedor, espero a que dejen todo como estaba.

—No dejes que te agobie, este tipo de cosas es normal en desquiciados como él. —Stefan me lleva a mi cuarto—. Vamos a cenar, es tu cumpleaños, la agencia se comprometió a dejar todo impecable y, mientras limpian, lo mejor es estar afuera.

Me da un beso leve en los labios y no tengo muchos ánimos de salir, pero tampoco quiero estar aquí.

—Cámbiate —insiste—. Yo me voy a dar una ducha y me pondré algo que esté a tu altura.

Se va y busco el vestido que me regaló Luisa; podría quedarme, pero eso solo me agobiaría más. La casa apesta a rosas, los agentes se van, Olimpia me llama para confirmarme que es una falsa alarma, que no tengo nada de que preocuparme, y miro al techo dando las gracias por ello.

Me pongo el vestido corto con escote, el cual realza mis pechos y muestra el canal de mis senos, la tela se ciñe a mis curvas resaltando cada una de ellas y tapa lo necesario, ya que termina justo debajo de mi culo. Me coloco los tacones que me regaló Lulú, retoco el maquillaje, esparzo perfume sobre mi cuello y echo el móvil en la cartera.

Me dejo el brazalete que me regaló Bratt y acomodo el de Stefan. Observo mi reflejo en el espejo antes de salir; es poco modesto alabarse a sí mismo, pero me gusta lo que conseguí, mas el aire de satisfacción se apaga cuando, en vez de imaginar qué me dirá Stefan, me pongo a suponer cómo se pondría Christopher si me viera así.

«Basta, Rachel».

No puedo estar sola porque empiezo a pensar estupideces. Stefan se bañó y está terminándose de vestir.

—Estás hermosa —me dice mientras se pone los zapatos—. Dame un par de minutos y nos vamos.

—Voy sacando el auto.

Me hostiga el olor de las rosas y tengo cierto pálpito de miedo que no desaparece del todo, por exagerado que parezca. Guardo mi miniglock en la cartera. Bajo al estacionamiento, saco el auto a la acera y me paso al puesto del copiloto, donde detallo el móvil de nuevo a la espera de no sé qué: ¿un mensaje?

Me burlo de mí misma al ver lo patética que soy, se supone que mis problemas son por el maldito animal que no sabe de modales y aquí ando de estúpida, esperando que me escriba o me llame. En resumen, estoy esperando que me llame a chantajearme.

—Perdón por la demora. —Stefan abre la puerta.

Se ve bien con vaquero negro, una playera blanca y el blazer azul que le da un toque elegante. Procuro no mostrar el brazalete que me dieron hoy, es un tanto incómodo que tu ex te regale este tipo de cosas.

Arranca y de camino al restaurante me da por revisar el móvil; tengo a Gema agendada y me aparece una de sus historias: es una foto de ella almorzando, no sé en dónde, con Christopher, le tomó la foto estando desprevenido. Lo que veo no es más que un grito, el cual me dice que ya no pierda más el tiempo.

Miro al hombre que tengo al lado y le aprieto la rodilla. Llegamos al restaurante, donde dejo que tome mi mano, pedimos y el camarero se va, dándome lo que necesito, que es tiempo a solas para hablar con él.

Me mira y sonríe de una forma especial, sujeta mi mano y sé que me quiere, él sí lo hace de una forma limpia y bonita.

Habla de la buena comida que venden en el sitio. Puedo decirle que el coronel fue mi amante, pero si le digo que volví a estar con él se va a alejar. Se supone que somos una pareja y le falté el respeto más de una vez.

—Creo que cambiaré el vino —me dice—. Hay uno que está mucho mejor.

Asiento. Tomo el móvil, Gema sigue subiendo fotos y en mi email no hay nada de él. Obvio que no voy a recibir nada de su parte porque está con ella, mientras que yo estoy aquí, entre la espada y la pared, amargándome la noche.

La rabia me hace guardar el aparato, espabilo con el ardor que avasalla mis ojos, como dije ayer, no voy a llorar: no se merece mis lágrimas ni que gaste tiempo en pensar en él.

Stefan vuelve y me acomodo junto a él recibiéndolo con un beso en la boca, no tengo por qué arruinar ni detener mis avances por otro. Lo dije una vez, si él es feliz, yo también tengo el derecho de serlo y no tengo por qué cohibirme.

—¿Y dónde iremos después de la cena? —Subo la mano por su muslo y toco su entrepierna.

—Estaremos toda la noche juntos. —Me besa.

Su lengua toca la mía con un beso que se extiende en lo que desliza la mano por mis curvas.

—Necesito que estemos a solas, tú y yo. —De nuevo paso la mano por su entrepierna—. Lo quiero desnudo, soldado.

—Sus deseos son órdenes, teniente.

Se ríe antes de unir nuestros labios otra vez dándome un beso más largo. Por un momento me olvido de que soy la otra para otro y me enfoco en que para el hombre que tengo enfrente soy más que un pedazo de carne.

Nos tomamos una botella de vino después de comer y volvemos al auto, donde me pongo el cinturón mientras Stefan revisa el móvil antes de arrancar. El que no volvamos a Belgravia es un alivio, ya que mi apartamento necesita un par de horas para ventilarse, por lo tanto, doy por hecho que me llevará a un hotel; sin embargo, el que tome una ruta diferente me pone a dudar.

Lo siento un poco perdido, pero no digo nada, ni siquiera cuando se sumerge en la zona predominada por discotecas y pubs.

—Tus amigas me llamaron —estaciona el auto— y me pidieron que…

—¡Hola, cumpleañera! —gritan, y el pecho me da un brinco cuando golpean mi ventana.

Laila, Brenda, Angela, Lulú, Simon, Luisa, Alexandra y Alan me sacan del auto y me ponen una banda de cumpleaños.

—Espero que tengas ese sistema listo para embriagarte. —Me abraza Laila.

—Dije que no quería…

—Nada de alegatos. —Lulú me empuja a la discoteca, de donde me resulta imposible escaparme.

El sitio se ve enorme desde afuera, la entrada está atestada de gente y Stefan sujeta mi cintura llevándome adentro.

—La reserva está en la tercera planta —me avisa Luisa—, así que sube, que te están esperando los demás.

¿Los demás? El sitio está a reventar y me llevan a través de la escalera hasta que llegamos al tercer piso, donde mis ánimos se van al suelo cuando veo a Gema Lancaster con Patrick, Parker y Liz Molina; y no son todos, Christopher también está discutiendo con Bratt en la barra.

Ambos se fijan en mí y los ignoro a los dos aceptando el abrazo de Patrick, quien me felicita y entrega una bolsa con un obsequio.

—Hola, Rach. —Se me acerca Gema con los brazos abiertos—. ¡Feliz cumpleaños!

Me entrega el obsequio, que recibo, y Stefan me suelta la mano cuando ve a Parker, quien me da un leve abrazo.

—Hola, cariño —me saluda Bratt con un beso muy cerca de la boca—. ¡Feliz cumpleaños!

Mi cuerpo se tensa con el coronel, quien da dos pasos hacia mí. Bratt se hace a un lado y mariposas asesinas revolotean en mi estómago cuando tiene el descaro de acercarse con un trago en la mano. Laila le habla a Gema y Luisa le pide hielo a Stefan.

—¿Ya le dijiste? —me pregunta el hombre que me lleva contra su pecho.

—La noche no acabó todavía —musito.

Me aparto lo más que puedo, dado que Liz Molina no me quita los ojos de encima.

—Brindemos por la cumpleañera —pide Patrick.

Simon me da el obsequio que me trajo y dejo que me guíe a la mesa. Me empino el trago que me dan, dado que siento que lo necesito y recibo otro, que me trago sin preámbulos.

Siento que los ojos de Christopher me están quemando y trato de no mirarlo cuando toma asiento frente a mí; sin embargo, me es imposible, porque de la nada el calor se torna insoportable. Creo que no está disimulando y eso, en vez de enfurecerme, dispara mi ritmo cardíaco.

«No soy así», me digo, pero joder... Se siente bien saber que la novia no le es suficiente y que pone los ojos en mí. «Ahora tengo mentalidad de puta».

—Franco —Parker le habla a Brenda—. ¿Quieres un trago?

Ella recibe la bebida que le da, mientras me empino la mía. Lulú tira de mi mano invitándome a bailar y llamo a Stefan para que se una, dado que está un poco serio.

La música está al máximo y rodeo el cuello del soldado que tengo al frente, mientras Lulú se pone a bailar con Alan.

—Gracias por la sorpresa —le digo a Stefan—. No estaba en mis planes, pero gracias.

Gema entra a la pista con Christopher y beso al soldado, al que le como la boca en lo que dejo que deslice las manos por mis muslos. Lo suelto para moverme y me doy la vuelta dejando que me abrace por detrás.

—Mueve ese culo, amiga —le grita Liz a Gema—. Deja claro de quién es ese macho.

No la soporto. Mis amigas se unen a la pista, todas menos Brenda, siento que sigue un poco afligida por lo de Harry. Laila arma una ronda a mi alrededor, Alan me baila y suelto a reír en medio de las luces. El calor empeora y, después de cuatro canciones, volvemos a la mesa.

—Voy al baño —me avisa el soldado.

Simon baila con Luisa y Laila me sirve otro trago cuando Gema se acerca a la mesa con Christopher. En verdad no sé quién los invitó.

—No los mires, solo disfruta. —Rellena las copas—. ¡Es tu día, nena!

—¡Por mi cumpleaños! —Brindo y bebo de un solo trago.

—Arriba hay citas a ciegas para las que les interese. —Lulú codea a Brenda, que desde que llegó no ha dejado de embriagarse.

Todos los tragos que me dan me los empino, el alcohol empieza a hacer efecto y no aguanto más de tres canciones, ya que me mareo; estoy oxidada. Lulú no deja que Stefan se siente y yo trato de buscar mi sitio, pero Gema tira de mi mano.

—Rach, siéntate aquí. —Me planta el culo al lado de Christopher antes de sentarse en sus piernas.

Brenda arruga las cejas y yo sonrío para disimular.

—Brindemos. —Gema sirve una ronda de tragos—. Por ti y para que tengamos más momentos como este en mi boda con Chris, la cual espero que sea muy pronto.

Toma su mano y asiento actuando como si nada.

—Sí. —Le sigo la corriente con el corazón hecho pedazos.

Me parte, sin embargo, no dejo que me vean sangrar.

—Si no les molesta —me levanto—, voy a bailar con mi novio.

Quedo en ridículo cuando me acerco, ya que Stefan se levanta mostrándome la pantalla adornada con el nombre de Drew.

—El tóxico bandido te está follando con los ojos —me dice Lulú—. Es un descarado.

Me desconozco cuando mi ego se vuelve a inflar. Lulú me lleva a la mesa, donde quedamos de nuevo frente a frente. Liz saca a bailar a Gema y mis ojos se clavan en el hombre que detallo, y a quien le devuelvo la mirada coqueta que me dedica.

Trae vaqueros rotos, una playera negra y una chaqueta de cuero. Se humecta los labios antes de empinarse el trago, fija los ojos en mis pechos y me enderezo respirando hondo.

El calor me tiene con sed y saco el cubo de hielo de mi vaso con la boca, me recojo el cabello, tomo el hielo con los dedos y me lo paso por el cuello, ya que parece que aquí no saben regular la temperatura.

Patrick y Alexa me ofrecen un trago y, en vez de relajarme, me voy poniendo más cachonda, tanto que siento la humedad que me empapa entre las piernas. Las bragas me estorban y esta vez soy yo la que quiere quitárselas y ponerlas en la mesa.

Acepto la invitación a bailar de Alan. «Temperature» inunda la pista, consiguiendo que el sitio se llene; la intensidad de las luces baja, el ambiente se vuelve oscuro, Alan se me pierde y de la nada siento el calor de la persona que tengo atrás.

La gente sigue bailando a mi alrededor y el coronel manda la mano a mi culo sin sutileza, sin delicadeza, mientras me pone a sentir la erección que tiene cuando me lleva contra él.

—Ese vestido me tiene mal —susurra restregándome la entrepierna.

Me aparto antes de que pase a mayores, Stefan no está y procuro buscar soluciones moviéndome a la primera planta. Lo mejor que puedo hacer ahora es poner distancia.

Me acerco a la barra, donde pido el tequila que me pone a arder la garganta, pido otro y otro. El cuarto shot me hace toser, el ambiente está un poco más suave y no hace tanto calor. Me encaramo en el taburete cuando noto que hay barra libre para los cumpleañeros; supongo que la banda que tengo debe bastar.

La música empieza a ponerme melancólica, no fue un mal cumpleaños: los románticos me dieron joyas; los dulces, flores, y los dementes me llenaron la casa de rosas; sin embargo, siento que me falta algo.

«Algo tonto teniendo la magnitud de la joya que cargo en la mano». Reparo el brazalete que me puede costar la pérdida de un brazo si alguien nota lo que vale. Con tanta cosa, ni siquiera me he esforzado en darle las gracias a Bratt, que no sé ni dónde está, me felicitó y no lo volví a ver.

El mundo se me detiene cuando percibo el olor que tanto me enloquece, el corazón me retumba en el tórax y no me atrevo a levantar la cara. Mantengo la vista fija en la pulsera mientras se apoya en la barra, pasando los dedos por el brazalete.

—¿Admirando mi buen gusto? —pregunta.

—¿Buen gusto?

Pide un trago cuando lo miro.

—¿Tan mala eres sacando conclusiones? —Toca lo que tengo en la mano.

Se me comprime el estómago, llevo todo el día anhelando algo de su parte y resulta que lo recibí esta mañana. Lo vuelvo a detallar y no tengo idea de cómo reaccionar, lo ideal sería devolverlo, pero una parte de mí quiere algo de él.

Reprimo las ganas de posar las manos en su cuello y traerlo hasta mi boca. En vez de eso, me vuelvo hacia la barra, tengo claro que no hago cosas coherentes estando ebria.

—Vámonos. —Sube la mano en mi brazo.

—Ve a buscar a tu novia y déjame en paz.

—Vine aquí por ti, no por ella. —Acelera los latidos de mi corazón—. Necesito quitarte ese vestido, repetir lo de anoche y lo de años pasados.

Desencadena una descarga de calor que me aliviana la saliva.

—No vine sola, Christopher —le recuerdo—. Tú estás con tu pareja y yo estoy con la mía.

—Como si eso importara. —Baja la mano a mi rodilla—. No te hagas la difícil y deja que te dé un bonus extra de cumpleaños.

—No quiero nada, gracias —suspiro, ya que me duele decirlo.

Se acerca más y empiezo a hiperventilar.

—No empieces…

—¿Qué? —Gira el banquillo dejándome de cara a él.

Su toque es suave y me roba el aliento cuando sube las manos por mis muslos.

—Vete —musito deteniendo el ascenso de su mano—. En verdad quiero que te vayas.

—¿Segura? —Mi mano pierde fuerza cuando sigue subiendo—. Algo me dice que mueres porque te folle.

Estamos en el taburete del rincón y su cuerpo me tapa por completo; habría que acercarse para descubrir lo que hace y el bartender está con un grupo al otro lado de la barra.

Se humedece los labios con la lengua cuando su mano desaparece bajo mi vestido, el coño me empieza a palpitar, tenso las piernas con la proximidad de su mano y pierdo los estribos cuando alcanza la tela de mis bragas, apartando el elástico que le da vía libre a mi sexo.

—Nena… —dice de una forma tan sexi—. Estás empapada.

Entierro las uñas en su brazo cuando roza mi clítoris robándome un gemido, que por suerte solo escuchamos los dos. Me acaricia con dedos expertos poniéndome a temblar, consiguiendo que se me seque la boca. Le estoy empapando la mano con mis fluidos y el muy descarado me pega la erección en la pierna para que sienta cómo le palpita.

—Debería haberte follado arriba —me habla el oído—. Ya no quiero esperar más.

Le agrega intensidad al movimiento y tomo su muñeca.

—¡Para! —suplico cuando me tiemblan las piernas.

—Cuando te corras. —Se pega más y comienza a masturbarme.

Su pulgar ataca mi clítoris alivianando la saliva y siento que el oxígeno no es suficiente cuando presiento el aviso previo del orgasmo.

—¡Vete! —Le saco la mano a las malas.

—Anda atrás. —La vuelve a meter—. Haré cosas más placenteras con esto. Se sujeta la entrepierna.

—Tengo que irme. —Me bajo mareada, mi ángel guardián me está diciendo que esto no va a terminar bien, pero mi intento de huida queda a medias cuando se me atraviesa.

—Bailemos —dice demasiado cerca.

—No…

—Tómalo como otro bonus extra de cumpleaños.

Me niego a moverme cuando intenta llevarme a la pista.

—¿Qué? —indaga—. ¿Te da miedo que sea mejor bailarín que tú?

—Soy una Nórdica —declaro airosa—. Es obvio que no bailas mejor que yo.

—Demuéstramelo. —Me lleva con él y me pregunto por qué diablos no me preocupa el que alguien pueda vernos.

La pista está llena; una nueva canción está empezando y no me da tiempo de adaptarme al ritmo, ya que me pone de espalda. Sus manos recorren mis caderas en lo que recuesta la polla en mi espina dorsal obligándome a que la sienta.

Mis sentidos responden y bajo recostando el culo y contoneando la cintura. Se mueve bien, ratificando que no tiene lado malo cuando recorre mis piernas y hunde las manos en el borde de mi vestido.

—Voy a pajearme con este recuerdo —dice contra mi cuello.

Volteo y me pierdo en la invitación que me hace su boca; las ganas de besarlo se disparan y cierro los ojos, queriendo que la melodía me devuelva el razonamiento, pero sucede lo opuesto, ya que no bailamos: follamos con la ropa puesta.

Las cámaras de humo llenan el lugar, de nuevo clava los dedos en mi vestido y por un momento temo que me lo quite por la forma en que lo toma. La necesidad, las ganas, es algo que ya no puedo contener y, para cuando abro los ojos, lo tengo a centímetros de mi boca.

«Rude Boy» truena en la pista y él se abalanza sobre mí, consiguiendo que vuelva a tropezar por enésima vez con la misma piedra cuando nuestros labios se unen en el centro del sitio. Mi corazón enloquece con el beso profundo y pasional, el cual hace que mi lengua se toque con la suya, sus brazos me aprietan de una manera en que siento que me grita «¡Mía!» sin decir una palabra.

El toque de su lengua se torna feroz, agresivo y no sé si es chispa, química… No tengo claro qué es lo que pasa, pero la adrenalina que avasalla mi cuerpo y la sonrisa que florece en mis labios me dejan claro que este, sin duda, es el mejor momento de mi día.

Extraño su calor cuando se aparta y esta vez no hay palabras ni propuestas, solo me mira y entiendo lo que quiere decir cuando me da la espalda para que lo siga.

Toma camino al baño unisex, al que entra como si nada, y mi nivel de descaro es tanto que no me importa que haya mujeres maquillándose. Sin pena, me meto a la gaveta con él.

Me manda la mano al busto y lo empujo para que se siente en el retrete. Sin preámbulos, me abro de piernas sobre él antes de apoderarme de su boca.

Balanceo mi cadera de adelante hacia atrás disfrutando de la polla dura que aprisiona dentro del vaquero, en tanto él baja las copas de mi vestido; saco los brazos de las mangas y recojo mi cabello dándole vía libre para que chupe las tetas que tanto le gustan.

Tira de una y tomo la otra queriendo que se ocupe de ella también, las bragas las vuelvo un desastre y el gruñido que emerge de su garganta me prende más cuando aparto su cara, ya que necesito soltar la polla, que me urge tener entre las manos.

Salta a mi vista llenándome la boca de saliva y sujeto el tallo duro y venoso. La punta está brillante a causa del líquido preseminal y él jadea cuando muevo mi mano sobre ella. La mandíbula se le tensa y lo tomo del mentón obligándolo a que me mire.

Sus labios se separan cuando me muevo.

—Es mía. —Le muerdo el lóbulo de la oreja—. Tú eres mío.

Se levanta con mis piernas aferradas a su cintura, llevándome contra la pared.

—No contradigo verdades.

Corre la tela de mis bragas, su glande queda en mis bordes y gimo cuando clava las manos en mis muslos mientras embiste dentro de mi coño.

—Escucha —exige—. Lo que suena de ahora en adelante será nuestra nueva canción favorita.

Mis dedos se cierran sobre su playera, los altavoces de la esquina vibran con «High» y mi espalda se arquea presa de los espasmos que me avasallan.

—¡Joder! —exclamo cuando golpea con más fuerza, no puedo controlar los gemidos e intento ponerme la mano en la boca, pero me la quita.

—¡Que escuchen! —se impone—. Que sepan cómo te pongo y cómo me calientas.

No me importa enterrarle los tacones en el culo, mi cuerpo es débil cuando se pone exigente y me encanta lo que estoy viendo: los ojos oscuros, la frente impregnada de sudor y mis tetas al aire subiendo y bajando al ritmo de sus empellones.

Es hombría pura, no tiembla ni desfallece en lo que me sostiene entrando y saliendo de mi interior.

—¡Christopher! —Me está dando donde debe y me estoy desintegrando pedazo a pedazo.

—¿Qué?

—No pares.

Me suelta consiguiendo que mis zapatos toquen el piso, las paredes de mi sexo cosquillean exigiendo más y me lo da cuando me voltea, dejándome de cara contra la pared; mete las rodillas entre mis piernas y echo el culo hacia atrás ofreciéndome.

Las manos las clava en mi cintura y mis uñas arañan la pared cuando su polla me penetra fuerte, voraz y brusco. Se estrella contra mí una y otra vez mientras juega con las tiras de mi panti, lo mete entre mis glúteos y lo vuelve a sacar como un niño ocioso, al cual le ha de encantar cómo se pierde entre mis carnes.

Contra la pared jadeo, gimo y me derrito sin importar que el mundo me oiga.

—Jadearías más alto si vieras el espectáculo que estás dándome acá atrás.

Pego la frente en los azulejos, no sé ni de dónde carajo saco la fuerza para sostenerme; sin embargo, lo hago. Me sujeta la cintura con más ímpetu en lo que se clava en mi interior y pierde los estribos, llevándome contra él, embistiendo como un poseso, estrellando los testículos contra mis glúteos y perdiendo los dedos en mi cabello.

El vestido lo tengo recogido, no me tapa las tetas, no me cubre el culo, es un amasijo de tela en mi torso y no me importa, no me interesa nada que no sea lo que tengo adentro.

Se viene contra mí estampándome contra la pared, su pecho queda contra mi espalda y su aliento calienta mi oreja cuando se prende de mi cuello sin sacar el falo que tengo adentro. El primer embate brusco que me suelta me separa los labios, el segundo me lleva la cabeza atrás cuando desliza las manos por mi cintura perdiendo la mano entre mis bragas, su palma acapara mi coño cuando lo sujeta y…

—Córrete conmigo, nena.

Mi cuerpo cede y mis piernas flaquean cuando suelta los embates que lo tensan, que lo enderezan, y a mí me enloquecen con la oleada de placer que me recorre y me debilita las piernas con la llegada del clímax, dejándome el pulso a mil y los muslos empapados cuando sale.

La garganta se me seca, el piso se mueve y, como puedo, meto los brazos en las mangas del vestido mientras él me guarda los pechos y me quita las bragas, que se guarda.

—No te las lleves, las necesito. —Intento quitárselas, pero el polvo me tiene tan atontada que no sé ni dónde estoy parada.

—¿Puedes sostenerte?

Medio muevo la cabeza con un gesto afirmativo y me sienta en el retrete antes de estamparme un beso que hace que le rodee el cuello con los brazos. Quiero más, pero da un paso hacia atrás con una sonrisa en los labios.

El mareo es insoportable, pero no tan intolerable como el asco que siento de mí misma cuando me da la espalda y se larga sin más, dejándome en el maldito baño donde me acaba de follar.

De nuevo me quedo sola, usada y con la dignidad en el piso.

«No voy a llorar», me digo en lo que me incorporo como puedo. «No voy a llorar».

Limpio mis partes y salgo estrellando la puerta de la gaveta; los que están afuera me miran cuando me planto frente al lavabo y soy lo que un día critiqué. Me echo agua fría en la nuca y bebo agua de la llave pasando por alto que estoy bebiendo del maldito grifo del baño de una discoteca.

Las mujeres no me quitan la mirada de encima, las lágrimas quieren salir, sin embargo, me niego a soltarlas, me niego a que me vean con el corazón vuelto trizas.

Bajo el vestido, que se me sube cuando camino a la salida, y busco la barra.

—Dame una botella de whisky —pido.

La banda no sé dónde diablos está, se me tuvo que caer bailando, follando o mientras actuaba como una estúpida, no sé, pero confío en que el hombre tenga buena memoria y recuerde que ya estuve aquí.

—Toda tuya, preciosa —me dice, y me pego al pico de la botella.

Me la empino como si fuera agua, la culpa llega, al igual que el golpe a la moral y la oleada de decepción, haciendo que otra vez me pegue a la botella. «Maldito», mil veces maldito.

Bebo de nuevo, el ardor en mi nariz hace que no pueda contener el llanto, ya que me cuesta entender su tóxica forma de quererme. El mareo me tambalea en lo que busco la escalera y debo sujetarme de la baranda para poder subir.

No quiero polvos esporádicos, quiero que se acueste conmigo y amanezca conmigo, tenerlo siempre y no de manera intermitente. Quiero que deje de verme como el coño que tiene como y cuando quiere; quiero… quiero que me ame como yo lo amo y que sea capaz de hacer las mismas cosas que yo haría por él.

Subo el último escalón de la tercera planta, el coronel está recostado como si nada en la barra hablando con Patrick y yo acabo con el licor que tengo entre las manos. Mis amigas están en la mesa, Gema está bailando con Liz y yo me limpio la cara harta de esta mierda.

Gema se le acerca bailando y no lo soporto, detesto el estúpido enamoramiento y el cinismo de él. Ebria, dejo caer la botella, que se vuelve pedazos, y camino a su sitio, dispuesta a…

—¿Qué diablos te pasa? —Me toman de los hombros—. Pareces una loca.

Es Parker y mi único impulso es abrazarlo.

—Soy una tonta. —Lloro—. ¡Volví a caer como una estúpida!

—Cállate. —Trata de devolverme—. Estás dando un espectáculo.

—No me importa. —Lo suelto—. ¡A la mierda todo el mundo! ¡Voy a confesarlo todo!

Avanzo y vuelve a sujetarme.

—Necesitas aire fresco. —Trata de sacarme, pero de la nada lo empujan.

—¡¿Dónde la tenías?! —le grita Stefan a Parker.

—¡No, no es lo que estás pensando! —Trato de aclarar las cosas, pero el soldado chef vuelve a empujar al capitán consiguiendo que Brenda se le atraviese.

—Oye, cálmate —le dice mi amiga.

—¿Qué pasa? —Christopher se mete—. No dañemos la fiesta de la cumpleañera que está más que complacida.

Me mira.

—¿Cierto, cumpleañera?

Siento que me meten un petardo en el culo, es un malnacido, una escoria, un cínico que no conoce el significado de la palabra vergüenza.

—Diles —sigue—. Dile lo bien que la pasaste… —Se corrige—. Lo bien que la estás pasando.

Estallo, lo encaro y lo empujo.

—¡Hijo de puta! —Le pego en la cara con la mano abierta, y el muy maldito suelta a reír.

—¡Mándalo a chingar a su madre para que deje de ser tan pendejo! —grita Lulú en lo que mis amigas me alejan y me llevan con ellas.

El de seguridad llega a asegurarse de que todo esté bien.

—¡Rachel! —se entromete Gema—. ¡Entiendo que estés ebria, pero Chris solo quiere ayudar!

—¡Qué Chris ni qué nada! —le grito—. ¡Despierta, que te está usando y no te das cuenta!

El coronel no deja de reír y Laila me envuelve en sus brazos llevándome a la mesa.

Alexandra me da una botella de agua, que recibo mientras me informa de que Luisa se fue hace media hora. Lulú me pregunta dónde estaba y sacudo la cabeza dejando claro que no quiero preguntas. Stefan se acerca y me levanto con la cara empapada.

—Stefan. —Tomo su mano—. Parker no es más que mi superior y mi amigo.

—Me voy —me dice.

—Me voy contigo. —Busco mi cartera.

—No…

—Lo siento… —Rompo a llorar—. Yo solo fui a tomar un trago abajo y…

Sacude la cabeza y levanta las manos para que no le siga dando explicaciones.

—Mejor quédate y discúlpate con Gema, así como yo me disculparé con Parker. Si me dices que no tienes nada con él, debo creerte. —Se pasa la mano por la cara—. Pero si está pasando algo más, te agradecería que me lo dijeras.

Paso el nudo que se forma en mi pecho, siento que no soy capaz. No soy capaz de hacerle daño por una sencilla razón y es que no se lo merece.

—Bajé por un trago, me topé con una vieja amiga y estuvimos charlando —miento—. El trago que me dio me cayó mal.

Asiente tomando mi cara, deja un beso y me abraza consiguiendo que me sienta peor de lo que ya me siento.

—Drew quiere que vaya a verlo —me avisa—. Iré, a lo mejor consigo algo útil.

—Llévate el auto —le digo—, no estoy en condiciones de manejar.

Asiente, toma la chaqueta que tiene en el sofá y tomo su mano dándole un último abrazo, lo veo irse y Brenda me pone la mano sobre el hombro.

—Ya. —Me sienta y sirve un trago—. No fue un buen día para ti ni para mí, asumámoslo de una vez por todas.

Frota mi brazo y me bebo lo que me da. No solo estoy apenada con Stefan, estoy apenada con Parker, que está en la barra y ha de imaginarse lo que estaba haciendo.

—Rach. —Gema se acerca con Liz—. Perdona si fui grosera, entiendo que estés pasada de tragos, pero el verte agredir a Chris me activó el modo sobreprotectora. No debí traerlo.

—Sí. —Me bebo lo que me dio Brenda—. No debiste traerlo.

—Liz, estoy mareada. —Gema se pone la mano en la frente—. Busca a Christopher, no sé adónde se fue.

«Busca a Christopher». De seguro se irán y harán el amor como la hermosa pareja que son. La idea me comprime por dentro y tomo la botella de la mesa.

—No bebas más. —Gema me baja el brazo.

—Ah, bebe y déjame un poco —me incita Brenda—. Esto ya no puede ponerse peor.

Le hago caso a mi amiga ignorando a la novia del coronel que tengo al lado. Liz Molina le dice que no lo ve y ella deja claro que no se irá sin él. Brenda se pega del pico de la botella, se la arrebato y se la vuelvo a pasar.

—Christopher Morgan, te voy a matar cuando te vea. —Gema saca el móvil queriendo llamarlo y yo me levanto, ya que no estoy para oír conversaciones estúpidas.

—¿Adónde vas? —me pregunta Laila, que vuelve a la mesa con Lulú.

—Al baño —miento tomando mi cartera—. Necesito retocar mi maquillaje.

Hago el amago de tomar el camino que me lleva al sitio y me escabullo desviándome al que me lleva a la escalera. Ya fue suficiente por hoy, siento que todo me da vueltas, no debería beber más, pero necesito que mi cerebro se pierda para no pensar ni lamentarme en lo que queda de la noche.

Me cuesta hasta identificar dónde está la salida y la hallo después de un par de minutos. El viento frío me golpea y me pone peor cuando salgo del club. No sé dónde estoy, adónde ir, ni cómo tomar un maldito taxi.

Camino un par de metros, creo que voy hacia donde no es e intento devolverme, pero…

—¿Ya? —Choco contra el torso de la persona que tengo atrás, la cual me sujeta para que no me caiga: Christopher.

—¿Qué haces aquí?

—Esperándote. —Me alza en brazos cuando me tambaleo—. Te dije que había venido por ti.

—¿Ahora eres un príncipe? —digo cuando me lleva con él.

—Pero de las tinieblas.

Me deleito con el sonido ronco de su sonrisa, intento bajarme y se acerca a la orilla de la acera. El licor, el aturdimiento, no me da para pelear, así que se mete conmigo al vehículo que lo espera y, sentada en sus piernas, detallo los ojos grises que me miran, estoy muy ebria y desorientada también.

—¿Por qué eres tan imbécil? —pregunto mareada—. Me abandonaste en el baño.

—No te abandoné, te di el espacio que necesitabas —se defiende—. Así que no empieces, que no quiero pelear más.

Detallo su rostro mientras el vehículo arranca, me aparta el cabello de los hombros y besa mi cuello consiguiendo que me olvide de los insultos que debería estar gritándole en la cara. Lo que quiero es otra cosa y por más que lo intente negar mi cerebro me lo grita.

—¿Bonus extra de cumpleaños? —pregunto cuando sube la mano por mis piernas.

—Sí. —Me toma el mentón, me besa la boca y, en vez de apartarlo, me aferro a su cuello y dejo que me consuma con el beso.

Es estúpido, no tengo dignidad ni sentido común, pero estoy ebria y enamorada. Llevo años en este mismo estado, el cual no se me va a pasar de la noche a la mañana. Suelta mi boca y la vuelve a tomar de una forma más intensa, en tanto que acaricia mis muslos con la mano, que sube por mis caderas, por mis brazos, hasta que llega a mi nuca.

—Dilo —pide mientras besa la línea de mi mandíbula.

—¿Tan importante es?

Asiente y tengo la vista suficientemente clara como para detallar lo perfecto que es: cejas espesas, pestañas negras y ojos grises, labios enrojecidos por mis besos y una vehemencia que me doblega las rodillas. Tiene mi corazón en sus manos y dudo que algún día quiera devolverlo.

—Quiero oírlo —insiste. Le rodeo el cuello con los brazos y cierro los ojos.

Soy netamente consciente de este sentimiento que me acorrala y atonta. No tiene caso ocultarlo y pretender tapar lo que está más que claro. Me tiene y da igual si lo sabe o no.

—Te amo —susurro en su oído.

Me rodea la cintura con los brazos e inhala el olor de mi perfume. El abrazo es fuerte, tanto que me atrevería a decir que siente lo mismo que yo siento por él. Me dejo envolver por su calor y sonrío con el hecho de que ya no le teme a mis sentimientos.

39

«Heaven»

Christopher

La frase hace eco en mis oídos. Mil veces lo he escuchado de distintas mujeres, pero siento que ninguna me llena como cuando sale de su boca.

Tengo la absurda necesidad de ser el único, el centro de su vida; tener claro que lo que siente por mí nunca lo sentirá por nadie. Le aparto el cabello de la cara dejando las manos en su nuca.

—Dilo otra vez.

—No voy a alimentarte el ego.

—Ya lo hiciste. —Le beso los labios—. Solo que no me bastó y quiero más.

—Yo quiero darte más de otra cosa. —Se refriega sobre mi entrepierna, dejándome claro lo cachonda que está.

Acaparo su boca y aprieto sus muslos, mis labios se deslizan por su cuello y mis manos se pierden dentro de su vestido, consiguiendo que la erección tome fuerza cuando toco el coño desnudo que acaricio.

—Coronel —me llama el soldado que conduce—, su novia lo está llamando.

—¿Me ves desocupado?

—No, pero…

—Coloca el teléfono en silencio y no me molestes.

—Como ordene.

—¿En qué estábamos? —Vuelvo a los labios de la mujer que tengo sobre las piernas.

Mete las manos bajo mi playera y paseo los labios por su mentón bajando al cuello, que chupo.

—¿Vamos a Hampstead o a Belgravia? —pregunta el soldado.

—A Belgravia.

La sigo besando, me corresponde con la misma fierza, las ganas de romperle el vestido empeoran y los besos no paran ni cuando llegamos al edificio, donde el portero abre la puerta cuando la ve.

El sujeto me mira extrañado cuando la mujer que traigo acapara mi boca a mitad del vestíbulo, le demuestra que el oponerse anoche solo lo hizo quedar como un payaso, dado que de todas formas íbamos a terminar así. Correspondo en lo que ella baja las manos por mi torso y continúo al ascensor, que se abre, dejando al hombre confundido frente al mostrador.

Como puede, intenta sacar las llaves cuando estamos arriba. El estado de ebriedad es muy alto, al igual que las ganas que le tengo. Rebusca en su cartera y sujeto su cintura besándole el cuello, a la vez que pego mi erección a su espalda mientras sigue buscando.

—Aquí están.

Logra meter la llave en la cerradura y la empujo adentrándome con ella. Mantengo la boca pegada a la suya, entre tanto intenta bajar el cierre del vestido que trae.

—Su móvil, mi coronel —dice el soldado. No sé para qué subió.

—Largo —le pido cuando Rachel avanza a su habitación.

La sigo. El soldado se marcha cerrando la puerta principal mientras que yo me introduzco en la alcoba y le coloco el pestillo. Me quito la chaqueta y me saco la ropa observando a la mujer que está frente al estéreo, que enciende y pone a todo volumen.

Arroja el vestido al tocador y la tomo por detrás. Quiero follarla ya y es algo de lo que no me voy a cohibir.

La música resuena en la alcoba y la llevo a la cama, donde le separo las piernas. Su cabeza toca la almohada y deslizo mi boca a través del valle de sus senos en busca de sus labios.

—Será fugaz. ¿Cierto?

Posa los dedos sobre mi boca y me mira con los ojos llorosos.

—Me follarás y luego te irás con ella.

Le levanto el mentón para que me mire, está celosa y eso es algo que estando ebria no puede disimular.

—Fugaces o no, siempre disfrutamos de esto. —Le aparto el cabello de la cara.

—Sí, pero hoy no quiero que me folles —musita pasando los nudillos por mi cara, y la nariz se le enrojece—. Quiero que me hagas el amor. Pediste un te amo y te lo di, ahora yo deseo saber a qué sabe tu cariño.

Le brillan los ojos y respiro hondo dejando un beso pequeño sobre los labios que evito devorar como me gusta. Me mira con amor y tomo la mano que reposa en mi hombro bajándola a mi pecho.

—¿Sientes esto? —susurro, y asiente—. Eres la única capaz de ponerme así.

Sonríe y bajo por su mentón, por su cuello y pechos, besándolos despacio antes de mover la lengua alrededor de su pezón. Toco con los labios el *piercing* en el ombligo y sigo hasta el coño empapado, que saboreo, se queja con lo que hago y vuelvo a subir a la boca que devoro con ansias.

Su mano acaricia mis costillas y yo me muevo sobre ella, sin penetrarla, ignorando los pálpitos de la polla, que muere por hundirse entre sus pliegues. Me tomo un tiempo con la boca que tanto extrañé, así como me tomo el tiempo de detallar la belleza de la mujer que me esmeré por querer olvidar, pero que de alguna forma siempre tengo presente.

Se contonea, lleno su cara de besos y sujeto mi falo ubicando la cabeza de mi miembro en su entrada, el movimiento de su cadera me suplica que entre y aprieto uno de sus muslos escondiendo la cara en su cuello.

—Nunca me voy a cansar de ti —musito—, de lo que me haces sentir cuando estamos así.

Arremeto con la estocada que me deja dentro de ella. Desearía tener el control que se necesita para esperar, pero no puedo.

—Mi cerebro no olvida como te tuve en Brasil, Hawái y en Cadin —jadea cuando me contoneo sobre ella—. Al segundo lugar me esmeré en ir por ti, porque sabía que te podía volver a follar como te estoy follando ahora.

Le suelto verdades, la sensación de plenitud me recorre y uno mi boca con la suya consiguiendo los jadeos que la hacen clavar las uñas en mis costillas. Chupeteo su cuello, sus pechos y su clavícula…

Mantengo sujeta su pierna mientras me muevo. Siento cómo se dilata cuando los movimientos se tornan más intensos en lo que la lleno de besos profundos que me dejan ardiendo la boca, sus brazos me aprietan contra ella y no dejo de moverme, de darle lo que tanto le gusta.

El sudor nos baña a los dos y sigo sobre ella entrando y saliendo por minutos que nos sumen, le doy y le doy hasta que mi eyaculación se acompasa con el orgasmo, que hace que lleve la cabeza hacia atrás. Le suelto las estocadas finales asegurándome de dejar todo adentro y, agitado, me muevo acomodándome a su lado.

La erección queda sobre mi abdomen y ella deja el brazo sobre mi torso antes de apoyar el mentón en mi pecho.

—Esa canción, la que suena —me dice ebria y con el cabello desordenado—, me gusta mucho…

—Ya me quedó claro que me la estás dedicando. No es necesario que me lances indirectas —le aclaro, y se ríe—. Es la novena vez que se repite.

—No le estoy dedicando nada, coronel —protesta, y la hago subir sobre mí para que me bese.

Nuestros ojos se encuentran y suspira sin dejar de detallarme.

—Bueno, creo que sí.

Se ríe de nuevo, la estrecho contra mí, me vuelve a besar y deja la cabeza sobre mis pectorales.

—¿Cómo se llama? —pregunto.

—¿Qué?

—La canción.

—«Heaven» —suspira adormilada—. Es muy tú.

La respiración se le torna pesada y para cuando la vuelvo a mirar ya está dormida.

Suspiro agotado, mi cuerpo pide nicotina, despacio, la dejo sobre la almohada y me levanto con cuidado.

Me fijo en la hora y noto que falta poco para que amanezca, apago el estéreo, alcanzo el bóxer y saco la cajetilla de cigarros que cargo en el pantalón. Semidesnudo y con el móvil en la mano, salgo. Enciendo un cigarro y desbloqueo el móvil, hay llamadas perdidas de Gema y mensajes que no me molesto en leer, también hay mensajes de Alex.

Le doy el visto bueno a los que operarán mañana en el centro. Volví de viaje antes de tiempo con una coartada y el creer que estaría por fuera hizo que no me incluyeran en el itinerario que está a cargo del obispo Gianni, el cual me pidió que reposara con mis familiares y volviera como estaba estipulado en un principio, insistir puede hacer que me tenga en la mira, así que no me quedó más alternativa que decir sí a todo.

Patrick, Simon, Johnson, Vargas y Lyons tienen que trabajar e intentar dar resultados mañana.

Me saco el cigarro de la boca y tiro la colilla cuando se acaba, me aseguro de que el móvil esté en silencio y regreso a la alcoba, donde observo a la mujer que está sobre la cama, tengo un *déjà vu* de ella así, pero sobre mi cama.

Mi vista se mueve a la salida cuando capto como abren la puerta principal y, acto seguido, percibo pasos en el pasillo. Rachel no se inmuta, dado que el nivel de alcohol la tiene profunda y sonrío para mis adentros, celebrando la llegada del idiota, que habla afuera.

—Angel —la llama, y ella no se despierta.

La perilla se mueve, pero no se abre, así que le da dos golpes a la puerta.

—¿Angel? —pregunta—. ¿Estás dormida?

«El ángel sí, pero la Bestia no».

40

Noche de locos y desorden matutino

Rachel

—Angel —escucho a lo lejos—. ¡Angel!

Abro los ojos, pero estos se vuelven a cerrar, trato de incorporarme y me vuelven a acostar.

—¿Stefan? —Siento la lengua pesada y el que me besen los labios mientras se mueven sobre mí no me da mucha cabida para pensar ni para moverme—. Stefan está…

—Lejos —susurra en mi cuello antes de besarme—. Pidiendo limosna como el lastimero que es.

Se ríe. Es Christopher, lo sé por las manos inquietas que me recorren el cuerpo.

Me abraza envolviéndome en sus brazos, los párpados me pesan y termino entre ellos, estoy en el limbo y lo único que hago es dormirme con el ritmo acompasado de su respiración.

Algo vibra, el sonido me llega directo a las neuronas y me taladra los oídos, me niego a moverme, pero el ruido no me deja descansar. Se mueven a mi lado y despacio abro los ojos.

Reconozco el sitio donde estoy; mi casa, los fragmentos de mi noche llegan poco a poco, vuelven a moverse, volteo y…

¡Maldita sea! Salgo a voladas de la cama, el susto me quita la resaca y la borrachera en segundos cuando veo al hombre que duerme en mi cama. ¿Qué hace aquí?

—Christopher. —Lo muevo—. ¡Christopher!

El corazón me late en la garganta, no hay manera de explicar el porqué de su presencia aquí.

—Rachel. —Tocan a la puerta—. ¿Estás despierta?

Quiero llorar, lo de Bratt no se puede repetir. Trago grueso y lo vuelvo a sacudir, esta vez con más fuerza.

—Angel —insiste Stefan preocupado—. Debes levantarte, hay algo que requiere de tu atención.

«¿Más?». Sigue tocando y doy vueltas por la alcoba.

—Rachel, ¿estás bien? —insiste.

—Sí. —Dispara mis nervios—. Me siento un poco mal, tomaré una ducha antes de salir.

—Vale, te preparo el desayuno mientras tanto.

Se va y vuelvo a mover al coronel, al que le quito la sábana, está desnudo y aparto los ojos cuando veo la erección, que me hace pasar saliva.

—Christopher. —Lo sacudo otra vez.

—Buen día, nena. —Se estira abriendo los ojos.

—¿Qué haces aquí? —Me alejo—. Tienes que irte.

Abro las puertas del balcón, si subió, puede bajar, seguramente tuvo que haberse enfrentado a alturas más grandes.

—Stefan está afuera.

—¿Y es mi problema por? —Se acaricia la polla como si nada.

—¡Vete! —Corro al baño, ya que la tardanza levantará sospechas—. Cuando salga, no quiero verte aquí.

Entro a la ducha y abro la regadera; el agua fría me termina de despertar y, con la cabeza despejada, toma más peso el problema que tengo encima: no pueden ver a Christopher aquí, tiene que largarse, es que no debió venir aquí.

Salgo quedándome frente al espejo, pero el intento de peinarme queda a medias cuando reparo en los chupetones que me adornan el cuello, las tetas y la clavícula. Hiperventilo y me entierro la toalla en la boca para no gritar. «¡Ese hijo de puta!».

Apoyo las manos en el lavabo. ¿Cómo se supone que voy a explicar esto? Parece que estuve con un vampiro.

«Es un maldito». Christopher Morgan es un maldito el cual está buscando que me suicide. Como puedo, me lavo los dientes, alcanzo la primera sudadera que encuentro y tomo un pantalón corto del armario. La capota de la sudadera tapa las marcas, así que podré disimular por cierto tiempo si no muevo mucho el cuello.

Salgo y no sé qué me da cuando veo al coronel acostado como si no le hubiese dejado claro que quiero que se largue.

—¿Y si nos quedamos en la cama todo el día?

—¿Qué diablos te pasa? —Recojo su ropa—. ¿Tienes idea del problema que se armará si te ven aquí?

—¿Por qué te tapas? —Se levanta desnudo—. Los chupetones los hice para que los luzcas con orgullo.

Pierdo la mirada en la obra maestra que tiene como cuerpo, las mejillas se me encienden y las rodillas me tiemblan cuando se toca la erección en lo que pasa por mi lado dejándome la entrepierna empapada.

Mi cabeza se voltea en el momento en que se planta frente al lavabo tomando mi cepillo de dientes y debo darme una cachetada mental para despabilarme. Arreglo las sábanas revueltas y esparzo mi perfume para desaparecer el olor a sexo.

—Angel —Stefan vuelve a tocar—. ¿Quieres que vaya por algo que te haga sentir mejor?

Christopher escupe la espuma en el lavamanos y temo que me dé un ataque cardiaco.

—No —carraspeo tratando de que la voz me salga clara—, tengo aspirinas, eso bastará.

El coronel sale del baño y corro a taparle la boca.

—No quiero agobiarte, pero trata de salir lo antes posible.

Capto el sonido de sus pasos alejándose, Christopher me aparta la mano y trato de idear cómo detener el huracán que sé que se avecina, pero el que él deslice las manos por mi cintura, mientras atrapa mis labios y se apodera de mi boca no es que me deje planear muchas cosas.

Mete las manos bajo mi sudadera obligándome a retroceder hasta la cama, las ganas empiezan a extenderse y me distraigo de mi verdadero objetivo cuando besa mi cuello y baja a mis tetas.

Pasa la lengua por ellas, escucho a Stefan en el pasillo y trato de empujarlo, mas no deja que me levante, por el contrario, reafirma mis caderas frotándose contra mí.

—¿Te acuerdas de cuando lo hicimos mientras rondaba Miranda? —Me besa—. Es lo mismo, pero con un sirviente diferente.

Aprieto los ojos y le quito las manos. Estaría cayendo demasiado bajo si lo hago con Stefan aquí, él no se merece que le siga faltando el respeto de semejante manera.

—Vete —lo echo señalando el balcón.

—Otra vez volvemos al drama —se molesta.

—Quedamos en algo, así que lárgate.

—En algo que no cumpliste. —Se levanta.

—Voy a decírselo —razono.

—¿Cuándo?

—Cuando yo quiera, hoy, mañana… No sé, pero necesito que te vayas, que verte aquí me altera.

Lo empujo al balcón y le arrojo la ropa.

—Dejaré la puerta cerrada para que bajes tranquilo.

Vuelvo al baño y me echo agua en la cara para bajar el calor que me invade las mejillas, necesito conservar la calma. Salgo a ver si ya bajó, pero sigue aquí, está fumando desnudo frente a la baranda. Mi vecina lo mira boquiabierta mientras finge que riega las plantas.

—Estás mostrándoles el culo a los vecinos —lo regaño trayéndolo adentro mientras le dedico una sonrisa mal fingida a la señora Felicia.

—Que agradezcan —dice como si nada—. Son seres muy afortunados.

—No hagamos esto más difícil —espeto—. Solo vístete y vete. Te llamaré cuando se lo diga, pero ahora vete.

—¡Rachel! —me llama Stefan afuera.

No tengo más excusa, así que me muevo a la puerta, que aseguro antes de cerrar, me acomodo la sudadera y camino a la sala, donde veo a Stefan.

Está frente a la mesa del comedor, por un momento me olvido del problema que tengo en la alcoba y entiendo el porqué de tanta insistencia: hay una rosa negra sobre una caja que tomo, abro y hallo la jadeíta Mascherano dentro de ella.

—¿Cómo llegó esto aquí?

—Julio lo recibió esta mañana —me dice.

Hay otra nota adentro.

Principessa:
Las cosas siempre vuelven a su dueño.

Las rosas rojas de ayer estaban llenas de toda la vehemencia que enciendes en mí y la de hoy presagia tu futuro lleno de luto.

La jadeíta guárdala, lúcela. Me conforta saber que cuando la tocas, tocas una parte de mí y que luces dicha parte en tu cuello.

A. M.

Arrugo la hoja y se la entrego a Stefan, quien cierra la caja.

—Maldito.

—Ya avisé a Olimpia, intentó contactar con el ministro, pero no pudo hablar con él; también dijo que tomará cartas en el asunto.

—No importa. —Lo único que quiere es asustarme—. Le pediré a Parker que tome las medidas necesarias para que deje de molestarme.

Me lavo las manos en el baño del pasillo.

—¿Y si mejor le decimos al coronel? —Su propuesta me da escalofríos—. Me tomé el atrevimiento de llamarlo, pero desafortunadamente no me contestó.

—A Christopher es mejor dejarlo como está. —Me seco las manos con una toalla—. Llevaré la evidencia al comando, estoy segura de que detrás de esto ha de estar Ali Mahala o uno de los socios que lo obedecen.

Me lleva a la mesa, donde me sienta; el desayuno ya está servido.

—Miriam te manda a decir que agradece mucho lo que estás haciendo por nosotros —me comenta—. Están haciendo todo lo que se requiere para partir a Hong Kong.

Se ve de mejor semblante y me alegra el que tenga algo a lo que aferrarse cuando le cuente todo. «No tiene por qué dolerle», me digo a mí misma.

Puedo conseguir que me entienda si uso las palabras correctas. Saca una jarra de jugo del refrigerador y me sirve café.

—Siéntate un segundo, por favor —le pido.

Acomoda el plato frente a mí y no me inmuto en comer, solo veo cómo jala su silla y extiende la mano para que la sujete.

—Antes de que digas algo, estoy en el deber de reiterar mis disculpas por lo sucedido anoche. —Me aprieta los dedos—. No era mi intención ofenderte, y tampoco era el momento oportuno, ya que estabas compartiendo con tus amigas.

El alcohol que sigue en mi sangre hace estragos en mi organismo, el olor a comida me da ganas de vomitar y tengo que apretar los labios conteniendo las arcadas.

No quiero dañarlo. «Joder». No se lo merece.

—Te hice esto para que zanjemos el tema. —Destapa una de las bandejas ofreciéndome un muffin decorado con la palabra Angel—. Hay más en el horno, si quieres.

La culpa se acumula y bajo la cara tratando de que no me vea los ojos llorosos.

—¿Qué tienes?

—No me siento bien. —Mi pecho se agita y siento que no puedo respirar.

—Tranquila. —Se levanta—. ¿Qué busco? ¿Abro la ventana? ¿Te hago un té?

Sacudo la cabeza.

—¿Qué bebiste anoche? —Se acerca preocupado—. Estás pálida.

—Se está ahogando con las palabras que no puede decir —hablan, y pierdo la fuerza.

Stefan se aparta y mis latidos se detienen cuando veo al coronel en vaqueros y con el torso descubierto. Trae el cabello mojado y las gotas de agua se le deslizan por el cuello.

Se acerca con pisadas firmes alternando la mirada entre Stefan y yo. El soldado retrocede incrédulo y el muy maldito jala una silla sentándose en el puesto que Stefan había preparado para él.

—Todo un buffet —habla, y no capto más que pitidos.

—No es lo que crees. —Miro a Stefan sonriendo nerviosa—. Perdí la conciencia ayer y el coronel tuvo la amabilidad de traerme para que no me pasara nada.

Siento que lo empeoro todo, ambos guardan silencio y sigo hablando.

—También estaba ebrio y nos quedamos dormidos.

—Sí —se burla Christopher tomando un muffin—. Recuérdame a qué hora nos quedamos dormidos, perdí la noción del tiempo después de que «hicimos el amor».

Dibuja las comillas en el aire y mi único impulso es arrojarle el centro de mesa.

—¡Vete a la mierda, Christopher! —le grito cuando lo esquiva.

—De allá vengo, «Angel» —sigue con la burla, y lo veo como el asqueroso animal que es.

—Stefan. —Me levanto y no me mira, ya que sigue con los ojos fijos en el coronel.

—No es Parker, soy yo —espeta—. Por mí dejó a Bratt, por mí te engañó y por mí engañará a todo el que intente estar a su lado.

—No lo escuches. —Tomo su mano.

—¡No me toques! —Se aparta.

—Deja que te explique…

—Te lo pregunté y me dijiste que no. —Me apena verle los ojos llorosos—. Te lo pregunté.

—Escúchame —le suplico, pero se niega—. Stefan…

Me hace a un lado apresurándose a la puerta y la abre.

—¡No te vayas, espera! —Lo tomo—. Te lo voy a explicar todo…

Se zafa e intento seguirlo, en vano, ya que me devuelven.

—¡Basta! —me ruge Christopher estrellando la puerta—. ¡Ya deja de rebajarte tanto!

—¡Eres un maldito hijo de puta!

Me suelto rabiosa.

—¡No! —Me encara—. ¡Soy realista, joder! Deja de perder el tiempo con gente que no te hace feliz y tampoco vale la pena, ya lo jodiste.

—No eres más que un egocéntrico malnacido…

—¡Egocéntrico o no tengo los cojones que te faltan! —me grita—. No se lo ibas a decir, lo único que hacías era dar vueltas sobre el mismo asunto.

El sabor salado de las lágrimas se apodera de mi garganta.

—Deja de pensar en medio mundo y enfócate en lo que realmente importa. —Se acerca.

—¿Y qué es lo que importa, según tú?

—Los dos. —Toma mi cara entre sus manos—. Nena, no tienes que sentir lástima por nadie… Si estamos bien, ¿qué mierda importa si el limosnero se siente o no miserable?

Este es el Christopher que odio, el insensible e inhumano que aplasta a todo el que se le antoja.

—Que Bratt lo consuele. —Intenta besarme.

—¡No me toques!

Lo empujo y emprendo la huida detrás del hombre que realmente vale la pena.

La rabia me corroe. No había necesidad de esto, las cosas no tenían por qué ser así, pero Christopher actúa como actúa para inflarse el orgullo y no se detiene a pensar en los daños, porque cree que la única persona que importa es él.

Corro escalera abajo, el portero está en la puerta y abre como si supiera que tengo afán de salir.

—¿Qué dirección tomó Stefan?

—Por allá. —Señala, y salgo corriendo.

Atropello a todo el que se me atraviesa, doblo en la esquina de la calle, pero no hay señas de él por ningún lado, así que sigo corriendo afanada, ya que necesito hablar con él. La zona comercial predominada por restaurantes aparece a lo lejos y corro con más fuerza cuando reconozco la silueta que intenta detener un taxi.

—¡Stefan! —Lo alcanzo.

Lo tomo del hombro y se vuelve a apartar negándose a que lo toque.

—Deja que te explique… —jadeo.

—No hay nada que explicar, Rachel, él ya fue bastante claro.

—Tenía miedo. —Se me empañan los ojos—. No quería que pensaras que…

—Que era menos —termina la frase por mí—. No me lo dijiste por lástima, porque sabías que me sentía inferior a él.

—No…

—Sí. —Se le salen las lágrimas—. Me sentía inferior, pero pese a eso no dejé de sentirme orgulloso de mí mismo, ¿sabes? Porque en el fondo sé que soy mejor persona que él.

—Sé que eres mejor persona que él, pero no es fácil. —Respiro hondo—. No es fácil reconocer que más de dos años no me han bastado para olvidar al hombre que amo. Me estaba esmerando por dejarlo, ya que no quería volver a lo mismo, quería darme una oportunidad contigo, pero…

—Caíste de nuevo. Ya veo el porqué de tanto dolor en tus ojos —me dice—: él es la daga que te tiene sangrando, la hoja que te lastima.

—Quería que tú cerraras esas heridas. —Acorto el espacio entre ambos.

—Y mientras tanto tú te sigues enterrando el cuchillo que la vuelve a abrir.

No tenía por qué joderlo así, no a él.

—Perdóname… —le digo, fija los ojos en mi cuello y baja la capota de mi sudadera.

—Yo no tengo nada de que perdonarte. —Se aleja—. Perdónate tú por hacerte tanto daño lastimándote de semejante manera.

Se va, lo veo irse y lidio con la amargura que saboreé por primera vez cuando lastimé a Bratt.

—¡Rachel! —Me alcanza Lulú—. ¿Qué pasó?

El novio sale de uno de los restaurantes de la zona con dos cafés en la mano.

—Se lo dijo. —Rompo a llorar—. Lo dañó todo.

—Zorro maldito. —Me abraza llevándome con ella.

Algunos transeúntes me miran y, cómo no, si debí parecer una loca cuando estaba corriendo… Lulú me sienta en el local, que tiene mesas al aire libre, y pide una botella de agua.

El llanto es más de rabia que de dolor, quiero cortarle las pelotas a Christopher y arrojarlas al primer parabrisas que se me atraviese.

—No pudo esperar, no pudo esperar a que yo se lo dijera. —La sudadera me asfixia.

—Mírale el lado bueno. —Mi amiga me seca las lágrimas—. Ya saliste de eso…

—Eso no lo hace más fácil.

—Ese hombre lo que necesita son unos buenos puños.

—Lo que necesita es que lo joda también —me levanto—, que le enseñe a respetar de una vez por todas.

Tomo el camino que me lleva a mi casa con Stefan en mi cabeza; me recuerda a Bratt. No puedo creer que todo haya pasado casi de la misma manera.

—¿Qué vas a hacer? —Me sigue Lulú.

—Le diré todo a Gema, ya estoy cansada de quedarme de brazos cruzados.

—¿Vestida como una loca? —intenta detenerme—. Ve, pero primero ponte algo decente.

—No me importa si estoy decente o no. —La aparto.

Del afán no sé ni cuántas cuadras corrí, pero siento que el camino se me hace eterno, Lulú me sigue y doblo en la esquina, mi edificio se ve a lo lejos y mis pasos se detienen cuando veo a Gema bajando las escaleras, Liz la espera apoyada en el capó de su auto, mientras que la camioneta de Parker frena y de ella baja Brenda.

—Justo lo que necesito.

—¡Oye! —me dice Lulú.

Corro, pero hay varias personas en la acera y tengo que bajarme a la calle, tropiezo con un anciano y rápido lo ayudo a levantarse. Gema intercambia un par de palabras con Brenda, le entrega la bolsa que tiene en la mano, aborda el auto y corro con más fuerza; sin embargo, a metros de llegar, arranca doblando por la primera esquina que encuentra, avivándome la rabia.

—Pero ¿qué carajo te pasó? —me pregunta Brenda cuando me ve.

—El hijo de puta del coronel le dijo todo a Stefan —jadeo cansada.

Siento que la cabeza me va a explotar. Parker sacude la cabeza, pero lo que piense es lo que menos me interesa.

—¿Estarás bien? —le pregunta el alemán a mi amiga, y esta asiente—. Llámame si necesitas algo.

El capitán me mira, enarca las cejas antes de abordar la camioneta y se larga.

—Voy a hablar con Gema. —Camino al estacionamiento—. Este idilio se acaba hoy.

—Detenla y dile que primero se ponga algo decente. —Llega Lulú.

—Rachel —me sigue Brenda—, no estás en tus cabales, mejor escúchame, que necesito hablar con alguien.

—No me importa si estoy o no en mis cabales. ¡Estoy harta!

—Deja que suba, me cambio e iré contigo. Liz andaba haciendo preguntas y no quiero que vayas sola —insiste—. Dame un par de minutos. Prometo que no tardaré.

—No hay tiempo para eso. —Llego a la entrada del estacionamiento.

Intento buscar mi auto, mi amiga me repite que me calme, pero no me quiero calmar.

—Espera —insiste Brenda—, tengo algo importante que contarte.

—Luego hablamos…

—¡Me acosté con Parker! —espeta alterada—. Necesito hablar con alguien ahora y justo te vas a ir.

Me vuelvo hacia ella, creo que el correr tanto me dañó los oídos.

—¿Te acostaste con quién?

—Lo que oíste. Anoche bebí mucho, no tengo idea de cómo explicar todo lo que pasó, pero hoy amanecí en su cama. —Toma una bocanada de aire—. ¿Tienes idea de lo que es eso? Me acosté con mi superior, quien es como el héroe de mi hijo.

Desisto de la idea, Brenda es una de mis mejores amigas y se nota que necesita hablar con alguien.

—Laila no me contesta, anoche me dejó tirada en la discoteca. La llamé varias veces y no me atendió el teléfono. —Se preocupa—. En la mañana, lo único que envió fue: «Estoy bien».

—Subamos e intentemos contactarla arriba.

Lulú nos acompaña y juntas abordamos el ascensor, donde marcamos el piso de Brenda.

Lulú pone música cuando entramos al piso, según ella, para aislar el mal rato. Tengo la garganta seca, así que busco una botella de agua. El niño está con la mujer que lo cuida, Brenda intenta contactar a Laila y yo noto las pertenencias que están sobre el sofá.

—Laila lo que está es ebria y durmiendo la resaca —le digo a Brenda señalando sus cosas—. La voy a despertar.

Busco la alcoba de huéspedes. Brenda me sigue, se adelanta a tomar la perilla abriendo la alcoba donde entramos juntas y… Me ahogo con el agua que intentaba tomar cuando veo a mi amiga desnuda y con Alex Morgan pegado a su culo.

Ella es la primera que se aparta tapándose mientras él hace lo mismo al verse descubierto *in fraganti*; sin embargo, no es lo suficientemente rápido, ya que alcanzo a ver la erección que intenta tapar, pero es tarde.

Lulú explaya los ojos cuando llega preguntando qué pasó.

—Estoy ocupada —se enoja Laila—. ¡Salgan!

Ninguna se mueve, todas estamos perdidas en el potro cincuentón con cuerpo de atleta. Son segundos donde se me olvida la mañana de mierda que tuve cuando noto que la polla fue lo mejor que le pudo heredar al hijo.

—Fuera —insiste mi amiga.

Tropiezo con la puerta cuando intento darme la vuelta, Lulú no sabe si entrar o salir y me alejo del umbral. Brenda toma el brazo de Lulú para apartarla y cierra la puerta. No sé cómo quitarme la imagen de la cabeza.

—¿De dónde salen estos hombres? —pregunta Lulú—. ¿Son del catálogo de algún otro planeta o algo así? ¿Es algo del tóxico? Se parecen mucho.

—Es el papá —le aclara Brenda, y abre la boca sin creerlo.

Me apresuro a la sala, Lulú se ubica a mi lado y Brenda no quiere sentarse.

—¿Tuviste sexo anal? —le pregunta Lulú.

—La ansiedad no me deja sentarme.

El timbre suena y es Luisa, quien llega molesta.

—Vengo a avisar que me voy a divorciar —empieza, y no sé ni qué decir, no después de lo que me mostró Elliot. Siento que no tengo argumento que valga—. Simon y yo ya no funcionamos en ningún sentido, ayer lo busqué y me demostró que no me desea; pero no hablemos de mí. Brenda, vi tu mensaje, así que habla.

Le pido que sea discreta, ya que Alex está aquí, Luisa no cree lo de Laila y la sargento suelta todo lo que pasó anoche.

—Me nalgueó, uno de mis capitanes me nalgueó. —Se sienta—. Ahora todo será raro, sé que cada vez que lo vea pensaré en el señor nalgadas.

—¿Y en qué quedaron? —pregunto.

—Por Dios, en nada. Desayunamos, me trajo a casa y ya está.

—O sea, ¿que no habrá segunda cita? —increpa Lulú.

—No, Harry lo adora, si las cosas salen mal, será el primer afectado y no quiero eso. Es su amigo, habla de él todo el tiempo. —Intenta serenarse—. Se lo comenté y me entendió. Ya me desahogué, así que cambiemos de tema.

—¿Segura? —le pregunta Luisa.

—Totalmente.

—El maldito de Christopher le dijo todo a Stefan —hablo en voz baja—. Me tiene harta, así que le diré todo a Gema.

—Estamos en un caso supremamente importante —comenta Brenda—. Eres mi amiga, Rachel, no obstante, el ambiente laboral es clave entre nosotros. Yo te apoyo, mas si quieres mi consejo, pienso que se lo tienes que decir, pero cuando estemos un poco más despejadas.

—Yo siento que tienes que darle una cucharada de su propia medicina, trátalo como el zorro que es —opina Lulú—. Decirle a la novia me parece bien; sin embargo, con lo que vi anoche, siento que lo va a perdonar.

La cabeza empieza a dolerme, Laila aparece como si nada y se deja caer en una de las sillas.

—El ministro se está vistiendo, así que pueden seguir con la charla —aclara.

—Qué lindo. —Brenda le sonríe con ironía—. Mi casa es sede de encuentros clandestinos. ¿Estaban llenos todos los hoteles?

—Fuimos a uno, me trajo; sin embargo, no nos aguantamos —se defiende—, y las ganas nos sobrepasaron cuando estábamos en la puerta.

—No puedo creer que estés saliendo con el ministro y no nos hayas comentado nada. —Luisa se enoja—. ¿Hace cuánto estás haciendo eso?

—Hace un par de semanas. —Respira hondo—. Y estoy perdidamente enamorada.

—Brenda se acostó con Parker, yo dormí con el coronel —le digo—, este en la mañana le soltó todo a Stefan, quien se largó y no quiere verme; Luisa y Simon tienen más problemas conyugales, así que se van a divorciar.

—¿Y todo eso pasó en menos de ocho horas?

—Sí —contestamos al mismo tiempo.

La seriedad nos atropella a todas cuando Alex Morgan sale arreglándose la chaqueta del traje.

—Señoritas —saluda.

—Ministro. —Luisa se aclara la garganta queriendo disipar el incómodo momento.

Laila le presenta a Lulú, puesto que es a la única a la que no conoce. Mi amiga lo abraza por detrás mientras que Lulú le da la mano, Alex se voltea a besar a Laila y, con disimulo, miro a otro lado cuando el momento se extiende tornándose incómodo.

—Paso más tarde por tu casa, ¿te parece?

—Me parece —le dice él y la besa de nuevo.

Cruzo los brazos mirando el jarrón, parece que Laila va en serio esta vez.

—Rachel, ¿puedo hablar contigo un momento? —me dice el ministro cuando termina—. A solas.

—Claro.

Me levanto y salgo al pasillo, intuyo que quiere hablar de Antoni. Él le da un último beso a mi amiga y ella cierra la puerta de la casa de Brenda.

—Olimpia me informó de lo de Antoni Mascherano —me dice—. Está demostrando que aun dentro de la cárcel puede mover fichas. Tiene contactos por todos lados, los cuales nos reiteran que Christopher es el mejor candidato a ministro, por ello, el que consiga el puesto es necesario.

Da un paso hacia mí.

—Pero tal cosa no se logrará si siguen los problemas —me regaña—. Está aquí, ¿cierto? Marie Lancaster me llamó para quejarse de que está engañando a Gema.

«Ahora es defensor de Gema».

—Este tipo de cosas no hacen más que causar distracciones.

—Las distracciones las causa él, no yo. Es él quien no me deja en paz.

—¿Está o no?

—No. —No quiero más escándalos ni regaños por el día de hoy.

—Necesito que, por favor…

Corta las palabras cuando escucha los pasos apresurados bajando por la escalera y, como de costumbre, vuelvo a quedar en ridículo en el momento en que Christopher aparece con la nota de Antoni en la mano.

—¿Qué es esto? —me reclama ignorando al papá—. Antoni te envía esto y soy el último que se entera.

El ministro se pellizca el puente de la nariz.

—¿Por qué sigues aquí? —Me exaspera—. ¡Te pedí que te largaras! Ya hiciste lo que te dio la gana con Stefan, ¿qué más quieres?

—¿Qué pasó con Stefan? —pregunta el ministro.

—Explícale —le pido al coronel—. Dile lo que hiciste.

Lo dejo y subo las escaleras, pero se me viene detrás.

—¡Christopher! —lo llama Alex.

—Déjalos —intercede Laila cuando sale—. Creo que lo mejor es que arreglen sus diferencias o las cosas se pondrán peor.

Subo al pasillo, donde mi vecina está abriendo la puerta. He de tener a todo el mundo harto con tanto escándalo. Intento cerrar la puerta, pero Christopher se adentra a las malas.

—¿Tienes idea de lo riesgoso que es esto? —me reclama—. Los rescates de película se dan bien solo la primera vez.

Sabría lo de ayer si no se la pasara pendiente de Gema.

—Yo no necesito que me rescates. —Me vuelvo hacia él.

—Otra vez callando y ocultando…

—¡Lo hago porque quiero y ya está! —Me altera—. ¡No te metas en lo que no te importa! Deja de joder, que en estos momentos tolero más a Antoni que a ti.

—Cuantas sandeces. —Me encara demostrando que el italiano siempre será el mejor detonador—. No respires por la herida. Ya se largó y te dejó, no tiene caso que quieras recomponer lo que no tiene solución.

—Lárgate de mi casa.

Le timbra el móvil y aprovecho para encerrarme en mi alcoba, me sigue y pongo el pestillo. Tomo el móvil que reposa en mi mesita y me siento en la tumbona de afuera. Stefan no me contesta; lo intento tres veces, pero no consigo nada, me acomodo en la silla, donde dejo que el sol me dé en la cara.

Las emociones, la rabia y la culpa me tienen la cabeza ardiendo; siento que me va a dar algo si no me doy un par de minutos para respirar, así que cierro los ojos sobre la tumbona.

Veinte minutos, me tomo veinte minutos donde me obligo a poner mi mente en blanco. El silencio me ayuda, a la vez que la resaca y el cansancio me dejan la cabeza en blanco por un par de minutos más.

Con los latidos un poco más estables me pongo de pie; no escucho a nadie afuera y despacio abro la puerta, la sala está vacía. La luz del baño está encendida y camino a la sala, el whisky de mi minibar está abierto y no hay rastro de la joya Mascherano. El móvil que vibra de la nada me hace voltear: es el celular de Christopher, el cual yace en mi mesa de centro, la pantalla se ilumina con el nombre de Gema.

Lo tomo, la llamada muere e insisten, la cara de Stefan, la de Bratt, taladran mi cráneo y pongo el dedo sobre la pantalla. Las lágrimas de Stefan avasallan mi cabeza y deslizo el dedo antes de ponerme el móvil en la oreja.

—Hola —contesto.

No hay más que silencio absoluto, segundos que se me hacen eternos.

—Hola —repito, y escucho a Liz gritando atrás.

—¿Christopher? —gimotean.

—No. —Respiro hondo queriendo soltarlo todo, pero de la nada sollozan antes de colgar.

—¿Contenta ya? —hablan a mi espalda, y me doy la vuelta para mirar al hombre que tengo atrás.

Extiende el brazo para que le devuelva el teléfono.

—¿Te molesta? —Me acerco.

—Eres libre de hacer lo que quieras —responde como si le diera igual—. No me interesa.

—¿Por qué sigues aquí?

—Porque necesito detalles sobre cómo mierda llegó la joya Mascherano aquí.

—Puedes hablar con Alex y Olimpia sobre ello.

—No sé por qué pierdo mi tiempo.

El móvil le vuelve a sonar y pasa por mi lado rumbo a mi alcoba, lo sigo y toma la chaqueta que está sobre el tocador. Le entra el afán de irse, el teléfono sigue sonando y se pone la chaqueta. «Se va a ir a consolarla». Los ojos me escuecen y no le doy pie para que lo note.

—Harán un estudio del perímetro, por si te interesa saberlo —me dice, y medio asiento sacándome la sudadera, la cual arrojo al piso.

Mi torso queda al descubierto y de inmediato siento sus ojos sobre mí.

—Bien. —Dejo caer el pantalón corto en lo que camino a la ducha—. Supongo que me llamarán si necesitan saber algo. Cierra la puerta cuando salgas.

Me pierdo en el baño, al que le dejo la puerta abierta, cierro el panel de vidrio, cuento en mi cabeza, abro la ducha y abren de nuevo consiguiendo que celebre para mis adentros, dado que me da lo que necesito.

—¿Sigues aquí? —increpo, y me mira de arriba abajo.

—Quiero caer en la trampa primero.

—¿De qué hablas?

Se mete a la ducha con ropa y zapatos, lleva las manos a mi nuca pegándome a la pared y el agua nos empapa a los dos.

—Me gustas así —dice a milímetros de mis labios—: mala, caprichosa y mía.

Lo envuelvo en mis brazos, sello nuestras bocas con un beso bajo la ducha, a la vez que maquino internamente lo que haré, no se me ha olvidado lo que hizo, la falta de tacto y de consideración hacia otros. Me sigue besando y dejo que su lengua se enrede con la mía sumiéndome más. Bien dice que el hombre, cuando quiere, lastima; pero la mujer, si quiere, destruye.

Me aferro a los bordes de la playera y la hago trizas como él lo ha hecho miles de veces con mi ropa interior. Con la misma fuerza, lo empujo al otro lado de la pared y se me viene encima con más brío, deslizándome la espalda contra los azulejos, resbaladizos por el agua; agarra mi culo con sus manos y me levanta. Mis piernas responden abriéndose y aferrándose a su cintura mientras le clavo las uñas en los hombros.

Los besos son urgidos y agresivos en lo que me lleva a la cama, se saca la chaqueta y los zapatos, batalla con la pretina del vaquero mojado que se quita y se viene sobre mí, cual bestia sedienta de sexo.

Se acomoda entre mis piernas después de quitarme las bragas y cambio los papeles quedando sobre él, el falo erecto queda bajo mi sexo y lo tomo masturbándolo, deleitándome con las venas remarcadas que me incitan a mover la mano de arriba abajo. La punta rosada gotea y la dejo sobre su abdomen, poso mi sexo sobre esta y me apodero del cuello, que chupeteo un sinnúmero de veces.

Quisiera que mis ganas se apagasen, pero mi cuerpo responde ansioso, desea que lo folle. Su lengua baila en mi boca cuando lo beso, dejando que acomode la polla en mis bordes; el roce del glande me eriza la piel, a la vez que mantengo mis labios sobre su boca con un beso largo, el cual hace que mi pecho se ponga a galopar cuando mi cerebro me recuerda todo lo que siento por el coronel.

Me cuesta disimularlo y persuadirlo estando debajo de mí, me mira con los ojos oscuros y me contoneo sobre él.

—Nena… —Cuadra la mandíbula aferrándose a la piel de mis caderas y dejo que medio moje la polla, que sumerge.

Las ganas de correrme me atropellan y trago saliva, enterrándole las uñas en los brazos, mientras ondeo con ganas. No dejo que me la meta y me devuelve a la cama poniéndome de espaldas.

Se acomoda de nuevo en mi entrada y siento su miembro erecto entre mis piernas, así que alzo la pelvis y dejo que se sumerja mientras respiro, ya que este tipo de poses hacen que lo sienta en lo más hondo.

Mis paredes le dan la bienvenida cuando empuja, me extiendo y dilato, incómoda un poco, pero a los pocos segundos estoy tan lista que soy quien se mueve para provocarlo.

—Toda tuya. —Se hunde en mi canal, poniéndome a jadear, a gemir sin ningún tipo de pudor.

No hay nadie en casa, solo somos él y yo follando en la misma cama donde nos vio Bratt; en la misma cama donde me rompió el corazón años atrás y en la misma cama donde le fallé a Stefan. Me estruja el culo, cierra las manos sobre mis caderas, sin parar, sin darme tregua.

—Mía. —Clava la mano en mi hombro llenándome de embestidas fuertes y profundas—. Eres solamente mía, Rachel James.

La fuerza del agarre que ejerce en mis caderas me hace apretar las sábanas, me sujeta y empieza a estrellarme contra él una y otra vez, deslizándome a lo largo de su polla. «Salvaje y brusco». Lanza embates que me ponen al borde en lo que su pelvis colisiona contra mis glúteos. El placer me inunda y aprieto los ojos tragando la saliva que llena mi boca.

Su pene hurga hasta en lo más profundo de mi coño, preparando mis neuronas para las oleadas de orgasmos, los cuales veo venir cuando sube la mano por la curva de mis caderas, tomando el pecho, que magrea y estruja. Jadea de una forma tan sexi y varonil que…

—Nena… Joder, qué buena estás…

Las fuerzas me fallan, me niego a sucumbir a Christopher y ondeo contra él en busca de lo que necesito; sin embargo, me cuesta cuando siento los pálpitos de su polla, en el momento en que clava la mano en el centro de mi cadera tensándose, haciendo que se me debiliten las piernas y desatando la oleada de calor que me avasalla.

La garganta me pica, mis ojos se aprietan, los jadeos me los trago, al igual que los gemidos que provocan el saber que se está corriendo como yo. Disfruto del orgasmo en silencio sin darle atisbo ni señales del clímax, ya que lo oculto y lo saboreo, actuando como si nada pasara.

—Más —pido cuando se queda quieto—. No me digas que ya acabaste.

Se aparta molesto. Si hay algo que le ofende a Christopher Morgan es que lo comparen y se metan con su hombría y, para su mala suerte, hoy tengo la mirada puesta en las dos.

—Esto es algo de a dos —termino de prender la chispa en lo que se viste enojado—, así que supongo que terminarás con la boca lo que no lograste con la polla.

Enarca las cejas sonriendo cargado de ironía.

—Fuiste amigo de Antoni, haz acopio de sus prácticas y termina. —Separo las piernas—. Supongo que fue él quien te enseñó a usar la boca.

Cachetada doble, la cual le desfigura la cara, dejando la postura del pantalón a medias.

—No pretendas ofenderme con ese imbécil… —Se sigue vistiendo y me levanto a buscar una bata.

—Ese imbécil se comportó como un caballero y me hizo sentir como una dama. —Abro las puertas del clóset tomando un albornoz—. Cosa que nunca podrás hacer tú.

Aparto la mano para que la puerta del closet no me quiebre los dedos cuando la estrella, consiguiendo que vuelen astillas de madera.

—¡Deja a un lado las idioteces y madura, que estás muy grande para esto!

—A todos nos duele aceptar que nuestro rival tiene iguales o mejores cualidades que nosotros.

—Haberlo dicho antes —espeta—. De haber sabido que estabas tan complacida, no me hubiese matado tanto en encontrarte.

Suelto a reír mientras me visto.

—Fuiste porque quisiste. —Lo encaro—. Y analizándolo bien, esto ya me tiene un poco harta. Tan harta que ni ganas de correrme me dan ya —miento, puedo correrme con solo verle la polla—. Esto me acaba de demostrar que ahora siento más fastidio y rabia que amor por ti.

Toma mi cuello y siento su desespero cuando intenta besarme.

—No quiero, coronel. —Lo empujo—. Lárguese con su noviecita, porque lo nuestro se acabó.

—¿Desde cuándo terminas lo que nunca empezó? —se me burla en la cara, y no sería él si no devuelve el puñal con más fuerza.

—Lárgate de mi casa antes de que empieces a sangrar. —Le tiro los zapatos y la chaqueta.

Tiene el cuello morado por todos mis chupetones y los bíceps rojos por los arañazos.

—¿Te quedarás ideando quién será el próximo imbécil al que le vas a joder la vida?

—Los, querrás decir. —Lo empujo afuera—. Soy libre de acostarme con todo el comando si me apetece. Estoy sola y puedo hacer lo que quiera.

Me amarro la bata y lo hago retroceder a punta de trompicones.

—Me da igual, ¿sabes? —sigue con la burla—. Quédate con tu puta locura y sigue complicándote la vida, que eso es lo mejor que sabes hacer.

—Solo estás ardido porque no me la complico contigo.

—¡No me importa, Rachel!

—¡Sí, te importa! —Lo encaro—. Sí te importa y te da miedo el hecho de que te vuelva mierda si me da la gana.

—Suerte en el intento. —Se ríe.

—La suerte la necesitas tú en tus estúpidos intentos por olvidarme. —Le suelto el empellón que lo deja fuera de mi apartamento—. Anda con cuidado, no vaya a hacer que Gema note que me amas.

—No seas ilusa.

—Iluso tú por creer que dejando a Stefan iba a estar contigo.

Le estrello la puerta en la cara. Mi corazón es una locomotora, la cabeza la tengo en llamas y me apresuro a la licorera; la botella tiembla en mis manos cuando la tomo y me empino el trago, que me refresca la garganta.

El papel de villana no hay que practicarlo, ya me quedó más que claro al herirle el orgullo. El muy idiota quiere que sea como él y no cae en la cuenta de que las cosas son mejores en versión femenina.

Si sabe lastimar, pues yo también; si él es malo, yo puedo ser peor si me da la gana. Me restriega todo el tiempo que no soy una santa y ha de ser verdad, bien dicen por ahí que entre diablos nos vemos los demonios.

Creyó que iba a herir a otro y el que terminó jodido fue él. Me sirvo otro trago, amo esto, el dejarlo como un imbécil, echarlo como un perro el cual tiene que irse con el rabo entre las patas; actuar como la puta ama, como la desgraciada que le acaba de golpear el orgullo de «machito todo lo puedo».

Miro al techo y me siento con mi bebida para disfrutar de mi momento, joderlo es algo a lo que se va a tener que acostumbrar, porque no soy la misma de antes y esta vez sí le va a pesar el haber hecho lo que hizo.

41

Cara a cara

Christopher

El Jack Daniel's quema mi garganta cuando me empino la botella de licor; el estómago me arde en lo que baja a través de mi esófago y paso saliva estrellando la cabeza en el espaldar del asiento. Bebo lo último que queda, me limpio la boca con el dorso de la mano y aprieto el volante con la mirada fija en la carretera. La ira me está incinerando las venas, las neuronas y las entrañas.

En ocasiones me desconozco, no sé por qué me sorprenden las cosas.

Rachel James siempre ha sido una masoquista mojigata, la cual cree que con sentir lástima por otros corregirá los errores que no tienen vuelta atrás.

La rabia me tensa los brazos. No sé qué mierda hago perdiendo el tiempo detrás de una terca que no sabe ni qué es lo que quiere. Debí largarme cuando terminé, cuando hice lo que quería y ahora me pregunto qué estaba esperando, ¿verla? Sacudo la cabeza negándome a aceptar las estupideces que hago y las malditas amargas sensaciones que desata.

Las llantas del McLaren rechinan sobre el asfalto con el giro repentino que me adentra en la circunvalación.

La jadeíta Mascherano brilla al lado del móvil, que no deja de sonar, y le sumo velocidad al trayecto hasta que llego a la prisión de máxima seguridad, donde me abren las puertas.

La ira me está ahogando, quemando, cosa que no es algo bueno, teniendo en cuenta el nivel de alcohol que viaja por mis venas. Le muestro la placa al agente que sale con el uniforme puesto.

—Vine a ver a Antoni Mascherano, así que manda a preparar al reo.

—Como ordene, mi coronel. —Me dedica un saludo militar.

Abren la reja, continúo hasta la entrada y me bajo del vehículo, estrello la puerta cuando salgo y camino a la torre principal donde me encuentro con la viceministra, que frunce el ceño cuando me ve.

Leonel Waters la acompaña y ambos se acercan reparando en mi aspecto.

—Coronel —me habla Olimpia—. ¿Qué hace aquí?

—No es algo que te interese. —Paso de largo.

Tengo claro a lo que vine y no voy a darle explicaciones a nadie. Un soldado me indica la sala en la que estará el reo.

—¿Qué? —Olimpia Muller se me viene atrás—. No tiene nada de que hablar con Antoni Mascherano, coronel. —Se me atraviesa—. Estoy de lleno en este caso y no hay ninguna orden por parte de Gauna, como tampoco la hay por parte mía, ni por parte de su padre.

—Apártate —la encaro— y no te metas donde no te han llamado.

Sigo de largo, pero me toma del brazo y se vuelve a atravesar.

—Tu padre tuvo que viajar de urgencia a Washington, por ende, no está para salvarte el culo, así que date la vuelta y lárgate.

—Escúchela, coronel. —Se mete el coronel del comando estadounidense—. No debería estar aquí; no le conviene.

Aparto la mano con la que me toca y vuelve a cortarme el paso.

—No me obligue a sacarlo a la fuerza.

—Hazlo —la reto— y seré noticia nacional por romper el sistema de seguridad de una de las prisiones más importantes del mundo, porque de aquí no me voy a ir sin lo que vine a buscar.

Me acribilla con los ojos y la encaro para que tenga claro que sus demandas me valen mierda.

—Voy a hablar con Antoni Mascherano por las buenas o por las malas —le aclaro—, así que quítate o atente a que entre por las malas.

Avanzo y no me sigue, no soy un desconocido para ella: ha estado en el círculo de Alex desde que tengo uso de razón. Un soldado me señala el camino y subo los escalones de dos en dos hasta que llego a la tercera planta.

—Quítenle las armas —dispone Olimpia Muller a mi espalda—. Si vas a hablar con él, será sin representar ningún tipo de peligro para el prisionero.

Dos oficiales se acercan, la mirada que les lanzo lo dice todo y la viceministra vuelve a dar la orden consiguiendo que procedan. No me importa, que me quiten lo que quieran, no necesito armas para matarlo.

Me sacan las dos pistolas que traigo y la navaja que guardo debajo de la botamanga del pantalón. Prosigo a la sala, donde no hay más que dos sillas y una mesa metálica en el centro.

El entorno gris se convierte en un infierno cuando veo al hombre que adentran esposado, consiguiendo que mis manos se vuelvan puños. Olimpia Muller se queda asomada en una de las puertas y yo tomo la silla en la que me planto observando al italiano, que entra tranquilo.

Antoni Mascherano no luce overol, viste de traje y corbata como si no estuviera en una maldita prisión.

—Suelten las cadenas —ordeno.

No quiero que se diga que lo maté por estar encadenado. Los soldados proceden antes de acomodarse cada uno en una esquina.

—*Il bambino di papà* —me saluda el italiano.

Mi mirada choca con la suya y lo único que maquina mi cabeza es lo fácil que sería apuñarlo con las patas de la silla.

—Sabes a qué vine.

—Rachel. —Saborea el nombre mientras cierra los ojos como si fuera algún tipo de manjar—. No era necesario que te enviara a darme las gracias por los detalles.

—Eres hombre muerto y lo sabes —le digo, y se ríe—. No te queda mucho tiempo, imbécil.

—Huelo tus celos desde aquí y me está empezando a molestar el que no dejes en paz a mi mujer y señora.

—Pasan los años y no dejas de ser un maldito maniático.

—Maniático que está loco por Rachel James. —Suspira con fuerza—. Tu presencia me demuestra que no le soy indiferente y eso es lo que te tiene aquí.

Suelto a reír, en verdad me cuesta saber en qué planeta vive.

—Ahórrese la burla, coronel —declara—, que estás aquí por ella. Puede que su nuevo amante no sea competencia para ti, pero tienes claro que yo sí y por una sencilla razón: soy el líder de la mafia.

—Líder que está encerrado.

—Pero ni con eso pierdo poder. Aun estando encerrado no dejo de ser una molestia.

—Poder que voy a volver pedazos —espeto.

Suelta una carcajada que inunda la sala.

—La mafia no es algo que se pueda destruir y mucho menos alguien de afuera. Tú tienes la sangre sucia y sabes cómo funciona este mundo, el querer destruirnos es como querer apagar el infierno —revela—. Es anhelar acabar con el mal que existe desde el inicio de los tiempos, mal que tienes dentro también, porque no eres un hombre que tiene las manos limpias.

Se acomoda en el puesto sin dejar de mirarme y su tranquilidad es un dardo, el cual no hace más que avivarme la ira.

—Puedes tener de tu lado al ejército más poderoso del mundo, pero nosotros siempre seremos un problema; mientras lo malo exista, la mafia también. Tengo más de cuarenta clanes de mi lado; tengo a los Halcones, aves de rapiña que se extienden a lo largo de Occidente y Oriente, son asesinos silenciosos, seres letales que me respaldan, hombres los cuales pelean por y para mí, que soy quien los manda —continúa—. Soy rey y líder de la pirámide, poseo las drogas más letales del mundo, tengo gente, aliados que harán lo que yo les diga. Tengo poder, control absoluto y pronto tendré a Rachel James…

Barro con la mesa, que mando contra la pared, yéndome sobre él.

—Oh, te entiendo, yo también me pongo así cuando de ella se trata —sigue, y lo pongo contra el piso—. Disfrútala, pero no te acostumbres porque es mía…

Lo callo con tres golpes seguidos los cuales le sacan sangre, un soldado se me viene encima tratando de alejarme del hombre que tengo, sin embargo, no alcanza a llegar, ya que lo empujo y, acto seguido, le entierro cuatro puños en la cara al italiano. El segundo guardia arremete contra mí y me volteo dándole un golpe en el pecho, que lo tira contra una de las esquinas del sitio. La alarma se dispara y el mafioso aprovecha para levantarse tomando una silla que me entierra en las costillas.

El dolor me dobla, logro incorporarme y me entierra un codazo en la mandíbula, consiguiendo que lo lleve de nuevo contra el piso, enterrándole la rodilla en el tórax. «A golpes es como lo voy a matar».

Empieza a reírse con la boca llena de sangre como el maniático que es y con más fuerza le doy los golpes que le desfiguran la cara. Intenta evadir mis puños y atrapa uno retorciéndome la muñeca; el dolor me adormece la mano, me da un puño en el mentón, cosa que le sale cara, ya que con más fuerza le encesto los golpes que le quiebran la nariz. Lanzo puños concisos que…

—¡Basta! —Olimpia Muller llega con los hombres que me apartan.

El italiano intenta levantarse y me suelto, vuelvo a abalanzarme sobre él atacando su tórax con golpes certeros que le bloquean el paso de aire y con más fuerza arremeto una y otra vez contra su abdomen y su cara. Lo tomo del cuello queriendo acabar con esto, pero me vuelven a apartar y esta vez no me puedo zafar.

—Esto le va a salir caro —advierte mientras intenta levantarse—. Muy caro, coronel.

Flaquea en el piso y Olimpia Muller me saca a las malas. Cuatro hombres me ponen contra la pared antes de arrastrarme a un sitio aparte y paso al lado de Leonel Waters, quien sacude la cabeza cuando me ve.

—Mal, mal —intenta decir, pero termina callando con la mirada que le dedico.

—¡Lo jodiste todo! —me regaña Olimpia Muller—. Esto lo va a saber el Consejo, lo van a saber los medios internos.

—¡Cierra la boca! —No sé qué le hace creer que quiero escucharla.

Lo único que me apetece es salir a rematar al malnacido que está afuera, pero ella se atraviesa otra vez.

—Deja de entrometerte, que hagas lo que hagas nunca estarás entre las sábanas de Alex —la confronto—. Deja de querer ganar puntos que no te van a servir para una mierda.

Salgo, hay un escuadrón el cual no me permite pasar a ver al italiano e internamente deseo que al menos muera de alguna maldita contusión cerebral. El general encargado de la prisión me pide que la abandone, Olimpia Muller reafirma la orden y siete soldados me escoltan al vehículo, donde me meto.

—Espero que la misma gallardía que tuviste a la hora de venir aquí —me dice la viceministra— te acompañe a la hora de rendir cuentas mañana.

Los nudillos me arden e intenta seguir con el sermón, pero enciendo el motor.

—¡Escóltenlo y asegúrense de que se presente al comando mañana! —Es lo último que alcanzo a escuchar.

Dos vehículos se me pegan atrás en lo que conduzco a toda velocidad. He mandado todo a la mierda, probablemente he malogrado mi carrera en la milicia; sin embargo, tengo la cabeza tan caliente que es lo que menos me importa ahora.

Clavo los frenos a la entrada de mi edificio, donde me bajo; Tyler Cook está en la puerta y se pone al teléfono.

Subo a mi piso y mi tarde se termina de dañar cuando veo a Gema con Marie y Lizbeth Molina esperándome en la sala, como si fuera a responder a algún tipo de interrogatorio.

—Gracias, respetado coronel —habla la metida de la amiga de Gema—. El esfuerzo de todos se fue a la mierda gracias a usted. ¿Tiene claro que arruinó la campaña y el esfuerzo de Gema?

Paso de largo, ahora no tengo que ver con nada.

—Tu novia está a la espera de una explicación. —Me toma del brazo y lo aparto de inmediato.

—¡Ya he dicho un sinfín de veces que no te quiero aquí!

—¡Lo mínimo que puedes hacer es disculparte!

—¡¿Por qué?! ¡¿Por los polvos que me eché y disfruté? No me voy a disculpar por eso si es lo que crees! —le grito—. ¡Así que lárgate de mi casa, que hace mucho dejé claro que no eres bienvenida aquí!

—¡Liz! —La toma Gema.

—Mi amiga es un arcoíris, lástima que usted no sepa de colores —es lo último que dice, y ni atención le pongo.

Continúo hacia la alcoba, donde me quito la ropa; las costillas donde recibí el impacto de la silla me duelen, pero ignoro dicho dolor y me meto a la ducha.

Mis nudillos ansían estrellarse contra algo, anhelan subir a… Dejo que el agua helada haga lo suyo antes de salir con una toalla envuelta en la cintura y hallo a Gema con la nariz roja sentada en la orilla de mi cama.

Lo primero que hace es fijarse en los chupetones que tengo en el cuello. La barbilla le tiembla y lo menos que quiero ahora es dar explicaciones. Vuelve a fijarse en los chupetones.

—Si estás aquí por un lo siento…

—¿Te arrepientes?

—No —me sincero, y se lleva la mano a la boca tratando de contener el llanto.

No voy a tapar el cielo con las manos con excusas baratas. Estuvo buena la faena y sería hipócrita de mi parte querer ocultarlo.

—Vete —le pido, nunca me ha gustado este tipo de momentos.

—Puedes saciar tus ganas conmigo, ¿sabes? —Se levanta—. Christopher, yo nunca te he negado nada.

—¡No me basta! —Me exaspera.

—¡¿Y por qué no me lo dices?! Antes de ser novios, éramos amigos y lo arruinaste al callarte las cosas. —Llora—. Dañaste la campaña, lo nuestro, todo por tus malditos impulsos. Me dañaste a mí por una zorra que no vale la pena.

«Si supiera».

—Terminamos —suelta derrotada—. Te amo, pero debes aprender a valorar lo que tienes, debes tener claro que no puedes traicionar a todo el que intenta darte su amor. La vida no se trata de eso, Chris —solloza—. Por mucho que quieras estar solo, tarde o temprano, necesitarás el hombro de alguien para apoyarte y nunca lo tendrás si apartas al que intenta quererte.

—Vete —repito.

—Arremetiste contra Antoni y eso repercute en todo lo que veníamos haciendo. ¿Qué le vas a decir a la Élite y a los que decidieron apoyarte? —sigue—. ¿Qué sentido tiene que nos esforcemos si tú no nos ayudas?

—Ahora no quiero pensar en nada de eso, así que vete o vamos a terminar mal.

Asiente limpiándose la cara, siento que la cabeza me va a reventar y me dejo caer en la cama.

Patrick empieza a enviar mensajes sobre el estado de Antoni Mascherano; Alex me escribe reclamando y preguntando qué diablos me pasa. El Consejo lo sabe, los candidatos también e ignoro a todo el mundo, dejando el aparato de lado.

Me vuelvo a sentar cuando la piel me empieza a picar; esto me está jodiendo la cabeza, me estoy yendo por donde no es y mi orgullo ya no da para tanto. Lo intenté, no quiso, así que por mí no me queda más alternativa que dejarlo. Es perderla a ella o perderme a mí mismo, y primero estoy yo por sobre todas las cosas.

Me levanto, llevo años esforzándome por esto y echarlo a la basura es algo que no haré ni ahora ni nunca. Si no me centro, otros me van a tomar ventaja y no lo voy a permitir.

No puedo permitirme más distracciones o voy a fallar, y primero muerto antes que estar abajo. Hace mucho que sé que es lo que quiero y ahora no voy a perderlo estando tan cerca de conseguirlo; varios me están respirando en la nuca y yo también tengo que empezar a hacer lo mismo.

Tengo que poner mi atención en lo que importa y para eso tengo que sacarla de mi maldita cabeza. Como bien dijo, se acabó para ella y para mí también.

Vuelvo a la cama, donde dejo el brazo sobre mis ojos; las mierdas empiezan a inundarme la cabeza y me repito mil veces lo que me acabo de decir.

Marie entra a mi alcoba a la mañana siguiente, me levanto y me voy a la ducha. Me espera, me cambio, me tomo los analgésicos que están sobre la mesa y me siento a ponerme los zapatos.

—Gema te ama, Christopher —me dice quien está doblando las sábanas—. No estaba de acuerdo con lo que tenían, pero te quiere, haría de todo por ti y es hora de que empieces a notar quiénes son las personas que te suman.

Me guardo las palabras y ella se acerca a dejar un beso en mi mejilla.

—Me enoja lo que haces, pero también eres mi hijo y quiero lo mejor para ti —sigue—. Por eso te pido que reflexiones y pienses. Mereces una mujer que te ame, que te cuide y esté pendiente de ti.

Me meto el comando del McLaren en el bolsillo, al igual que el móvil y la placa.

—Los amo a los dos, a ella porque la parí y a ti porque te crie —termina—. Deja de vivir en el pasado y abre los ojos, aprovecha lo bueno que te está dando la vida.

Se aleja y yo busco la puerta, Zeus está en la sala y le acaricio la cabeza antes de abordar el elevador.

—Te quiero —me dice antes de salir.

Bajo a la primera planta, los soldados que Olimpia mandó anoche esperan en la recepción y sigo de largo abordando el McLaren.

Los lentes los mantengo puestos hasta que llego a la central. Los uniformados que rondan fijan la mirada en mí, ya todo el mundo ha de saber que me pasé los códigos por el culo y le rompí la cara a Antoni Mascherano.

Me cambio, la secretaria se levanta cuando me ve y por primera vez en la vida luce como alguien medianamente decente.

—La viceministra, el general Gauna y la tropa Élite lo esperan en la sala de juntas —me indica, y, sin tanto preámbulo, tomo el camino que lleva a dicho sitio.

Pongo la mano en la perilla, sé lo que hice y no me pesa. No dudaría en volverle a partir la cara a ese imbécil. Abro, dos sujetos de los medios informáticos de la FEMF me miran y mis ojos viajan a la mujer de ojos azules que está a un lado de la sala, hablando con el sujeto que toma nota.

Bratt me mira mal al igual que Olimpia Muller, solo que la segunda lo hace con más disimulo. Camina hasta mí y me encara.

—Estás suspendido por tres días, el general Roger Gauna determinará las fechas —susurra solo para los dos—. Tienes prohibido ver a Antoni Mascherano y tienes suerte de que aún haya gente dispuesta a apoyarte.

—¿Qué quieres? ¿Que me arrepienta y agradezca? —le aclaro—. Pues no, porque no me arrepiento de nada.

Se retira sin decir más. Los medios presentes se me acercan, mi mirada se cruza con la de Rachel, que está junto a Bratt, y Cristal Bird me pide que siga, ya que me quieren hacer un par de preguntas. Me adentro en el sitio. Como ya dije, por más problemas que traiga la golpiza, no me voy a disculpar, porque no me pesa; y si pudiera volverlo a hacer, con gusto lo haría otra vez.

42

Eslabones

Philippe

El olor a lluvia emana del césped de la propiedad Mascherano. El nudo que se atraviesa en mi garganta me sabe a sal; Antoni es mi hermano y siento los actos contra él como puñetazos en la cara.

Es como si derramaran y pisaran mi propia sangre.

Christopher Morgan no ha hecho más que poner una línea roja sobre su nombre en la lista de los que pronto partirán de este mundo.

—Tiene dos costillas rotas, contusiones en la mandíbula, en uno de los pómulos y en el tórax —me explica Ivana—. Le destrozó la nariz.

Cierro los ojos y medito durante un par de segundos, el enojo me pesa, pero es algo que me trago antes de avanzar al comedor, donde me están esperando. Mientras Antoni no esté, soy el líder, el que comanda, y la cabeza de la asociación delincuencial más grande del planeta.

Los miembros de la pirámide se levantan y me ubico en la cabecera de la mesa. Los que integran la reunión se extienden a cada lado, todos hombres y mujeres de cuidado; entre ellos, Ivana, su marido, mi padrino, los dueños de la Tríada, el Hampa, la mafia búlgara, los polacos y la Yakuza.

Los que estaban afuera entran, entre ellos, Uriel Romanov, el primo del gran cabecilla de la Bratva. Unos pasos atrás viene Aleska, la tercera hija de Akin Romanov.

—¿Dónde está el Boss? —increpo cuando no lo veo.

—Ocupado. —Uriel se ubica en su puesto—. He venido yo en su reemplazo.

—Si el líder está en la mesa, es crucial que los grandes cabecillas, por respeto, se presenten —se queja Dalila—. Díselo a tu Boss para que lo tenga en cuenta.

—Está ocupado, todos aquí tenemos compromisos —le dice Gregory, y decido seguir.

—Han atacado a Antoni en prisión. Christopher Morgan ha abusado de su autoridad para salirse con la suya —expongo haciendo una breve pausa, ya que me cuesta continuar—. Lo han dejado mal.

—¿Y cómo quedó Christopher Morgan? —indaga Uriel—. ¿También está en el hospital?

—Eso no es lo relevante, a cualquiera de nosotros nos hubiesen podido atacar dejándonos igual o en peores condiciones —interviene Ivana.

—No a todos —opina Aleska Romanova.

—¿Qué quieres decir? —increpa Dalila.

—Nada. —La rubia se cruza de brazos.

—Siento que tu altivez es una falta de respeto, te estoy preguntando algo y te niegas a responder —contrarresta la italiana.

—Ah, calla, Dalila, que ni dama eres como para que opines e interrumpas. De hecho, ni siquiera sé qué haces hablando —se enoja Natia, uno de los miembros—. Hasta el hijo de Antoni tiene más relevancia que tú, así que cierra la boca y no interrumpas la reunión.

—¡Cierra la boca tú, que estás ante el apellido del líder! —se altera Dalila.

—¡Suficiente! —interviene mi padrino, y respaldo su petición.

Al igual que Brandon, a veces es quisquillosa. Lucian aparece con Damon, quien no se le despega. A este último no lo conocen, pero mi padrino quería que los cabecillas de la pirámide lo vieran.

—Lo que Isabel nos dejó —declara Angelo—: un miembro más para la mafia italiana.

Todos fijan la vista en él, que se mantiene al lado de Lucian. No deja de llorar armando un escándalo; el cabello le llega por debajo de las orejas y grandes medialunas le decoran los ojos.

—Estaría Antoni presentándolo si no estuviera en prisión, mas su ausencia no será por mucho —digo— porque va a salir. El enamoramiento que tiene lo llevó a tomar decisiones apresuradas, pero eso lo vamos a solucionar.

Todos asienten convencidos menos los rusos, que medio mueven la cabeza, y no les digo nada: no se les puede pedir mucho entendimiento en este tema, ya que su gran amor es la hermandad; tienen poder, sin embargo, no saben amar. A nosotros, nuestra madre nos enseñó poesía; la de ellos a matar crudo y sin piedad.

—Pensé que Lucian sería más parecido al coronel —comenta Natia.

—¿Conoce a mi padre? —le pregunta mi sobrino, y todos me miran.

—Para nuestra fortuna no se parece a ese animal —comento—. Eso hubiese sido una desgracia.

Fue poco lo que pude compartir con Emily, dado que mi padre me aisló de mis hermanos. No la conocía tanto como a los otros, pero mi lazo parental con ella es más que suficiente como para no tolerar al que traicionó la confianza de mi familia. Por su culpa murieron Emily, Brandon y Alessandro, se le dio la mano y la mordió tal perro rabioso.

Lucian se retira con Damon y les cuento a todos con detalle lo que pasó con Antoni, todos se preocupan y comparten mi misma rabia. Pasamos de la mesa a la sala, donde les brindo el mejor vino que tenemos; Gregory viene a mi sitio y le pido a la empleada que sostiene la bandeja que se aleje.

—Necesito que hables con el Boss. Dalila en parte tiene razón —pido—. Es importante que no vuelva a faltar a una reunión, cuando mi padre estaba en la mesa siempre estuvimos todos y quiero que siga siendo así; ahora y siempre.

Llama al *vor v zakone*, quien se acerca con una copa en la mano.

—Philippe quiere ver más seguido a tu Boss —le dice Gregory en un tono jovial—. Le comentaba que estar follando con tantas sumisas le quita tiempo, por ende, hay que comprenderlo.

Ambos se ríen y me uno al momento para relajar el ambiente, puesto que no es mentira: el máximo cabecilla de la Bratva es un sádico al que muchas se le arrodillan por la apariencia y por el poder.

—¿Qué es lo que te preocupa? —me pregunta el *vor*.

—No me preocupa nada. —Le palmeo el brazo—. Solo que siento que ahora es cuando debemos estar más unidos que nunca: la candidatura, los Morgan, el coronel… Sabemos cómo es y no me fío de él. Es un problema que sí o sí se debe solucionar, dado que en el poder no nos conviene.

—Es cierto, hay que estar unidos. Déjalo en mis manos, el Boss será mi invitado de honor en la próxima reunión; haré que disponga de un tiempo para nosotros —secunda Gregory—. Es mi amigo, no me va a decir que no.

Pido que me llenen la copa, Dalila me llama a lo lejos y me voy a la antesala con ella.

—Me han faltado al respeto y no has dicho nada —me reclama—, y ahora te ríes con ellos, con los que se burlaron de mí.

—Son nuestra gente, nuestra muralla.

—Pero a alguno se les olvida que soy una Mascherano… —Se impacienta y tomo su cara—. Eso me molesta.

—Debemos ser sabios y pacientes, ellos saben lo importantes que somos, solo que, en ocasiones, les gusta bromear —la calmo—. Nadie tiene duda de lo que eres.

Me alejo, pero su voz me detiene a un par de pasos del umbral de la puerta.

—Philippe —me vuelve a llamar.

Me quedo en mi sitio y me hace retroceder cuando avasalla mi boca con un beso, la antesala está vacía y siento su ansiedad a la hora de tomarme.

—No podemos…

—Te amo. —Me vuelve a besar y suspiro con fuerza cerca de sus labios—. Me amas y yo a ti.

Sus palabras están cargadas de sinceridad; ella, Ivana y yo somos la base que sostiene ahora esto.

—Todos lo estamos haciendo muy bien, pronto Antoni estará libre, le ayudaré a tener a su dama y, cuando tenga todo lo que necesita, le explicaré lo nuestro —le digo—. Ahora debemos tener paciencia, continuar con los planes, puesto que debemos dejar el nombre de los Mascherano en lo más alto y seguir siendo lo que somos: la punta de todo esto, los que van a marcar un antes y un después en la Fuerza Especial Militar del FBI.

Asiente con una sonrisa macabra y me abraza con más fuerza haciendo el gesto de los cuernos que tanto le gusta.

—No podemos desenfocarnos de lo importante —continúo—. Necesito que trabajemos en equipo y luchemos juntos en pro de la mafia italiana.

Beso su coronilla. Me siento mal por esto, por lo que me despierta y por el tormento que enciende en mi cabeza; sin embargo, hay cosas que sencillamente no se pueden controlar.

—¿Me amas? —me pregunta, y asiento.

Escucho unos pasos que se acercan y tomo la debida distancia. Es Ivana, quien nos sonríe a ambos. Me siento mal en cierto modo, dado que es la hermana de Dalila y llevamos tiempo trabajando juntos.

—Hay algo que quieren concluir contigo.

Dalila se aferra a mi brazo y vuelve conmigo a la sala donde espera el resto de la pirámide. Gregory Petrov está en uno de los asientos; los miembros de la Bratva, recostados en una de las columnas; los dos dueños de la Tríada, junto a la segunda salida, y el resto está a lo largo del espacio (los polacos, los padrinos de la noche y los demás). Gregory toma la palabra:

—Estamos cerca de culminar uno de los movimientos más grandes de la ruta, los peones ya saben lo que tienen que hacer —declara—, y se están preparando para ello ultimando detalles.

Muevo la cabeza con un gesto afirmativo antes de sentarme. Dalila deja la mano sobre mi hombro y tomo una bocanada de aire. Christopher Morgan cree que puede pararse sobre nosotros y no es así, le voy a recordar por qué la mafia siempre ha sido el mayor problema de la Fuerza Especial Militar del FBI.

43

La rebelión de las ratas

Rachel

La noticia de Antoni Mascherano es la comidilla de la mañana. El agente de los medios sigue con las preguntas sobre mi carrera, mientras que Gema se sorbe los mocos con cautela en un rincón de la sala. Es la cuarta vez que lo hace desde que llegó.

Centro mi atención en la persona que tengo al frente. Inteligencia, empatía y amabilidad son las cualidades que debe tener el personal que apoya al candidato. Lo sé porque anoche me leí nueve artículos sobre el tema después de enterarme de lo ocurrido.

—Rachel, tu padre debe estar orgulloso de ti —me dice el agente de los medios cuando termina—. Estás siguiendo sus pasos al apoyar a la familia Morgan, él también estuvo en el paso a paso de la candidatura del actual ministro.

—Sí, hay conexiones que nunca se rompen.

—Gracias por responder las preguntas, nos interesa ahondar en la vida de los soldados que trabajan con el coronel. —Se aleja—. De alguna manera, estarán a su lado si gana.

Laila me hace gestos queriendo saber qué le pasa a Gema; con disimulo le contesto que no sé y con la cabeza me pide que averigüe. A decir verdad, Brenda tiene razón en que estamos en algo importante, lo cual nos compromete a todos, eso y que me muero por saber cómo terminó su noche después de ver cómo dejé a Christopher.

Con los brazos cruzados me acerco tratando de no parecer tan obvia; Liz Molina se pone a la defensiva: no le caigo bien, como tampoco ella a mí.

—¿Tienes novedades del trabajo que se adelantó ayer? —le pregunto a Gema, quien sacude la cabeza y se sorbe los mocos—. ¿Estás bien? Desde que llegaste te he visto un poco afligida.

—Terminé con Christopher —me suelta, y callo el grito interno que se arremolina en mi garganta.

Mi subconsciente festeja la noticia y me enderezo frunciendo las cejas.

—Qué triste —le digo—. ¿Qué pasó?

—Tiene a otra. —Se limpia la cara.

—Una perra en celo, quitamachos —se entromete Liz—; perras hambrientas de polla que aman las sobras de otra.

Se centra en mi cara y asiento con la cabeza. Si cree que me voy a alterar, está muy equivocada. Si puedo actuar frente a otros, también puedo hacerlo frente a ella.

—Qué mal.

—Sí, qué mal, pero al igual no tienes de qué preocuparte, porque como tú no hay dos. —Liz acaricia la espalda de Gema mientras me mira—. Eres la mejor puta teniente de este comando y el imbécil es él, que no sabe valorarte, dado que le quedas grande como mujer. Hay hombres que le temen al éxito.

No parpadea en lo que habla.

—Hombres a los que les encantan las perras fáciles.

—Lamento que lo estés pasando mal, espero que todo mejore —le digo a Gema—. Cuando ese tipo de cosas pasan, no queda más alternativa que levantarnos con la mejor de las caras.

—Gracias, Rach. —Me abraza—. Soy fuerte y sé que esto va a pasar. ¿Te gustó el detalle que te di de cumpleaños? Tengo el ticket de compra por si quieres cambiarlo.

—Me gustó, no era necesario que te molestaras. —Me regaló un conjunto de ropa interior.

—Rachel —me llama Brenda—, ven un momento, por favor.

Me acerco al sitio donde está mi amiga. Alexandra se une al igual que Laila, mientras el agente de los medios les hace preguntas a Patrick, Parker y Bratt.

—¿Qué pasó? —me pregunta Brenda.

—Terminaron —contesto por lo bajo.

—¿Y tienes el descaro de abrazarla? —Me pega en el brazo—. Qué zorra eres...

—Ella fue la que me abrazó —me defiendo.

—Noto que lo estás disfrutando, no te hagas la desentendida —continúa Brenda.

—Como tú, que te estás haciendo la desentendida evadiendo a Parker —susurro cuando nos mira—. Has ido cuatro veces al baño desde que estamos aquí.

—Oigan, no quiero sonar como la de las malas vibras —dice Alexandra—, pero siento que Christopher y tú tienen que hablar.

—No tenemos nada de que hablar —contesto—. Lo que merece son más patadas al ego y a las pelotas como las que le he dado, creyó que iba a joder a otros, pero a quien voy a joder es a él.

Lo de Stefan me tiene con rabia todavía, es que cada vez que me acuerdo se me revuelven los ácidos del estómago, he intentado llamarlo, pero no contesta ni las llamadas ni los mensajes. Detallo a Parker: es apuesto, tiene el cabello oscuro y el rostro cincelado, y es de la misma estatura que Bratt.

—Estamos recibiendo amenazas por parte de Antoni Mascherano —le comenta Patrick a la persona que toma nota—. Esta situación nos tiene desesperados, preocupados, y, de algún modo, la debemos frenar.

—Estuvo buena la coartada de las amenazas, el coronel te debe una —me dice Brenda—. Ha quedado como el héroe que defiende a sus soldados de las amenazas, me sorprende que Bratt haya seguido la corriente, ya que en la mañana se estaba quejando.

—Sabe que esto es por el bien de todos.

Me piden una foto con el capitán Lewis y este apoya la mano en mi espalda, cosa que enardece a Meredith, que parece que va a botar fuego por la boca; y al coronel, que nos come con los ojos.

—Gracias. —Se aleja el de la cámara.

Vuelvo al lado de mis compañeras, el coronel se mantiene serio en el puesto, me mira por una fracción de segundo y aparta la cara; me molesta lo sexi que se ve así con la cara de serio. La reunión con los agentes acaba y él se levanta sin decirle nada a nadie; Gema se apresura al baño con Liz y yo me muevo a la oficina de mi superior, que estrella la puerta cuando se encierra.

Camino a su sitio, enojado o no tiene algo que no le pertenece y que necesito. Si toco, no me va a abrir, así que entro sin llamar.

—Agradezco el que le hayas partido la cara a Antoni, pero necesito la jadeíta Mascherano —le digo—. Macabra o no, es un regalo que me gustaría conservar.

Los músculos de la espalda se le mueven debajo del uniforme, se mete la mano en el bolsillo y la estrella en mis pies como si se tratara de cualquier porquería.

—Toda tuya —me dice, y acaricio la piedra cuando la tomo—. ¿Algo más?

—No. —Me la coloco y río para mis adentros con la cara que pone—. Gracias, coronel.

—Hay que partir ya. —Llega Bratt—. Voy para el punto, así que te puedo llevar. Debo informarte de las novedades.

—Sí, me serviría que me lleve. —Salgo con él estrellando la puerta cuando cruzo el umbral, como hizo él. Se ha de estar mordiendo el puño y el pensar en eso me alegra la mañana.

Los inicios de semana suelen ser caóticos. Me quito el collar en el pasillo y Bratt me detiene cuando estamos por llegar a las escaleras.

—¿Pasa algo con Christopher? —me pregunta.

—¿Algo como qué? —contrarresto—. Ya hemos hablado de esto y te comenté las decisiones que tomé.

Respira hondo y asiente frente a mí.

—Quiero que tengas presente y no se te olvide lo que me aseguraste. —Aprieta mi hombro—. Es importante para mí que lo cumplas.

—Lo tengo presente.

El peso de las mentiras me golpea y echo a andar con él, que me sigue. Lo siento tenso, a cada nada mira el reloj y está pendiente del móvil. No lo culpo de lo segundo, yo también hago lo mismo con la esperanza de que Stefan haya contestado uno de los mensajes que le envié.

—Ve a cambiarte —me pide el capitán—, te espero en el estacionamiento.

Rápido me muevo a mi alcoba a cambiarme el uniforme, en el estacionamiento Bratt me abre la puerta del auto para que entre y con él me encamino al apartamento compartido.

Él tamborilea con los dedos en el volante, lo sigo sintiendo tenso y decido ahondar en el tema cuando se estaciona varias calles antes de mi destino.

—¿Todo bien? —le pregunto mientras se suelta el cinturón.

Se frota el cuello, Bratt no es una mala persona, siempre he dicho que, pese a sus errores, es un buen hombre y también un buen soldado. Dejo la mano sobre el brazo que mantiene en el volante.

—Si necesitas hablar, sabes que estoy aquí para lo que necesites.

—Últimamente, no me siento bien —confiesa—. Sabrina, lo que está pasando con los amigos de mi padre y todo este tema que tenemos encima.

Sé que lidia con la preocupación de Sabrina, sus responsabilidades como agente y las que tiene con su familia. Toma mi mano y besa el dorso, entrelaza nuestros dedos y me lleva hacia él dejando un beso en mi mejilla.

—Eres un muy buen soldado, hijo y hermano; sé que poco a poco pondrás todo en orden —le digo, y sonríe.

—Gracias por preocuparte. —Acaricia mi cara.

—No es nada. —Toco la mano que sigue sobre mi rostro.

Sigue siendo un hombre atractivo, dejo un beso sobre su mejilla y permito que me abrace. Respiramos al mismo tiempo, se pone en el papel de capitán y me explica las órdenes pautadas por Gauna.

Muevo la cabeza con un gesto afirmativo cuando me termina de contar los avances que se tienen y bajo del vehículo.

—Si surge algo más te aviso —le digo antes de bajar.

—Estaré atento.

Me compro un café antes de llegar, sé que necesito paciencia y energía con la persona con la que debo trabajar hoy. Me bebo lo que compré y me muevo al apartamento donde se hace el trabajo de inteligencia.

Irina ya está en el sitio preparándose, el ser profesional es fundamental en este trabajo y ella no es una mala agente; años atrás continuamente coincidimos en operativos.

Me cambio en la alcoba a la que le dejo la puerta abierta, traigo ropa de civil y requiero algo más acorde.

—¿Y está viviendo contigo? —me pregunta Irina bajo el umbral.

—¿Quién?

—La secretaria.

—Sí, lo hará mientras se repone económicamente.

Me acomodo la falda y encajo la blusa, me aseguro de tener todo lo que necesito para mi labor y busco la salida.

—La extraño, ¿sabes? —suspira a mi espalda—. La época en que me considerabas más amiga a mí que a ella.

Se adelanta y sale primero que yo. Hay cosas que echo de menos; sin embargo, pese a que es la esposa de Scott, siento que no comparto ciertas actitudes. La alcanzo y bajo con ella. A pocas cuadras de llegar al centro me vibra el teléfono con una llamada de Elliot y la rechazo, dado que no puedo contestar.

Como de costumbre, saludo al hombre que vigila la puerta trasera. Es común que las mujeres necesitadas o de bajos recursos compartan pisos o casas.

—Beth Allen, la mujer que Gema encontró golpeada, ya fue dada de alta y reanudó sus actividades —me informa Irina en lo que vamos por los útiles de aseo—. Ayer estaba un poco retraída y nerviosa.

—Lo más seguro es que esté trabajando bajo presión —comento—. Sus heridas fueron propinadas por otra persona.

La madre superiora nos pide ayuda en la cocina y a dicho sitio me dirijo. El mediodía es ajetreado. Trato de hablar con Beth, pero me evade las dos veces que lo intento.

Más actividades se suman a lo largo de las horas y Christopher aparece mientras limpio las mesas del comedor al aire libre, donde se les ofrece café a los miembros de alcohólicos anónimos. Uno de los hombres se acerca a preguntarme cómo estoy y me pone tema de conversación en lo que hago mis tareas.

Se pone intenso extendiendo la charla, termino con lo que estoy haciendo y me acerco a la mesa donde sirven las bebidas; el sujeto pide otro café y me sugiere que vayamos a saludar al supuesto sacerdote que está con un periódico bajo el brazo hablando con una prostituta.

El hombre insiste y le sonrío antes de echar a andar al puesto del supuesto padre. La mujer que está con él saluda al sujeto que está conmigo, este decide presentarme a su amiga y acabamos formando un incómodo cuarteto.

Christopher tiene una camisa beige con alzacuello, pantalones apretados y el cabello perfectamente arreglado. «Maldito», odio que todo se le vea bien.

—Le hablaba al padre sobre lo que pasé con mi antigua relación, la cual me hizo mucho daño —comenta ella—. Me gusta compartir la experiencia para que otros no caigan en lo mismo.

—Muy sabio. —Aprovecho el momento—. Supongo que te alejaste; esas personas no consiguen más que hacerte perder el tiempo.

El coronel abre el periódico y se pone a leer como si nada.

—Sí, me alejé, pero volvimos otra vez. Él era muy tóxico, sin embargo…

—Te gustaba cómo cogía —habla Christopher sin apartar la vista del periódico.

Las dos personas que están frente a nosotros se quedan en blanco y yo lo miro mal.

—Te gustaba, ¿no? —sigue el coronel—. Reconocer las cosas es mejor que andar con hipocresías.

—No. —Ella sonríe nerviosa—. No era por eso, padre…

—Yo te entiendo —intervengo—. No te preocupes.

—¿Quieres compartir algún testimonio? —me pide el alcohólico—. Nos gustaría escucharte.

—A mí no, tengo cosas que hacer —espeta el coronel—. Así que adiós.

Se larga y las personas se quedan con los ojos fijos en él, quien toma uno de los panes que está repartiendo Irina, lo muerde con rabia y se sienta en una de las bancas con el periódico todavía en la mano.

—Es un hombre abierto —me dice la mujer—. Es agradable que toque temas de los que otros se cohíben.

—Sí, es muy abierto. —Sonrío—. Debo preguntarle algo, así que con su permiso, me retiro.

El coronel sigue mordiendo el pan mientras lee, tengo que decirle lo de Beth. Mi sombra lo cubre y baja el periódico. Su mirada queda en mí y en ocasiones me dan ganas de molerle la cara a golpes para que deje de ser tan atractivo. La soltería le luce igual que el alzacuello. Abro la boca para hablar, pero me callo cuando capto los alaridos de las monjas que lloran en el pasillo.

—¡El obispo Capreli ha muerto! —exclama una novicia—. Fue encontrado sin signos vitales en su lecho, ¡ha muerto!

Christopher se levanta y se apresura al lugar de los hechos. Con dos señas claras y sutiles le pido a Irina que vigile el perímetro y sigo al coronel. Como bien dice la religiosa, el hombre falleció. Los sacerdotes están en la entrada de su alcoba murmurando entre sí: «muerte natural».

Me las apaño para meterme entre el gentío. El coronel está revisando el cadáver, los paramédicos confirmaron lo que ya se sabe y el obispo les pide a los presentes que respetemos el espacio del fallecido. Christopher sale del sitio y camino junto a él fingiendo que me aflige el asunto.

—Estate atenta a quienes llegan e infórmame de inmediato.

Rápido le cuento lo de la mujer que se halló golpeada.

—Sería útil que hablaras con ella —termino, y me alejo para no levantar sospechas.

Mi tarde se resume en quehaceres que tomo para escuchar lo que se comenta.

—Anoche salió una hora después de haber llegado de su viaje. Volvió tarde. —Capto a una de las monjas hablando en la cocina—. Quién iba a decir que no volvería a despertar.

Estaba en el Vaticano y llegó ayer a las 7 p. m. La noche llega y continúo con mis labores atenta a todo lo que sucede. El reloj marca la hora de irme y Meredith toma mi lugar.

En el apartamento le pido a Patrick que revise las cámaras y, como dicen las mujeres, el obispo salió; de hecho, ya hay un informe de Alexandra, el cual avisa de que discutió con una persona antes de entrar al vehículo que lo recogió.

—Tengo una novedad —me informa Laila a través del teléfono—. Al obispo Gianni y al obispo fallecido solo les quedaban siete días más en la iglesia; un centro de refugiados en Suecia anunció que los esperaban allí. En resumen: se iban a trasladar.

Me da detalles y reflexiono en silencio, sacando conclusiones: se iban a ir y justo antes fallece uno de «muerte natural».

—La muerte pudo haber sido porque se dieron cuenta de que no estaba siendo muy discreto. Eso hizo que no se lo quisieran llevar —le digo, y Laila coincide conmigo—. El hombre no era muy cauteloso que digamos.

—Pondré al coronel al tanto —me dice antes de colgar.

Suspiro, este tipo de casos es común en ocasiones, puesto que juegan con la paciencia de los agentes a la hora de encontrar las primeras piezas, pero cuando se hallan dos o tres, se hace más fácil llegar a todas las demás. Patrón tortuga le dicen algunos.

A la mañana siguiente madrugo para estar a primera hora en el centro. Con las manos en la chaqueta y el tipo de zapatos que antes usaba Laurens, doy pasos firmes sobre la acera, saludo al de la puerta, entro y lo primero que veo es a un hombre de gabardina y sombrero que habla con el obispo Gianni.

La maleta que entra uno de los monaguillos me deja claro que no es de aquí. Se quita el sombrero que trae y se lo entrega a una de las novicias. Mantiene una Biblia en la mano y el obispo le habla despacio.

—Rafal Dudek es un cardenal de Roma —me informa Irina cuando nos encontramos en el comedor—. Es conocido en su entorno, varios hablan muy bien de él.

—¿Viene con frecuencia aquí? —le pregunto a Irina.

—No —responde con un breve murmullo—, pero sí llama con frecuencia.

Desde mi punto veo cómo se acercan a saludar a Christopher, quien los saluda amablemente. Me ocupo de los termos de café en lo que estoy pendiente de lo que se dice, se pide y se hace.

La mañana transcurre con normalidad y el mediodía igual. Durante el aseo en varios sectores me cruzo un par de veces con el resto de los involucrados y en la tarde me empiezo a desesperar cuando noto que falta una hora para irme y no he conseguido algo más.

Seco los vasos mientras que desde la ventana de la cocina observo al cardenal que está sentado en una de las áreas comunes. Pongo atención cuando Beth se le acerca a decirle no sé qué, pero el hombre se levanta y, como puedo, acabo rápido con la tarea.

Me seco las manos dándoles tiempo para que se adelanten y, con precaución, empiezo a seguirlos. Van hacia una de las capillas, casualmente a una de las que tiene pasadizo. Desde lejos detallo con cautela, algo me grita que van para los espacios subterráneos que quitaron de los planos, dado que ella mira a todos lados cada vez que da cuatro pasos.

Se pierden en el umbral de la capilla, espero unos minutos en los que le envío un mensaje al coronel y con disimulo entro a revisar, «no están». El sitio es pequeño, así que tuvieron que haber bajado.

No puedo usar la misma entrada que ellos, hago memoria de los pasadizos que logré detectar durante la investigación. Hay una ventana a un par de minutos, no puedo correr, debo ser precavida, así que camino lo más rápido que puedo. Notifico a Parker sobre la situación mientras me acerco y llego casi diez minutos después al pie de la estatua que busco. Me aseguro de que no haya nadie a la vista y me agacho a quitar la rejilla que está detrás de la escultura. Me cuesta sacarla, pero lo logro al tercer intento.

El área sigue despejada y con un ágil movimiento me deslizo dentro del hueco que...

Mi entrepierna se estrella con algo y, en vez de terminar en el suelo, termino abierta de piernas sobre el hombro de no sé quién. El miedo me invade, mis rodillas quedan contra el piso cuando caemos y me levanto asustada.

Intento disculparme, pero cierro la boca cuando noto que es Christopher la persona que me llevé por delante.

—Perdón. —Trato de tomar su brazo para que se incorpore, pero lo aparta.

—El plano —increpa molesto, y saco la hoja que guardo en el sostén.

Mira lo que intento darle, se fija en de dónde lo saqué y se pone más serio de lo que estaba.

—No tengo bolsillos en la falda y no traigo chaqueta —digo, y me lo arrebata.

—Vigila —ordena.

El entorno apesta a humedad y carece de luz, los corredores antes estaban habilitados, sin embargo, hace años que están cerrados: funcionaba un monasterio y con los años y la falta de mantenimiento se fue hundiendo. Vigilo mientras abre el mapa en el piso y lo analiza con detenimiento. En el pasillo frente a mí no hay nadie y desde mi sitio veo cómo se pasa la mano por el cabello peinándose hacia atrás, con un gesto mojabraga que me desvía la mirada.

Daría lo que fuera por verlo solo como un colega más, pero me es imposible, ya que de alguna manera termina robándose mi concentración. Se levanta, guarda el plano y me ordena que avance antes de adelantarse.

Se detiene en una de las esquinas, pego mi espalda contra la pared y espero su orden. Siento algo tibio en los pies, bajo la vista y… Las ganas de gritar me hacen arder la garganta cuando noto que es una rata. Como loca, sacudo el pie queriendo que se quite, pero se queda, desesperada muevo el pie hasta que huye y Christopher me mira como si fuera una demente cuando me llevo la mano al pecho.

—¿Avanzamos o no? —Me acomodo la ropa.

Continúa corredor arriba, hay varios sitios hechos para estatuas, las cuales mandaron a recoger. Seguimos caminando, me aseguro de que el móvil esté bien cargado y continúo, tomamos el pasillo de la derecha, luego el de la izquierda y…

—¿Sabes cuántas personas lo vieron? —La voz del cardenal nos obliga a retroceder.

—Nadie, señor —contesta Beth.

Capto pasos en el corredor que dejamos más atrás, de aquí a que lleguemos al otro pasillo es obvio que nos van a ver, así que, junto con el coronel, me oculto en el espacio vacío que hay entre las paredes: es el puesto de una antigua estatua que seguramente quitaron hace años. La madera cruje cuando pongo los dos pies, el peso de Christopher lo empeora, intento moverme queriendo dejar la mitad de mi peso por fuera, él hace lo mismo, pero nos terminamos yendo abajo cuando la madera se fragmenta.

La sensación de vacío me hace arder el pecho. El coronel cae conmigo y lo primero que hago es tratar de levantarme con los pies y las rodillas adoloridos. Hemos caído en un hueco. El agua sucia me moja los pies, de nuevo siento algo tibio, pero esta vez sobre mi hombro y…

—¡Rata! —grito apartando el animal que tengo encima.

Un nido de ellas es lo que me rodea, ya que empiezan a asomarse por los orificios, consiguiendo que lleve mi espalda contra el pecho del hombre que tengo atrás. Un par nadan en el agua y me volteo dando el salto que me deja sobre él.

—Pero…

Me niego a tocar el agua donde nadan y el muro por donde entran y salen. Mis muslos aprisionan su cintura y mis brazos envuelven su cuello mientras observo lo que nos rodea. Un enorme trozo de concreto se desprende desde arriba y él me lleva contra la pared cuando el pedazo de piedra cae dejando el espacio más pequeño.

Mis oídos captan los latidos acelerados de su corazón, mi nariz percibe el olor de su aliento y mi pecho se desboca con la proximidad de sus labios cuando mi pulso se acompasa con el suyo. No tiene espacio para moverse y yo menos, mis puños se cierran sobre su camisa y su cabeza se inclina levemente al igual que la mía, nuestras bocas son como dos imanes que…

El animal que cae sobre su hombro me recuerda dónde estamos. Miro hacia arriba y veo que no cae solo uno, sino varios más, consiguiendo que me aferre a su ropa. Le exijo que esquive las ratas y que se mueva. No lo hace como se debe y tomo el control de la situación.

El asco me abruma, la falta de aire fresco, el hecho de que en cualquier momento me pueda caer una en la cabeza, el que…

—¡Bueno, basta! —se enoja Christopher, y caigo en cuenta de que lo estaba zarandeando como si fuera una marioneta—. ¡No soy tu jodido muñeco!

Se pone serio, me quedo quieta y con el corazón a mil.

—Hay que subir o pescaremos una enfermedad aquí —pido con la garganta seca.

—Estoy esperando.

—¿A qué?

—A que se activen los malditos poderes que crees que me cargo —se molesta—. Por si no te has dado cuenta, me es imposible subir contigo encima.

—No estoy aquí porque quiero, el agua está llena de ratas y el noventa por ciento de la población mundial detesta dichos animales —explico—. Me incluyo en dicho porcentaje.

—Déjate de excusas, que eres una soldado, así que bájate.

En estos momentos es cuando se conoce a los caballeros, pero, como él fue criado en la selva, no me queda más alternativa que prepararme para la bajada. Un animal pasa nadando a mi lado y me vuelvo a encaramar sobre él, abrazando su cuello con los brazos.

Resopla, de nuevo quedo a milímetros de su boca y temo que mi pulso desbocado me delate. Noto que me está mirando y una imagen lejana de él me viene a la mente: soldados a nuestro alrededor, Positano, el Mediterráneo, yo entre sus brazos y él acercando su boca a la mía.

La piel se me eriza y…

—Necesito que te bajes —musita.

Su aliento es exquisito y paso saliva cuando mi boca empieza a morirse por tocar la suya.

—Pon el pie sobre el concreto —ordena—. Ya.

Me doy una bofetada mental y asiento.

—Buena idea —le digo—, había olvidado el concreto.

—¿Sí? Raro teniendo en cuenta que casi nos mata.

No contesto, pongo el pie en el pedazo de escombro que se desprendió, quedamos en el mismo sitio, trato de tomar uno de los ladrillos, pero mi mano termina rozando la suya cuando intenta lo mismo. La rata que se asoma me hace alejar la mía y él pone los dedos consiguiendo que el animal se aleje.

—Después de mí —dispone, y no puedo con la seriedad que desata azotes en mi tórax.

—Adelante. —Dejo que empiece.

Procedo detrás de él, que es rápido. Años atrás, cuando teníamos quince años, con Luisa solíamos hablar de las cualidades de nuestro hombre perfecto: debía tener la valentía de un héroe, la belleza de un dios y, bueno, en la cama debía ser como los protagonistas de las novelas eróticas de moda. Christopher podría ser un prototipo perfecto si tuviera carisma y humanidad.

El oxígeno me da vida cuando estamos a menos de medio metro. Él toma mi muñeca para terminar de sacarme y noto que tengo las rodillas raspadas.

El área está despejada y nos pegamos a la pared, dispuestos a seguir con la búsqueda, que nos hace caminar pasillo arriba. Pasamos siete corredores y continuamos con el recorrido hasta que vemos una luz encendida metros más adelante. Si no estoy equivocada, es el salón funerario donde hace mucho preparaban a los difuntos.

Camino despacio acercándome con cautela. Al lado del lugar de donde proviene la luz hay una sala sin puertas. El coronel nota la ventana semiabierta que da al sitio aledaño y me pide que me adelante; procedo mientras me sigue y me agacho para que no me vean pasar.

Nos colocamos junto a los extremos de la ventana: él puede ver a través de la abertura y yo por la ranura de la puerta de madera.

Reconozco a la persona que se mueve dentro: es Beth Allen, la mujer a la que golpearon, y no está sola: el obispo Gianni la acompaña. Christopher acerca con cuidado la diminuta cámara espía y empieza a grabar el encuentro.

La mujer y el obispo suben bolsas a la mesa, sacan los fajos de billetes que él mira por encima. El localizador de Parker me indica que hay novedades de peso y supongo que a Christopher le llegó el mismo mensaje, dado que revisa su móvil.

—Todo el dinero debe quedar acomodado de la misma manera —dispone el obispo—. Mañana tengo un encuentro importante, no estaré en todo el día y cuando vuelva quiero que esté todo listo. Hasta nuevo aviso, culminó mi estadía en Londres.

La mujer asiente nerviosa.

—Hazlo bien, no querrás que te entregue al que se acaba de ir —advierte el obispo—. Te llevará con los otros y puedo pedir que te lance al río de pirañas que lo respaldan.

Mi espalda se endereza «el que se acaba de ir». Había alguien más aquí y no lo alcanzamos a ver, por la referencia es obvio que es alguien de la mafia.

—Consigue dos trajes y nueve hombres de respaldo —prosigue el obispo—. Necesito que me acompañen mañana. Sal y vuelve más tarde. No quiero que la madre superiora sospeche de tu ausencia.

El hombre abandona el sitio y la mujer acomoda todo rápido guardando las bolsas bajo llave, no hay señales del cardenal. Lo que se acaba de captar es importante, mas no suficiente, dado que el dinero puede venir de distintos medios y un buen abogado podría decir que es por vender Biblias en vez de gente.

La mujer se va, al móvil me llega un mensaje de Gauna donde exige la presencia de todos lo antes posible. Da un adelanto de la situación con una alerta:

«Los malditos están aquí».

Christopher se peina el cabello con las manos y echa a andar con un afán que me hace casi correr para mantener el paso.

—Hubiésemos alcanzado a ver a la maldita persona que estaba con ellos de no haber perdido tiempo abajo por tu culpa —me regaña—. Ahora hay más mierda por hacer.

—Creo que no era intención de nadie caer…

—¡Se perdió tiempo valioso, así que no refutes! —Se vuelve hacia mí más molesto que antes—. ¡Muévete a cumplir con el llamado!

—Como ordene, coronel.

Me voy tomando un pasillo diferente, ya que no se le puede hablar cuando está así; no es algo nuevo. Sería raro que no estuviera de dicho modo. Camino rápido. El ardor en las articulaciones por la caída me molesta, Gauna envía más mensajes y me veo obligada a añadirle más velocidad a la marcha.

Mi jornada acabó hace horas, el hombre que vigila la puerta está distraído mientras come y salgo rápido. Nada bueno ha de estar pasando si la mafia está aquí.

Stefan

Borro los mensajes que no me he molestado en leer. Me ha llamado, me ha pedido tiempo para hablar, pero no quiero, o no estoy preparado. No sé cuál es el término correcto que define mi negativa, lo cierto es que no quiero y, por el momento, tampoco deseo saber nada de ella.

Me siento mal, enfermo y agotado. El pecho me duele y ha de ser por todo lo que he llorado a solas. He tenido ganas de volver a París, pero con los gastos que tengo no puedo. Mi hermana viajó a Hong Kong en la mañana con la ayuda que le brindó la teniente y mi tía tuvo que contratar a otra persona para que le ayudara en el orfanato.

Guardo el móvil. Mary Carmen Salas, la secretaria de Drew Zhuk, aparece en la puerta y se acerca con el manos libres en la oreja.

—Mañana te necesito —me avisa—, así que te veo a las once de la mañana en la entrada del puerto.

—¿Del puerto?

—Sí. —No me da detalles—. Requiero ayuda con un par de cosas importantes. Ve puntual, que si no entras con nosotros, no te dejarán poner un pie adentro.

Deja un beso en mis labios y en mi cuello antes de buscar la salida. Más trabajo y justo cuando estoy deshecho.

—Ve preparado, el entorno en el que estarás requiere nervios de acero.

Apago las luces y abandono el lugar. Tengo un mensaje de Gauna el cual me indica que quiere verme ya y adjunta la dirección. Detengo el primer taxi que aparece y me deslizo en el asiento trasero. En otras circunstancias estaría celebrando el hecho de haber conseguido algo útil hoy; sin embargo, nada me emociona.

Hoy, al igual que ayer, me siento estúpido, burlado y decepcionado. No me merecía esto porque le pregunté y le pedí que fuera sincera conmigo;

pero, pese a eso, me lo ocultó y me engañó como si yo no hubiese sido franco con ella.

Aparte de engañado, también fui humillado, dado que estuvo con él en la cama donde estuvimos nosotros. Durmió con el coronel en el mismo techo que compartimos y tuvo la osadía de querer negar las cosas como si fuera algún tonto.

Paul me pregunta dónde estoy y le contesto que trabajando. Me estoy quedando con él y con Tatiana.

El taxi se desvía. La cita es en el mismo bar de la vez pasada y no hay mucha gente en el área. Pago, me bajo y camino a la entrada. Las luces de afuera están apagadas y las puertas cerradas. No sé si entendí mal y he venido al sitio equivocado.

Doy media vuelta para irme y veo que Parker se acerca.

—Están adentro —me avisa—. Solo tienes que tocar.

Trae tres planos bajo el brazo, dos maletines y una laptop. Si hay alguien con quien me sienta avergonzado es con él. Lo juzgué mal y hasta llegué a sentir celos, que me hicieron pensar tonterías de quien no me había hecho absolutamente nada.

Luce cansado, pasea la vista por el perímetro antes de avanzar y me muevo a ayudarlo con lo que trae. Toca y Angela abre la puerta; lo saluda con un beso en la mejilla, dado que no están los superiores de mayor rango.

Gema está trabajando en una mesa con Trevor Scott y Liz Molina. Está concentrada en su tarea, leyendo documentos y analizando información. Procuro ignorarla. Está siendo vilmente engañada y no sé qué pretenden los otros, como tampoco sé cuándo piensan decírselo.

Me saluda con la mano, no se merece nada de lo que sucede.

—¿Quieres una cerveza? —pregunta Parker—. Al igual que yo, siento que la necesitas, así que ven.

Acepto el ofrecimiento, el encargado nos sirve dos vasos mientras me acomodo en el banquillo, el capitán revisa los documentos que tiene y se pasa la mano por la cara, exasperado.

—Yo te debo una disculpa —suspiro con la mirada perdida en la bebida—. Pensé mal de ti y fue injusto de mi parte.

—Déjalo. —Le resta importancia—. No es la primera vez que me pasa.

Nos quedamos en silencio y le doy un sorbo a la cerveza. En verdad me da pena lo que pasó, mis sentimientos por Rachel eran sinceros, reales.

—¿Cómo te sientes? —me pregunta el capitán—. Alcancé a escuchar un pequeño fragmento de lo que pasó.

—Aún no sé muy bien cómo describirlo. Estoy decepcionado, me siento insultado, humillado, traicionado —me sincero—. Yo no me esperaba esto.

—Lo mejor es que lo olvides. Aquí debes estar centrado —me dice—. Ahora más que nunca, debemos estar alerta.

Deja su vaso sobre la mesa. Angela se acerca a comentarle lo que le preocupa. Las cosas no están bien; el capitán termina más estresado y yo, más deprimido. Me empino la bebida que se acaba y Angela me mira.

—¿Estás bien? —se preocupa—. ¿Pasó algo con Drew?

El nudo que tengo en la garganta crece y en menos de un minuto le cuento lo que pasó. Viene desde abajo como yo, es mi teniente a cargo y me ha ayudado en todo lo que necesito. Mi estado de ánimo es importante aquí y no quiero que crea que estoy así porque quiero.

—Lo siento mucho —me dice—. Yo debí decirte, pero no era mi asunto y ella quería que te enfocaras. Sé que te sientes mal, impotente, defraudado; por ello te aconsejo que lo mejor es que lo dejes pasar y no sigas con eso. Con Christopher Morgan es mejor no competir.

—No sabía que eras su amiga.

—No soy su amiga, pero hay cosas que son muy obvias. Rachel engañó a Bratt Lewis, el hombre que fue su novio por cinco años. ¿Qué queda para ti que recién te conoce? —suspira—. Ella está enamorada de Christopher, por eso me alejé, porque los que están entre ellos salen heridos y perjudicados.

Insisto en que me hubiese gustado que me lo dijera, que lo comentara y no que me usara de la manera en la que lo hizo. La alemana pone su mano sobre mi hombro.

—En este comando abundan las mujeres y tú eres muy buen ser humano —me anima—. Date la oportunidad con alguien más.

—Brenda —digo cuando abren la puerta.

—¿Te gusta Brenda? —increpa Parker bajando la cerveza de golpe, y Angela frunce el cejo con su reacción.

—No, solo estoy avisando de que llegó.

La sargento Franco no llega sola. Viene con Laila, Bratt, Meredith, Alan y Gauna. La puerta se vuelve a abrir y en el segundo grupo llega Rachel con Irina Vargas. Pasos más atrás llega Christopher Morgan junto con Simon Miller y Patrick Linguini.

Los ojos de la teniente no tardan en caer sobre mí y miro a otro lado lidiando con lo que me contrae la garganta. Siento que no puedo verla de la misma manera, me ha lastimado, a mí, que estaba tratando de dar lo mejor por ella.

Recojo mis cosas cuando Gauna empieza con las órdenes. Siento que me enamoré de un espejismo y ahora no sé si en realidad es una mala persona o si su forma de actuar es por la manzana podrida que tiene al lado.

Se acerca a mi sitio y el coronel fija los ojos en ella, mirándola como si fuera suya. El hecho empeora mi estado y más cuando ella acorta la distancia entre ambos, me sonríe y eso me hace sentir peor de lo que ya estoy.

Su encanto y belleza son nocivos, porque fácilmente te enamoras, te ilusiona y luego te rompe el corazón con actos que no tienen perdón.

—¿Cómo estás? —me pregunta—. Te he llamado, pero…

—¿Qué pasa, teniente? —empieza el coronel—. ¿Vino a trabajar o a perder el tiempo? ¡La reunión es acá, en la maldita mesa, no frente a ese pendejo!

Todo el mundo me mira, ella lo aniquila con los ojos, mientras que yo me trago la rabia y el repudio que me genera el hombre que habla. Avanzo a mi sitio junto con los demás. Alan está acomodando las sillas para la reunión e intento sentarme.

—¿Te ordené que te sentaras? —se enoja el coronel—. Anda a traerme el maldito trago que necesito: un whisky solo sin hielo.

—Stefan no es un mesero, coronel —me defiende Rachel—. Para eso hay una persona en la barra.

—Que lo traiga o que se largue. —Se sienta—. Aquí cada quién trabaja en lo que sirve y al que no le guste que se vaya.

Me alejo a cumplir lo que demanda; quiera o no es el coronel. Paso el nudo que se atora en mi garganta cuando me siento como un sirviente, me entregan lo que solicitó y lo dejo a su izquierda. Gema luce apagada, tiene ojeras y doy por hecho que es por el coronel, que también la está deteriorando, aunque ella no lo note.

Patrick da inicio a la reunión colocando el portátil en el centro de la mesa. Nos muestra tomas donde se han captado vehículos sospechosos a lo largo de la ciudad. El nombre de Ilenko Romanov sale a flote, al igual que el de varios más. Todos juntan la información que tienen y empiezan a sacar conclusiones.

—Stefan, comenta qué tienes —me pide el capitán Linguini.

—Drew Zhuk cuenta con empleados que empacan pedidos «especiales». Logré ver una planilla. Resaltan dichos pedidos y hay varios a nombre de la Iglesia —les suelto lo que sé—. En la oficina de Drew había un paquete que lo tenía celebrando. Comentó que el material que lo cubre cumple con el objetivo deseado: el contenido es imposible de detectar por las autoridades.

Saco el trozo que pude conseguir y mi capitán lo analiza junto con Meredith y Gema. Les comento lo que me pidió Mary Carmen.

—Angela, tienes una llamada de Freya —le avisa Parker a la alemana, y ella se aleja a atenderla.

Rachel expone con detalle los últimos acontecimientos que sucedieron en el centro. Gauna toma nota, el coronel se mantiene en silencio y el general se levanta molesto cuando terminan.

—Bien, ya dieron sus aportes, ahora vienen los míos: ¡la Bratva mató a Leandro, no a Philippe!; el 444 tuvo tres caídas importantes en un enfrentamiento con un Gao y fue la mafia roja la que fue a sacarlos del apuro en el que estaban —espeta—. El que Antoni esté preso no está sirviendo de nada. La pirámide no siente el peso de su ausencia porque tienen a la mafia roja respaldando al sustituto que, de seguro, también se está rascando las pelotas ¡Por esto es que a Antoni Mascherano nada lo perturba! ¡El italiano tiene todo bajo control, pese a estar en la cárcel! ¡Aparte de eso, hay otra cosa que me tiene con dolor en las bolas y es que nadie se ha puesto a pensar lo que puede pasar si al ruso se le da por nombrarse como líder!

Estrella la libreta de apuntes contra la mesa.

—Hay novedades importantes. —Vuelve Angela—. Las Nórdicas fueron contactadas por la mafia italiana. El clan quiere que mañana den un show especial por el cual han ofrecido una suma bastante grande.

—Es para la pirámide. —Se levanta el coronel—. Todo coincide: Drew Zhuk va a reunirse con ellos al igual que el religioso antes de irse a Suecia, así que todo el mundo arriba, que vamos a proceder con un operativo de captura y ataque.

—¡Ya oyeron a su coronel! —grita Gauna—. ¡Arriba, que vamos a proceder, esta oportunidad no se puede perder!

Gema corre a conseguir lo que pide y Patrick programa en su laptop el área geográfica del campo de batalla y los puntos estratégicos. Es inteligente a la hora de operar y dar órdenes precisas.

—En la base de datos de logística y transporte que opera con la empresa de Drew, acaban de ingresar la reserva de cuatro contenedores en uno de los depósitos de la terminal marítima del puerto —informa la teniente Johnson—. El movimiento de mercancía se hará por vía marítima, de eso no hay dudas.

—A eso hay que sumarle que la seguridad portuaria en los últimos dos días solo ha sido del cincuenta por ciento. Hay poco personal para lo que acostumbran. —Laila Lincorp le entrega el informe a su capitán.

Parker, Simon y Bratt recolectan y procesan la información recaudada por los tenientes para la toma de decisiones finales, mientras que Gauna se asegura de que no haya fallas. Se acuerdan términos y se pactan estrategias antes de la medianoche.

Los capitanes tienen el deber de llevar las órdenes a cabo y a mí no me dan mucho que hacer. El general se encierra en el baño de un momento a otro y los demás empiezan a recoger todo, ya que más de la mitad debe moverse al comando.

—Las Nórdicas necesitan atuendos especiales —dice la teniente Klein—. Comentaron que hace unas semanas pidieron unos baúles que llegan esta madrugada a las dos de la mañana al aeropuerto.

—Que vaya Gelcem —dispone el coronel—. Que sirva para algo más que mirar.

—El soldado tiene que estar mañana en el operativo, trabajó todo el día —le dice Rachel—. Lo mejor es que vaya a prepararse y descanse para la tarea, la cual no será fácil.

—Oliveira puede ir —sugiere Bratt—. Está más descansado.

—Ya di una puta orden —espeta sin mirarme— y no la voy a retractar.

El ambiente se pone más tenso de lo que estaba. El coronel recoge lo que falta, Patrick sacude la cabeza antes de seguirlo y mis labios se niegan a callar cuando me atropella con el hombro.

—El abuso de autoridad está penado por la FEMF, por ende, no puede infringir las normas —le digo—. Es algo que sabe y emplea aun sabiendo que está contra las reglas.

Se detiene y se vuelve hacia mí, Patrick intenta intervenir, pero lo aparta antes de encararme. La postura lo dice todo: me va a golpear. Sus ojos me lo gritan y me digo a mí mismo que no soy una persona agresiva.

—Dispongo y te ordeno cosas para las que sirves, ¿te molesta? —espeta, y doy un paso atrás—. Te hice una pregunta, ¿te molesta?

Me mira como si fuera basura y de nuevo retrocedo cuando se endereza.

—¡No sé por qué mierda te atreves a abrir la maldita boca cuando nadie te lo ha pedido! —me grita—. ¡Primero hablas y ahora te callas! ¡Tomas la típica actitud de lástima, la cual quieres que todos te tengan!

Los ojos me arden, da un paso hacia delante y con las manos temblorosas bajo la vista a mis pies.

—¡Levanta la cara, imbécil! —prosigue—. ¡Cuando yo te hable te paras firme, con el mentón en alto y dedicándome el respeto que me debes, ya que soy tu superior!

Me niego a mirarlo y, en vez de elevar el mentón, agacho más la cabeza. Como ya dije, no soy una persona desafiante, ni mucho menos violenta.

—Ya basta, Christopher…

—No levantas la cara porque no tienes los huevos que se necesitan para hacerlo. —Ignora el alegato de Rachel—. Mis órdenes no se cuestionan, y si te digo que vayas por algo, acatas la orden sin alegar, dado que estoy en el puesto que tú nunca tendrás. ¡Por ende, no te queda más alternativa que mantener la boca cerrada! ¡¿Está claro?!

Rachel me aparta interponiéndose entre ambos.

—No son mentiras lo que está diciendo —le hace frente—. Estás abusando de tu poder y, como ya dijo, está penado.

—¡Ve y pon la puta queja! —espeta con más rabia—. ¡Redacta la querella donde alegas que puse en su lugar a la mierda!

—Es lo que haré, porque te estás pasando.

—¡Basta, James! —la regaña Parker.

—Hagas lo que hagas —se aleja el coronel—, por más que lo defiendas, no deja de ser más que basura.

—¡Estoy cagando y desde el retrete escucho los malditos gritos! —sale Gauna arreglándose el pantalón—. ¡Gelcem, muévete a cumplir la orden de tu superior, y usted, teniente, venga aquí!

Christopher se larga airoso cuando no le dice nada. Los demás no se atreven a mirarme y ha de ser porque barrió el piso conmigo. Contengo las palabras que quieren salir, recojo mis cosas, recibo el sobre que me da Angela y me apresuro a la salida.

Las lágrimas brotan cuando abandono el sitio; me nublan los ojos y me lavan la cara en lo que trato de encontrar la avenida. Debí quedarme en Francia, debí escuchar a Miriam cuando me pidió que lo pensara y no venir aquí a que me traten así.

Oigo pasos detrás de mí, de un momento a otro me toman del brazo queriendo que me detenga, pero sigo caminando al notar de quien se trata.

—No me sigas —sollozo—. Eso solo me hace sentir más miserable de lo que ya soy, así que no lo hagas.

—Escúchame —me insiste Rachel—. Sé que estás mal, pero debes aprender a darte tu lugar.

—¿Tú me lo diste cuando éramos pareja? —Me vuelvo hacia ella.

—Yo no quería que las cosas se dieran así y en verdad lamento el haberte lastimado. —Se acerca—. No me veas como la mala, porque te juro que lo único que quiero es ayudarte.

—No quieres que te trate como la mala, pero actúas como tal. Te burlaste de mí y de Gema, quien estuvo en el mismo sitio donde te perdiste con el coronel el día de tu cumpleaños —le suelto—. ¿Eso lo hace una buena persona? No. Y como si eso fuera poco, no has tenido el valor de decirle lo que pasa.

Con las manos en la cintura mira al cielo, toma una bocanada de aire y da un paso hacia mí.

—Quiero explicarte, en verdad quiero que entiendas el porqué de cada cosa, pero es algo que ni yo entiendo —declara—. Lo único que tengo claro es que no quiero que te alejes. No quiero que creas que quiero dañarte porque no es así, en verdad deseo darte la mano. Lamento lo que pasó y espero que puedas perdonarme.

Aparto la cara cuando las lágrimas caen con más fuerza.

—Tengo claro que es complicado de entender; sin embargo, tiempo es lo único que te pido para poner en orden las cosas —sigue—. Tiempo para hacer lo que tengo que hacer, tiempo para salir de todo lo que tenemos pendiente.

Los sollozos siguen. La quiero porque es una de las mujeres más extraordinarias que he conocido. En París demostró ser un ángel salvador con un corazón de oro, pero ahora no sé dónde se escondió.

—Me dio mucha rabia lo que hizo —confiesa—, cómo te trató y que te humillara como lo hizo.

La detallo y no sé cómo puede querer a ese patán que no tiene nada bueno que ofrecerle; a diferencia de ella, que es hermosa, noble, inteligente y capaz.

—Tú necesitas tiempo, yo necesito espacio. —Tomo distancia—. Así que no me sigas, por favor.

Retrocedo, le doy la espalda y echo a andar.

Los desenlaces felices, al parecer, solo se dan en las novelas rosas escritas por seres que aún tienen una buena idea del amor. Es triste darse cuenta de que la chica no siempre elige al bueno ni busca serenatas de balcón. En vez de anhelar el beso del príncipe, prefieren arder en el fuego del dragón.

Sigo caminando y el recuerdo del orfanato aviva mis sollozos. Los cambios que vemos como lo mejor del mundo son, en ocasiones, nada más que el comienzo de una serie de tragedias.

El sinsabor se mantiene a lo largo del trayecto. En el aeropuerto recojo lo que me mandaron a buscar. El capitán Lewis, mediante un mensaje, me indica dónde debo llevarlo.

El equipaje llega a una zona especial del aeropuerto. Para tomar un taxi, debo atravesar un estacionamiento desolado y trato de apurarme; sin embargo, termino aminorando el paso cuando veo el McLaren del coronel, que está metros más adelante.

Intento devolverme, dado que no quiero más problemas, cuando noto que está detrás de mí.

Suelto el equipaje cuando se acerca.

—No quiero más problemas.

El puñetazo que me lanza me manda al suelo y me hace sangrar la nariz. Intento levantarme, pero me patea la cara y me entierra cuatro veces la bota en las costillas, me roba el aire y me ataca de nuevo, consiguiendo que mi espalda toque el asfalto.

Trato de poner los brazos para protegerme, en vano, porque se me viene encima y me entierra los nudillos en los pómulos. No tengo fuerzas ni habilidades para defenderme. Mi nivel nunca podría con alguien de su rango. La secuencia de puños es salvaje y violenta.

Se levanta. La sangre cae sobre el concreto y me toma del pelo.

—Esto, Gelcem —me dice—, esto sí es abuso de autoridad.

—No le he hecho nada —musito.

—Lo haces cuando respiras.

Lleva mi cara contra el asfalto reventándome la frente, se levanta y me encesta otra patada en el abdomen.

—Ahora ve a llorar y a dar lástima como siempre haces, pedazo de inútil.

Me deja y se larga. Mis intentos por levantarme fallan, sin embargo, al quinto lo logro. Aturdido, me las apaño para llevar el equipaje adonde me informaron.

La nariz no me deja de sangrar y el dolor en las costillas es insoportable. El ojo izquierdo me duele demasiado y me arde toda la cara. Sin fuerzas, llego al apartamento de mi amigo Paul, quien está con Tatiana.

—Estoy bien. —Trato de restarle importancia cuando se preocupan—. Mañana tengo que trabajar y lo mejor es que me acueste.

—Ese hombre es un abusivo —se queja mi amigo en lo que Tatiana se ocupa de los golpes—. ¿Quieres que ponga una queja en Casos Internos?

Sacudo la cabeza. Eso sería darle la razón, darle más peso al concepto que tiene de mí.

Dejo que Tatiana me coloque hielo y me ponga dos inyecciones para el dolor y la inflamación. Me lleno de analgésicos queriendo calmar también la tristeza cargada de impotencia que me consume.

—Él no me cae bien, tampoco ella. Sinceramente, no me cae bien ninguno de la Élite —confiesa Paul bajo el umbral—. No puedes dejar que te sigan tratando así. Como todo ser humano mereces respeto, y has dejado que él te trate peor que a un perro.

Volteo a verlo. Hemos sido amigos durante años y sé que está enojado. Me pone una botella de agua en la mesa y apaga la luz antes de irse.

Al dolor de la decepción ahora se suma el dolor físico, mas no puedo fallar en el operativo. Eso le daría motivos para echarme.

A mí mismo me digo que puedo, que resista y cumpla con mis deberes como me enseñó mi abuela.

Con la llegada del sol me levanto y desayuno. Tatiana me pone una inyección más. Tomo analgésicos antes de salir y me muevo al sitio, donde me encuentro con Drew y Mary Carmen.

—Emilio —Drew me saluda frente a su vehículo—, el día estará potente hoy, espero que estés preparado.

Se quita los lentes frunciendo el ceño cuando me ve los golpes en la cara.

—¿Qué te pasó?

—Intentaron robarme anoche, pero estoy bien.

Me invita a subir a la camioneta y nos dirigimos rumbo al puerto, el cual está lleno de vehículos. El sol brilla con intensidad y a mí el miedo me abarca al sentir el aura que se respira cuando bajo: huele a peligro.

Sigo a Drew al enorme edificio al que se dirige y donde tomamos el ascensor.

—No hables, no preguntes, no mantengas contacto visual con nadie —me dice Mary Carmen en lo que subimos—. Bajo este techo están los pesos pesados de la mafia.

Lo que se forma en mi garganta hace que me cueste respirar. Calmo los nervios apretando el maletín con el que me piden que ayude. Las puertas del ascensor se abren y la atmósfera se vuelve más espesa cuando entro al último piso.

Clavo los ojos en el suelo. Desde que se entra a la FEMF nos hablan de lo que es capaz la mafia. Es algo a lo que siempre le he tenido pavor.

Drew saluda a varios mientras toma asiento. Le ofrecen licor. La cocaína abunda, al igual que las píldoras. La secretaria me pide que le ayude a sacar los documentos que Drew debe mostrar y la acompaño a entregárselos al hombre trajeado al que llaman Gregory Petrov.

—Antes de los cierres y las negociaciones, hay que darse un espacio para la diversión —dicen a mi espalda, y sigo sin mirar a nadie.

La música toma intensidad en la sala de lujo donde abundan hombres asesinos. Vuelvo al sitio de Drew y me quedo a su lado con la mirada gacha.

—¡Que venga el espectáculo! —exige el mafioso búlgaro.

—Esto es de parte de Philippe —anuncia una mujer—. Con ustedes, Las Nórdicas.

44

Combate

Rachel

Abotono el vestido del atuendo que me resalta exageradamente el busto. Acomodo los bordes sobre mis muslos y me siento a ajustar los tacones que me suman altura. Hace calor y, lista, me acerco al espejo, donde me aseguro de que todo esté como debe. El vestido abraza mi cintura, el portaligas es visible y termino de colocarme el cinturón.

Me arreglo el moño y me coloco la boina de medio lado. La temática del espectáculo es sobre la marina, por ende, vamos todas como tal.

El maquillaje transformó las facciones de mi cara: los lentes de contacto son negros y mis labios lucen más exuberantes de lo normal, los pómulos más finos y, a todo esto, le sumo los lentes de sol, que contribuyen a lo que se requiere.

—¿Me ayudas con el pañuelo? —me pide Gema—. No sé hacer el nudo.

Con una sonrisa mal fingida, la ayudo mientras que las demás se terminan de arreglar. Lleva el mismo vestido que yo, pero en beige.

—Eres un amor. —Me tira un beso cuando termino—. Gracias, Rach.

—Nos esperan afuera. —Llega Angela—. Hay que tener precaución con los micrófonos, es lo único que nos puede poner en evidencia.

Vamos a la madriguera de la mafia y no sé por qué tengo cierto *déjà vu* con el operativo de Moscú. Ha de ser porque en dicho sitio conocí al líder de la mafia italiana y ahora estaré con más gente de su calaña.

—Confirmado: los cabecillas han llegado al sitio —avisa Meredith.

—Recuerden lo establecido —la alemana toma la vocería mientras le echo mano al gabán y me lo pongo encima—: cuando entre la FEMF, salimos como si fuéramos víctimas. Hay que mezclarse con los que intenten huir.

Hay que hacer una salida limpia y luego proceder con lo pactado.

—Haremos un excelente trabajo. —Aplaude Gema—. Así que ¡ánimo, compañeras!

—La vas a romper, amiga —empieza Liz—. Que se preparen para la gran actuación de la mejor teniente de esta central.

Me da dolor de oído. Reviso que no me haga falta nada, ya que seremos la distracción de la fiesta. Recojo lo que requiero y con las demás camino a la salida, donde abordamos el vehículo que nos espera.

El sol parece estar en su mejor momento y eso me tiene sudando. Me deslizo en el asiento del copiloto. Meredith, Gema y Liz se acomodan atrás. Angela es quien conduce: Las Nórdicas acordaron llegar solas al punto de encuentro.

Hacemos prueba de sonido en el camino y me aseguro de tener bien escondido el diminuto auricular.

—Unidades confirmadas. A partir de este momento, procedemos con el primer paso importante del operativo —avisa Patrick a través del auricular, y me lo imagino frente a las pantallas del panel—. Es fundamental sacar información de los navíos y almacenes. Esto salvará vidas en la emboscada.

A través del espejo retrovisor, noto la mirada de Liz Molina sobre mí y fijo la vista en la avenida. El día no será bonito y sus miraditas son lo que menos debe preocuparme en este momento.

Llegamos al lugar acordado. Una italiana pálida nos espera y nos guía al siguiente vehículo.

La entrada al puerto empieza a desatar los escalofríos y, como en todo operativo, elevo una plegaria mental, implorando que se mantenga mi culo a salvo: «Señor, compadécete de este ser y haz que vuelva bien a casa». Hay gente sospechosa a mi izquierda y a mi derecha, y sujetos con porte intimidante caminando a lo largo del perímetro.

Atraemos la atención del personal que mueve la mercancía, que nos miran mientras se pasan el antebrazo por la frente apartando el sudor. Continúo caminando junto con Angela, Gema, Liz y Meredith. La mujer que nos recogió es quien señala el camino y nos muestra el edificio donde debemos entrar.

—Todo está como lo pidieron —nos hace saber, y Angela asiente con un gesto.

El ascensor nos espera. Oprime el botón del último piso y el aparato sube, al igual que mi ansiedad. Separo los labios tomando aire por la boca. Es mi trabajo, es para lo que me preparé y sé hacerlo.

Me quito el abrigo y se lo entrego a la mujer que sube con nosotras. Las demás hacen lo mismo y, faltando dos plantas, suelto los hombros: estoy preparada.

Las puertas del ascensor se abren y la italiana bloquea los paneles para que no se cierren.

—Esto es de parte de Philippe —anuncia la italiana—. Con ustedes, Las Nórdicas.

Avanzamos con pasos seguros. Angela es la primera en salir, saca a flote el erotismo que denota y las exageradas curvas que posee. El cielo y los rayos solares iluminan la estancia, en la que predominan los grandes cabecillas de la mafia y, entre ellos, Stefan, quien mantiene la mirada en otro lado.

El gris prevalece al igual que los muebles de lujo, las mesas y el licor. Las bandejas de plata con pastillas decoran las mesas, así como las copas de vino y todo tipo de alcohol.

—Buenas tardes, marineros —saluda Angela—. ¿Preparados para el espectáculo?

Con su saludo viene el show que nos exige bailar, toquetear y besar a los presentes. Deslizo las manos por mi abdomen en lo que escaneo el entorno que nos rodea y continúo con lo acordado.

El primer baile es un abrebocas, una excusa para ganar tiempo mientras nos mostramos y exhibimos como putas con las notas de la canción que vibra a nuestro alrededor. Toco a uno y dejo un beso en los labios de otro moviéndome como pactamos. Es un show corto que concluye con un leve gesto al estilo marinero.

Los aplausos no se hacen esperar y la alemana nos pide que nos alineemos. Al ser la que dirige, es quien da un paso adelante mostrándose amable y dispuesta.

—¿Qué Nórdica quieren los principales cabecillas? —Nos toca y muestra como trofeos, enfocándose en el búlgaro que está en el centro.

Todos son fundamentales, pero los primeros siempre tienen más peso. Gregory Petrov se pone de pie con una sonrisa en los labios. Es el caudillo de su clan, lleva años en la trata de blancas. La barba negra tipo candado le favorece la mandíbula cincelada.

—Escogería primero —suspira y mira el reloj—, pero hoy no soy el más importante aquí.

—Ya llegó —avisa un sujeto.

Varias sumisas salen de la sala aledaña y se quedan en la entrada. Mujeres esbeltas que relucen con orgullo el collar que les decora el cuello. Se apartan y le abren camino al hombre que aparece y vuelve más tenso el asunto.

Los presentes se levantan a recibirlo y él avanza con pasos seguros, reluciendo el imponente porte que destila. Lo siguen dos sujetos con tatuajes, son *vory v zakone*. Meredith se mueve a mi lado y la mujer que nos trajo hace lo mismo atrás.

—Boss —lo saluda Gregory—. Justo a tiempo. Como el principal aquí, eliges primero.

«Boss». Un nudo se me arma en el pecho en lo que se acerca. Es tremendamente alto, el cabello largo lo lleva trenzado a la espalda, la camisa se le ciñe al torso, marcando los músculos que tiene debajo, trae lentes de aviador y la actitud de los que se creen los dueños del planeta.

Angela no mueve un músculo y el porqué es más que obvio. Pasa por el lado de Gema, de Liz, de Meredith y queda frente a mí, que enderezo la espalda. «Pasa de largo —ruego para mis adentros—, pasa de largo». Tiene un maldito letrero el cual grita que bueno no es. Es el jodido dueño de la Bratva.

—¿Te gusta? —le pregunta Angela, quien toca mis hombros.

Asiente con un leve gesto.

—Pero tú me gustas más. —Queda frente a Angela, quien le sonríe y se lanza a besarlo, pero él, con las manos enguantadas, le sujeta las muñecas negándose a que lo toque.

Uno de los *vory v zakone* la toma por detrás, la pone de rodillas y ella abre la boca dejando claro que se la quiere chupar. Gregory Petrov avisa a Drew de que, por su buen trabajo, será el siguiente en elegir, y este viene por mí mientras que Angela se queda con los rusos.

El búlgaro manda a Liz a su puesto. Uno de los dragones de la Yakuza se queda con Meredith y un polaco con Gema. Drew me planta un beso en los labios antes de sentarme en sus piernas. Tiene a Stefan al lado y este me mira de soslayo cuando acaricio la cara del aduanero. No sé qué le pasó, pero tiene la cara llena de moretones.

—La sexi Hela, no me acuerdo mucho de nuestro último encuentro, así que voy a repetir. —Acaricia mi cara—. ¿Cómo estás?

—Feliz de verte otra vez.

Stefan se mueve incómodo cuando me empieza a coquetear, recibo las tres copas que me dan y el tiempo transcurre en medio de los cumplidos del hombre que me tocó, quien me comenta lo mucho que le gustó mi espectáculo. Pasan veinte minutos e intento concentrarme en el aduanero; sin embargo, mi atención queda en Angela cuando el *vor v zakone* la levanta y le arranca el vestido, dejándola desnuda para el hombre que tiene enfrente. La alemana se saborea mientras el otro le mantiene las manos sujetas atrás, le separa las piernas y ella saca la pelvis, ofreciendo el sexo.

—Estoy lista, cariño —jadea.

El mafioso se acerca a ella y mete la mano entre sus muslos, el *vor v zakone* tira de su cabeza hacia atrás en lo que pasa la boca por su cuello y una oleada de gemidos empieza a inundar el lugar.

Mandan a Meredith a bailar, llegan más prostitutas y con ellas los dos sujetos que internamente me hacen celebrar, dado que son el obispo Gianni y el hombre que horas atrás se presentó en el centro como cardenal.

Los quejidos se convierten en chillidos y nadie pierde de vista a Angela, quien en menos de nada flaquea y termina en el piso a los pies del mafioso que le da la espalda. El Boss mueve la cabeza y una de las sumisas se acerca a la secretaria de Drew, le arrebata la carpeta que tiene y le entrega un maletín.

—¿Ya te vas? —le pregunta Gregory al ruso que se prepara para largarse.

—Tengo afán —contesta, y el búlgaro se ríe con la respuesta del hombre, que se encamina a la salida.

Meredith se le atraviesa, pero las sumisas la hacen a un lado. Angela se pone el abrigo que le da la italiana y se dispone a acompañarlos.

Drew me besa mientras Meredith sigue bailando. No me puedo desenfocar, así que me centro en el hombre con el que estoy. Los tragos van y vienen, y poco a poco voy entrando en confianza con el aduanero al que le recibo licor mientras que Stefan se mantiene a mi lado.

Liz Molina está bailando desnuda sobre Gregory Petrov y varias prostitutas entretienen a los sacerdotes.

—¿Qué estamos celebrando? —indago.

—La llegada del dinero, preciosa. —Brinda conmigo—. Barcos zarpan con mercancía de primera.

—¿Tienes navíos? Me emociona —le digo—. No me lo estás pidiendo, pero siempre he querido navegar en mar abierto.

—Tengo tres. Son los que están recibiendo carga de los depósitos verdes —me suelta, y voltea la cara hacia la ventana para que mire—: el cuatro, nueve, dos; el siete, cero, ocho y el seis, cuatro, cinco. Son los medianos que están al lado del grande.

—¿El grande de quién es?

—De la Bratva.

Depósitos verdes; el cuatro, nueve, dos; el siete, cero, ocho y el seis, cuatro, cinco. Angela vuelve arreglándose y ruego al cielo que los micrófonos no hayan fallado y que la FEMF haya recibido la misma información.

—Suficiente con el baile. —Un polaco se pone de pie tirando del brazo de Gema—. Quiero que vean cómo me como este culo.

Drew me besa el cuello hablando del dinero que va a recibir y yo le sigo la corriente, mostrándome cariñosa. Me muevo sobre él en lo que sujeta mi cintura y…

—¡No! —El grito de Gema me obliga a voltear a su puesto—. ¡Asqueroso!

Empuja al *szef* de los polacos. El hombre se ríe como si fuera un juego y la pone de espaldas contra la mesa. Gema forcejea a la vez que empieza a llorar, consiguiendo que el corazón me empiece a latir en la garganta cuando los hombres se miran entre ellos.

Liz se pone a la defensiva y no sé qué hacer, quedarme quieta es vil, dado que a una compañera no se la abandona, pero proceder puede hacer que nos maten a todas.

La toman otra vez, se vuelve a rehusar y el polaco le voltea la cara con un bofetón.

—¡¿Qué?! ¿¡Esta no es una puta?! —le pregunta a Angela, quien se acerca.

—Lo es. Nanna solo está jugando, cielo —la excusa—, pero ya te va a complacer.

Se acerca a Gema, quien, enloquecida, la empuja también.

—Calma…

La vuelve a empujar, habíamos quedado en que conservaríamos el papel hasta el momento acordado. El polaco la toma del cabello y la estrella con fuerza contra la madera, el vestido se lo vuelve trizas, se saca el miembro y…

Algo estalla afuera, Stefan se va contra el piso y hago lo mismo junto con los demás.

—¡Emboscada! —grita no sé quién, pero termina con un balazo en la cabeza.

Los soldados toman el área reventando los ventanales. La mafia da de baja la primera línea de uniformados que entra y Gregory Petrov se da a la huida junto con el resto de los cabecillas.

El caos no me deja levantarme; sin embargo, no puedo quedarme mucho en el suelo, ya que lo lógico sería huir. Brenda y Scott se van sobre Drew y me levanto como puedo fingiendo que huyo atemorizada.

—¡Quemen la mercancía! —pide una polaca a través de un radio en medio de los tiros—. ¡Quemen la mercancía, que la FEMF está aquí!

Stefan está aturdido sin saber adónde mirar, así que lo tomo de la mano mientras corro a la puerta. Liz toma un abrigo del suelo para cubrir a Gema y se pierde con ella en medio del gentío, mientras que la FEMF arremete contra las líneas de defensa de la mafia.

Angela corre conmigo en lo que intenta taparse.

Las escaleras están a reventar. Necesito un arma, un uniforme y un pasamontañas. El humo se vuelve asfixiante. No solo están huyendo los de la fiesta, también están los empleados del edificio. Me termino cayendo y rápido me vuelvo a levantar; el abrirse paso es una agonía, sin embargo, con Angela y Stefan lo logro.

—Caja tres —nos avisa Patrick a través del auricular—. Entren a la caja de embarque número tres.

Me cuesta ubicarla, ya que me arden los ojos debido al humo. La FEMF está disparando desde arriba y es difícil caminar sin el miedo a que te atraviese un proyectil. Angela señala el contenedor y la sigo hasta que nos adentramos en el sitio establecido.

Hay soldados adentro y, sin perder el tiempo, meto las piernas en el pantalón del uniforme de combate; la chaqueta y el chaleco me los pongo en tiempo récord al igual que el pasamontañas y el casco, antes de recibir el arma que me da Irina mientras Alan ayuda a Stefan.

El cruce de balas afuera es violento y él intenta salir, pero lo tomo del brazo.

—¡Lo mejor es que te quedes apoyando aquí! —le digo en medio de los disparos—. Es peligroso.

—Soy un soldado, teniente. —Aparta mi mano—. Un soldado útil como todos aquí y mi capitán me necesita.

No me obedece. Sale con el uniforme puesto y no me queda más alternativa que seguirlo.

Christopher

Minutos antes
Millennium Bridge

Las luces del tablero digital se encienden y se apagan bajo los dedos de Patrick. A su alrededor todo el mundo guarda silencio y agudizo el oído, atento a lo que se dice dentro del punto donde se ubican Las Nórdicas.

El dron que recorre el área muestra el perímetro. Hay hombres armados a más de cien metros a la redonda y Alex, con el uniforme de combate puesto, evalúa el mapa, moviendo a los soldados que están abajo.

—Son muchos barcos —informa Patrick sin dejar de teclear—. Las cámaras infrarrojas detectan un gran número de personas dentro y fuera del puerto.

—Hay demasiados turistas —reporta Bratt a través del auricular—. Es imposible entrar sin causar una masacre.

—¡Estamos perdiendo el tiempo, necesitamos información más precisa! —dice Gauna—. ¡Consigan los malditos nombres!

El grito me maltrata el oído, ya que todos los auriculares están conectados y se le olvida que tenemos el aparato cerca del tímpano. Entra en discusión con Patrick, a quien le dice que no escucha y…

—¡Silencio todo el mundo! —ordeno, y me enfoco en la conversación de Rachel con el aduanero.

«Tengo tres. Son los que están recibiendo carga de los depósitos verdes: el cuatro, nueve, dos; el siete, cero, ocho y el seis, cuatro, cinco. Son los medianos que están al lado del grande».

«¿El grande de quién es?».

«De la Bratva».

—Mueve los drones —le pido a Patrick.

Obedece trasladando las cámaras a la zona de los navíos y efectivamente los tres barcos están preparándose para partir.

—Incrementa el zoom y aclara la imagen.

Un hombre baja y lo reconozco en el acto: es uno de los checos.

—Objetivo confirmado —dispongo—. Prepárense para proceder.

—Depósitos nueve, cuatro y diez —dice Simon—. He detectado movimientos, cuatro búlgaros han ido a verificar algo y se están yendo.

—Creo que Dalila Mascherano está entrando en el diez —avisa Alan Oliveira—. Cámaras aéreas, confirmen, por favor.

Espero un par de segundos mientras Patrick teclea.

—Confirmado —avisa—. La mujer coincide con la imagen que tenemos de su perfil.

—Que avance la primera tropa —ordena Alex, y tomo los implementos que me faltan. El tiempo juega en mi contra, ya que sé que no tardarán en desaparecer.

Me pego al intercomunicador dándole instrucciones al primer grupo que toma el sitio.

—Tomen el edificio, los cubriremos desde aquí —ordena Alex antes de asumir el control del helicóptero—. Desplieguen soldados a lo largo de los depósitos.

Preparo mi equipo mientras el ministro inicia el ascenso sobrevolando la zona portuaria. Abajo, los soldados empiezan a desplegarse desatando el pánico de los presentes. Los grupos se separan mientras ajusto el chaleco antibalas, cargo las armas y guardo los cartuchos.

Gauna acompaña a Alex en los mandos del helicóptero y Patrick hace lo suyo frente a los tableros, en lo que tomo la ametralladora multicañón y pego el ojo al visor. La FEMF se apodera del edificio principal y yo empiezo a arrasar con todo lo que estorba soltando proyectiles.

El helicóptero de Parker llega por el lado contrario, derribando los cimientos de la salida trasera del edificio y se dirige al punto de encuentro. El fuego cruzado se intensifica y el puerto empieza a arder, al igual que los depósitos.

Angela informa de que no tiene lo que le pedí. La sangre me hierve y con más rabia sigo soltando proyectiles, recargo, apunto y acabo.

—Depósito diez, listo —informa Bratt—. Estamos dentro, pero el fuego cruzado no me deja avanzar. Tenemos fichas importantes resguardándose en el lugar.

—Es el más grande y el que más cajas tiene —habla Patrick, y Alex le entrega el control del helicóptero a Gauna—. Hay más de ciento veinte personas dentro, entre ellos, civiles. Las cámaras infrarrojas detectan canes atacando.

—Vamos a bajar, hay que evacuar a los civiles —dispone el ministro—. Todo criminal que esté dentro lo necesito preso y dispuesto a declarar.

Detengo las detonaciones, tomo las cuerdas y me preparo para el descenso. Observo que Parker baja primero junto con su pelotón, Lincorp ya está en la azotea con Alexandra y una cuadrilla de soldados.

Gauna sobrevuela la zona y me lanzo al vacío junto a Alex. Aterrizo en la placa de cemento, Johnson corre hacia mí, los equipos están listos, más soldados se unen y, junto con ellos, me apresuro a la orilla del edificio donde engancho la argolla de la cuerda y me lanzo al vacío.

Balanceo mi cuerpo y reviento con las botas los vidrios de una de las ventanas del almacén y me adentro en el tercer piso. Alex se introduce dos pisos más abajo. En medio de las detonaciones, veo a varios sujetos que corren escalera arriba: es el obispo con el cardenal. Cuatro asiáticos los respaldan y corro tras el grupo mientras que los demás se despliegan a lo largo del perímetro.

Parker llega a cubrirme y continúo sin perder de vista el objetivo.

Subo con la ametralladora apuntando y acabo con todo el que se me atraviesa. Tienen gente en los pasillos y a los religiosos los encierran en una de las oficinas. Parker me sigue y me abro paso, los cuerpos caen y, con el camino limpio, troto y pateo las puertas que me adentran al sitio donde yacen las personas que busco. Arremeto contra los hombres que custodian mi objetivo, quien alza las manos y arruga las cejas cuando me reconoce.

—¿Santiago? —increpa el obispo sin creerlo.

—Coronel Christopher Morgan, imbécil —espeto sin dejar de apuntar—. ¡Rodillas al piso!

Parker se va contra el cardenal. Llegan cuatro soldados y el obispo empieza a luchar. En medio del forcejeo se le cae el pendrive, que intenta alcanzar, pero se lo arrebato antes de esposarlo. No se mueve y se lo entrego a Parker, que lo saca. El alemán se apresura a retirarlo del sitio y le ordeno que se adelante.

—Creo que lo mejor es que salgamos todos…

—¡Andando! —me impongo, y se va.

Me deja solo y empiezo a revisar las cajas en busca de lo que necesito.

Opio es lo que encuentro, como también fajos de dinero, heroína, metanfetaminas y cintas de video. Lo que quiero no lo veo y, con más rabia, me apresuro a destapar lo que falta, pero no hay nada y termino mandando la caja de madera que pateo contra el piso.

El cruce de balas afuera se torna violento. Maldigo para mis adentros y me encamino a la salida; sin embargo, no alcanzo a dar dos pasos, ya que me empiezan a disparar. Le entierro una bala en la cabeza al tirador y busco posición.

Desde mi punto veo a Bratt quien sale con Gelcem de una de las oficinas. Un montón de canes se les van encima haciendo que caigan.

—No tengo municiones —espeta el capitán cuando su arma no responde—. Repito, no tengo municiones, necesito apoyo para bajar.

Levanta a Gelcem y se apresuran al puente colgante donde los perros vuelven a alcanzarlos.

—Christopher, estás en posición para disparar —me habla Patrick cuando los dos soldados caen en el puente de madera con los animales encima—. Coronel, ¿está ahí?

Los animales están hambrientos. Gelcem grita por ayuda al igual que Bratt, quien intenta cubrirse la cara. Los ladridos son ensordecedores al igual que los gritos.

—¡No tengo municiones! —exclama Bratt—. ¡No tengo municiones!

Otra horda de perros se va contra los soldados arrastrándolos a los dos. Los gritos de desespero se avivan. Bratt se quita a un par de encima, intenta levantarse; sin embargo, termina en el suelo otra vez cuando más animales lo atacan.

—¿Christopher? —insiste Patrick—. ¿Estás ahí?

Me llevo la mano al auricular queriendo desconectarlo. Ser un delincuente me enseñó que cualquier oportunidad es buena para deshacerse de los enemigos.

—¡Ayuda! —aclama Gelcem en el suelo, y Bratt trata de que los perros lo suelten.

Momentos de mi infancia atraviesan mi cabeza: Bratt visitándome, Bratt tocando a mi puerta. ¿Es algo que me conmueve? No. ¿Quiero que lo maten, pese a que durante años fue mi amigo? Sí, en un punto de mi vida empezó a fastidiarme y eso le quitó peso a todo lo que hizo.

Los animales se mantienen sobre él, los gritos toman más fuerza y… Sería estupendo verlos morir ahora, pero… Gelcem y él merecen ver cómo me sigo burlando y parando encima de los dos, merecen ver cómo nunca serán mejores que yo, así que alzo el arma, con la que acabo con la vida de los canes.

Bratt queda libre y dejo que Gelcem se lleve un par de mordiscos más antes de arremeter contra el perro que lo ataca. Queda tirado en el suelo del puente, y el imbécil del capitán, en vez de arrojarlo al vacío, lo ayuda a levantarse mientras que yo me salto la baranda que me deja en su misma planta. Las llamas que se extienden mandan el puente abajo, Gelcem alcanza a llegar al borde, Bratt queda en la orilla del pasillo, uno de los tiradores sube con el arma en alto y el limosnero intenta correr en dirección contraria, pero resbala y cae demostrando lo imbécil que es. Suelto un tiro que termina con la vida del que acaba de salir, cae con el disparo y sigo caminando.

¿Quién mejor que yo en este ejército? Nadie, ninguno en la FEMF está a mi nivel. Paso por encima del soldado, al que le clavo la bota en el pecho, en el suelo es donde siempre debe estar. Bratt lo ayuda a levantarse cuando logra subir al corredor y yo continúo a la planta de abajo.

—Sellaron la salida. Alex alcanzó a salir, pero todavía hay gente adentro —informa Patrick—. Las llamas se están propagando, así que salgan rápido de ahí.

Procedo a dar de baja a los que están en la segunda planta. Bratt aprovecha para adelantarse y me es fácil dejar limpio el segundo piso, pero no el primero, dado que hay una gran concentración de tiradores.

Con afán bajo los escalones, Gelcem queda a mi espalda. Intento salir de la escalera, pero mis reflejos responden y me hacen retroceder, ya que están disparando. Me aseguro de tener el pendrive. Bratt está metros más adelante y busca posición. Me empiezan a acorralar y rápido me muevo al punto donde Parker está tras una caja de acero, rodeado de material náutico.

Gelcem llega al mismo sitio y no sé para qué mierda me sigue.

—Pablo Gianni y el cardenal ya están en uno de los vehículos rumbo al comando —me informa el capitán en medio de las detonaciones—. El ministro está fuera, se evacuaron a una gran parte de los civiles y la tropa de Simon rescató a las mujeres que estaban encadenadas en uno de los containers.

—Necesito un arma —le pide Gelcem—. Perdí la mía en medio de la jauría de canes.

—No trajimos armas de juguete —le digo mientras recargo—, así que anda a recoger los cartuchos que tiro.

—Capitán… —insiste Gelcem, y lo mando a callar.

—Las damiselas cargan faldas, no armas. —Me pego al intercomunicador—. Necesito que derriben una de las paredes para poder salir.

Gelcem toma el arpón que está tirado en el suelo, como si esa mierda fuera muy útil en un tiroteo.

—¡La pared de la entrada sur! —demanda Alex—. ¡Derriben la pared de la entrada sur! Voy para dicho sitio.

Los uniformados de afuera cumplen con la orden en lo que yo me levanto a disparar.

Una de las paredes cae. Los soldados que están dentro se apresuran a salir y Alex procede a ayudarlos a evacuar, tomando a los civiles heridos. Intento acabar con el hombre que dispara desde arriba, pero Gelcem se atraviesa chocando conmigo, cae al suelo y desde el piso se las quiere dar de héroe disparándole a un perro con el arpón.

—¡Deja de estorbar! —Le paso por encima cuando me muevo clavándole la bota con más fuerza en el pecho. No me basta, así que se la clavo en la cara y le piso la mano también.

El hombre de arriba se pierde. Uno de los soldados está herido en el piso. Es el que tiene cámara de evidencia e intento ir a por el artefacto, pero…

—¡Christopher! —me grita Alex, y de la nada me mandan al suelo. Un enorme sujeto patea la ametralladora, que se me cae, y me toma del chaleco exigiendo el pendrive. Le clavo la rodilla en el estómago y le entierro un cabezazo que lo hace retroceder.

El francotirador que se había ido, de nuevo empieza a disparar, acorralando a Parker y a Bratt, quienes se ven obligados a esconderse tras las cajas. Al soldado que tengo al lado lo derriban y yo me voy a los puños con el hombre que me ataca.

—¡Gelcem! —le grita Alex con varios heridos encima—. ¡Dispara!

Dos más vienen por mí y veo a Alex acercarse a cámara lenta. Se le cae el cartucho que intenta recargar. Logro desarmar al sujeto que me apunta en la cabeza con un arma, pelea conmigo y…

—¡Gelcem! —exclama el ministro.

Stefan levanta el arpón preso de los gritos de Alex. El soldado me mira a mí y a mi atacante. Caigo, me levanto con el sujeto enfrente y…

No me sorprende que el arpón salga disparado hacia mí y no hacia el hombre con el que peleo. Trato de evadirlo, pero solo logro que se me clave en el hombro y no en el corazón.

El dolor me atraviesa y la fuerza del disparo me empuja hacia atrás, tirándome al piso en medio de un charco de sangre. La reacción de Alex es inmediata: se vuelve loco y acaba con la vida del que intenta rematarme. En medio del cruce de balas hieren a Gelcem, que cae, y el ministro acaba con todo tipo de amenaza.

Los disparos cesan, Parker sale junto a Bratt, mientras que Alex se va contra el soldado del arpón.

—¡¿Qué diablos te pasa, maldito hijo de puta?! —El soldado se arrastra sujetándose la pierna herida.

—El buen Gelcem no es tan santo como parece —me burlo conteniendo la sangre que emana del hombro—. La máscara qué poco le duró.

Alex se vuelve hacia mí acribillándome con la mirada.

—¡Anda, mátame! —No dejo que nadie me toque—. Mátame de una vez, ya que tienes la maldita arma en la mano.

Gelcem manda el artefacto lejos mientras trato de incorporarme.

—No era mi intención, señor —jadea en el suelo—. Le juro que solo quería ayudar y fallé…

—Sí, porque me diste en el hombro y no en el corazón. —El dolor me está dejando sin habla—. Debí matarte ayer —continúo—. ¡Debí partirte las costillas a punta de patadas hasta que se te clavaran en los malditos pulmones!

El que se hace llamar mi padre se apresura a mi sitio y no aparto la mirada mientras viene en línea recta hacia mí. Nunca le he tenido miedo, aunque tenga un rango mayor, sea más viejo y tenga más autoridad. Jamás le daré el gusto a él ni a nadie de bajar la cara, puesto que no es mejor que yo.

Se me viene encima y alza el puño, que me entierra en la cara.

—¡Vamos! —Escupo la sangre que me empapa la boca—. Más fuerte, ministro, no tienes más de sesenta y estás golpeando como uno de cien.

Lanza el siguiente golpe, el cual hace que mi cabeza se estrelle contra el pavimento.

—¡Estoy harto de tu maldita actitud! —Sus gritos son un sonido sordo a lo lejos—. ¡Harto de que des créditos para que te maten!

Se hace un silencio total, una pausa que se rompe con el correr de Rachel, quien llega a socorrer a Gelcem y tal cosa me jode más que el golpe y la herida.

—No te muevas —le pide preocupada.

El ministro se levanta, mientras que ella grita que necesita una ambulancia.

—¡Aléjate! —le grito a Gema cuando llega e intenta ayudarme.

Patrick le pide a Alex que se calme y le ordena al personal de emergencia que entre por mí, mientras que Rachel James y el ministro se ocupan del limosnero. Gema no deja de llorar, el mareo me quita claridad y lo único que medio capto son las voces de los camilleros a mi alrededor.

—Lo que sea que vayan a hacer, quiero que lo hagan sin anestesia —exige

Alex cuando aparece otra vez a joder—. Nada de analgésicos, que se aguante el dolor para que aprenda.

—Pero, señor…

—Déjenlo —jadeo lidiando con el dolor—. Ya estoy acostumbrado a esto y no me importa.

Quiero reír, pero el dolor no me deja. Suben la camilla a la ambulancia y Gema es la única que me acompaña. Encienden la sirena y, antes de que se cierren las puertas, alcanzo a vislumbrar como Alex y Rachel se suben al vehículo que se lleva a Gelcem.

Gema se limpia las lágrimas. La agonía se torna insoportable y no sé en qué momento me desmayo.

La luz del hospital nubla mi campo de visión. Estoy desnudo de la cintura para arriba, sigo con el arpón enterrado en el hombro e intento moverme, pero no me dejan.

—Estate quieto, Chris —me dice Sara al pie de la camilla.

No tengo idea de cuándo llegó, pero Alex está frente a mí con una radiografía en la mano.

—Afortunadamente, no hay órganos vitales comprometidos —informa el médico.

—¿Qué harán? —pregunta Sara—. ¿Por qué no le han puesto anestesia?

—Di una orden y la van a cumplir. —Se acerca el ministro—. Nada de medicamentos que hagan el dolor más llevadero.

—No estamos en la época medieval —se molesta Sara.

—Díselo a tu hijo, que actúa peor que un cavernícola.

Callo, que haga lo que le dé la gana, no me importa. Sara se va con los ojos llorosos cuando las enfermeras se me acercan con gasas. Dos hombres me sujetan fuerte para inmovilizarme mientras el médico procede con la extracción del arpón. El dolor me arquea la espalda, ya que duele como una maldita mierda.

Aprieto la mandíbula. El médico se esfuerza porque sea rápido, pero está tan adentro que los músculos se me contraen con los movimientos. Se me escapa un jadeo y siento que las cuerdas vocales se me desgarran.

—Ya está. —El médico saca el artefacto y procede con lo que falta.

El ir y venir de la aguja es otra agonía. Trata de no demorar, sin embargo, eso no lo hace menos doloroso. Me inyectan antibióticos y se retiran cuando terminan.

—Gelcem me contó lo que hiciste anoche —dice Alex—. Me dijo todas las malditas cosas que le has hecho y no sé cuál es la necesidad de estar jodiendo a otros…

—Lo trato como lo trato porque es un maldito pedazo de basura, el cual no sirve para nada y lo sabes —espeto—. No sé quién te dijo que sería útil aquí.

—Pues no se va a ir —declara haciéndome reír—. Lo voy a dejar aquí, porque a mí no me desagrada ni me estorba.

—Adóptalo…

—¡No tengo por qué adoptar a otro teniéndote a ti! —Se posa frente a mí—. Basta ya con las idioteces y ataques de descontrol. Stefan Gelcem falló por inexperto, pero Bratt, Antoni y todos a los que provocas pueden darte un golpe contundente del que quizás no te vuelvas a levantar.

—No empieces…

—¡No, no empieces tú con lo mismo de años pasados! —me regaña—. Esa no es la conducta de un coronel.

—Yo soy más que un coronel —le soy claro, y calla con mi respuesta.

Sara vuelve y él toma distancia tomando aire por la boca. El dolor me tiene débil, las ganas de discutir se empiezan a esfumar y cierro los ojos queriendo que el sueño merme la molestia que tengo en el hombro.

Me quedo dormido no sé por cuánto tiempo, pero cuando despierto lo primero que enfoco es la sombra femenina borrosa que está al pie de mi cama e infla mi pecho. Parpadeo queriendo que mi vista se aclare y…

—Hola. —La decepción llega cuando noto que es Gema—. ¿Cómo te sientes?

Está con Sara, quien no sé por qué diablos llora tanto.

—¿No tienen nada que hacer? —increpo—. Quiero descansar y no me están dejando hacerlo.

—Soy tu madre —se queja—. No quiero dejarte solo.

—Sara quiere acompañarte en la campaña —comenta Gema como si fuera la mejor de las noticias.

—Quiero estar solo, así que largo. —Algo me dice que si se van, veré lo que en verdad me interesa.

—Iremos a la cafetería. —Gema toma el brazo de Sara—. ¿Quieres algo?

Abren la puerta y reconozco la voz que oigo hablando en el pasillo: Rachel.

—Váyanse —reitero.

Se retiran y fijo los ojos en el ventanal. La persona que quiero que entre no lo hace. Pasan treinta minutos y sigo solo. ¿Qué hace aquí? La enfermera llega a preguntarme cómo me siento y mis ojos se clavan en la puerta, que vuelve a abrirse.

—Coronel. —Patrick y Simon llegan con un oso rosado y no me causa gracia.

Mi genio se torna más agrio de lo que ya estaba cuando tras ellos no viene nadie más.

—Te trajimos este presente. —Me arrojan el muñeco a la cara.

—Más cuidado, por favor —los regaña la enfermera antes de marcharse.

Vuelvo a escuchar la voz de Rachel cuando llama a la mujer que salió.

—Stefan necesita más analgésicos. —Capto—. Le duele mucho la cabeza.

—¿Gelcem está en mi mismo piso? —pregunto.

Se supone que esta planta es para quienes pueden costear la mejor atención.

—Sí, Rachel pagó para que lo subieran —explica Patrick—, pero no te sulfures, está sufriendo igual que tú por la herida que tiene en la pierna.

—No —interviene Simon—. Stefan tiene anestesia y Christopher no.

—Cierren la puerta cuando salgan —ordeno.

—Pero no nos vamos todavía —se queja Simon.

—No los quiero aquí.

—Pero…

—¡Fuera! —ordeno—. Váyanse a trabajar.

Ambos se retiran, dejan la puerta entreabierta y la herida sigue doliendo. «Gelcem, Gelcem», desde adentro espero que le dé una maldita gangrena, es que debería buscar la manera de ocasionársela yo mismo. Rachel sigue hablando en el pasillo y no hace más que empeorar mi rabia.

—Puede tener quien lo acompañe durante la noche, ¿cierto? —le pregunta no sé a quién.

«Soy al que todo le vale mierda», me digo en lo que estrello la cabeza contra la almohada. Me quedo mirando al techo, preguntándome en qué momento dejé que esto llegara tan lejos, tanto como para sentir la necesidad de verla, aunque sea pegada en la ventana, cosa que no hace.

—Volví, ogro gruñón. —Entra Gema—. Sara se fue con Alex, ya que Patrick les avisó de que entraste en tu modo Shrek.

Se sienta en la cama. Tiene la nariz roja y los ojos hinchados.

—Te traje una bebida y un puré.

Intenta dármelo en la boca, pero aparto la cara. No estoy para cursilerías. Le quito la botella de agua que trajo.

—No fuiste el único que tuvo un mal día. —Suspira y empieza a llorar—. Casi daño mi papel como Nórdica y Angela está furiosa conmigo.

—¿Cómo qué casi dañas el papel? —El enojo hace que la herida me arda—. Sé clara, si no te sientes preparada para estar aquí, lo mejor es que lo digas de una vez.

—Estoy preparada…, pero es que… la idea de que otro hombre diferente a ti me tocara me asqueó. —Rompe a llorar.

Los sollozos inundan la alcoba cuando llora con más fuerza.

—Tuve mucho miedo. Ese hombre se me vino encima y quiso tomarme a la fuerza por detrás. —Se tapa la cara—. No supe qué hacer, me sentí muy mal. De no ser por los soldados, no sé qué sería de mí ahora.

Se sube a la cama, se acuesta y coloca la cabeza en mi pecho. Sigue llorando y no la muevo, simplemente dejo que me abrace.

—Casi me muero cuando vi que te hirieron. Te amo demasiado. Hoy lo comprobé. —Se aferra a mí—. Así que no me pidas que me vaya porque no lo haré.

Sus sentimientos no me enojan ni son algo que vea como una desgracia. Mi mano queda sobre su hombro en lo que sigue sollozando sobre mí. Cierro los ojos y suelto los músculos tratando de que el enojo merme.

No digo nada en lo que el tiempo pasa y nadie aparece. Gema me abraza con más fuerza y por primera vez en la vida siento que me estoy quedando con el premio de consolación, al notar que para otros estoy dejando de serlo todo.

Ya no se enfrenta a medio mundo por mí y tampoco obtengo besos en medio de fiebres que te hacen delirar. Ahora solo hay lástima para quien le pone todo fácil.

Mantengo los ojos cerrados y no sé qué me duele más, si el hombro, la cabeza o el pecho.

—Te vas a tu pantano, Shrek. Durante varios días debes guardar reposo. —Gema entra con mi boleta de salida a la mañana siguiente—. Tyler te está esperando abajo y Alex, Gauna, Bratt y Parker están a cargo de lo que queda del operativo.

Me pasa mi teléfono cuando suena. Es Parker quien recibe las órdenes que le doy: hay que terminar de desmantelar el puerto, enviar pruebas al Vaticano, interrogar a los detenidos y tomar a los involucrados que falten.

—Tenemos a un par de personas más —me informa el capitán—. Estamos allanando cada uno de los sitios del radar, el pendrive tenía información sobre los puntos estratégicos que estaban en esto, la contabilidad de la mercancía que fue exportada en los últimos dos años, los sitios geográficos donde fueron destinados y las ganancias que obtuvieron por ser parte de esta red.

—¿Alguna pista del Boss?

—Por el momento no, mi coronel —me dice—, pero una parte de la Bratva respaldó la huida de los cabecillas y quemaron el navío que estaba en el puerto.

La sien me palpita.

—Mantenme al tanto de todo. —Cuelgo.

—De relevancia tenemos a un dragón de la Yakuza, a dos miembros de los padrinos de la noche y a un SIR; también a Drew Zhuk, al obispo Pablo Gianni, al cardenal y a Beth Allen, quien ya empezó a hablar sobre todo, al igual que Mary Carmen Salas —me avisa Gema—. Tú trata de descansar. Me encargaré personalmente del proceso de cada uno y, en cuanto tenga noticias más concretas, te aviso.

Asiento sacando los pies de la camilla. Ella me ayuda a ponerme la playera, toma mis cosas y se pega a mi brazo cuando salimos al pasillo. Hay dos personas esperando el ascensor y las ganas de vomitar empiezan a tomarme cuando reconozco quiénes son.

Stefan se hace el que no me ve y Rachel fija los ojos en Gema, que me sujeta la mano. Mantiene el gesto serio y la mujer que me acompaña le da un beso en la mejilla.

Se abren las puertas del ascensor y no soy tan patético como para irme por las escaleras solo porque ellos lo van a ocupar. Rachel ayuda a entrar a Gelcem.

Quisiera decir que la detesto, pero en el fondo sé que solo detesto verla con otro.

Tyler me saluda cuando me ve, me felicita por el operativo, me abre la puerta del auto y Gema sube conmigo.

—¿Adónde quieres ir? —me pregunta.

—A mi casa.

Veo como el pendejo de Gelcem sube al auto de quien lo socorre y le cierra la puerta. Mi vehículo arranca y recuesto la cabeza en el asiento.

—¿Cenamos la próxima semana? —propone Gema—. Los italianos aún no les contestaron a Las Nórdicas; es entendible que estén ocupados en otras cosas con todo lo que pasó, así que si quieres ir a comer, aquí estoy.

—No sé si tendré tiempo.

—Llámame. —Me aprieta la rodilla.

Los ojos castaños me miran con amor.

—Te voy a seguir apoyando en la campaña y en todo lo que necesites porque quiero que ganes —me dice—. Y ya te dije que haré todo lo posible para que eso suceda. —Cambia de tema—. En estos días, varios me han preguntado por lo nuestro, dado que nos han visto distantes.

Entrelaza nuestros dedos y no me molesto en apartarla. Es como si en el fondo supiera que dentro de un par de años estaremos haciendo lo mismo. Es como si mi mente se resignara a que tendré una vida a medias: el cargo perfecto, el dinero que desee, poder absoluto, todo lo que me propuse con una pareja a medias, porque no me llena y ya me veo haciendo lo que me dé la gana.

La vida no te da todo completo y supongo que las necesidades emocionales las compensaré con poder. Como ministro, tendré y haré lo que quiera y seré el que estará en la cima mientras otros vivirán vidas mediocres.

—No me molestaría intentarlo otra vez —continúa—. Digo esto porque fui yo la que terminó nuestra relación y estoy segura de que no me pedirás que volvamos. Eso sería soñar demasiado.

—Sí —contesto sin preámbulos.

—¿Sí qué?

—Sería soñar demasiado —no disimula el deje de decepción—, pero ten claro que si quieres seguir conmigo…

—Sí, quiero —no titubea a la hora de interrumpirme—. Sí quiero porque te amo como no tienes idea. Quiero que volvamos a ser lo que éramos e intentaré que esta vez no nos hundamos en el barro.

Voltea mi cara para que la mire y pega sus labios a los míos, besándome mientras me abraza. Le doy paso correspondiendo el beso en lo que dejo mi mano sobre su pierna. Es delgada y la suavidad con la que me besa, en ocasiones, me molesta porque no me gusta despacio, ya que mi paciencia es una bomba de tiempo la cual, en todo momento, está en cero.

—Déjenme en la avenida —pide cuando terminamos—. Me gustaría quedarme contigo hoy, pero tengo mucho trabajo. Mamá estará con Sara, ella fue a ver a un pariente que está en sus últimos días, por eso no vino a verte; sin embargo, está bastante preocupada por ti, la tranquilicé prometiendo que estaría pendiente.

No digo nada.

—De ti se encargará Miranda. —Me da otro beso antes de bajarse—. Si necesitas algo, no dudes en llamarme.

El auto arranca cuando se aleja y mantengo la cabeza sobre el asiento. Gema Lancaster es el tipo de mujer dócil que no da problema. Es una llovizna, de esas gotas que no te alcanzan a mojar porque son tan leves que no son más que un simple viento refrescante y, para mi desgracia, soy de los que prefieren vivir entre tempestades de las que desencadenan rayos, truenos y centellas. Poseo la furia de la Bestia, no me conformo con cualquiera.

Llego al penthouse donde está limpiando la empleada, Tyler entra mis cosas y tiro en la barra lo que se supone que debo tomar.

—Todos, largo —dispongo—. Tú también, si te necesito te llamo; de lo contrario, no te quiero aquí.

Salen en silencio. Me aferro a la botella y tomo, ignorando el dolor en el hombro.

Tengo tantas cosas atoradas en el pecho que mi única salida es ahogarlas en alcohol.

Tomo trago tras trago. Me largo al estudio, donde me encierro y pongo la cabeza contra el respaldo de la silla. El whisky me quema la garganta en lo que dejo que las horas pasen.

Estoy hastiado, cansado, hace días me dije algo y no lo estoy cumpliendo. Aprieto los ojos cuando me invaden los recuerdos, las sensaciones que me abarcaron hace tiempo ahora están arrasando conmigo de nuevo y no sé cómo detenerlas.

La noche del hospital toma mi cabeza y me empino de nuevo la botella, ardido con el hecho de que esta vez no hiciera lo mismo.

Hace dos años no le importaron Bratt, Martha ni Sabrina. Solo yo le importé y ahora…

El líquido se acaba y estrello la botella contra la pared. Abro el cajón y tomo otra.

Se extinguirán, cada maldita cosa se ahogará. Mi cerebro se niega a aceptarlo y yo me niego a dejar de beber, ya que lo único que quiero es que de una vez por todas salga de mi cabeza.

45

Tregua

Rachel

El agua cae sobre el parabrisas de mi vehículo. Mantengo las manos en el volante moviendo las piernas en el asiento. Llevo cuarenta minutos aquí y mi cabeza no hace más que repetirme que debí quedarme, no en mi apartamento, en Estados Unidos.

Debí hacerle caso a mi madre, quien me llama justo en el momento en el que no quiero contestar.

Como en años pasados, no me estoy entendiendo; el sentimiento que me confunde, me ahoga y me complica las cosas en verdad es algo que no le deseo a nadie: el querer hacer y no hacer, el querer alejarse y desear al mismo tiempo.

El trabajo no me ha dado tregua en las últimas setenta y dos horas. Se detuvieron a las personas más importantes las cuales colaboraban en la ruta de la mafia. El Vaticano ya se manifestó desentendiéndose de lo ocurrido y por ello se pone a disposición de la entidad en lo que se requiera. La emboscada y la detención de los grandes implicados son un bofetón para la pirámide.

Drew Zhuk decidió guardar silencio, al igual que los miembros de la mafia que fueron capturados. Estos no responden más de lo necesario y se hacen los desentendidos cuando se indaga sobre el tema de los candidatos.

Angela está intentando solucionar el asunto de Las Nórdicas; Gauna, Parker y Bratt están a cargo de todo en el comando y Stefan se está recuperando en mi casa, ya que le insistí en que aceptara mi ayuda. Sigue distante y es algo que entiendo. Lo acontecido no es algo fácil de digerir; además, sigue preocupado por Ernesto, quien está en Hong Kong con la hermana intentando buscar soluciones.

En eso se resume los últimos tres días: en trabajar, pensar demasiado y enojarme, dado que Gema volvió con Christopher y mi cabeza no borra la estúpida sonrisa con la que me lo contó.

No duraron ni una semana estando separados. Aprieto el volante. Quisiera poder abrirle la cabeza a Christopher, saber qué piensa y siente realmente por ella, por la mujer que mantiene a su lado; también quisiera desarmar mi cerebro y sacarlo de este para siempre, dejar de pensarlo, de anhelarlo, el no verlo hace que venga a mi cabeza. Quiero entender por qué no puedo dejar de amarlo, por qué lo sigo teniendo presente, por qué comparo a otros con él y por qué lo quiero como lo hago, sabiendo que me lastimó.

Mi madre tiene razón al decir que este tipo de sentimientos no suelen acabar bien; es algo que duele, lastima y daña; sin embargo, heme aquí. El móvil se vuelve a iluminar con el nombre de Luciana y silencio el aparato.

Muevo el volante, me acerco al estacionamiento y abro la puerta del vehículo. Tyler me ve desde la entrada del edificio y se apresura a mi sitio con un paraguas.

—Gracias por venir, mi teniente —me dice—. Perdóneme por molestarla, pero es que en verdad estoy preocupado.

Me llamó hace dos horas y me comentó que no sabe qué hacer.

—¿Dónde está? —pregunto.

—En su estudio. Lleva más de tres días encerrado ahí —me informa—. No contesta las llamadas y he intentado que salga, pero se niega. Avisé al ministro y dijo que lo dejara, que no es nuevo en él —continúa—. El capitán Linguini vino y cuando el coronel lo vio le dijo que se largara. Entiendo que esté enojado, sin embargo, es mi trabajo cuidarlo y siento que no lo estoy haciendo bien.

No puede estar tanto tiempo encerrado. Va a terminar con un coma etílico. A eso hay que sumarle que tiene una herida y bebiendo nunca se le va a sanar. Subo al ascensor con el escolta y este marca el código del penthouse.

Se supone que mañana son las exequias del general Douglas y debe presentarse. Después de casi treinta días los forenses pudieron entregar el cuerpo.

Gema no está en la ciudad, ayer en la mañana se fue con Thompson y Liz Molina a Gante a hacer acto de presencia en uno de los sitios que aparece en el pendrive. Las puertas del ascensor se abren y me adentro en el vestíbulo, que mantiene las luces apagadas.

Tengo claro que no debería estar aquí, que no es asunto mío, pero Tyler está angustiado por su estado. Está intentando hacer bien su trabajo y no merece trabas ni zozobras, tampoco yo que me enerva saber que está tomando, pese a que sabe que no puede con la herida que tiene.

—Christopher —lo llamo, y no recibo respuesta.

Me doy cuatro bofetadas mentales preparándome para la disputa que de seguro tendremos.

—Christopher —lo vuelvo a llamar en el pasillo, y nada.

Ladran en el despacho, busco la puerta y me aferro al pomo que giro.

Tyler se queda en la sala, abro y una ráfaga de aire con olor a whisky me acaricia la cara cuando entro. El sitio está en tinieblas y busco el interruptor que enciende las lámparas que…

—¡Maldita sea! —Me apresuro al puesto del hombre que está inconsciente frente al escritorio—. ¡Christopher!

Hay botellas rotas por todas partes, así como papeles mojados. El licor gotea mojando la alfombra y el perro no deja de ladrarle. Él no se mueve y su estado nubla mi razonamiento cuando no reacciona.

—Christopher. —Lo levanto y trato de despertarlo—. ¡Christopher!

Le tomo el pulso. Los latidos no son normales y de nuevo le palmeo la cara, pero no obtengo ningún tipo de respuesta. Parece que se bebió todo el minibar y el desespero empieza a alterarme los nervios.

Poso la mano sobre su frente: tiene fiebre.

—¡Abre los ojos! —Con impaciencia le sigo palmeando la cara—. ¡Christopher!

Le doy con más fuerza y gruñe apartándome. Entreabre los ojos e intenta tomar la primera botella que ve, pero se la arrebato y la mando lejos.

—¿En qué diablos estás pensando? —Lo regaño cuando apoya los codos sobre la mesa—. ¿Cómo se te ocurre tomar así con una herida tan reciente?

—Teniente James, ¿se perdió y terminó en mi casa? —farfulla arrastrando la lengua para hablar—. ¿Qué haces aquí? ¿La volvió a rechazar el imbécil que tanto ayuda y ha venido a desahogarse a mis aposentos?

—¿Quieres matarte? —Ignoro el estúpido comentario—. Es peligroso beber de semejante manera.

—Ese no es tu problema. —Intenta levantarse, pero las piernas le fallan y termina cayendo de nuevo en la silla.

Trae la misma ropa que llevaba el día que lo vi en el hospital. Está pálido, tiene los labios secos, barba de varios días y una horrible mancha roja en el hombro.

Se esmera por levantarse, pero el mareo no lo deja. Se sujeta la cabeza y el deplorable estado en el que se encuentra me arma un nudo en la garganta. Podría haber muerto aquí y tal vez no me hubiese dado cuenta.

—Déjame ver la herida.

Le rompo la playera para revisarla. Las vendas están sucias, ni siquiera se tomó la molestia de cambiarlas.

—Necesitas un médico, Christopher. —Intento levantarlo—. Debo llevarte al hospital.

—No necesito ningún médico —empieza—. Solo necesito mi whisky…

Trata de sacar una botella de la cajonera y el dolor no se lo permite. Se queja. El perro se impacienta e intenta lanzarse encima de él, pero no lo dejo.

—No quiero maltratarte la herida llevándote por las malas. —Insisto en que se levante—. Debe verte un médico.

—Ahora sí te preocupa —increpa sacudiendo la cabeza—. Hoy sí, pero cuando me enterró el arpón te valió un quintal de mierda.

—Estabas con Gema —lo tomo para que se pare y esta vez lo logro—, así que no sé qué reclamas.

—¡Que no era Gema a la que necesitaba! ¡Eso es lo que reclamo! —Me encara—. Vienes tres días después, ¡tres putos días después! ¡Primero tenías que atender a los que te importan, ya que siempre hay prioridades en tu maldita lista de idiotas!

Se agita. Su estado no está para disputas. Temo que al alterarse le dé un ataque cardiaco y termine peor de lo que está.

—¿Ya cogieron a modo de reconciliación? —Se apoya en la mesa—. ¿Ya le pediste que te perdonara? ¿Ya le juraste que no lo volverás a engañar?

Guardo silencio. Mi presencia solo está empeorando las cosas, ya que no podemos hablar sin discutir.

—¡Contesta la maldita pregunta! —insiste rabioso—. Sabes que no me molesta, que no me duele la respuesta.

—Lo mejor es que me vaya. —Retrocedo—. Le pediré a Tyler que te traiga un médico.

Se aferra a mi brazo cuando intento darle la espalda y me lleva contra su pecho.

—Deja que te lleve al hospital, estás mal, Christopher. —No soporto verlo así.

Sube por mi brazo y deja la mano sobre mi nuca. Lo noto desesperado, ardido y hastiado. La mirada vacía que me dedica me oprime el pecho cuando mis ojos se encuentran con los suyos. Nunca lo había visto así y la garganta me arde al ver cómo la herida le sigue sangrando.

—Contesta —insiste—. Dime si…

—No somos nada, coronel. —Trato de que no se me quiebre la voz.

El silencio se extiende entre ambos, aparto la cara y busca mi boca.

—Quédate —pide.

Las extremidades me pesan y parpadeo cuando las lágrimas amenazan con salir estando tan cerca. Quiero ser fuerte, mantener la barrera arriba, pero me cuesta sabiendo que está así.

—No huyas esta vez —susurra.

—Necesitas un médico, Christopher.

—Te necesito a ti —confiesa, y esto me pide un alto, una pausa.

—Vamos al hospital.

—Aquí estoy bien… —continúa— contigo.

El mareo lo mueve y lo tomo evitando que se vaya de bruces contra el piso. Su peso me obliga a retroceder y me las apaño para sacarlo del despacho y llevarlo a su alcoba.

El olor a whisky me marea y trato de alejarlo lo más que puedo de este. Me pide más alcohol e intenta sacarlo de la mesa de noche, pero no lo dejo. Se niega a acostarse y a que llame al ministro.

—¿Has tomado los antibióticos que te recetaron? —le pregunto, y voltea el rostro a la mesita de noche donde se encuentra el frasco de píldoras sin abrir.

—Quiero embriagarme, no matarme, teniente. —No le da tregua al sarcasmo.

Lo siento en la cama antes de adentrarme en el baño, donde preparo la bañera. Necesita un baño para que le baje la fiebre.

—Ven. —Lo levanto y le cuesta ponerse en pie. Tuvo que beber una buena cantidad de alcohol para estar de esta manera.

Le desabrocho el vaquero e intento bajárselo.

—¡Hey! —Detiene mis manos—. Al menos bésame primero, que no soy un hombre fácil.

Se viene sobre mí y aparto la cara.

—No te voy a besar apestando a alcohol.

Se ríe y tiro de los pantalones hasta abajo con todo, incluidos los calzoncillos. Ignoro su mayor atractivo y, como puedo, lo llevo hasta el baño, cosa que no me resulta fácil, ya que mide más de un metro noventa. Sus extremidades pesan y hace que me duela la espalda con el esfuerzo.

Con dificultad logro meterlo al *jacuzzi* y tira de mi mano para que entre con él.

—Hay espacio de sobra aquí —me dice.

—Señal de que debes comprar un *jacuzzi* más pequeño.

Deja caer la cabeza sobre el mármol. Su respiración es irregular. Laila tiene conocimientos sobre enfermería y trato de llamarla, pero no contesta. Volteo a ver a Christopher y se está mirando las manos llenas de espuma. «Solo espero que el alcohol no lo haya dejado retrasado».

Alza la vista y me mira con unas ganas que hacen que se me acelere el pecho, guardo el teléfono y me acerco a tomar la ducha de mano, con la que le empapo la cabeza.

—Entra —insiste, y me niego—. ¿Te da miedo?

Suspira.

—Apostemos quién se tira primero al otro —espeta ebrio—. No habrá perdedores, ya que ambos saldremos beneficiados.

—Andas bromista. —Sigo con la tarea mojándole la cabeza—. ¿Aparte de whisky qué más tomaste? ¿Orina de payaso? Raro no sería, te faltó que te bebieras el agua de la pecera.

Suelta a reír desatando una sonrisa que me esmero por contener. Deja caer la cabeza sobre mis piernas, cierra los ojos y mi corazón me recuerda todo lo que siento por él.

—Ya estamos a mano. —Respiro hondo—. Me viste y lidiaste conmigo estando ebria, ahora yo estoy haciendo lo mismo.

—No compares —habla con los ojos cerrados—. Yo no vomité a tu perro. Estaríamos a mano si me dejaras vomitar al pendejo que tienes en tu casa.

—Se llama Stefan. —Me levanto—. Y no es ningún pendejo.

—Ya te ofendiste.

Me guardo las palabras evitando una nueva contienda. Le lleno la cabeza de champú y lo esparzo por sus pectorales, acariciando los cuadros que tiene en el abdomen.

—Más abajo. —Eleva la pelvis—. Te conoce, no va a morderte.

Quien lo conoce diría que es un impostor; al parecer, el alcohol le saca el lado medio divertido que tiene. El agua fría lo despabila un poco.

Lo ayudo a salir luego de enjuagarlo y, sin decir nada, deja que lo seque. Lo llevo al lavabo, donde le preparo la crema dental. Le ayudo a lavarse los dientes y escupe la espuma mientras lo observo. Sé que el que esté aquí es un beneficio para él, pero no para mí, puesto que este tipo de cosas solo me lo entierran más adentro.

Está tranquilo, no pelea. Podría decir que me gusta así, aunque en cierto modo me molesta que beba. A largo plazo se puede convertir en una dependencia y estas no son fáciles de lidiar. Pasé meses peleando con el martirio de una: semanas y días llorando deprimida, aislada y vacía, anhelando consumir una porquería, la cual era un castigo para mi cuerpo y mi cerebro.

El HACOC fue algo que me costó mucho superar y que al sol de hoy aún me pone ansiosa. Deja que lo lleve a la cama, donde se sienta, y le cambio las vendas.

—¿El papel de enfermera no incluye disfraz y ligueros? —me pregunta.

—No —contesto—. Eso solo lo uso en los shows de cabina.

—Sí —se ríe—, de los que cuestan sesenta mil dólares.

—Tal cual.

Tiene el hombro maltratado y él observa lo que hago.

—¿Qué es lo que tanto quieres ahogar en alcohol? —indago.

—Te lo diría, pero sería un insulto para mi orgullo.

Intento seguir con lo mío y me toma la mano para que pare.

—¿Te duele? —pregunto.

—¿Qué? ¿La herida o que volvieras a preferir a otro antes que a mí?

La oración me contrae la garganta cuando mis ojos se encuentran con los suyos.

—Bebo porque es la única forma de aliviar mi rabia, de aplacar el enojo que me genera el que, en vez de estar aquí, te largues a sentir lástima por otros —me suelta—. Al parecer, sincerarme estando ebrio es una mala cualidad que aprendí de ti.

—Tú tienes a miles y él no tiene a nadie.

—¿De qué me sirve tener a muchos si no tengo a la que realmente quiero? —Aprieta mi muñeca—. Me jode que…

—Que no te demuestre que eres el centro de mi mundo —termino la frase por él.

Es tonto que se enoje porque, pese a todo, lo amo. Solo que él mismo me enseñó que con él o te pones la armadura o te acostumbras al dolor que causan sus heridas.

—¿Lo soy? —Me mira y veo un atisbo de inseguridad en su máscara de indiferencia—. Ya no acabas con medio hospital para verme.

Quería verlo, estuve a punto de hacerlo, pero debe entender que no puede tenerme como y cuando quiera. Me tomo mi tiempo continuando con la tarea, queriendo perpetuar la calma por un par de minutos más, ya que este es uno de los pocos momentos en que puedo decir que estoy en paz con él.

Se acomoda en la cama cuando termino y siento que se tensa cuando me levanto. Es el tipo de reacción que yo tuve cuando supe que debía verlo partir y no podía hacer nada para que se quedara. La mirada vacía vuelve; sin embargo, no dura mucho, dado que el gesto le cambia cuando me saco los zapatos con un puntapié.

No quiero irme. Llevo días conteniendo las ganas de estar con él y creo que me merezco, aunque sea, una buena noche, la cual internamente estaba deseando desde que salí de casa y empecé a anhelarla más cuando estábamos en el baño.

Me quito el vaquero, la playera y el sostén antes de subirme a la cama.

Me acerco a su boca. Su mano se pasea por mi espalda cuando lo beso y extiendo el momento, ya que es algo de lo que no me canso. Mi pecho se acelera mientras le toco la cara y es que, si disfrutas besando al que te gusta, imagínate lo que es besar al hombre que amas…

—¿Me quieres? —susurra a milímetros de mi boca.

—Yo no te quiero. —Dejo que mis ojos se encuentren con los suyos—. Yo te amo.

Sonríe de forma auténtica, sin sarcasmo ni ironía; es un gesto que me recuerda lo mucho que me gusta verlo así. Me acomodo dándole rienda suelta a la tanda de besos que humedecen mi entrepierna.

—Ahora no —le digo cuando intenta venirse sobre mí—. Creo que lo mejor es que descanses.

Con el alcohol, la fiebre y los días que lleva ebrio, no siento que le caiga bien agitarse.

—Sabes que no dormiré así. —Soba la erección en mi muslo.

—No dormirás así.

Escondo la cara en su cuello y deslizo la mano a su entrepierna. Aferro los dedos a la polla erecta que palpita y no me deja cerrar la mano. La agito, las venas se le remarcan en mi palma y siento la potencia que emana, el calor que desprende.

Mis dientes atacan el lóbulo de su oreja en lo que mi mano se mueve de arriba abajo masturbándolo con suavidad. Se tensa y le añado ritmo al movimiento, mientras dejo que sus dedos se pierdan entre mis bragas.

Una estimulación suave que se va acelerando cuando se inquieta aún más. Sus dedos juegan en mis bragas acariciando mis labios y hundiéndose en mi interior. Empieza despacio, jadeando y moviéndose con destreza, consiguiendo que mi saliva se aliviane, que mi pecho galope ansioso y excitado.

Me quita las bragas. La falta de descanso no le merma vigor. Mi garganta exige que lo lleve a mi boca y no me cohíbo a la hora de hacerlo. Empujo su pecho a la cama y abro las piernas sobre su torso dándole la espalda, bajo y me apodero del capullo húmedo, que chupo con ganas.

Me llena la boca, es grande; sin embargo, mi paladar ya la conoce, le gusta a lo que sabe y tal cosa hace que mi garganta lo reciba gustosa. Él se aferra a mis caderas y me echa hacia atrás. Con una sola mano magrea mis glúteos. Me encanta el juego, la complicidad, el que, pese a no ser pareja, nos entendamos tan bien en el sexo. Introduce los dedos en mi canal y, en vez de apartarme, me ofrezco para que me siga estimulando, masturbando, poniéndome más caliente de lo que ya estoy.

Vuelvo a su miembro mientras él lame mis pliegues antes de morder los labios de mi coño. Toca mi clítoris y con más ganas me ofrezco para que vuelva a hacerlo.

—Exquisita como siempre. —Su lengua juega con mi clítoris, en tanto mi garganta engulle el falo venoso que sigo chupando. Él ataca con lamidas frenéticas que me suben al candente éxtasis que nubla mi cabeza cuando se aferra a mis glúteos, queriendo que me acerque más a su boca.

Jadeamos al unísono: él sobre mi coño y yo sobre su polla. Minutos en que nos damos placer el uno al otro saboreándonos. No se detiene, así que me veo obligada a soltarlo cuando sus lametazos se tornan más intensos, detonando el orgasmo que me vuelve el corazón un motor.

Los brazos me tiemblan, mi mente se aclara y él sigue con su boca sobre mi sexo mientras yo me ocupo de la corona de su polla.

—Nena… —dice con un jadeo ahogado, y de nuevo lo engullo. Muevo la cabeza de arriba abajo, deslizando la polla en mi boca, empujándola adentro hasta que su tibieza empapa mi lengua cuando se corre.

Lo trago y vuelvo a su lado posando la cabeza en su pecho, sintiéndome llena, plena y feliz.

Mi mano queda sobre su pecho y suspiro al entender que lo que siento por él no lo siento por otros. Por tonto que sea, hay algo. No sé si es por los intensos momentos que me da, pero me hizo amarlo aún más que a Bratt.

Cuando lo miro sé que Benedetti tenía razón cuando escribió que hay personas que te ofrecen las estrellas y otras que te llevan a ellas. Christopher Morgan es el claro ejemplo de ello, dado que con él sé la diferencia entre quien quiere y quien ama.

El sexo no lo es todo, pero los momentos efímeros que me da son más que placenteros. Me estrecha contra él. Entrelazo mis piernas con las suyas y lo abrazo con fuerza.

Mío. Podrá haber miles de seres en medio de ambos, pero él siempre será mío y, aunque no me lo diga, aunque no sea capaz de reconocerlo, algo me dice que no estoy equivocada.

Christopher

El dolor en el hombro se esparce cuando me muevo, me duele la cabeza, la boca del estómago me arde y el mareo me toma cuando intento levantarme.

Las sábanas de la cama están arrugadas y el sitio junto a mí, vacío.

Las cortinas están abiertas y me encamino a la ducha, donde el agua hace el papel de reanimador. Los días bebiendo me tienen estropeado, dejo que el agua me caiga en la cara. Tengo recuerdos de anoche. «Estuvo aquí». El oral en la cama toma claridad e inhalo con fuerza cuando mi polla se aviva con el recuerdo; no sé a qué horas se marchó, pero estuvo aquí.

Los pálpitos que surgen en mi sien lo nublan todo. Salgo, me lavo los dientes y me visto con pantalones deportivos y una playera. En el móvil tengo mensajes de mi secretaria, de Alex, Gema e ignoro todo. Saco dos analgésicos del botiquín y me encamino a la cocina por agua: necesito calmar el dolor de cabeza que… Desde el pasillo oigo a Tyler hablando.

—¿Cree en los espíritus? He llegado a pensar que el coronel está poseído, es eso o tiene serios problemas psicológicos —le comenta el soldado a la mujer de ojos azules que está frente a él—. Me preocupa que siempre esté enojado y siento que es necesario que lo pongan a desaforar la rabia golpeando latas con un bate o algo así.

Ella nota mi presencia, carraspea y se inclina la bebida que tiene en la mano, mientras que yo ignoro el dolor en el hombro cuando me cruzo de brazos.

—Si me dieran un bate, en vez de golpear latas —me acerco y el soldado se voltea asustado— te lo estamparía en la cabeza.

—Mi coronel —se posa firme—. ¿Cómo amanece?

No le contesto y no sabe ni cómo pararse. Rachel suelta a reír cuando se arregla el uniforme.

—Llevaré al perro a pasear. —Busca al canino, que está tomando el sol en el balcón.

—Sí, haz algo que sirva —acaricio la cabeza del animal, que viene a mi sitio— u otra cosa que no sea hablar de mí cuando no estoy.

—Sí, mi coronel. —Pelea con Zeus, que sale corriendo—. Llámeme si necesita algo.

Mis ojos lo siguen en lo que sale cerrando la puerta. Rachel se queda recostada en la barra, me mira y otro recuerdo de anoche aparece: ella besándome en la cama.

—¿Cómo está el hombro? —pregunta.

—¿Qué haces aquí?

—Vine a verte anoche y me pediste que me quedara —se defiende.

—No recuerdo eso.

—Yo sí, pero si te molesta, me retiro. —Deja la taza que tenía en la mesa—. Voy por mis cosas.

Busca la alcoba consiguiendo que la siga y toma la chaqueta del mueble que no vi cuando me levanté. Tiene puesta una blusa de tirantes sin sostén y mis ojos se clavan en los pezones erectos que se marcan en la tela.

—No me gusta que distraigan a mis empleados. —Cierro la puerta.

—¿A tus empleados o a ti? —Se pone los zapatos que saca de debajo de la cama—. Despreocúpate, ya me voy.

Intenta salir, pero le cierro el paso. El olor de mi jabón me dice que hace poco se bañó.

—¿A qué viniste? —pregunto, y se encoge de hombros.

—Tyler me llamó para decirme que estabas mal. —Fragmentos de la conversación de anoche aparecen en mi cabeza—. Pero parece que ya estás bien, así que ya me puedo ir. Hoy lo que menos me interesa es pelear contigo.

Decidida, busca la puerta y me vuelvo a atravesar cuando intenta salir. El cabello lo tiene recogido y mis ojos se centran en los suyos. No me muevo y sacude la cabeza.

—Ya, dilo. —Me encara—. No quieres que me vaya.

No, no quiero. La traigo contra mi pecho y acaparo sus labios en lo que ella me rodea el cuello con los brazos. Tenerla es una necesidad que me cuesta aniquilar y con la cual no quiero lidiar ahora. Mete las manos bajo mi playera mientras desapunto el vaquero que le obligo a bajar, queriendo que se lo quite.

Se quita los zapatos, como puede, saca las piernas del pantalón y la pego a mi entrepierna en lo que avasallo su cuello.

—El hombro —dice—. Primero tengo que cambiar las gasas.

—Puedo hacerlo solo.

—Eso no es lo que parecía ayer cuando traías la playera manchada de sangre. —Se aleja en busca del botiquín y la tomo por detrás acorralándola contra la mesa.

Se voltea, me empuja a la cama y me saca lo que traigo puesto. Revisa la herida y la limpia con suavidad, como si le preocupara lastimarme.

La miro. No sé qué es lo que pretende quedándose aquí sabiendo todo lo que ha renegado de mí.

—¿Qué se supone que es esto? —pregunto—. La preocupación, la visita…

—Una tregua, eso es —suspira—. Un momento de paz donde, en vez de pelear, disfrutamos el uno del otro por un par de horas.

No digo nada y sigue con lo suyo.

—Es una opción, pero si no la quieres tomar no hay problema. —Termina con la tarea—. Simplemente tienes que decirlo, me voy y ya está.

Poso la mano en su nuca atrayéndola a mi boca. ¿Que se vaya? No, yo no soy como ella, que le encanta complicarse la vida. Deja que mi lengua toque la suya, sexo es lo que quiero y es lo que voy a obtener. La llevo a la cama, donde busco la manera de follarla, pero…

—Debes comer primero. —Me corta.

—Te voy a comer a ti.

—No voy a follar con un moribundo. —Me aparta y se levanta.

—¿Le llamas moribundo a esto? —Le muestro cómo estoy.

—Levántate —pide, y me voy sobre ella, que me saca de la alcoba con mi boca pegada a la suya.

La acorralo en uno de los pasillos y con su boca pegada a la mía llegamos a la cocina, donde me pide que me siente en una de las sillas. Está desperdiciando tiempo, el cual podríamos estar usando en algo más placentero.

—¿Vas a cocinar? —increpo cuando se aleja—. Creo que no se te da muy bien eso.

—Se me da bien según mi temperamento.

Saca un plato de fruta picada de la nevera y una jarra de jugo de naranja, acomoda todo frente a mí y se abre de piernas sobre mi regazo antes de tomar el tenedor.

—Te ves hambriento —me dice.

—Lo estoy —pongo su mano sobre mi erección—, pero cierta persona se está cohibiendo de darme lo que quiero.

—Primero lo primero. —Mira la fruta—. Hay premio si te lo comes todo.

—No soy un niño, teniente. —La beso.

—El que te las pases prendido de mis pechos me demuestra que sí.

Me apodero de su boca y meto la mano bajo la blusa magreando las tetas que tanto me gustan. Como ya dije, está perdiendo el tiempo que podríamos usar en otra cosa.

—Abre —me insiste para que coma y recibo lo que me da mientras se mueve sobre mí.

El afán que tengo por follarla hace que deje el plato limpio en menos de tres minutos. Comer es lo que ahora menos me importa con la erección que tengo. A eso debo sumar el hecho de que llevo semanas queriendo esto, un maldito momento sin disputas ni peleas.

Se supone que debo decir que no, que no me interesan las treguas y lo mejor es que se largue de mi casa, pero estoy a nada de empotrarla contra la mesa.

Lo aparto todo y corro la silla, dado que quiero moverme sin problemas. Las ganas son por parte de los dos, así que no hay tiempo para ir a la cama. Me besa con ansia, tomo el borde de la blusa y se la saco dejando las tetas libres.

Paso la lengua alrededor de las areolas rosadas, acaparo los pezones, que chupo y se endurecen en mi boca. No opone resistencia, por el contrario, pone mis manos sobre sus caderas sin dejar de moverse y es así como me gusta, cuando se entrega sin disputas, sin trabas ni pretextos.

Se humedece los labios y me acerco a estos mordiendo uno en lo que recorro los muslos que acarician mis palmas. Meto los dedos entre las tiras de la tanga que trae y juego con estas mientras ella se apodera de mi boca con besos urgidos. Su contoneo me nubla la cabeza y mi polla está que no puede más, así que me aferro al encaje de las bragas y las rompo con un tirón. Ella saca mi instinto animal y cada vez me cuesta más controlarme.

—Voltéate —le pido, y no duda.

Queda de espaldas a mí, que respiro en su nuca y separo las rodillas para que abra las piernas. Le toco el coño con los dedos y mis yemas se deleitan con la sensación aterciopelada que me brinda su humedad. Los hundo, se queja y con la mano libre saco la polla que queda en mi mano.

Intenta voltearse, pero no la dejo. Quiero complacerme con el espectáculo que me da su culo cada vez que me monta.

Eleva la pelvis queriendo que la folle, me aferro a la cara interna de sus muslos abriéndola más y las promesas hechas se van a la mierda cuando su coño queda sobre mi miembro. El descenso es lento y respiro hondo cuando se acopla, cuando su canal acapara desde mi glande hasta mi tallo empapándomelo todo.

—¿Duele?

—No.

Sus gemidos son música para mis oídos. Somos tan anatómicamente perfectos que no le estorba mi tamaño. Al contrario, gustosa recibe los centímetros del miembro que penetran su húmedo coño. Su pecho llena una de mis manos cuando lo tomo, parecen hechos para mí, dado que me gritan que estoy con una verdadera hembra.

Aprieto sus caderas. Hembra que es mía.

Empieza a saltar libremente sobre mi polla. Es adrenalina pura, la cual me recuerda por qué soy como soy, por qué no pienso cuando de ella se trata. Me reitera por qué sería capaz de encerrarla aquí con el fin de hacer esto hasta el final de los tiempos.

No es mujer para otros, es mujer para mí, porque cualquiera no soporta el voltaje que emana y a la que la tengo acostumbrada.

Los sentones toman intensidad, los gemidos llenan la sala y mi corazón late a un ritmo descontrolado. El que esté aquí no trae más que problemas, ya que aviva mis ganas de seguir con esto, de pasar por encima de todo el que estorba. Una parte de ella lo sabe y no le importa.

Suelto su pecho y hundo la mano en su cabello atrayéndola hacia mí. Ella no deja de moverse, me sigue cabalgando con fuerza, con brío. Me ofrece su cuello y mi lengua no se resiste a darle lo que quiere en lo que sus tetas rebotan cuando acelera el ritmo y me monta de una forma más salvaje.

No para, me folla como se le antoja consiguiendo que el vómito verbal que se me atasca en la garganta empiece a jugar en mi contra, puesto que me cuesta controlar lo que se supone que no debo decir; sin embargo, no puedo callar, ya que estoy perdido en el éxtasis, el deleite que…

—Si quieres que el mundo arda así, estoy dispuesto a darte una antorcha para que lo quemes las veces que quieras —le suelto.

Jadea sin dejar de moverse y cada sentón no hace más que dispararme el pulso.

—Stefan, Bratt, Antoni —sigo—, a todos me los llevo por delante con tal de tenerte así, abierta de piernas sobre mí.

—Gema…

—A todos —reitero.

No para, quiere acabar al igual que yo. Los estrellones son sonoros en lo que enloquece sobre mi polla y dejo que mi falo penetre un sinfín de veces su coño en tanto aprieto sus tetas. Sus gemidos son tan altos como mis jadeos y los estrellones siguen por un par de minutos más hasta que su orgasmo exprime mi polla desatando mi eyaculación.

—Vamos a la cama. —Me levanto y la hago caminar a mi alcoba.

«Tregua: detención o suspensión temporal de una lucha o de una guerra». En ciertos lados es un momento de paz, en este es algo totalmente diferente.

Rozo los labios de la mujer que yace debajo de mí, avasallo su boca y me abro paso dentro de esta. Se supone que dormiría después de la comida del mediodía, pero sigo sobre ella, ya que no me sacio, quiero más y más, quedarme en esta maldita cama por tiempo indefinido. Toca mi cara y bombeo dentro de ella consiguiendo que se corra en lo que yo hago lo mismo.

Estoy sudando y agitado, me dejo caer en la cama para que tome aire.

—Si sigues así saldré en las noticias con un embarazo de quintillizos —me dice.

—Ese es un número muy bajo para alguien como yo. —Le aparto el cabello de la cara besándole la boca—. Yo diría que diez es un número más razonable.

—Ese tipo de gestación con dicho número poco se da. —Acaricia mi abdomen—. Así que no exagere, coronel.

—Con mis ganas, yo no estaría tan seguro.

Suelta a reír y se acomoda sobre mi pecho.

—Usas anticonceptivos, ¿no? —pregunto.

—Creo que esta pregunta debiste hacerla el día que entraste como un loco en mi apartamento —me reclama—. De querer prevenir algo, ya sería tarde para ello, ¿no te parece?

—Responde la pregunta. —Aprieto sus caderas—. ¿Sí o no?

—Sí, uso y espero que seas un hombre responsable y tengas alguna manera de protegerte también.

—Sabes que sí. —Me voy sobre ella otra vez—. Hiciste una escena de celos por lo que viste en mi baño. Es una regla que aplico para todas, pero no para ti. Es un bonus que no tiene cualquiera, así que aprovéchalo.

—Qué considerado —espeta con ironía—. Siento que he ganado un Oscar con eso.

—Un Oscar no, pero otra cogida sí.

Le separo las piernas y me sumerjo en su interior. Tyler me avisa de que Sara quiere hablar conmigo, pero lo ignoro, ya que mi atención está en la mujer que se corre jadeando mi nombre.

El dolor en el hombro me exige un receso. El sueño me toma con ella a mi lado, quien me besa la boca; y la última imagen que veo no es la que encuentro cuando me despierto pasadas las siete de la tarde.

El teléfono no deja de timbrar y con dolor de cabeza contesto la llamada de Alex.

—Las primeras exequias del general son hoy, te he dejado varios mensajes y no te veo aquí —empieza, y noto que dormí cuatro horas seguidas—. Así como no estás herido para beber, no debes estar herido para venir a hacer acto de presencia.

Busco a Rachel en el baño y en la cocina, pero no está y la saliva se me pone amarga cuando veo la nota sobre la mesa que está al lado de mi cama: «Limpia la herida y no bebas hasta que sane».

Arrugo el papel y lo echo a la basura; supongo que la dichosa tregua ya la dio por terminada. Alex sigue con los regaños y cuelgo el teléfono antes de meterme a la ducha. Me visto y arreglo. Tyler me entrega el control del auto y trata de cubrirme con un paraguas cuando salgo, dado que está lloviendo.

Me enrumbo a la funeraria, donde sé que está la mujer que se fue sin más; el escolta vuelve con el paraguas y se lo quito arrojándolo a un lado para que deje de joder. Ve que estoy de afán y no hace más que estorbar.

Subo a la planta donde se está llevando a cabo el funeral. Este tipo de cosas las hacen donde prefiere la familia y ellos decidieron hacerlo fuera del comando.

Los presentes se voltean a verme cuando entro. Parker está con Patrick y Alexandra en un lado, hay un periodista de los medios internos hablando con Gema, quien se disculpa viniendo a mi sitio con Lizbeth Molina, persona que no soporto, ya que detesto a la gente entrometida.

—Ogro, ¿cómo sigues?

Me besa en la boca y la ignoro cuando veo a Rachel hablando a lo lejos con Olimpia Muller. La primera trae un enterizo negro, el cabello suelto y los labios pintados. Me rehúso a quedarme aquí, lo único que quiero es llevarla a mi cama y arrancarle lo que trae puesto.

—Tu papá está furioso.

—Qué novedad —finjo que me importa.

El de los medios internos se acerca a hablarme y las preguntas empiezan a hastiarme, dado que no vine a eso, vine a otra cosa. Dejo al sujeto con la palabra en la boca y me muevo al sitio de la mujer que desata mi enojo. Gema se me pega y me hastía el que no me dé mi espacio.

Rachel me saluda como si no se hubiese pasado la mañana follando conmigo. Leonel Waters, uno de los candidatos, se acerca.

—Coronel —me dice—. Teniente, qué bella se ve.

Adula a Rachel y me harta la gente idiota, Gema pone un tema de conversación el cual a nadie le importa.

—¿Cómo está tu esposa? —le pregunta la hija de Marie al candidato.

—Recuperándose en casa, el lupus la tiene en cama. —Bebe un sorbo de la bebida que tiene en la mano—. ¿Y ustedes cuándo nos darán la noticia sobre su compromiso?

—Pronto. —Gema toma mi mano y Kazuki Shima es otro que se suma a la conversación.

Me da la mano y Leonel me aniquila con los ojos.

—Qué triste esto, este asunto cada vez me preocupa más —comenta Kazuki.

—Tenemos que cuidarnos —contesta Leonel sin dejar de mirarme—. Como están las cosas, cualquiera puede ser el próximo.

—Tengo un poco de sed, voy por una bebida, así que, con su permiso, me retiro —se despide Rachel.

—La acompaño —se ofrece Kazuki, y ella le sonríe cuando le señala el camino.

Olimpia empieza a hablar de los últimos acontecimientos, pero solo medio escucho, ya que mi vista sigue en la mujer que se acerca a los féretros con el asiático. Alex aparece llamándome a un lado y tuerzo los ojos cuando empieza con el discurso.

—Yo solo espero que hayas llegado tarde porque estabas tan ebrio que te costó todo un día levantarte y no porque hayas estado cogiendo con la hija de Rick James.

—Sí.

—Sí, ¿qué?

—Estaba cogiendo con la hija de Rick y estaba tan ebrio ayer que me costó mucho levantarme. —Le palmeo el brazo cuando se pone serio—. Es un deshonor mentirle al máximo jerarca.

Me alejo moviéndome al puesto de Kazuki, que sigue con la persona que me interesa.

—¿Nos deja conversando solos, coronel? —pregunta Leonel.

—Sí. —Avanzo sin dar explicaciones.

El candidato se va a traerle una copa y Rachel se mueve al ventanal por el que finge mirar para no encararme.

—¿Imaginando lo bien que te verías con mi polla atrás mientras te embisto contra el cristal?

—Respeta la memoria del difunto.

—Y tú respeta las reglas de mi casa. —Actúo como si fuera una conversación cualquiera—. Llegas sin permiso, te vas sin avisar y cuando se te da la gana. No soy uno de tus trapos.

Se queda en silencio y me carcomen las ganas de empujarla contra la pared y borrar el labial que le adorna los labios. Patrick llega con la típica actitud de querer salvarme el culo, ya que Liz Molina no deja de mirarme.

—Anda a mi auto —le pido a Rachel.

—No.

—Entonces vamos a tu casa o a la mía, pero vámonos. —Acorto más el espacio.

—No creo que sea posible, coronel. —Se pone seria cuando llega Kazuki con la copa que ella recibe.

Patrick le pone tema de conversación al candidato, quien le habla de la hija. El tema se extiende y lo único que quiero es seguir con lo que estaba haciendo hace unas horas.

—Debo irme ya —suspira Rachel mirando el móvil—. Mañana me espera un largo día.

Deja la copa de lado.

—Descansen. —Se va.

Mis ojos se quedan fijos en ella y el candidato se queda a mi lado con una mano en el bolsillo. Me muevo a la puerta y Patrick se me atraviesa.

—Quiere ir a descansar, así que no jodas —me habla entre dientes y lo hago a un lado.

No vine aquí a ver ancianos ni a los pendejos que veo todos los días, vine por ella. Avanzo afuera y Patrick se me viene atrás.

Ella toma el pasillo cuando cruza el umbral, se desvía a las escaleras y empieza a descender. Apuro el paso, la alcanzo en el descanso de los escalones, tomo su mano, se vuelve hacia mí y la pongo contra mi pecho.

—Oye…

Intenta apartarme, pero no la dejo hablar, ya que mi boca toma la suya cuando la beso. No se resiste y me rodea el cuello con los brazos, aceptando la invasión de mi lengua, la cual busca tocar la suya.

—Me tengo que ir, Christopher. —Me aparta cuando termina, pero vuelvo a tomarla del brazo y…

El flash de la cámara me ciega los ojos. Patrick se queda congelado a mitad de la escalera, intentando bajar y yo miro a la persona que viene subiendo con una cámara en la mano.

—Estoy un poco confundida. ¿Quién es su novia, coronel? —increpan—. ¿Rachel James o Gema Lancaster?

46

Hienas, putas y discordias

Rachel

Me paso la mano por el cabello en un vil intento de arreglarlo, el corazón no me late, salta desbocado en mi tórax, presa de la vergüenza que surge al verme expuesta otra vez.

La mujer que está a un par de pasos pasa su vista del uno al otro.

—Coronel Morgan —insiste—, ¿no está usted saliendo con la teniente Gema Lancaster?

—Lárgate antes de que te demande por invadir mi privacidad —espeta Christopher.

—No la estoy invadiendo, esto es una escalera pública —se defiende.

Alex Morgan aparece en el inicio de la escalera y Patrick se lleva las manos a la cintura sin saber qué hacer. El coronel intenta llevarme, pero no lo dejo, parece que no se da cuenta del problema en el que está metido.

—Solo quiero saber. Se ha visto al coronel con la teniente Gema Lancaster —me dice— y ahora está con usted.

—No hay nada entre nosotros —contesto lo primero que se me ocurre tratando de no empeorar el asunto.

—Pero está aquí besándose con él…

—Las respuestas las daré yo. —El ministro enfurece.

—Quítale la cámara y ya está —espeta Christopher.

—Cállate. —Pasa por su lado y un miembro de la alta guardia viene por ambos—. Llévalos a uno de los despachos, iré dentro de unos minutos.

El hombre vestido de traje señala el camino y Christopher intenta largarse, pero el sujeto lo devuelve.

—El ministro ha dado una orden —le insisten.

Acato la demanda. Aunque quiera irme a mi casa, Alex Morgan es mi superior y desobedecer solo me acarrearía una sanción más grave.

El coronel se adelanta furioso cuando volvemos arriba. Patrick nos sigue, el soldado nos deja en el sitio establecido, la puerta se cierra y Christopher se vuelve hacia mí, furioso, y no sé ni por qué.

—No tenías que contestar —me reclama—. ¡Solo tenías que callar y dejar que yo hiciera las cosas a mi modo!

—¿Cómo? ¿A las malas? Dije que no hay nada porque no quería perjudicar…

—Al idiota que tienes en tu casa, porque se va a enterar y va a llorar como el pendejo que es. —No me deja hablar.

—No…

—Es eso, no intentes contradecir lo obvio —sigue.

Lo dejo, no tiene caso, en ocasiones actúa como un ser no pensante. No quería perjudicar su campaña electoral, eso es lo que iba a decir, pero dar explicaciones es rebajarme, así que prefiero callar y dejar que piense lo que quiera. Él cree que lo sabe todo y que es el único perfecto.

—Ustedes tienen un serio problema de comunicación —dice Patrick.

—¡Cierra la boca! —lo regaña Christopher.

Empiezan a discutir y me recuerdo el porqué de no estar juntos: cada vez que lo estamos vienen el drama, el caos y los problemas. Alex Morgan no tarda en cruzar el umbral y yo tomo asiento frente a la mesa, donde se sienta serio.

—Si quisiera trabajar con niños, montaría una guardería —empieza—. ¡¿Qué diablos estaban haciendo ahí?!

—¿Para qué preguntas lo que ya sabes? —Christopher tira de la silla vacía donde se deja caer—. Nos besábamos y toqueteábamos como las personas calientes que somos. ¿Quieres los detalles?

Aprieto los dientes. «Personas calientes». Él no estaba caliente, estaba desesperado y me molesta que lo quiera pintar como algo banal sin ser así.

—¿Algo que decir? —me pregunta el ministro.

—Lamento poner en riesgo la campaña, no volverá a pasar.

—¿Solo eso?

—El coronel ya lo dijo todo —me defiendo—. Estábamos calientes.

—Me decepcionas, ¿sabes?

—¿Por qué? ¿Por follarme a un Morgan y actuar como ustedes con las mujeres que se cogen? —contesto—. Eso de negar actos y sentimientos ya no es solo de su apellido.

Christopher me clava la mirada de acero. Me acabo de oír como una zorra, pero no me importa. Si él lo pinta como algo banal, yo también puedo actuar de la misma manera.

—Ya lo había pedido una vez, necesito que resuelvan esta situación y dejen de traer problemas, que estamos en algo importante. —Se enfoca en el hijo—. En verdad no sé qué es lo que pretendes…

—Ay, no vengas otra vez con lo mismo, que hace mucho que tengo claro lo que haré y ya lo dije —lo corta Christopher—. No entiendo el porqué de las dudas y preguntas absurdas.

—¿Vas a seguir engañando a Gema? —le reclama Patrick—. ¿Eso es lo que vas a hacer?

—Es la mujer que quiero, la que me sirve y la que necesito —le suelta—, así que no te metas.

—No la amas…

—¿Quién te dice que no? —Corta el alegato de Patrick.

Le tiro un dardo y me devuelve diez. Siento que está respirando por la herida y me mantengo en mi sitio, dejándole que diga lo que quiera.

—Permiso para retirarme, señor —solicito—. Tengo algunas labores pendientes en el comando y quisiera ir a adelantarlas, ya que…

Abren la puerta de golpe y todos fijan la vista en el umbral, donde aparece Olimpia Muller con un teléfono en la mano. Pálida, se lo ofrece al ministro. Este se levanta a tomarlo y lo primero que se me viene a la cabeza es la muerte de otro general.

Alex Morgan dura un minuto en el teléfono, no inmuta palabra, pierde el color, de un momento cuelga y se lleva las manos temblorosas a la cara.

—¿Qué pasa? —Se levanta el coronel.

Enfoca los ojos en el hijo y me asusta la cara que tiene.

—La mafia rusa se ha llevado a Sara y a Marie —suelta Alex. Mis latidos pierden fuerza y él se acerca a la mesa donde manda abajo todo lo que hay sobre esta.

Gema

Acomodo la mesa de bocadillos y superviso que todo esté en orden. Alineo los pasabocas y paso por el sitio de la viuda, a la que le pregunto si necesita algo. Liz me aborda con una copa en la mano y le doy un beso en la mejilla antes de presentársela a las mujeres que no la conocen.

—Tu macho llegó con cara de recién follado —me dice cuando tomamos distancia—. A mí esa perra de culo blanco no me da buena espina. Siento que algo se trae.

—No empieces.

—El día de la discoteca parecía una tragapollas, tú no lo notaste, pero yo sí —sigue—. Y fue una de las últimas que llegó, luego el coronel.

—Hablé con ella hace unas semanas y fuimos sinceras la una con la otra.

—Insisto en que no me cae —habla con tanta seriedad que empieza a preocuparme—. Ella se cree mejor que tú y no lo es.

—Gema —me llama Bratt, quien se acerca con Simon—. Ven un momento, por favor.

Me sacan al pasillo, donde el capitán Lewis me pone la mano sobre el hombro y me mira de una manera que me preocupa.

—¿Le pasó algo a Christopher? —le pregunto—. Lo acabo de ver aquí y…

—No, a Christopher no —suspira—, pero a tu madre y a tu suegra sí.

Me aferro a su brazo y él pasa saliva.

—La mafia rusa se ha llevado a Sara y a Marie.

Las rodillas se me debilitan y caigo al piso en medio de las lágrimas. Liz se apresura a socorrerme, Simon intenta levantarme y yo no puedo con todo lo que me atropella. Mi espalda toca el suelo, Bratt me pone en pie, el llanto me quita el habla y la mínima fuerza que me queda la uso para irme sobre Christopher cuando lo veo aparecer con Alex en el pasillo.

—¡Ogro! —exclamo—. ¡Se han llevado a nuestra madre!

Los que están dentro del funeral salen y yo no hago más que abrazar al amor de mi vida. La mafia rusa es el grupo más sangriento y sádico entre los clanes y no me quiero imaginar lo que ha de estar sufriendo mi madre.

—¡Necesito que la traigas viva o voy a morir! —Me aferro a las solapas de su traje—. ¡Me muero, Chris!

Me toma del brazo llevándome con él y desfallezco bajo su agarre. Liz me ayuda a mantenerme en pie y me meten a la camioneta del ministro, donde el coronel entra conmigo.

—No han llamado a negociar —avisa Alex en el asiento delantero, empeorando mi estado—. ¡Anda al comando!

Le ordena al hombre que arranca y me abanico la cara cuando me falta el aire. No puedo perder a la persona que me trajo al mundo. En este entorno, el silencio, en ocasiones, tiene un solo significado y es la muerte.

El llanto no me da tregua, llegamos al comando y no sé ni adónde ir; lo único que quiero son los brazos de Christopher, quien me saca del auto cuando el vehículo se estaciona.

—No puedo. —Caigo y me levanta—. ¡No puedo!

—¡Así no vamos a lograr nada! —me regaña.

—¡Está mal! —interviene Liz, pero la hace a un lado.

—Me muero si le pasa algo, ogro. —No lo suelto.

Me voy contra su pecho, él se aferra a mis brazos y busca la manera de centrarme.

—A punta de lágrimas no va a aparecer —espeta, y asiento.

Sé que mi madre es una mujer fuerte y lo mínimo que merece es que contribuya a la búsqueda, así que me limpio la cara, tratando de poner mis pensamientos en orden.

—Hay que traerla —le digo al coronel mientras que un gran número de soldados empiezan a rodearnos—. Debes traerla porque te juro que no me tendrás a tu lado si algo le pasa.

Rodeo su torso con los brazos y lloro desconsolada en su pecho.

—Coronel Morgan —lo llama Rachel—, el general Gauna lo necesita.

—¡Quiero que revisen hasta el último rincón de esta ciudad! —ordena Alex—. ¡Necesito que Sara Hars aparezca lo antes posible!

Liz me toma y Bratt me pide que lo acompañe al sitio donde esperan varios soldados. Ya hay un mapa en la sala de juntas, el cual me cuesta entender, puesto que las lágrimas no me dejan ver.

—¿Están seguros de que es la mafia rusa y no la mafia italiana? —pregunta Simon—. Una tiene más motivos que la otra.

—El escolta que logró huir fue claro al declarar que fue uno de los miembros de la mafia roja.

—Vamos a desplegar un escuadrón de búsqueda e interrogaremos a los capturados en el puerto —dispone Bratt—. Con los métodos adecuados van a soltar información.

Uno de los soldados de Patrick entra con Laurens a dejar varios artefactos sobre la mesa y yo respiro hondo queriendo concentrarme.

—¿Qué hago? —Me limpio la cara—. ¿Adónde me muevo?

—Por ahora siento que lo mejor es que te recuestes y descanses en tu alcoba. Intenta tranquilizarte, ya mañana podrás trabajar con la cabeza más clara —me dice el capitán Lewis—. Te prometo que si sé de algo te avisaré.

Insisto en quedarme, pero Simon coincide con él, así que me voy a mi habitación con Liz, quien me consigue un té y me insiste para que lo tome, mas no quiero nada. Se mete a la cama conmigo e intenta tranquilizarme.

—¿Viste cómo Rachel se puso cuando estabas con el coronel? —comenta—. Te amo, amiga, y porque lo hago, me es difícil obviar la envidia que te tiene esa perra.

—Ahora no tengo cabeza para nada. —Le doy la espalda—. Lo único que quiero son buenas noticias.

—Lo sé —frota mis brazos—, pero quiero que estés atenta. Nunca se sabe y no quiero que te haga daño porque, si eso pasa, no voy a responder por mis actos.

Me hundo entre las sábanas. Liz suele ser exagerada. Ya hablé con ella y quiero confiar en su palabra.

—Llamó al coronel cuando lo abrazaste, noté como lo miró cuando llegó al funeral —sigue—. No te confíes, amiga, las perras como esa son unas hipócritas.

Mi pecho me duele cuando las dudas llegan, me niego a creer lo que dice Liz, así que cierro los ojos y es mi amiga la que me despierta a la mañana siguiente.

—Linda —me dice—, son casi las ocho, ponte en pie…

Cambiada y arreglada me uno a mi tropa. Uno de los soldados me pone al tanto de las novedades y me informa de que la búsqueda que se está llevando a cabo, hasta ahora, no ha arrojado ningún resultado.

—Te unirás y estarás al frente de la cuadrilla que sale dentro de unos minutos —dispone mi capitán al mando, y me apresuro a los vehículos que se están preparando.

—Alisten todo —ordeno—, partimos dentro de cinco minutos.

Stefan se acerca y me dedica un saludo militar antes de preguntarme cómo me siento.

—Vine a colaborar en lo que pueda, mi teniente —me dice—. Estando con Drew, visité varios puntos; a lo mejor en dichos lugares se puede hallar algo.

—Ven conmigo —lo invito a que se una a mi labor.

Me comenta lo que cree que puede servir y cuando los soldados están listos partimos a la ciudad, rumbo a la casa de la secretaria de Drew, quien también está entre los capturados.

Stefan camina con la ayuda de una muleta, y en la casa que allanamos no encontramos más que ropa sucia. Con detenimiento, inspecciono todo y no consigo nada, pese a que ocupo todo mi día en la tarea.

—Solo espero que Chris tenga buenas noticias —le digo a Liz en la sala de la casa de la secretaria de Drew—. Espero que el amor que me tiene le incite a hacer su mejor trabajo y frene esta agonía.

Stefan me mira con pesar cuando me seco las lágrimas, pierde la vista en mí y suspira bajando la cara.

—¿Pasa algo? —le pregunto, y mueve la cabeza con un gesto negativo.

—¿Algo que nos quieras decir, soldado? —Me respalda Liz.

—No, mi sargento.

Cojea a la salida y lo noto un poco raro. El día de la reunión en el bar lo vi triste y distante, ahora está igual. Volvemos a la camioneta, donde tomo asiento con él en los puestos traseros. Liz es quien conduce y él mantiene la vista en la ventana.

No es una persona seria ni arrogante, por eso me extraña su actitud.

—¿Te duele mucho la pierna? —indago—. Ese día vi mucha sangre en el suelo cuando te levantaron.

—Me duele un poco, pero puedo tolerarlo.

—Supongo que Rachel te ha tratado como un rey —comento.

—Rachel y yo ya no tenemos nada —me suelta, y su respuesta me sorprende—. Nuestra relación sentimental terminó.

Liz me mira a través del espejo retrovisor. La entrada al comando nos toma un par de minutos y les pido a los soldados que bajen cuando la camioneta se estaciona. La teniente no me dijo que habían terminado, pese a que le conté que volví con Christopher.

A mi cabeza viene el momento cuando se lo dije, no vi sonrisas de su parte.

—Tú quédate, Stef —le pido al español, que obedece mientras el resto se va.

Liz baja y él no me mira. Busco los motivos por los que terminaron, pero no se me ocurre nada. Estaban bien y es raro que de un momento a otro pase esto.

—Siento que hay algo que quieres decirme —comento cuando estamos solos—. Estás serio, apagado, y no eres así.

Incómodo, mueve la rodilla y empieza a preocuparme, así que dejo mi mano sobre su pierna.

—Puedes contarme cualquier cosa, tú sabes que yo…

—Te está engañando —confiesa.

—¿Qué?

—No quería decirlo, pero no se me hace honesto ocultarlo, a mí no me gustaría que me lo ocultaran.

—¿Cómo que engañando? —increpo—. ¿Quién?

—El coronel.

Baja la cabeza como si le costara darme la noticia.

—Rachel y él pasaron la noche juntos el día de su cumpleaños —declara, y mi pecho se comprime—. No es justo que te vean la cara. Rachel no es una mala persona, pero él sí, y ninguna de las dos se lo merece.

Me quedo seca, sin oxígeno, quiero creer que me está mintiendo, sin embargo, no tiene ningún motivo para hacerlo. Clavo la cabeza en el asiento delantero. Son demasiadas cosas al mismo tiempo, yo… le pedí a ella que fuera sincera conmigo y me mintió, le ofrecí mi amistad, la he tratado bien y se ha vuelto a meter con mi novio.

—Lo siento. —Stefan acaricia mi espalda cuando los sollozos me sacuden—. Sé que Rachel tiene un corazón de oro, pero se ha equivocado, y tanto tú como ella están a tiempo de buscar algo mejor.

¿Mejor? Christopher es mi vida, el hombre que amo y por el que lo daría todo. Le pido que me deje sola, ya que no puedo creer que me haya hecho esto.

—No —me niego—. Él me quiere, soy su amiga, su confidente…

—No entres en negación —me dice—. Es mejor una verdad dolorosa que una mentira disfrazada de paraíso. Ella está enamorada de él, pero sé que…

—Vete. —Lo empujo para que salga—. ¡Vete!

Abandona el vehículo y es Liz quien entra por mí. Mi amiga tenía razón: Rachel James es una maldita perra. Le cuento todo en lo que caminamos a mi alcoba.

—Lo sabía —me dice—. ¡Esa perra maldita te quería joder, es una calientabraguetas!

Me apresuro al dormitorio, donde me encierro y donde pierdo las fuerzas.

—Ella no es más que tú, Gema —me dice Liz cuando camino sin saber qué hacer—. El coronel está con ella porque es una perra fácil; en cambio, tú eres la mejor teniente de este comando, eres una mujer completa y eres la persona que eligió para casarse. Así que no puedes sentirte mal.

—Pero no me ama.

—Sí te ama. —Me toma—. Solo que le queda grande asumirlo. Esa perra es una ofrecida, una lamehuevos, la cual quiere quedarse con tu macho, y no lo vas a permitir, así que hay que hacer que pague.

—No… Yo —solloza—. Yo no sé qué hacer. Me han herido, amiga.

—Vamos, ven conmigo para que veas cómo me las voy a cobrar.

Me niego a salir, simplemente me hundo en la cama sin dejar de llorar. Ella insiste en levantarme, pero no puedo, lo único que hago es golpear las sábanas, derrotada.

Liz no se contiene y sale furiosa, me deja sola no sé por cuánto tiempo. Rachel James es una hipócrita, una ramera sinvergüenza, la cual se merece todo lo que le pasó.

Mis ojos se hinchan y pierdo la noción del tiempo. Pasan una, dos o tres horas, tal vez, no sé, lo único que tengo presente es que Liz vuelve por mí.

—No quiero.

—¡Ven! —No se da por vencida—. No te vas a quedar llorando.

Me arrastra al estacionamiento, donde me muestra el auto de donde emerge humo de todos lados: es el vehículo de Rachel, que se prende en llamas. Los soldados se apresuran a este con extintores.

—Va a saber que contigo nadie se mete —me dice, y me limpio la cara.

—¿Cómo hiciste para…?

—No preguntes, solo disfruta de lo que te voy a mostrar. —Tira de mi mano otra vez—. Ya me dijeron que viene para acá y sé dónde la vamos a esperar.

Se devuelve conmigo a la planta de los dormitorios y subimos al piso donde está la alcoba de la teniente. Mira a todos los lados y fuerza la cerradura de la puerta donde ella duerme, me obliga a entrar y la cierra detrás de nosotras. La ropa que tiene aquí está hecha pedazos en el suelo, volvió trizas sus pertenencias, el colchón lo destrozó a puñaladas, manchó las paredes con aerosol estampando la palabra «tragapollas». Nada de lo que tenía aquí sirve y hasta el retrato que había traído de su familia lo volvió añicos.

—Liz, nos van a…

—Yo por ti hago lo que sea, amiga. —Me toma la cara—. Esa perra ha hecho lo que ha hecho porque no ha encontrado quien la ponga en su lugar, pero tú me tienes a mí y, como te dije, mientras yo exista nadie se va a meter contigo. Él te ama a ti y todo estaba bien hasta que ella llegó.

Me limpio la cara cuando escucho voces en el pasillo. Liz se posa a mi lado, vuelven a hablar y es Banner la que viene hablando con la teniente. Abre la puerta y se congela en el umbral cuando me ve adentro con mi amiga.

—Rachel perra James —le dice Liz—, bienvenida. Te estábamos esperando.

Luisa me aniquila con los ojos al ver el entorno que nos rodea. Banner da un paso al frente, mientras que ella cierra la puerta.

—¿Qué diablos significa esto? —increpa la esposa de Simon.

—Esto es lo que pasa cuando te metes con quien viene de la calle —les suelta Liz, y Rachel James fija los ojos en todo lo que está destruido.

—Te revuelcas con Christopher —le digo, y se yergue respirando hondo. En parte odio que sea tan bonita y tenga la delantera en eso.

Un punto a su favor que no me quita tanta ventaja, porque tengo algo que ella no conoce y se llama decencia.

—Al principio sentí lástima por ti. —Me acerco—. Creí que él te había roto el corazón, pero analizándolo bien, eres tú la que busca tropezar con la misma piedra una y otra vez.

—El problema no soy yo —contesta tranquila—. El problema es que la piedra tiene patas y le encanta atravesarse en mi camino.

—¡Eres una maldita perra! —se molesta Liz—. Y crees que tienes la misma suerte de años pasados al no tener ningún tipo de competencia.

—No le termines de quitar el amor propio —interviene Luisa—, porque aquí no hay ninguna competencia y, en vez de estar haciendo el ridículo frente a nosotras, deberías enseñarle a tu amiga lo bien que le sentaría alejarse de un hombre que no la ama.

—¿Para que tu amiguita se lo siga tirando? —se defiende Liz—. Tu sugerencia tiene algunas fallas.

—Si te queda algo de decencia, lárgate y no te metas en nuestra relación —le hablo a Rachel—. Se va a casar conmigo y lo justo es que, por primera vez en la vida, actúes como la mujer decente que no eres.

—Abre los ojos —me pide Luisa.

—Ella no tiene que abrir nada —se entromete Liz—, porque esta maldita ramera es la que está donde no debe.

—Claro, suponen que soy la calientabraguetas cuando es él quien me anda buscando desde que llegué aquí: en el centro, en el comando y hasta en mi casa —confiesa—. No soy yo la que rompe vidrios con tal de verlo, es él quien paga grandes fortunas por verme y te deja tirada a ti con tal de verme a mí.

Me va reduciendo y trato de buscar fuerzas donde no las tengo.

—Le gusta lo fácil…

—Sí, por eso te tiene a ti y no a mí. —Da un paso adelante—. No tengo nada contra ti, pero está contigo porque a mí se me da la gana.

—Por un momento te consideré mi amiga…

—Solo a ti se te ocurre eso sabiendo lo que pasa cuando estamos uno frente al otro —espeta—. Pregúntale a él, te lo puede explicar mejor que yo.

—Aparte de perra, eres descarada, deberías rogar porque no te corte la cara —se burla Liz—. ¡Eres la perra que le quita las ganas, la mujer que se tira cada vez que quiere un polvo rápido! —Le grita mi amiga, consiguiendo que Luisa empuñe las manos con rabia.

—Nunca podrás darle la calma, la paz y la tranquilidad que yo le doy —añado—. Por eso quiere estar a mi lado el resto de su vida.

—Tu calma siempre le pedirá a gritos mi tormenta —contesta ella—. Y así como Stefan no calmó mi amor por él, tampoco lo hará tu papel de mujer ejemplar.

—¿En verdad quieres pelear?

—Yo no tengo que pelear por lo que ya tengo.

—¡No eres más que una perra tragapollas que le tiene envidia a la mujer que llevará su apellido! —Me aparta Liz—. ¡Una ramera barata! ¡Una drogadicta que no puede ver una jeringa sin que le tiemblen los ovarios! ¡Se las quieren dar de dignos, pero tu apellido no es más que basura y no sabes cuánto me voy a deleitar cuando me cobre todas las lágrimas que está derramando Gema!

Luisa intenta llevársela, pero Liz la empuja para que se aparte, blande la navaja que tiene consiguiendo que Rachel lleve la mano a su espalda y saque la Glock, que le clava entre ceja y ceja. Mi amiga resopla como toro embravecido y yo le echo mano a mi empuñadura cuando pone el dedo en el gatillo.

—Cuidado, Liz —le advierte ocultando a Luisa tras su espalda—, que yo no llegué donde estoy dejándome intimidar por ridículas como tú, mucho menos peleando por hombres y tampoco soñando con apellidos de otros, ya que con el mío me sobra y me basta.

—¡Puta, puta y puta! —sigue gritándole Liz con el cañón pegado en la frente.

—¡Grítalo, que se entere todo el comando si quieres! —Rachel mantiene el arma en alto—. Digas lo que digas y hagas lo que hagas, voy a seguir tirándome a Christopher las veces que me dé la gana; así que lleva bien la contabilidad de las lágrimas, porque de seguro va a derramar muchas más.

Baja la pistola y señala la puerta.

—¡Ahora, largo de aquí! —Me echa—. Ya lo sabes, ya dañaste lo que te dio la gana, así que vete o no voy a responder.

—Aléjate. —La encaro—. Te quiero a metros, y esta es mi primera advertencia.

—Váyase, señora Morgan —reitera con un tono de burla, y no sé qué le ven, ya que no es más que una ofrecida—. A mí no tienes que advertirme nada, más bien dile a él que no me vuelva a buscar, porque es él quien lo hace y si viene, no prometo nada.

Mis dedos se doblan en un puño, que contengo; golpearla sería rebajarme y por ello me encamino a la puerta. Salgo al pasillo, donde me limpio la cara con la playera, es una maldita ramera, una sinmoral la cual no hizo más que engañarme.

Sigo caminando, es un monstruo; sin embargo, no se va a quedar con lo mío por una sencilla razón y es que ella es una perra y yo soy una dama.

47

A lo Morgan

Christopher

Si hay algo que me jode en la vida es la falta de control. Eso me hastía, como me hastía que me vean la maldita cara, porque eso es lo que está haciendo ese imbécil. La camioneta se mueve de un lado a otro mientras Alex, con el uniforme puesto, se mantiene alterado al teléfono dando órdenes.

Lo reparo de reojo y es como si me viera en un espejo a futuro, dado que compartimos los mismos rasgos y, en ocasiones, las mismas expresiones. Reece Morgan lo repetía una y otra vez cuando nos veía.

La imagen del hermano mayor del ministro me hace llevar la cabeza contra el asiento.

Gauna está al otro lado con un fusil contra el pecho y Laila Lincorp en el asiento delantero, mientras Irina Vargas conduce el vehículo que va de camino al comando.

Miro el teléfono reparando en la foto de la mujer de ojos azules que detallo. El número de contacto está abajo y llevo toda la mañana queriendo pulsar el icono de llamada. He estado buscando una excusa para hablarle y no sé ni por qué. Sinceramente no sé qué diablos me pasa.

—Necesito que se despliegue un operativo en Rusia —ordena Alex.

Guardo el teléfono antes de que el impulso me traicione y termine cometiendo una ridiculez.

—Estamos en eso, señor —contesta Gauna, y me enderezo en el asiento—, pero primero hay que estudiar el perímetro, ya que…

—¡Ya nada! —lo corta—. Quiero soluciones rápidas. ¡Habrá problemas si Sara Hars no aparece lo antes posible!

El desespero es más que palpable. Laila Lincorp lo mira a través del espejo retrovisor y él no lo nota, ha de ser porque está más preocupado por la ex que por la que se coge.

—Sara tiene que aparecer o rodará más de una cabeza.

—Y Marie —añado, ya que al parecer se le olvidó—. Si somos realistas, ha sido más útil que Sara.

—¿Eres estúpido? —empieza—. ¿Qué insinúas? ¿Que vale más la vida de una sirvienta que la de mi esposa?

—Exesposa… —le aclaro—. Es tu exesposa porque hace mucho que te dejó.

El comando nos recibe. Lincorp es la primera que se baja y yo azoto la puerta cuando salgo. No he dormido ni he descansado, dado que la búsqueda, la gente pendeja y la falta de resultados no me dan tregua.

—Tienes tres horas para prepararte, alistar y cambiar armamento —le ordena Alex a Lincorp—. Formarás parte de la tropa que marchará a Rusia.

—Sí, señor. —Se va.

—El general James estará aquí dentro de un par de minutos —avisa Gauna—. ¿Lo envío a su oficina cuando llegue?

—No sé —se molesta Alex—. Déjame revisar la agenda donde anoto el rumbo de la gente que mando a buscar con carácter urgente para luego decidir si quiero o no verlos —regaña a Gauna—. ¡Es obvio que lo quiero en mi oficina!

Rick James fue colega de Alex Morgan en su tiempo de servicio y muchos de sus logros son por sus habilidades de investigación, búsqueda y rescate.

—Quiero a los capitanes, sargentos y tenientes que estén disponibles en mi despacho. Tenemos que reestructurar el operativo de búsqueda, ya que el actual no está funcionando —añade el ministro antes de marcharse—. Usted también, coronel, es necesario que esté presente.

Le entrego el armamento al soldado que llega con Angela Klein.

—Logré mantener en pie el papel de Las Nórdicas —me informa cuando echo a andar—. La mafia italiana contactó con Freya y avisó de que, por estas dos semanas, no requieren de nuestros servicios. Nos llamarán cuando nos necesiten.

Se calla cuando Gema aparece con Lizbeth Molina en uno de los pasillos. La alemana se pone seria y siento la tensión que surge de un momento a otro.

—Lo espero en la oficina del ministro, mi coronel —informa Klein antes de encaminarse a la sala de juntas.

—¿Sigues enojada por algo que ya pasó? —Gema la toma del brazo—. Un error lo comete cualquiera.

—En nuestra profesión los errores sí o sí deben evitarse. —Angela se suelta y Lizbeth Molina tuerce los ojos cuando se va.

—¿Hallaste algo? —me pregunta Gema.

Sacudo la cabeza. Me molesta el hecho de no poder dar una respuesta positiva que me infle el ego y el que otros anden jodiendo.

—Alex está convencido de que en Londres no hay nada, así que marcharemos a Rusia. —Empiezo a caminar.

—Inclúyeme. —Me sigue—. No me quiero quedar aquí con los brazos cruzados.

—Si vas, será con las habilidades que se requieran para la labor —le dejo claro.

—Sí. —Se me atraviesa y estira la mano acariciándome la cara con los nudillos—. Quiero que busquemos a nuestra madre juntos como el equipo que somos.

—Mi coronel —me llama Irina Vargas—, el ministro Morgan le manda a decir que lo está esperando.

Echo a andar con Gema atrás. Gauna, Laila Lincorp, Meredith Lyons, Simon, Angela, Patrick y Parker ya están en la oficina de este.

—La teniente James, Brenda Franco, Alexandra Johnson y el capitán Thompson están operando en la ciudad, el capitán Lewis está interrogando a los reclusos —avisa Parker cuando me ve.

Gema entra sorbiendo los mocos y limpiándose la cara. El chicle que tiene como amiga no se le despega y Patrick empieza a explicar las pocas averiguaciones que se han hecho hasta ahora.

—Luisa Banner quiere verlo, ministro —interrumpe la secretaria de Alex.

—Estoy ocupado —se exaspera.

—No lo voy a demorar, ministro —espeta la psicóloga en la puerta—. Es importante lo que tengo que decir.

—Ya te dijo que está ocupado —se mete Gema.

—¡Y yo ya dije que no lo voy a demorar! —Banner se toma la oficina—. Soy una osada al entrar, señor, pero no puedo esperar a que esto acabe.

Alex se pellizca el puente de la nariz y por dentro sé que está evitando mandarla a la mierda.

—¿Qué pasa, Banner? —pregunta.

—Estamos en el operativo de búsqueda de mi madre —sigue Gema—. Ten, aunque sea, un poco de respeto.

—Tendré el mismo respeto que tuvieron ustedes a la hora de entrar y destrozar la habitación de la teniente James.

—¿Qué? —increpo.

—Me gustaría que la charla fuera a solas —pide Banner.

—¡Habla ya o te esperas a que vuelva! —se impone Alex.

—Vengo a denunciar los actos vandálicos de la sargento Liz Molina hacia la teniente Rachel James —le suelta Banner—. Junto con la teniente Lancaster, se metieron al dormitorio y…

—Ay por Dios, no sabía que estábamos en el colegio. —Se levanta Molina—. Niña, aquí no se anda acusando con el director.

—Sé más clara con la acusación —le exijo a la mujer de Simon.

—Exponla —sigue Liz—, que los caballeros sepan por qué hice lo que hice.

—Ya lo saben, así que me da igual —contesta la psicóloga—. La amiga de su nuera destrozó las pertenencias de Rachel y violó uno de los códigos de conducta al entrar a una alcoba que no es suya. Y con el auto sospecho que hizo lo mismo, dado que lo quemaron por dentro. ¡Dañaron, violentaron y destrozaron algo que no les pertenece y a eso hay que sumarle que la amenazó con un arma blanca!

—¿Que hiciste qué? —Simon me alcanza, evitando que me vaya sobre la sargento que me termina de empeorar el día.

Se hace la desentendida y tiene suerte de que la querella sea por amenazar y no por agredir, porque de lo contrario ya estaría tres metros bajo tierra. No la tolero y las ganas de enterrarle una bala en el cráneo crecen cada día más.

—Puedo explicarlo. —Gema empieza a llorar—. Ella… se está acostando con Christopher y lo que hicimos es poco comparado con lo que se merece.

Alex la aniquila con la mirada y sé que no tengo que decir nada, puesto que a la hora de destruir a alguien con palabras él es mucho mejor que yo.

—La culpa no es solo de ellas, también es suya, coronel. —Me mira Banner—. Su conducta no hace más que acarrear problemas a mi amiga, quien ahora tiene que lidiar con estas dos estúpidas.

—¿Quién te crees tú, maldita perra? —Lizbeth Molina se le va encima con la clara intención de agredirla y Simon interviene poniéndose entre ambas.

—¡Ponle un dedo encima y te juro que me olvido de que eres una dama! —le advierte a la sargento—. Luisa es mi esposa y te prohíbo que le faltes el respeto.

—Llévatela, ya escuché lo suficiente, así que retírate, Banner —dispone Alex a punto del colapso, y Simon obedece.

—Espero que se haga algo y las cosas no se queden así, porque Rachel se merece que a ambas se las castigue —sigue hablando en lo que la sacan y cierran la puerta.

Gema no hace más que llorar, cosa que no me remueve ni una sola fibra. No sé qué mierda piensa de la vida haciendo estupideces.

—Mientras mis hombres se matan buscando a tu madre —se indigna el ministro—, ¿tú te quedas jugando a la vengadora estropeando las cosas de tu colega?

—¡Esa ramera no es colega de nadie! —dice Liz Molina.

—¿Disculpa? —increpa el ministro, y ella se alza cruzándose de brazos—. ¿Quién te crees tú para levantarme la voz como si estuvieras hablando con un cualquiera?

—Solo me defiendo.

—¡Ni siquiera te he dado permiso para abrir tu asquerosa boca!

—¡Digo lo que pienso!

—¡Lástima que a mí me valga mierda lo que pienses o digas! —espeta.

—¡La defiende porque es la perra de su hijo!

—¡Quiten a este engendro de mi vista! —ordena—. ¡La inmundicia tiene que estar en el bote de basura, no en mi oficina!

—Liz, no más. —Gema intenta llevársela, pero esta se rehúsa—. Con todo el respeto que se merece, ministro, la reacción de mi amiga es la que hubiese tenido cualquiera al verse en dicha situación.

Se posa frente al escritorio como si su argumento fuera a servir para algo.

—Liz solo me está respaldando. Es normal querer proteger a las personas que queremos.

—¡Tus estándares de normalidad tienen muchas falencias, Lancaster! —espeta Alex—, empezando porque no puedes meterte con los bienes de una de mis mejores tenientes, que aparte de estar trabajando, cosa que no estás haciendo tú, es la hija de uno de los exgenerales más respetados de este comando. ¡Miembro que me cubrió la espalda por más de diez años!

Iracundo, se levanta.

—¡Aquí los cargos se respetan al igual que los apellidos y al de los James se le rinde honor como lo que es! —Estrella el puño en la mesa—. Los verdaderos soldados respetan las estrellas, así que cuenta las medallas que ha ganado el apellido de cada una.

Se la come con los ojos.

—Tú no eres más que una malandra recogida. —Mira a Lizbeth Molina—. ¡Y tú no eres más que una bastarda que se atreve a tachar a otra de perra, sabiendo que su madre fue la ramera de otro por más de siete años!

La destruye en segundos y ninguno de los presentes sabe adónde mirar ni dónde ponerse.

—Está hablando de la mujer que te crio, Christopher —me dice Gema.

—El que lo criara no borra las fallas de tu madre —sigue Alex—. En mi ejército no se viene a jugar, y por muy hija de Marie que seas afrontas las consecuencias de tus actos.

Vuelve a la silla.

—Quiero siete días de encierro para Lizbeth Molina por no respetar a un superior y cometer actos vandálicos bajo los muros del comando —ordena—. Que la alimentación solo sea de pan y agua, así recordará sus días en la correccional.

Gauna le pide a Vargas que proceda.

—Y Lancaster que asuma los gastos causados por su amiga. También quiero un llamado rojo de atención en su expediente —dispone—. Agradezcan que forman parte de Las Nórdicas porque, de lo contrario, las hubiese enviado de vuelta a Nueva York.

Se llevan a la soldado y, si antes estaba con el genio vuelto mierda, ahora más.

—¡Lárguense todos! —ordena Alex—. ¡Ya me quitaron la calma que requiero para lo importante!

Sé que el «todos» no aplica para mí, así que me quedo en mi lugar a la espera de lo que tiene que decir. Se levanta a encararme y enderezo la espalda.

—Tienen a tu madre, están dando pelea, pese a que aún soy el ministro. Esto es una advertencia de lo que pasará si no estamos en el poder —espeta rabioso—. Si no ganas, nos va a pesar y lo sabes, por ello, no puedes dar pie para que te tomen ventaja por ningún lado. ¡Así que toma el control de la situación y no sumes más problemas de los que ya hay!

Me encuella.

—¡Nos van a terminar jodiendo por tu falta de control! —me grita, y lo empujo a pesar del dolor que surge del hombro con el movimiento.

—¡No te hagas el pendejo, que estas cosas no solo pasan por mí y lo sabes! —espeto—. ¡No llevas dos días en el ejército, llevas años!

Gauna abre la puerta de golpe interrumpiendo la discusión.

—¿Qué hacemos con el asunto de su esposa? —pregunta, y me alejo.

—¿Cómo que qué hacemos? —Alex se devuelve a su puesto—. Lo obvio, esperar a Rick James, marchar a Rusia e improvisar en el camino. Iba a planear algo, pero esas malditas me hicieron perder el tiempo.

Abandono la oficina. No tiene caso seguir discutiendo con Alex, quien quiere tener bajo control a todo el mundo.

Tomo el camino que lleva a los dormitorios, Lizbeth Molina me cae como una patada en el estómago, no hace más que meterse donde no la llaman y Gema, como una idiota, le hace caso. Entro a la torre, donde ella me está esperando en la puerta de mi alcoba. No le digo nada y entra conmigo cuando abro la puerta.

—Actué mal, lo sé —solloza—, pero…

—Déjalo. —Me trago el enojo—. Ya lo hiciste y ya no puedes repararlo.

—Tienes razón, sin embargo, quiero saber cómo arreglarás el daño que me haces —me dice—. Entré a tu vida porque tú lo quisiste, Christopher.

Hago acopio de mi autocontrol mordiéndome la lengua. Amo decir las cosas sin anestesia, pero ahora no es el momento, ya que decir algo la va a enviar directa a los consejos de Molina, quien de seguro va a sugerir otra idiotez.

—¿La quieres? —empieza.

Me harta que siempre me hagan la misma pregunta.

—Sé sincero, por favor —insiste—. ¿La quieres?

La pregunta no abarca nada.

—Háblame con la verdad —ruega, y respiro hondo—. ¿La quieres?

—No —contesto, y busca mis ojos.

—Ella cree que sí —dice.

—Ella tampoco me conoce.

—Aunque no fuéramos nada, odiaría que estuviera contigo, ya que no merece tener tu lado bueno. Eso lo merece alguien que te espere en casa todos los días y no quien debas tener vigilada las veinticuatro horas del día. —Me abraza—. Ella no es mujer para ti. Tienes que dejar de pensar en el sexo que te brinda y enfocarte en un futuro con hijos y con una familia establecida que compense el amor que no te dieron tus padres.

De nuevo busca mi mirada.

—Dime, ¿qué sientes por mí? ¿Me quieres?

Asiento y me acaricia la cara. Sería la mujer perfecta si yo fuera una paloma comemigajas, pero no lo soy y ya me quedó claro que una parte de mí no se resigna a quedarse con el premio de consolación después de haber tenido el premio mayor.

Rachel James hace que pierda los estribos llevándome a un punto donde me desconozco, así que me mentiría a mí mismo si me dijera que no quiero volver a estar en su cama; como también mentiría si dijera que no voy a lastimar a Gema, porque es lo más seguro.

Ella se ha convertido en un escalón que sí o sí tengo que pisar si quiero asegurar lo que necesito, tengo claro lo que deseo y por ello voy a pasar por encima de quien sea. Me rodea el cuello con el brazo y deja una mano en mi pecho.

—Voy a borrar los rastros que dejó en tu piel siendo amigos, esposos, confidentes y amantes. —Me besa—. Voy a demostrarte que la belleza no es solo física, también se lleva aquí.

Cierra los ojos.

—Sé que no me está viendo ni escuchando, pero que se resigne al hecho de que no pienso perderte —advierte—. Voy a enfrentarla con uñas y te enseñaré el significado de la palabra amar. Por eso quiero que te entregues, que me des todo lo bueno que tienes para demostrarte todo lo que puedo hacer con ello.

«Cada loco con su cuento». Se apodera de mi boca, correspondo el beso largo que me da en lo que baja la mano a la pretina del pantalón que…

—Coronel —me llaman afuera—, se requiere su presencia en la sala de juntas.

—De seguro hay noticias de mi madre. —Gema se apresura a la salida.

Tomo lo que necesito y aprieto el paso a la sala, donde espera Alex con Rick James, quien abraza a Gauna a modo de saludo. Se mueve a mi sitio, serio, me da la mano y Gema le dedica un saludo militar.

—Bienvenido al comando, general James —le dice ella.

—Lamento mucho lo de su madre, teniente —le contesta—. Espero que mi ayuda sea útil y podamos encontrarla, tanto a Sara como a Marie.

—Tengo fe en que así será.

—Está entrando un paquete. —Llega Patrick con su laptop—. Lo dejaron cerca del London Eye con intenciones de que el equipo de Robert Thompson, quien estaba cerca, lo encontrara.

Bratt y Simon se unen a la sala, Alex ordena que traigan el paquete, todo el mundo se acomoda alrededor de la mesa y Gauna detalla cómo fueron los hechos.

—Un grupo está siguiendo el vehículo que lo dejó —añade Simon—. Es lo único relevante que tenemos hasta el momento.

Preparan la sala para la inspección. Trevor Scott y Alan Oliveira traen una mesa portátil y una bandeja con la caja. Portan el uniforme antiexplosivo siguiendo el protocolo que se requiere en este tipo de casos, ambos toman la bandeja, que ponen sobre la mesa.

—Por ahora, no parece ser ningún tipo de explosivo —explica Scott—. El material de adentro no permite que el escáner detecte el contenido.

—¡Ábranla! —ordena Alex desesperado.

Todos se miran con todos y soy quien toma la iniciativa.

Los ojos de los presentes quedan sobre mí cuando con la navaja especial rasgo las capas de plástico, desenvuelvo el papel, destapo y hay otra caja envuelta adentro.

Alex me mira y con un gesto me pide que siga. Se hace silencio total en lo que termino de quitar el plástico que cubre la urna de madera roja, que queda en mi mano.

Tiene la palabra «Bratva» tallada en la tapa.

La dejo sobre la mesa. Trevor Scott le pasa el detector de explosivos otra vez, no da indicios de nada y prosigo. Me aferro a la tapa, pero no cede. Hago fuerza para abrirla y…

Un olor putrefacto llega a mi nariz. Noto lo que hay adentro y suelto la urna, que se vuelca y deja sobre la mesa los tres dedos de Marie: el índice, el corazón y el anular.

Gema se desploma y una arcada de vómito me sube a la garganta con el olor. El hedor es nauseabundo y todo el mundo aparta la cara. El índice tiene la argolla de plata que por años ha decorado la mano que un sinfín de veces he visto cocinando.

—¡Mi mamá no! —Gema enloquece en el suelo y es Bratt quien tiene que calmarla—. ¡Mi mamá no!

Aparto la silla, que se cae, y Alex toma la caja asegurándose de que no haya algo de Sara adentro, un teléfono es lo único que encuentra. Termina caminando de aquí para allá sin saber qué hacer mientras que Patrick revisa el aparato que empieza a sonar, el capitán le conecta uno de los cables que carga en el bolsillo y Alex le arrebata el celular.

—¡Silencio todos! —exige el ministro, antes de contestar y poner el altavoz.

Gema se tapa la boca queriendo contener los sollozos en los brazos de Bratt.

—¿Alex? ¿Chris? —gimotean al otro lado de la línea, y es Sara la que rompe en llanto.

—¡Tranquila! —le pide Alex—. Respira y dime si estás bien.

—Sí —solloza—, pero Marie…

El llanto no la deja hablar, el ministro no sabe ni dónde pararse tratando de sacarle información, pero no da respuestas concretas, solo repite el nombre de Marie, que está mal, que no va a aguantar y que tiene mucho miedo.

—Escúchame… —intenta decir Alex, pero la llamada se corta. Sacude el aparato e intenta devolver la llamada, en vano, ya que el teléfono se apaga.

—Era una línea fantasma —avisa Patrick—. Se necesitan, como mínimo, dos minutos para rastrearla.

—Si atacas Rusia las van a matar —le advierte Rick James—. Ellos no tienen nada que perder y si nos metemos en su territorio van a responder.

Patrick suelta las palabras claves de la llamada que no sirven para nada.

—¡Todo intento de ofensiva queda cancelado hasta nueva orden! —dispone el ministro.

—Esto puede ser algo para desconcentrar —comenta Scott—. Ya que afecta al coronel y al ministro.

—Y a mí —añade Gema llorando—. Soy su novia y una pieza clave en la campaña en curso.

Trato de maquinar, de pensar, pero me cuesta esclarecer las ideas con los malditos dedos sobre la mesa. Alex empieza a gritar exigiendo que pongan de nuevo la llamada, el aire me asfixia y abandono el lugar con la cabeza caliente.

Gelcem aparece en el pasillo. Intenta devolverse cuando me ve, pero me voy sobre él. Me debe una y lo alcanzo mandándolo al suelo. Le clavo la mano en el cuello, el hombro me duele y no me importa: le entierro dos puñetazos que me hacen arder los nudillos.

Patrick me toma, me zafo de su agarre, pero Patrick me vuelve a tomar y este aprovecha para irse.

—¡No tiene oportunidad contra ti, déjalo! —me exige el capitán.

Se pierde, la cabeza me palpita y continúo pasillo arriba. Me pica el cuello, la cabeza, las manos… Salgo del edificio, uno de los campos de trote me recibe e inhalo con fuerza.

—¡Sé que estás alterado, pero ya basta con Gelcem! —Llega Patrick—. Qué cosa con estar volviendo miserable la vida de ese desgraciado.

Le quito el cigarro que intenta encender, no fuma seguido, pero yo sí, se arregla el uniforme en lo que me lleno de nicotina, exhalo con fuerza y suelto el aire mientras que Patrick se pega al móvil.

Trato de pensar en lo que acabo con el cigarro que aplasto contra el césped.

—Veré si algún chip dentro del aparato me arroja algo.

—Se me hace que lo que quieres es ir a consolar a Gelcem.

—No seas celoso, pendejo. —Se aferra a mi nuca—. Mi hombre eres tú.

Me palmea el cuello, se va y me tomo un minuto más tratando de que mi cabeza se esclarezca. Lo que hizo la Bratva fue dar señales de vida para desesperar al contrincante. Tomo el camino que lleva a mi oficina y en el trayecto Trevor Scott me avisa de que Gema tuvo que ser llevada a la enfermería, como si eso me importara ahora.

Sigo caminando, llego a mi piso y abro la puerta, donde hallo a Laurens hablando con uno de los soldados de Patrick. El uniformado da un paso atrás y se aleja cuando me ve.

—Mi coronel. —Se posa firme y no sé qué estaban haciendo, pero ella baja la cara y me da la espalda—. Vine a traerle la grabación de la llamada.

—Fuera, los dos. —Los echo.

Me siento en mi silla y en el escritorio busco el panel que me permite ver las celdas donde yacen los capturados.

El obispo y el cardenal están en el mismo sitio a la espera de decisiones.

Según los últimos informes, ya está lista toda la evidencia que se necesita y los sitios donde operaban fueron clausurados.

A través de las cámaras de las salas miro el interrogatorio que se le aplica al SIR. Simon se encarga del procedimiento con preguntas trampas, pero el maldito se enfrasca en que no sabe nada y al parecer no miente.

La tarde se me va revisando de nuevo los hechos. Muevo mis contactos internos, pero estos solo han escuchado que Philippe Mascherano no se ha manifestado hasta ahora. Las horas pasan y Alex llega a exigir resultados. Lo ignoro y trato de concentrarme en la maqueta que tengo al frente.

—Dime la verdad —sigue el ministro—. ¿Hay algo que no sé? ¿Sabes algo que yo no y por eso se llevaron a Sara? De ser así, te juro, Christopher…

—¿Qué? —lo corto—. ¿No será más bien que el del problema eres tú y no lo quieres decir? Déjame adivinar, te volviste a revolcar con…

—¡Cállate! —se altera—. Anda afuera, vamos a hablar con la tropa de búsqueda que está llegando.

Da un portazo cuando sale.

Rick James espera afuera con Alex y Gauna. Soy el último que sale. Los vehículos empiezan a llegar y frenan al frente del edificio administrativo. Rachel es la última que baja con una sonrisa de oreja a oreja cuando ve al padre.

Ella trata de arreglarse el uniforme y Gema aparece, se posa a mi lado y endereza la espalda sin perderla de vista.

El general se adelanta quedando frente a la teniente y ambos actúan como si no fueran padre e hija.

—Mi general —le dice ella dedicándole un saludo militar—. Qué gusto tenerlo en el comando.

Se mira los pies y parpadea como si le ardieran los ojos.

—Mentón arriba, soldado —le ordena mientras la rodea—. ¿Qué es ese cabello, teniente? ¿No le da pena?

Trata de peinarse, como si eso importara con su atractivo.

—El viento del auto lo desordenó, mi general —contesta—. Venía con la ventanilla abierta.

Rick asiente serio y ella se ríe cuando de un momento a otro le abre los brazos.

—Dele un abrazo a su padre, soldado.

Le salta encima rodeándole la cintura con las piernas y él empieza a llenarla de besos.

—Como te echo de menos en Phoenix, greñas sueltas.

Nadie dice nada. Rick James trabajó aquí y, aunque en este tipo de sitios están prohibidas las muestras de afecto, Alex no va a decir nada por el mero hecho de que, pese a estar retirado, vino a exponer el pellejo para ayudarlo.

—¿Por qué no me avisaste de que venías? —le reclama ella.

—Los soldados no deben tener distracciones.

La deja en el suelo y se van juntos. Brenda Franco es quien rinde informe junto con Alexandra, mientras que Thompson le pide a Gema que vaya a guardar reposo como dispuso el médico del comando.

—Ya estoy mejor —alega ella.

—Cumpla con la orden médica, teniente —la regaña el capitán—. La necesito recuperada para mañana. Ya tengo un soldado menos y no quiero que sean dos.

Acata la orden y minutos más tarde me convocan a una reunión general con los capitanes, donde los presentes se ubican alrededor de la mesa redonda. Joset Lewis se une y saluda a Rick James con un apretón de manos.

—¿Se han vuelto a contactar? —pregunta Joset, y Alex niega con la cabeza.

—No han pedido nada a cambio, eso es preocupante —avisa Rick señalando el mapa que muestra todo el territorio y los sectores que ya fueron allanados—. Interrogué a los presos y lo único que dijeron es que no saben nada del asunto, Philippe no les comentó nada.

—Necesitamos hablar con Philippe Mascherano, es quien puede ordenarle al Boss que las devuelvan —sugiere Joset—. Él tiene ese poder.

—Si lo encontramos, dudo de que quiera colaborar después de lo que pasó con Antoni, no sabemos dónde está y lo podemos buscar, pero nos tomará tiempo —habla Bratt—. Lo que tenemos que hacer es darle la orden directa al Boss.

—¿Y quién se lo va a pedir, tú? —espeto—. De seguro te hará caso, como te hizo caso Brandon Mascherano con tu estúpida carta.

El móvil que está en el centro de la mesa vuelve a timbrar y Alex se apresura a alcanzarlo, contesta con el altavoz activado: es Sara de nuevo rogándole, entre sollozos, que vaya por ella. Desesperada, avisa de que Marie está sangrando demasiado, chilla a través de la línea.

—¡No puedo más, siento que no voy a resistir! —brama.

El ministro trata de hacer preguntas, pero se vuelve a cortar la llamada, todo el mundo guarda silencio y la vista de Alex queda en la nada.

—Los intentos de ataque se detuvieron, estamos quietos —habla Joset—. Sugiero que lo mejor es desplegar otra línea de búsqueda, pero esta vez buscando a Philippe…

—No, no voy a dilatar más esto como tampoco voy a perder más tiempo —lo corta Alex—. No se sabe dónde está el líder sustituto, pero el verdadero sí.

Se encamina, alejándose de la mesa y me muevo de mi sitio cuando presiento lo que sé que va a decir.

—Antoni sigue siendo el líder, el que manda, dispone y dirige la pirámide —espeta—. Lo que el líder dice se hace, por ende, alguien debe ir a hablar con él y sé a quién voy a mandar.

—No lo digas —le advierto—. Ni siquiera lo pienses.

—Necesito a Sara aquí —me ignora y busca la salida—, así que Rick, dile a tu hija que se prepare para ir a ver a Antoni Mascherano. ¡Quiero y necesito que lo convenza!

La orden es como si me diera una patada en las bolas. Rick James se queda sin decir nada y yo me voy sobre Alex. Lo tomo antes de que alcance el pasillo y uno de sus escoltas interviene, lo empujo a un lado y pongo al ministro contra la pared.

—No la vas a mandar a ver a nadie, así que busca otra manera —advierto—. ¡Soluciónalo tú, ya que lo necesitas tanto!

Me encuella y me lleva atrás, clavándome la mano en la herida del arpón. Mi espalda queda contra el concreto y la mirada de acero me aniquila cuando se impone.

—¡El mismo desespero que tienes tú lo tengo yo, pero por tu madre! —me grita—. ¡No le voy a dar la espalda a Sara y menos ahora, cuando más me necesita!

—¡Ve tú! —reitero—. ¡Ve tú, pero a ella no la vas a mandar a ningún lado!

—¡Después de lo que le hiciste a Antoni, es obvio que él solo querrá hablar con ella!

—¡Dije que no! —Lo empujo y Rick James se atraviesa.

—La decisión es de mi hija, no depende de ninguno de ustedes, solo de ella —declara, y eso no hace más que avivarme la rabia.

La alta guardia me toma, Alex se va y las venas me arden, la imagino frente a ese maldito y la cabeza me duele al igual que el corazón que bombea con un ritmo acelerado, puesto que la conozco lo suficiente como para deducir desde ya que su respuesta será un rotundo sí.

48

Aquelarre

Rachel

La brisa nocturna me agita el cabello. Respiro hondo e intento leer la información enviada por Elliot: Dominick Parker hizo una compra sospechosa hace poco, un gasto, el cual involucra una suma bastante alta, ¿de qué? No se sabe. Es lo que está tratando de averiguar; sin embargo, los avances van lentos, dado que Parker es precavido con sus asuntos personales y el investigador tiene trabajo con otros clientes. Podría contratar a otro más, pero no confío en nadie más, nada me asegura que un sujeto nuevo sea lo suficiente discreto. Además, siento que Elliot es bueno en lo que hace.

Casos Internos me envió un mensaje en la mañana por medio de Paul Alberts, el amigo de Stefan, preguntando cómo iba el asunto. Los pusieron a él y a Tatiana Meyers como soldados colaboradores.

De Simon no me dice nada. Los documentos que me dio aún los tengo en la caja fuerte.

—Hola —me saludan atrás, y guardo el móvil cuando me toman por sorpresa.

—Hola. —El alivio llega cuando noto que es Stefan—. ¿Cómo va la pierna?

—Mejor. —Se frota la nuca y me invita a sentarme en uno de los banquillos de concreto—. Cada vez me duele menos, pensé que estabas en el tema de los interrogatorios.

—Estoy en la tropa de búsqueda —comento.

Detallo el entorno que nos rodea cuando respira hondo. Últimamente parece que le costara hablar conmigo.

—Quiero disculparme por lo de Gema, era algo en lo que no debía meterme, sin embargo, lo hice —confiesa—. Me apena, pero no me gusta que les vean la cara a las personas.

—No pasa nada. —Me limpio las manos sudadas en el pantalón—. Tarde o temprano se iba a enterar, así que da igual.

—Eso se oyó como él… —Suelta una sonrisa sin ganas.

—¿Te acuerdas de la vez que te dije que no era una buena persona? —suspiro—. Es por este tipo de cosas.

—No eres una mala persona, Rachel. He estado pensando y sé que hay una brecha muy grande entre tú y él. Eres bella, carismática, bondadosa y te preocupas por los demás, cosa que no pasa con él, que sí es una mala persona —me dice—. Si fueras como él, no estarías pagando el tratamiento de Ernesto en Hong Kong, eso es algo que siempre te vamos a agradecer.

Me gusta la gente que, pese a todo, no deja de buscar cosas buenas en mí.

—Gema me dijo que lo encaró y le reafirmó que no sentía nada por ti. —La punzada en el pecho hace que por un par de segundos deje de respirar—. Se encerró con ella después de que Luisa contara lo que te hicieron.

Quiero matar a Luisa por poner la querella. Si yo no lo hice, ella no tenía por qué hacerlo; se desgastó para nada porque, al parecer, al coronel le dio igual.

—Prendí una vela por ti. —El soldado estira el brazo tomando mi mano—. Para que los ángeles te iluminen y enciendan el anhelo de volver a París o el de irte a otra central.

—Sabes que por el momento no puedo hacer eso —le digo.

—Ahora no, pero en un futuro sí —suspira—, y eso me da esperanza.

Me iría si no fuera por el tema de la candidatura y por lo de Casos Internos.

Stefan toma mi mano y la mira antes de acariciar el dorso. Me hubiese gustado tener más tiempo con él, de seguro me hubiese llegado a enamorar y ahora sería una persona con menos preocupaciones. Detallo su cara y él deja un beso en mi mejilla antes de darme la espalda consiguiendo que extrañe al soldado que me hizo sonreír en París.

—¿Te irías conmigo? —le pregunto, y se vuelve hacia mí—. ¿Dejarías tus sueños aquí y te irías conmigo al lugar donde elija para vivir?

—Tú eres uno de mis sueños —confiesa—. Quiero verte feliz, en paz, sin nada que te estruje el corazón, con los ojos brillosos y amando la vida.

Me arde la nariz con lo que me dice.

—Si quieres que esté a tu lado, está bien, haría lo que sea con tal de contribuir a tu felicidad. Estaré como un amigo, un compañero, un colega —sigue—. Yo seré lo que tú quieras que sea. Si te da tranquilidad, paz y calma, cuenta conmigo a tu lado.

Acorto el espacio entre ambos y tomo su cara.

—Quiero que estés bien y aquí no hay tranquilidad, Angel. Liz Molina no está bien de la cabeza —sigue—. Londres no es una ciudad para ti. Christopher Morgan tiene muchos problemas y aquí se ven muchas cosas feas. Un ejemplo de ello es lo que pasó hoy con la caja.

—¿Qué? —increpo—. ¿Cuál caja?

—¿No te dijeron? —se preocupa—. Hoy llegó una caja, la mafia rusa mutiló a la madre de Gema y envió tres de sus dedos al comando.

El estómago se me revuelve y el almuerzo me queda en la garganta. No me dijeron nada.

—No sabía. —Avanzo y él me sigue—. ¿Parker dio órdenes o han informado de algún paso que seguir?

—Todavía no —informa—. Solo sé que estaba en una reunión con los superiores.

Se me revuelven las entrañas. Nadie me dijo nada. Papá no alcanzó a decírmelo, de seguro porque lo mandaron a llamar con carácter de urgencia y el poco tiempo que estuve con él lo usé para preguntar por todos en casa. En pocas palabras: estoy perdiendo el tiempo en vez de estar contribuyendo a la búsqueda.

—Teniente —se me cruza Tatiana—, el ministro la necesita en su oficina.

Emprendo el trote con la esperanza de que no sean malas noticias. Es angustiante la situación. Sé lo que es estar en manos de la mafia, el suplicio, la zozobra, todo lo que se vive…

Corro escaleras arriba. La puerta de Alex está abierta y dentro del despacho están Luisa, Gauna, Laila y mi papá.

—Ministro. —Me poso firme dedicando el debido saludo.

Mi papá me pide que hablemos un segundo afuera, pero el ministro no lo deja.

—Voy a ser breve —me encara el máximo jerarca—: estamos en un operativo de búsqueda, el cual es un fracaso total. Hemos evaluado todas las posibilidades, en vano, porque no hay nada que sirva.

—Creo que sería buena idea investigar sobre cada uno de los miembros, a lo mejor hallamos…

—No hay tiempo para eso, teniente. Necesito que Sara vuelva y para eso requiero que te muevas a ver a Antoni.

Miro a mi papá, cuando los oídos me empiezan a zumbar y doy un paso atrás cuando Alex se yergue frente a mí.

—Sé que es cruel poner a su víctima frente a su victimario —sigue, y mi pecho empieza a latir más rápido de lo normal—, pero es necesario, ya que Antoni Mascherano es el único quien puede mandar todo atrás.

Un agujero negro empieza a labrarse en el centro de mi estómago. No hay manera de que los Mascherano cedan ante los Morgan.

—No puedo exponer la salud mental de un soldado porque la ley me lo prohíbe —continúa Alex—; sin embargo, espero y aspiro a que tengas los ovarios de demostrarme por qué estás en este ejército.

—Lo he demostrado más de una vez, señor…

—¡Demuéstralo otra vez! —espeta—. Los que están aquí deben demostrar su valentía todos los días.

Niego posando los ojos en mi papá. No quiero ver a Antoni Mascherano ni ser la heroína que debe enfrentarse a los monstruos del pasado.

—Necesitamos que nos dé pistas de dónde puede estar el Boss y que lo haga retroceder. Tienen tratos hace años, así que debe saber sobre sus movimientos, la Bratva hace parte de la pirámide y, por ende, debe escuchar al líder —continúa.

—Debe haber otra alternativa.

—Sara llamó, está destrozada, no tengo cabeza para pensar en alternativas que no harán más que extender esto…

—No la presiones —interviene mi papá.

—¡Pides eso porque no es Luciana la que está secuestrada! —se altera.

—Pero es mi hija a la que quieres forzar a un encuentro —contrarresta Rick—. No es tu obligación, Rachel…

—Sal —me pide el ministro—. Reúnete con el psicólogo a cargo del prisionero, habla con tus colegas y con quien tengas que hablar, pero haz algo y espero que sea positivo, porque si algo le pasa a Sara, lo van a lamentar.

Señala la puerta.

—¡Fuera todos! —exige—. ¡Tienes cuatro horas para pensarlo!

Mi padre le pide tiempo para hablar. Luisa recoge los informes y, con ella y Laila, me muevo a la sala de investigaciones que está un piso más abajo. Laila no dice nada, solo mantiene la mirada baja y el semblante apagado.

La situación no hace más que desatar pálpitos en mi sien. Si estaba nerviosa por el juicio, tener que volver a enfrentarme a él causa la misma sensación, pero a un grado más elevado, empezando porque detesto a Antoni Mascherano, el hecho de que me volviera dependiente de la droga que tanto odio. Casi me convierto en un monstruo por su culpa.

Laurens está hablando en la entrada de la sala con uno de los soldados de Patrick, quien amablemente nos abre la puerta para que sigamos. La secretaria del coronel tiene un semblante diferente y verla así es lo único medio positivo de los últimos minutos.

—Gracias, Derek —le dice Luisa al soldado que cierra la puerta.

Mi amiga deja los informes sobre la mesa en lo que Laila se va a la cafetera, mientras que por mi parte no hago más que sentarme.

—No es la primera vez que abro este expediente. —Luisa pone la carpeta frente a mí—. Y ahora que lo volví a repasar, reitero y sostengo mi diagnóstico anterior.

—¿Que es un demente? —pregunta Laila.

—Tiene una «perturbación anímica» producida por una idea fija o recurrente que lo condiciona a una determinada actitud —explica—. En psicología, cuando la obsesión alcanza el grado de trastorno lo llamamos Trastorno Obsesivo Compulsivo, y ese es el diagnóstico de Antoni. No es la primera vez que lo padece, ya que, en años pasados, su hermana fue víctima de ello.

—¿Él te lo contó? —Siempre he querido saber qué hay detrás de todo eso.

—No, pero el grupo de psiquiatras supo escarbar cuando ahondaron en su niñez con estudios médicos y conjeturas que fueron saliendo a la luz poco a poco.

Saca las hojas.

—El trastorno lo volvió a padecer contigo y me causó curiosidad la raíz de todo esto. En su fijación por Emily pudo haber cierta coherencia porque la vio toda su vida, pero contigo es como si el impacto hubiese sido tan fuerte que lo condenó a un estado mental involuntario, el cual puede definirse como «limerencia». —Se acomoda el marco de los lentes—. Me atrevería a decir que el amor que le tuvo a la hermana fue tan fuerte que nadie lo podría sobrepasar.

—¿Eso es un rayo de esperanza?

—No sé. Al parecer, a la hermana la quería, pero contigo está obsesionado. La limerencia puede durar meses, años o toda la vida. Se caracteriza porque hay una gran cantidad de pensamientos, los cuales pueden ser positivos o negativos —explica—. El que lo rechaces hizo que se obsesionara más, ya que el repudio romántico incita las partes del cerebro asociadas con la estimulación. Para él eres como su droga, eso que se desespera por tener.

—En resumen, nunca me va a dejar en paz —concluyo.

—Pues no parece ser una persona de avances —continúa Luisa—. Es un asesino, amaba a su hermana, habla muy bien de ella. También es muy inteligente y calculador estando solo, pero pierde el control cada vez que toca algo relacionado contigo, por eso perdió ventaja en el momento de enfrentarse con Christopher.

—Todo eso es una clara señal de que no debo verlo.

—Para mí que deberían hacerle los mismos estudios al coronel —sugiere Laila—. Me atrevo a jurar que tiene lo mismo.

—Christopher Morgan tiene un serio problema de autocontrol —contesta Luisa—. No sabe cómo manejar las emociones, no sabe controlar la ira, es impulsivo, le cuesta mantener relaciones y eso es común en personas con padres separados o cuando se tiene una figura paterna como el ministro, quien es un promiscuo que no le ha dado un buen ejemplo.

—Volvamos a Antoni, ¿sí? —sugiero—. Lo de Christopher, seguramente, no tiene cura.

Los pálpitos en la sien pasan de ser molestos a convertirse en algo insoportable: me duele la cabeza con mucha obsesión, compulsión y trauma. La idea del desgaste emocional que conlleva ver al italiano no hace más que dispararme los nervios.

—¿Qué aconsejas? —le pregunto a Luisa.

—Son dos vidas en riesgo y tienes la posibilidad de salvarlas si te comportas de la manera correcta, pero si fallas, puedes desencadenar algo peor. —Se acaricia el vientre—. Si lo rechazas, puede volver a pasar lo de Positano. A las personas que padecen su diagnóstico no se les puede mostrar rechazo, porque por muy obsesionadas que estén, van a desequilibrarse, y es ahí cuando hay que tener cuidado, dado que correrías peligro.

—Mi muerte es lo más razonable aquí. —Me levanto a abrir la ventana para que entre un poco de aire.

—Al menos tienes a alguien obsesionado contigo, personas que te buscan y quieren estar contigo —comenta Laila—; en cambio, de mí se olvidaron en un abrir y cerrar de ojos.

Me da pesar su comentario. Laila nunca ha tenido suerte en el amor, ha tenido parejas con las que se ilusiona, pero las cosas siempre quedan a medias. Es como si ella se enamorara, pero los otros no.

—¿Cómo te sientes con eso? —pregunta Luisa.

—Mal, pero recuerdo que Rachel está peor y se me pasa —contesta.

—No sabes cuánto me alegra ser tu consuelo, querida amiga —espeto con sarcasmo.

—Me puse en la tarea de investigar sobre su árbol genealógico: Regina Morgan es la única que logró mantener un matrimonio estable y es porque es igual de mierda que ellos. Diría que sus hijos son así también por su culpa.

—Siendo sincera, creo que lo mejor es que te quedes con lo bueno y lo olvides —le suelto mi punto de vista—. A Alex se le nota que todavía siente cosas por Sara.

—Gracias por las palabras de ánimo, aunque llegan tarde, dado que su polla ya me acarició el corazón. —Alza la taza de café en señal de brindis—. Sé que la quiere, como también sé que solo una incoherente se enamora de ellos; sin embargo, tengo una duda: si la quiere tanto, ¿por qué le fue infiel tantas veces?

Mis nervios se disparan cuando tocan a la puerta. De seguro es Alex en busca de una respuesta. ¡Ni una hora me están dando! Tocan otra vez. Me apresuro a abrir y respiro aliviada al ver a mi papá.

—¿Tienes tiempo para tu viejo padre, al cual le gustaría entrenar contigo como en años pasados?

—Solo tienes cincuenta y uno, así que no seas exagerado, que viejo no estás.

—Lo digo para que te compadezcas y me digas que sí. —Me besa la frente—. Anda, te veo en el campo de entrenamiento.

Se adelanta y me despido de mis amigas. Otro momento con él es lo único que puede mejorar este pésimo día.

—Piénsalo bien, Rachel —me dice Luisa—. Estás en todo el derecho de decir que no.

Me cuesta caminar tranquila. Pedí cambio de alcoba, ya que la otra la abrieron, la violentaron, la volvieron un desastre y se convirtió en un sitio en el cual no quiero estar.

Solicité una nueva, pero por el momento no hay nada libre. El comando está lleno y fue Brenda la que se ofreció a guardarme las zapatillas y las dos sudaderas que se salvaron. No he tenido tiempo de ir a mi casa a traer lo que necesito.

Me cambio los zapatos, me quedo con la playera de la FEMF y salgo a reunirme con mi padre.

—Trotemos un rato —pide.

Asiento y lo sigo. Muchas de las cosas que sé se las debo a él, quien me sonríe antes de poner a prueba mi nivel dando nueve vueltas al campo de entrenamiento. Lo noto pensativo y en la undécima vuelta aminora el paso, me pide que me tienda en el césped y haga flexiones de brazos.

—Tienes presente que la familia es el tesoro más importante para un soldado, ¿cierto? —pregunta—. Que nuestros seres queridos son los que muchas veces nos motivan para volver a casa.

—Sí.

—Sara es la familia de Alex —continúa—, y antes de tomar una decisión, quiero que tengas en cuenta que ellos nos dieron la mano a nosotros cuando quisimos rescatarte.

—¡Papá!

—No va a pasar nada si no lo haces —prosigue y detengo el ejercicio—; sin embargo, quiero que pienses en Sara y en la teniente sin padre que solo tiene a Marie.

Me levanta y posa las manos sobre mis hombros. No sabe que la teniente sin padre, como le dice, me está haciendo pasar ratos amargos y que su amiga me está haciendo la vida imposible.

—No quiero ser la heroína esta vez.

—Esto sería más fácil si fueras una Morgan, porque a ellos todo les vale —respira hondo—, pero eres una James y a nosotros nos golpea la conciencia cuando tenemos todo para ayudar y, aun así, no lo hacemos.

—Antoni no es estúpido y odia a la FEMF, especialmente a los Morgan.

—Si es así, se fallará porque no pudimos, no porque no lo intentamos —comenta—. Hay muchas cosas con las cuales no estoy de acuerdo con Alex, pero me puede Sara, es amiga de tu madre, compartió muchas veces conmigo y es una buena persona. Al igual Marie.

Frota las manos contra mis brazos dándome calor.

—Si no puedes, está bien. Seguirá la búsqueda y tarde o temprano aparecerá una pista —suspira—. Como te dije, nada pasará si no quieres.

Asiento, prefiero el operativo de búsqueda, que vaya por ese camino. Me uniré al equipo que seguirá con la investigación.

—Hablando de otro tema —continúa mi papá—. He estado analizando ciertas cuestiones. Lo que pasó en el juicio y la muerte de los generales me preocupan. Olimpia me ha contado un par de detalles, los cuales aumentan las sospechas que confirman que el enemigo está operando bajo estos muros, por ello, quiero que tengas cuidado.

Lo de Casos Internos se me atasca en la garganta, las ganas de contarle me queman la boca, pero tengo prohibido involucrar a terceros.

—Tendré que irme, pero tú te quedarás, así que no bajes la guardia —me pide—. Los James tenemos buenas habilidades a la hora de analizar, así que estate atenta, cualquiera puede tener las manos untadas, eres inteligente y si descubres quiénes pueden ser, sería de gran ayuda, para la FEMF y para ti.

Muevo la cabeza con un gesto afirmativo y se sienta conmigo en el césped.

—Voy a soñar, a lo mejor me concedes el honor de ser la primera mujer de la familia que llega a general.

—Creo que ese es el propósito de Emma —lo molesto—. Es quien se la pasaba diciendo que nació para grandes cosas.

—A Emma me la tomaré en serio cuando se ponga seria y use playeras que le tapen el ombligo. —Sacude la cabeza—. ¿Ves estas canas? Me las ha sacado ella.

Me hace reír.

—Anda —me anima—, demos una vuelta más para que aclares las ideas.

Me levanto y de nuevo emprendo el trote. El sol sale a lo lejos y la luz naranja nos baña a ambos en lo que damos siete vueltas más. Solía empezar mi día así cuando estaba en Phoenix.

Desde el campo veo entrar al equipo de búsqueda que salió a probar suerte hace unas horas. Es Parker quien lo lidera y con mi padre nos acercamos. El capitán baja de la camioneta, Alan y Meredith lo acompañan. Todos están camuflados como policías.

Alex sale con el coronel, quien supongo estaba consolando a la novia, ya que esta no tarda en unirse a él cuando lo ve. Se me contrae la garganta. Están como si nada después de lo que ella hizo.

—No están en Londres —confirma Meredith—. Hemos revisado hasta el último rincón de la ciudad.

—Solo hallamos a un sujeto, el cual tenía esto en el móvil —saca el aparato que le entrega a Alex—: una invitación al aquelarre de la Bratva.

Mi papá aparta la cara y el alemán duda a la hora de proseguir cuando Alex se queda en blanco y Christopher eleva el mentón endureciendo la mandíbula.

—El evento tiene como piezas a Sara y a Marie.

—Dime que con el tiempo las cosas cambiaron y que ahora significa otra cosa —pide mi papá.

—No, mi general. El aquelarre es uno de los festejos más sangrientos de la mafia roja: torturan, matan y desmiembran a las personas, en especial a sus enemigos, en un acto que utilizan para sembrar miedo.

Mis extremidades se congelan con la idea. Eso, aparte de traumático, es aterrador. Me miro con mi papá, a quien la angustia se le revela en los ojos, mientras que Alex se pone las manos en la cabeza sin saber qué hacer.

—Dentro de treinta y dos horas se llevará a cabo —concluye Meredith cuando mira su reloj.

—No puedo. —Gema cae al piso—. ¡No puedo, Christopher! ¡Prometiste que la traerías y estás fallando, maldita sea!

El coronel la levanta y Alex, furioso, se viene contra mí.

—Evita el que tenga que ponerte cara a cara con Antoni a las malas —advierte.

—¡No la amenaces! —Se mete mi papá.

—Me conoces, Rick, ¡y será culpa de ustedes si tengo que hacerlo por la fuerza!

—No es necesario —me muevo mientras Laila se acerca— porque iré, así que está de más el que intente algo a las malas, ministro.

Pese a todo lo que ha sucedido con la mafia italiana, no puedo vivir con el cargo de conciencia de haber podido hacer algo y no haber hecho nada. Me encamino a las torres, pero me toman del brazo y me preparo para apartar la mano de Alex; sin embargo, es Christopher el que me sujeta con una fuerza que me inmoviliza.

—De aquí no te vas a mover, no vas a ir a ningún lado —advierte—. ¡Y es una maldita orden!

—Sí va a ir. —Alex lo empuja obligándolo a que me suelte—. ¡Va a ir porque es la vida de tu madre la que está en juego y no la voy a poner en riesgo por tus idioteces!

Intenta tomarme de nuevo, pero el ministro lo vuelve a empujar, en tanto Gema sigue berreando en el piso sin poder respirar.

—Vamos —me pide mi amiga.

Christopher empieza a pelear con el máximo jerarca mientras que Laila aprovecha para tomarme y llevarme con ella.

—No vas a poner un pie fuera de este comando. —Alcanzo a oír lo que Alex le grita a su hijo.

Sigo caminando. No se puede perder más tiempo, así que aprieto el paso, resignándome a que, quiera o no, dentro de pocos minutos veré de nuevo a Antoni Mascherano.

Me baño y arreglo lo más rápido que puedo, el moño mantiene las hebras de mi cabello bien recogidas. Brenda me esparce fijador y, estando arreglada, me levanto del asiento asegurándome de que todo esté en orden.

—¿Seguro que quieres hacer esto? —me pregunta—. Es peligroso, Rachel.

—No hay otra opción. —Me pongo los pendientes—. Por el momento es el único plan y dudo que la hallemos en menos de treinta horas.

Sacudo las motas que caen sobre el traje de dos piezas que pudieron conseguirme en tiempo récord. El maquillaje acentúa y aviva los atributos de mi cara con las sombras sobrias, el labial rojo y el delineado delgado; los tacones me suman un par de centímetros.

—Voy a preparar el auto y te veo afuera —me avisa Laila.

—Yo voy por el chaleco. —Brenda la sigue.

Me dejan sola, retoco lo último que falta y me muevo a la puerta, que atravieso hallando a Gema en el pasillo. Tiene la nariz roja, los labios secos y los ojos hinchados. Echo a andar fingiendo que me tiene sin cuidado su presencia, pero se me atraviesa cortándome el paso.

—Si se te cruza la idea de fallar por venganza y salirte del papel, ten en cuenta que acabarás con dos vidas por un hombre que no te ama —me suelta—. Si crees que fracasando en esto vas a destruirme, déjame decirte que no funcionará porque yo sí tengo el amor de Christopher. En cambio, tú solo pasarás de ser la supersoldado a ser la mujer ardida que...

—Tuve carrera, puesto y profesión antes de conocer a Christopher, por lo tanto, estás muy equivocada si crees que mi carrera profesional y mi vida giran en torno a él —contesto—. Tengo claro los ideales de un soldado y los deberes que tengo como tal, así que despreocúpate, que a mí no se me da salirme del papel cuando más se necesita.

Abre la boca para hablar, pero avanzo con la espalda recta. Sacar en cara las fallas de otros es poco ético y está mal, pero estoy en un punto donde no la soporto.

El ministro ya se adelantó y Luisa me está esperando al lado de la camioneta con Laila, quien se pone al volante, mientras que mi papá se prepara para abordar el auto de atrás con Irina, Brenda y Scott.

Quiere asegurarse de que no se presenten contratiempos en el camino.

—Todo va a salir bien —me anima antes de darme un beso en la frente—. Varios estarán pendientes de todo lo que suceda.

Asiento, miro el reloj y le pido que procedamos. Él se va a su vehículo, Scott me abre la puerta y, pese a todo lo que ha pasado, me alza el pulgar en señal de suerte. Luisa sube por el otro lado. El pecho me salta cuando la puerta se cierra y Laila arranca el auto.

El cuello me pica, hace calor y siento que mi respiración empieza a volverse irregular.

—Trátalo bien, cualquier desequilibrio puede ser peligroso. Mi consejo es que procures ser breve —sugiere—. Sácale la información lo más rápido que puedas.

—No es idiota, no se va a andar con rodeos a la hora de querer acercarse.

—Si eso pasa, no puedes rechazarlo —advierte—, ya que te puede partir el cuello si lo haces. En ocasiones, la demencia viene acompañada de una fuerza descomunal, la cual puede acabar con la vida de otro en segundos.

—Lo sé, mejor distráeme en lo que llegamos —pido—. Quiero ocupar mi cabeza en otra cosa para no caer en la locura.

Obsesionarme con ello me desgasta como también darle vueltas al asunto y lo que causan es avivar mis ganas de volver al comando.

—La habitación y las remodelaciones en mi casa van de maravilla —comenta—. El contratista es el hombre más amable del mundo. Creo que le gusto, dado que todo el tiempo me coquetea.

—Estás casada, Luisa. —Me masajeo la sien—. Siento que a veces se te olvida.

—¿No puede una mujer casada hablar del atractivo de un hombre?

—Sí, pero tú lo haces como si ese sujeto te atrajera.

—¿Por qué el hombre puede engañar y la mujer no? —empieza—. Verlo trabajar no es nada comparado con lo que hace Simon, quien anda quién sabe con qué amante, la cual le roba la energía.

Tengo que aclarar esto lo antes posible.

—No te está engañando, así que ya basta con eso. —Laila se enoja.

—Haré una baby shower. Espero que tu tarjeta de crédito tenga espacio para un buen regalo —continúa mi amiga—. Opten por colores neutros, ya que no se sabe el sexo del bebé.

—Hazte una nueva ecografía —sugiero—. Me gustaría saber qué es.

—Ya me hice tres y no quiso mostrarse. Tuve un patrón de ansiedad, así que decidí dejarlo. —Me toma la mano y la pone sobre su vientre—. Sea del sexo que sea, será mi bebé y lo amaré por igual.

—¿Y qué piensa Simon al respecto? —increpo.

—Soy yo quien lo lleva en el vientre, así que no tiene por qué opinar, puesto que las decisiones son mías.

Prefiero no contradecirla, primeramente porque todo lo que le diga relacionado con Simon lo tomará a mal. Además, los disgustos no le sientan bien a una embarazada y menos cuando es Luisa, quien heredó el carácter del abuelo: el viejo señor Banner era el tipo de persona que siempre creía tener la razón.

Atravesamos Londres. Le pido a Laila que baje la ventanilla para que me entre un poco de aire. Un gran tramo de carretera queda atrás y con la vista fija en el paisaje caigo en cuenta de algo y es que, queramos o no, el pasado es con lo que siempre se lidia.

Los kilómetros que faltan para llegar a la prisión se van acortando, mi pecho sabe a quién veré y lo que va a suceder.

«La seducción es un arte, teniente James —solía decir una de mis antiguas mentoras—. Apréndalo y úselo, así podrá sacar a flote dicha herramienta cuando se quede sin armas, porque créame que la belleza femenina es un cuchillo y puede ser letal dependiendo de que tanto filo le saque».

Sí que tenía razón. A la mía le saqué tanto filo que me sirvió para acabar con la vida de Brandon Mascherano. El recinto privado nos recibe y Luisa es la primera en bajar. Alex ya está en el lugar, consiguiendo que Laila no sepa ni cómo pararse.

—Daremos una vuelta por el perímetro, hay que descartar cualquier tipo de peligro, trampas o riesgos —me avisa mi papá—. Estaremos en contacto a través del general de la prisión.

Muevo la cabeza con un gesto afirmativo dejando que me abrace y cierro los ojos por un par de segundos.

—Al general ya le di las órdenes claras que debe seguir. Estaré pendiente de todo en la torre de vigilancia —agrega Alex—. Sobra decir que quiero resultados positivos, teniente.

—Todo va a salir bien. Esto es algo que la vida nos va a agradecer, ya verás. —Papá besa mi sien antes de soltarme—. No dudes en llamarme si algo pasa.

Se aleja e Irina, Brenda y Scott lo acompañan a patrullar. Alex toma su camino, Luisa me acaricia la espalda alentándome a que siga, en tanto Laila me recuerda que el líder de la mafia me está esperando en la sala privada que se dispuso para el encuentro.

—¿Sabe que vengo? —pregunto.

—Sí, y se preparó para ello.

Peor aún. De seguro ya tiene el repertorio preparado para la visita. Me estresa el hecho de tener que verlo y que en la sala asignada no esté prohibido el contacto físico.

—Por aquí, mi teniente —me indica un soldado.

La guardia de Alex ronda las afueras del edificio. Hay varias cosas que me perturban de Antoni Mascherano y no solo el hecho de que sea un criminal, sino toda el aura enigmática que lo envuelve.

El general a cargo de la prisión me espera al pie del ascensor. Me da las indicaciones básicas y enderezo la espalda. «No hay HACOC», me repito cuando mi cerebro trae recuerdos de mi estadía con los Mascherano.

—Si necesita salir, solo dé dos golpes al acero de la puerta e inmediatamente entraremos a por usted —me explica el general—. El ministro fue claro y exige que soporte lo más que pueda, ya que no quiere que salga de la sala hasta tener resultados positivos.

El ascensor nos deja en la tercera planta. Luisa se va con Laila al sitio donde deben esperar y yo camino por el pasillo. Siento la garganta seca y paso saliva cuando nos acercamos a la puerta.

—¿Lista? —pregunta el guardia.

—Abre la puerta —ordeno queriendo acabar con esto de una vez por todas.

Obedece. El halo de luz de la bombilla de adentro ilumina el pasillo gris y yo, sin vacilar, cruzo el umbral y me adentro al sitio donde se encuentra el prisionero, que se levanta de la silla cuando me ve a mitad de la sala.

Se me congelan las extremidades al oír cómo la puerta se cierra a mi espalda.

Antoni Mascherano es otro que nació para impresionar tanto que me deja quieta. Mis piernas se niegan a moverse cuando me sonríe mientras se acomoda las solapas del traje, el cual resalta la belleza oscura que posee. Saca a flote el aterrador atractivo que lo hace lucir, no como un ángel caído, sino como un auténtico demonio de trajes finos y andar elegante.

Me mantengo en mi sitio en lo que se acerca. Los moretones en el rostro no le restan nada, solo lucen como leves magulladuras en la piel bronceada. Me detalla y el corazón me late más rápido de lo normal cuando acorta la distancia entre ambos.

No digo nada, simplemente dejo que se acerque. El momento se me hace eterno y mi ritmo cardiaco se dispara cuando lentamente alza la mano acariciándome la cara con los nudillos.

Me veo como arte, como una obra maestra reflejada en los ojos negros que me veneran como si viniera de otro planeta; como si fuera la protagonista de alguna leyenda o un cuento mitológico. La caricia se perpetúa con un toque suave, el cual hace que sus labios se separen.

—Siempre es un gusto recibirte, mi princesa —susurra en su idioma natal, y con la punta del dedo eleva mi mentón.

Toma el dorso de mi mano y la besa con suavidad. Su mirada se funde con la mía en el acto y no me suelta, se queda con los ojos fijos en los míos por segundos que se me hacen eternos, suspiro y sonrío para él, que se deleita con el gesto.

—Toda una belleza. —Inhala el olor que emana de mi cuello—. No sabes cuánto he soñado con los labios que voy a besar justo ahora.

Mi pulso se desestabiliza cuando apoya su otra mano en mi espalda acercándome más a él. Ladea la cabeza, busca mis labios, no me puedo rehusar, así que cierro los ojos y…

La puerta se abre de golpe y la vista de ambos queda en el umbral que Christopher cruza con pasos firmes, tomándose la sala. El cuerpo del italiano se tensa con su llegada y no por miedo, sino por rabia, ya que la mirada que le dedica lo dice todo.

Le clavo los ojos preguntando qué diablos está haciendo, pero pasa todo por alto cuando se aferra a mi brazo y me separa del italiano, logrando que Antoni haga lo mismo.

—Aparta tus asquerosas manos de mi señora —le advierte el italiano.

—Esa advertencia es de mí para ti, maldito imbécil —le ladra el coronel—. ¡Suéltala!

Exige, consiguiendo que Antoni se interponga entre los dos.

—¡Lárgate, Christopher! —le pido, pero no me mira. Cierra el puño y ahora soy yo la que se atraviesa entre ambos.

—Ya oíste a la dama —espeta el mafioso—. ¡Fuera de aquí!

—Vete —repito empujando al coronel—. ¡Largo!

—Claro que me iré —me vuelve a tomar—, pero contigo, porque con este maldito no te vas a quedar. Es que lo voy a matar de una vez y así me quito este dolor de cabeza de una vez por todas.

Lo encara furioso.

—¿Temes que vuelva a estar dentro de ella como en Positano?

—Obligar, querrás decir.

—No tenía ningún arma cuando la disfruté en los muros de mi castillo. —Sonríe y Christopher le clava el puñetazo que manda al italiano al suelo.

Le suelto el empellón que lo hace retroceder y él me arrastra a la salida queriendo sacarme por las malas. Me niego y forcejeo con el animal que no me suelta, el guardia llega y Antoni pide que lo saquen.

—Espera —le digo al ver que Christopher lo está dañando todo—, vine aquí por ti.

—Esto no tiene caso —se enoja—. Me retiro, ya que no respetan mis condiciones.

—Espósenlo y llévenselo —exige Christopher, y el italiano se deja llevar a la puerta donde voltea a verme.

—Espero, *amore*, que no te pesen las muertes que llevará a cabo la mafia rusa. —Se va y no sé qué es más escalofriante, si el que tenga todo tan claro o el que Sara y Marie tengan las horas contadas—. Disfrutaré mucho de su muerte, coronel, es algo que deseo todos los días.

La guardia se lo lleva e intento seguirlo, pero Christopher se interpone.

—Vámonos —me pide.

—Suéltame. —Me zafo de su agarre.

—Hazme caso, joder, no es tu maldita obligación hacer lo que otros quieren. —Aferra las manos a mi nuca.

Clavo las manos en su pecho empujándolo. No piensa, no razona y lo ha dañado todo.

—Es tu madre la que está en riesgo —le reclamo—. ¡Ella y la mujer que te crio!

—El deber de salvarlas es mío, no tuyo. —Me clava el índice en la sien—. Métete en la cabeza que no es tu deber pelear las batallas de otros.

—¡Es mi puto trabajo y si estoy aquí es porque quiero, así que no tienes por qué meterte! —Me desespera—. ¡Estás siendo un animal que solo ve a través de los celos, y no has hecho más que acabar con la mejor oportunidad que teníamos!

—¡No te quiero cerca de él! —me grita—. ¡Es algo que ni soporto ni tolero!

—¿Por qué? —No puedo acallar la pregunta que dispara mi cerebro al verlo tan alterado—. Años atrás arriesgaste soldados por mí, ¿por qué no puedes hacer lo mismo ahora?

No me contesta y acorto el espacio que nos separa.

—Contéstame, encárame y dime las cosas como son, que no soy adivina. —Sigue sin decir nada—. ¡Sara es tu madre y no te cuesta nada hacer por ella lo mismo que en el pasado hiciste por mí!

—Eres una maldita tonta, la cual no nota que jamás haría por otros lo que hice por ti.

—Dilo —le pido lo que él me ha hecho decir tantas veces, ya que quiero entenderlo—. Mírame y di las cosas como son. ¿Qué es lo que realmente pasa?

—No me maté para rescatarte para que ahora vuelvas a los brazos de otro.

—No es lo que quiero oír.

—Es lo único que te puedo decir.

Sacudo la cabeza. Nunca deja de decepcionarme.

—Eres un egoísta que nunca ve por otro que no seas tú. En vez de dolerte el sufrimiento que está padeciendo tu madre, te frustra el hecho de que esté con Antoni, y lo lamento por ti; puedes ser mi coronel o lo que seas, pero a mí sí me importan otros. —Me arreglo las mangas del traje—. A mí sí me enseñaron que no soy la única persona que importa en este mundo.

Se pasa la mano por la cara e intenta tomarme de nuevo, pero me suelto y lo empujo lejos. Rápido me encamino a la puerta, un escuadrón se toma la sala y doy por hecho que Alex ya ha de saber lo que hizo. No sé cómo entró si tiene prohibida la entrada aquí.

El general sale del ascensor y se apresura a mi sitio.

—Lléveme a la celda del recluso —le pido—. Terminaré con lo que se me ha ordenado.

El hombre de pelo blanco asiente dando la orden y Laila me alcanza en el piso de abajo.

—Dile a Patrick que no quiero cámaras, correré con el riesgo de lo que acarrea estar sin vigilancia con Antoni Mascherano —dispongo.

—Rachel…

—¡Dile! —exijo—. Si quieren resultados las cosas tendrán que ser como las pido.

Continúo en busca de la salida, el coronel no hizo más que complicarlo todo y como no se pudo con el plan A, no queda más alternativa que usar el plan B.

Muevo los dedos sobre las teclas deleitándome con la hermosa melodía que emite el piano: Ludovico. Entonar sus piezas me da el mismo placer que me produce beber el más exquisito vino. Cierro los ojos en lo que lidio con la angustiante erección que se esconde debajo de mis pantalones cuando pienso en los ojos celestiales que hacen que mi sangre fluya y pulse con fuerza.

Todo de ella me gusta: su miedo, su dolor, su agonía, su belleza, su vehemencia y la sensualidad que denota. Amo cada una de las células que la conforman, cada milímetro de su piel y cada hebra de ese cabello negro noche que me tiene fantaseando desde que la conocí.

Quiero que me carcoma y carcomerla, fundirla y unirla a mi ser, ligar nuestras almas. Quiero perderme en esas curvas, rebanar esa garganta y untar mis labios con la sangre tibia que debí derramar hace mucho tiempo.

Haré eso el día que la mate: le cortaré el cuello y me bañaré con su sangre manchando mi tina de rojo carmesí, porque Rachel es una droga y como toda adicción tienes que matarla antes de que ella te mate a ti.

Detengo la melodía cuando percibo el sonido de la puerta que se abre y vuelve a cerrarse. Una sonrisa se forma en mis labios cuando los pasos me confirman que mi cometido se acaba de cumplir. «No eres la única que va un paso adelante, *principessa*».

Su sombra se cierne sobre mí acompañada de la fragancia que desprende, el mismo aroma que me inundó el día que jadeé sobre su cuello haciéndola mía.

—*Amore*, toma asiento, por favor. —La invito, dejándole un lugar en el banquillo—. No sería un caballero si no te ofreciera un sitio a mi lado.

No duda. Pasea la vista por el sitio antes de fijar la mirada en las teclas del piano.

—¿Qué tocas? —Se sienta en el espacio vacío junto a mí.

—Ludovico, ¿lo conoces?

—Sí —contesta dejando la mano sobre mi muslo—. Practicaba con él cuando ensayaba ballet. También lo conozco por mi madre, que ama la música clásica.

—Es una mujer de buen gusto.

Me fijo en el movimiento de su boca, en esos labios carnosos que son la reencarnación de la manzana que yació en el edén.

—¿Has tenido el privilegio de que alguien toque para ti?

Niega y se queda en silencio.

—Es un crimen teniendo en cuenta que tu belleza amerita miles de composiciones.

—Sé el primero —pide—. Toca una melodía para mí.

Las notas de «River flows in you» inundan el espacio cuando entono lo primero que exige mi cerebro. El compás me sale perfecto, puesto que es imposible hacerlo mal con la belleza que tengo al lado, con el inefable momento que me permite apreciar los ojos azules y esa piel que merece ser el lienzo de mis caricias.

Me observa perdiéndose en la magia que hacen las teclas mientras que yo grabo en mi memoria sus gestos, ya que serán el analgésico del dolor que me causa no tenerla. Sigo moviendo los dedos y mi pecho emite un largo suspiro cuando termino con la euforia latiendo en mis venas.

El silencio entre ambos se extiende y soy yo el que lo rompo cuando no hace más que detallar el piano que tenemos enfrente.

—Pregunta, pide lo que necesitas y sal del miedo que tanto te causa mi respuesta.

Pone la mano sobre la mía acariciándola con suavidad.

—Sabes lo que quiero.

—Sí, pero el problema radica en lo que estás dispuesta a dar para obtenerlo.

—Todo, yo siempre doy todo por el todo. Solo tienes que decirme qué te apetece.

Paseo los ojos por su cuerpo consiguiendo que se acomode en el asiento.

—No tienes nada que no tenga o no pueda obtener —pienso—. Mi libertad es lo único que requiero y no es algo que puedas darme. ¿O sí?

—No —confiesa—. No puedo dártela.

—Entonces, ¿qué es lo que ofreces? —pregunto—. No está bien meterse al nido del cuervo sin tener algo bueno que dar.

—Mi gratitud y eterno agradecimiento —me dice—. Además, el que hagas lo que te pida demostrará tu poder, todo lo que eres capaz de hacer.

—Mi poder es algo que ya todo el mundo tiene claro, de no ser así no estarías aquí —contesto tranquilo—. Mi supremacía es fuerte, se mantiene y lo sabes.

—Sí, lo sé, pero eso no quita el hecho de que quedaste mal al dejarte encerrar en un terreno que se supone querías conquistar —contesta—. Eso te ha bajado el estatus ante varios y no se vio muy inteligente que digamos…

Mi mano cae sobre su muñeca. El comentario me molesta, ya que parece que se le olvida con quién está hablando. Podría estar en una prisión, en otro universo, y seguiría siendo el líder de la pirámide delincuencial más peligrosa de todos los tiempos y uno de los mafiosos más letales del mundo, dado que soy el creador del HACOC, el que comanda a la mafia italiana y tiene un círculo de mercenarios a su alrededor.

—El estar aquí hace que algunos te vean como un incompetente, el cual ahora debe ser reemplazado por el hermano…

—¡Mide las palabras, *amore*! —Tomo su mentón con fiereza—. Que este incompetente puede torcerte el cuello aquí y ahora.

Me levanto con ella.

—Osas llamarme incompetente sabiendo que puedo sumergirte de nuevo en el infierno al que tanto le huyes y que por mí nunca volverás a ser la misma. Por mí estás tan envenenada que tus fetos serían engendros si te diera por concebir. —La acerco a mi boca—. Tu fuerza y tu energía no son iguales que antes, así que no juegues conmigo, Rachel James.

Respiro hondo absorbiendo el olor de su cabello.

—Por muy recuperada que creas estar, una mínima dosis de mi droga te pondrá al borde de nuevo —le recuerdo—. El HACOC es como el cáncer, lo crees curado y fuera de tu organismo, pero es tan vil que vuelve magnificado, inconmensurable, arrasando con todo y destrozándote de una forma peor cuando lo vuelves a probar.

La llevo contra la pared y no se atreve a defenderse, ya que sabe lo que soy capaz de hacer. Le quito la chaqueta que cubre sus brazos y busco las cicatrices de la jeringa. Pocas personas lo saben, pero donde se suministra la droga quedan pequeños puntos que casi no se pueden ver.

—¿Recuerdas cuántas veces fueron? —Paso mis dedos por ellas—. ¿Lo que sentiste estando bajo sus efectos?

Mira lo que hago.

—¿Qué ganas sacándome eso en cara? —espeta—. Yo fui víctima del HACOC, pero tú estás aquí encerrado, mientras que otros están afuera haciendo lo que les apetece, cosa que no puedes hacer tú.

Sonrío ante su suspicacia.

—Me gano tu miedo porque, cuando salga, mi creación será el primer disparo que soltaré con el fin de volverte a tener a mis pies. Por eso te lo recuerdo.

Mi mano se aferra a su garganta y sus dedos se cierran sobre mi muñeca. Evocar el pasado me llena de rabia y aprieto con más fuerza.

—Puedo amarte y venerarte, pero todavía me arde tu engaño. —Me acerco a su oído—. Las súplicas de Brandon aún hacen eco en mis pesadillas.

—Me estás lastimando —dice cuando mi agarre se torna más intenso, y la suelto para que pueda respirar—. Lamento lo de Brandon, pero era mi vida la que estaba en peligro, cualquiera habría hecho lo mismo en mi lugar.

—Puede que tengas razón —contesto acariciando su cara—. Pero eso no quita que me enoje.

Me acerco más dejando que su aliento se funda con el mío.

—Necesito que le digas al Boss de la Bratva que suelte a las mujeres que tiene —musita.

—¿Para qué? —increpo—. ¿Qué gano yo con eso?

—Te dije que haré lo que quieras —habla cerca de mi boca—. Y el que lo hagas retroceder les dejará claro a muchos lo que sigues siendo.

—Me gusta tu respuesta, *amore,* pero esta vez quiero promesas en vez de jugarretas.

Paseo mis dedos por sus labios y ella sube la mano por mi pecho, puedo oír los latidos acelerados de su corazón, sin embargo, es su autocontrol el que me deja sin palabras. Está muerta de miedo y, aun así, tiene la valentía de dejar que la toque y me toca como si fuéramos viejos amantes.

—¿Qué tanto estás dispuesta a dar?

—Todo.

—No sé —dudo—. No confío, no sé en qué estás pensando ni qué sientes por mí.

Bajo la mano por su cuello.

—Sabes que no siempre hago pantalla, que pese a todo hay algo. —Se humedece los labios—. Si no hubiera habido algo, no te hubiese dejado estar dentro de mí —susurra a milímetros de mi boca.

Sé que mi momento con ella fue algo más que extraordinario, algo con lo que nos deleitamos los dos.

—Puedo ser una agente, pero también soy un ser humano —baja la mano lentamente hacia mi entrepierna— que en este momento te desea.

—Demuéstramelo.

Su beso arrasa conmigo y me sume en un estado de hipnosis que me deja sin sentido. La caricia suave sobre mi lengua provoca que la sangre de mis venas fluya a un mismo lugar, mientras que mi corazón la sienta en el trono que tanto me ha costado derrumbar.

Mis brazos la envuelven y nuestros corazones laten a un mismo ritmo cuando sujeta mi cara, demostrando la vehemencia que se carga. Bajo la blusa y me apodero de su cuello, mientras que ella afloja el nudo de mi corbata.

Siempre he sabido que solo tengo que cavar hondo y encontraré lo que deseo.

—Te quiero a ti —musito— en mis aposentos apenas salga de aquí.

Las caricias cesan cuando se detiene.

—No quiero desencadenar el caos a la hora de tenerte. —Sujeto su mentón—. Por ello, si deseas mi ayuda, vas a darme tu palabra: prometerás venir a mí sin que tenga que ir a buscarte.

Reconozco el atisbo de duda que aparece en sus ojos azules.

—No van a sobrevivir sin mi ayuda —ejerzo presión—, así que habla ya o sus muertes quedarán en tu conciencia, puesto que si a Ilenko le tiembla la mano, yo mismo doy la orden, dado que Christopher Morgan me debe varias.

Sabe que puedo hacerlo, que con una orden puedo proceder. No inmuta palabra y me alejo dejando claro que si no es así, no tendrá nada por parte mía.

—Te quiero a ti. Es eso o nada; mucho tiempo para pensar no hay, puesto que cada minuto cuenta y son dos vidas en peligro —dispongo—. La mafia rusa es cruel y sufrirán mucho si no haces algo.

No responde, su duda se extiende por tiempo indefinido e intento volver a mi sitio, pero…

—Bien —me dice acortando la distancia—, pero sin HACOC, sin drogas. Puedo prometerte eso si no hay ningún tipo de psicoactivo de por medio, ya que si esa porquería me vuelve a tocar, juro que me pego un tiro.

—Me encanta que empecemos a entendernos —elevo su mentón—; sin embargo, debo saber si me deseas tanto como dices.

De nuevo desliza la mano por mi pecho, acaparo su boca y dejo que toque el bulto que se forma en mis pantalones. Deslizo los tirantes de la blusa, la tela baja por sus costillas y queda a la altura de su cintura ofreciendo la vista que necesito, la de su torso desnudo.

La hago voltear, mi nariz se hunde en su cuello y mis manos tocan sus caderas.

—Eres fantástica, *amore*. —Cierra los ojos con mi oración—. Toda una *principessa*.

Acaricio los hombros desnudos y ella se voltea a acariciarme la cara. Soy consciente de que estoy frente a la principal causante de mi locura y, si soy sincero, en este momento no les temo a mis enemigos, la temo a ella, porque sé que su puñal dolerá cuando me lo entierre a traición, porque sé que en algún momento buscará la oportunidad de matarme; sin embargo, me es imposible no caer en su encanto.

Me siento como Hades prendido de la belleza de Perséfone. Una mínima parte de ella es capaz de llevarme a la locura, sumergiéndome en un profundo desespero. Me hace retroceder y en medio de besos caemos en el mueble, donde queda a mi lado. Los besos se extienden, abro la pretina del pantalón y saco el miembro erecto. Dejo que lo vea mientras muevo mi mano de arriba abajo. Acaparo su boca y ella me da paso dentro de esta en lo que tomo su mano para que me toque.

—Me enloqueces. —Avasallo su cuello y ella me da acceso—. No sabes lo mucho que me gustó venerarte aquella noche.

Los besos se tornan vehementes, estoy caliente, ambos lo estamos, el roce de sus labios en mi cuello nublan mi pensar, toca mi falo con los nudillos antes de agarrarlo, mientras su boca sigue haciendo maravillas.

—Mi tiempo es limitado —musita en mi oído—. Como bien dijiste, los minutos están en mi contra.

El beso que me da no me deja espacio para dudas, ya que lo hace de una manera que solo me provoca desearla más. La vista que me brinda de su torso es estupenda y la toco mientras ella mueve la mano a lo largo de mis muslos.

—Haré muchas cosas cuando esté contigo lejos de aquí.

Me autocomplazco, ella acapara mi boca y me convence con las caricias de las cuales soy esclavo, me sigo tocando mientras su boca continúa aferrada a la mía, no se aleja, ni la alejo, se aferra a mi nuca y nuestros labios permanecen juntos hasta que llega mi derrame.

Quiero estar dentro de ella, pero será en el lugar indicado, en algo digno de los dos. El momento no hace más que avivar mis ganas y el deseo que tengo de salir. Dejo que mi falo repose y la beso otra vez, anhelo tenderla en la cama y convertirla en la protagonista de las mil y una noches, donde nuestro final nocturno no sea un cuento, sino el deseo lujurioso que proclaman nuestros cuerpos.

—Necesito que la suelten —me dice, y me levanto, ella se queda en el mueble y en el baño me lavo las manos, me arreglo la camisa y, una vez pulcro, vuelvo afuera, donde ella se está acomodando la ropa.

Tengo una celda de lujo, en la que me brindan todo lo que necesito, así que sirvo dos copas de vino, le ofrezco una y le doy un sorbo rápido a la mía.

—Faltan pocas horas para el aquelarre —comenta sacando el teléfono, que deja sobre la mesa cuando me siento a su lado—. Puedes llamar y detenerlo, es mi móvil personal y puedo asegurarte que nadie va a rastrear la llamada.

—Los conozco y una llamada no bastará, pueden salir con alguna jugarreta.

—Eres el líder, claro que puede bastar.

—Se necesita una figura que dé la cara —le digo.

—La FEMF no me dejará sacarte —advierte.

—Claro que no, por eso irás tú. —Me acerco—. Eres mi señora, recuérdalo, puedes demandar como si fuera yo.

—Me matarán, entre ellos no soy nadie.

—Eres la dama de la mafia —le digo—. Ponte la jadeíta y tendrás a mis hombres cuidándote la espalda y llevándote al fin del mundo, si eso deseas.

—Ese título ya caducó.

—No recuerdo haberte quitado el título.

Muevo la copa y bebo tranquilo antes de tomar el lápiz y el papel que yacen dentro del cajón de la mesa. Anoto lo necesario en lo que ella espera, escribo las instrucciones y doblo el papel de la debida manera.

—Envía a alguien a Camden Market, que ubique el mercado argelino y le entregue esto a la persona que lo atiende. —Se lo entrego—. Mientras tanto, vete a Yorkshire y hospédate en el hotel que te indicaré; el cabecilla de los Halcones te contactará y te llevarán con la Bratva.

Trata de desdoblar la hoja, pero no la dejo. En una hoja aparte anoto el nombre del local y del hotel.

—Si quieres que funcione, lo mejor es que la dejes tal cual está —le advierto—. Ni tú ni nadie pueden abrirla. Guárdala en un sobre y envíasela a Ali Mahala.

—¿Y si me matan? Los Halcones saben que soy una agente de la FEMF y la Bratva también.

—No lo harán. —Beso el dorso de su mano.

—Las probabilidades de sobrevivir son mínimas.

—Por eso debes ir solo con mis hombres. La mujer de un mafioso no tiene por qué tener miedo y mucho menos si es la dama del líder.

Acaricio su cara.

—A él de seguro no le gustará tu visita, como tampoco le gustará lo que le vas a pedir, pero tendrá que acceder, ya que su padre le dio la palabra al mío y en nuestro mundo eso se respeta —comento—. Dile que sea precavido, que las cunas de Trotski no son seguras.

Guarda lo que le doy.

—Esto tiene muchas fallas.

—Recuérdale que soy el líder, el cual quiere hacer feliz a su señora. Recálcale quién es el dueño del HACOC y lo que puede pasar con sus mujeres si las que lo han probado lo dejan —continúo—; pero, en especial, recuérdale lo que eres y quién te respalda. Ve con la jadeíta puesta y déjale claro que eres la dama de Antoni Mascherano, que tu palabra vale y que como tal debe escucharte. Llevarte la contraria sería tomado como rebelión y eso es algo que no puede hacer.

Se pone en pie y hago lo mismo.

—Gracias. —Deja las manos sobre mi nuca embelesándome en el acto.

Espero que tenga el coraje que se requiere, porque irá a una fiesta de leones donde todos la verán como una exquisita presa.

—Debo irme ya.

Le tomo la cara juntando nuestros labios en un último largo beso.

—*Buona fortuna, amore mio* —le digo—. Estaré pensando mucho en tu promesa.

Pasa saliva, da un paso atrás y la traigo contra mí cuando intenta irse. No se opone cuando la vuelvo a besar, la suelto y me regala una última mirada antes de cruzar el umbral.

La puerta se cierra. Si consiguió esto con caricias sencillas, no me quiero imaginar lo que seré capaz de hacer por ella teniéndola como esposa.

Me derriba, me derrumba y me envuelve con su belleza. Puede pedirme la luna y se la bajaré cueste lo que me cueste. Le he dado lo que necesita, por ello tendrá que cumplir cuando llegue el momento o tendré que matarla; a ella, y a todo el que se interponga en nuestro camino.

Me sirvo más vino. Espero que mis hijos sepan aceptarla cuando seamos una familia.

49

Hiroshima y Nagasaki

Rachel

—Toma. —Laila me da un arma—. Pégate un tiro y organicemos el funeral de una vez.

—No exageres, por favor.

Sello el sobre y se lo entrego a Alan, quien de manera inmediata parte con este. Agregué una petición adicional, la cual espero que sirva.

—Son dos vidas las que están en riesgo —le recuerdo a Laila—, y esta es la única posibilidad.

—Informaste al ministro. Podrías haberle dicho que no había solución. —Me sigue a través de la pista aérea—. No sé qué tienes en la cabeza. ¿Ya has pensado que tal vez sea una trampa? ¿Qué pasará si los Halcones te llevan y no te devuelven? Rachel, en verdad… No quiero perder de nuevo a mi amiga.

—Todo va a estar bien. —Me detengo—. Gracias por preocuparte, pero es necesario. Si iniciamos otra búsqueda será más tiempo, el cual no tenemos.

—¡Es la mafia rusa, mandaron tres dedos en una caja! —se altera más—. ¡¿Qué tal que terminemos recibiendo tu cuerpo sin vida?!

—Sé que hay riesgos, pero es necesario.

—¡Todo el mundo a bordo! —Alex aparece con mi papá—. Estamos perdiendo el tiempo aquí, así que muévanse a la aeronave.

Echo a andar a la avioneta que están preparando. Luisa se fue a su casa enojada cuando le conté y me negué a discutirlo, Brenda me tachó de demente y Alexandra me dejó claro que no está de acuerdo. En resumen, las tres piensan que es una completa locura.

Laila no me sigue y me vuelvo hacia ella.

—¿No vienes?

—Sí. —Se da por vencida y ha de saber que necesito todo el apoyo posible en este momento.

Stefan llega con Gema, Parker, Gauna, Patrick, Simon y Bratt. No pueden ir más soldados, ya que eso sería encender las alarmas. Angela llega y es quien me entrega el equipaje que debo llevar.

—Suerte —me dice.

—¡Ministro! —Scott llama a Alex—. En el operativo de búsqueda la policía se puso en contacto, nos entregaron a un sujeto que lleva días haciendo preguntas en la estación.

Todo el mundo se vuelve hacia el hombre que entra en la pista, desorientado y rodeado de soldados.

—Exige información sobre la señora Sara Hars —termina Scott.

—¿Qué es todo esto? —pregunta el hombre, nervioso—. ¿Es aquí donde tienen a Sara?

—¿Quién diablos es usted? —le pregunta el ministro.

—Alexander Ferrec.

—Es el novio de su exesposa —explica Scott.

El ministro lo mira de arriba abajo como si fuera una auténtica basura y de inmediato sé de dónde vienen los malos modales de Christopher. El coronel llega y se une a la tanda de malas miradas, consiguiendo que sienta pena por el pobre señor.

Es un hombre robusto, con canas, que le extiende la mano al ministro para presentarse, pero este lo deja con la mano estirada, intenta lo mismo con Christopher y termina igual.

—Rick James. —Papá amablemente le da la mano y el gesto es algo precioso—. Ellos son Christopher y Alex Morgan. —Muestra a los dos hombres—. Ya se están encargando de la búsqueda de Sara.

—Oh, entiendo. —Baja la mano y se la ofrece al coronel—. Christopher... Sara me ha hablado mucho de ti...

—Qué lindo —habla Simon—. No sabía que Christopher era el hijastro de alguien.

—Christopher no es el hijastro de nadie —se molesta Alex.

—Oh, no crea que vengo en plan de... —titubea el señor Ferrec.

—Está en la pista de un comando militar, señor, y no está haciendo más que estorbar —lo regaña—, así que retírese.

—Solo quiero saber cómo está Sara. Lleva días desaparecida...

—No me interesa qué quiere o no saber, así que llévenselo —le ordena Alex a Scott.

Tira del brazo del coronel llevándoselo con él, como si se lo fueran a quitar.

—Señor Ferrec, lo llevarán a una de las salas y le darán novedades cuando surjan —le explica mi papá—. Por el momento, lo único que puedo decirle es que estamos haciendo todo lo posible para encontrar a Sara.

—Gracias —le aprieta la mano a mi papá—, es usted muy amable.

Scott se lo lleva y yo echo a andar con Laila y mi papá. En la avioneta, Gema se ubica al lado de los Morgan, los capitanes están debatiendo no sé qué cosa con Gauna y Stefan está asistiendo a Bratt.

—Gelcem es el soldado que vino contigo de París, ¿no? —me pregunta mi papá.

—Sí —lo llamo para presentárselo como se debe, dado que con tanta cosa no he tenido mucho tiempo.

Stefan es amable como siempre. Gema no se despega del lado de Christopher y las amargas sensaciones empiezan a aflorar cuando él mantiene la vista en la ventanilla y ella recuesta la cabeza en su hombro sin dejar de llorar.

Observo como ella toma su mano. «No la quiere». Trato de consolarme con eso, pero mi seguridad se desvanece cuando no la aparta ni la mueve.

No está enojado con ella, pese a saber el pésimo comportamiento que tuvo conmigo y como soldado. El Christopher que no amaba a Sabrina la hubiese mandado a volar, cosa que no pasa con ella.

Stefan vuelve al sitio de Bratt y mi papá se levanta a hablar con Gauna. Todos vamos vestidos de civil.

—No sé si vale la pena tanto esfuerzo —me dice Laila—, se me hace que los Morgan no lo van a agradecer.

—Esto no es por ellos, es por ellas —respondo.

Para mi suerte, el vuelo es corto. Ubico el hotel que me indicaron. La única que entrará sin ningún tipo de camuflaje seré yo, que lo hago como una huésped cualquiera. Los demás se las apañan para entrar a su manera.

La alcoba de mi papá queda al lado de la mía y, una vez alojados, el resto de los presentes junto con él se dedican a planificar y montar todo lo que se requiere, mientras que yo doy vueltas en la habitación en lo que espero la respuesta de los Halcones.

El tiempo se me va encerrada con Stefan y mi papá, ya que Laila se va a evaluar el perímetro con Alex.

Me empiezo a preocupar, el teléfono de la alcoba retumba justo cuando acabamos de cenar y corro a contestar.

—Señorita James —habla el de la recepción—, han dejado un sobre en la primera planta para usted. ¿Desea que lo subamos?

—Por favor.

Me limpio las manos sudadas en el pantalón. Papá espera detrás de la puerta y yo recibo el sobre que abro. Ruego a Dios que la petición que dejé adentro haya dado frutos, pero al abrirlo me doy cuenta de que no.

La respuesta de Ali Mahala me arma un nudo en el estómago.

—Dice: «Advertencia sin respuesta». —Miro a mi papá—. Eso quiere decir que el aquelarre sigue en pie, por ende, sí o sí tengo que ir.

Se guarda el arma atrás. En el fondo sabía que no iba a servir; sin embargo, no perdía nada con intentarlo. Como soldado siempre hay que agotar todas las posibilidades.

Papá me quita la hoja y la relee. Hay una dirección y una hora establecida para mañana.

—Si no quieres ir, está bien, es demasiado peligroso y no quiero que te expongas —me dice—. Sabes que para mí primero está el bienestar de ustedes.

Lo abrazo. Su apoyo es lo que hace que no me vuelva loca.

—Lo haré —le digo, y me estrecha con fuerza—. Ya estoy aquí, no tiene caso dar marcha atrás.

—Llévale la nota a Alex —le pido a Stefan.

—Pediré que por el resto de la noche no los molesten —sugiere, y asiento.

Me acuesto con mi padre en la misma cama como en los viejos tiempos en Phoenix cuando, durante las tormentas, le pedía que durmiera conmigo.

La madrugada cae y me cuesta conciliar el sueño, así que salgo cuando me surgen las ganas de caminar. Cierro la chaqueta que llevo puesta y, desde mi puerta, veo a Laila, quien sale de la habitación de Alex acomodándose la ropa.

—¿Acariciándote el corazón?

Suspira, me mira sin saber qué decir y se va. Tomo aire un rato, me tomo una bebida caliente, vuelvo a la alcoba y me acomodo al lado de mi papá hasta la mañana, dado que a primera hora me reúno con el ministro y los demás en una de las alcobas más recónditas del hotel.

Christopher me ignora y hago lo mismo, se mantiene recostado en una de las columnas con la vista fija en el ministro.

—Iremos antes y cubriremos el perímetro del punto de encuentro —informa Alex—. Cualquier imprevisto, estaremos preparados para disparar.

—¿Y después? —pregunto, pese a que mi cerebro ya sabe la respuesta.

—Estarás sola como lo indicó Antoni —contesta Patrick.

—No debes tenerle miedo a nada —me dice Alex—. Eres una soldado y ya tienes experiencia con Antoni Mascherano.

—Solo estás cubriendo un problema con otro —reclama Christopher—. Me retiro, ya que no seré parte de este mal trazado plan, el cual estás pasando muchas cosas por alto.

Se va, Gema sale tras él y Alex, hastiado, sacude la cabeza. Se acuerdan detalles finales. Unos tienen que partir pronto, entre ellos mi papá, así que quedo sola con Laila, quien me ayuda a prepararme.

Meto las piernas en la falda de tubo, me encajo la blusa blanca de tirantes delgados, ajusto bien los tacones por si tengo que correr, me recojo el cabello cuidando de que no se me escape una hebra y me cuelgo la jadeíta Mascherano en el cuello, revisando que esté bien abrochada.

Laila me ayuda con lo que se requiere y, faltando un cuarto para el mediodía, Patrick llega a dar las instrucciones finales.

—Tendrás este micrófono camuflado. —Me ayuda a instalar el minúsculo aparato—. Ya están preparando el auto que usarás. Ellos suelen tener bloqueadores de señal para artefactos especiales, así que lo más probable es que se rompa la comunicación cuando entres en su territorio.

Asiento a todo lo que me dice.

—Una vez que partas con los Halcones, estaremos obligados a abandonar el terreno —me explica Patrick—. Cuando llegues al punto otra vez, aborda el auto de vuelta y toma el mismo camino de regreso. El GPS te dirá cuando estés en zona segura.

Me entrega las llaves del vehículo antes de irse y me coloco el gabán de cuello alto. Cuarenta minutos después me despido de Laila.

—Estás a tiempo de arrepentirte —me dice.

Sacudo la cabeza y salgo a abordar el vehículo estacionado en la entrada del hotel. Una vez dentro, abro el sobre que me entregaron ayer, el cual tiene escrito la ruta y el punto de encuentro. Miro el reloj, guardo mi teléfono en la guantera y, sin mirar atrás, arranco con el corazón en la garganta.

¿Y si me capturan y termino siendo la protagonista de otro aquelarre? Surgen las dudas, que me hacen respirar hondo e intento distraerlas tarareando una canción en mi cabeza; es eso o entrar en crisis.

Entro a la parte rural de la zona, donde la ruta continúa hacia un tramo de carretera despejada. El camino se vuelve cada vez más confuso, más desolado y los vellos de la nuca se me ponen en punta cuando, casi media hora después, ingreso a un área llena de casas campesinas abandonadas: es como un pueblo. Las ruedas levantan la arena naranja formando una polvareda a mi alrededor y, a lo lejos, vislumbro los vehículos que me aguardan y me hacen apretar el volante.

Estaciono en lo que parece ser el centro del sitio. Los hombres de Antoni están al otro lado del pequeño puente y de la guantera saco los lentes negros que me pongo.

Dejo mi móvil dentro y mis tacones tocan el suelo cuando bajo azotando la puerta. No hay muchas casas, pero sí un viejo molino. Los hombres me observan desde el otro lado. Visten de negro y Ali Mahala, la mano derecha de Antoni, es quien los encabeza.

«¡No flaquee, soldado!». Alzo el mentón convenciéndome de que no soy cualquiera. La jadeíta brilla en mi pecho y, como dijo el italiano, la dama de un líder no demuestra miedo.

Los sujetos del otro lado no me quitan los ojos de encima mientras camino en línea recta por el sendero empedrado.

Agradezco que los lentes me cubran los ojos y no puedan ver las lágrimas que surgirán si llego a entrar en pánico. Mentalmente maldigo a los hijos de puta que me hacen venir personalmente. Un arma es lo único que traigo en la parte baja de mi espalda, mientras que ellos de seguro portan más de cuarenta, a todo esto tengo que sumarle que no traigo puesto el chaleco antibalas, cosa que me convierte en el blanco perfecto.

«Repórtense».

Reconozco la voz de Alex en el intercomunicador.

«Capitán Lewis, a quince metros del flanco izquierdo con el objetivo en la mira». Bratt.

«Capitán Parker, a veinte metros del flanco este con objetivo en la mira». Dominick.

«Capitán Miller, a dieciocho metros del flanco oeste con objetivo en la mira». Simon.

«Oficial Gelcem, cubriendo al capitán Miller y con objetivo en la mira». Stefan.

«General James, a veinte metros del flanco derecho con objetivo en la mira», dice papá. *«El general Gauna está conmigo»,* agrega.

La línea se queda en silencio dejándome un vacío en el centro del estómago y un rasguño en el alma. Necesito oírlo. Sé que no es momento para sentimentalismo ni líos personales, pero necesito oírlo no sé por qué, y el que el intercomunicador se quede sin respuestas hace que la garganta me pique.

Sigo caminando mientras mi cerebro me indica que no es un buen momento para cursilerías; sin embargo, la angustia bañada de miedo clama otra cosa. No es que dude de las habilidades de los colegas que me cubren. Sé que me están respaldando, pero, a pesar de ello, me siento vacía, desprotegida, sin escudo, dado que...

«Coronel Morgan, a doce metros del flanco sur... —su voz llega como un cargador de energía— con objetivo en la mira».

Mi cuello trata de girarse en busca de su sitio, pero mi instinto de supervivencia advierte que es un suicidio seguro. Parte del peso desaparece y sigo caminando segura, ya que si alguien quiere dispararme, sé que el tiro del coronel llegará primero. Es como si supiera que teniéndolo cerca nadie podrá tocarme.

Los tacones resuenan en la madera del puente cuando lo cruzo y uno de los hombres se acerca, mientras que Ali Mahala medio mueve la cabeza en señal de saludo.

—Falta poco, debemos apurarnos si quiere llegar —me suelta—. El lugar no está muy lejos de aquí. Como se dispuso, la vamos a respaldar.

Asiento. Es un hombre no muy robusto, el cual usa el cabello peinado hacia atrás. Diría que tiene la misma edad de Antoni y también el mismo aire maquiavélico.

Avanzo al vehículo que me indica, me subo en el puesto de atrás y el cabecilla de los Halcones detalla la jadeíta a través del espejo retrovisor cuando ocupa el puesto de copiloto, ya que es otro el que conduce.

Los Halcones negros son un grupo de asesinos que se entrena y se prepara en el Oriente y Occidente. En los expedientes de Antoni, Ali Mahala siempre aparece como su sombra y mano derecha. Es el hombre que manda a todos los siervos que matan y le sirven al italiano.

Las casas desoladas empiezan a quedar atrás y el paisaje cambia cuando pequeñas colinas aparecen alrededor de nosotros. Veinte minutos se suman al reloj y metros más adelante aparece otro conjunto de viviendas.

El perímetro está lleno de camionetas negras. Los Halcones toman el sitio y varios sujetos se acercan con armas de alto calibre a la vista.

Los tatuajes prevalecen en el cuello y en los brazos. Uno de los Halcones se acerca a uno de los rusos. Trato de identificar su rostro, pero no me dan tiempo, ya que de un momento a otro abren mi puerta.

—Baje —me pide Ali Mahala señalando el camino que termina en una vieja iglesia.

Las inseguridades me las tengo que tragar. Siento que se me va a reventar la vejiga y me acomodo el gabán sin dejar de caminar. Cuanto más me acerco, más gente veo.

—Abre —dispone la mano derecha de Antoni cuando subo los escalones que me llevan a las puertas dobles—, que la dama de la mafia está aquí.

Los hombres que custodian la entrada se miran entre ellos, respiran hondo y empujan las puertas de madera, doy cuatro pasos, quedo bajo el umbral y varias cabezas se giran hacia mí.

—Buenas tardes —saludo bajando los escalones con los Halcones a mi espalda.

El ruso que está sobre la tarima hablando con no sé quién fija la mirada en mí, Sara y Marie están a un lado; ambas arrodilladas y siendo inmovilizadas por dos verdugos que las mantienen sujetas del cabello. La primera está semidesnuda y la otra como Dios la trajo al mundo. De mi bolsillo saco la hoja que imprimí con la invitación del aquelarre que les muestro.

—Lamento la demora —digo—, la invitación llegó tarde.

Miro a los presentes cuando quedo a un par de metros de la tarima.

—Aunque pensé que esto no se llevaría a cabo —espeto—. Mandé a decir que no quería aquelarre.

El silencio se expande. Todos posan la vista en el hombre que se mantiene en la tarima. Me mira, lo miro y…

—Mátenla —ordena dándome la espalda, y sus hombres alzan las armas, consiguiendo que los Halcones hagan lo mismo.

—¡Vamos, Ilenko! —Doy un paso más—. Los Halcones van a acabar con la sala en un abrir y cerrar de ojos si me tocas un pelo.

—¡Armas abajo! —pide Ali Mahala.

—Antoni te manda a decir que tengas cuidado, que las cunas de Trotski no son un sitio seguro —le suelto—. ¡Así que baja las armas!

El ruso se vuelve hacia mí y mi cerebro suelta mil rezos por segundo cuando echa los hombros hacia atrás avivando el aire de grandeza que se carga. Hay dos opciones: o gano la partida o me vuelan la cabeza de un tiro.

—Te conviene que hablemos en privado —sigo—, a menos que quieras empezar a derramar sangre.

—Escúchala, Boss —sugiere el *vor v zakone* que sujetó a Angela hace unos días—. Siento que es interesante lo que tiene que decir. No todos los días se recibe una visita de la dama.

El mafioso que se mantiene arriba respira hondo. No dice nada, simplemente da media vuelta y se va.

—Adelante —el *vor v zakone* me muestra el camino y avanzo segura—, dentro de unos minutos estará contigo.

Sara está llorando en el piso; Marie está desnuda, encadenada, con la piel amoratada y los ojos vendados. El estado en que se encuentran, aparte de dar lástima, es deplorable.

Me llevan a un sitio aparte, una especie de sala con una mesa y cuatro sillas. Hay dos sumisas, y una le pide a la otra que salga.

Uno de los Halcones corre una de las sillas para que me siente y se ubican detrás de mí. Evalúo el lugar. La única vía de escape son las dos ventanas que tengo a la izquierda, las cuales ni siquiera sé si pueden abrirse.

El hombre que espero no tarda en aparecer bajo el umbral. Entra ajustándose los guantes de cuero que trae puestos, la estatura intimida y paso saliva. Trae el cabello trenzado en la espalda, la sumisa le corre el asiento que está frente a mí y se deja caer en este sentándose como si estuviera en un maldito trono.

—Creí que moriría sin ver esto —me habla en su idioma natal.

—Tus acciones me trajeron —le contesto en su misma lengua, y alza una ceja al ver que podemos entendernos en el mismo idioma—. No quería venir, pero heme aquí.

Mueve la cabeza con un gesto afirmativo.

—¿La dama no se deja ver los ojos? —pregunta—. Me causa curiosidad, porque no estoy seguro de estar hablando con el ser mitológico del que muchos hablan: la mujer que hizo caer a Christopher Morgan y a Antoni Mascherano.

No sé por qué mierda sabe lo de Christopher. El pálpito de miedo que me avasalla me pone a dudar. No quiero que tenga una imagen fresca de mi cara y luego me ande buscando para cazarme. Hace poco me vio siendo Hela; aunque estaba disfrazada, no me confío, podría reconocerme.

—Déjame ver los ojos que tanto hipnotizan, Rachel James.

Me hiela la sangre el que tenga claro mi nombre y el tono en que lo dice no es algo que ayude; sin embargo, negarme le demostraría lo que se supone que debo esconder, así que llevo la mano a los lentes mostrándome tal cual.

Mis pulmones retienen oxígeno cuando me detalla y…

—No funcionan conmigo —me dice—, así que lamento decepcionarte, pero perdiste tu tiempo.

—No vine a presumirte mi belleza —le sigo hablando en su idioma natal—. Estoy aquí porque necesito que sueltes a las mujeres que tienes y mandes atrás tu fichaje.

—Esto no es ningún fichaje —me suelta—. Ni tú ni nadie quieren saber lo que conlleva eso, así que no confundamos los términos.

—Entonces da por concluido el juego o lo que sea que estés haciendo —espeto—. Me las voy a llevar y tú, sin pretextos, me las vas a entregar.

Mira los lentes que están en la mesa.

—Supongo que para ti es muy romántico el tema con Antoni, el coronel y los que te juran amor eterno —empieza—; sin embargo, seré muy claro en lo que voy a decir: puedes ser muy teniente, dama o lo que quieras, pero conmigo es mejor que no te metas.

Cuadro los hombros manteniendo la postura rígida.

—Te conviene que cada quien se mantenga en su lugar y yo que tú no estaría aquí.

—¿Cuál es el miedo? —increpo.

—No es miedo, solo sugiero —espeta.

—Puedo aceptar tu consejo e irme con las manos vacías, pero recuerda que estoy en el ejército más importante del mundo. ¿Sabes cuánto paga la FEMF por joder a un mafioso? Millones. —Juego con lo que tengo—. Si no obtengo lo que exijo, puedo empezar a respirarte en la nuca si me apetece. A eso súmale los Halcones y que tengo al líder de mi lado. Empezaré a ser un dolor de cabeza, cosa que no quieres ni te conviene.

—Lo que quiero es entender el nuevo funcionamiento de la mafia italiana —alega—: Philippe, quien se supone que es el líder, habla y habla de que hay que desestabilizar a los Morgan porque están atacando a los clanes, se procede, y ahora vienes tú con exigencias a pedir una cosa diferente.

—Philippe no es más que un sustituto temporal de Antoni. Yo soy su mujer, por ende, tiene más peso lo que quiero y dispongo —declaro—. Así que busca otras cartas para el juego, pero con estas no.

—¿Por?

—Porque no quiero. Se buscará otra manera de desestabilizarlos —pienso rápido—, pero no así; por ende, te voy a dar tres minutos para que sueltes lo que vine a buscar o tendremos problemas si no me las das —advierto—. No me importa lo que haya dicho Philippe, sabes que mi palabra pesa más, así que ve dando la orden o van a pasar cosas que no te van a gustar.

—Cuidado, que no me conoces —me amenaza.

—Suelta a las mujeres —me impongo—. Seré bondadosa y haré de cuenta de que no ha pasado nada.

No se inmuta y le pido el teléfono a uno de los Halcones.

—Bien, si quieres hacerlo así, no tengo problema. —Vuelvo a la silla—. No hay peor cosa que un hombre terco. ¿Cuántas putas se te van a morir cuando frene el flujo del HACOC? Porque es lo primero que haré justo en este momento.

Sonrío mientras le marco no sé a quién diablos, pero mantengo el aparato entre las manos. El hombre frente a mí se mantiene serio y le planto la misma cara llevándome el móvil a la oreja en lo que espero el tono de la llamada.

—No me costó nada llegar hasta acá y no me costará nada empezar a tomar medidas —le advierto—. No me voy a ir sin lo que quiero.

El teléfono timbra erizándome la piel; sin embargo, no alcanza a sonar por segunda vez, ya que de la nada desaparece de mi oreja cuando su sumisa me lo quita de golpe y lo estrella contra la pared. Uno de los Halcones le apunta y ella manda la mano atrás queriendo hacer lo mismo, pero el ruso alza la mano pidiéndole a ella que retroceda.

El Halcón baja el arma cuando se lo pido y los niveles zozobra se elevan con la llegada del rubio de cabello largo y dorado, vestido de negro; es bello. Se mete la mano en la chaqueta de cuero que trae puesta y enarco una ceja.

—¿Uno de tus hermanos? —le pregunto, y el que está de pie camina y se queda a la espalda del mafioso—. En verdad, se me está encendiendo la curiosidad y las ganas de saber más sobre ti.

Respira hondo y yo elevo el mentón negándome a retroceder, ya vine hasta aquí, ya corrí el riesgo y este no habrá valido la pena si pierdo.

—Decide —espeto—. ¿Procedo o no procedo?

—Si soy sincero, no estoy para perder el tiempo, así que adelante —suspira—. Si quieres divertirte con ellas, llévatelas, que esto ya me está dando jaqueca.

Mi pecho se hincha, ubico los codos en el reposabrazos de la silla. Él pide a la sumisa que traiga a las mujeres y mi cerebro no lo cree; sin embargo, cara de sorprendida no puedo poner, por el contrario, es cuando más debo mostrar lo segura que estoy de mi poder.

—Eres un buen perdedor —le digo tratando de mantener mi papel—. Sabes lo que te conviene, eso está bien.

—No, no soy un buen perdedor, en este mundo nadie lo es —contesta—. Solo que me hace bien confirmar lo que ya sabía.

—¿Qué?

—Que el famoso truco falla conmigo y eso es una ventaja —responde airoso.

Enciende un puro y se lo lleva a la boca, le da una larga calada y fijo los ojos en la ventana, es…

—Admiro tus cojones, pero ve con cuidado, que si te descuidas —suelta el humo—, te mato.

Deberían deberían darme una moneda por cada amenaza que me lanzan, de seguro llenaría rápido mi alcancía. Los gritos se oyen desde el pasillo. Dos hombres traen a Sara y a Marie con sacos en la cabeza. Ambas tienen puesta una horrible bata y las tiran al piso como si no valieran nada.

—No respondo por daños mentales ni emocionales —me dice el mafioso, que me señala la puerta—. Espero que su viaje sea provechoso, señora.

—Llévenlas al auto —les ordeno a los Halcones.

Las mujeres no se dejan tocar y pelean en tanto lloran en el piso. Los hombres de Antoni las toman por la fuerza y se las echan al hombro mientras avanzo a la salida sin mirar a atrás.

—Saluda a mi colega —me dice el ruso cuando estoy bajo el umbral—. A los dos.

Mis vellos se erizan, los acontecimientos del comando taladran mi cabeza. Me pongo los lentes y avanzo afuera evitando el contacto visual con todos los presentes, ya que ser presa de caza es algo que no quiero.

Camino entre todos con la espalda erguida, aprieto el paso hacia la puerta de salida que alcanzo, el aire fresco se siente como un soplo de vida. Pido que suban a las mujeres a uno de los vehículos y abordo en el que venía.

—Déjame en el mismo sitio. —Trato de oírme firme—. Desde dicho punto puedo manejarme sola con las dos mujeres.

El camino de vuelta es un suplicio, puesto que nada me garantiza que Antoni y sus hombres no cambien de parecer.

Deposito mis esperanzas en las oraciones que internamente suelta mi cabeza. A todos los ángeles les suplico que me permitan llegar bien y creo que escuchan mis plegarias, dado que llego al viejo puente que crucé hace unas horas.

—Muévelas al auto —le pido a la mano derecha del italiano, y este da la orden a los Halcones.

Las mujeres siguen peleando vueltas un mar de llantos. El hedor pútrido que desprende Marie es horripilante y mis nervios siguen haciendo estragos mientras las meten en el asiento trasero. Saco la llave de mi bolsillo cuando terminan, abordo el auto y cierro mi puerta.

—Gracias —le digo a Ali Mahala con las manos en el volante—. Me pondré en contacto si los necesito.

El mercenario da un paso atrás, arranco y acelero cuando doy la vuelta. Todavía no me lo creo. Siento que todo es una jugarreta de mi cerebro, del tipo que te muestra cosas que no son más que un espejismo.

Las mujeres de atrás no dejan de llorar y no me detengo a poner vendas o a revisar su estado de salud ni cuando toco la carretera de asfalto que me recibe después de varios minutos con el pie en el acelerador. Lo único que quiero es llegar a la zona segura.

El GPS se activa, al igual que mi teléfono. El tablero del auto se enciende y el sistema me avisa de cuánto falta para cruzar la línea que me dejará a salvo. Le añado velocidad al vehículo y mentalmente cuento lo que falta: tres…, dos…, uno… El alma me vuelve al cuerpo cuando escucho la voz de Patrick, freno en seco y desbloqueo las puertas cuando veo a los soldados que aparecen y corren a mi sitio.

Intento socorrer a las mujeres, pero ambas están incontrolables. Sara se me escapa, logrando salir del auto y trato de detenerla, pero la mano de Marie se lleva mi atención. La herida está infectada, llena de pus, tiene sangre seca y moretones por todo el cuerpo. Le quito las vendas de los ojos y ella los mantiene cerrados, presa del dolor. Necesita un médico urgente. No es mucho lo que puedo hacer e intento ir a por Sara, pero esta termina en los brazos de Alex, quien la detiene a mitad de la carretera.

El ministro la envuelve en sus brazos y esta cae al suelo refugiándose en él, quien le besa la coronilla. La forma en la que llora sobre su pecho me conmueve, dado que ella no deja de repetir el nombre de Marie.

Laila viene con Stefan por Marie, mi papá me abraza y es al notar su calor cuando logro entender que estoy bien, que lo hice, que lo he logrado, pese a todos los contras y las fallas que se denotaban en una misión suicida y de rescate como esta.

—Muy bien hecho, teniente. —El general besa mi frente—. Vamos a la pista, enseguida volveremos a Londres.

Alex vuelve a meter a Sara en el auto, no la suelta mientras que Laila, como puede, se las apaña para atender a Marie. Stefan se devuelve con Patrick y mi papá se ubica en el asiento del copiloto.

—Arranca —me pide.

Me es inevitable no fijarme en Laila, ya que el ministro no deja de decirle cosas a Sara y me imagino lo mal que ha de sentirse. Sumo velocidad al trayecto, que nos deja en la pista área donde están preparando la avioneta del comando.

Freno y Christopher se acerca, saca a Marie, mientras que los de primeros auxilios no tardan en llegar junto con Gema, quien rompe a llorar cuando ve que la madre está también.

El coronel pone a la mujer que lo crio en el suelo y pide que le revisen las heridas. No está muy expresivo, pero sí atento. Marie no lo quiere soltar y Gema lo abraza mientras los médicos hacen su trabajo. La imagen que muestran me revuelve el pecho, el estómago y me contrae la garganta, ya que lucen como una familia.

Dos camilleros levantan a Marie y la suben a la avioneta mientras Gema los sigue. Sara trata de que Christopher la vea, pero este no le presta mucha atención, así que ella se atraviesa arrojándose sobre su pecho; sin embargo, no corresponde el abrazo, mantiene los brazos quietos a ambos lados y me pregunto con qué diablos se rompe.

—Anda —me pide mi papá—, tenemos que irnos. Puede ser peligroso que nos quedemos más tiempo.

Me refugio en los brazos del general en el camino de regreso. Me felicita por lo bien que lo hice y su presencia alivia el vacío que se forma en mi pecho; sin embargo, no apaga la molestia que me genera la mujer que viaja atrás.

En la pista del comando hay varios soldados esperando afuera. Parker, Bratt, Gauna y todos los demás bajan y mis colegas me reciben en medio de aplausos cuando me ven salir de la aeronave.

—Excelente trabajo, teniente —me dice Olimpia—. Digna hija de tu padre.

—Sería una excelente futura capitana, ¿no crees? —le dice el general, y la viceministra sonríe.

—Claro que sí, de eso no tengo duda, Rick —contesta la viceministra.

—Iré a ver a Sara y al señor Ferrec —me avisa mi papá.

Varios más se acercan y me rodean. Zoe Lewis me toma un par de fotos antes de irse detrás de mi papá. Mia Lewis es otra que se acerca y alza el pulgar cuando la miro.

—Muy bien, teniente. —Aplaude Brenda cuando aparece—. Muy bien.

Me abraza y correspondo, dejando que me apriete contra ella.

—Vuelves a hacer algo como esto y te mato, maldita perra —susurra en medio del abrazo.

Me llevan al comedor, donde los demás se aglomeran queriendo saber los detalles. Derek, uno de los soldados de Patrick que está junto a Laurens, me ofrece una botella de agua y es uno de los que me aplaude como los demás antes de abrazarme.

—Admiren a la teniente con los ovarios más grande del mundo —bromea Brenda mostrándome como si fuera un trofeo—: Rachel puta ama James, señores.

Me hace reír cuando alza mi mano como si hubiese ganado algún tipo de pelea. La tropa de Parker festeja, al igual que Laila, Alexandra y Angela.

—Es Rachel James, de la casa James —sigue bromeando—: teniente, políglota, criminóloga y una de las mejores rescatistas de la fuerza especial.

Los aplausos se repiten otra vez.

—Gracias a todos. —Tomo la botella como si fuera un micrófono—. Si no es mucha molestia me encantaría otra algarabía, por favor.

Los gritos se alzan, me ponen una gorra y Brenda empieza a soltar alaridos como si estuviéramos en la selva, cosa que cesa cuando llega Parker y todo el mundo se calla.

—Mi capitán —se aclara la garganta cuando se cruza de brazos frente a ella—. ¿Cómo está?

—No tan bien como tú, que al parecer andas muy alegre —contesta.

—¡Franco! —la llama Simon en la puerta, y ella encuentra la excusa perfecta para irse.

—Con su permiso, me retiro.

Nadie dice nada cuando él voltea a ver el camino que toma y Angela frunce el cejo. El alemán se vuelve hacia mí.

—El Consejo te está esperando en la sala de juntas —me avisa Parker—. Quieren detalles de lo sucedido.

El momento de gloria se acaba cuando me veo obligada a moverme y lo único bueno de la reunión es que Martha Lewis no está. Mis próximas dos horas se resumen en dar detalles de los acontecimientos y en cómo se dieron las cosas. Un soldado lo documenta todo y, para cuando concluye la reunión, ya es medianoche. Por si eso fuera poco, está lloviendo.

En el móvil tengo mensajes de mi papá, que está en Londres con el ministro. «Maldita sea», pensaba irme con él porque mi auto no sirve para nada y mi moto está en Belgravia. Luisa me avisa de que está en casa con Simon y me pide que pase a contarle detalles de lo acontecido.

—Disculpa —llamo a Derek cuando me lo encuentro en uno de los pasillos—. ¿Sabes si la Élite está reunida en algún lado?

—No están, mi teniente —comenta—. El general Gauna les ha dado la tarde libre.

—¿Has visto a Stefan?

—Creo que lo vi salir con el capitán Linguini y la teniente Johnson —me informa.

—Gracias.

Echo a andar, les escribo a mis amigas y sí, ninguna está en el comando. Brenda está con Harry y Laila no sé en qué bar, ya que la música que capto cuando me contesta no me deja escuchar lo que dice. La lluvia se intensifica y me apresuro a la torre de los dormitorios.

—Necesito una alcoba —le pido al cadete que está a cargo—. Estoy en lista de espera, hace poco solicité un cambio.

—Sí, mi teniente, pero aún no tenemos nada —me informa, y el cansancio no le hace bien a mi paciencia.

Le pregunto a Brenda si me dejó un juego de llaves y me contesta que lo olvidó.

—Me quedaré en la que tenía, préstame la llave —pido de mala gana, dado que no quería volver ahí.

—Ya está ocupada. —Revisa la lista—. La ha ocupado un sargento hoy en la tarde.

—O sea, ¿que no tengo dónde dormir?

—Lo lamento, mi teniente, a más tardar a primera hora de la mañana tendré algo para usted.

Le pido que vuelva a verificar, pero no hay nada. Los pies me duelen y las palabras de Laila toman peso cuando caigo en la cuenta de que, por muy heroína que haya sido, ni un gracias me dieron y, aparte de eso, no tengo dónde dormir.

Me largo a la cafetería, donde ceno. Salir a tomar un taxi en medio de la lluvia hará que pesque un resfriado. Llamo a Scott, pero tampoco está en el comando.

En el estacionamiento nadie va de salida, tampoco hay soldados con intenciones de ir a la ciudad, el dolor en los pies me tiene mal, al igual que el dolor de cabeza. Se me hace injusto tener que pasar por esto por culpa de la gente idiota, porque tendría mi auto si no lo hubiesen vuelto mierda.

Mi paciencia llega a cero cuando la lluvia toma más fuerza. No tengo dónde dormir, soy una teniente, por ende, no voy a amanecer a la deriva, así que me encamino a la oficina de la persona que debe solucionar esto.

Si no tengo alcoba es por culpa de Gema y, ya que el coronel se cree el novio perfecto, lo correcto sería que solucione los problemas que su maldita novia ocasionó.

—¿Sabes si el coronel Morgan está en su oficina? —le pregunto al soldado que ronda en la primera planta del edificio administrativo.

—No lo he visto bajar desde que subió —me confirma, y tomo las escaleras que me llevan al sitio.

Los pasillos están a oscuras y desolados. Andar en tacones a esta hora y después de tanta tensión es una tortura. En verdad, quiero irme a mi casa. El escritorio de Laurens está vacío, la puerta de su oficina está cerrada y las luces encendidas, así que alzo la mano.

Toco dos veces y no recibo respuesta.

Lo intento de nuevo sin obtener resultados. Sinceramente no estoy para andarme por los bordes, así que tomo el pomo y lo giro con cierto pavor, ya que este tipo de imprudencia siempre trae sorpresas desagradables.

No asomo la cabeza, sino que entro de un todo ganándome la mala mirada del siglo cuando él alza la cara y yo cierro adoptando la misma actitud. No vengo a pedir, vengo a exigir.

—¿Te di permiso para entrar? —Furioso, arruga las cejas y sé que está en modo patán.

Está tendido en el sofá y todavía trae el pantalón clásico junto con la camisa color hueso que lucía hoy en el papel de civil.

—Llevo casi una hora dando vueltas en busca de un lugar donde dormir o de alguien que me lleve a la ciudad —le suelto.

—Ese no es mi problema.

—Sí lo es, pues por tu culpa la patética de tu novia dañó todo lo que tenía.

—Ahora no estoy para tonterías —se peina el cabello con las manos—, así que lárgate.

—Te queda fácil ubicar a Tyler y pedirle que me lleve a mi casa —sigo.

Se pone a teclear en el móvil dándome la ignorada del siglo y trato de no enterrarle un tacón en la cabeza cuando le sonríe al aparato. El hecho de que pueda ser la novia me pone peor de lo que estoy.

—Dile a Tyler que me lleve —insisto— o consigue a alguien que lo haga.

Se pone en pie y clavo los pies en el suelo conteniendo el impulso de retroceder. Las cosas siempre pasan porque le doy el poder de intimidarme. Acorta el espacio entre ambos y me mantengo en mi sitio.

—Primero: tú a mí no me das órdenes —declara—. Segundo: tampoco hago favores que no me aportan nada.

Elevo el mentón cuando se acerca más.

—Por último: no me interesa hablar con las que se hacen llamar mujer del líder, señor, o como sea que le digas a Antoni Mascherano —espeta—, así que saca tu culo de mi oficina, que tienes prohibido venir a hablarme portando la mierda que traes colgada en el cuello.

—Estás celoso. —Toco la piedra de la jadeíta—. Te enardece todo respecto a él. Asúmelo de una vez, te jode tener competencia.

—¿Celoso? —increpa—. Tengo prometida y no es la mujer de ningún loco. Ya dije que no te quiero ver aquí, así que largo.

El que le haya puesto título me calienta la cabeza y más cuando me señala la puerta echándome como si no valiera una libra.

—Te ves ridículo en el papel de novio con apodo pendejo —espeto molesta—. Tanto joder y alardear con ser el megahombre y andas como un idiota detrás de una estúpida que…

«Logró lo que yo no logré». Mi subconsciente termina la frase en mi cabeza y la decepción me arrastra como las olas de un mar embravecido.

—No gastes saliva en cosas que me tienen sin cuidado.

Su indiferencia me empaña los ojos cuando me vuelve a señalar la puerta.

—¡Lárgate, no lo pienso repetir! —exige.

—¡No me trates así! —Siento que se me prende el cabello—. ¡No eres más que un maldito malnacido!

Lo empujo con fuerza.

—¡Lárgate a ponerle la camisa de fuerza a Antoni! —sigue—. Ahora no estoy para lidiar con desquiciadas, así que ¡fuera de aquí!

—Antoni… Lo traes una y otra vez creyéndote mejor que él aun sabiendo que, a diferencia de ti, él sí sabe tratar a una mujer. A diferencia de ti, no me trata como una puta barata —le suelto—. ¡Para él nunca he sido la otra y tampoco es un idiota traumado porque la madre lo abandonó!

Se queda callado y no sé si mis palabras lo hieren o le valen mierda, pero sigo negándome a que salga invicto esta vez.

—¡No eres nada, Christopher! —Respiro por la herida—. Tu padre no te tolera y tu madre ni se diga, ya que se hartó. ¡Sara Hars, la única mujer programada para quererte, se cansó y también te dejó!

Su indiferencia me quema y me derrumba cuando no me contesta e intenta irse, pero me le atravieso.

—Anda. —Lo empujo otra vez—. ¡Suéltalo y lastímame como siempre haces!

Se me salen las lágrimas. Estoy perdiéndome a mí misma otra vez con el desespero que me causa verlo con otra y el que yo no sea más que la mujer con la que se revuelca.

—¡Eres un maldito! —Arremeto con más fuerza—. ¡Un imbécil que nunca valdrá la pena!

Intenta darme la espalda, pero lo tomo del cuello de la camisa que se rasga con el tirón. La cara se le transforma, se viene sobre mí y me encuella consiguiendo que el pecho me arda, la furia le arde en los ojos y, por un momento, temo a la fuerza que ejerce cuando me lleva contra su pecho.

—¡¿Qué es lo que quieres?!—me grita—. ¿Que juguemos a quién jode más?

—¡Quiero que me demuestres que me amas como yo te amo a ti! ¡Eso es lo que quiero! —exclamo, y atrapa mi boca con un beso cargado de ira.

El momento se siente como si dos planetas colisionaran. Me arranca la jadeíta y lo rodeo con los brazos negándome a soltarlo.

Amarlo como lo amo duele porque, pese a todo, él es ese vicio nocivo que me cuesta dejar. Me quita la chaqueta, la tira al suelo, me rompe la blusa y hago lo mismo con su camisa. Me empuja al mueble, donde caigo sentada y no me importa otra cosa que no sea coger para apagar las ganas que me encienden.

La erección se le remarca por debajo del pantalón y mi pecho no late, retumba cuando abre el cierre, dándole rienda suelta a la potente polla que toma con una mano, mientras que con la otra sujeta mi moño llevándome contra esta.

Mis labios se secan, quiere que se la chupe y mi estado de enamoramiento absurdo cede cuando la sacude y se masturba frente a mí. En vez de empujarlo, dejo que mis rodillas caigan al piso, abro la boca y permito que la entierre en mi garganta.

No me importan las arcadas. Me aferro al vaquero y dejo que lleve mi cabeza de adelante hacia atrás. Le doy vía libre para que folle mi boca como quiera. El glande roza mi paladar y toca mis labios cuando la saca para pasearla por estos.

La saca y dejo que me la vuelva a encajar, llevándola hasta el fondo. Siempre creí que lo de las mamadas deliciosas era algo dicho por el que da y no por el que recibe, pero me equivoqué, ya que la de él es adictiva.

El sentir el falo tibio en las paredes de mi boca me empapa las bragas y hago lo posible por abarcarla toda en lo que su agarre me mantiene quieta mientras él se mueve como si fuera mi coño el que se folla. Deslizo las tiras del sostén en busca de más libertad y, con el torso semidesnudo, continúo con la tarea, la cual es atiborrarme con la polla del coronel.

Puedo sentirme celosa, hastiada y, pese a que me ha lastimado y ha lastimado a otros, me siento incapaz de rechazar esto, dado que me hace débil, subyuga mi voluntad y creo que se debe a que somos imanes, los cuales no pueden contenerse cuando de esto se trata.

Somos tan putamente tóxicos que, en vez de alejarnos, buscamos la manera de desafiar el mundo con momentos como estos.

La excitación me gana cuando le entierro las uñas en los muslos con una mano y con la otra le levanto el miembro, dándoles atención a los testículos, ya que con él me superan las ganas de querer lamer hasta el último centímetro de su piel. Dejo su saco empapado y vuelvo a la polla erguida chupándola con auténtico desespero, actuando como una maldita ninfómana, quien toma sus jadeos como música celestial. Su agarre son órdenes para que no pare y la tensión de sus músculos la tomo como una ovación que me da a entender que lo estoy haciendo de maravilla.

—¡Joder! —gruñe, y aprieto el glande con los dientes.

La sumerjo, se hincha, me la hunde más y me preparo para lo que se viene, me preparo para tragármelo todo, pero su agarre se intensifica y me lleva la cabeza hacia atrás, sacando la polla de mi boca.

—Mírame —exige.

Tiene los ojos oscuros y me mantiene sujeta mientras sacude la mano sobre su falo consiguiendo que su eyaculación termine sobre mí cuando se derrama sobre mis tetas.

El líquido tibio resbala por el canal de mis senos. Me levanta y el acto me moja más; el hecho de que se imponga con su estúpida forma de marcar territorio, la cual hace que pase la mano por mi pecho, cubriendo la piel con su derrame.

Hunde los dedos en mi mandíbula y no hago más que ansiar su boca.

—Siempre tiene que ser así, ¿cierto? —Sigue furioso y por un momento temo a que me saque afuera como una perra—. A lo bruto y a lo animal, porque sin batalla campal no lo disfrutas.

Yo no quiero que hable, quiero que me penetre con furia y, por ende, me voy sobre él. Desesperada, le termino de romper la camisa y él alza la falda, que se rasga bajo su fuerza. Nuestras bocas se unen, se consumen con besos calientes que me llevan contra el sofá y dejo que se prenda de mi cuello a la vez que corre las bragas.

Caemos al piso. La presión de su polla contra mi coño me hace jadear cuando se mueve y separo las piernas para que entre.

Es algo que necesito con urgencia y estoy tan dilatada que no le cuesta nada penetrarme y hundírmela toda. Mi falda se convierte en un amasijo de tela sobre mi cintura, tengo la blusa destrozada y recogida junto con el sostén debajo del ombligo. Bombea dentro de mí entrando y saliendo. Rompe lo que queda de la falda y mis piernas envuelven sus glúteos en lo que embiste con fuerza, robándome gemidos, ya que lo hace como un animal, el cual no tiene ni la más mínima sutileza.

Me desconozco cuando lo muerdo, cuando su labio queda entre mis dientes y frunce el cejo, viéndose más sexi de lo que es.

—¿Esto es lo que viniste a buscar? —me dice—. ¿Mi polla? No estás molesta por todo lo que ha pasado, estás molesta porque no te había follado como tanto quieres.

Asiento sin pena y dejo que siga taladrando el coño, que penetra una y otra vez.

—Escoge bien las palabras a la hora de hablar —espeta con la polla dentro—. Se necesita de mucho más para herirme.

Le doy vía libre con mi cuello y se prende de este. La forma en la que me toma me hace clavar los pies en el piso cuando se pone de rodillas y elevo mi pelvis. Sus testículos se estrellan contra mi periné y la imagen me embelesa al ver como los pechos me rebotan untados de él.

Siento que no puedo con la escena que me brinda. La forma de embestir como un poseso es demasiado, las venas de los brazos se le remarcan y la manzana de Adán se le mueve cuando echa la cabeza hacia atrás, preso del éxtasis.

—Mira —exige con los dientes apretados, y mis ojos se desplazan abajo, viendo como entra y sale su falo potente, duro y brillante por mi humedad—. Vas a irte llena de mí, Rachel James.

Tensa la mandíbula y me da con más fuerza. No hallo donde enterrar las uñas cuando los espasmos me toman, mis pezones se erizan y mi coño se calienta de una manera que no sé qué me pasa, pero me taladra con más fuerza y me corro como una golfa, la cual suelta una oleada de jugos que me marean y me baja de golpe. El orgasmo arrasa conmigo y me tapo la boca acallando el chillido que viene con todo. Él no para, mira lo que hice y no se detiene, sino que me da las últimas estocadas en lo que muero de vergüenza por el desastre que hice: acabo de eyacular sobre él y él hace lo mismo hundiéndose hasta el último centímetro.

Jadeando, se deja caer a mi lado. El piso, mi cuerpo y yo somos un maldito desastre, así que me levanto y me encierro en el baño, donde la cabeza se me aclara evocando lo que acabo de hacer.

Tengo el cabello desordenado, los senos untados, los labios hinchados y la cara acalorada. Las ganas de llorar surgen, ya que de nuevo he vuelto a actuar como una auténtica puta.

Respiro conteniendo el llanto, puesto que llorar sería demasiado y gritar también.

Tomo un par de toallas para limpiarme el cuello, el pecho y la entrepierna, «Dios». Echo a la basura la blusa destrozada, me acomodo las bragas en un vil intento de cubrir mi coño, me termino de colocar el sostén y me arreglo el cabello. «Solo fue sexo con un orgasmo intenso», me digo, no tengo por qué perder la cabeza.

Me echo agua en el cuello. «Ya está». Volví a caer y ahora lo mejor es que finja que nada pasó. Clavo la frente en la puerta antes de abrirla despacio, está fumando sentado en el sofá con una americana puesta y yo no sé qué parezco en sostén de encaje, con la falda rasgada y los tacones puestos.

—¿Le dirás a Tyler que me lleve a casa? —increpo—. ¿O tengo que salir a buscar un taxi en medio de la lluvia?

Recojo mi chaqueta y la cierro cuando me la pongo. En parte me duele que se quede aquí para consolar a Gema, quien sé que no tardará en aparecer. Su silencio me parte y me trago todo, ya que no me quita los ojos de encima. Alcanzo la jadeíta y la guardo en el bolsillo.

Su silencio me incomoda, sin embargo, no digo nada. No voy a demostrar que me afecta.

—Tú no eres la otra de nadie y mucho menos la mía —dice.

—¿A qué viene eso? —increpo, y se levanta—. No te lo estoy preguntando, lo único que quiero es irme a mi casa.

—No lo estoy diciendo en mal sentido.

—Sí, como sea, como te dije, lo único que quiero es irme a mi casa —reitero.

Vuelve a quedarse en silencio y me encamino a la salida. Por lo visto tendré que caminar hasta la carretera. Intento abrir, pero clava la mano en la madera cerrando la puerta.

—Estoy harto de tantas peleas. —Toma mi cintura dejándome frente a él.

—Eres tú quien las provoca.

Me pone el índice en los labios para que me calle y va bajando la mano por mi cintura hasta dejarme pegada a su torso. El dedo que estaba en mis labios ahora reposa en mi barbilla preparándome para el beso, al cual correspondo dejando que me abrace. Un momento que, para mí, es ardientemente romántico.

Un instante ardiente por la intensidad y por la forma en que baja las manos a mi trasero, apretando los glúteos. Un periodo efímeramente romántico porque estoy enamorada hasta el tuétano y, cualquier caricia de parte suya, mi cerebro la ve como una auténtica maravilla.

El momento se extiende cuando me aferro a su chaqueta, dejando que nuestras lenguas se toquen. Posa la mano en mi nuca y me vuelve a besar con más ganas. Mis ojos lo detallan y el pecho se me acelera cuando me mantiene contra él.

—Te llevo, pero si empiezas a pelear, te dejo tirada a medio camino —musita a centímetros de mi boca.

Pongo los ojos en blanco y vuelve a tomarme la barbilla poniendo sus labios contra los míos.

—Que sea ya, por favor. —Me vuelvo hacia la puerta.

—Primero, dame las bragas —ordena.

—No voy a salir con el coño al aire.

—Las bragas o te vas caminando —empieza.

El que no quite el brazo me deja claro que está hablando en serio y no me queda más alternativa que darle lo que pide. Alzo la falda, me las quito y se las entrego de mala gana.

—Depravado maldito.

—Andando. —Se las mete en el bolsillo.

El pasillo está oscuro y no hay nadie rondando. La idea de que me vean así me estresa, así que, apresurada, me quito los tacones para no hacer mucho ruido. Él asegura la puerta y yo echo a andar lo más rápido que puedo.

«Que no venga nadie». Sé que mi aspecto grita que me acaban de follar, así que camino con prisa. Este edificio tiene entrada directa al estacionamiento, por ende, tomo el pasillo que me lleva a dicho sitio. Veo una linterna y corro tratando de llegar al último escalón, pero el encaje de la media de los talones me hace resbalar y caigo contra el piso del estacionamiento.

—Si vas a matarte, procura que no sea conmigo. —Christopher baja los escalones como si nada y no sé por qué empiezo a partirme de risa.

Quiero hacer algo bien y lo termino empeorando. No doy para levantarme y me pone en pie, mantiene su mano sobre mi brazo y en verdad no puedo dejar de reír, hasta se me salen las lágrimas y debo respirar hondo.

—¿Efectos secundarios de los orgasmos intensos?

—No empieces a inflarte el ego, sé un caballero y calla.

El asiento de cuero me recibe cuando abro la puerta de su auto y dejo caer la cabeza contra el asiento, mientras que él se pone al volante, enciende el motor y sale del comando.

—¿Puedo poner música?

—Pensé que íbamos en modo incógnito. —No aparta la vista de la carretera.

—Ya no estamos en la central.

Enciendo el estéreo. LP inunda el espacio y es justo lo que necesitaba. Detallo el hombre a mi lado mientras este conduce concentrado: el reloj de oro blanco le brilla en la muñeca y mis latidos se disparan cuando se humecta los labios.

En verdad me tiene jodida.

—Tómame una foto si quieres —dice tajante—. Disimula un poco, que te están brotando corazones en la cara.

Aparto la cara ocultando la sonrisa.

—Toma la foto tranquila, así podrás fantasear conmigo por más tiempo.

Me niego a que vea la sonrisa que florece en mis labios.

—Solo estoy esperando que me felicites por el trabajo de hoy. Al parecer, se te olvidó —cambio el tema.

—No te voy a felicitar por algo que no te mandé hacer.

Callo, ya que no quiero dañar el momento tocando puntos que nos harán entrar en discordia. Entramos a la ciudad, se detiene en uno de los semáforos y toma en cuenta la ruta que le sugiero para llegar a mi casa.

—¿Tienes hambre? —pregunta.

—No, solo quiero descansar.

Se desvía a Belgravia y, un par de minutos después, estoy frente a mi edificio.

—Gracias. —Me quito el cinturón y él hace lo mismo, intenta abrir la puerta y…

—¡No vas a bajar ni mucho menos a subir! —le grito alterada cuando le huelo las intensiones.

Abre los ojos como si estuviera loca y me llevo la mano al pecho tratando de calmarme, no quiero imaginarme la cara de mi papá si lo ve arriba.

—Tu papá lo sabe —se molesta—, o se lo imagina…

Lo tomo del brazo y lo devuelvo a su puesto cuando intenta salir.

—Deja que suba sola. —Me acerco y le doy un beso en los labios—. En verdad, estoy cansada y quiero reposar.

—¿Es por tu papá o porque temes que Stefan esté arriba? —increpa—. ¿Sigues con los actos socorrelastimeros?

—No son planes lastimeros —aclaro—. Él es importante para mí, ya que…

—Bájate. —No me mira.

—No tienes por qué actuar como un imbécil.

—Bájate —insiste.

Me enoja el que a cada nada tengamos que pelear. Me niego a que la noche culmine mal.

—¿Al menos puedes despedirte? Te recuerdo que fuiste tú el que pautó que no debía haber peleas en el camino.

—El camino acabó.

Lo tomo de la chaqueta acercándolo a mi boca.

—Deja de hacer tantos corajes por tonterías y bésame para que pueda fantasear tranquila.

Le rozo los labios y pone la mano en mi cara profundizando el beso. El momento se extiende cuando corre el asiento y desliza las manos por mi cintura llevándome a sus piernas, le doy un segundo beso y me quedo sobre él respirando su mismo aliento.

—¿Ves? Todo es más sencillo cuando no te pones en modo ogro —lo molesto.

—No me digas así —se enoja.

—Pensé que era tu apodo favorito —me burlo. Detesto que lo llame así. Me rodea la cintura con el brazo.

—Considérate suertuda porque voy a dejar que me llames como lo que soy. —Me muerde la barbilla—. Grábatelo bien, porque a partir de ahora vas a llamarme «mi amor».

Suelto a reír, no sé quién es ni por qué tiene la cara de Christopher Morgan.

—Si te cuesta el «mi amor», entonces dime el otro apodo que me queda —recuesta la cabeza en el asiento—: «Divino Dios» también me gusta.

—¿Te imaginas la cara de todos? —Beso sus labios—. ¿Cuando me ponga firme y te diga: «Como ordenes, mi amor»?

—Sería muy original de tu parte.

Me dedica la sonrisa que tanto amo y lo beso mientras desliza las manos por mis piernas, reafirmando la erección, que toma fuerza. Poso las manos en su cuello saboreando la boca que tanto me enloquece, la cual es más adictiva que el HACOC.

Dejo que baje por mi mentón y se apodere de mi cuello.

—Vámonos a mi casa. —Se le agita la respiración y es tentador, pero se supone que vine a la ciudad a descansar y a pasar tiempo con mi papá.

Si me voy con él, me costará un montón levantarme mañana.

—No puedo —le digo, y corta el momento—. Quiero pasar tiempo con papá. No es que lo vea muy seguido y no me gusta desperdiciar el tiempo que la vida me brinda con ellos.

—¿Tan importantes son?

—Sí —me sincero—. Son todo para mí.

Lo beso otra vez acaparando su boca con ansia.

—No es que no quiera estar contigo porque, si por mí fuera, estaría cabalgando sobre ti —le muerdo el lóbulo de la oreja— desnuda y jadeando tu nombre sílaba por sílaba.

Acaricia mis piernas y separo los muslos para que me toque y sepa cómo estoy.

—¿Y qué harás con toda esta humedad? —Introduce los dedos y remarca la pelvis sobando su dureza.

Baja el sostén que traigo y le ofrezco mis pechos para que los lama. Tiene cierta obsesión con ellos, así que dejo que los muerda y chupe mientras mantiene los dedos en mi coño. Se me escapa un jadeo cuando me estimula y no sé qué es más tortuoso: su boca sobre mis tetas o la forma en la que me toca.

—¿Te gusta? —pregunta.

—¡Sí!

Me muerdo los labios cuando atrapa mi clítoris entre sus dedos y vuelve a chuparme antes de morder mi pezón con suavidad. Retoma mi boca y me corro contra sus labios cuando las caricias de sus dedos toman intensidad.

—Me gusta el acceso de tu falda.

—Mi ropa se vuelve desechable cada vez que estoy contigo. —Escondo la cara en su cuello—. Me debes un día de compras por todos los daños y perjuicios.

—Solo si dejas que sea yo el que mida todo en el probador.

—Que conste que estás diciendo que sí.

—Si incluye desnudez y sexo en tiendas públicas, adelante. —Me mira con picardía.

—Lamento dejarte así —vuelvo a mi puesto—, pero ahora sí tengo que entrar.

—No lamentas nada porque no eres quien debe irse con la polla así. —Se toca la entrepierna. Le doy un último beso rápido y salgo del auto.

—Gracias por traerme.

—Sí, ve a pensar en mí mientras muerdes la almohada apaciguando la emoción.

Hasta el ego se lo dieron en tamaños exagerados.

—Descansa.

Azoto la puerta y avanzo a mi edificio. Le pido la llave de emergencias al portero, ya que no las traje. Subo a mi apartamento, Laurens no está y mi papá tampoco. La almohada que me enviaron de Phoenix está sobre la cama y suelto a reír con la imagen que tiene estampada. Me quito la ropa, busco el baño y me meto a la ducha en busca de algo que me aterrice, en vano, porque no lo logro y termino en la cama con el móvil en la mano.

Busco el chat que tiene la foto del hombre del que estoy enamorada. «Menudo pelmazo, egocéntrico, proporcionador de orgasmos cósmicos».

¡Quiero sacarte de mi cabeza! Le grito a la foto, pero nuestros putos momentos Chrischel me vuelven idiota.

Sacudo la cabeza al asimilar lo que acabo de pensar: «¿Chrischel?». O sea, acabo de shippearme con él como si tuviera quince años. «Doy pena». Trato de retroceder para volver al menú, pero entro en pánico cuando, sin querer, toco el icono de llamada.

¡Maldita sea! El aparato se bloquea y timbra dos veces antes de que pueda colgar, cosa que hace que el mensaje no tarde en llegar.

Christopher: ¿Babeando sobre mi foto? Dile a Parker que te haga un monumento en tamaño real.

Tecleo rápido.

Rachel: Se le iría mucho yeso en tu polla.

Aprieto los labios cuando veo el «escribiendo».

Christopher: Ven y así babeas viéndome en vivo y en directo.

Pongo los ojos en blanco y cambio el tema. Conociéndolo, va a alardear el ego que se carga toda la noche.

Rachel: ¿Qué estás haciendo?

Christopher: Masturbándome en la cama. ¿Y tú?

Qué casual.

Rachel: Acostada, pero no me estoy masturbando. No hago cosas inmorales, las cuales pueden condenarme al infierno.

Bromeo.

Christopher: Qué mal, porque ese es mi sitio favorito.

Me envía una foto, le doy clic y se me cae el móvil cuando veo la potente verga que se cierne al otro lado de la pantalla. Debajo de la imagen tiene escrito: «Para tu mesita de noche».

Suelto a reír tecleando la respuesta.

> **Rachel:** Gracias, le voy a comprar un marco de plata.

> **Christopher:** De oro se vería mejor...

—Hola, cariño.

Bloqueo el móvil cuando veo a mi papá bajo el umbral de la puerta.

—Hola. —Saco los pies de la cama con las mejillas encendidas.

—Traje pizza. —Me muestra una bolsa y dejo el móvil en mi mesita—. ¿Tienes fiebre? Pareces un tomate.

—No —sonrío para disimular—. Siéntate, creo que hay soda en la nevera.

Me encamino a la cocina, tomo dos vasos y...

—No tengo batería —me dice mi papá—. Voy a llamar a tu madre desde tu móvil.

—¡No! —Corro a la alcoba, pero, para cuando llego, ya tiene el móvil en la mano y me maldigo por mantener la misma clave desde que tengo catorce años.

Levanta la vista y me aniquila con los ojos, más vergüenza no puedo sentir y me apresuro a quitarle el aparato.

—No es lo que crees...

—Voy a borrar de mi cabeza el hecho de que te guste ver pornografía. —Se pone serio y me fijo en que vio la imagen, mas no el remitente.

—Lo siento...

—¡Trae la soda! —Me señala la puerta y me devuelvo llevándome el móvil. Nunca hay felicidad completa, por suerte no toca el tema cuando vuelvo.

—¿Cómo están Sara y Marie? —le pregunto.

—Las trasladaron al hospital militar —comenta—. Tuve que acompañar a Alex, ya que el señor Ferrec estaba con Sara y ya sabes, lo mejor es evitar tragedias.

Luce cansado, son casi las cuatro de la mañana.

—¿Cuánto tiempo te vas a quedar?

—No mucho, tu madre ya está neurótica por lo de Sara y eso que eludí muchas cosas sobre lo sucedido. Sabes cómo es con esto, lo detesta y no ha hecho más que reclamar el porqué de estar aquí si ya estoy retirado —comenta—. Quiere que te vayas a Estados Unidos, me pidió que te convenciera, ya que es lo mejor para todos.

Se forma un silencio entre ambos, el cual me dice que se avecina una conversación importante.

—Hablé con el general de la central de Washington. Me lo encontré en el hospital y me recalcó varias veces que le agradaría verte algún día marchando en una de sus tropas como teniente o capitana, si en algún momento quieres ascender —explica—. A mí me encanta que estés aquí porque yo me instruí en esta central; sin embargo, la de EE. UU. también es buena y, en dichos sitios, puedes destacar.

Miro la comida recordando la respuesta que me dio Stefan cuando le pregunté si se iría conmigo.

—En Estados Unidos estarás más cerca de tu madre y de tus hermanas —me dice.

Se levanta y me quedo en la orilla de la cama. No me surgen argumentos para contradecirlo, ya que una parte de mí siempre ha extrañado Phoenix y añora estar con ellos.

—También quiero que dejes de andar con el hijo de Alex —se sincera—. Él ya está comprometido con Gema Lancaster y se van a casar. Alex tiene razón con el tema de la mafia y es necesario para nosotros que los Morgan continúen en el poder, por eso vamos a apoyar la candidatura. Aunque tu madre no esté de acuerdo, los vamos a respaldar. Cuando tome posesión de su cargo y se aclare el asunto que está pasando, lo mejor es que regreses a Estados Unidos. Nadie te va a obligar, pero es algo que siento que deberías pensar.

Deja un beso en mi frente y me quedo en blanco. Acabo de tener uno de mis mejores momentos con Christopher; sin embargo, eso no quita que mi padre tenga razón, lo que soy y el hecho de que Gema sigue siendo su prometida.

—Descansa —me dice—. Me comentaron que deben prepararse para el cierre del operativo en curso… En fin, no voy a agobiarte, llama a tu madre y trata de dormir.

Me deja sola y me meto bajo las sábanas. Mi cerebro repite lo sucedido en las últimas horas: la visita a la cárcel, Sara, Marie, los Morgan, la mafia rusa, la mafia italiana…

En silencio hago un repaso de todo y la promesa hecha a Antoni me da vueltas en la cabeza. «No va a salir», trato de calmar la ansiedad, las ganas de que el coronel gane la candidatura me carcomen. Él tiene que ganar, porque es el único capaz de mantener al italiano encerrado tal cual debe mantenerse, ya que si llega a salir, juro por Dios que me mato antes de que me busque.

50

Culpas, impulsos y verdades

Bratt

La evidencia recolectada en el operativo del puerto está guardada en las bodegas de máxima seguridad de la FEMF; Simon está inspeccionando el opio con Thompson; Irina, Scott y Alan se encargan de documentar lo hallado en las cajas que llevan el sello de la Tríada; mientras que Brenda, Laila y Alexandra están con la droga de los Mascherano.

Se hallaron portafolios con HACOC, alucinógenos de todo tipo, como heroína y éxtasis. Las víctimas de los Petrov que se rescataron en los barcos están siendo trasladadas a sus respectivos países.

De los gánsteres se encontraron galones con sustancias ilegales, las cuales destinan al uso agrícola: las venden a los grandes hacendados que se dedican al cultivo de coca. También se incautaron de heroína que, al parecer, iba a ser distribuida en Norteamérica.

Hay alcohol de contrabando; de los franceses hay joyas de imitación, cosa que usan para estafas.

—¿Estos son todos los proyectiles? —le pregunto a Meredith, quien revisa con los guantes de látex puestos.

—Sí. La Bratva volvió pedazos la bodega donde estaba la mayor parte de lo suyo, sin embargo, logramos incautar varios depósitos con proyectiles.

—Empieza a prepararlo todo. Se va a llevar a cabo la primera auditoría —ordeno.

Angela no está en el comando. Como Nórdica, quiso dar un show especial privado a un jeque, cosa que se hace con el fin de descartar cualquier tipo de sospecha sobre ellas.

El flujo de tareas merma pasadas las once, así que aprovecho el tiempo libre que tengo en la tarde para merendar con mis padres y las gemelas. A Sabrina, al no tener mejoría en el hospital psiquiátrico, le han contratado un especialista que la cuida en casa y está con ella las veinticuatro horas del día.

Tengo todas mis esperanzas en que este nuevo entorno sí funcione. Es una mujer joven y uno de mis grandes temores es que se quede así para siempre.

La observo tomar té con mi madre y mi padre. Mia está fumando a un lado del patio mientras Zoe le toma fotos a la propiedad de los Morgan, que se ve desde el jardín.

Lo que antes agradecía, ahora quisiera tener a kilómetros.

Mis hombros se alzan cuando suspiro, llevo días sin poder dormir bien.

—¿Un cigarro? —me ofrece Mia, y sacudo la cabeza molesto.

Parece una chimenea botando humo a cada rato. Meredith me está esperando afuera de mi casa cuando salgo y con ella me muevo al hospital militar a visitar a Marie.

Gema lo ha pasado bastante mal y quiero ver cómo sigue.

Me saluda con un abrazo y llora sobre mi hombro contándome lo que le han dicho los médicos; es triste la situación.

De no ser por Rachel, Sara y Marie estarían muertas. Mantengo la palma en el centro de su espalda dándole consuelo. Me nace tenerla contra mí, desde que la conocí siempre me he llevado muy bien con ella.

Pasa a los brazos de Meredith y con ambas entro a la habitación donde se encuentra Marie, quien está sedada. La nana de Christopher forma parte de mi infancia: un sinnúmero de veces comí en la casa de los Morgan y ella era una de las que más pendiente estaba, siempre amable y atenta.

La llegué a considerar mi nana también, dado que me aconsejó múltiples veces y se preocupó por mí cuando no estaba bien. Me arden los ojos cuando le veo la mano vendada.

—Solo le dejaron el meñique y el pulgar —carraspea Gema—. Sé que le costará aceptar eso.

—Tiene una buena hija y sé que tú la ayudarás con ese proceso. —Aprieto su hombro y se pone a llorar.

Trato de distraerla. Con Meredith nos vamos al balcón, donde nos sentamos; traigo café para todos, la charla se vuelve amena y poco a poco vamos dejando los problemas atrás.

Gema sonríe cuando Meredith me frota los hombros antes de dejar su brazo sobre mí.

—Meth, espero que no te molestes, pero debo confesarte que Bratt fue mi amor platónico por muchos años —confiesa Gema haciéndome reír—. Era una tonta que suspiraba por él.

—Yo también lo hago desde que lo conocí. —La sargento Lyons besa mi mejilla—. Es el hombre que toda mujer desea.

Meredith se levanta al baño y me deja a solas con la teniente, que suspira: es bonita.

—Me halaga mucho que una mujer como tú se fijara en mí. —Extiendo mi mano tomando la suya—. ¿Por qué nunca me lo dijiste?

—Me daba pena. —Se ríe—. Cuando te vi aquella vez en Alemania quise decirte algo, pero te veías tan enamorado de ella que sentí que no tenía oportunidad.

Mi enamoramiento por Rachel aún duele y más cuando recuerdo todo lo que hubiésemos podido tener y hacer. Me imaginaba una vida con ella donde era feliz; sin embargo, Christopher dañó todo eso.

—¿Te puedo pedir un favor? —me pide Gema, y asiento sin dudar—. Ora por mamá para que se mejore. Ella te tiene mucho cariño y siempre ha hablado muy bien de ti. Sé que de esto siempre quedan secuelas y cuando despierte se sentirá muy mal y…

Se pone a llorar y me muevo a su puesto a consolarla. Meredith llega a darme apoyo, no es fácil la situación por la que está pasando. La sargento me pide que las deje un momento a solas y les doy su espacio para que puedan hablar.

El hospital militar es grande. Me topo con el novio de Sara Hars, quien está en el mismo piso que Marie. Alex Morgan llega, me acercaría a preguntar por Sara, pero mi relación con los Morgan no es igual que antes.

Salgo a estirar las piernas. A lo lejos veo la capilla que está al lado del pabellón de quemados y me encamino al sitio. Hace tiempo que no vengo seriamente a este tipo de lugares; como agente del caso entré varias veces, pero en modo laboral y no en modo espiritual como se exige.

No hay mucha gente cuando entro y me siento en una de las bancas. No sé qué tiene este tipo de espacio que suele ponernos nostálgicos. La presión, el peso y la carga de los últimos días salen a flote y la cruz que se cierne sobre mí me hace bajar la cabeza.

Un nudo se arma en mi garganta. Siento que debo desahogarme y hablar con Dios con el fin de que traiga al Bratt de años pasados, aquel que se sentía liviano y que no lidiaba con toda la pesadumbre que tiene ahora.

Alguien se sienta a mi lado y mantengo la vista al frente.

—Yo me pregunto si la FEMF te paga por perder el tiempo. —Mis tímpanos absorben la voz que tanto me asquea—. Hay mil cosas que hacer y tú aquí, dando pena.

El coronel.

—Vete, si estoy aquí es porque tengo todas mis tareas bajo control.

—Tu jornada termina a las veintidós horas, no antes —insiste—. ¿Sabes cuántas sanciones puedo ponerte? Las que me plazcan, dado que estás incumpliendo con lo que se te exige.

Lo ignoro poniéndome de rodillas en la superficie de madera que tengo al frente. Ser parte de la Élite me permite darme ciertos espacios si no tengo trabajo acumulado o cosas pendientes. No me puede aplicar una sanción por esto y solo quiere joderme, como si no fuera suficiente con todo lo que ya ha hecho.

Junto las manos, me persigno y cierro los ojos mientras rezo, ignorando la presencia del hombre que tengo al lado. Pido por Marie, por mi madre, por mi padre, por Sabrina y por todo lo que me agobia.

Una monja se pasea por el centro del sitio dando consuelo a los que lloran en otras bancas.

—Siempre he sabido que eres un estúpido —murmura Christopher—. Si no te has dado cuenta, nada de lo que pidas se te va a dar, no mientras yo exista, así que guarda tu faceta de Ken y busca algo útil que hacer, que en este lugar no estás sirviendo para nada.

—Lárgate. —Aprieto los párpados—. Maldita escoria, aberración de la humanidad.

La ira se esparce por cada átomo de mi cuerpo cuando se ríe, como si los insultos no fueran para él.

—Confesemos en silencio —dice la monja que se pasea por el sitio—. Que Dios sepa en qué pecamos.

—Deseé la mujer del prójimo —musita en mi oído— y disfruté tanto ese pecado que lo repetí una y otra vez.

Tenso el cuerpo conteniendo la rabia que ebulle bajo mis venas.

—El adulterio es placentero cuando le quitas la novia a un idiota —respira hondo—. No me arrepiento de nada y es algo que pienso seguir haciendo hasta que me muera.

Clava la mano en mi clavícula cuando se levanta.

—Muévete a terminar tu jornada antes de que te obligue a punta de patadas, maldito pedazo de estiércol —advierte—. No te quiero aquí, soy el coronel a cargo y lo que digo se hace, por ende, cuando te mando, obedeces.

Se larga y la rabia que me inunda es tanta que no doy para concentrarme. Me levanto en busca de Meredith y la está regañando en el piso de arriba. Le hago un gesto desde mi sitio indicando que la esperaré afuera y ella no tarda en seguirme.

No me despido de Gema, simplemente entro a mi auto y conduzco al comando para cumplir con las dichosas dos horas que me faltan.

—Christopher es un imbécil, un malagradecido —le digo a la mujer que tengo al lado—. En vez de disculparse por robarme a la mujer que amaba, lo que hace es rebajarme...

—No te robó nada —me corta Meredith—. Ella te falló porque quiso, y eso es algo que todavía te cuesta aceptar.

—Porque él le lavó la cabeza, Rachel me amaba.

—Pero te engañó, así como engañó a Stefan con él —me suelta, y freno de golpe—. El coronel tiene la culpa, pero ella también. Debes aceptar que no es una buena persona; de serlo, no hubiese tomado a Stefan como un juguete ni se hubiese burlado de Gema.

—¿Qué?

—No estabas, pero en una de las reuniones que se llevó a cabo con el tema de la búsqueda hubo una confrontación entre Banner, Lancaster y Molina, quien confesó que Rachel se había vuelto a acostar con el coronel —confiesa—. Volvieron a lo mismo, así que está de más el que creas que te la quitó y no tengas en cuenta que ella es una ramera, la cual lo busca también.

—No, yo le pedí que no volviera con él porque...

—¿Y pensabas que te iba a hacer caso? —me reclama—. Te enamoraste de una calientabraguetas. Acéptalo ya y de paso acepta también que no te merece.

La sien me palpita y piso el acelerador, igual o más decepcionado que en años pasados.

Le doy mi confianza y vuelve a traicionarme, pese a saber cómo nos dejó todo esto a mí, a Sabrina y a mi familia. Patea mi orgullo volviendo a las mismas andanzas de antes con la persona que me engañó. Parece que no tiene cara ni dignidad, actuando como una perra en celo la cual no es feliz si no tiene la polla de Christopher Morgan adentro.

No se me hace justo que mientras los damnificados sigan mal, otros se den el lujo de ir por la vida como si nada. Rachel parece que no se da cuenta de la clase de persona que es el coronel. No sé si es una estúpida o si está tan idiotizada que no es capaz de abrir los ojos y notar los errores que está cometiendo.

En el comando guardo el auto. No tengo cabeza para trabajar, así que me largo a mi alcoba. Amablemente, le pedí las cosas, quise darle la oportunidad de que enmendara sus errores y no lo hizo, no escuchó nada de lo que le dije y ahora de nuevo debo encarar el problema.

Meredith se acuesta a mi lado.

—Ya déjalo pasar —me dice—. Ella nò te merece, en verdad.

Le doy la espalda y prefiero callar en lo que queda de la noche. Nos espera un día agitado, ya que mañana es el cierre oficial del operativo.

No me puedo dar el lujo de quedarme en la cama y no se me hace justo que mi sargento deba lidiar con mi genio, así que le pido que me vea directamente en el sitio donde se llevará a cabo la sesión.

Me encargo de los traslados del cardenal, el obispo Gianni, Drew Zhuk y el resto de los involucrados. Los miembros del Vaticano se presentan junto con sus abogados, los cuales han decidido darle la cara a la situación.

Angela, Brenda, Parker, Simon, Scott, Irina y todos los involucrados en el caso llegan a la hora estipulada. Rick James no formó parte del operativo, pero Alex le da entrada y este acompaña a Rachel, quien ocupa su respectivo puesto en el tribunal.

—El sacerdote Santiago Lombardi, miembro activo de la Iglesia, realizó una denuncia donde informó irregularidades que le generaron desconfianza. Se estudió el caso y, a los nueve días del mes de enero del presente año, se llevó a cabo la primera fase de la investigación, infiltrando parte de la tropa Élite en uno de los puntos señalados —explica el fiscal asignado para el tema—, sitio donde se confirmaron las sospechas: el centro religioso Our Lord estaba colaborando con la mafia, proporcionando una ruta la cual les permitía mover mercancía de alto peligro y facilitar el tráfico de mujeres.

El hombre es preciso y acertado a la hora de hablar y exponer todas las pruebas.

—Queremos saber qué tiene que decir la Iglesia sobre esto —prosigue—. Si alguien desea tomar la palabra, lo tiene permitido.

Un cardenal se levanta y se presenta.

—Primeramente, queremos agradecer a las autoridades por detener esto y al sacerdote Santiago Lombardi por exponer las sospechas que le dieron paso a su intervención —declara—. De parte de la Iglesia, ofrecemos la debida disculpa, haciendo hincapié en que en ningún momento apoyamos este tipo de actividades. Para nosotros, el catolicismo es sagrado, por ello dejamos claro que los señalados no nos representan. Ellos se han lucrado con nuestro buen nombre y, por ende, queremos que paguen con cárcel el perjurio cometido.

Los presentes aplauden el discurso, la sesión sigue, Rachel está frente a mí junto a Rick James, mientras el coronel está ubicado asientos más adelante con Gema.

El juez impone la condena y los aplausos no se hacen esperar, ya que otro mérito se suma a la central de Londres al mandar abajo la ruta que la pirámide usaba para su beneficio.

A los culpables se les da treinta años de prisión, los cuales se pagarán en el centro de reclusión de la FEMF; los miembros de la pirámide son condenados a cincuenta años cada uno. La sesión acaba, nos devolvemos al comando y se nos exige que nos movamos a la sala donde espera el Consejo.

—Un operativo y un rescate que en el día de hoy se declaran como exitosos —nos dicen—. Felicidades a todos. Soldados, son dignos de pertenecer a la Élite.

El presidente del Consejo se acerca a darle la mano a Christopher, quien se mantiene erguido y airoso.

—Todo golpe a la mafia siempre será aplaudido aquí —nos dicen—. El flujo de tráfico ha caído, según el último informe del general Gauna.

—Los miembros de la Yakuza, el polaco y los miembros de los Caballeros de la Noche ya están en el mismo pabellón donde se encuentran Antoni y Bernardo Mascherano —confirma Olimpia—. Esperemos que pronto podamos capturar y encerrar a todos los que faltan.

—¡Un aplauso por eso! —pide mi padre posándose a mi lado—. Aplaudamos la excelente labor de nuestro grupo Élite.

Alex palmea el hombro del coronel, quien ahora tiene más motivos para creerse invencible. A Rachel es a otra que felicitan por el rescate de Sara y Marie, al igual que a Rick James.

Los James no forman parte de la aristocracia de la milicia, siempre se han mantenido lejos de ello; sin embargo, han sido protagonistas en grandes acontecimientos de búsqueda, espionaje, investigación y rescate; ramas donde son reconocidos y donde se sabe que siempre harán un buen trabajo.

Estados Unidos es su país natal y la mayoría siempre ha vivido en Arizona. El Consejo se despide y el ministro se queda junto con Olimpia Muller.

—No solo le hemos dado un golpe a la mafia —nos dice Alex—, hemos conseguido un as bajo la manga que nos permitirá seguir operando, dado que el papel de Las Nórdicas se mantiene y ello nos permite infiltrarnos en las otras mafias, objetivo en el que nos vamos a concentrar a partir de ahora.

Apila los documentos que tiene frente a él y le da la palabra a Rick James, quien comparte sugerencias.

—No hay duda de que son un gran equipo —nos dice—. Aprovechen y sigan trabajando como lo hacen, su coronel tiene una candidatura por delante la cual, hablando sin arandelas, les conviene ganar. El operativo es un logro, pero todavía falta lo más importante para culminarlo y es la caída de la pirámide. Sin su derrumbe, nadie puede dormir tranquilo, puesto que en cualquier momento pueden empezar a planear la salida de Antoni, si no es que ya lo están planeando.

Habla de las ciudades que, según él, se deben estudiar a fondo y Gema aprovecha para tomar la palabra cuando termina.

—Hoy ha sido un buen día —comenta—. Hemos concluido un operativo y me han llamado del hospital para informarme de que mi madre ya se encuentra fuera de peligro.

Olimpia y Rick le hacen saber lo mucho que les alegra la noticia. Gema se mantiene al lado de Christopher y en verdad me apena, porque no se merece una mujer como ella. Fijo mi vista en Rachel, quien cruza miradas con él y noto el leve cambio de color en su cara.

Pensé que había cambiado, pero no, vuelve a fallar, sabiendo lo que le pedí. Cristal llega a hablar de lo bien que el cierre de la operación le hace a la candidatura del coronel.

—Pronto tendremos la apertura oficial de la campaña de cada candidato. Como todos saben, son eventos donde se invita a los miembros más importantes del ejército con el fin de que se escuchen las ideas de cada uno —avisa la sobrina de Olimpia Muller—. Varios integrantes de los medios internos serán invitados. El evento de Leonel Waters será el primero y es pasado mañana.

—Mi cumpleaños es ese día. —Se ríe Gema—. Pensaba hacer una reunión para festejarlo.

—Puedes hacerlo una vez acabado el evento —sugiere Cristal—. Es necesario que todos vayan al lanzamiento de la campaña de Leonel, dado que es una oportunidad para interactuar con los miembros de otros comandos; además de que es una tradición que un candidato vaya a la apertura del otro.

Da más contexto a todo.

Rick James empieza a mirar el reloj y una hora después la reunión se da por terminada. Olimpia llama a Rachel, su padre le avisa de que la verá en los comedores y yo me apresuro a alcanzarlo cuando sale.

—¡Rick! —lo llamo en el pasillo—. ¿Viajas hoy?

—Dentro de un par de horas —me avisa.

—Perdona, pero no me parece que te vayas siendo un ignorante de todo lo que pasa —le suelto—. Rachel está volviendo a las mismas andanzas que tenía con Christopher y es algo que no puedes permitir.

—Eso no es algo que te incumba. Ya hablé con ella y entre nosotros mismos lo resolveremos.

—Entonces la harás entrar en razón, no puedes dejar que siga con ese imbécil —le pido—. Conoces a su padre, sabes toda la mierda que carga esa familia. Se supone que ella dejó la mía para conseguir algo mejor.

—Aprecio tu preocupación —contesta—, pero espero que me estés diciendo esto porque la ves como una amiga y no porque tengas la esperanza de volver con ella, porque con el apellido Lewis tampoco la quiero.

—¿Disculpa?

—Lo siento si te ofende, pero la familia Morgan no es la única que carga mierda y la tuya la humilló más de una vez.

—Papá y yo…

—De Joset no tengo quejas, compartimos misiones y doy fe de su bondad, pero de tu madre y tu hermana no puedo decir lo mismo —expone—. Ella no está bien, ni contigo ni con él. Estando sola le va mejor, por eso siento que cuando culmine la candidatura, lo mejor es que se vaya.

—Faltan meses…

—Sí, pero sabes que mi familia lo debe apoyar. Antoni no está bien de la cabeza, su salida nos va a perjudicar y, por ende, tenemos que evitarlo —declara—. Ya le comenté que el comando de Washington está interesado en ella y espero que piense en la propuesta que tiene en pie. Así que te voy a pedir el favor de que la dejes en paz, haz tu vida y deja de preocuparte por ella.

Me deja en mitad del pasillo. A él le es fácil hablar de esa manera porque él no es quien debe verla con el hombre que destruyó mi relación. Me encierro en mi oficina. Meredith me invita a merendar, pero no tengo cabeza ni hambre para ello.

Simon me viene a buscar, pero le saco el cuerpo con la excusa de que estoy ocupado. Los medios en la web alaban la buena gestión de la Élite, lástima que haya llegado a un punto en que me siento enjaulado y por ello no puedo disfrutar de nada.

Mi compañía, la de Parker, Thompson, Simon y Patrick, empieza a celebrar el mérito en los campos de entrenamiento cuando cae la noche y Olimpia les avisa del mérito de su capitán. Pasadas las ocho, me obligo a mí mismo a salir y, como cosa del destino, veo a Christopher en el pasillo de la primera planta. Se enrumba a los baños y por instinto lo sigo.

La algarabía de los soldados que se ponen a prueba entre ellos mismos en el campo de entrenamiento sigue presente. El coronel entra al baño y hago lo mismo cerrando la puerta. Está de espaldas frente al orinal, dándome el blanco perfecto para dispararle a traición.

Termina, se voltea y frunce el ceño cuando me ve.

—¿Qué? —pregunta alzándose la braga—. ¿Aparte de idiota, ahora también eres enfermo y te da placer verme mear?

Hago acopio de mi compostura cuando se me acerca.

—Volviste a buscar a Rachel —le reclamo.

—Sí, ¿quieres un informe detallado de todo lo que ha pasado? —me dice—. Si lo necesitas, con mucho gusto te lo hago.

Trata de pasar de largo y le clavo la mano en el pecho obligándolo a retroceder.

—Haré la advertencia una sola vez —lo encaro—: déjala en paz o esta vez habrá más que simples peleas.

—Cuando lances una advertencia, asegúrate de que la otra persona se intimide, o al menos se la tome en serio —espeta—. Conmigo fallas en eso, ya que a mí tus tonterías me dan más risa que miedo.

—Yo no soy Stefan…

—Obvio que no —se burla—. Su título de cornudo aún no se compara con el tuyo.

Me empuja para que me quite y me poso firme devolviéndole el empujón.

—Primero muerto antes que volver a verla untada de tu mierda.

—Ten, para el ataúd —se mete la mano al bolsillo y me arroja un puñado de billetes en la cara—, porque ella ya está untada de algo que… no me atrevería a definir como mierda.

Lo empujo otra vez, me devuelve el empellón y le clavo un puñetazo en la cara. Esquivo el que me lanza y el no tocarme lo enfurece. Me lleva contra la pared, le lanzo un golpe al mentón y un rodillazo en el abdomen, cosa que lo dobla.

—Espero no tener que volver a repetir lo que te dije. —Me encamino a la puerta—. Déjala en paz…

Avanzo y de la nada me estrella contra la lámina de metal de los excusados. La fuerza bruta abraza mi cuello cuando se aferra a este, sujeta mi cabello y me estrella la rodilla en la cara sacándome sangre.

—¿Sabes qué? —Me arrastra a los orinales donde toma una de las mangueras—. Estoy tan harto de tu «primero muerto» que voy a ayudarte con la tarea de querer estrenar el ataúd de una vez por todas.

Me aprieta la garganta inmovilizándome contra el mármol.

—Toma. —Empieza a llenarme la boca con los billetes que se saca del bolsillo—. Ten de una vez el pago para el barquero, no vaya a hacer que te deje y te quedes haciendo estorbo como tu hermana.

El papel se me atasca en la garganta, me va sofocando y quitándome fuerzas, cosa que empeora cuando el agua me empapa, dado que me clava la manguera en la boca y me ahoga con el líquido a presión.

—Cómo me hubiese gustado que uno de sus tantos suicidios funcionara.

—El agua no me deja respirar y empiezo a temer cuando no veo más que a un animal.

Los ojos fríos no denotan ni una pizca de compasión y los gestos cargados de satisfacción me gritan que tiene la sangre fría y que no es más que un psicópata disfrazado de coronel.

—¿A quién le iba a pesar? Si solo nació para joder igual que tú ahora.

Me mareo, siento que la vida se me va mientras lidio con el peso de saber que alguna vez lo quise como a un hermano. A él, al mismo hombre que ahora hace todo lo posible por apagar mi existencia.

—La suerte no golpea dos veces de la misma forma, Bratt, y conmigo es todo o nada, y más de una vez he dejado claro que yo acabo con todo lo que me estorba. —Aumenta el agarre en mi garganta—. ¡A mí no me pesa matarte porque con gusto pago los años que sea con tal de sacarte de mi camino!

El desespero me da la fuerza que requiero para aferrarme y retorcer la mano que aprieta mi garganta. Afloja un poco el agarre y muevo la cara escapándome del chorro a presión.

Lo empujo con mi cuerpo cuando me levanto y de nuevo arremete contra mí, pero me agacho, le lanzo un codazo y lo atropello lanzándolo a una de las gavetas. Siento que mi arranque tiene los segundos contados y el mareo me tiene débil, así que busco la salida y huyo lo más rápido que puedo. Por el rabillo del ojo, observo que se levanta e intenta venirse sobre mí, pero logro cruzar el umbral y salir. Corro con la adrenalina que me queda. A lo lejos vislumbro a los soldados que trotan en el campo; sin embargo, no llego hasta ellos, ya que el vómito me frena, poniéndome a expulsar agua, papel y sangre.

En verdad iba a matarme. Otra ola de vómito me retuerce. Iba a matarme. Su cara, su mirada, lo que hizo no era con intenciones de malherir; esta vez estuvo a nada de acabar con mi vida.

Volteo a ver el sitio de donde escapé y está junto a una de las columnas del pasillo encendiendo un cigarrillo como si nada. La postura que toma me siembra la sospecha de que más que convivir con un ser violento, lo hago con un asesino.

Gema

—¡Vengo por la mamá más bella del mundo! —Asomo el ramo de flores en la puerta—. La tarjeta dice Marie Lancaster.

En la madrugada la trasladaron del hospital militar al centro médico de la FEMF, ya que los médicos querían hacer un par de estudios investigativos sobre psicología criminal. También querían que Luisa Banner y su equipo la revisaran y pasaran tiempo con ella.

—¿Cómo te sientes? —Beso su frente cuando me acerco.

—Mareada. —Se mira las vendas—. Me han dicho que tengo una enfermera y un profesional que me cuidarán en casa.

—Las reinas como tú se merecen eso y mucho más. —La abrazo—. Christopher te demuestra por qué lo amo como lo amo.

—No quiero causar molestias —musita.

—No es molestia, señora Lancaster. Christopher te adora y ahora más que nunca, porque no solo serás su nana, sino también su suegra. —Le acomodo las flores bajo el brazo y la siento en la silla de ruedas con ayuda del personal médico—. Sabes que a los hombres les gusta ganar puntos con la novia y no solo te contrató una enfermera: de ahora en adelante, de seguro también tendrás escoltas.

Medio asiente apagada, luce demacrada, delgada y, en ocasiones, un poco distante. Perdió tres de sus dedos por culpa del Boss de la mafia rusa. Pongo la mano en su hombro y aprieta mi mano limpiándose las lágrimas. Sus nervios no están del todo bien, llora de seguido, dice que no puede dormir, vomita todo el tiempo, se abraza a sí misma y la ansiedad hace que se arranque las hebras del cabello.

Luisa Banner dice que necesita tiempo y un par de expertos que le ayuden a superar el episodio.

—Hoy es mi cumpleaños y no me has felicitado —le comento buscando una forma de distraerla.

Me arrodillo frente a ella, fue un padre y una madre para mí. Acuna mi cara con su mano sana.

—Perdón, hija —me dice, y la abrazo recibiendo el saludo de cumpleaños—. Sabes que Christopher y tú son lo más importante para mí, aunque ahora no esté en mi mejor momento.

—Te había comentado que haría una fiesta, la cual es hoy en la noche. Hace semanas tenía todo listo —le comento—, así que para no incomodarte te llevarán a la casa de Chris, ahí estarás más cómoda, sin ruido ni gente que te moleste.

Asiente y me pongo en pie tomando el control de la silla de ruedas. La enfermera ya está lista y me ayuda con sus pertenencias. Hay que atravesar el campo, podría entrar el auto, pero quiero que tome aire fresco y de paso que se tranquilice un poco.

—Todos estos soldados de aquí no dudarían en dar la vida por la suegra del coronel —le digo mientras cruzamos—, así que no tienes nada de que preocuparte.

Los soldados están trotando a lo lejos, los infantes vienen en fila rumbo a la pista creada para ellos y, entre los niños, reconozco al hijo de Brenda con el difunto Harry. Parker lo está animando desde lejos y este lo saluda con la mano.

—Liz estuvo muy preocupada por ti —sigo con la charla—. Irá a verte cuando pueda.

Suelta un leve quejido de disgusto en lo que entramos al estacionamiento. Tyler se ofrece a ayudarme con la silla mientras la enfermera acomoda las cosas en el auto. Todos mantienen la atención en nosotras hasta que entra la moto que hace voltear a Tyler.

—Teniente James, buenos días —saluda el soldado cuando el conductor se quita el casco. Es Rachel quien baja con una mochila colgada en el hombro.

Rachel James es el tipo de mujer que hace que los hombres volteen cuando aparece. Viste como si acabara de salir de alguna película de motociclista con ropa ajustada, la cual resalta sus atributos.

—¿Cómo estás? —le sonríe al soldado, y este contesta que bien cuando le da una palmada en la espalda.

Me ignora y hago lo mismo, echa a andar y por un momento mira la mano de mi madre, quien se limpia las lágrimas con la blusa. Sigue andando hasta que desaparece.

—Me contaron que fue la que ayudó —me dice mi madre con la voz temblorosa—. Lo agradezco, pero no le perdono lo que hizo con la relación de Christopher y Bratt.

—Ayudar es su trabajo, así que no te sientas mal —le digo, y mi atención queda en el deportivo que se estaciona a un par de metros.

Es uno de los soldados de Patrick: Derek Leroy. Del asiento del copiloto sale Laurens con vestido corto, delineador y tacones.

—Buenos días —nos saludan desde lejos.

—Teniente Lancaster. —Derek me dedica un saludo militar y le sonrío, se me hace una persona bastante amable—. Señora Marie, espero en verdad que se sienta mejor.

Le sonríe a mi madre y recibo la mano que me da. Me agrada.

—Lau, te ves muy bien —le digo a la secretaria del coronel.

—Gracias, teniente. —Mira su reloj—. Con su permiso me retiro, el coronel se enoja si llego tarde.

—No olviden la fiesta de hoy —advierto.

—Ahí estaremos —contesta Derek antes de irse.

La celebración empezará tarde, ya que primero debo ir a la inauguración de la campaña de Leonel, lo cual es un evento importante. Con la ayuda de Tyler, subo a mi madre al auto y la llevo al penthouse del coronel, donde la recibe Miranda.

—Estaré pendiente del teléfono —le aviso—. Si sucede algo, no duden en avisarme.

Le entrego la lista de recomendaciones a Miranda y bajo a abordar mi auto. La encargada de organizar la fiesta me envía fotos de cómo está quedando todo: hermoso. Liz sale hoy en la tarde y ya tengo listo el vestido que usaré, al igual que la lencería que me quitará el coronel.

Es hora de que volvamos a las viejas andanzas, a la época en que hacíamos el amor a cada nada, extraño las cenas y los amaneceres juntos. Usaré el mismo vestuario para el lanzamiento de la campaña y para la fiesta. Christopher no me ha escrito, así que supongo que ha de estar pensando en mi regalo.

Vuelvo al comando y en el comedor de este leo todo sobre el lanzamiento de la campaña de Leonel Waters.

—¿Puedo sentarme? —pregunta Laurens.

—Claro que sí. —Le ofrezco una silla—. Perdona que te lo vuelva a decir, pero me encanta cómo te ves.

—Estoy saliendo con alguien. —Se sonroja—. Y las cosas van muy bien hasta ahora.

—Con Derek, ¿cierto? —Le doy un sorbo a mi café—. Los he visto muy juntos últimamente.

—Sí, es muy atento. —Respira hondo—. Nos estamos tomando todo con calma.

Sigo con mi lectura. El candidato hará una gran apertura en un salón de evento de un hermoso hotel aquí en Londres. Hay importantes generales invitados y figuras de la fuerza especial. Será por todo lo alto y eso quiere decir que debo lucirme con el lanzamiento de Christopher.

—¿Cómo va la campaña del coronel? —me pregunta Laurens.

—De maravilla, me estoy ocupando de todo y concluir un operativo le suma puntos, puesto que demuestra lo capacitado que está. —Saco la agenda y se la muestro—. La próxima semana iré a visitar a los jóvenes soldados, les hablaré de Christopher y de todo lo que ha logrado; soy buena oradora y me es muy fácil llegarle a la gente a través de discursos. También haré una cena para el Consejo y sus respectivas familias.

—¿Ya saben cuándo se anunciará el compromiso? —increpa la secretaria, y río como una tonta. Presiento que es el tipo de pregunta que hacen para distraerte.

Me acomodo en la silla. Conociendo a ese ogro gruñón, de seguro que la mandó a averiguar qué tan emocionada estoy.

—No hay fecha todavía —suspiro—. Supongo que Chris la anunciará hoy en mi fiesta. Cristal dijo que era buena idea que fuera de forma pública, ya que habrá más comentarios al respecto y de paso todos sabrán quién será la mujer que estará a su lado.

—Si lo hace en su fiesta, será una gran sorpresa para todos. —Lau le da un sorbo a su bebida—. Con los lanzamientos de campaña encima, mostrar a una futura buena esposa como usted le ayudará mucho.

—Tal cual. —Me abanico la cara—. He soñado mucho con el momento y algo me dice que será hoy.

La sonrisa que aflora en sus labios eleva mis esperanzas y tomo el teléfono para enviarle un mensaje que le recuerda lo mucho que lo amo.

—Teniente Lancaster, el capitán Thompson la necesita —me avisa Tatiana Meyers—. La está esperando en el campo de entrenamiento.

—Gracias, soldado. —Me levanto—. No olvides la celebración que daré hoy en la noche, a Stefan también lo invité.

—Lo tengo presente, mi teniente. Ahí estaré.

—Ve o te perderás algo especial. —Me muevo a cambiarme.

En verdad siento que esta noche será la mejor de mi vida; además, es mi primer cumpleaños siendo la novia del coronel.

Saludo a los soldados que me topo recordándoles el compromiso de esta noche y, cambiada, me reúno con mi capitán. Hay entrenamiento grupal y la mayoría está en lo mismo.

Christopher, Brenda, Alexandra, Laila, Parker, Simon, Bratt, Scott e Irina Vargas, quien me saluda cuando paso por su lado, están entrenando.

Ocupo lo que queda de la mañana recibiendo órdenes de mi capitán, quien me felicita por mi cumpleaños, al igual que mis compañeros, y les recuerdo el festejo de hoy.

Después del mediodía me entregan los informes del caso que acabamos de culminar. Supongo que el coronel los quiere revisar más tarde, así que me enrumbo a su oficina y le pido a Laurens que abra la puerta, puesto que está cerrada con llave.

Sigue entrenando afuera todavía, así que dejo las carpetas en la mesa y me asomo a la ventana: está con la compañía militar de Simon.

Me recuerda mucho a Alex, quien también es exigente, pero Christopher lo es el triple. En ocasiones tiende a exagerar. Espero corregir eso cuando estemos juntos.

Me aparto cuando noto que la práctica va para largo, tomo las carpetas y las organizo en el escritorio, donde tomo asiento. Tiene un horrible desorden sobre la mesa, así que la empiezo a organizar. La oficina suele estar cerrada en su ausencia, dado que maneja información importante.

Boto los papeles que sé que no sirven, sacudo un poco el polvo y guardo la información en los respectivos cajones. Abro el primero, donde muevo lo que está guardado tratando de ubicar en orden los…

El cofre plateado que veo estremece mi pecho.

¡Dios! Dejo de respirar, presa de la emoción que hace que lleve la mano a mi boca. Lo compró, ya lo compró. Todo me tiembla y no me atrevo a tocarlo. En vez de eso, me tapo la cara. «Lo ha comprado», por eso estuvo tan ausente cuando mamá estaba hospitalizada; estaba comprando esto.

Lo tomo entre mis manos dándole un beso a la tapa antes de ponerlo contra mi pecho. Las ganas de abrirlo me carcomen, pero… no quiero dañar el detalle. Si él lo compró para sorprenderme, quiero que así sea.

Ya he visto el cofre, pero quiero que mi sorpresa sea genuina cuando vea la joya que hay dentro.

Devuelvo el cofre a su lugar y cierro todo como si nunca hubiese visto nada y, feliz, recuesto mi espalda en la silla. Si de algo estoy segura es de que esta noche quedará en mi memoria para siempre.

Me abanico la cara y me levanto cuando Laurens abre la puerta.

—¿A quién tenemos por aquí? —saludo a la pequeña que viene con ella chupando una piruleta.

—Dentro de una hora la llevaré a clases —explica Laurens como si la fuera a regañar—. La maestra tuvo un pequeño percance y me llamó para que fuera por ella.

—Tranquila, esta lindura no hace estorbo en ningún lado. Christopher no vendrá por ahora, sigue entrenando afuera y parece que va para largo —le digo—. Más bien vamos a organizar esto, que está muy desordenado.

Ella se va al archivero mientras que yo suspiro imaginando todo mi futuro. Me proyecto en la vejez con el hombre que amo. La idea de que Liz sea mi dama de honor y de que Sara lime asperezas con Christopher me vuelve loca.

—¡Maggie, no toques los muebles! —Laurens regaña a la niña.

—Vamos a limpiar esas manos. —La alzo en brazos llevándola al baño.

La niña es dócil y no me pone problema cuando la pongo frente al lavabo. Miro mi reflejo en el espejo y me gusta lo que veo: la pequeña se ve bien en mis brazos y, por ello, me surge la pregunta sobre cómo sería una hija de Christopher y mía.

Morena y de ojos grises. Le doy un beso a Maggie. Soñar con el futuro es algo maravilloso. La dejo en el suelo cuando termino y tomo una toalla de papel para secarle las manos.

—Hemos acabado —le digo, y hundo el pie en la papelera donde… vislumbro la blusa que yace dentro. Mis orejas arden, ya que mi cerebro me dice que la he visto en algún lado.

Meto la mano y la saco reparando en la prenda en lo que lidio con la horrible agonía que estremece mis entrañas.

—Basura —me dice la niña, y aprieto los ojos cuando recuerdo a quién se la vi: a Rachel el día del rescate de mi madre.

Las lágrimas se asoman en mis ojos, ya que el estado en el que está y el olor que emana de esta me dejan claro lo que pudo haber pasado para que esté así.

—Teniente. —Se asoma Laurens en la puerta y la atropello cuando paso por su lado—. ¿Se siente bien?

No le contesto, empuño la prenda trotando pasillo afuera. Tres noches, ¿dónde estaba Christopher hace tres noches? Mi mente maquina y la respuesta es obvia: en su oficina después de haberme dejado con mamá en el hospital.

¿Y dónde estaba ella? En la reunión con el Consejo, así que es obvio quién buscó a quién. Me topo con Alan, a quien le pregunto dónde está, me indica que está en la sala de equipos con Parker y me apresuro al sitio con la rabia incinerando mis venas.

Salgo del edificio administrativo y con pasos largos llego al sitio donde ella está con el alemán.

No hay público y ella se mantiene de espaldas. El capitán está en una escalera contando los equipos de su compañía mientras ella le pasa las armas que están acomodando. Con cinco zancadas quedo a centímetros de ella y no mido mi ira a la hora de empujarla con fuerza. El ataque la hace caer y le clavo la bota en las costillas. Rabiosa, intenta levantarse, y ataco con el puño clavándoselo en la cara.

—Dejaste tu porquería en la papelera de mi novio. —Le arrojo la blusa a la cara y Parker alcanza a tomarla para que no se me venga encima.

—¡Fuera de aquí! —me echa.

—¡No, no me voy! —Se me escapan las lágrimas mientras ella trata de soltarse—. Eres una maldita perra, Rachel, una maldita que no quiere asimilar que ya pasó y ahora está conmigo...

Se suelta del agarre del capitán y este se interpone entre las dos.

—¡Aquí no! —estalla—. ¡Sus problemas los resuelven afuera y si no pueden, entonces me encargo de que las den de baja a las dos!

No me intimida la mirada oscura de la mujer que está al otro lado, por el contrario, demuestro que estamos a la par enderezando mi espalda.

—Vete, James —le ordena Parker, y ella no se inmuta en obedecer.

—¡Recoge la poca dignidad que te queda y deja que seamos felices! —le suelto—. Basta, asimila que ya no siente cosas por ti y que ahora está conmigo. Es difícil, lo sé, pero date cuenta de que él solo se desquita la calentura contigo.

—¡James, largo de aquí! —Vuelve a ordenar Parker.

—Crees que te prefiere antes que a mí —me muevo para verle la cara—, pero solo te trata como lo que eres: la calientabraguetas que lo consuela, mientras que yo cuido a nuestra madre y siento pesar por ti, que crees que me daré por vencida sin ser así… Crees que voy a dejarlo, pero estás equivocada. No lo haré, no lo voy a dejar y menos ahora que he visto el cofre donde guarda mi anillo de compromiso. Seré la esposa del hombre que solo te ve como una ramera.

Entiendo el impacto de mis palabras cuando percibo el brillo de las lágrimas que le adornan los ojos.

—¡Te estoy dando una orden! —reitera Parker—. ¡Espérame afuera!

Asiente limpiándose el hilo de sangre que le sale del labio roto.

—Como ordene, mi capitán.

La perra se va y me deja con el alemán, que se vuelve hacia mí.

—Aquí se viene a trabajar, no a resolver líos o contiendas personales —me regaña—. ¡Parece que no fueras una soldado!

—Díselo a tu teniente —señalo la puerta—, que se pasa nuestros valores por el culo revolcándose con mi novio en su oficina.

Me trago el nudo que se me atraviesa en la garganta, es una regalada calientabraguetas, y me arrepiento tanto de no haber escuchado a Liz.

—No pueden reprenderme por ser humana. —Las lágrimas se me deslizan por las mejillas—. ¿Qué le he hecho? ¿Qué daño le causé para que se comporte como una perra con el hombre que amo y que sabe que está comprometido?

—No me interesan sus problemas ni sus líos —contesta—. Solo quiero que respetes mi cargo, mi labor, mis soldados y mi puesto. Si quieres pelear por tu futuro marido, hazlo lejos de aquí, ¡pero no en los muros del comando!

—Ella me ha faltado el respeto a mí…

—¡Es estúpido lo que haces, ellos son tal para cual! Si eres razonable, sabrás que los dos tienen la culpa, ¡así que deja de perder el tiempo! —espeta—. ¡Lo único que estás haciendo es poner en riesgo tu carrera con problemas que se tienen que solucionar afuera!

Me señala la puerta y me limpio la cara antes de echar a andar.

—Si me castigas a mí, espero que también hagas lo mismo con ella.

—¿Castigo? Creo que ya cargas con ello negándote a ver las cosas como son.

Continúo a la salida, los nudillos me duelen, pero no me arrepiento; de hecho, debí partirle la nariz.

«No dejaré que se salga con la suya», me repito furiosa. Como dijo Liz, está acostumbrada a que se hagan a un lado y debe asimilar que Christopher no está solo; él me tiene a mí y por las buenas o las malas tiene que aceptarlo y respetarlo.

Es una puta en todo el sentido de la palabra. No le bastó con revolcarse con el mafioso, es tan quisquillosa que viene por el que no le pertenece.

Se cree mucho y no nota que no es más que una ramera.

Me encierro en mi dormitorio y, con los ojos llorosos, clavo la frente en las sábanas de mi cama. Me consuelo con el cofre que acabo de ver, es lo único que aminora este peso de decepción que me está dejando sin aire.

Apuesto todo a nuestra amistad, a ese cariño que nos hemos tenido siempre, convenciéndome de que tengo todas las de ganar y que para él soy mucho más que ella.

Me adentro y lavo la cara en el baño. Abren mi puerta y cuando salgo encuentro a Liz en el centro de mi alcoba con ojeras, los labios secos y enojada por los días de sanción.

—Querida amiga, te has olvidado de que existo. —Se tira de espaldas en mi cama—. Gracias por ir a recogerme —espeta llena de ironía cuando me ve, y busco las toallitas kleenex que guardo en mi cajonera.

—¿Qué tienes?

—Nada.

—¿Nada? Y tienes la nariz como Bambi. —Se cruza de brazos y prefiero no decirle nada, ya que irá a buscar problemas.

—Tenemos que prepararnos para el evento de Leonel, el cual es esta noche.

—Pensé que celebraríamos tu cumpleaños.

—Sí, pero primero vamos a lucirnos en la campaña del candidato. —Trato de sonreír—. Acabo de ver un cofre y adivina quién está a nada de comprometerse frente a los medios.

—¡Al fin! —Aplaude.

—Será una noche inolvidable. —Me miro en el espejo—. Una noche hermosa y memorable.

Ya quiero ver la cara de Rachel James cuando vea a Christopher celebrando conmigo.

51

¡Cúmplelos feliz, Gema!

Rachel

El corazón me late en los oídos en lo que camino al baño, la mandíbula me duele y apoyo las manos en el lavabo lidiando con la rabia que me carcome. No me duele el puño, me duele y arde el que Parker se interpusiera y no me dejara devolverlo.

Los insultos hacen eco en mi cabeza y respiro hondo dos veces tratando de no estallar. «Perra maldita». Me quito la playera para mirarme las costillas y tengo la marca de su bota. «Parker tenía que haberme dejado en paz y no haberse metido, pero lo hizo y quedé como una estúpida».

Un soldado no mezcla lo laboral con lo personal, me recuerdo. Las palabras dichas son como dardos que me están haciendo sangrar: anillo, le va a dar un anillo y, como el golpe, fue algo que también me tomó desprevenida.

Desde hace semanas sabía que iba a pasar y ahora no sé por qué lo siento como un topetazo en el estómago, el cual me tiene asqueada y con ganas de vomitar. Trato de traer a mi cabeza todos los motivos por los que debo alejarme, lo que me había propuesto, pero las náuseas no se van.

Me echo agua fría en la cara. Mis instantes con él solo hacen que mis sentimientos crezcan y eso juega en mi contra en momentos como este, porque solo consigue lastimarme más de lo que debería.

Me vuelvo a poner la playera, la sien me palpita y el hecho de saber que caminará hacia un altar con ella me obliga a pasar saliva. Es algo que va a pasar y a lo que me debo acostumbrar, pero…

—Mi teniente. —Alan toca a la puerta—. La tropa está esperando para la segunda jornada de entrenamiento.

—Dentro de un par de minutos estaré con ustedes —le aviso.

—Como ordene. —Se retira, me echo otra vez agua en la cara, me aliso el moño, que vuelvo a recoger, y salgo con el mentón en alto.

Llorar es algo que no haré. Lo único que tengo que hacer es calmarme y reponerme como siempre hago cuando de él se trata.

La brisa me golpea cuando salgo al campo de entrenamiento, donde huele a césped recién cortado. Trato de olvidar el asunto, pero mi cerebro me recrimina el no haberle partido la cara a Gema, y a mí misma me digo que no vale la pena dañar mi carrera por ella.

Me uno a mis colegas, a quienes les doy las instrucciones hasta que Parker llega serio.

—¡Compañía! —grita Parker—. ¡Fórmense en siete hileras de presentación!

Alan y Scott se apresuran a llamar a los que están lejos y yo ruego al cielo que no sea lo que presiento.

—¡¿Qué esperas, James?! —me regaña Parker—. ¿Una invitación formal?

Me pongo en posición.

—Nada de quejas, relatos o lágrimas de amante sufrida —advierte solo para los dos—. Tus problemas los resuelves afuera.

—Sí, señor.

Se pone a la cabeza cuando Christopher llega con el Consejo y con los de Casos Internos, entre ellos, Wolfgang y Carter Bass.

Junto con los otros, suelen hacer revisiones para asegurarse de que las compañías estén en condiciones óptimas. Hay más de diez hombres y mis ojos solo se centran en el coronel, que porta el uniforme de entrenamiento, se pasea entre las filas y mi estúpido enamoramiento, por más que trato de contenerlo, empieza a jugarme en contra.

Llevo las manos atrás cuando estas me empiezan a sudar. La distancia entre ambos se acorta y trato de ignorarlo concentrándome en lo que está diciendo uno de los generales del Consejo, quien nos informa sobre los nuevos beneficios que tenemos en la rama.

Internamente, ruego que Christopher se quede quieto, ponga atención y deje de merodear como un dictador.

Bajo la mirada hacia mis botas cuando lo siento más cerca. Me pone nerviosa saber que tengo sus ojos sobre mí, dado que siento cómo me detalla. Lo sucedido hace unos minutos vuelve y eso no me ayuda, porque en momentos como estos, mi cerebro me recuerda lo mucho que quiero y deseo tenerlo sin necesidad de compartirlo.

—Firme y con el mentón en alto, soldado —ordena.

Tengo a más de cincuenta hombres atrás y es desacato no obedecer cuando un superior da una orden.

—¿Qué demanda, mi coronel? —contesto sin titubear.

Me repara el labio, arruga las cejas y su actitud toma un aire más serio.

—¿Esta es la última compañía? —pregunta el presidente del Consejo.

—Sí —responde Christopher sin quitarme los ojos de encima—. Rompan filas y sigan con el entrenamiento —ordena cuando la visita termina, y busco la forma de irme, pero él me corta el paso—. La orden no es para usted, teniente.

El área se despeja, Parker se queda a un par de pasos y Christopher no deja de mirarme el labio.

—¿Qué te pasó en la cara? —dispara la pregunta tomándome el mentón, y debo apartar su agarre.

—Gajes del oficio, mi coronel.

—¿Sí? —indaga como si no me creyera—. Ayer no lo tenías y tampoco esta mañana.

—Fue en el entrenamiento... —se entromete mi capitán.

—¿Sigues aquí? —lo corta Christopher—. Vete a tus funciones, que aquí ya no me sirves.

Parker me advierte con los ojos antes de retirarse y, si antes no quería hablar, ahora menos.

—¿Puedo irme?

—No.

Mueve la cabeza pidiéndome que lo siga. Bajo los muros del comando, lo que él dice se hace y no me queda más alternativa que ir con él en lo que mi cabeza me recuerda lo que dijo Gema: se va a comprometer, ya tiene un cofre para ella.

Tomo una bocanada de aire cuando me arde la nariz.

—¿Está listo lo que pedí? —le pregunta al soldado encargado de los dormitorios.

—Sí, mi coronel, lo están desalojando.

—Creí que no había habitaciones desocupadas —comento evocando el episodio de hace unos días.

—Ocupadas para quienes no tienen un cargo como el mío —contesta tajante.

Me hace subir al piso donde hay una alcoba con la puerta abierta. No volví a preguntar por la habitación que pedí, dado que en las últimas noches me estaba quedando en mi casa.

—¿A quién están desalojando? —Lo sigo escalera arriba.

—Estabas buscando una habitación y ya la tienes, las preguntas están de más.

—Es la de Liz Molina, ¿cierto?

—Sí. —Me arroja las llaves.

—No creo que a tu novia y a su fiel amiga les guste esto —le digo cuando busca la puerta.

—Tienen que aguantarse porque no retracto órdenes. —Le entra una llamada y se va sin decir más.

Guardo la llave. No me voy a quedar a esperar a que Molina llegue con reclamos. Si los cálculos no me fallan, ya ha de estar afuera y mi genio no está en su mejor momento, así que me muevo a la sala de tenientes, donde me pongo a trabajar en mi puesto.

Gema no tarda en aparecer con la insoportable de la sargento.

—¡Hoy a las once nos vemos! —les habla a los tenientes presentes—. Lleven el hígado preparado y el estómago vacío, porque habrá tragos y comida de sobra para todos.

Se acerca a varios puestos insistiendo en que anoten la dirección, la cual quiere que tengan presente para que no se pierdan. Laurens llega con Tatiana Meyers, Liz Molina empieza a decirle a la última que quiere invitarle un trago esta noche, ella asiente y todas rodean el puesto de Gema.

—Es un cofre divino —prosigue Gema hablando alto para que la escuche—. No sé a qué hora me lo pedirá, pero ya tengo preparada la cara de sorpresa.

Laila me mira desde su puesto queriendo saber de qué diablos habla y finjo que estoy ocupada.

—Cualquiera no tiene la dicha de llegar a un evento con un Morgan —continúa Gema— y la que lo logra se convierte en leyenda. Eso decían de Regina Morgan, una de las generales más importantes del ejército. Hoy me tocará a mí llegar con uno y no quiero que las mujeres de aquí pierdan la esperanza, ya que en algún momento llegará el amor de su vida.

Los poros me arden, Angela se acerca a pedirme que revise la información que acaban de enviar sobre Las Nórdicas. El espectáculo de las mujeres se va a seguir utilizando y hay que buscar nuevas estrategias para aprovecharlo.

—Mi sí será en ruso —continúa Gema, aplaudiendo y soltando una carcajada.

No sé qué me da más rabia, el que no llegue un superior a pedirle que se calle o el que su puesto esté tan cerca del mío.

—El abuelo de Chris era de Pskov y mi gesto le rendirá tributo.

Mi cuello se tensa cuando Angela llama a Gema y a Liz para que se acerquen a escuchar los datos importantes de los que tiene que informar.

—Estuvimos a nada de perder el papel, así que es fundamental tener más preocupaciones de ahora en adelante —habla solo para nosotras—. Por el momento, no han solicitado más servicios grupales, supongo que es porque están en lo suyo.

Muestra los mensajes que le han llegado por parte de Dalila y Gema deja caer la mano en el hombro de la alemana cuando esta termina.

—Te espero esta noche en mi casa —la invita Lancaster—. Anota la dirección.

—No puedo ir. —Se levanta Angela—. Tengo asuntos pendientes con el expadre Santiago.

—¿Ex? —pregunto.

—Sí, lo acontecido lo dejó decepcionado y decidió retirarse —comenta—. Hay que brindarle seguridad por un par de semanas e iré a evaluar el sitio donde lo ubicarán.

Vuelve a su puesto, me llega un mensaje con la invitación oficial al lanzamiento de campaña de Leonel y Gema tiene el descaro de quedarse frente a mi sitio. Mantiene la vista fija en el móvil y supongo que le llegó lo mismo que a mí.

—No te quiero en el lanzamiento —advierte—, así que no te molestes en aparecer.

En verdad no me creo que sea tan idiota. Liz Molina la respalda y no sé cuál de las dos me cae peor.

—Es mi momento con mi prometido y he pasado por tantas cosas que quiero disfrutar lo máximo posible —habla solo para las dos—. Verte lo arruinará, así que por tu bien hazme caso.

—¿Crees que te tengo miedo o algo parecido? —pregunto, dado que su tono suena a amenaza—. Lo mejor que puedes hacer es irte y dejar de hacer el ridículo.

—El ridículo lo estás haciendo tú al no aceptar que eres la otra y lo seguirás siendo si no empiezas a valorarte. —Apoya las manos sobre mi escritorio—. Conserva la poca dignidad que te queda y no salgas de tu casa, ya le avisé a Cristal que no cuente con tu presencia.

Se va con un aire triunfante y Liz, frente a mi puesto, la mira orgullosa.

—Cómo crecen —suspira antes de mirarme—, y cómo decaen.

Trato de enfocarme en mi trabajo, pero la cabeza no me da para centrarme en lo que debo, ya que tengo la mente en otra cosa.

El enojo me nubla el entendimiento. Alejarme de todo es lo que necesito, así que cumplo con las horas que me corresponden, abordo mi moto y tomo el camino que me lleva a mi casa. Los oídos me zumban y la patada me sigue doliendo, al igual que el labio.

Estoy tan harta de todo. Guardo la moto cuando llego a mi edificio. El portero está ocupado con mi vecina, así que subo directo a mi piso, donde hallo a Luisa comiendo helado en mi sofá.

—Mi casa está llena de ruido y polvo, así que vine a por un poco de paz; sin embargo, tu cara me dice que no la tendré. —Se mete una cucharada de helado en la boca.

Avanzo a mi alcoba, ella me sigue y le suelto todo. Necesito desahogarme, airearme y sacar todo lo que me pesa, ya que siento que me está asfixiando.

—Esta situación me hará parir antes de tiempo —comenta—, y no sé qué me da más rabia, si el que te golpeara o que no hicieras nada para defenderte.

—No vale la pena romperle la cara cuando puedo hacer cosas que le duelan más.

Ardida, abro las puertas de mi clóset.

—¿Quién eres y qué hiciste con mi amiga?

—Tu amiga está harta de todo esto.

—¿Ya no eres un ser de paz? —Se acaricia el vientre.

—¡No con esa perra que me hastía!

Sigo buscando lo que necesito.

—Quisiera darte un buen consejo, pero, siendo sincera, no la soporto. —Me ayuda a buscar—. Perdona por no ser la amiga que necesitas ahora.

Encuentro el vestido y lo dejo sobre la cama; mi madre suele decir que no está bien actuar cuando estamos enojados, sin embargo, ese es un consejo que no puedo tener en cuenta en el estado en el que estoy; ni siquiera sé si esto saldrá bien, lo único que tengo claro es que no me puedo quedar sin hacer nada.

—¿Estás bien? Te veo muy decidida buscando lo que necesitas, pero tus ojos y tu actitud me dicen otra cosa. —Luisa se sienta en la cama.

—Se va a casar, es obvio que eso me tiene mal. —Termino estrellando el esmalte de uñas que intento escoger.

—Se va a casar porque tú quieres que se case. Una vez le dijiste a Gema que estaba con ella porque a ti se te daba la gana; sin embargo, no te veo muy convencida de eso.

—¡Con Christopher no se tiene nada seguro! ¡Le compró un maldito anillo! —Siento el peso de la rabia que me genera el hecho—. Y ese tipo de detalles me pone a dudar, porque no sé qué siente realmente por Gema.

—Lo que siente por Gema no es nada comparado con lo que siente por ti. Si la quisiera más, no la engañaría contigo.

—¡Y de qué me sirve si se va a casar con ella y no conmigo! —Se me salen las lágrimas.

Camino por la alcoba buscando la calma que no encuentro.

—Raichil…

—No estoy preparada para esto —confieso—. Pensé que sí, pero no.

—¿Y si mejor te quedas? —propone, y sacudo la cabeza—. No tienes nada que demostrar.

—No quiero dejar las cosas así. —Me limpio las mejillas—. Ya me dañaron todo lo que tenía en la habitación, ahora viene y me golpea. A la próxima, ¿qué hará? ¡No siempre tengo que dejar que los otros hagan lo que quieran!

—No te desquites conmigo. Si quieres ser una hija de puta, pues entonces anda —contesta—. Todos estallamos en algún momento y tú estás tardando demasiado.

Retomo lo que estaba haciendo y cuando tengo todo lo que necesito me meto a la ducha, salgo con el cabello húmedo y me lo seco frente al espejo.

—Ve a arreglarte. Simon querrá que lo acompañes —le digo a Luisa, que sigue esperando.

—Tú estás primero, los amigos siempre están primero. —Me abraza.

El gesto me recuerda por qué es mi mejor amiga.

—Dime que vas a lucir esta belleza, por favor. —Busca el brazalete de diamantes que me dio Christopher y le ofrezco la mano para que me lo abroche.

Le insisto para que se vaya, ya que también tiene cosas que hacer y me cuesta, pero logro convencerla. Me da un par de advertencias antes de irse, me recalca dos veces que la llame y, una vez sola, empiezo a arreglarme.

El móvil me timbra sobre el tocador con el nombre de mi madre y lo pongo en silencio, ya que mi concentración está en otra cosa. Le envío un mensaje rápido donde le indico que estoy trabajando.

Me tomo mi tiempo frente al tocador y hora y media después, me visto y contemplo el resultado.

El cabello me cae suelto por la espalda, solo lo tengo semirecogido en el lado izquierdo mostrando uno de mis pendientes, el vestido rojo no me dejará pasar desapercibida con el fabuloso escote que tengo en el pecho, me pongo los tacones y elijo una cartera.

El brazalete de diamantes brilla en mi brazo derecho y la manga roja tapa el que porto en la izquierda, el de semillas de girasol que me dio Stefan. Agrego detalles simples, rocío perfume y llamo al hombre que necesito que me recoja.

Empaco lo que necesito en mi cartera y una hora después bajo a abordar el auto de Elliot, quien me espera en la acera. Leonel es un candidato con bastante peso, uno de los favoritos, y el hotel de lujo donde se llevará a cabo el evento alberga uno de los salones más emblemáticos de la ciudad.

El viaje dura veinte minutos y a un par de metros del sitio reparo el perímetro que está lleno de limusinas: es un evento esperado y los que asisten vienen de civil, los invitados traen mejores autos y atuendos también. Veo bajar y entrar a senadores, congresistas, presidentes y representantes importantes de países invitados.

La FEMF es secreta para las personas comunes, pero no para la fuerza pública y las entidades gubernamentales como las grandes ramas políticas, la fuerza aérea, terrestre y naval.

—De haber sabido con más antelación, hubiese conseguido un auto más acorde —comenta Elliot.

—Descuida, el que me recogieras ya es un enorme favor. —Observo el panorama—. Al igual, no importa cómo llegué, sino cómo voy a entrar.

Me tomo mi tiempo en el vehículo viendo a los que llegan: Laila, Alexandra y Patrick se pierden en la entrada, luego llega Liz con Gema, quien se queda afuera un par de minutos y estira el cuello como si buscara a alguien. Cristal sale a recibirla, le pide que entre, pero esta se niega y la relacionista le insiste con una sonrisa mal disimulada.

—¿Saldrá ya? —me pregunta Elliot.

—No.

Brenda aparece con un vestido que le queda precioso y tal cosa me hace sonreír. Una de las cosas que siempre peleaba con Harry era el que no la valorara lo suficiente. Ella es una mujer estupenda, la cual merecía lo mejor de él.

Bratt llega con Meredith, Simon con Luisa, Stefan con Paul, y Tatiana y Alan llegan solos. Miro el reloj, la persona que estoy esperando aún no aparece y el hombre que conduce no deja de golpear los dedos en el volante. A lo lejos, veo las luces que se acercan y es la limusina que le da paso al hombre que espero.

—Quédate cerca —le pido a Elliot cuando bajo.

Hay un par de personas tomando fotos y les sonrío en lo que me apresuro escalera arriba. Mi vestido es llamativo y capta la mirada de varios mientras camino con la cartera bajo el brazo. El hombre que estaba esperando se encuentra en el vestíbulo con Cristal y me acerco con paso seguro.

—¿El invitado especial entrando solo? —Atraigo la atención del ministro, que se vuelve hacia mí—. Ese brazo se vería mejor con una bonita mujer a su lado.

Se ríe e ignoro el impacto que causa eso. «Malditos y sensuales Morgan».

—¿Qué dice? —Me acerco—. ¿Me concede el honor de entrar colgada de su brazo, señor ministro?

Me mira de arriba abajo reparándome con picardía.

—Pondría en duda mi hombría si le digo que no a una mujer con semejante vestido. —Me ofrece el brazo, que recibo gustosa—. El rojo es kriptonita para los Morgan, teniente James.

Celebro para mis adentros, me ofrece su brazo y dejo que me guíe. Bien dicen que luces mejor con oro envejecido y Alex Morgan es una de las personas más ilustres del comando.

Todo el mundo se le viene encima, queriendo saludarlo cuando entra conmigo: candidatos, presidentes, senadores, soldados destacados, entre otros. Lo que más me satisface es que me mantiene sujeta mientras le toman fotos y corresponde a los apretones de mano.

Los halagos no tardan en llegar y él no se los lleva solo, yo también soy parte de ellos, y a todos les respondo con una sonrisa radiante mientras me saludan personas que no tenía ni idea de que conocían mi nombre.

—Acostúmbrate —me dice Alex alardeando por todos lados—, gente como tú y como yo brillan vayan donde vayan.

—Me gusta la atención.

—Me alegra, algo me dice que tus luces apenas se están encendiendo.

—¿Es una promesa?

—No, es la consecuencia de juntarte con apellidos tan poderosos como el mío.

Saluda a varias mujeres con un beso y veo a Liz codear a Gema obligándola a que nos mire. Se fija en mí en el momento justo y sonrío para mis adentros cuando dos importantes generales se acercan con Leonel Waters a saludarnos.

—Ministro —le dice el general del comando sueco—. Definitivamente, no pierde el buen gusto.

—Nunca —responde airoso—. Sin embargo, no hay que malinterpretar las cosas: la teniente James es la hija del exgeneral Rick James y hoy es una buena compañía con la cual estoy encantando de compartir.

Leonel me saluda con un beso en la mejilla.

—Una de las heroínas del ejército inglés —me dice el candidato—. Felicitaciones por el rescate. Sobra decir que el comando de Washington tiene las puertas abiertas para usted.

—Gracias…

—Pero no le interesa —interviene Alex—. Ella pertenece a las filas de los Morgan.

Leonel se ríe y sacude la cabeza tratando de cambiar el tema.

—¿Dónde está el coronel? ¿No nos ha honrado con su presencia?

Alex se pone serio y celebro el que no haya llegado, ya que quiere decir que la perra estúpida de Gema entró sola.

—Supongo que no tardará. —Alex mira su reloj—. Lo bueno siempre se hace esperar.

—No cuando eres el invitado en una campaña electoral ajena. —La risa de Leonel no sale natural—. Se supone que el bueno soy yo…

—Tus suposiciones están mal. —Alex le palmea el hombro cuando pasa por su lado—. Suerte en el discurso.

Siento un poco de pena cuando veo a Laila a lo lejos. Alza las cejas un poco sorprendida y con un leve gesto trato de decirle que le explicaré después.

—Alex. —Se nos atraviesa Cristal, quien llega con Liz y Gema—. ¿Sabes algo del coronel? Todos están preguntando por él.

—No vayas a regañarlo, por favor —se mete Gema—. Creo que tuvo algún tipo de retraso.

—Si lo reprendo o no, dependerá de cuánto se demore.

—Cálmate, que te vas a arrugar. —Gema le toma el brazo libre—. ¿Vamos a la mesa?

—Luego. —La aparta de forma educada—. Ahora estoy dejando que la mujer de rojo me presuma.

Suelto a reír y echo a andar con él, Gema me aniquila con los ojos y la velada pasa en medio de propuestas.

Leonel no es el único que me ofrece trabajo y con todos trato de ser lo más amable posible. El evento me recuerda lo mucho que a mi padre le gustaba asistir a este tipo de lugares llenos de militares con los cuales podía hablar sobre el ejército.

—Ese brazo no te luce. —Stefan se me acerca por un lado, mientras Alex charla con uno de los miembros de la corte—. Demasiado aristócrata para tu gusto.

—Hay que probar todo tipo de ambiente.

Musito y asiente un poco decepcionado.

—Hablamos más tarde, ¿vale? —Sigo con lo mío.

—Mejor ven con tus amigas —sugiere—. No te has acercado a saludarlas.

—Las saludo todos los días —contesto sonriente, tratando de no verme grosera—. Están con sus parejas y por el momento no creo que me necesiten.

—Brenda y Laila…

—Brenda y Laila están bien, así que relájate.

Bratt está en la misma tónica mirándome desde lejos, fingiendo que le pone atención a Patrick. Aunque a muchos les moleste, hoy no estoy para satisfacer a nadie, así que me despido de Stefan y vuelvo al lado de Alex.

—Ministro, teniente James —nos saluda Kazuki, quien viene acompañado de su esposa e hija—. Es un honor saludarlos.

Entre todos los candidatos, es el único que realmente me agrada. Bueno, del otro estoy enamorada, así que después de Christopher va él. Con los otros generales no he interactuado mucho. Leonel no me convence del todo, pero Kazuki sí.

Me presenta a su esposa y a su pequeña. Es un hombre amable y también guapo, los rasgos asiáticos le favorecen y le lucen consiguiendo que se vea bello cuando sonríe.

—Leonel sí que sabe lanzarse con todo —comenta—. Ahora todos debemos igualarlo.

—Eso no es problema para Christopher —contesta Alex.

—Obvio que no, es su hijo, le sobra apoyo y talento —se despide—. Disfruten de la velada.

—Vamos a la mesa —nos pide Cristal—. Leonel dará su discurso.

—¿Y Christopher?

—No me contesta el móvil, pero hablé con Tyler y me comentó que ya viene en camino.

Me siento a la derecha del ministro, ya que Sara aún se está recuperando. Gema se sienta una silla después, dejando un espacio vacío para Christopher, quien tomará asiento al lado de su padre. Bratt se ubica a mi lado y el olor a licor me llega de inmediato.

—¿Ya te cansaste de actuar como cabaretera de alto nivel? —me dice—. ¿Qué quieres? ¿Ganarte la confianza de Alex para que Christopher te dé más de sus migajas?

Volteo a verlo, ya que no lo reconozco.

—¿Qué?

—Hablé claro —se inclina su copa de *champagne*—, así que no te hagas la ignorante.

Está ebrio y prefiero ignorarlo. Tener un altercado con gente en su estado es una pérdida de tiempo.

—Christopher Morgan es un cólico menstrual —se queja la sobrina de Olimpia.

Leonel da inicio a su discurso dando la bienvenida, presentando a los cabecillas que lo apoyan y soltando un sermón con sus ideales. Liz no deja de murmurar cosas a Gema; Parker está al lado de Brenda, quien parece que, después de lo sucedido, hace de todo para ignorarlo. El discurso del candidato continúa hasta que Christopher aparece interrumpiendo el momento del coronel que está frente al micrófono.

Los presentes se quedan en silencio y Christopher no se toma la molestia de esperar, se atreve a cruzar el salón como si nada, mientras Leonel carraspea aparentando que no le molesta.

Entre más se acerca, más se desboca mi pecho y me pregunto cuándo será el jodido día que dejaré de cegarme con su presencia. El que venga vestido como para comérselo tampoco me ayuda, dado que luce un traje Versace azul marino hecho a la medida y está arreglado en todo su esplendor, con el cabello peinado, reloj de oro y gemelos plateados.

Con él nunca dejo escapar detalles. Tyler se acerca a recibirle el gabán que trae por encima y es un momento incómodo para todos, ya que le quita más tiempo al candidato, que espera impaciente frente al atril.

—Puedes continuar —dice con una sonrisa mal fingida antes de sentarse.

Gema empieza a sonreír como una estúpida y supongo que Alex prefiere ignorarlo para no matarlo. Leonel prosigue con un video sobre sus propuestas y el coronel se concentra en el móvil. La novia se le pega al lado y yo me enfoco en el candidato, obviando el hecho de que me molesta que no la mande a la mierda.

El candidato termina cuarenta minutos después y la cabeza empieza a dolerme cuando Christopher se levanta con Alex y Gema a seguir con el debido protocolo.

—¿Nos acompañan para la foto de equipo? —preguntan.

—Posas, sonríes y te preparas para que te lleve a tu casa —me dice Bratt.

—Ahora no estoy para tonterías. —Me levanto a reunirme con mis compañeros, que se están preparando para la foto.

Parker queda a mi izquierda, Brenda a mi derecha.

—Creo que me veo mejor acá. —Me cambio al lado de Patrick, dejando a Brenda, quien se tensa junto al alemán, que apoya la mano en la espalda de mi amiga antes de que disparen el flash.

El ver a mi amiga junto a Parker me da dos segundos de satisfacción, los cuales no duran mucho, puesto que ver a Gema colgada del brazo de Christopher me revuelve el estómago y empiezo a pensar que perdí el tiempo arreglándome.

Respiro, tomo una copa y aparto los pensamientos intrusivos. Me digo a mí misma que da igual, pero me duele saber que tiene algo para ella y que lo más seguro es que esta noche termine en su cama.

Alexandra y Patrick me ponen tema de conversación en lo que nos paseamos por el sitio, las propuestas llueven y los halagos también; sin embargo, nada de eso merma el sabor salado que sube y baja por mi garganta, dado que él sigue con ella.

La fiesta de Gema es dentro de unas horas y de seguro mañana aparecerá con un anillo en el dedo. El que Liz no deje de mirarme me hace sentir asfixiada. Meredith es otra que no me quita los ojos de encima, dado que Bratt insiste en que quiere llevarme a mi casa. Simon lo aleja y mi noche se va poniendo cada vez peor.

Los músicos empiezan a ambientar el entorno.

Respiro hondo cuando la ansiedad me acalora. Christopher sigue caminando con Gema a su lado y me es inevitable preguntarme si en verdad soy capaz de alejarme otra vez, de superarlo como años atrás. Es algo que de alguna manera sé que me va a destrozar y me cuesta no ahogarme con el nudo que se forma en mi garganta.

Ella se aleja de él y mi cuerpo entra en modo piloto automático cuando lo veo solo. El momento en su oficina, la forma en la que hablamos en el auto pesan en mi pecho y evocan el día que bailé con él en su casa, el día que volamos juntos… A mi cabeza llega el hecho de que me guardara las espaldas mientras caminaba hacia el sitio donde me esperaban los Halcones Negros.

—Disculpen. —Me alejo del grupo de personas que me rodea.

Necesito hablarle sin peleas. Con el corazón en la mano, tengo que mirarlo y decirle que si hace esto, si se casa con ella, va a dejarme en el piso. Si no le importa, sabré que nada de esto vale la pena, pero si me sigue, estoy dispuesta a cerrar los ojos y replantear un nuevo futuro donde no tenga que huir ni conformarme con otros.

Evado a todo el que me habla, el ruido, la gente. Veo a Tyler acercarse y a Christopher inclinarse, mientras el escolta le entrega algo de forma disimulada: un maldito cofre.

En el fondo tenía la esperanza de que fuera mentira y por un segundo quiero que se me detenga el corazón; sin embargo, el impulso no me da cabida para detenerme. Tengo que hablarle para que esto reviva o termine de morir, pero tengo que hablarle.

Llego a su sitio con el corazón en la garganta.

—Christopher. —Me mira cuando tomo su mano.

—Ahora no. —Llega Cristal—. Los miembros del Consejo han invitado al coronel a su mesa, están con el director de los medios.

—Solo será un segundo.

—Después…

—¡Calla! —le ordena el coronel a Cristal—. ¿Qué pasa?

Se enfoca en mí y…

—¿Esa es Gema? —espeta Cristal.

—Buenas noches a todos —hablan en la tarima, y la vista de todos queda en Gema, quien está en el escenario.

Las personas se acercan cuando ella anima a los presentes para que la escuchen y el verla arriba me vuelve diminuta.

—Quiero invitarlos a disfrutar de la siguiente pieza, quiero que sintamos, nos unamos, que seamos una sola voz, demostrando que los soldados somos seres humanos y que no solo nacemos para portar armas —declara—. Quiero que pensemos en lo que más amamos, yo pensaré en el hombre que está detrás, quién es mi otra mitad.

El público la aplaude, un reflector ilumina al coronel y doy un paso atrás cuando Cristal lo hace dar un paso adelante. La cantante que está sobre la tarima pone la mano sobre el hombro de ella.

—Espero que nunca olvides lo importante que eres para mí y todo lo que estoy dispuesta a hacer por ti —sigue—. Eres lo mejor que me ha pasado.

Notas musicales toman el espacio, todo el mundo se concentra en ambos y ella se mueve arriba jugando con el vestido en lo que se pone las manos en el pecho mirándolo a él. La invitada empieza a cantar mientras lo mira y ella canta con la voz temblorosa cuando le piden que se acerque. Todo el mundo fija los ojos en ambos como si fueran la mejor pareja del planeta y ya está.

Una parte de mí me grita que sí soy la otra, la que sobra. Las extremidades me pesan en tanto vuelvo a mi puesto con una grieta en el pecho y el corazón destrozado.

—Linda, ¿no? Gema tiene un hermoso don. —Liz Molina se sienta a mi lado—. ¿Tú eres buena en algo más que no sea bailar como una puta y saltar en pollas ajenas?

Asiento conteniendo las lágrimas que quieren salir.

—También soy buena con los cuchillos.

Me aparta el cabello de los hombros.

—Ya está, bellaquita, se acaba de demostrar que la belleza no lo es todo. Hay algunos que las prefieren con dignidad, y pues de nada te sirve montar un teatro con el padre si no captas la atención del hijo.

—Lo que tú digas. —Me sirvo un trago.

—Trata de no suicidarte en la soledad de tu apartamento —me susurra en el oído antes de levantarse—. O bueno, conociéndote, si te echas a uno de los presentes, trata de que sea Stefan y no le bajes el marido a una de las casadas.

Me besa el hombro.

—Descansa. —Se aleja—. Te enviaré fotos de la fiesta para que no te pierdas nada.

Las lágrimas caen y me siento como cuando me dijo lo de Angela, pero esta vez las cosas duelen mucho más y ha de ser porque el sentimiento, en vez de extinguirse, creció lastimándome como en años pasados.

Todo lo que creía haber enterrado sigue presente y eso hace que me empine la bebida, que me quema las cuerdas vocales. Me trago lo que me obstruye la garganta, deslizo las manos por mis piernas alcanzando las bragas y las bajo con disimulo, las empuño en mi mano y me levanto como si nada.

Camino en línea recta preparándome para la despedida. Gema sigue en la tarima y no me importa que el reflector me ilumine a mí también cuando me acerco al coronel, al que le pongo la mano en el hombro.

—A ese cofre le hace falta un envoltorio. —Le meto las bragas en el bolsillo y me paro en puntillas dándole un beso en la mejilla—. Y a ti siempre te haré falta, porque ella nunca será suficiente.

Avanzo a la salida sin mirar atrás. Tenía que decirlo, sacarlo, dado que, quedándome callada, lo único que conseguiría es que las cosas dolieran más.

Aprieto el paso en busca de la puerta y, por más que trato de controlar lo que me ahoga, no puedo contener las lágrimas. El ambiente se vuelve insoportable y saco el teléfono con el que le escribo a Elliot, ya que no soporto un minuto más aquí.

Salgo al vestíbulo, recibo el mensaje que me avisa de que está en el estacionamiento interno y le respondo que voy para allá. Tengo que atravesar un par de jardines y lo veo a lo lejos, pero cuando estoy por llegar, una mano me detiene. Por un segundo, la esperanza se me enciende creyendo que es él, sin embargo, la ilusión se desvanece cuando noto que es Bratt.

—¡No vales nada! —me dice ebrio—. Ni una libra, Rachel, los cinco años a tu lado no fueron más que una pérdida de tiempo.

Me sacude y me pone el índice en la sien.

—Faltó que te clavara la polla para que perdieras la cabeza —me reclama.

—Suéltame.

Me zafo e intento irme, pero me vuelve a tomar.

—¡Claro, yo no puedo tocarte, pero él sí! —me grita—. ¡Y te atreves a ponerlo por encima de mí, sabiendo que él no ha perdido ni la mitad de lo que he perdido yo! No ha sufrido…

—¡Tú sufres porque quieres! —Lo empujo cuando me niega la huida—. ¡No es mi culpa que sigas aferrado al pasado y no hagas nada por avanzar!

—Mírate. —Se aleja—. Ya eres como él, una zorra ponzoñosa. No te respetas y no respetas a los demás, caíste tan bajo que rechazas el plato principal por un par de sobras…

De nuevo le doy la espalda queriendo largarme, pero me vuelve a tomar.

—¡Eres una perra maldita!

—¡Perra con la cual de seguro quieres volver, pero que nunca volverá contigo, así que jódete y déjame en paz! —grito rabiosa—. ¡Tú, tu madre, todos! ¡Jódanse todos!

Estallo con los pulmones y los ojos ardiendo, la ira que tengo me está ahogando.

—Dime todo lo que quieras, que por más que pretendas hacerme sentir mal, no harás que deje de amarlo —me sincero—. Si dos años no me bastaron, no me lo van a arrancar tus malditas ofensas, las cuales no hacen más que demostrar lo ardido que sigues estando.

—Esta no es la Rachel que conocí. —Da un paso atrás.

—Esta es la única que existe ahora. —Echo a andar—. No me sigas, que lo nuestro hace mucho que se acabó y, por ende, no tienes nada que reclamarme.

Elliot viene hacia mi sitio, me pregunta si estoy bien y le pido que encienda el auto, al que me subo. Él se pone al volante y le pido que se apure, dado que quiero llegar a mi casa rápido.

—¿Está bien? —pregunta el hombre que conduce.

Asiento y se enrumba a mi edificio. No me duele Bratt, me duele Christopher: el que con él siempre haya tenido el mismo papel, el que Gema sea lo que yo nunca seré, el que a ella le dé lo que nunca me dará a mí y que, pese a eso, lo siga queriendo como lo hago.

Algo me queda claro en medio de todo y es que el peor dolor es el que nos provocamos nosotros mismos siendo masoquistas cuando volvemos al mismo sitio donde nos lastimaron.

Llegamos a mi destino y Elliot me acompaña al vestíbulo.

—¿Quiere que llame a una de sus colegas? —me pregunta.

—No es necesario. —Respiro hondo antes de meter la cartera bajo el brazo—. Gracias, quedo atenta a cualquier novedad que tengas.

Mueve la cabeza con un gesto afirmativo y continúo escalera arriba. Busco las llaves cuando llego a mi piso y el hombre que está en la sala cuando abro se vuelve hacia mí cuando me ve.

—Teniente, buenas noches —me saluda Derek—. ¿Ya acabó el lanzamiento?

—Quise estar en casa temprano y me vine antes de que acabara. —Cierro la puerta.

Laurens sale con un vestido corto de lentejuelas y el cabello recogido.

—La estaba esperando —me saluda, y trato de devolverle la sonrisa—. Es que… me preguntaba si podía prestarme un abrigo.

—Te dije que podíamos comprar lo que te hiciera falta —le dice el soldado.

—Mi armario es de puertas abiertas. —Le señalo mi habitación—. Escoge el que necesites.

—Gracias.

Se va y vuelve tomando al asistente de Patrick del brazo. Va para la celebración de Gema y se ve feliz por ello.

—Descanse —me dice antes de irse.

La veo salir, la puerta se cierra, me quedo sola, tiro la cartera y me largo a la alcoba, donde enciendo el estéreo a todo volumen antes de arrojarme a la cama. La música es para no oír cómo, con el corazón roto, me desangro otra vez en lo que lloro como una idiota.

No me desvisto, me quedo con la ropa y con los tacones puestos. Siento que debo sacar todo lo que tengo atorado o me ahogará; ya mañana veré cómo haré y cómo lo afrontaré, pero ahora tengo que desahogarme, soltar el peso de la carga que me está aplastando.

Debería ser más llevadero. En verdad llegué a creer que no me dolería tanto, sin embargo, heme aquí rompiéndome pedazo a pedazo. El dolor en el pecho me tiene agonizando, se siente como una puñalada al corazón y no hay un medicamento que lo solucione, que lo apague. Entierro la cabeza en la almohada.

La música cesa de un momento a otro, mi alcoba queda en silencio y alzo la cara cuando veo la sombra que se cierne sobre mí.

—Si vas a llorar por mí, procura ser menos dramática y no cortarte las venas en el proceso —dice, y me incorporo.

Arroja las llaves de Luisa sobre mi mesita y parpadeo, asegurándome de que el nivel de tristeza que me cargo no me esté haciendo una mala jugada, pero no es así: el hombre por el que lloro está frente a mí.

—Si envuelvo el cofre… —pregunta sacándose las bragas del bolsillo—, ¿qué agrego yo a mi colección?

Se quita el abrigo y se acuclilla frente a mí.

—¿Qué pasa? —Posa una mano en mi muslo—. ¿Tientas al diablo y luego te da miedo jugar con él?

Me limpia las lágrimas y las palabras no me salen.

—Nena, no puedes hacer este tipo de cosas y creer que no vendré por ti.

—Te odio —le digo cuando se acerca a mi rostro.

—Me amas —me corrige tomando mi cara.

Sella nuestras bocas con un beso aferrándose a mi nuca y yo a las mangas de su camisa mientras me lleva contra él.

Le quito la chaqueta que trae, las lágrimas siguen saliendo y creo que es porque sé que nunca querré a nadie como lo quiero a él, quien me da los besos que aprietan la tecla que retrocede el tiempo y me deja como antes.

Le quito la corbata y la camisa mientras él baja las manos por mi espalda. El teléfono le vibra en el bolsillo y no le pone el más mínimo cuidado, simplemente se viene a la cama conmigo. La ropa estorba, así que dejo que me desnude y que se apodere de mi cuello en lo que peleo con el pantalón que trae, queriendo que se lo quite.

—Dilo —susurra a centímetros de mis labios, y capto el deje de desespero que se le escapa cada vez que me pide las mismas palabras.

Mis ojos se encuentran con los suyos. Es un témpano de hielo en muchas ocasiones, pero la forma en que me mira me dice que dentro de él hay alguien y ese alguien soy yo.

—Dilo —insiste bajando por mi barbilla.

—Te amo —le suelto— más de lo que debería.

Vuelve a mi boca besándome con ansia, bajando y repartiendo besos húmedos por mi cuello, clavícula y pechos. Desciende por mis costillas y se queda quieto cuando ve el golpe que tengo.

—¿Qué te pasó ahí? —Nubla el momento con la cara que pone e intenta levantarse, pero no lo dejo.

—Me caí mientras entrenaba. —Lo hago subir.

—No entrenaste en toda la mañana.

—¿Está espiando mi rutina, coronel?

Lo hago girar quedando sobre él.

—Sabes que lo averiguaré de todos modos —dice contra mi boca cuando lo vuelvo a besar—. Soy el coronel del comando y siempre me entero de todo.

—Ahora eres mi divino dios —lo beso—, mi amor, mi todo.

—Qué romántica. —Se ríe y lo vuelvo a besar—. ¿Quién fue?

Insiste y sacudo la cabeza.

—Ahora no quiero hablar de eso.

Me apodero de su boca. Adoro los momentos como estos porque lo siento como mío, como si fuéramos una pareja normal. Beso su cuello y me pone contra la cama, mi cabeza queda sobre su brazo y su boca contra la mía en lo que nuestras lenguas se tocan.

Abro mis piernas para él, que mete la mano entre mis muslos acariciando los labios de mi sexo.

—No sé si prenderme de esto —toca— o embestirte y llenarte como tanto me gusta.

Me contoneo bajo él eligiendo la segunda, boca o miembro qué importa, con ninguno de los dos pierdo.

Se sube sobre mí y un leve quejido se me escapa cuando pasea la cabeza de su polla húmeda entre mis pliegues. Se sumerge despacio, la punta me acelera el pecho y da inicio al candente momento que lo mantiene sobre mí y hace que sea la mujer más feliz del mundo cuando me llena la cara de besos. No sé a cuántas les sonríe como lo hace ahora, pero es algo que me encanta y no me canso de ver.

Mis talones se entierran en sus glúteos negándome a que salga, quiero que se quede aquí conmigo hasta que amanezca, hasta que nos volvamos un par de viejos y la muerte venga por ambos.

Los gruñidos varoniles no hacen más que empapar el sexo que embiste una y otra vez y no hay cosa más placentera que contemplar las miradas que me dedica cuando empuja dentro de mí.

Es que follar con él es como si lo hicieras con la criatura más sexi del planeta. Es el tipo de hombre que a la hora de hacerte tuya lo hace con ganas y a eso hay que sumarle el atractivo que se carga: el cabello negro que hace un contraste perfecto con los ojos plateados, los músculos definidos, la piel entintada y el miembro erecto que invade hasta el último centímetro de mi canal.

Su mano queda cerca de mi cara cuando se apoya en la almohada y estoy tan perdida que beso su muñeca mientras que él aprecia la polla que taladra mi húmedo coño. Tensa la mandíbula y aprieta mis muslos con una fuerza que me grita que se va a correr, cosa que desata las embestidas intensas que enciende mi sexo, trayendo el orgasmo que me hace gemir cuando la descarga de adrenalina llega de golpe.

Se acuesta a mi lado y dejo mi cabeza sobre su pecho, lo único que quiero es quedarme aquí con él y es lo que hago cuando me envuelve en sus brazos.

No me entiendo. Un día quiero alejarme, ruego y suplico que no me busque, que me deje ser feliz, y de un momento a otro cambio de parecer, quiero unirlo a mí para siempre. Quiero ser su pasado, presente y futuro.

La brisa mueve la tela de mis cortinas y él se mueve ligeramente cuando el viento lo alcanza. Está dormido y el reflejo de la luna hace que el cabello le brille. Le beso los labios y me quedo observando lo bien que se ve así, tranquilo y relajado sobre mi cama.

—¿Cuándo dejaré de amarte? —suspiro.

—Nunca —contesta con los ojos cerrados.

Lo maldigo mentalmente por ser un imbécil de sueño liviano, beso su boca y meto mis piernas entre las suyas.

Dejo que mi brazo acapare el abdomen y lo abrazo no sé por cuánto tiempo, pero lo que vibra a lo lejos es lo que me despierta horas después. Son casi las tres de la madrugada y saco los pies de la cama. El pantalón del coronel es lo primero que toco y noto que es su móvil el que está vibrando.

Meto la mano en el bolsillo y tomo el aparato, que se ilumina con el nombre de Gema. Tiene ciento doce llamadas perdidas de esta y varias más de Cristal. La teniente insiste y fijo la mirada en el puesto del coronel, que duerme con el brazo sobre los ojos.

Apago el móvil a las malas. La chaqueta del traje está junto a mi mesita y la alcanzo para buscar el cofre que le entregó Tyler. Su llegada me distrajo y no me he puesto a pensar en el hecho de que tal vez ya le entregó el anillo y le hizo la promesa.

Reviso los bolsillos. Una parte de mí me grita que no sea masoquista, no me cuesta nada dejar las cosas como están; sin embargo, las ansias me ganan y empiezo a rebuscar lo que sé que será un bofetón que me dolerá, dado que si no se lo ha entregado, es algo que va a pasar y que de todas formas me va a lastimar.

Hallo lo que busco en el segundo bolsillo y, envuelta en una de las sábanas, me levanto con la chaqueta en la mano. Los dedos me tiemblan cuando el cofre queda en mi mano y…

—El dinero está en el otro bolsillo —hablan a mi espalda—. No sabía que estábamos en una de esas películas donde robas antes de matar a la víctima.

—Tú nunca serás una víctima.

—Ambos somos agentes, en cuestión de disparos nunca se sabe.

Me vuelvo hacia él con el cofre en la mano.

—No se lo diste.

—¿No le di qué? —pregunta sentado en la orilla de la cama.

—El anillo. —Le ofrezco el estuche y arruga las cejas—. No le has pedido matrimonio todavía.

Suelta a reír y me siento una estúpida.

—Voy a ordenar que te hagan el examen psiquiátrico —sigue con la burla.

—¿Qué hay aquí?

—Ábrelo. —Se encoge de hombros.

Vuelvo los ojos al cofre. Oprimo el botón que tiene bajo el broche y la tapa sale disparada hacia arriba. Las palabras no me salen y, más que tonta, me siento confundida.

No hay un anillo, pero sí una M plateada sobre una piedra azul colgada de una cadena de oro blanco. Tira de mi mano y me lleva a la cama.

—¿La M de Morgan?

Sacude la cabeza sacándola del estuche. Toma el dije y lo voltea mostrándome el nombre grabado atrás: «Christopher».

—La M de mía —me la cuelga en el cuello—, porque tú eres mía. —Hunde la nariz en mi cabello—. Siempre serás mía.

No inmuto palabra. Estuve amargándome toda la tarde con algo que era para mí. Toco el dije colgado en mi cuello, apreciando la imagen de los dos en el espejo de mi tocador.

—No necesitas esto. —Me arranca el brazalete que me regaló Stefan, provocando que las semillas se esparzan por la cama—. Necesitas diamantes azules que te recuerden que eres de gustos exclusivos y por eso estás enamorada de mí.

Me voltea, dejándome a horcajadas sobre él.

—No eres quién para portar una porquería barata ni la reliquia de un lunático. —Acaricia el dije—. Tú solo estás para lucir joyas únicas como tú y como yo. Por eso, la vas a portar todos los días, para que todos vean que nunca nadie podrá darte lo que yo te doy.

—¿Esto es una forma de marcarme?

—Sí.

Me deja en la cama.

—Que todo el mundo vaya asimilando el hecho de que eres mía. —Empieza a besarme—. Los que tienes detrás y pretenden alejarte de mí y los que andan con propuestas que nadie pidió.

—¿Eres consciente de la magnitud de tus palabras?

—Sí, y si un día te entra la cobardía y te da por huir, ten presente que siempre iré por ti —me besa—, porque a mí nadie me hiere dos veces de la misma forma.

Baja por mi mentón repartiendo mordiscos suaves hasta que llega a mis tetas. Mis piernas se abren para él, mis ganas ya están a cien y dejo que me penetre con empellones violentos, los cuales me arquean la espalda.

—Ni Stefan, ni Bratt ni Antoni. —Me muerde la barbilla—. Yo, Rachel, siempre seré yo.

—¡Dios! —Me encanta el sexo posesivo y es lo que me da.

—¿Dios? —Me sostiene las manos por encima de la cabeza—. Parezco uno, pero no, nena, es Christopher Morgan quien te está cogiendo duro.

Las embestidas se tornan más salvajes y logran que me derrita. No le protesto ni lo contradigo en nada, simplemente dejo que haga lo que quiera.

—Me gusta follarte con esta cosa. —Mira la piedra azul que reposa en mi pecho—. Cada vez que la vea tendré una imagen tuya así, loca por mí. —Embiste—. Tienes prohibido quitártela y es una orden.

—Sí —musito con las manos sobre sus hombros.

—Sí, ¿qué?

—Sí, mi coronel.

Sacude la cabeza metiendo el brazo bajo mi nuca, pegándose a mí como si fuéramos uno en lo que se sigue moviendo.

—No es lo que quiero oír ahora —jadea—. Sabes lo que quiero, así que dilo.

—Sí, mi amor. —Lo beso una y otra vez hasta que me voltea.

—En cuatro. —Mete la mano bajo mi sexo tocando mi clítoris hinchado y lo hace de una manera que me veo obligada a bajar la cabeza, presa de lo que desencadena.

—Más —jadeo.

Me penetra con los dedos acariciándome la espalda, iniciando un juego de toqueteo y masturbación con la cabeza de su miembro. Echo las caderas hacia atrás, queriendo que se hunda de una vez.

—Anda —le pido, y deja un beso en el inicio de mi espalda antes de sacar el glande que tengo adentro. Introduce los dedos en mi coño y arrastra mi humedad al punto donde ni en broma le voy a dejar penetrar.

—Quítate. —Acalla mis palabras clavando la mano en mi nuca.

—No te tenses o será doloroso.

—Me vas a lastimar. —Siento un vacío en el centro del estómago.

—No, si te relajas.

Vuelve a mi clítoris y aprieto los ojos, quiero disfrutar del toque, pero la idea de que avasalle otra cosa me da taquicardia.

—Necesito que respires y te relajes —susurra en mi oído.

—Tengo miedo —le digo, y se ríe.

—Míralo como una muestra de amor.

—¡Jódete! —trono cuando me vuelve a tocar donde no debe.

—Te va a gustar. —Sigue arrastrando mi humedad y siento uno de sus dedos dentro. Es incómodo, pero tolerable, ya que su mano libre sigue jugando con mi clítoris, logrando que las ganas se mantengan.

Tomo una bocanada de aire cuando siento su glande en mi culo y empuja sin dejar de estimular el clítoris que tiene entre los dedos.

—No puedo. —Intento levantarme cuando el dolor se torna más intenso.

—Claro que puedes —musita.

Vuelve a empujar compensando el dolor con caricias suaves en mi sexo.

—Muy bien, nena. —Su puta nena me vuelve la cabeza un lío, tanto como para dejar que siga con lo que intenta hacer.

Sigue susurrándome cosas y hago un esfuerzo por aguantar.

—Sí, mantente así —dice, y siento cómo echa la cabeza hacia atrás en lo que se mueve.

Sigue siendo incómodo, pero el hecho de que lo esté disfrutando tanto aplaca las molestias y me empapa el sexo, que no descuida.

—Vamos a acabar los dos, ¿vale?

No digo nada, solo arqueo la cabeza cuando percibo su forma de hacerme acabar.

Sus dedos invaden el canal de mi sexo, dejando el dolor en segundo plano mientras apoya la frente en el inicio de mi espalda en tanto se mueve, aprovechando, llenando la alcoba con los jadeos obscenos que se desatan entre ambos.

Sus testículos golpean mi coño húmedo mientras se folla mi trasero; el collar que tengo se balancea sobre mi garganta y mi ritmo cardiaco se eleva cuando aumenta el ritmo.

Me duele, pero de una extraña manera me gusta, pese a que sé que mañana lo voy a lamentar. Con los dedos me hace llegar sumergiéndome en el tornado de sensaciones que me ponen a ver las estrellas y vuelven mi respiración pesada.

Siento la tibieza de su eyaculación y el pecho sudado que se viene sobre mí cuando las rodillas me tiemblan. Quiero dormir. No soy capaz de voltearme, ya que mi cerebro me deja claro que es una mala idea. Él deja caer el brazo sobre mi cintura y cierro los ojos dejando que el sueño me invada.

Las sábanas huelen a sexo y a loción masculina.

Abro los ojos despacio. Mi lado izquierdo está vacío, la cintura me duele y como puedo fijo los ojos en el reloj, que me saca los pies de la cama: son casi las ocho de la mañana y ya tengo una sanción ganada, dado que tenía que estar temprano en el comando.

No hay rastro de la ropa del coronel y me encamino al baño, donde lo primero que noto es el dije que me cuelga en el cuello y que como una idiota toco frente a mi espejo.

No sé qué va a pasar o qué traerá el día de hoy, pero sé que lo vivido hace unas horas no lo olvidaré ni cuando me entierren.

Entro a la ducha y me baño. De vuelta en la alcoba, abro el clóset, busco el pantalón deportivo y la sudadera que me coloco.

Debería estar preocupada por lo retrasada que estoy, pero, en vez de eso, estoy ansiosa por el hecho de que sé que veré al hombre que ya no está. Sí, parece que perdí la cabeza otra vez.

Todo lo que hice anoche se repite en mi cabeza. El azote en el pecho que surge me acelera el pulso y es que este es el problema, que entre más tiempo paso con él, menos razonamiento tengo.

Me recojo el cabello, tomo lo que requiero y salgo al pasillo, donde Laurens se detiene a la mitad de la sala cuando me ve. Tiene una cafetera en la mano y me mira como si no me conociera.

La llaman, camino un par de pasos y veo a Christopher en la mesa de mi balcón. «Sigue aquí». Está desayunando mientras habla por teléfono. Mi pulso se dispara con el hecho y, con una sonrisa de oreja a oreja, camino hacia él, a un par de pasos aprecio al espécimen masculino que decora mi pequeño comedor.

Le está dando órdenes a Parker. Me mira y corre la mesa cuando nota mi presencia. Laurens le termina de servir el café en lo que yo le doy un beso en la boca cuando me siento en sus piernas.

Mi noche cerró con broche de oro y mi mañana está empezando de maravilla.

—Vete al comando —le ordena a la secretaria—. Quiero mis pendientes al día, las confirmaciones y órdenes redactadas y listas sobre mi escritorio.

—Sí, señor. —Se retira.

—¿Parker está de buen genio? —Tomo una bocanada de aire—. Presiento que me va a arrancar la cabeza por llegar tarde.

—Da igual, ya le dije que no vas a ir. —Le da un sorbo al café—. Quédate y ponte hielo en el culo, que bastante lo necesitas.

—Mi culo está en perfectas condiciones. —Le quito el pan que tiene en la mano—. Puedo trabajar sin problemas.

Sujeta mi cara y se apodera de mis labios con la fiereza que tanto lo caracteriza.

—No irás al comando hoy, ni mañana ni pasado —dispone—. Lo que harás es empacar ropa fácil de quitar, ya que vamos a viajar.

—¿Vamos? —pregunto, y mete la mano bajo mi sudadera.

—Como lo oíste.

—Tengo responsabilidades, Christopher, y tú también.

—No empecemos —me regaña—. Tus responsabilidades las demando yo y ya di las órdenes que se necesitan, como también mandé a preparar el yate donde tendremos sexo desenfrenado, así que no alegues.

Me besa y hundo las manos en el cabello húmedo, ¿qué más da? Es él quien lo está proponiendo y no quiero decir que no. Rodeo su cuello con mis brazos y extiendo el momento, que se termina y empieza otra vez.

—Me voy. —Me levanto cuando se termina de tomar el café—. Trata de no perder la compostura en mi ausencia.

—Lo intentaré, pero no prometo nada.

Lo acompaño a la sala, donde toma la única pieza que le falta del traje que traía anoche. Me mira y me voy sobre él iniciando la tanda de besos que me enloquecen y avivan las ganas de encerrarme con él en la alcoba.

—Lo veo más tarde, coronel —digo a milímetros de su boca.

—¿Coronel? —Se arregla la chaqueta—. Creo que ya teníamos privilegios pactados.

—No era en serio, ¿o sí? Pensé que era una broma.

—¿Crees que soy un hombre de bromas? —Toma mi cara y dejo mis manos sobre su cintura.

—Bien —suspiro—. Te veo más tarde, mi amor.

—Mejor. —Pone sus labios contra los míos y me siento como la mujer más feliz del planeta.

Lo traigo contra mí y él baja las manos a mis caderas apretando, siento su dureza e intenta hacerme retroceder, pero clavo los pies en el piso.

—Tienes que irte.

—Lo haría si dejaras de besarme como una loca obsesionada. —Me vuelve a besar y lo hago retroceder a la puerta que abro en medio de besos.

Tyler está en el pasillo y aparta la cara cuando nuestro momento se extiende.

—Empaca lo que te dije —me dice, y lo beso otra vez—, te quiero lista y dispuesta cuando llegue el momento.

Otro beso acapara mi boca.

—Como ordene, coronel —suspiro, y se pone los lentes que se saca de la chaqueta.

—Trata de no hacerme un altar —empieza, y lo empujo para que se vaya.

Echa a andar mientras me quedo como una idiota en la puerta viendo como desaparece. Respiro hondo, ya que siento que estoy en el limbo y…

—Señora Felicia —saludo a la mujer que tose y no había notado que estaba a un par de metros.

—Rachelita —contesta, y, apenada, cierro la puerta.

Me muevo a la cocina, donde está la cafetera que tomo.

—Llevaré su abrigo a la lavandería —me dice Laurens con la prenda colgando en la mano.

—Déjalo, ya lo llevo yo con las otras prendas que tengo pendientes.

La siento seria y saludo a la hija de Scott, a quien tiene sujeta. La niña alza la mano y ella se apresura a la salida.

—¿Algo que quieras decirme? —pregunto cuando está a un paso de la puerta—. Parece que te hice algo.

Se vuelve hacia mí y aprieta la mano de la niña.

—Ayer fue una pésima noche para la señorita Gema —me suelta—. Lloró toda la madrugada, varios empezaron a especular y sospechaba, pero tenía la esperanza de que el coronel no estuviera aquí.

Pasa el peso de un pie a otro.

—No tiene idea de cuánto la admiro —sigue—. Sin embargo, siento que no está bien lo que hace. Nadie se merece tal humillación ni que lo engañen de semejante manera, y usted sabe lo importante que es el coronel para ella. Siento que está actuando como la Irina que hace daño. Stefan la ama y es algo que tampoco está valorando, porque en vez del soldado, está eligiendo a un hombre que no vale la pena.

—Creo que lo mejor es que no te metas en este tema —la corto, ya que no quiero que me arruinen el día que empezó bien—. Te aprecio y entiendo que seas su amiga, pero esta es mi casa y si no te sientes cómoda con lo que hago, bien puedes irte con ella.

—No, usted es mi amiga y no pretendo juzgarla —contesta—. Solo le comentaba para que tuviera presente lo que ella está padeciendo.

Con una sonrisa se despide y me quedo en la cocina. El móvil me vibra en el bolsillo, es mi madre, y en vez de contestar le envío un mensaje avisando que estoy trabajando, me contesta con un «Ok» y guardo el aparato antes de moverme a la alcoba.

Abro las puertas de mi clóset y empiezo a buscar lo que necesito para mi viaje con el coronel.

52

Conflicto de intereses

Alex

Paso las hojas del periódico en el comedor del jardín. La empleada deja una taza de café sobre la mesa mientras Cristal me habla sobre lo que pasó anoche.

—A Gema le fue bien en el lanzamiento. La idea de subir a la tarima fue una buena forma de hacerse ver y al Consejo le agrada —explica—. Lo que quiere decir es que, pese a que tengan sus diferencias con Christopher, cabe la posibilidad de que lo apoyen por ella.

Tomo una bocanada de aire y le doy un sorbo a la bebida que me trajeron.

—De Leonel y Kazuki se habla muy bien, son hombres de familia; Leonel Waters no ha mostrado a su esposa porque su enfermedad no le permite salir y la pareja de Kazuki no habla mucho, pero es muy inteligente —continúa—. Cuenta con varios títulos y reconocimientos.

Dejo la taza sobre la mesa. Tanto Leonel como Kazuki tienen carreras ilustres que no tiene cualquiera a su edad, y eso me preocupa. No solo ellos, también los generales que están en esto.

—El éxito del último operativo son puntos que juegan a favor del coronel, sin embargo, de los éxitos de Leonel también se habla muy bien —agrega—, y Kazuki no se queda atrás. Se le admira por la batalla que le ha dado a la mafia que azota las calles de Corea.

Ella recibe, se bebe el té que le traen y se pone en pie.

—Compré esto para Gema. No me lo pidieron, pero, a mi parecer, es necesario. —Deja una argolla plateada de compromiso sobre la mesa—. No hay nada como una fuerte pareja consolidada haciendo fuerza por el cargo. Le va a servir mucho al coronel; así que si se lo puedes comentar, es algo que agradecería.

Se despide y cierro el periódico. Este asunto me tiene con dolor en el cuello: el tema de los generales, de la mafia, de lo que está en juego y de lo que puede pasar si se pierde. Los enemigos que tenemos no se van a quedar quietos.

—Buenos días —me saluda Sara, y guardo la argolla que está sobre la mesa.

La mujer con la que me casé se abraza a sí misma y pasea la vista por el jardín que nos rodea.

—Siéntate. —Me levanto a correrle la silla—. ¿Cómo te sientes?

—Mejor, pero no tan bien como me gustaría —contesta apagada—. Anoche soñé con los gritos de Marie.

Con la nariz enrojecida toma asiento y vuelvo a mi puesto, el cual está frente a ella.

Aún tengo presente la vez que la conocí con el overol lleno de harina. Estaba en un operativo con Rick James en el hotel de su familia y me había citado con un sospechoso en el restaurante del lugar. Las cosas se salieron de control y en medio del cruce de disparos terminamos en la cocina. Todo el mundo huyó, pero ella se quedó escondida tras el mesón, temblando y con las manos en los oídos.

El caos duró casi media hora. Rick se ocupó de todo y yo me quedé con ella, quien se robó toda mi atención. En la noche, bajé a hablar con los dueños y ella volvió a aparecer, esta vez con un vestido ceñido y una boina roja que destacaba sus rizos color caramelo.

—Puedes quedarte aquí el tiempo que desees.

—Quiero estar con Alexander, ya me avisó de que viene en camino —suspira—. Le pedí a la empleada que me ayudara a arreglar mis pertenencias.

La empleada trae el desayuno y ella vuelve a pasear los ojos por el sitio. Compré esta mansión cuando nos casamos y lo hice por ella, que se enamoró de los jardines cuando la vio.

Me acerco y dejo mi mano sobre la suya.

—Lamento mucho lo que pasó —le digo, y asiente—. Haré todo lo posible porque no se vuelva a repetir.

—Cuando me tomaron creí que esto se dio por…

—Eso fue hace muchos años y no tiene nada que ver con esto —la interrumpo, ya que sé hacia dónde va la conversación—. Te pedí disculpas por eso y por todas las veces en que no te respeté como merecías.

Suspira y toma los cubiertos. Sé que le costará reponerse. Siempre ha sido una mujer bastante delicada. Trata de comer e intento lo mismo.

—Su hijo está aquí —avisa la empleada, y a ella le cambia la cara, llena de ilusión.

Christopher llega con la misma ropa de ayer y con pinta de haber estado follando toda la noche.

—Chris. —Se levanta Sara—. No sabía que venías, ¿quieres que te prepare algo?

—Necesito hablar contigo. —Ignora lo que le dice Sara y se traga la taza de café que tengo enfrente.

—Tu madre te está saludando —procuro no perder la compostura.

—Te espero en el despacho. —Se larga—. No tardes, que mucho tiempo no tengo.

Pese a que he sido un hombre de carácter con él, nunca he podido alinearlo. Sara se vuelve a sentar y me da pena el desplante, ella intenta mejorar la relación que tiene con él, pero a él le da igual.

—Ve —me dice—. Te espero para que discutamos un par de sugerencias que tengo sobre el jardín.

Dejo la servilleta sobre la mesa y me encamino al estudio, donde mi enojo se multiplica cuando veo a Christopher en mi silla y con los pies sobre el escritorio.

—Baja tus asquerosos pies de mi mesa. —Cierro la puerta.

—Nuestra mesa, señor ministro. —No se inmuta en apartar los ojos del móvil que tiene en la mano—. Te recuerdo que ya eres un vejete y todos tus bienes serán míos en cuanto te mueras.

En momentos como estos me arrepiento de no haber tenido otro hijo al cual heredar.

—¿Qué quieres?

—Me voy de viaje, te aviso para que no andes jodiendo en mi ausencia —espeta—. No quiero que estés llamando y disponiendo en lo que vuelvo.

—¿De viaje a unos días de tu lanzamiento electoral?

—Para esa fecha estaré aquí.

—No vas a ningún lado. Kazuki, Leonel y el resto de los generales…

—No te estoy pidiendo permiso —me corta.

—A ti sí que se te olvidan los cargos. —Me acerco—. Culminaste un operativo con éxito, pero la candidatura sigue en pie. ¿Se te olvidó?

—No se me olvidó —contesta—, pero igual me voy a ir. Sé cómo hago mis cosas y si digo que me voy, me voy.

—Anda, haz lo que se te antoje, pero cuando regreses, espero que estés preparado para lidiar con la ventaja que tienen otros.

Clavo el anillo que trajo Cristal sobre la mesa.

—A menos que seas inteligente y actúes como nos conviene. Cristal Bird dice que no hay nada mejor que una fuerte pareja consolidada haciendo fuerza por el cargo —le suelto—. Te lo he dicho varias veces ya, eres un buen soldado, pero se necesita más para ganar y no me quieres escuchar.

El silencio se extiende entre ambos por un momento.

—En verdad debemos ganar esto y lo sabes —insisto—. Para ello, es necesaria la maldita muestra de compromiso, cosa que podemos dar y así estar un poco más tranquilos.

—¿Eso es lo que te estresa y te preocupa? —Toma y detalla lo que dejé sobre la madera—. Bien, te lo daré para que dejes de joder y repetir lo que ya me tiene harto.

—¿Con quién lo harás? —increpo, y se levanta.

—Quien sea es lo de menos. —Se encamina a la puerta—. Lo haré y ya está.

Me preocupa que sea Rachel James. No tengo nada contra ella, es una buena soldado, una excelente agente, tiene la pericia que requiere el liderazgo, es una buena opción; sin embargo, el que esté pendiente de todo el mundo le resta puntos. Quiere a Christopher, pero también adora a su familia.

Quiere a Bratt, a Stefan y no estoy tan seguro de lo dispuesta que está a renunciar a eso.

—Quiero que me prometas que en verdad vas a pelear por esto y que no me estás tomando del pelo —le digo antes de que se vaya—. Es importante, Christopher, y si lo dudas, solo recapacita y piensa en todo lo que está pasando.

Hay lujos que no nos podemos dar. Somos una de las familias más grandes de la milicia, y así como hay apellidos grandes aquí, también los hay al otro lado.

—El vehículo del tal Alexander Ferrec viene para acá —me dice a un par de pasos de la puerta—. Supongo y doy por hecho que lo vas a echar, te verías como un imbécil si lo dejas entrar.

Se va y me paso la mano por la frente. Me preocupan los otros candidatos, sus decisiones y la visita de ese sujeto pendejo que viene en camino.

Christopher

Estampo mi firma en los pendientes y en lo que quiero que se encarguen en mi ausencia. El afán por irme creo que se debe a que no quiero lidiar con los reclamos de Gema, no estoy para que me arruinen el día.

Saco el móvil y aviso a Rachel de que dentro de unos minutos irán a recogerla, y me responde:

> Como ordene, coronel.
> Ya estoy entrando en la ducha.

La imagen de eso me distrae cuando me la imagino.

> No te creo.

Patrick carraspea frente a mí queriendo que sepa que sigue frente a mi escritorio. Olvidé que llegó hace media hora.

—Hay sugerencias que te ayudarán a no quedar como el idiota que eres en el viaje —empieza—. No vayas a andar coqueteando con otras. Te conozco, y ellas odian eso. Tampoco andes hablando de todas las mujeres que te cogiste, y por último, pero no menos fundamental, no actúes como un zopenco.

—¿En qué momento te pedí consejos?

—Escúchalos, que Rachel no es una de las mujeres con las que te la pasas cogiendo —sigue—. Llévale flores, eso sería lindo.

—No voy a hacer tal tontería.

—Entonces llévale bombones.

—Tampoco.

—Tanto dinero y no veo el porqué de tanta tacañería. Darás un paso importante, nada te cuesta esforzarte para que sea especial.

Suelto el bolígrafo asimilando lo que haré. Me harté de Bratt, de Stefan, de Antoni. Sé que Alex no va a dejar de insistir con lo mismo, así que tomaré las riendas de todo y haré las cosas a mi modo.

Quiero ser ministro tanto como quiero el culo de Rachel James en mi cama, y, antes de matar a todos los que quieran interponerse, prefiero quedármela solo para mí.

Con un anillo tendrán que asumir el hecho de que perdieron, dejarán de joder y meterse a menos que quieran un tiro en la sien.

Mi móvil vibra con su respuesta, la cual es una foto de ella desnuda frente al espejo.

> Adjunto evidencia para que me creas.

Mi polla se alza en un dos por tres. Las ganas de irme a follarla contra el lavabo me atropellan y tal cosa le da más peso a mis ganas de irme.

—¿Qué miras tanto? —se queja Patrick—. Deberías estar planeando la propuesta, me preocupa que no sea algo memorable.

—Deja de meterte en lo que no te incumbe. —Desconecto y le entrego el pendrive que le pedí, lo recibe y pide permiso para irse cuando llega el otro capitán.

Dominick Parker es uno de los mejores soldados que hay aquí y hace parte del selecto grupo de personas que medio tolero, aunque a veces me saque de mis casillas. Al igual que a mí, le gustan las malas andanzas cuando de orgías y tríos se trata. Hemos coincidido en varios sitios con una que otra mujer; la diferencia entre él y yo es que él lo oculta y yo no.

—¿Ya tienes el reemplazo de Rachel? —pregunto.

—Alan tomará su lugar en lo que vuelve.

—Bien. —Apilo las hojas que tengo frente al escritorio—. Ahora explícame por qué te pasas mi cargo por el culo mintiéndome a la cara y ocultando el hecho de que un soldado agredió a otro.

Las pendejadas de Gema me hastían.

—Mentí porque siento que los líos personales deben resolverse afuera. Soy un capitán y mi código de ética no da para andar poniendo querellas por líos sentimentales, los cuales perjudican a mi compañía —se defiende—. El tiempo que se pierde en eso lo necesito para que se concentren en sus labores.

—Tu código de ética úsalo con las personas que me valen mierda, no con las que me importan —le advierto—. Piensa bien a la hora de ocultar cosas como estas, porque la próxima vez no lo voy a dejar pasar.

Guarda silencio con las manos atrás.

—Bien lo dijiste, eres un capitán, así que estás en el deber de suspender a Gema por la agresión, ya que atacó a traición.

—Tendría que hacer lo mismo con Rachel por provocar la situación.

—La situación la provoqué yo y ¿qué te digo? No voy a autosuspenderme —me sincero—. Estar donde estoy me permite manejar las cosas como me apetece y quiero una sanción para la teniente.

—Como ordene, mi coronel. —Se posa firme.

—Si se queja, dile que la demanda la di yo.

—Sí, señor —contesta—. Permiso para retirarme.

Con la cabeza le indico que se largue.

No sé qué me molesta más, si las tonterías de Gema o el que la otra no tome represalias. Como que no tiene claro el hecho de que si una vez te dejas golpear o pisotear, la gente creerá que puede hacerlo las veces que quiera.

Rachel no me contesta cuando la llamo, así que termino con lo que me falta, busco la chaqueta y me preparo para salir.

—La señora Marie está en línea y quiere hablar con usted —me dice la secretaria cuando salgo.

—No voy a atender a nadie —esclarezco—. No quiero llamadas, mensajes ni interrupciones en lo que vuelvo.

—Como ordene.

Abordo mi auto cuando bajo al estacionamiento y conduzco a la pista privada. Lo que requiero lo tengo en el asiento de atrás y en menos de una hora estoy en el lugar que necesito. El jet privado me espera y Tyler Cook se apresura a mi sitio cuando me ve.

—La teniente está adentro —me avisa.

Aprieto el paso a la aeronave, donde ella se levanta del asiento cuando entro, reanima la erección que desencadenó con la foto y con dos grandes zancadas estoy frente a ella comiéndole la boca con un beso urgido y cargado de la rabia que genera el que no me diga las cosas como son.

—No vuelvas a… —trato de decir, pero me toma la cara apoderándose de mi boca.

—Lo discutimos cuando estemos de vuelta. —Me rodea el cuello con los brazos.

—Vamos a despegar —avisa el piloto, y trato de llevarla a la alcoba, pero se impone.

—Dentro de media hora estaremos en el destino. —Vuelve a besarme—. No vale la pena hacer cosas a medias.

Mi desespero no entiende eso y ella me lleva a la silla. La falda corta que tiene puesta me pide que la rompa y luego le arranque las bragas.

Se sienta a mi lado para el despegue y no quiero hacer otra cosa que no sea estar prendido de su boca. Tyler lleva mis cosas atrás y, una vez que estamos arriba, dejo que se abra de piernas sobre mí.

Le toco todo lo que se me antoja: el culo y las tetas. Reparto besos húmedos por su cuello mientras ella se mueve sobre mí. Las ganas me pueden, la erección me tiene mal y trato de correrle las bragas para penetrarla, pero no me deja.

—Cinco minutos. —Me detiene.

Tengo el pulso a mil y le pongo la mano sobre mi polla.

—Hemos aguantado más ganas, coronel. —Se aparta acomodándose la ropa—. Y cuanto más esperemos, más placentero será cuando lo hagamos.

—Siempre es placentero cuando lo hacemos, así que no me vengas con excusas. —Busco su boca.

Sus labios se mantienen pegados a los míos, el avión aterriza y tira de mi mano para que me levante.

—La tensión sexual no se lleva bien con mi sentido del humor. —La sigo afuera cuando abren las puertas.

—¿De qué hablas? Tú no tienes sentido del humor.

Reparo el movimiento de sus caderas cuando camina, el saber que solo yo estuve dentro del culo que tiene me hace abrazarla por detrás cuando bajamos.

—Nos quedaremos en un hotel y mañana temprano partiremos al destino final.

—Genial, así tendremos tiempo suficiente para ir de compras. No traje nada.

Hasta ahora no había notado que solo bajó una cartera del avión.

—Este lugar tiene muy buenas tiendas —me abraza— con ropa que puedo modelar para ti.

Entra al auto. Tyler se sube en el asiento del copiloto y no hemos arrancado cuando ya el móvil empieza a sonar.

—Dámelo —le pido tragándome la ira que me provoca el nombre del imbécil que adorna la pantalla.

—No empecemos a pelear.

—Dámelo o nos devolvemos, y de paso resolvemos lo que tenemos pendiente —advierto—. Es mi viaje y son mis reglas. Cuando regresemos a Londres te lo devuelvo, pero mientras estés conmigo, no lo vas a usar.

—Estás siendo un poco exagerado.

—No es ser exagerado, es que me cabrea que la gente empiece a joder —aclaro—. Solo te estoy pidiendo una noche y dos días. Ya después eres libre de hacer lo que te parezca, pero ahora quiero el móvil.

La gente vive metiendo las narices en lo nuestro y en verdad quiero un puto momento tranquilo donde solo seamos los dos. Duda, pero me lo termina entregando. Le pido al conductor que arranque y este se sumerge en las calles de la ciudad.

Nos bajamos en el primer centro comercial que aparece y ella se adentra en una de las tiendas.

—Nada de prendas que me dificulten el acceso —advierto—. Me gustan los vestidos cortos y sueltos.

—¿Cada cuánto te los pones?

—Mejor pregúntame con qué frecuencia los quito.

Me aniquila con los ojos y la atraigo contra mi pecho, mando la mano a una de sus tetas y la beso queriendo calmar las ganas.

—Disimulemos un poco, por favor —me dice entre dientes. Advertencias que no tomo, ya que no pienso disimular nada.

—¿Puedo ayudarlos? —Llega una de las empleadas.

—Mi acompañante necesita un sitio donde esperar mientras compro —le dice ella.

La mujer me señala el camino y no soy el único que tiene que esperar. Cerca de los probadores hay una sala donde varios hombres aguardan por las mujeres que no saben cómo pararse cuando me ven. Uno que otro idiota se pone a la defensiva, algo estúpido, ya que ninguna de las que están me interesa.

Espero casi una hora hasta que Rachel sale a mostrarme uno de los vestidos que eligió, corto y fácil de subir.

—¿Te gusta? —Se da la vuelta y echo la espalda atrás cuando noto lo bien que se le ven las tetas.

—Bastante.

Sigue con el repertorio de atuendos que solo me la ponen más dura de lo que ya la tengo. Pasamos de ver vestidos a estar en una tienda de lencería. Tyler es quien le ayuda con las bolsas y ella toma la ropa interior que me muestra.

—¿Cacheteros o tangas de hilo? —me pregunta.

—Lo segundo siempre.

—Qué bien. —Toma varias y las arroja en la canasta—. Es justo lo que traigo puesto.

Me da la espalda, ya lo sabía, pero me prende esta versión de ella, así, sin preámbulos para hablar a la hora de seducirme.

Eso fue lo que me hizo seguirla a su casa. Me voy con ella al vestidor donde la tomo y la pongo contra uno de los espejos, donde detallo lo excitante que nos vemos juntos. Deslizo las manos por sus piernas y ella echa el culo hacia atrás.

Dicen que el mundo es un equilibrio entre lo bueno y lo malo, lo débil y lo fuerte. Eso no es más que una vil mentira, porque cuando chocas con quien comparte tu mismo tipo de ganas, estas se fusionan detonando relaciones tan intensas como la nuestra.

—Se ve muy desesperado, coronel.

—Lo estoy. —Me apodero de su cuello y ella deja que me prenda de este, que meta las manos bajo la blusa que tiene puesta en lo que se baja las bragas, que me entrega.

«Diosa». Para mí esa es la definición de Rachel James: diosa de la lascivia, de la lujuria y de mi polla. Pecado andante con el que no me molestaría vivir para siempre en el infierno.

—Necesito comerme ese coño húmedo y ansioso por mi polla o te juro que terminaré arrancándote la ropa en la calle.

—Debiste ser poeta. —Se voltea.

—Los trucos de mi lengua no son precisamente con palabras. —Le alzo la falda y la llevo contra el banquillo, donde la siento.

Me agacho, abro sus pliegues y empiezo a lamer cual animal sediento, paseando la lengua por su coño.

Muero por penetrarla, sin embargo, eso no quita que disfrute de esto, ya que su sexo me complace en todas las formas y de todos los modos. Aplasto mi lengua contra la carne húmeda, muerdo despacio y chupo, consiguiendo que se contonee en el sitio.

Siento que la erección me va a reventar el pantalón y la masajeo mientras sigo con la tarea. Los jadeos que suelta me gritan que necesita más, el glande me palpita, el dolor de cabeza me nubla y dejo que dos de mis dedos se pierdan en ella.

Endereza la espalda, se levanta conmigo y sube una de las piernas en el banquillo, dándome vía libre al coño en el que le entierro los dedos una y otra vez mientras la beso. Entro y salgo como si fuera mi polla la que tiene adentro.

Se aferra a la erección que se me marca y pega la cabeza a la pared.

—Maldita sea —gimotea cuando le añado velocidad al movimiento—. Me voy a correr.

La imagen que me brinda es la mejor: la falda arremangada en su cintura, la pierna arriba y abierta, la mirada oscura y la protuberancia de sus pezones que sobresalen bajo la tela de lo que lleva puesto. Le doy atención a su clítoris y se tapa la boca con la mano, que quito cuando la beso.

Mis yemas vuelven a frotar el punto húmedo que se hincha más con la fricción de mis dedos y me trago los gemidos del orgasmo que la debilita.

—¿Señorita? —preguntan afuera—. ¿Hay algo en lo que la pueda ayudar?

—Estoy bien, gracias —contesta agitada—. Dentro de un momento salgo.

La mujer se aleja y ella me saca del vestidor. El momento solo me deja peor, ella acaba con la tarea y juntos abandonamos el sitio.

—Me apetece una copa antes de encerrarnos en la alcoba —comenta en lo que el auto se encamina al hotel—. Necesito tiempo a solas para arreglarme, así que si no te molesta, me gustaría que me esperaras abajo mientras lo hago.

—Para mí que tienes miedo de lo que pasará si nos encerramos. —La traigo a mi boca—. Y bien puedes arreglarte, solo ten en cuenta a qué atenerte cuando llegue el momento de follarte.

—¿Me amenazas?

—Te advierto. —Salgo cuando el vehículo se estaciona—. Cena mientras me baño.

Recibo la llave de la habitación, subo y tomo una ducha mientras ella come en el restaurante de abajo. A los pocos minutos, dejo la alcoba libre, como y me voy al bar del hotel, que está lleno de turistas y donde ella llega media hora después.

Trae el cabello suelto y un vestido corto ajustado que se amarra a su cuello. Atrevido para la real sociedad inglesa, pero exquisito para mí, que me gusta ser la envidia de todo el mundo.

—¿Venerándome desde lejos? —me saluda con un beso en la boca.

Toma asiento, el camarero llega a tomar la orden y deja dos tragos sobre la mesa.

—Me abruma el que no hables —se queja—. Los hombres con los que salgo suelen poner un tema de conversación.

—¿Quiénes? ¿Gelcem? ¿Bratt? Esos se ven mejor callados.

—No empieces con las ofensas.

—Querías que hablara y es lo que estoy haciendo.

—Coméntame algo de ti. —Prueba el trago—. Como qué planes tienes…

—Follar hasta que amanezca.

—No me refiero a los planes de hoy, hablo de planes a futuro —se enoja.

—Tener control total de la FEMF, volverme más rico de lo que ya soy y más guapo también.

—Yo pienso ascender a capitana y dentro de unos años a general. —Apoya los codos en la mesa—. Necesito un cargo donde pueda ser tu contrincante en elecciones futuras.

—Te aplastaría, así que ni lo intentes.

—No me subestimes, tengo muy buenas referencias como soldado y propuestas también.

—Propuestas que no aceptarás nunca.

—Tengo derecho a aspirar a un mejor puesto.

—Sí, pero en Londres, no en otros comandos.

No se va a ir a ningún lado y si se larga, moveré el mundo entero para encontrarla otra vez, dado que como ya dije una vez, es mía y a mí nadie me quita nada.

—Vamos a bailar. —Se levanta—. Están poniendo buena música.

No soy el tipo de hombre al que le guste este tipo de cosas, pero el que estemos uno frente al otro me dará vía libre para tocarla como se me antoje.

Pongo la mano en su cintura cuando estamos en la pista y ella me rodea el cuello con los brazos. Las copas van y vienen a lo largo de la noche, el licor hace efecto y las ganas de follar toman más fuerza. Beso su cuello en plena pista en lo que ella pasa las manos por mi torso antes de bajarlas a la erección que tengo desde que nos levantamos de la maldita mesa.

—Te están mirando mucho —me dice ebria—. Me estoy poniendo celosa.

—Fue tu idea venir aquí. —La pego contra mí.

—No he notado miradas sobre mí —se queja—. ¿Me veo mal?

—No. —Beso sus labios—. Es que saben que les partiré el cuello si se te acercan.

Se ríe y más copas se suman a la mesa donde estamos. Me bebo cuatro tragos más y a la tercera botella de la noche ya estoy peor o igual que ella, quien de nuevo me lleva a la pista, donde sigue aferrada a mí.

—Me sorprende lo buen bailarín que eres. ¿Fuiste uno profesional en tu vida pasada?

—No, se debe a que soy el tipo de persona a la que todo le sale bien.

—Ya vas a empezar a presumir.

—Sí.

Hago que dé la vuelta. Su espalda queda contra mi pecho y, si antes me miraban, ahora lo hacen más cuando la pongo de frente y me alejo. La música cambia y le guiño un ojo, consiguiendo que suelte a reír cuando me vuelvo el protagonista del lugar en lo que dejo que las notas electrónicas me envuelvan.

Un montón de mujeres se quedan quietas a mi alrededor, ya que parece que le estuviera bailando a ella, que sigue muerta de la risa. Sacude la cabeza como si no lo creyera y hago el amago de quitarme la playera, pero se me viene encima subiéndose sobre mí.

—Ni se te ocurra —advierte antes de besarme.

Subimos en medio de trompicones a la alcoba. El mareo que me cargo hace que me cueste abrir la puerta, la ropa estorba cuando estamos adentro, la desnudo y lo único que le dejo puesto es el brazalete y el collar que le di.

El alcohol aviva mis ganas y ella deja que la ponga en cuanta pose me apetece. Está tan húmeda que me recibe gustosa mientras los jadeos y gemidos toman la habitación, donde follamos cargados de desespero.

Dejo que cabalgue sobre mí a la vez que devoro los pechos que son solo míos. Se lo digo para que no se le olvide y ella no hace más que moverse como loba en celo pidiendo más. Somos dos insaciables, los cuales se comen el uno al otro repitiendo una y otra vez.

—Voy a comerme esto. —Le magreo el culo y la mando a la cama, donde la pongo en cuatro.

—No —trata de negarse, pero le hago bajar la espalda yendo por lo que quiero.

Las embestidas a su coño las doy sin contemplaciones, soltando empellones que la ponen al borde. Está tan abierta, dispuesta, dilatada y tan mojada que no necesito lubricante, puesto que con su humedad me basta para preparar el culo que empiezo a penetrar y me enloquece.

Nunca había tenido una mujer con su voltaje, una que me ponga como ella lo hace. Sus gemidos se funden con mis jadeos y cuando menos lo creo, tengo sus caderas chocando descaradamente contra mi pelvis y no hay cosa más excitante que le guste tanto como a mí.

—Nena —jadeo perdido y empapado de sudor—, joder...

La tomo del nacimiento del cabello y me la cojo como un animal, estrellando mis testículos contra sus glúteos en lo que ella lucha por controlar los quejidos cargados de desespero.

No sé cuántas veces le doy ni cuántos embates recibe, lo único que tengo presente es que lo disfruta, ya que se corre con la misma intensidad que se corrió la última vez que estuvimos en mi oficina.

Siento que me quito un peso de encima cuando eyaculo dentro de ella, soltando las ganas que llevo aguantando todo el día. Se acomoda en la cama y yo caigo a su lado.

No tardo en captar las respiraciones profundas que me dicen que se durmió y me quedo mirando al techo, dado que el sueño no llega pese a estar ebrio y cansado, así que, sentando en la orilla de la cama, enciendo un cigarro. La observo desnuda a mi lado y a mi cabeza vienen el montón de entrometidos que querrán opinar sobre esto.

Bratt, Gelcem...

Rick James, quien antes de irse me pidió que dejara a su hija en paz. Ya veo a la madre dando opiniones que nadie le pidió y ella pensando en si tienen o no razón, ya que siempre escucha a medio mundo antes que a mí. Ahora parece segura, pero sé que no tardará en ablandarse y así no me sirve.

Yo necesito a la mujer de anoche y a la que tengo justo ahora, no a la que duda de lo nuestro. Me acuesto y acomodo el brazo sobre mis ojos cuando la cabeza empieza a dolerme.

No quiero dar marcha atrás; como sea, tengo que buscar la forma de que esto funcione y no por ella, por mí, porque mi egoísmo exige y demanda que le cierre el paso a otros y la mantenga a mi lado, ya que es mía.

53

Cartas en la mesa

Rachel

Tengo una estúpida sonrisa que no se me borra y cargo desde que me levanté. Siento que el amor es como un largo estado de ebriedad, el cual te hace sentir feliz sin saber por qué, pero lo estás.

Con Christopher Morgan he tenido más momentos malos que buenos, pero los pocos que ha habido valen la pena como los de ahora, que me siento la puta ama del universo en un yate de miles de euros, observando al precioso y sexi hombre que lo maneja mientras yo tomo sol en toples.

—Oye, guapo —lo llamo—, necesito ayuda con esto.

Sale de la cabina poniéndome a babear. Nunca deja de asombrarme y ahora más con el torso descubierto mostrando los abdominales, los lentes Ray-Ban Wayfarer puestos y el cabello sin una gota de fijador.

Se sienta a mi lado esparciéndose el bronceador en las manos y, acto seguido, lo siento a lo largo de mi espalda; disfruto de la sensación de su tacto sobre mi piel.

—Esto está sobrando. —Juega con las tiras de mis bragas.

—Me siento cómoda con él.

Me esparce el líquido a lo largo de las piernas y me nalguea pidiéndome que voltee.

—Este lado me gusta más. —Pasea las manos por mi abdomen y se detiene en mis pechos.

—Me perturba tu obsesión con mis tetas. —Es lo primero que coge cada vez que tiene la oportunidad—. Harás que se me caigan.

—Las tetas no, el bikini sí. —Suelta las tiras que lo atan y muerde uno de mis pezones.

No tiene las manos quietas y mi yo ninfomaníaco no hace más que seguirle la corriente peinando su cabello antes de traerlo a mi boca. Desperté con él sobre mí y ya perdí la cuenta de las veces que lo hemos hecho: en el hotel cuando llegamos y aquí cuando subimos.

—Mi turno. —Tomo el bronceador y empiezo a esparcirlo por su torso.

—Me gustas más así que con ropa.

—Lo sé. —Reparto besos por su cuello—. Si viviéramos juntos seríamos como Adán y Eva.

—High Garden es un buen escenario para la idea.

Daría lo que fuera porque estos días fueran eternos. Si me enamoré de él sin que se esforzara, no puedo pedirle mucho a mi fuerza de voluntad ahora que medio lo hace.

Se baja la bermuda para que vea cómo está.

—¿Al aire libre?

—Sí. —Me acomoda en su regazo.

—¿Y si pasa algún turista?

—Que sienta envidia de todo lo que me estoy cogiendo.

Tomo el nacimiento de su polla y lo monto rápido y sin vacilaciones. Mis caderas se balancean de adelante hacia atrás antes de darle rienda suelta a los saltos que no hacen más que untar su polla con mi humedad.

—¿De quién es esto? —Toca mi coño.

—Tuyo —susurro en medio de jadeos.

Sube las manos por mi abdomen tomando mis tetas.

—¿Y esto?

—Todo suyo, coronel. —Sigo con lo mío.

Y pensar que nunca creí darme este tipo de libertad, follando a la intemperie con el sol en su máximo esplendor.

La relación con Bratt era tan diferente: nunca nos embriagamos juntos, no hubo sexo oral en tiendas públicas ni tampoco pude modelarle en ropa atrevida.

En cambio, Christopher ha sido todo lo opuesto: de él no recibo un beso de buenos días, sino polvos mañaneros; no me lleva el desayuno a la cama, a él se lo llevan estando conmigo. Tiene un apetito sexual insaciable y no desaprovecha las oportunidades que tiene para tocarme, es algo que hace todo el tiempo. Tampoco es de palabras dulces, pero sí de comentarios calientes que te ponen a volar la imaginación, logrando que se te humedezca el coño en un dos por tres.

Con Bratt pasaban días sin hacer nada y el coronel, a cada nada, quiere chuparme las tetas y quitarme la ropa.

Lo del sexo desenfrenado en el yate no era mentira, es como si fuéramos un par de enfermos, los cuales no quieren hacer otra cosa que no sea coger.

Almorzamos, reposamos un rato abajo y nos preparamos para bucear. No le conozco los gustos, sin embargo, hoy sé que le gusta tanto el buceo como a mí el mar.

Me ayuda con el equipo y revisa que todo esté bien antes de bajar. Hay cuevas submarinas abajo y, según él, partes de un barco que se hundió hace décadas.

Descendemos y su mano no abandona la mía mientras exploramos las cuevas, saca la cámara submarina para tomarle fotos al barco.

Entre señas me pide que me ubique para una foto, lo hago, dispara el flash tres veces y me alza el pulgar avisando que quedó. Deja que le tome una y le devuelvo la cámara indicando que nos tome una a ambos, dudo que acceda, pero, para mi sorpresa, lo hace rodeándome los hombros y alzando la cámara para la selfie.

Cuarenta minutos después, salimos a la superficie, soltamos el equipo y nos sentamos en la tumbona a revisar las fotos.

—El barco estaba lleno de esclavos cuando se hundió —comenta—. Dicen que si te quedas en el área cuando anochece, escuchas los gritos de auxilio.

—Faltan dos horas para eso —le seco la espalda—, así que mueve el culo y sácame de aquí.

—Cobarde. —Dejo que me rodee el cuello con el brazo.

—Esta foto sí merece estar en mi mesita de noche. —Le quito la cámara detallando la selfie bajo el agua.

—Opino que la de mi polla se ve mejor.

—La quiero.

—Siempre y cuando no sea para alguna atadura amorosa o algo así, con lo obsesionada que estás no me sorprendería.

—La advertencia llega tarde, ya la hice y mírate —le beso los labios—, aquí estás conmigo siendo menos patán que de costumbre.

Le mordisqueo el lóbulo de la oreja y tira de mí, acercándome más; me besa y acaricio sus hombros. Sus brazos no me sueltan en lo que la tarde cae sobre nosotros, dándome un romántico momento para recordar.

Ahueca la mano en mi rostro y nuestros ojos se encuentran por un par de segundos.

—¿Qué? —pregunto cuando se queda pensativo.

Respira hondo y por un segundo siento que dirá lo que tanto anhelo, ese «te amo» que en el fondo sé que existe y que, al igual que él, tengo la necesidad de escuchar.

—Recogeré el ancla.

Se levanta y trato de disimular el asomo de decepción.

—¿Y cuáles son los planes nocturnos? —pregunto como si no pasara nada.

—Tendremos una cena de negocios.

—¿De negocios? ¿Con contratos de confidencialidad y cosas así?

—Sí, voy a estipular que tienes prohibido divulgar el tamaño de mi miembro.

«Si supiera que ya le di detalles explícitos de este a Luisa».

—Bien. —Recojo las toallas—. Luciré uno de los tantos vestidos que compré. ¿Dónde será la cena?

—Yo partiré antes y Tyler te llevará después; debo solucionar un asunto primero.

La curiosidad me cava en lo más hondo, pero el miedo también, dado que temo que me diga que se casará con Gema cuando volvamos y por ello quiere que siga siendo su amante. Termino de recogerlo todo y trato de ser positiva: no creo que sea tan malnacido como para decirme en la cara algo así.

Volvemos a la orilla, a la cabaña que tiene frente al mar. Los Morgan no viven mal y tampoco son de gustos baratos. La vivienda cuenta con dos plantas, tinas de lujo, chimenea y un comedor al aire libre.

Les gusta destacar y hasta ahora no les he conocido nada sencillo: el penthouse en Londres, la mansión del ministro y el McLaren del coronel son adquisiciones con precios elevados, lo que demuestra que son una de las familias más pudientes del ejército.

Los James tenemos un estilo de vida pudiente, pero somos sencillos. Mi padre tiene su fortuna, mi madre fue una importante física de la NASA durante años, sin embargo, ninguno de los dos es muy fan de lo exagerado.

Contemplo el mar por un rato. Rick amaba llevarnos a la playa y eso hizo que las tres amáramos la arena y las olas; es algo que siempre nos trae buenos recuerdos, ya que en lugares como estos hemos tenido un sinfín de momentos familiares.

Christopher se sube a bañar y me quedo hablando con Tyler. Tiene un hermano que está por ascender a capitán, es de Toronto, sus padres viven allí, su madre es una ama de casa y su padre un agente retirado.

El coronel no tarda en bajar, luciendo mejor que antes, con un vaquero ceñido, una camisa gris y un blazer negro. En traje, uniforme, bermuda, desnudo o casual, siempre está como para romperle todo y cabalgarlo por horas.

Se pasa las manos por el cabello y me atraganto con el suspiro que se me atasca.

—Tyler te llevará más tarde —me recuerda.

—Cuánto misterio.

—Que se pierda todo menos la adrenalina de lo interesante. —Me da un beso en la boca—. Te veo luego.

—Como ordene, coronel. —Toma mi cintura.

—Ya sabes —pasa la nariz por mi cuello—, solo ropa que me permita el fácil acceso.

Se marcha y media hora después subo a bañarme. Las bolsas de lo que compré están en uno de los muebles y elijo un conjunto de dos piezas de falda larga y una blusa acorde.

Me baño, me maquillo y me dejo el cabello suelto.

—Teniente. —Tyler toca a la puerta en lo que me coloco los pendientes.

—Estaré lista dentro de un par de minutos —le aviso.

—No quiero incomodarla —insiste—, pero la necesitan con carácter urgente en el teléfono.

Suspiro frente al espejo; quedé con el coronel que no habría intromisiones.

—Es Laurens y se oye bastante preocupada —me indica el escolta—. No quiere colgar.

Me muevo a la puerta y la abro. Tyler tiene el teléfono en la mano y me mira sin saber qué hacer: atender sería incumplir lo que me pidió el hombre que me trajo; sin embargo, no soy una persona que sepa lidiar con la zozobra, ya que si me está llamando al teléfono del escolta es porque ha de ser importante.

—Dice que lleva toda la tarde intentando comunicarse con usted.

Tomo el teléfono y me alejo un poco por si se trata de algo privado.

—¿Sí?

—Teniente James —hablan al otro lado de la línea—, gracias a Dios que me contesta.

—¿Qué pasa? —Se oye agitada—. ¿Hizo algo Scott?

—No, todo está bien con él, pero no con Stefan. Su cuñado se agravó y tienen que operarlo lo antes posible, su estado es muy delicado —me explica, y camino a lo largo de la alcoba—. Él está muy mal, desesperado por la hermana y los niños.

Mi pecho se comprime cuando evoco los días en París. No conozco mucho a la familia, pero sé que es un duro golpe para ellos y lo que pasa me abruma.

—Estamos buscando la forma de reunir dinero para la cirugía; sin embargo, aún no nos alcanza —sigue Laurens—. No sabemos a quién más recurrir.

Respiro hondo. Los precios de Hong Kong son extremadamente altos y recaudar esa suma es difícil hasta con una colecta de fondos.

—Pásame a Stefan.

—Está en el comando hablando con Gauna, tratando de que la FEMF le haga un préstamo.

—Teniente —reconozco la voz de Paul en el teléfono—, lamentamos llegar a esto, pero no tenemos más alternativas. Con lo que ha logrado reunir se pagaron las deudas del orfanato y lo que le sobró no alcanza para ayudar a Ernesto.

—Trataré de transferir el dinero.

—¿Tiene su cuenta programada para transferencias de esa cantidad? —increpa, y me maldigo porque nunca hice el trámite—. No estamos hablando de cualquier suma.

Me suelta el valor que se debe abonar. Hay que pagar la totalidad de la cirugía y, como supuse, no es una nimiedad.

—Voy a intentarlo y luego los llamo.

Cuelgo y corro al clóset donde están las pertenencias del coronel, busco el teléfono, que encuentro junto al suyo; me lo quitó, pero no lo apagó, solo lo silenció. Hay varias llamadas perdidas de la hermana de Stefan, hay un par de Luisa y cuatro de mi madre.

Stefan no contesta y desde el móvil trato de transferir lo más que puedo; sin embargo, siento que no sirve de mucho, es una vida la que está en peligro y me estresa no poder hacer más.

Tomo mi cartera, busco la salida y le pido a Tyler que encienda el auto que abordo, debo hablar con el coronel que… Stefan no tarda en devolverme la llamada y contesto mientras el escolta conduce.

—Laurens me acaba de llamar, siento mucho no haber contestado antes —le digo—. ¿Cómo está Ernesto?

—Mal. —Me apena el tono roto que tiene.

Es una persona, la cual vive luchando día a día y ahora pasa esto. Empieza a llorar contándome que la FEMF le ha negado el préstamo, que no sabe qué hacer y que Miriam está en Hong Kong igual de desesperada que él.

—Vamos a encontrar una solución, no te preocupes…

—Se oye tonto lo que te voy a decir —flaquea en medio de los sollozos—, pero no sabes lo mucho que me gustaría que estuvieras aquí.

Le cuesta hablar y me rompe, en verdad me parte, ya que él siempre conmigo ha sido el ser más dulce del mundo.

—Detén el auto —le pido a Tyler.

El escucharlo tan mal hace que suspire con fuerza.

—No tengo con qué ir a Hong Kong, ni siquiera sé si alcanzaré a llegar y si lo hago, no tendré fuerzas para darle ánimos a Miriam —confiesa—. No me hallo, no sé qué hacer ni cómo solucionarlo.

Llora y sus sollozos me nublan la vista, en verdad me da mucho pesar.

—Voy para allá —le digo sin dudar—. Dame un par de horas y juntos veremos qué hacer.

Simplemente, no puedo darle la espalda, él no me la daría a mí.

—Solo mantén la calma, trataré de llegar lo antes posible —le explico—. Todo va a salir bien, no te preocupes.

Cuelgo, tomo mi cartera y le pido a Tyler que me lleve al aeropuerto.

—El coronel me va a despedir si sabe que lo desobedecí.

—Si no me llevas tú, me bajo y me voy sola —le digo—. Le diré que te obligué. En verdad, necesito que me ayudes, debo estar en Londres lo antes posible.

Le explico lo que está pasando y duda.

—Por favor —le insisto—. Es importante, es una vida la que está en peligro.

Accede y da la vuelta. Podría ir a hablar con Christopher, pero, conociéndolo, me va a decir que lo olvide; detesta a Stefan y no va a mover un dedo por él ni aunque se lo ruegue. No tiene móvil, no sé cómo contactarlo y lo que está pasando no me deja maquinar muchas ideas.

—Ve con Christopher —le pido al soldado que se detiene en el aeropuerto—. Lo llamaré a tu teléfono o si puedes, llévale el suyo para que pueda hablar con él.

—Como ordene, mi teniente —contesta preocupado.

Corro adentro y tengo suerte, ya que encuentro un vuelo directo el cual parte dentro de unos minutos. Me valgo de todo lo que tengo para abordarlo, pierdo señal durante el vuelo que, para mi suerte, es corto y, estando en Londres, busco la manera de llamar a Tyler en lo que atravieso las salas corriendo.

Tardan en contestar y la voz que escucho al otro lado me detiene. Quería pasar más tiempo con él, pero Stefan me necesita, es una persona que no tiene a nadie.

—¿Dónde estás? —El tono me encoge y por un momento se me cruza la idea de colgar.

Tyler no se lo ha dicho y no lo culpo.

—Aterricé en Londres hace un par de minutos —confieso.

La línea se queda en silencio y eso me comprime todos los huesos del tórax.

—El cuñado de Stefan está mal y no puedo darle la espalda ahora cuando más me necesita.

Sigue sin hablar y lo único que puedo percibir son las sonoras exhalaciones que suelta al otro lado.

—Sé que es difícil de entender, pero…

Me cuelga, vuelvo a llamarlo y se va directo al buzón de voz.

¿Qué puedo decir? Ya me lo veía venir. Abordo el primer taxi que se me atraviesa. En mi casa están Paul, Laurens y Tatiana, quien me indica que Stefan está en la alcoba, así que lo busco.

Está tratando de empacar, se percata de mi presencia y se da la vuelta con lágrimas en los ojos.

—No encuentro mi pasaporte. —Está a nada de explotar y me acerco a abrazarlo.

Me apena tanto que su suerte sea tan mala como la mía. Llora sobre mi hombro y hago todo lo posible para que se calme.

—Nos tenemos que ir, ¿vale? —Tomo su cara—. Sacaré el dinero que tengo en mi caja fuerte para completar lo que falta para la cirugía.

—No me va a alcanzar la vida para pagarte.

—Déjalo estar.

Empaco mi maleta, hablo con Elliot para que me consiga un vuelo directo, el cual parta lo antes posible, y llamo a Parker, quien me regaña.

Me pasa a Gauna, que me grita un sinfín de veces, aunque me da el permiso. Enojado, me deja claro que deberé compensar las horas de trabajo. Es un tema complicado, este tipo de cosas no es algo que les guste a los superiores, sin embargo, hay algo que mi padre me enseñó y es que a los amigos y a los colegas nunca se les da la espalda y menos cuando más lo necesitan.

Christopher

Horas antes

Salgo de la cabaña directo al auto, que está listo. El conductor no está, abro la puerta y llevo la mano atrás queriendo tomar el arma, ya que hay alguien adentro.

—¡Sorpresa! —exclama Patrick—. ¿Listo para el momento?

—¿Qué diablos haces aquí? —le reclamo—. ¿Cómo llegaste?

—A mi manera. —No da explicaciones.

El conductor llega y Patrick me muestra el ramo de flores que tiene y ubicó en el puesto de adelante. No sé qué piensa que haré con semejante tontería.

—Tu teléfono —le pido al que conduce, y marco el número de Gema, pero esta no contesta.

Lo intento un par de minutos más, en vano, tampoco atiende los mensajes. Le pido al conductor que se detenga, lo intento otra vez y nada.

Salgo y me doy mi tiempo con el anillo en la mano en lo que intento otra vez. Le insisto durante una hora y no toma el puto teléfono, respiro hondo y no me queda más alternativa que volver al vehículo que me lleva al restaurante, allá ella si no quiere contestar.

—Bratt le pidió matrimonio en un crucero, trajo a su familia desde Phoenix, contrató una orquesta, ¿y qué harás tú? —empieza Patrick—. Déjame adivinar, seguramente nada.

—Lárgate —lo echo, y se viene detrás.

No me molesto en preguntar cómo llegó, ya que, como es, no me extrañaría que se hubiera venido en una de las ruedas de mi jet. El sitio cuenta con dos locales y pido que me lleven al segundo, que es más exclusivo. Está en una pequeña isla a la que se llega en menos de cinco minutos.

—No sabíamos que la mesa era para tres, señor Morgan —me dice la encargada cuando ve al hombre que me acompaña.

—Sigue siendo para dos —habla Patrick—. Solo vengo a supervisar un par de detalles.

No suelta el ridículo ramo que trajo y llama la atención de todos. Me muestran la mesa y él pide que la cambien, dado que la vista no se aprecia bien.

—Bota la cursilería que cargas o te las terminaré rompiendo en la cabeza.

—No seas imbécil. —Las deja sobre la mesa—. Le dará un toque especial a la noche.

—Patrick, lárgate. ¿Sí?

—Esto no se ve todos los días. —Deja las manos sobre mi cuello—. Le vas a pedir matrimonio y quiero que no sea algo común.

Me enerva que no me dejen respirar. Salí ya que quería hablar con Gema y tener un par de minutos solo, pero no estoy teniendo ninguna de las dos cosas.

—Sugiero que cuando saques el anillo sería bueno que el camarero se acerque con las flores —sigue Patrick.

—¿El sol me aclaró el cabello y me estás confundiendo con Bratt? —increpo—. Dime, ¿huelo al perfume barato de Gelcem?

—No te cuesta nada ser un hombre normal, aunque sea por una vez en tu vida. —No se cansa—. En vez de discutir, mejor ensayemos, finge que soy ella y te diré qué tal lo haces.

Me sienta en la silla que tengo al lado, pone los codos en la mesa mirándome como si fuéramos una pareja y pena ajena es lo que me da.

—La velada fue exquisita. —Toma mi mano—. Ahora tengo la duda sobre qué nos depara la noche. ¿Hacer el amor en la playa o pensar en esos momentos únicos que no tienen aquí?

—Te voy a llenar el culo de balas. —Se ríe y me abraza, dejando el brazo sobre mis hombros.

—Esto es para que sepas lo importante que eres para mí, aunque seas un pendejo. Por más que te rehúses voy a pedir que pongan música cuando llegue el momento. —Me da una palmada en el cuello—. Estaré en la mesa del fondo, si necesitas algo, no dudes en decirme.

Se va y pido un trago, los minutos empiezan a pasar. Treinta minutos se convierten en una hora y luego en dos, donde me bebo cuatro tragos en lo que espero.

Rachel no llega y mi genio empieza a agrietarse, dado que no sé qué tanto se puede demorar arreglándose. Le dejé claro al soldado a partir de qué hora podía llegar. Espero una hora más y paso de estar enojado a preocupado cuando no aparece por ningún lado. Más minutos se suman al reloj y cuando estoy por levantarme veo a Tyler que se aproxima.

Se arregla el traje antes de acercarse, muevo la cabeza queriendo saber si Rachel viene atrás, pero no hay rastro de ella. El escolta me extiende el teléfono, que vibra con el número de su móvil y lo tomo tragándome la rabia que me genera el que no esté cumpliendo con lo que pactamos.

—¿Dónde estás? —pregunto cuando contesta, y ella suspira al otro lado de la línea.

—Aterricé en Londres hace un par de minutos. —Mi vista se nubla con la respuesta—. El cuñado de Stefan está mal y no puedo darle la espalda ahora cuando más me necesita.

El nombre del soldado se repite en mi cerebro, no oigo nada más y he aquí la respuesta del porqué soy como soy, por qué actúo como lo hago.

Me sigue hablando, pero no escucho más que pitidos; es una maldita idiota, la cual no sabe escuchar. Le pedí una maldita cosa. ¡Una sola maldita cosa y no lo hizo!

Mando el aparato contra el suelo, no me interesa escuchar lo que sea que tiene que decir.

Miro a mi alrededor. En verdad no sé qué estoy haciendo ni qué estaba por hacer reservando restaurantes, ideando tonterías, haciéndola sentir especial cuando para mí nadie lo es.

Arraso con todo lo que hay en la mesa, mandando las copas y los platos al suelo. Los presentes se asustan y en lo único en lo que pienso es en que me dejó plantado, haciendo el papel de idiota.

—¿Qué pasó? —Patrick llega aterrado con las flores en la mano y se las quito arrojándolas a un lado.

—Ella no va a venir, así que puedes largarte.

—¿Cómo que no?

—El pendejo con el que anda tiene problemas y ella se largó a ayudarlo.

Me devuelvo a mi casa. Ni siquiera se tomó la molestia de llevarse lo que me hizo comprar. Lo tiro todo a la basura, en verdad no sé qué mierda me pasa, tengo las malditas pruebas en la cara, el mundo me grita las cosas y sigo en el mismo punto a la espera de no sé qué.

Busco la licorera, la destapo y me la pego a los labios. Revolcarme con mujerzuelas y beber era lo que tenía que estar haciendo, en vez de estar perdiendo el tiempo aquí.

—¿No te ibas? —le pregunto a Patrick, quien se mantiene en la sala.

—No te voy a dejar solo. —Se acerca—. Si quieres beber está bien, te acompaño.

Me lleno de licor en lo que queda de la noche. Patrick no se va y yo pongo la música a todo volumen mientras bebo trago tras trago en lo que me sigo preguntando en qué estaba pensando, soy un estúpido.

Me largo a uno de los bares donde mujeres no me faltan y en medio de toqueteos me empino las botellas que me marean. Patrick se embriaga conmigo y, a la mañana siguiente, abordo el jet en el que sigo bebiendo porque es una de las mejores cosas que sé hacer y de las cuales no me tengo por qué cohibir.

Estando en la ciudad, el capitán aborda un taxi a su casa mientras que yo me voy a la mía con una botella en la mano. Tyler me ayuda a subir y Gema es la primera persona que veo cuando entro.

—Lárgate —le pido antes de moverme al minibar.

El soldado se va y ella se queda cruzada de brazos viendo lo que hago.

—Si la puta de tu amiga está aquí, sácala antes de que la mate —le advierto.

—Me suspendiste —me reclama— y a ella te la llevaste de paseo. Qué justo es, coronel.

No estoy para sermones e intento irme a la alcoba, pero se me atraviesa y me empuja antes de encararme.

—No te quejes. —Le tomo la barbilla con fiereza—. La suspensión es la opción que te libra de un guantazo por el mero hecho de ser una mujer.

—¡Patán! —Vuelve a empujarme.

—Agradece y, antes de volver a ponerle una mano encima, pregúntale a Bratt lo que le pasó cuando se atrevió a tocarla —digo—. Siéntete bendecida de tener un coño porque, si no fuera por eso, hubieses pasado por lo mismo.

—Me amenazas por una zorra que no es más que la otra.

—Técnicamente hablando, la otra eres tú —aclaro—, porque me la cogí antes que a ti y ahora creo que he cogido más con ella que contigo.

Se le llenan los ojos de lágrimas.

—No desperdicies lágrimas en mí —advierto—. Tal cual me ves ahora, tal cual seré siempre, por ende, no vale la pena llorar por quien no hará el más mínimo intento por hacerte feliz.

—Se fue con Stefan a Hong Kong —suelta el veneno cuando tomo el pasillo—. ¡Date cuenta de que no hace más que lastimarte! Te tiene ciego, te dejas llevar por su juego y eres tú el que me da lástima.

—No me importa…

—¡Sí te importa! —Acorta el espacio entre ambos—. Y aunque seas un maldito egoísta, yo no puedo vivir sabiendo que mi hermano, el hombre que amo, va a terminar con un coma etílico por culpa de una malnacida, la cual no lo valora.

—Vete…

El mareo me tambalea y ella es la que me sostiene, intento apartarla, pero estoy demasiado ebrio. Trato de que se aleje, pero a las malas me lleva a la alcoba y me pone en la cama, donde todo me da vueltas.

—Para mí lo primordial eres tú, y pese a que no mereces lo que hago, heme aquí —me suelta—, dándote lo que nunca te dará ella.

Me quita la playera, los zapatos y el vaquero, capto el sonido del anillo que cae al suelo y Gema lo toma mientras que yo, como puedo, trepo la almohada donde dejo caer la cabeza. Maldigo a Rachel en mi cabeza, me ha herido el orgullo de nuevo, volvió a usar los mismos cuchillos que no hacen más que empeorar el estado del animal enjaulado que llevo dentro y el cual he estado conteniendo, pero que a gritos me está pidiendo que lo deje salir.

Lo estoy retrayendo; sin embargo, esta faceta sé que no me va a durar mucho tiempo.

54

Circular

Bratt

Con Simon corro escalera arriba seguido de los soldados que nos siguen. El calor que hace me tiene agitado y con las manos doy señales, distribuyendo mis agentes a lo largo del perímetro.

Ser un capitán es tener a tu equipo preparado veinticuatro siete, conseguir que este pueda reaccionar ante cualquier tipo de amenaza. Meredith se pierde entre los que van delante y varios soldados atacan en el simulacro de rutina, donde la mitad hace el papel del enemigo. Hablé con mi padre e insiste en que debo calmarme, relajarme y continuar. Para él soy un buen capitán; también me pide que tenga paciencia, que respire hondo y tenga en cuenta el motivo de haber elegido ser soldado. El comando necesita lo mejor de mí, necesita de todos y no me puedo olvidar del porqué de estar aquí.

Atravieso los salones, Stefan Gelcem no está y Rachel James tampoco. La tropa de Parker está al otro lado e intento dispararle a uno de los sacos que sale de la nada, pero quedo en el borde de la estructura, resbalo y mi cuerpo se va abajo, cayendo en la superficie que amortigua el golpe. Quedo siendo el blanco perfecto del enemigo que corre a mi sitio apuntando y…

Un soldado llega en mi defensa. Se atraviesa con dos armas en la mano y empieza a disparar consiguiendo que los otros retrocedan. Mantiene la postura firme y la miro desde el suelo. Los balines de práctica se estrellan contra el concreto, haciendo que los uniformados retrocedan y desaparezcan con la rápida maniobra de defensa por parte de la mujer que tengo al frente.

—¿Está bien, mi capitán? —Se vuelve hacia mí y me incorporo sin perderla de vista.

El cabello amarillo cenizo lo tiene atado con una coleta corta apretada. Me da la mano para que me levante cuando el simulacro se da por concluido.

—Buena reacción, soldado —le dice Simon cuando llega, y yo detallo los pómulos acentuados.

—Gracias, capitán —dice ella dando un paso atrás.

—Primera vez que te veo aquí —increpo—. ¿Quién eres?

—Milla Golubev, soldado en proceso de ascenso a teniente, mi capitán —me dedica un saludo militar.

—Está en un momento intermedio de su ascenso, demostrando y poniendo a prueba sus habilidades. Viene desde Ucrania y estará trabajando en el comando con el fin de mostrar sus técnicas y aptitudes, al igual que su compañero, Kevin Arser —aclara Gauna.

El hombre se acerca a dar la mano y la mujer que tengo al frente pasa su vista de Simon a mí. Siento que la he visto en algún lado, pero no sé dónde.

—Estoy para servirles —nos dice—. El general me informó de que estaré rotando entre las compañías.

—Así es —secunda Gauna—. Por el momento, vaya a cambiarse, se le llamará cuando se le necesite.

—Como ordene, señor. —Le dedica un saludo militar—. Con su permiso me retiro.

Se va con el compañero.

Es simpática, ya la veo en la cama de Christopher Morgan, quien se coge a todo lo que se le da la gana. Meredith se me acerca con el uniforme puesto y Simon revisa el teléfono, que le suena.

—El general Kumari quiere vernos en una de las salas —me avisa mi sargento—. Quiere que escuchemos sus propuestas. Nos pide que estemos allí dentro de treinta minutos.

—Yo tengo algo que hacer. —Se aleja Simon—. Agradecería si luego me comentan lo que se dice en la reunión. Debo ir a buscar lo que me falta para el lanzamiento de la campaña de Christopher.

Se va de prisa. Parker aparece al otro lado y yo me muevo a quitarme el uniforme de práctica, me baño y peino el pelo húmedo.

No hay nadie en el pasillo. He llegado dos minutos antes, giro la perilla de la puerta, doy un paso adelante y lo primero que veo es el hombre que está tendido en el suelo.

—General. —Me apresuro a su sitio y lo volteo—. ¡General!

Tres de los citados se adentran a la oficina y pongo la mano en el cuello del hombre verificando sus signos vitales.

—Está muerto —le digo a Gauna, y el resto de los que están en la sala palidecen sin saber qué decir.

El hombre tiene una nota en la mano con un mensaje, el cual me deja de piedra cuando lo leo:

«Esto no es más que el comienzo».

Continuará…

En este código QR vas a encontrar
dos capítulos extras de personajes secundarios.
Si quieres saber un poco más,
entra y entérate.

Índice

Este libro se acabó de imprimir
en el mes de abril de 2023.